MOSAÏQUE :

CONTES COMPLETS DE MIURA TETSUO

完本
短篇集 モザイク

三浦哲郎

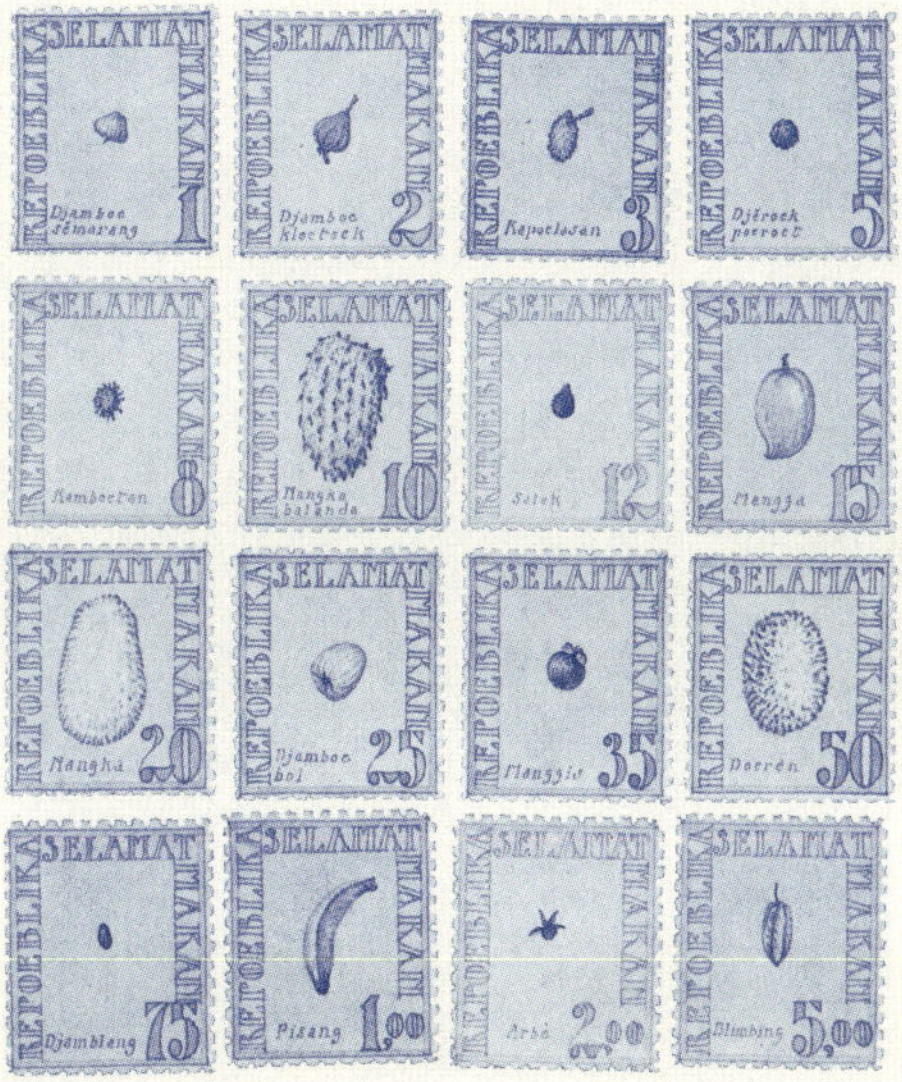

新潮社

目次

完本　短篇集モザイク

やどろく

一

やどろくはいつになく意気込んで、水を打った敷石にわざとらしくゴム長を鳴らし、片手で縄《なわ》暖簾《のれん》を勢いよく弾《はじ》く。伊代ははらはらして、うしろからジャンパーの膨らんだ背中をちょっとつまんだ。

あんた、足許《あしもと》に気をつけてよ。きよめの塩を踏んだじゃない。

平素は臆病かと思われるほど用心深い男だが、うわずっていて、ちいさな盛り塩など目に入らなかったらしい。蹴散らかされた塩を靴の爪先で寄せ集めていると、やどろくはじれったそうに舌うちした。

放っときなよ、そんなもの。踏んで悪いもんなら、なんでこんなとこに置いとくんだ。

そうよ、母ちゃん、と娘のあけみも、朝からなにかと苛立《いらだ》ちがちな母親の気持をいたわる口調で、平気よ、盛り塩なんてお客に踏んでもらうために置いとくんだから。

そんなことはいわれなくてもわかっているが、今日が並みの日ではないから、つい縁起を担ぎたくなるのだ。今日だけは、せっかく盛り上げた物を崩すということはしたくない。

曇りガラスのはまった入口の格子戸は、自動装置でひとりでに開いた。途端に奥から、らっしぇい、と主人の威勢のいい声が飛んできて、やどろくは豆鉄砲をくらった鳩みたいに立ちすくんでしまい、戸を開けようと上げた手のやり場に困って、無帽なのに軍隊式の敬礼をした。夜警の仕事先では制服制帽だというから、軍隊経験がなくてもそんな挨拶の仕方に馴れているのかもしれない。顔見知りの店の主人は、釣られたように挙手の礼を返して、笑った。

うしろから娘が押すから、伊代もやどろくの背中を押して、三人、汽車ごっこでもするようにぞろぞろと店に入っていった。主人は、ねじった手拭いを坊主頭に巻きつけながら目をまるくした。

これは、みなさん、お揃いで。早すぎたかな。いえ、店はさっきから開けてます……それにしてもお珍しい。なあに、今日は非番だからね。たまには、こいつらにも上等な鮨《すし》の味見をさせてやろうと思って。それは結構じゃないですか。家庭サービスってやつですな。ま、そんなところだ。すると、どこかのお帰りで。いや、これから出かけるんだよ、ひとっ走りフェリーの埠頭までね。ほう、フェリーの埠頭まで。

街から車で半時間ほどの、港の北はずれの埠頭から、北海道の苫小牧行きと室蘭行きのフェリーが出ている。夫婦は、娘を間に挟んでカウンターの椅子に腰を下ろした。ちょっと見ないでいるうちに、すっかり一人前になったね。綺麗になって。主人が娘に愛想をいった。いくつ？　二十一です。

店のおかみが、厚手の大きな湯呑みに茶を淹《い》れてきて、三つ目を伊代の前に置くとき、いつも遅くてすみませんねえ、と小声でいって会釈をした。伊代は隣の町内の路地に店だけ借りて、肴《さかな》といっても手料理ばかりのちいさな飲み屋をしているが、ここの主人はそんな垢抜《あかぬ》けないただの飲み屋のどこが気に入ったのか馴染みの一人で、時々、夜ふけて街が寝静まってからふらりと寝酒をやりにくる。最後の出前を届けた帰りに寄ることもある。これは女房には内緒だがといって、値のいいあちらもののボトルを棚に預けている。いいえ、迷惑だなんてとんでもない、おかげで助かってます、と伊代も笑って頭を下げた。

主人が薄切りの酢漬け生姜《しょうが》を三人の前にひとつまみずつ置いた。すぐ握りますか。それとも先にビールかなんか。大将はこっちかな。猪口《ちょこ》を持つ手つきを口から頬の方へ滑らせると、やどろくは額の前で掌《て》を振って、俺は駄目、これだもの、とこちらも見えないハンドルを握ってみせる。じゃ、これからみなさんで埠頭へドライブですか。そう。だから、その前に腹拵《はらごしら》えをするだけ。まさか……といって主人は笑った。そのまま車ごとフェリーに乗っかって北海道へ渡るんじゃないでしょうね。この恰好《かっこう》でか。それじゃまるで夜逃げじゃないの。すると、お迎えですか。北海道から御親戚でも？　いや、フェリーに乗るやつを送ってくんだよ。というと、どなた？　やどろくは黙って隣の娘を顎でしゃくった。すると、娘が急に背筋を伸ばして、唐突にいった。

あたし、お嫁にいくんです、北海道へ。

束の間、店のなかは、しんとした。やどろくがそそくさと茶を啜《すす》ると、ようやく主人が、それはそれは、と目をしばたたきながらいった。おかみも、おめでとうといってくれたが、やどろくが茶に噎《む》せたように咳《せき》ばかりしているので、伊代はどぎまぎ笑って二人に礼をいった。親子三人のうち、娘だけが旅の装いをしている。それはひと目でわかるのだが、おかみが念を押すように、で、北海道へはお独りで？　と娘に訊《き》いた。はい、独りで。娘は事もなげに答えて、にこにこしている。やどろくの咳がなかなか止まらないので、伊代が代わりに、夫婦のどちらかが付き添っていこうと申し出て断わられたいきさつを、ざっと説明しなければならなかった。独りでも平気です。それに、独りの方が気が楽だし。娘は明るく弾んだ声でいった。

　やっと咳がおさまると、やどろくは昨日買ってやったばかりの娘の腕時計を覗《のぞ》いて、おまえ、さっさと握ってもらえ、と急《せ》き立てるようにいった。もう当分ここの魚とはお別れだからな。なんでも好きなものを握ってもらえ。娘は両手をやんわりと打ち合わせて、椅子からちょっと腰を浮かした。なんでもいい？　高いものでも？　ああ、いいさ。遠慮しないで腹一杯食え。

　生うに。あわび。牡丹《ぼたん》えび――それから、カイワレ大根あるかしら。カイワレ、ありますよ。じゃ、それを巻いて頂戴。あいよ。チーズ巻きは？　チーズを棒に切って巻くやつね。作ってもらえる？　普段はやらないけど、今日はお嫁さんにいく娘さんがお客だから、特別だよ。

　やどろくは呆《あき》れたように娘の顔を見て、頭を振った。カイワレ巻きに、チーズ巻きか。鮨も変わったねえ、旦那。すると、カイワレやチーズはまだいい方ですよ、と主人は笑っていった。なかには、ハムとか焼肉とかを巻いてくれってのがいるからね。近頃の若い客はなにをいい出すか見当がつかないねえ。

　大将は、と訊かれて、やどろくは、ついさっき腹拵えをするといっておきながら、腹がくちくなると眠気がさすからといって、あがりのお代わりだけを注文した。伊代も四、五日前から胸が閊《つか》えていて、食い気は全くなかったが、夫婦してあがりばかりでは体裁が悪いから、細いカッパ巻きを一本だけもらった。

娘は、はらはらするほどよく食べた。ひらめ、赤貝、まぐろのトロと、前のガラスケースに並んでいる種をひと通り食べてから、納豆巻きまで作らせた。おかみが娘のあがりを熱いのに替えてきた。北海道は苫小牧の方ですか。室蘭の方です、と娘は答えた。室蘭まで何時間？　八時間です。七時に出航するから、むこうに着くのが夜明け前の三時。おかみは上手に描いた眉を上げた。明け方の三時なら、まだ真っ暗でしょう。ええ、でも大丈夫です、あのひとが、迎えにきてくれるから。それにしても、三時じゃお婿さんも大変ねえ。昼の便はないのかしら。あるんです、こっちを朝の六時四十五分出航のが。でも、それだと室蘭が午後の三時前でしょう。あのひとには勤めがあって、迎えにきてもらえないから困るんです。だけど、昼なら迎えがなくてもなんとかなるわ。埠頭からタクシーに乗って訪ねていけば？　ところが、室蘭からもうすこし奥へ入るらしいんです。だから、迎えにきてもらわないとどうにもならないの。むこうの埠頭で立ち往生です。

何度聞かされても足がすくんでくるような話だが、娘には不安のかけらもないらしい。伊代は、たった一本のカッパ巻きを持て余しながら時々娘の横顔を盗み見たが、娘は食べるのに夢中で、左右の親など眼中にない。いつの間に細工したのか睫毛《まつげ》がいやに反っていて、目が遠足の朝を迎えた子供のようにきらきらしている。

納豆巻きを食べてしまうと、さすがに娘はもう沢山とかぶりを振って、指先を拭いた。まあ、むこうへいったら風邪を引かないように気をつけなさいよ、と布巾で俎板《まないた》を拭きながら主人がいった。今日が暦の立春だけど、北海道はまだ真冬でしょう。これからは体が元手だからね。はい、と娘は素直にうなずいている。すると主人が、ちょっと声を落として、どちらの親へともなく、今夜から淋しくなりますな、といった。伊代は、口をひらけば忽《たちま》ち涙をこぼしそうだったが、なあに、却《かえ》ってさばさばするさ、と父親の方が答えてくれたので、みっともないことにはならずに済んだ。やどろくの顔は煙草《たばこ》のけむりに包まれて霞《かす》んでいる。あとに、まだ、一人いるしね。そうそう、坊やがいたんだっけ。大きくなったでしょうね。今度高校二年生。

その息子も一緒に連れてくるつもりだったが、嫁にいく姉の見送りなど苦手とみえて、誘うと、急に明日試験だからと炬燵《こたつ》の上に教科書をひろげた。家を出てくるときも、じゃあね、という姉に、頰杖を突いたまま目だけ上げて、ああ、とうなずいたきりだった。

帰りにハンバーガーでも買って土産にしよう。伊代はそう思った。

二

鮨屋を出ると、外はそろそろ日が暮れかけていた。

三人は、襟に首をすくめて近くの駐車場まで歩いた。

昼ごろまでは、日ざしがいくらか赤味を帯びてきたかに見えていよいよ春近しを思わせる穏やかな日和《ひより》だったが、午後からはまた冬空に逆戻りして、いまはきりきりと冷たい夕風が裸の街路樹を揺さぶっている。おなじ北国でも、このあたりは太平洋岸の平地だから雪の苦労はさほどでもないが、春先になっても空っ風がなかなか衰えなくて、夜寒がいつまでも尾を引くのがもどかしい。

日ざかりに、いちどシャーベット状に融《と》けた雪氷の道が、あちこちに靴の踏み跡をくっきり残したまま再び凍りはじめて、行き交う人々はみな靴底で地面を擦るようにしながら小刻みに歩いていた。日蔭の有料駐車場は、雪融け水がまだらに凍って、まるで手入れの雑な小型のスケートリンクのようだった。やどろくは、奥に駐《と》めてある車の方へ歩きながら、転ばないように気をつけなよ、といった途端に、自分が足を滑らせて、そばから咄嗟《とっさ》に助けの手を出した娘と横ざまに抱き合う恰好になった。娘は、はしゃいで、あたりに響くような悲鳴を上げた。

厭《いや》だわ、父ちゃん、しっかりしてよ。足にくるのはまだ早いじゃない。なに、いってんだ。親をこけにするな、罰が当たるぞ。やどろくは苦笑いして、娘の手を振り払い——そこまではよかったのだが、そのあと、車に乗ってから、急に雲行きが怪しくなった。

なぜだか、やどろくが、別人のようになった。

伊代は、娘と別れを惜しむつもりで一緒にうしろの座席に乗ったが、駐車場を出るとすぐに、斜め前の運転席から呟《つぶや》くような声がきこえはじめた。最初、鼻唄かと思ったが、鼻唄にしては節回しがおかしい。時々なじるような口調になるから、通行人に文句でもいっているのかとそのたびにあたりを見回したが、邪魔な人影は見当たらない。愚痴が出るほど道が渋滞しているわけでもない。

やどろくは、ハンドルを握って前を向いたまま、なにやらぶつくさ呟いている。これまで独り言の癖などなかったから、珍しいこともあるものだと思って聞くともなしに窓から街の夕景を眺めていると、ひょっこり、熊《くま》の胆《い》という言葉が耳に入った。やどろくは、胃があまり丈夫でないのに酒好きだから、しょっちゅう胃薬の厄介になっている。家の薬箱には富山薬の熊の胆もある。

それで、あんた、また胃の具合がおかしいのかい、と訊いてみると、やどろくは振り向きもせずに、大きなお世話だ、おまえは口を出すなといった。

案じているのに、心外な返事で、伊代は面くらうと同時に、むっとした。熊の胆なんていうからよ。熊の胆がどうかしたの？　声がちいさくて、よくきこえないのよ。すると、やどろくは喉を一つ鳴らして、今度ははっきりきこえる声でこういった。熊の胆でも送ってよこせっていったんだよ。おまえにじゃなくて、あけみにそういったんだ。

娘は、親同士のとんちんかんなやりとりをよそに、座席の背に深くもたれてうっとりと窓の外を見ていたが、不意に名を呼ばれて、我に返ったようにまばたきをした。それから、黙って自分の鼻を指差すので、とりあえず、父ちゃんが熊の胆でも送ってよこせってさ、おまえにそういってるよ、と聞いたままを伝えたが、伊代自身、どうして突然ここに熊の胆が出てくるのか、訳がわからなかった。

父ちゃん、と娘が運転席の方へ身をのり出していった。熊の胆を送れって？　ああ。なんであたしが熊の胆を？　だって、おまえ、熊の産地へいくんだろう。産地だって、と娘は首をすくめて笑ったが、やどろくはにこりともしない。産地じゃないか、野放しの熊がごろごろしてるんだから。まさか。いくら北海道でも熊がごろごろしてるなんてオーバーよ。おまえになにがわかるか、いったこともないくせに。いったことがなくてもわかるもん。室蘭は都会ですからね。へえ、そうかい。だけど、おまえのいくとこは山奥じゃないか。娘はまたくすっと笑った。山奥なんかじゃないったら。もう何度もいったでしょう、室蘭から車でちょっと入るだけだって。ちょっとだけだと？　わかるもんか。田舎の人はな、ちょっとそこまでって二里も三里も歩いてくんだよ。

まあ、いってみろ、熊がうろうろしてるから。熊がいるんだから、熊の胆だってあるはずだ。

娘は、片方の肩をがっくり下げて、くすくす笑いながらまた座席の背に深くもたれた。そうか、それで熊の胆なのね。じゃ、父ちゃんはさっきまで、あたしとおなじことを考えてたんだわ、きっと。娘がそういうと、やどろくは高く舌うちした。おまえがなにを考えてたのか知らないが、俺はおまえの物好きにつくづく呆れていただけだよ。出戻りやいかず後家《ごけ》じゃあるまいし、わざわざ熊が出てくるようなとこへ嫁にいこうっていうおまえの物好きにな。

伊代は黙って聞いていたが、やどろくの年甲斐もなく拗《す》ねたような物言いが気に入らなかった。たとえ冗談話にしても、やどろくの言葉には厭味の棘《とげ》がありすぎる。この人、どうかしてるんじゃないか、さっきまでの上機嫌はどこへいってしまったんだろう、と怪しみながら運転席の後姿を目でさぐっていると、耳から顎にかけてのあたりが普段よりも変に蒼黒《あおぐろ》く見えて、伊代はなんだか厭な予感がした。

案の定、熊の胆は手に入り次第送ると娘が約束すると、やどろくは、手に入るまで待つことはなかろう、亭主に裏山で熊を撃たせたらどうだ、といった。北海道の山奥に住んでるなら鉄砲ぐらいはあるだろう。そいつを持たせて、けしかけるんだな。自分からそんな無茶な注文をしておきながら、娘が辛抱強く、そうね、日曜日の腹ごなしにはなるかもね、だけど、あの人に熊撃ちなんてできるかしらと相手になると、やどろくは簡単にかぶりを振って、そいつはまず無理だろうな、といった。あれは優男《やさおとこ》だからな。それに肝っ玉もちっちゃいようだし。あんなへっぴり腰に熊撃ちなんぞできるわけがねえや。

伊代はびっくりして、あんた、といった。これから旅立ちをする娘の前で、なんてことというのよ。ふざけるのもいい加減にしてよ。けれども、やどろくは黙らなかった。逆に、おまえは黙ってろ、と伊代を黙らせてから、どだい、あんなにやけた男のどこがいいんだといって、娘の婿になる男をこき下ろしはじめた。

伊代は、頭に血が昇って、思わず運転席の肩へ手を伸ばしかけたが、途中でその手を娘に握り取られた。辛抱強い娘も、さすがに匙《さじ》を投げたとみえて口を噤《つぐ》んだままだったが、目顔《めがお》と表情とで、相手になっちゃ駄目、黙っていわせておきましょうよと告げていた。それで、伊代も目顔と表情とで、だって今日の父ちゃん、あんまりだもの、と答えると、あたしのことなら気にしないで、なにをいわれたって平気なんだから、と娘は、握り取った手を自分の腿《もも》の上に軽く抑えつけるようにしたまま窓の外へ目を向けた。伊代は、娘の顔に実際なんでもなさそうな微笑が浮かんでいるのを確かめてから、仕方なく唇を嚙んで反対側の窓の外へ目をやった。

いつの間にか市街地を出外れて、空が広くなっている。褪《あ》せた紺色の曇り空で、雲は北へいけばいくほど次第に厚みを増しているように見えた。田んぼや畑はまだ雪野原で、時々、地吹雪が音を立てて車の横腹を打ってくる。それが、ヘッドライトのなかで、アスファルト道路すれすれに大きなシーツをはためかせているように見えたりした。

伊代には、やどろくがどんなにこき下ろしても、娘の相手がくだらない男だとは思えない。娘の勤め先の同僚だったが、娘が初めて家に連れてきたとき、やどろくの前にきちんと正坐して、娘さんを私にくださいといった。やどろくは気圧《けお》されて、うろたえていたが、伊代は相手の潔い、爽やかな態度に好感を持った。見掛けは色白の優男だが、いまどき珍しく芯のある、しっかりした男だと思った。

娘は、気立ての素直なところだけが取柄で、とうてい玉の輿《こし》など望めないし、親もこの先いい縁談が舞い込んでくるのをのんびり待っていられる身分でもないから、娘の好きに任せるほかはなかった。二人は、一年交際してから式を挙げて、この土地で世帯を持つことになっていた。

ところが、去年の秋、そろそろ式の日取りをきめようかというころになって、相手は思わぬ不運に見舞われた。郷里の北海道で、一番上の兄が不慮の事故でぽっくり死んで、そのショックで母親が寝込み、おまけに、母親と前々から折り合いの悪かった兄嫁が子供を連れてさっさと実家へ帰ってしまった。相手は、三人兄弟の末弟だが、根室の漁船に乗り組んでいる二番目の兄は、いきなり陸《おか》へ上がって親の面倒をみろといわれても困る、もう五年だけ待ってくれ、五年経ったら貯めた金を持ってかならず家に入るからといっていて、相手はその五年間、兄の肩代わりをすることになり、そのうちにきっと迎えにくるからといい残して郷里へ引き揚げていった。

その後、むこうで新しい働き口を見つけたらしいが、今年になってから、娘に身一つできてくれないかといってきた。いまはまだ式を挙げるほどの余裕はないが、籍だけでも先に入れておきたいのだという。そんなら、せめて自分で迎えにきてくれたらよさそうなものだが、仕事の都合でそれもできないからといって、フェリーの船賃だけを送ってきた。

親にすれば、なんとも心許ない話だったが、娘は無心に喜んで、明日にでも発ちたい様子に見えた。疑ってみれば、漁師の兄の口約束など、眉唾で、果して五年で帰るだろうか、五年が七年になり、七年が十年になり、ひょっとすると生涯帰らないかもしれないのである。初めから帰る意志などないのかもしれない。急に娘を呼び寄せるのも、ただ人手が欲しいからだと思えなくもない。どの道、苦労が先に待ち構えているのは目に見えているのだが、娘は相手を信じ切っていて、どんな不安の種も意に介さない。もともと娘の好きに任せたのだから、こちらも取り越し苦労はほどほどにして、望みを叶《かな》えてやるより仕方がなかった。式も挙げずに嫁がせるのは、少々淋しい気がしないでもないが、自分たち夫婦も駆け落ち同然にして一緒になった仲だから、これも因果と諦めるしかない。

そんな今日までの経緯は、無論やどろくも納得済みで、だからこそ娘を車で送る役目を自分から買って出たのである。まさか途中で、こんなことになるとは思わなかった。伊代は、まるで人が変わったようにいつまでもねちねちと文句を並べつづけるやどろくが憎たらしくて、はらわたが煮えた。これが父親のすることだろうか。ここまできたら、もうなにもいわずに送り出してやろうという親心が、この男にはないのか。そう思うと、娘の手前、身の置き所がないほど恥ずかしく、情けなかった。けれども、すこしでも身じろぎをすると、娘が握った手に力を加える。それかといって、下手に口出しをすれば恥の上塗りをすることにもなりかねない。

伊代は、娘の、どこ吹く風の笑顔だけが救いで、掌《てのひら》で娘の体のぬくもりを感じ取りながら一刻も早く埠頭に着くことを念じていた。

三

埠頭の駐車場で車から降りると、風の唸《うな》りがむしろ快かった。

やどろくは、ようやくまた元の父親に戻ったらしく、車のキーをポケットに仕舞うと、黙って娘の手からスーツケースをもぎ取った。車のなかで汗でもかいていたのか、風のなかを岸壁の手前にぽつんと建っているフェリー会社の小綺麗な建物まで歩く途中、大きな嚔《くしゃみ》を三つもした。

建物には暖房が入っているらしかったが、人影がまばらな上に照明ばかりが明るくて、却ってうすら寒い感じがした。娘は、乗船券売場の窓口で、車輌旅客航送申込書という紙に名前や連絡先や年齢を記入し、相手の指示通りに九千八百円もするツインベッドの特等を買った。それから、売店でチョコレートと三種類の女性週刊誌を買ったが、伊代も、帰りがどんなことになるやら全く予測がつかないから、土産のハンバーガーは諦めて代わりにポテトチップスを二袋買った。

出航までには、まだ三十分も間《ま》があった。三人はお茶でも飲むことにして二階へ上がった。階段を昇った突き当たりに、戸障子のない、カウンターだけの居酒屋があり、その隣がコーヒーも天ぷらそばもあるレストランで、入ってみると客は一人もいなかった。三人は、岸壁の見える窓際の席についた。フェリーはすでに接岸していて、粘土の絶壁のようにそそり立った船腹を岸の水銀灯が明るく照らし出していた。随分背の高い水銀灯だが、フェリーの船縁《ふなべり》はそれよりももっと高い。

思ってたより大きな船だわ。伊代がほっとしてそういうと、三千五百噸《トン》なの、と娘は自分の持船を自慢するようにいった。あの人が教えてくれたの。前にあの人を送ってきたときも、このテーブルでお茶を飲んだんだわ。すると、やどろくがのっそり立ち上がって、席を離れた。新しい煙草をくわえていたから、マッチをもらいにいくのだろうと思っていると、ウエイトレスになにか囁《ささや》いて、そのまま入口のドアから出ていった。

母娘《おやこ》は顔を見合わせた。トイレかしら、と娘がいった。多分ね。車を降りてから一言も口を利かないわ。きっと顎がくたびれたのよ。伊代はそういってから、さっきはごめんねと謝った。なにも母ちゃんが謝ることないわ。だって、おなじ親同士だもの。全く、さっきはどうかしてたんだよ、父ちゃんは。心にもないことをあんなにねちねち喋《しゃべ》るなんてさ。どこかで歯車が狂ってたんだよ。そうかな、と娘は笑って首をかしげた。案外、あれが父ちゃんの本音かもよ。そんなこと、あるもんか、と伊代は娘を睨《にら》むようにした。でも、おまえ、よく我慢してくれたねえ。だって喧嘩別れになるのは厭だもの。父ちゃんの小言を聞くのもこれが最後、なにもかもフェリーに乗るまでの辛抱だと思って、我慢してたの。フェリーに乗っちゃえば、もうこっちのもんなんだから。娘はそういって、悪戯《いたずら》っぽく首をすくめた。

やどろくがまだ戻ってこないうちに、頼んだ紅茶が運ばれてきた。三つ頼んだのに、二つしかなかった。ウエイトレスにそういうと、さっき連れの男の人が一つをキャンセルしたのだという返事である。伊代は、ふと思い当たることがあって、店を出てみた。トイレの用足しにしては手間取りすぎると思っていたら、案の定、やどろくは隣の居酒屋のカウンターの隅にぽつんと腰を下ろしている。伊代は、まるくなったジャンパーの背中を目にしただけで、なにもいわずに引き返した。

隣にいるよ。父ちゃんは紅茶じゃ間が持てないんだよ。席に戻ってそういうと、お酒、と娘は眉をひそめた。まるで火に油じゃない。帰りが思いやられるわ。大丈夫よ、酒癖は悪い方じゃないんだから。素面《しらふ》でいられるよりはまだ増しよ、と伊代はいった。じゃ、帰りは母ちゃんが運転するわけ？　下手な運転だけどね、そうするより仕方がないもの。父ちゃんは、おまえを無事にここまで送り届けたから、あとはもうどうなったっていいと思ってるのよ。それに、いいたいことはいったしね、と娘は笑った。伊代は、紅茶をひと啜りして、自分がうっかり砂糖を余計に入れすぎたのに気がついた。まあ、肩の荷を下ろしたつもりでいるんだから、と伊代はさりげなく水で口のなかの甘ったるさを薄めてからいった。このまま、そっとしといてやろうよ。腰を据えようったって、フェリーが出てしまえばあの店も看板なんだからさ。

伊代は、娘がフェリーに乗る前に、なにか一言、母親らしい気の利いたはなむけの言葉をかけてやりたかったが、なにも思い浮かばなかった。あんまり辛《つら》かったらいつでも戻っておいでと本音もいえず、それかといって、嫁いだ以上は里のことなど忘れてしまえと心にもない賢母風な科白《せりふ》も口にできなくて、結局、体にだけは気をつけるようにとありふれたことを繰り返したにすぎなかった。

フェリーの粘土色の船腹に黄色いクレーン車のようなタラップがのろのろと動きはじめて、旅客に乗船を促すアナウンスがあった。レストランを出てみると、やどろくが何事もなかったように腕組みをして誰もいない待合ホールのむこう隅のテレビを眺めていて、車を降りたときのように黙って娘のスーツケースへ手を伸ばした。

裏手の乗船口から岸壁へ出ると、横殴りの海風が母娘の頭を包んだスカーフの三角しっぽをはためかせた。あたしが船に乗ったらすぐ帰ってね、お互いに寒い思いをするだけだから、と娘が風に顔をそむけて大声でいった。車もなしに室蘭へ渡る客は、娘のほかに男が三人しかいなかった。娘にスーツケースを手渡すと、やどろくは急にバランスを失ったせいか、それとも短い時間に何杯もお代わりしたコップ酒の酔いが出てきたせいか、風に巻かれてふらふらとした。

娘は、ちょっとした一人旅でも楽しむ人のように、肩のところで掌をちいさく振って、じゃあね、と白い歯を見せた。それから、男客のあとから細くて急なタラップを難なく昇り切って、船のくりぬき窓から掌をひらひらさせた。そばで、やどろくが舌うちした。あいつ、まるで女優気取りだ。それきり、ふらふらと建物の方へ歩き出すので、もう帰るの、と訊くと、おまえもこい、いつまでもここにいればあいつも困る、といって歩きつづける。船に目を戻すと、もう窓に娘の姿は見えなかった。仕方なく、振り返り振り返り建物の乗船口の軒下までくると、どこかのスピーカーから銅鑼《どら》の音と、つづいて蛍の光のメロディーがきこえてきて、あんた、私やっぱり船が出るまでここにいるわ、と伊代はいった。やどろくはまた舌うちした。好きなようにしろ。俺は車にいるからな。見ていると、ゴム長を大儀そうに引きずっていって、階段の昇り口を素通りし、おとなしく表口から外へ出ていった。

伊代は、ガラスのドアの内側に立って、フェリーが岸壁を離れ、ゆっくり向きを変えて、やがてひと握りの灯火になるまで見送ったが、娘はいちども窓に姿をあらわさなかった。

車に戻ってみると、やどろくはうしろの座席に横たわって大きな鼾《いびき》をかいていた。ひさしぶりのハンドルを握り、車体が揺れるたびにひやひやしながら駐車場を出たが、ありがたいことに鼾はいっこうに衰える気配がない。伊代は、一つ吐息をして、まださっきの紅茶の甘味が残っている唇を舐めた。あとは余計なことを考えずに、ただ急ブレーキをかけないように気をつけながらのろのろ運転で帰ればよかった。

その晩遅く、客足がとだえて、傷んだ雨樋《あまどい》が風にきいきい軋《きし》むのにも聞き飽きたころ、鮨屋の主人がひょっこり顔を見せた。夕方の礼をいうと、鮨屋はいつもの椅子に腰を下ろして、いや、お粗末さんで、娘御は無事に発ったでしょうな、といった。

すると、どういうわけか不意に目頭が熱くなり、おやと思っているうちに、涙がぼろぼろと頬を転げ落ちた。あわてて目の下に手を当てたが、涙は難なく指の土手を乗り越えて流れた。あれ、どうしたんですか、と鮨屋の驚く声がきこえた。俺、なんか悪いことでもいったかな。いいえ、とかぶりを振るのが精一杯で、伊代は両手で顔を覆ってカウンターの蔭にしゃがんでしまった。それでも涙は止まらなかった。なんの涙か、自分でもさっぱりわからなかったが、あとからあとから溢《あふ》れてきて、止めようがない。伊代は、割烹着《かっぽうぎ》の裾を両手でくしゃくしゃに握ると、それを目に押し当てて、じっとしていた。

しばらくすると、頭の上で、おかみさん、と鮨屋の声がした。なんか話したいことがあったら聞いてあげますよ。話せば、大概、気が晴れるもんだ。伊代はふと、さっきの車のなかでのやどろくの仕打ちを洗い浚《ざら》いぶちまけてしまおうかと思ったが、喉許まで込み上げてきたものが、なぜか言葉にはならなかった。やどろくだって、いまの自分を見たら、こいつ、どうかしているのだと思うだろう。あのとき、突然やどろくの口を突いて出てきたものも、いまの自分の涙のようなものではなかったろうか。おやと驚いているうちに溢れ出てしまって、自分でも止めようがなかったのではなかろうか――そう思っているうちに、ようやく目が乾いてきて、伊代は顔を丹念に拭いてから立ち上がると、なんでもないの、みっともなくてごめんなさい、と謝って、棚から鮨屋の酒瓶を下ろした。

鮨屋は、さすがに居心地が悪かったとみえて、水割りを一杯だけ飲んで帰っていった。

鮨屋の足音がきこえなくなると、すぐ、伊代は家に電話をかけてみた。もう夜ふけだから、べルが三つ鳴っても出なかったら切ろうと思っていたのだが、二つで息子の声が出た。あら、まだ起きてたの。だって明日試験だもの。父ちゃんは？　炬燵に寝てる。鼾がうるさくって、と息子は苦々しげにいう。やどろくは家でもコップ酒を二つばかり飲んで、息子のそばで寝込んだらしい。なにか掛けてる？　毛布だけね。毛布だけじゃ、まだ寒いわよ。私の丹前、掛けてやってね。

受話器を置いて、伊代はちょっとの間ぼんやりした。今夜はもう終わりにしよう。そう思って電話のそばを離れようとしたとき、それが載せてあるちいさな座布団の窪みのところに、炒《い》った大豆が三つ四つ並んでいるのが目に入った。すぐ、昨日の節分の宵に娘が撒《ま》いてくれた鬼やらいの豆だとわかった。あの豆は、あとで拾ったり掃き出したりしたのだが、こんなところに残っていたとは気がつかなかった。

娘の浮き浮きした顔が思い出された。鬼は外、と無邪気に張り上げた声も耳によみがえった。

伊代は、豆を掌に拾い取ったが、捨てかねて、口で埃《ほこり》を吹き払ってからひと思いに口のなかへ放り込み、手早くカウンターの皿小鉢を片付けながら、ぽりぽりと嚙んだ。

みちづれ

白菊、一本、二百六十円。少々高いような気もするが、これが最後だから、いつも通りに十本買って、花束だとわからぬように紙ですっぽり包んで貰う。

「これから墓参りかね？」

と駅前マーケットの花屋はいう。

強い津軽訛《なま》りが懐かしい。花を買っても、もはや誰も粋《いき》なたくらみだと思ってくれないのは情けないが、花屋の見当はあながち外れているわけでもないから、

「まあ、そんなところだ。」

「命日ならしようがないけど、難儀なこったね、こんな天気で。」

外は横殴りの雪である。店の前を囲んでいる透明なビニールシートが、通路を吹き抜ける風を孕《はら》んでぱりぱりと音を立てている。

毎年のように、この店にきて、おなじ花をおなじように包んで貰うのだが、花屋の方にはまるで憶《おぼ》えがないらしい。年にいちどの客では無理もないが、花をすっぽり包ませたのも、ただ、あいにくの風雪から守るためだと思っているようである。

一見、なんでもなさそうな紙筒になった花と引き換えに、千円札を三枚渡すと、

「はい、どちらも菊が十本。おまけして、二千と五百円ずつ、いただきね。」

と花屋は店の奥の暗がりへ声をかけた。

そのとき、彼は、奥の石油ストーブのそばに、自分のとそっくりな紙筒を小脇に抱えた先客がいるのに、初めて気づいた。黄土色の外套《がいとう》を着た、品のいい顔立ちの小柄な老婦人で、黒いブーツに炎の色が映っていた。

女房からおつりを貰って、花屋を出る。また、どうぞ、という声を背中で聞いたが、もう、くることもない。

次の連絡船は午後三時の出航で、まだ一時間ほど間があった。街にはべつに用がないから、そのまま駅へ戻って、待合室の隅の軽食スタンドで一と息入れる。雪に濡れた頬をぬぐい、冷えた歯に滲みるコーヒーをちびちびと飲む。靴のなかに雪水が染み込んだのか、爪先が痛い。手袋をはめていた手も、指先の方がかじかんでいる。ふなべりの寒さが思いやられる。

北の玄関と呼ばれる駅の構内は、着ぶくれた人々で混雑していた。スタンドの彼の椅子からは、囲いのガラス越しに改札口の雑踏が見えた。この駅では、鉄道の客も船の客もおなじ改札口を出入りしている。列車が発着するプラットホームの一本がやけに長く伸びていて、その果てが連絡船の栈橋になっているからである。コーヒーカップのほとぼりで手を暖めながら、見るともなしに眺めていると、さっき花屋で一緒だった老婦人が、銀髪に焦茶色の帽子をのせて改札口を通るのが目に入った。小振りなバッグを一つ提げ、例の紙筒は片手で胸に抱えている。街へ用足しに出てきたついでに、亡夫へ手向《たむ》ける花を買って帰るのだろうか、と彼は思い、帽子を目深《まぶか》にして

とぼとぼと郊外の家路を辿《たど》る姿を想像した。

しばらくして、彼も途中下車した切符を見せて改札口を通った。切符は、東京から海峡のむこうの港町まで、一枚でとおしになっている。

桟橋への通路を兼ねている長いプラットホームは、屋根があるにも拘《かかわ》らず、すっかり雪道になっていた。わずかにコンクリートの地肌が覗いているのは、跨線橋《こせんきょう》の降り口のあたりと、売店や立ち食い蕎麦《そば》屋の前ばかりで、あとは、屋根裏の塗料のせいか一面に薄く黄ばんで見える雪道である。そこを、海の方から雪が真横に吹き抜けている。

彼は、その雪道のなかほどまできてから、首をすくめて前をゆくまばらな人影のなかに意外な後姿を見つけて、おやと思った。てっきり各駅停車の列車に乗って近郊へ帰るものとばかり思っていたあの老婦人が、焦茶色の帽子を雪のくる方へ傾けてのろのろと歩いている。ゆく手には、もはや連絡船の乗り場しかない。すると、おなじ船に乗るつもりなのだ、おなじ花の紙筒を抱えて——彼はそう思って、妙な気がした。

ここからあまり遠くない土地で育った彼は、雪道の歩き方を心得ている。危なっかしい足取りの人々を抜いて、ほどなく老婦人に追いついたが、なんとはなしに前へ出るのを躊躇《ためら》っているうちに、目の前の焦茶色が、不意に沈んだ。まるで何者かにいきなり両足を払われたかのような転び方で、あ、と思ったときには、もう、雪の上に寝そべる形に倒れていた。彼は思わず駈け寄った。

「大丈夫ですか。」

「びっくり……とうとう転んじゃったわ。」

老婦人は、思いのほか明るい、張りのある声でそういいながら身を起こすと、肩越しに彼を仰いだが、ふと怪訝《けげん》そうな顔つきになって、確かめるように彼が抱えている紙筒へ目を移した。

「手を貸しましょうか。」

「いいえ、結構。ひとりで立てます。」

きっぱりとそういったが、すぐには立てなかった。ブーツのかかとが凍《い》てついた雪を蹴っては滑るばかりである。見かねて、手を伸ばすと、

「ほんとにお構いなく。放っといてください。」

老婦人はちょっと身をもがくようにした。すると、その肘が、彼の手のひらを突いた。ほんの一瞬のことだが、同情や手助けのたぐいは一切拒否しようという頑《かたく》なな意志を伝える手応えがあった。

彼は、ちいさな吐息を洩らすと、また歩き出した。

広い連絡船の待合室には、立ち食い蕎麦の出し汁の匂いが籠《こも》っていた。色とりどりの椅子席は相変らず閑散としていて、桟橋や港の見える窓際だけがわずかに賑《にぎ》わっていた。身軽な防寒服の男たちが十数人もずらりと並んで、手に手に重そうなカメラを構えている。背後から覗いてみると、着いたばかりの連絡船がタグボートに押されながら向きを変えるところで、窓の正面に船首がくるとシャッターの音が高まった。

この連絡船の航路は、あと一と月足らずで廃止されることになっている。海峡の下をくぐり抜けるトンネルが完成したからである。廃止の日が迫るにつれて、名残りを惜しむ客たちで船も港

も混雑するだろうと思い、いまのうちに乗り納めをしようと早目に出かけてきたのだが、意外にも、いつもと様子が違うのはこの窓際だけであった。

　彼は、その窓とは反対側の奥までいって、隅っこのいつもの椅子に、ボストンバッグと紙筒を下ろした。この隅っこには、かつて脚の長い、緑色の羅紗《ラシャ》張りが手許へゆるく傾いている書き物机が置いてあり、もう何十年も前の話だが、彼の肉親のひとりがそこでこの世に別れを告げる手紙を書いたのであった。その肉親は、手紙を投函してから船に乗り、海峡のまんなかあたりで身を投げた。遺体は遂《つい》に揚がらなかった。

　だから、彼は、この海峡こそ肉親の墓場だと思い、郷里を遠く離れて、時間と費用をどうにかやりくりできるようになってからは、命日の前後に、花を携えて墓参りに出かけてくるのを年中行事の一つにしていた。墓参りといっても、海峡のまんなかあたりで連絡船のふなべりから花を落し、肉親の霊としばらく対話を試みてから、海峡のむこうの港町に一泊して、翌朝の飛行機で引き返すだけだが、肝腎の連絡船がなくなるのでは、そんな自分だけのささやかなならわしもこれが最後ということになる。

　荷物を椅子に残して、やがて取り毀《こわ》されることになるかもしれない待合室のなかをぶらぶら歩く。いつの間にか、胸に揃いの造花をつけた団体客が売店のまわりにひしめいている。隙間を探して覗いてみたが、記念に欲しくなるようなものが見当らないから、子供たちへの土産に、航行中の連絡船を空から写したテレフォンカードを三枚買って、人ごみを離れる。

　入口を入ってすぐ左手にある婦人待合室の前を通ると、ドアを開け放した戸口から、床より一段高くなっている絨緞《じゅうたん》敷きの奥の太い角柱の蔭に、焦茶色の帽子を脱いだ老婦人がひとりぽつんと坐っているのが見えた。賑やかに談笑する車座《くるまざ》のグループにまるくした背中を向けて、うつむき加減に、ひっそりと正坐している。

彼は、通り過ぎてから、ふと、誰かに似ていると思い、すぐに自分の死んだ母親を思い出した。顔や身なりは似ても似つかないが、やはり小柄だった母親も、生前、よく炉端に背中をまるめて、しんと正坐していたものであった。そんな、ひとりでなにかにじっと耐えているような恰好が、母親に似ていた。

それから、彼は思わず、立ち止まりそうになった。この海峡で命を捨てた人は、ほかにも大勢いる。自分以外にもこっそり最後の慰霊にやってくる肉親がいても、すこしもおかしくはないのである。

定刻に出帆の銅鑼《どら》が鳴る。それに太い汽笛と、蛍の光。それらを船室の座席で忘れぬように耳をそばだてて聴く。老婦人は通路を隔てた窓際にいて、吹雪がはためく海に見入ったまま動かない。

海峡のむこうの港まで四時間足らずの航海である。はじめの一時間余りは湾の内、それから外海へ出て、潮流の急な海峡にさしかかるのは出港してからおよそ二時間後と思えばいい。船腹を叩く波音が高まり、船がひっきりなしに胴震いして軋むようになれば、そろそろ海峡のなかほどである。

先に席を立ったのは老婦人の方であった。紙筒を目立たぬように腋《わき》の下から縦にして、そっと船室を出ていった。それが濡れた窓ガラスに映るのを見て、彼は浮かしかけていた腰を落ち着けた。外はもうすっかり闇で、風は相変らず強そうだが、さいわい雪は小降りになっている。

老婦人はなかなか戻ってこない。さっさと用を済ませて、船内の暖かいレストランでお茶でも飲んでいるのだろうか。痺《しび》れを切らして、寒さ凌《しの》ぎの身支度にかかると、隣の中年男が目を醒《さ》まして、もう海峡を渡り切ったのかと驚いたように窓をこすった。

照明を落したデッキは無人で、刺すような風ばかりが吹き抜けていた。濡れた歩廊のところどころが窓から洩れる明りで氷の飛び石のように光っていた。そこをよろけながら船尾へ回る。船尾から細くて急な階段をもう一つ昇ると、最上階の狭いデッキで、巨大な煙突のすぐそばに、彼のいつものふなべりがある。

その最後の階段を昇りかけると、思いがけなく、上から降りようとして躊躇っている人のブーツが鈍く光って見えた。彼は後戻りして、下から、どうぞ、と声をかけた。

ブーツがゆっくり、一段々々踏み締めながら降りてくる。ベルトのついた黄土色の外套。銀髪が風に吹き乱れている。老婦人は手ぶらになっていて、その顔には重荷を下ろした人の安らぎが見えた。彼がそこに立っているのを見ても、驚かなかった。

「おさきに……。」

老婦人のまなざしには、みちづれを見るような親しみが感じられた。彼は、無言で会釈してすれ違うと、老婦人がふらふらと船室への入口に辿りつくのを見届けてから、階段の昇り口にもたれて花の包み紙をむいた。

とんかつ

須貝はるよ。三十八歳。主婦。
同　直太郎。十五歳（今春中学卒業）。

宿泊カードには痩せた女文字でそう書いてあった。住所は、青森県三戸《さんのへ》郡下の村。番地の下に、光林寺内とある。

近くに景勝地を控えた北陸の城下町でも、裏通りにある目立たない和風の宿だから、こういう遠来の客は珍しい。

日が暮れて間もなく、女中が二人連れの客だというので、どうせ素泊りの若い男女だろうと思いながら出てみると、案に相違して地味な和装の四十年配の女が一人、戸口にひっそり立っている。連れの姿は見えない。

女は、空きがあれば二泊したいのだが、といった。言葉に、日頃聞き馴れない訛りがあった。

「お一人様で？」

「いえ、二人ですけんど。」

女は振り返って、半分開けたままの戸の外へ鋭く声をかけた。ちゃんづけで名を呼んだのが、なおちゃ、ときこえた。青白い顔の、ひょろりとした、ひよわそうな少年が戸の蔭からあらわれて、はにかみ笑いを浮かべながらぺこりと頭を下げた。両手に膨らんだボストンバッグを提げている。もう三月も下旬だというのに、まだ重そうな冬外套のままで、襟元から黒い学生服が覗いている。そういえば、女の方も厚ぼったい防寒コートで、首にスカーフまで巻いていた。

「これ、息子でやんして……。」

女もはにかむように笑いながら、ひっつめ髪のほつれ毛を耳のうしろへ搔き上げた。

初めは、近在から市内の高校へ受験に出てきた親子かと思ったが、女中によれば、高校の入学試験は半月も前に済んだという。そんなら、進学準備の買物だろうか。下宿探しだろうか。それとも、卒業記念の観光旅行だろうか――いずれにしても、二泊三日とは豪勢な、と思っていたが、書いて貰った宿泊カードを見ると、なんと北のはずれからきた人たちである。

これは、ただの物見遊山《ものみゆさん》の旅ではあるまい。宿泊カードの職業欄に、主婦、とか、今春中学卒業、などと書き入れるところを見ると、あまり旅馴れている人とも思えないが、どうしたのだろう。

「まさか、厄介なお客じゃないでしょうね。」

と女中が声をひそめていった。

「厄介な、というと?」

「たとえば、親子心中しにきたなんて……。」

「阿呆《あほ》らしい。」

「だけど、あの二人、なんだか陰気で、湿っぽいじゃありませんか。めったに笑顔を見せないし、口数も妙にすくないし……。」

「それは田舎の人たちで、こんなところに泊るのに馴れてないから。第一、心中なんかするつもりなら、なんでわざわざこんなところまで遠出してくるのよ。」

「ここなら、近くに東尋坊《とうじんぼう》もあるし、越前岬も……。」

「景色のいい死に場所なら、東北にだっていくらもあるわ。それに、心中する人たちが二晩も道草食う？」

「案外、道草じゃないかも、奥さん。まず、明日は一日、死に場所を探して、明後日はいよいよ……。」

「よしてよ、薄気味悪い。」

勿論《もちろん》、冗談のつもりだったが、翌朝、親子が、食事を済ませると間もなく外出の支度をして降りてきたときは、ぎくりとした。母親は手ぶらで、息子の方が凋《しぼ》んだボストンバッグを一つだけ手に提げている。

「お出かけですか。」

「はい……。」

この親子は、なにを話すときでも、きまってはにかむような笑いを浮かべる。客のことで余計な穿鑿《せんさく》はしないのがならわしなのだが、つい、さりげなく、

「今日は朝から穏やかな日和《ひより》で……どちらまで？」

と尋ねないではいられなかった。

「え……あちこち、いろいろと……。」

母親はそう答えただけであった。あやうく、東尋坊、と口に出かかったが、

「もし、郊外の方へお出かけでしたら、私鉄やバスの時間を調べてさし上げますが。」

といって顔色を窺《うかが》うと、

「いえ、結構で……交通の便は発つ前に大体聞いてきましたすけに。日暮までには戻ります。」

母親は、別段動じたふうもなくそういうと、んだら、いって参ります、と丁寧に頭を下げた。


親子は、約束通り日暮前に帰ってきたが、それを玄関に出迎えて、思わず、あ、と驚きの声を洩らしてしまった。母親は出かけたときのままだったが、息子の方は、髪を短く伸ばしていた頭がすっかり丸められて、雲水のように青々としていたからである。

あまりの思いがけなさに、ただ目を瞠《みは》っていると、

「まんず、こういうことになりゃんして……やっぱし風が滲《し》みると見えて、嚔《くしゃみ》を、はや三度もしました。」

母親は、仕方なさそうに笑って息子をかえりみた。息子の方はにこりともせずにうつむいて、これまた仕方がないというふうに青い頭をゆるく左右に振っている。どうやら、どちらも納得ずくの剃髪《ていはつ》らしく、

「なんとまあ、涼しげな頭におなりで。」

と、ようやく声を上げてから、ふと、宿泊カードに光林寺内とあったのを思い出した。

「それじゃ、こちらがお坊さんに……?」

「へえ、雲水になりますんで。明日から、ここの大本山に入門するんでやんす。」

母親は目をしばたたきながらそういった。

それで、この親子にまつわる謎がいちどに解けた。大本山、というのは、ここからバスで半時間ほどの山中にある曹洞宗《そうとう》の名高い古刹《こさつ》で、毎年春先になると、そこへ入門を志す若い雲水たちが墨染めの衣《ころも》姿で集まってくる。この少年もそのひとりで、北のはずれから母親に付き添われてはるばる修行にきたのである。

それにしても、頭を丸めた少年は、前にも増してなにか痛々しいほど可憐に見えた。さっき青々とした頭に気づいたとき、まるで雲水のような、とは思ったものの、本物の雲水になるための剃髪だとは思いも及ばなかったのは、そのせいだが、母親によると、得度《とくど》さえ済ませていれば中学卒で入門が許されるという。

けれども、ここの大本山での修行は峻烈を極めると聞いている。果してこの幼い少年に耐えられるだろうかと、他人事《ひとごと》ながらはらはらして、

「でも……お母さんとしてはなにかと御心配でしょうねえ。」

というと、

「なに、こう見えても芯の強い子ですからに、なんとか堪《こら》えてくれましょう。父親も見守ってくれてます。」

母親は珍しく力んだ口調で、息子にも、自分にもいい聞かせるようにそういった。

——息子が湯を使っている間、帳場で母親に茶を出すと、問わず語りにこんなことを話してくれた。自分は寺の梵妻《ぼんさい》だが、おととしの暮近くに、夫の住職が交通事故で亡くなった。夫は、四、

五年前から、遠い檀家《だんか》の法事に出かけるときは自転車を使っていたが、町のセールスマンの口車に乗せられてスクーターに乗り換えたのがまずかった。凍てついた峠道で、スリップしたところを大型トラックに撥《は》ねられてしまった。

　跡継ぎの息子はすでに得度を済ませていたが、まだ中学二年生である。仕方なく、町にあるおなじ宗派の寺に応援を仰いでなんとか急場を凌いできたが、出費も嵩《かさ》むし、いつまでも住職のいない寺では困るという檀家の声も高まって、一刻も早く息子を住職に仕立てないわけにはいかなくなった。住職になるには、大本山で三年以上、ほかに本科一年間の修行を積まねばならない。ゆくゆくは高校からしかるべき大学へ進学させるつもりだったが、もはやそんな悠長なことはいっていられない。十五で修行に出すのは可哀相だが、仕方がなかった。

　自分は明日、息子が入門するのを見届けたら、すぐ帰郷する。入門後は百日面会はできないというが、里心がつくといけないから面会などせずに、郷里で寺を守りながら、息子がおよそ五年間の修行を終えて帰ってくるのを待つつもりでいる……。

「それじゃ、息子さんは今夜で娑婆《しゃば》とは当分のお別れですね。お夕食はうんと御馳走しましょう。なにがお好きかしら。」

　そう訊くと、母親は即座に、

「んだら、とんかつにして頂きゃんす。」

　といった。

「とんかつ……そんなものでよろしいんですか？」

「へえ。あの子は、寺育ちのくせに、どういうものかとんかつが大好物でやんして……。」

母親は、はにかむように笑いながらそういった。

だから、夕食には、これまでいちばん厚いとんかつをじっくりと揚げて出した。しばらくすると、給仕の女中が降りてきて、

「お二人は、しんみり食べてますよ。いま覗いてみたら、お母さんの皿はもう空っぽで、お子さんの方はまだ食べてます。お母さんは箸を置いて、お子さんがせっせと食べるのを黙って見てるんです。」

といった。

それから一年近く経った翌年の二月、母親だけが一人でひょっこり訪ねてきた。面会などしないと強気でいても、やはり、いちど顔を見ずにはいられなくなったのだろうと思ったが、そうではなかった。修行中の息子が、雪作務《ゆきざむ》のとき僧坊の屋根から雪と一緒に転落し、右脚を骨折して、いまは市内の病院に入院しているのだという。

「もう歩けるふうでやんすが、どういうことになっているやらと思いましてなあ。」

相変らず地味な和装の、小鬢《こびん》に白いものが目につくようになった母親は、決して面会ではなく、ただちょっと見舞いにきただけだといった。

息子の手紙には、病院にきてはいけない、夕方六時に去年の宿で待っているようにとあったというから、

「じゃ、お夕食は御一緒ですね。でも、去年とは違いますから、なにをお出しすればいいのかしら。」

「さあ……修行中の身ですからになあ。したが、やっぱし……。」

「わかりました。お任せください。」

と引き下って、女中にとんかつの用意をいいつけた。

夕方六時きっかりに、衣姿の雲水が玄関に立った。びっくりした。わずか一年足らずの間に、顔からも軀《からだ》つきからも可憐さがすっかり消えて、見違えるような凛《りん》とした僧になっている。去年、人前では口を噤んだままだった彼は、思いがけなく錬《ね》れた太い声で、

「おひさしぶりです。その節はお世話になりました。」

といった。それから、調理場から漂ってくる好物の匂いに気づいたらしく、ふと目を和ませて、こちらを見た。

「……よろしかったでしょうか。」

彼は無言で合掌の礼をすると、右脚をすこし引きずるようにしながら、母親の待つ二階へゆっくり階段を昇っていった。

めまい

入院してから十日目の朝、ふと、忘れていた煙草のことを思い出した。

地下のレントゲン室で検査を済ませて、三階の病室へ引き返す途中、エレベーターを待っていて、乗り場の隅に置いてある鉢植えのゴムの木の根元に、白いフィルターの吸殻が一つ転がっているのを見たからである。

ついさっき捨てたばかりのような真新しい吸殻で、フィルターにはうっすら口紅の色が滲《にじ》んでいた。

ああ、煙草——と彼は思い出した。急な入院騒ぎで、煙草のことなどすっかり忘れていたのだ。彼は、入院してからの日数を指折り数えてみた。この三十年来、一日も欠かしたことのなかった喫煙の習慣が途絶えて、もう十日にもなろうとしている。彼は、口紅のついた吸殻から目をそらして、なんとなく唾を呑み込んだ。

妻は、相変らず窓辺の椅子で編み物をしていた。薄桃色の毛糸の玉が彼のベッドの上をゆっくり転げている。

「俺の着物はどこかな。」

彼はガウンを脱ぎながらいった。

「着物って？」

「ここへ着てきた着物だよ、久留米絣《くるめがすり》の。」

「あれなら、とっくに家へ持って帰りましたよ。下駄も一緒に。」

と、妻は編み棒の先から目を離さずにいった。

九日前、彼は、普段着に下駄履きのまま、ほんの健康診断だけのつもりでこの病院にきて、そのまま入院させられたのだった。驚いたことに、血圧が、知らぬ間に測定不能なほど高くなっていた。彼は、外来の診察室から車椅子でこの三階の個室へ運ばれてきた。自分で歩けるのにと、くすぐったかったが、病室に着いたときにはもう軀中《からだ》が意外な脱力感に支配されていて、そう高くもないベッドへひとりで上ることすら叶わなかった。彼は、看護婦に尻を押されてよじのぼった。車椅子に乗っていたわずか二分か三分の間に、すっかり病人になってしまったという気がした。

その後、危機を切り抜けてからは、脱力感も徐々に薄れて、いまは歩くことも、立ち居も容易になっている。

ベッドの上から、毛糸の玉を膝へ抛《ほう》ってやると、妻はようやく彼に目を上げた。

「どうして？　あの着物に、なにか用でもあって？」

べつに、着物に用があるわけではなかったが、彼は横になってから、ふと心にもないことを口にした。

「着る物がなにもないとは心細いな。パジャマじゃ、どこへも出られないじゃないか。」

「……散歩のお許しが出たの？」

「散歩するにも退院するにも、着る物が要るんだ。いつ許しが出るかわからないのに。」

「だったら、心配御無用よ。必要になったら、いつでもすぐに持ってきて上げるわ。こんな狭いところに用のない物を置いといても邪魔になるばかりだから、家へ持ってって畳んであるの。」

「そうかな。本当は、俺がもう二度とここから出られないとでも思って、そうしたんじゃないのか。」

まさか、と妻が真顔で背筋を伸ばすのを見て、彼は笑い出した。

「冗談だよ。さっき地下から戻ってくるとき煙草のことを思い出してね。あの着物のどっちかの袂《たもと》に、煙草が入っていたはずなんだが。ライターも。」

妻は、肩を落すと、にらむ目になって、遠くから編み棒の先で彼を突っついた。

軀が水を吸った丸太ん棒のように重たいのを、ただ疲れが溜まっているからだとばかり思っていた彼は、道々、袂の煙草を取り出しては気付け薬のようにふかしながらやってきたのだ。

「勿論、煙草もライターも出しておいたわ。」

「どこに置いた?」

「茶の間の本棚のね、何段目かに。」

彼には、その煙草とライターが見えた。

「なんなら、捨てちゃいましょうか?」

「いや……それには及ばないよ。」

「でも、あれはもう要らないんでしょう? あと、うちでは誰も吸わないし、とっておいても仕方がないと思うんだけど。」

「だからといって、なにも捨ててしまうことはないだろう。三十年越しの付き合いですぞ。」

妻はくすっと笑って、また編み棒を動かしはじめた。

彼はしばらく黙っていたが、やがて天井へ目を向けたままで、

「煙草は、もう一生駄目なのか。」

と、半分独り言のように呟いた。

「……情けない声。」と、妻が哀れむように笑っていった。「一生はともかく、まず、当分は駄目でしょうね、きっと。」

「当分って、いつまでなんだ。」

「それは、私にはわからないわ。先生はなにかおっしゃらなかった？」

「煙草のことなんか一と言もいわない。こっちもすっかり忘れていたけど。」

「お互いに煙草どころじゃなかったものね。」と妻はいった。「せっかく忘れていたのに、なんで思い出したのかしら。」

彼はさっきの口紅のついた吸殻を思い浮かべながら、ただ、ふっとね、とだけいった。

「吸いたい？」

「吸えるものならね。」

「ためしに、先生に伺ってみたら？」

「そうしよう。こうして病院にいるうちはいいとして、先のことを考えると味気ないからな。煙草が厄介な習慣だとはわかっているけど。」

「……わかるわ。」と、妻はすこし間をおいてから呟くようにいった。「厄介だとばかり思ってい

たお荷物を下ろしたあとって、寂しいもんよ。女だってね。」

それから、二人は長いこと黙っていた。

昼過ぎに、担当医がレントゲン検査の結果を知らせにきてくれた。どこにも異状が見当らないということであった。彼は、ついでに煙草のことを尋ねてみた。医師は薄い口髭《くちひげ》に指先を触れて苦笑した。

「やっぱり思い出しましたか。でも、これで十日近くも忘れていたんでしょう。勿体《もったい》ないな。もうすこし辛抱できませんか。やめるには絶好のチャンスなんですがね。」

「ほんの一服もいけませんかね。」

「一服したら、もういけませんよ。」と、医師は苦笑を濃くしていった。「眠っていた子がぱっちり目を醒ましちゃいます。軀の方には直接どうということはないでしょうがね。これまでの検査では、血圧を異常に高めた原因だと思われる疾患はなにも見つかってませんから。もうすこし様子を見てからでないと断言はできませんが、いずれにしても一過性のものだったと思われます。ですから、精神面に及ぼす影響も考慮に入れると、絶対にいけませんともいえないんですが……。」

「ちょっと吸ってみて、思ったより不味《まず》かったら、すぐよしますよ。」

と彼はいった。

医師は仕方なさそうに頭を振った。

「入院前は一日何本吸ってました？」

「四十本ぐらいです。」

「四十本は多すぎる。もう、そんなには吸えませんよ。」

「何本ならいいでしょう。」
「そうですね……三本ぐらいなら。」
「一日三本。」
「それも、立てつづけに三本はいけません。一本ずつ適当な間隔をおいて。なるべく空腹でないときに。物を食べたあとの一服が旨《うま》いといいますね。毎食後に一本ずつというのはどうでしょう。」

日に三本でも、全くないよりは増しである。彼はさっそく妻を売店へ走らせた。長くても短くても一本は一本だから、ほとんど馴染みのなかったロングサイズというのを買わせた。
「これは私が管理してあげるわ。」と妻はいった。「その方が、いちいち誘惑と闘わなくても済むから気が楽でしょう？」

病室は禁煙で、吸うときは廊下のはずれの喫煙室まで出かけなければならない。塩分抜きの、味もあるかなしかの夕食をそそくさと済ませ、妻から貰った一本を軽く握って、病室を出るとき、彼は、毎朝百円玉を一つずつ貰って勤めに出かけた三十年前の新婚のころを、ふと思い出した。

初めての狭い喫煙室には、付添婦らしい中年女の先客がいて、窓からは、民家の屋根の重なり合いと、梢《こずえ》に新芽の色を滲ませた欅《けやき》が何本か見えていた。彼は、先客の向い側の長椅子に腰を下ろすと、前こごみになって煙草に火を点《つ》けた。

一服すると、忽《たちま》ち頭のなかと手足の先に網の目のような痺れが走り、投げ出している先客のスリッパの足がすっと遠退《とおの》いていくのがわかった。郷里の高校三年の秋、下宿の二階で初めて煙草を口にしたときのことが、まざまざとよみがえってきた。あれは、同室の下級生が進駐軍の兵士から手に入れてきた駱駝《らくだ》の絵のついているアメリカ煙草で、あまり旨そうに吸っているから、ためしに一服させて貰ったのだった。すぐに、ひどいめまいがして、昏倒《こんとう》した。細目に開けた窓から夕陽がさし込んでいて、明るんだ天井がぐるぐる回っていた。

彼は、前へ崩れ落ちないように、椅子の背にもたれてのけぞった。後頭部が壁に当って鈍い音を立てた。

――ぎいぎいと釣瓶《つるべ》が軋んでいる。それから、桶《おけ》に注ぎ入れる微《かす》かな水音。前の街道のむこうの空地に古風な釣瓶井戸があり、日暮になると、近所の長屋からすこし年上の娘が天秤《てんびん》棒を肩に水汲《みずく》みにくる。それを眺めるために窓を細目に開けておくのだ。

髪をきっちり三つ編みにした、色は浅黒いが目鼻立ちの整ったその顔が好きで、まるい腰や足首のくびれた脛《すね》に力がみなぎったり退《ひ》いたりするのを眺めていると、額を触れている窓のガラスが顫《ふる》えてくるほど胸が鳴る。それに、夕闇のなかでなにかをこっそり踏み洗いするときの、あのふくらはぎの白さ。

早くしないと娘は引き揚げてしまうが、起き上ることができない。口のなかに唾が湧く、天井がぐるぐる回る……。

「指が焦げますよ。」

という女の声で、彼は我に返った。煙草はフィルターだけになっていた。胸にはときめきが尾を引いていた。悪くない夢を見たような気がした。

その後、彼は日に三度、いそいそと喫煙室へ通ったが、もはや、懐かしいめまいは二度と戻ってはこなかった。

ひがん・じゃらく

この春もまた、彼岸の入りは、夜明け方から蒼黒い雲が低く垂れこめて生暖かく、どうやら例のじゃらくの気配で、いまのうちに、凍てついた道が解けてぬかるみにならないうちにと、早起きして墓参を済ませることになりました。

北のこの地方では、毎年、春の彼岸になると、きまって一夜の風雪に見舞われるのがならわしです。なんでも、シベリアに居坐っていた寒気団の衰えに乗じてやってくる温帯低気圧とやらの仕業だということですが、日中の雨が暮れ方から霙《みぞれ》に変り、夜には濡れ雪になり、東南の風も募って一と晩中吹き荒れるという、まるで年中行事のような春の嵐で、土地ではそれを昔ながらに、ひがん・じゃらくと呼んでいます。じゃらくの語源など、いまではもう知る人もありませんが、これが吹き過ぎてしまうと、どういうものか、途端に冬枯れの野山がめきめきと春めいてくるのです。

高台の寺へ登る長くて勾配のきつい石段道は、身軽なときでも還暦の足腰には応えるのですが、今朝は着ぶくれている上に、一と冬履いて滑り止めの金具もすっかり弛《ゆる》んでしまった雪下駄です。蛇の目傘を男のステッキのようにして、時折、どっと吹きつけてくる雨気を孕《はら》んだ裏山おろしにたじろぎながら登っていくと、山門脇に六体並んでいる石地蔵の真新しい涎掛《よだれか》けが小旗のようにはためいていました。

庫裏《くり》の土間には、味噌汁の匂いが籠っていました。板壁の棚に並んでいる木やブリキの手桶のなかから、目印に店の屋号の頭文字だけ書き入れてあるのを捜していると、奥から寺男の留さんが歯を吸う音をさせながら出てきて、難なく見つけ出してくれました。

「奥さんはまたお早いこって。」

「なんだか雲行きが怪しいもんだからね。」

「このあんばいだと、今夜《こんにゃ》あたりがじゃらくでやんしょう。せっかく墓地に雪道をつけましたっけがな。」

留さんは一緒に出てくると、鐘楼の蔭の水道から手桶に水を入れてきてくれました。

「これは、おらが持ってってあげます。」

「いえ、大丈夫。足許は少々頼りないけど、腕ぢからはまだまだあるの。」

「んだら、傘ば置いていきなされ。降り出すまでにはまだ間がありゃんしょう。もし落ちてきたら四阿《あずまや》にでも入っていなせ、おらが迎えにいって上げる。」

せっかくですから、蛇の目は預け、両手に花の包みと手桶を提げて歩き出すと、

「滑らねよにな。一歩々々しっかと踏んで。」

背後からそういう留さんの助言です。雪下駄でせいぜい足許を踏み締めると、まだ凍てついたままの墓地への小道に、弛んだ滑り止めの金具がちゃらちゃらと音を立てました。

朝、こうして雪下駄のくたびれた音を聞きながら墓地を歩いていると、ああ、今年の冬もやっ

と終るのだなあという感慨が湧いてくるのですが、そんな彼岸は恵まれた方で、大雪の年や一と足早くじゃらくが吹き荒れた翌日などは、さすがの留さんもろくな雪道をつけかねて、仕方なく途中の道端の積雪に花を横たえ、遠くから墓を拝んで引き返すほかはないのです。

さいわいこの冬は雪がすくなく、今朝は結構な雪道で、どうにか墓まで辿りつくことができました。両親も、夫も葬ってある、古色蒼然とした先祖代々の墓ですが、きのう孫たちに駄賃をはずんだ甲斐があって、こざっぱりと片付いています。花を供え、袂に入れてきた線香を焚《た》くなどしてから、途中で心ならずも半分はこぼしてしまった手桶の水で墓をうるおしていると、最初の一と粒が鼻筋にきました。手桶の水が跳ねたのかと思いましたが、そうではなくて、早くもじゃらくの前触れです。裏山へ目を上げると、杉木立に走るまばらな雨脚が見えました。

登り下りの多い斜面の広い墓地ですから、誰でも雨宿りしたり一と息入れたりできるように、ほぼ中央に杉皮葺《ぶ》きの簡素な四阿が設けてあります。大した降りでもなさそうでしたが、季節の変り目の雨に濡れるのは禁物ですし、いたずらに帰りを急いで、滑って転んでもなりません。それで、ひとまず四阿へ逃げ込んで傘の迎えを待つことにして、手早く後始末をし、ショールを頭からかぶって墓前を離れたのですが、四阿の手前まできて、思わず立ち止まってしまいました。てっきり一番乗りだと思っていたら、すでに道端の墓の一つに、目の醒めるような黄色い花がどっさり手向けてあったからです。

あ、月見草。一瞬そう思いましたが、いまごろ月見草など咲くわけがありません。近寄ってよく見ると、やはり出来のいい造花でした。しかも、月見草にしては花びらが細く、ふっくらした感じに欠けていて、一輪に二枚ずつ茶色い縞《しま》模様のが混じっています。商売柄、花には多少の知識があるものですから、これは月見草ではなくて洋種のアルストロメリアを真似たのだろうと思いました。

四阿のベンチからもその花は見えていました。離れて眺めると、やはり月見草に見えるのです。まだ真冬そのままの色のない墓地に、黄色い炎が燃え立つようです。あの色は造花の作り手の好みだろうか、それとも、あの墓に眠っている人が生前黄色い花が好きだったのだろうか――ショールについた雨粒をふるい落しながらそんなことをぼんやり考えていると、唐突に、一人の少年の顔がひょっこり目に浮かんできて、びっくりしました。それが、この四十年間いちども思い出したことのない、もうとっくに忘れたはずの顔なのですから、どういう風の吹き回しだったのでしょう。つい、どぎまぎして、誰もいないのに急いであたりを見回したのが、我ながら滑稽でした。

その少年というのは、まだ高等女学校を出たばかりの戦争末期に、いちどじゃらくのようなものに唆《そそのか》されてあやうく身を捧《ささ》げようとした相手の、杉太郎です。

私の生家は、この城下町では暖簾の古い甚兵衛という屋号の和菓子屋ですが、子供時分には家族のほかに住み込みの男衆がいつも四、五人はいたものでした。菓子作りの職人が二人と、あとは年少の見習いや丁稚《でっち》たちですが、その後、戦争が拡大するにつれてその男衆が次々と兵隊にとられ、とうとう脚の悪い職人が一人きりになったところへ、見習いで入ってきたのが杉太郎です。近在から出てきたこの樵《きこり》の子は、私より一つ年下で、一人娘の私は町の女学校の四年生でした。

杉太郎は、山育ちなのに色白で、華奢《きゃしゃ》な軀つきの少年でした。面長で額が広く、眉も目もすこし吊り気味で、ごく短く刈った坊主頭がまるで剃《そ》ったように青々と見える。実際、初めてこの新入りを見たとき、なんだか山寺からきた雲水みたいな、と思ったことを憶えています。無口で無愛想でしたが、根が素直な質《たち》で、両親ばかりではなく、気難しい職人からも珍しく目をかけられているようでした。

その杉太郎のまなざしがなんとなく気になり出したのは、梅雨時に火傷《やけど》の手当てをしてやってからです。新入りの見習いは、竈《かまど》にかけた大鍋で餡《あん》を煉《ね》るとき、きまって一度や二度は手や腕にうっかり煮え湯よりも熱いとばしりを浴びるものなのですが、杉太郎も例外ではなく、右の手首に派手な火傷を負ったのです。

私の生家では、火傷の手当てには油薬ではなく炊いた御飯を用いていました。よく煉った御飯を和紙に厚く伸ばして、それを患部に当てるのです。御飯が固く乾いたら、また新しいのに取り替えて、それを何度か繰り返しているうちに、火傷はだんだん熱を失って火《ひ》脹《ぶく》れせずに乾いてしまいます。杉太郎の手首も、梅雨が明けないうちにあらかた乾いて、これが最後と思われる綳帯《ほうたい》を巻き終えてしまうと、ふと、男のものとも思えないなめらかな肌に未練のようなものを感じました。

「女みたいな手のくせに随分大飯食らいだったなあ。」

そういって笑いながら目を上げると、思いがけなくじっと見詰めている深いまなざしに出会い、つい、うろたえて、

「おしまい。二度と火傷の世話はごめんだえ。」

と、腕を荒っぽく放り出して背を向けたのですが、それからなのです、杉太郎の私を見る目が

ある種の力とうるおいを帯びはじめたのは。

正直いえば、私自身、彼に全く関心がなかったわけではありません。それどころか、人知れず好意も興味も抱いていて、いずれは恋も知らずに婿養子を迎えて家業を継ぐことになる我が身が無性に心寂しく想われる夜など、杉太郎相手の夢を思うさまに描いて憂《う》さを晴らすことさえあったのです。けれども、面と向えば家付娘と使用人で、朝夕の挨拶以外はろくに言葉を交わすこともなく過ぎていました。

親同士の計らいで養子縁組の約束が調ったのは、その翌年の正月のことです。相手は隣町の穀物問屋の次男坊で、まだ大学生でしたから、挙式は三年後という約束でした。私としては、それは抵抗しがたいなりゆきにしても、せめてこの三年間に夢を賭けてみたいという気持だったのですが、何事にもひたむきな杉太郎にはそうもいかなかったようです。

ようやく遅い夏の暑さがやってきたころ、突然、父の口から意外なことを聞かされて、驚きました。杉太郎に暇を出すというのです。それというのも、本人が菓子職人を諦めたばかりか、事もあろうにいつの間にか海軍の飛行機乗りを志願し、すでに試験にも合格して、入隊の日が迫っているというのですから、開いた口が塞がりません。いったい、彼になにが起こったのか。もしかしたら私の婚約で自棄《やけ》を起こしたのでは、とも思われましたが、歯痒《はがゆ》いことながら私には彼に翻意を促す権利も力もなくて、ただはらはらしながら見守っているほかはありませんでした。

私にじゃらくが吹き荒れたのは、家内でささやかな送別会を催した晩です。お酒代わりの、山葡萄《やまぶどう》の絞り汁を冷たい井戸水で割ったのを一と息に呷《あお》った杉太郎が、柄にもなく力んだ声で詩吟を唸《うな》るのを聴いていると、訳もなく、この子は死ぬな、と思われ、すると胸底からどっと込み上げてくるものがあって、泣き出してしまい、それきり自分で自分がわからなくなりました。あとで杉太郎を町はずれの川原へ誘い出したのも、到底いつもの自分の仕業だとは思えません。

広い川原は、ちょうど月見草の花盛りで、それが夜目にも白く見えていました。鉄橋の真下で、彼に背を向けて、こういいました。

「おらの餞別《せんべつ》あげる。好きなようにしなせ。」

半袖シャツを脱いで、手縫いの乳当てだけになり、モンペも紐《ひも》をほどいて足許に落しました。けれども、息を呑む気配ばかりで、杉太郎の手はどこにもきません。

「……早く。早くしなせ。」

やがて、背後で声もなく駈け出す足音が起こり、私は呼び止める気力もないままに、しばらくの間、その足音と一緒に遠退いていくじゃらくのざわめきに耳を澄ましながら、脱け殻の胸を自分で固く抱いていました。……

墓石の間に駈けてくる留さんがちらちら見えて、ベンチから腰を上げると、またしても雪下駄のくたびれた金具が気恥ずかしい音を立てました。

ののしり

どじ。あほ。まぬけ。ひすてり。あばずれ。こんちきしょう。

ほかに、なにか、なかったかしらん。今夜は、もっとひどいのが、一つあったような気がするけれど。

どじに、あほに、まぬけに、ひすてりに、あばずれに、こんちきしょうに——あった。くそばばあ。

すると、湯気で汗ばんだガラス戸にうっすら揺れていた人影が急に濃くなって、

「呼んだ?」

「いいえ。」

「声がしたけど。ひとりで、なにをぶつぶついってるの。」

「……なんでもないの。ただの、鼻唄。」

「ま、こんな夜ふけに? 娘が湯殿で? およしよ。のぼせたって、知らないよ。」

つい、首をすくめると、顎の先が湯にひたって、いつの間にかそこに出来ていた擦り傷がひりひりする。しくじった。指折り数えているうちに、うっかり、口に出していたらしい。祖母は耳

が遠いはずだが、どういうものか、悪口めいた言葉だけは敏感に聞きとがめる。くそばばあがきこえていたら、ひと悶着《もんちゃく》はまぬがれなかった。

けれども、こちらは、べつに湯舟のなかからガラス戸越しに祖母を呪っていたわけではないのだ。どじにはじまる薄汚い言葉は、いずれも今夜の試合で自分に浴びせられた相手方ののしりにすぎない。

照明を落したリンクから、スティックを担ぎ、スケート靴や防具を詰め込んだ重い袋を引きずるようにして帰ってきて、好きな木の湯舟に冷えた軀を沈めていると、ようやく人心地がついて、今夜の氷の上での出来事がこまごまと思い出される。試合の模様はもとより、激しいボディーチェックのひそかな快感や、忘れていた足腰の痛み、さらには、耳についた多彩なののしり声までも、相手の形相と一緒によみがえってくる。

どじ、あほ、まぬけは毎度のことで、ひすてり、あばずれ、こんちきしょうも珍しくはない。もう、どんなののしりにも動じないつもりでいたのだが、今夜のくそばばあは、いささか応えた。相手はまだ頬っぺたの赤い女子高生で、フェンス際で揉み合ったとき、わざとヘルメットをこちらの頭にがつんがつんと打ちつけてくる。それで、レフェリーの笛が鳴ってから、やったわね、とにらんでやると、なにさ、くそばばあ、と相手はいった。

その言葉の薄汚さよりも、ばばあが応えた。なるほど、高校生から見れば、二十七歳の独身女はもはや婆《ばばあ》みたいなものかもしれないが、面と向ってそういわれたのは初めてで、さすがに一瞬、ひるんでしまった。

女同士で、誰しも心に深手は負いたくないから、たとえ激しいののしり合いになっても相手の容姿の弱点を突くことだけは暗黙のタブーになっている。それは重々承知しているが、齢《とし》の弱みについては自分でも考えたことがなかった。もし、くそばばあが許されるものなら、こちらにも、すかさずくそがきとやり返す手があったのである。

いつも、こんなふうに、帰宅してから湯舟のなかで気がついて、今度こそはと、しっぺ返しを夢見るのだが、いざ試合になると、気の利いたののしり一つ満足にいえたためしがない。どんなに口汚くののしられても、ののしり返すということができない。相手の粗暴さに腹を立てたときの言葉といえば、よしてよ、あんた、なにすんのよ、のたぐいばかりで、あとはせいぜい、目に力を籠《こ》めてにらみつけるだけである。

なぜだろう。他人《ひと》をののしることなど知らずに育ったせいだろうか。ののしり言葉を聞き憶えても、それがさっぱり身に着かないのは、もともと自分にそんな素質がないからだろうか。

それでも、氷の上でののしりは、陸《おか》へ上ればそれきりであとを引かないところがありがたい。ののしった方も、ののしられた方も、試合が済んだ途端に薄汚い言葉などけろりと忘れて、ごく普通の主婦や娘たちに戻る。現に、今夜いささか応えるののしりを口走った女子高生も、帰りにロッカールームですれ違ったときは、ひと汗かいたあとのすがすがしい笑顔で、お疲れさまでした、おさきに、と挨拶した。こちらも笑って、おやすみなさい、気をつけてね、といった。

それにしても、くそばばあなど、あの少女のどこにひそんでいたのだろう。

時々、濡れたガラス戸に、祖母の瘦せた和服姿の影が揺れる。夜食の支度をしながら、合間に脱衣場を覗きにくるのである。なんのためかはわかっている。祖母は、母親代わりの気遣いから、氷の上の格闘技とやらを済ませてきた孫娘の無事な軀を自分の目で確かめないではいられないのだ。

湯舟の栓を抜いて、出ていって、脱衣場の鏡の前に立つと、祖母は眩《まぶ》しそうな目でさりげなく眺め回してから、バスタオルをひろげてくれる。

「今夜はどこも傷《いた》まなかったろうね。」

「ちょっとしたのが二つで済んだわ。」

一つは全く憶えのない顎の先の擦り傷。もう一つは左脚の、膝の裏側からすこし上のところで、パックの当った跡が薄紫の痣《あざ》になっている。祖母は指でそこを抑えて、

「痛む？」

「すこし。そうして指で押したりすればね。」

「危ないね。気をつけなくっちゃ。今夜は膝の裏で済んだけど、もっと大事なとこに当ったら、どうするの。」

「もっと大事なとこって？」

「……傷めたりしたらお嫁にゆけなくなるとこよ。」

鏡のなかの軀をちらと見て、思わずくすっと笑ってしまう。

「苦労性ねえ。大丈夫。大事なとこはみんなプロテクターで守ってるから。」

祖母の溜息が、隙間風のように肩先をかすめる。

「それにしても生傷《なまきず》が絶えないねえ。」

「それだけ奮闘してるって証拠よ。」

「なんだか知らないけど、女だてらにアイスホッケーだなんて……氷との縁が切れないもんかね

いる。

「だって、三つのころからの腐れ縁だもの。苦情があったら、あたしにスケート遊びを仕込んでくれた人にいってよ、お祖母《ばあ》ちゃん。」

祖母は黙ってしまう。三つのときから氷の上で鍛えてくれた母親は、とっくにこの世を去っている。

三歳の記憶はなにもないが、どうやら母親は、自分のスケート靴の片方にこちらを立たせて滑ったものらしい。勿論、軀は落ちないように上から両手でしっかり支えて。母親はかつてフィギュアの選手だったが、我が子を誰よりも早く氷に馴染ませたくてそうしたのだろう。ここは北国でも海辺に近くて、冬は積雪がすくない代わりに寒気が厳しく、水溜まりという水溜まりが厚く結氷する土地柄だから、昔からスケートが盛んなのである。大概の市民は子供のころにスケートをした経験を持っている。

おかげで、氷を見る目と度胸は出来たが、自分の脚で滑り回るようになると、ただふわふわと踊るばかりでは物足らなくて、スピードの方を選んだ。小学校では負け知らず、中学から高校時代は県下でも指折りのスプリンターであった。東京の体育大学へ進んでからは、脚力がすこし衰え気味で、それでも三千メートルでは入賞の常連だったものだが、卒業後、郷里で学校勤めをするようになってからは、ただ風を切って突っ走るだけでは満たされなくなって、いまはアイスホッケーのクラブチームに入っている。チームの名はペンギン・ファイターズ。

祖母は、女だてらにというが、いま市内には女子のクラブチームだけでも五チームあって、デパートの従業員チームを除けば、いずれも上は子持ちの主婦から下は高校生までの雑多な愛好者の集まりである。シーズンになると、それぞれのチームが週に二日、家事や勤めを終えてから二時間ずつの夜間練習を重ねて、年が明けると間もなく、総当りのリーグ戦に入る。毎週土曜日の夜、最も設備の整っている駅前の屋内リンクに観衆を集めて、二試合ずつがおこなわれる。

今シーズン、ペンギン・ファイターズはこれまでのところ三勝無敗で、もう一勝すれば昨年につづいて二連覇ということになるが、最終戦に当るホワイト・ベアーズは、まだ二勝ながら少々手ごわい。昨シーズンは出産で欠場したポイントゲッターのS女が復帰しているからだ。

S女とは、おない齢で、学校は別々だったが、スピードスケートでは仲間であった。仲間というより、何度となく悔しい思いをさせられた好敵手《ライバル》で、高校を出ると早々に結婚して北海道へ渡ったと聞いたときは、内心ほっとしたものであった。それが、三年前に一家でまたこの市へ帰ってきた。子供が出来ていたのは当然としても、その冬、ホワイト・ベアーズの一員になって本場仕込みのスティックワークを披露したのには驚かされた。S女はそのシーズンの得点王になり、チームを優勝に導いた。

昨年の夏、S女の一家と街角でばったり出会ったことがある。S女は赤ん坊を抱き、夫君は幼児の手を引いていた。夫婦は浴衣《ゆかた》姿で、仕合わせそうに見えた。

「こないだは得点王おめでとう。」

余裕たっぷりの笑顔でそういうから、鬼のいぬ間にね、ともいいたくなくて、まあ、可愛い、と赤ん坊を覗くと、

「あなたは、まだ?」

とおなじ笑顔でS女はいった。

いま、その言葉がS女への闘志を掻き立てる。子持ちの女に負けてたまるか。

案の定、最終戦は追いつ追われつの熱戦になった。四対四のまま最後のピリオドに入ると、急に相手方の言動が粗暴になり、釣られて味方もすっかり昂奮して、残り時間がもういくらもないというのに二人も反則退場者を出してしまった。もはや絶体絶命で、やっとの思いで奪ったパックを味方のゴールからなるべく遠くへ運ぶつもりで突っ走ると、横合いから激しい体当りを食らってそのままフェンスに押しつけられた。

S女であった。右の乳房が痛かった。見ると、相手のスティックの尻が弛んだプロテクターの下から食い込んでいる。つい、むらむらとして、なにすんのよ、よしてよ、といった。けれども、S女は無言で、なおもぐいぐいと押してくる。乳房が潰れる、と思った。

そのとき、信じられないようなののしりが自分の口から飛び出すのを聞いた。

「どすけべ！」

愕然《がくぜん》とした。それは、かつていちども口にしたことは勿論、心に呟いたこともない言葉であった。自分の辞書にはない言葉なのだ。

躯中の力が、いちどきに抜けた。味方のゴールへ突進していくS女の後姿を見ても、追いかける気力が湧かなかった。取り落したスティックを拾おうとして、尻餅をついた。

うそ

うそ鳥の啼《な》き声は、若い女の口笛に似ている。

すこし厚目の、艶《つや》やかで柔かそうな唇をまるくすぼめて、躊躇《ためら》いがちに、ひょうと低く鳴らしてみせる可憐な口笛。口笛というよりも、こっそり洩らした溜息が思いのほかに深すぎて、つい音になったというふうな、なにやらうるおいを帯びた、ひそやかな音色。

彼は、毎朝、そんなうそ鳥の啼き声で目醒めた。

初めのうちは、夢うつつに聞いて、すると郷里の生家に寝ているのだという錯覚に何度も陥った。郷里で暮らした子供時分は、よく寝床のなかでうそ鳥の口笛を耳にしたからである。とりわけ、春の花時には、朝っぱらからうるさいほどであった。生家のあたりには桜の樹が多くて、うそ鳥が好物の蕾《つぼみ》を啄《ついば》みに群れをなしてやってくるのだ。

けれども、いまは桜の季節でもないし、ここは郷里の生家ではない。東京近郊の裾を切り崩した丘の谷間に、形も色も似たような屋根をぎっしり並べている建売住宅の一軒である。勿論、彼も子供ではなくて、そばには結婚したばかりの相手が寝ている。うそ鳥も、戸外の樹木の枝や電線ではなくて、枕許の障子を隔てた縁側のはずれの、竹の鳥籠のなかで啼いている。

起き出す前に、腹這《はらば》いになって、癖の目醒まし煙草をふかしていると、隣からは妻の寝息が、縁側からは、口笛のほかに、飛び移った鳥の重みで止まり木が軽やかに弾む音もきこえる。その音が、時々、もつれるように乱れるのは、縁側の小鳥が一羽だけではないからで、もう一つの籠にはおなじうそ鳥の雌がいるのだ。けれども、啼いているのは雄鳥だけで、雌鳥の方はただ黙々と止まり木を行きつ戻りつするばかりである。

彼にも、妻にも、もともと小鳥を飼う趣味などなかった。それが、こうして啼かない雌鳥までも飼っているのは、彼の幼馴染みのひとりが、結婚祝いに、わざわざ郷里から手作りの鳥籠に入れて運んできてくれたからであった。

「わしら、都会の暮らしには不案内でのう、どんな贈物がええやら見当がつかん。あれこれ考え迷ったあげくに、いっそ、なによりも田舎臭いものを、ちゅうことになったんじゃ。」

この家で妻と暮らしはじめて間もなくのころ、突然ジャンパー姿であらわれた幼馴染みはそういって、両脇に抱えてきたむき出しの鳥籠を縁側に置いた。長距離トラックの運転手をしている男で、ついでがあったから助手席にのっけてきたのだという。

その幼馴染みの話によれば、この春、郷里の桜という桜が例年になくおびただしい数のうそ鳥に蕾を食い荒らされて、花見もあやぶまれるほどであった。こうなると、うそ鳥も一種の害鳥で、町の誰もが駆逐に頭を悩ましたが、実はここに持参した二羽も、そのとき捕えて殺さずに保護しておいたもののうちから選んできたのである。

「結婚祝いじゃから番《つがい》にしたっけが、一緒の籠に入れると雄鳥が啼かなくなるんでな。このまま別々に飼いなされ。」

幼馴染みはそういって、これが雄で、こっちが雌、と都会育ちの妻に教えた。妻は雄鳥の籠を覗き込み、まあ、綺麗、と目を輝かせて嘆声を上げた。

うそ鳥は、雀《すずめ》よりもひとまわり大きく、ぽってりと太った軀つきで、雄雌ともに頭と翼と尾は黒いが、あとは全体に地味な灰褐色の雌鳥よりも、頬から喉にかけてが朱色で、胸と腹とが青味を帯びた灰色の雄鳥の方がずっと美しい。

「ちょうど、あんたら夫婦と逆でやんすな。」

幼馴染みは、妻の無邪気な喜びように満足したとみえて、柄にもなくそんなお愛想をいった。それから、ジャンパーのポケットを膨らませていた餌《えさ》の荏胡麻《えごま》の袋を取り出して、ざっと飼い方を伝授すると、まんず夫婦喧嘩もほどほどに、と笑って、近くの空地に停めてあるというトラックの方へ引き揚げていった。

夫婦は顔を見合わせた。

「……厄介なものを貰ったな。どうする？」

「どうするって、飼うほかないでしょう。」

「でも、近頃はうるさいからな。無許可で野鳥を飼っちゃいけないんだ。」

「だけど、せっかくの贈物よ。すぐ逃がしたりしたら贈ってくれた人に悪いわ。野鳥といっても、命を助けて保護していた害鳥でしょう？　それに、誰に迷惑をかけるわけでもないんだし。しばらく飼ってて、飽きたり手に負えなくなったりしたら放してやりましょうよ。」

世話を引き受けると妻がいうので、彼は結局飼うことに同意した。

飼いはじめてみると、別段案ずるほどのこともなかった。籠を軒下に吊るしたりしない限りは、道から見咎《みとが》められるおそれはまずなかったし、啼き声も、鳥の姿さえ見えなければ妻の下手な口笛としかきこえなかった。

ある晴れた日曜日の午後のことである。

彼は、狭い庭を鉤《かぎ》の手に囲んでいる二階の窓から読み疲れた目をぼんやり下へ投げていて、妻が縁側に並べてある鳥籠の一つへ手を差し入れるのを見た。

その鳥籠の口は、そのとき庭の方に向いていた。部屋から縁側へ出てきた妻は、籠を覗き込んでなにか呟き、そのまま籠の上に覆いかぶさるようにして、庭に向いた口から象の鼻のように伸ばした右手の先を差し入れたのである。

見ていて、危なっかしいな、と彼は思った。籠のなかに用があるなら、口を自分の方へ向ければいいのに。彼は声をかけてやろうかと思ったが、もう遅かった。妻の手の甲の下に思わぬ隙間ができたのだろう、籠のなかの鳥が一直線に庭へ飛び出るのが見えた。

あ、と妻はちいさな悲鳴を洩らして身を起こした。鳥籠ががたんと鳴った。同時に彼も口を開けたが、声にはならなかった。彼は急いで階下へ降りた。

妻は、まだ驚きから醒めない顔で、両手の拳を顎の下に並べていた。

「ごめんなさい、逃がしちゃった。」

「見ていたよ、二階の窓から。どうも危ない恰好だと思ってたんだ。」

逃げたのは雄鳥で、隣の雌鳥は動顛《どうてん》してばたばたと籠のなかを飛び回っている。

「やっと馴れてきたのに……まさか逃げられるとは思わなかったわ。」

「馴れてきたころが危ないんだよ。野鳥は油断がならないんだ。」

二人は、縁先から、塀際に並んでいる背の低い数本の植木の枝々を丹念に見たが、うそ鳥の姿は見当らなかった。あたりに耳を澄ましてみたが、啼き声もきこえなかった。

「だけど、なんで籠のなかに手を入れたりしたの？」

「水の容器を取り出すつもりだったの。あんまり汚れてたから、替えてやろうと思って。」

「だったら、籠を回して、口をこっちへ向ければよかったのに。庭の方へ向けたまんまじゃ、不自然だし、不用心だよ。姿勢が無理だから、どうしたって手のまわりに隙間ができる。」

妻は、訝《いぶか》しそうに彼を見た。

「手のまわりって？」

「はっきりいえば、甲の下のところにね。ほら、こんなふうに。」

彼は、さっき妻がそうしたように、空《から》の鳥籠の上へ覆いかぶさるように身を屈《かが》めて、伸ばした右腕の先を籠の口から差し入れて見せた。案の定、上を向いた手のひらには、ただ押し上げるだけの格子戸がひとりでに落ちて隙間を塞ぐが、反対側の甲の下には、確かに思いのほかの空間が生じる。

「ね？　鳥はここから飛び出したんだよ。」

すると、意外にも、妻は真顔でかぶりを振った。

「違うわ。そこから逃げたんじゃないの。」

彼は微笑した。

「いや……君はびっくりしてよく憶えてないんだろうけど、僕は上から見てたんだ。鳥は確かに君の手の甲の下から逃げたよ。」

「違うわ。それはあなたの見間違いよ。」

思わず彼も真顔になって、妻を見詰めた。

「じゃ、どこから逃げたんだ？」

「籠の下の方からよ。」と妻はいった。「ちょっと手首が引っ掛かって、上の方だけが持ち上ったんだわ。」

その手作りの鳥籠は、床の部分と籠の部分とが二本の竹釘で繫《つな》がれていた。もし竹釘の一本が抜けて上の部分だけが持ち上れば、籠全体が大きく口を開けることになる。

見ると、庭の方に向いた竹釘がいつの間にかそばに抜け落ちていた。抜いたのは妻でも彼でもないから、なにかの拍子に、ひとりでに抜け落ちたのだと思うほかはない。

そういえば、さっき妻が悲鳴を上げた直後に、籠ががたんと音を立てたな、と彼は思い出した。するとあれは斜めに持ち上った上の部分が元へ戻ったときの音だったろうか。いや、そうではない。箱ががたんと鳴ったとき、妻はすでに身を起こしていた。妻は思わず鳥を追いかけようとして、ちょっと籠に躓《つまず》いただけだ。

彼は、やはり自分の目を疑うことができなかった。鳥は間違いなく、妻の手の甲すれすれに飛び出したのである。それをこの目ではっきり見たのだ。籠は決して斜めに持ち上ったりなどしなかった。

「ねえ、君」と、彼は押し黙っている妻にいった。「僕は君をとがめてるんじゃないんだよ。僕は怒ってなんかいやしない。だから、正直にいえよ。」

「正直にいってるわ。鳥は籠の下から逃げたのよ。」

妻は平然とそういったが、嘘《うそ》をついているのは明らかであった。彼には妻という人間が急にわからなくなった。二年前から親しんできて、ようやく結婚まで漕ぎつけた相手が、全く未知の、虚偽に満ちた女に見えてきて、彼は暗澹《あんたん》とした。

ところが、夕方近くなって、逃げたうそ鳥がいつの間にか戻ってきているのに妻が気づいた。そのとき彼は浴室にいたが、急いで腰にタオルを巻きつけて縁側へ出てみると、なるほど妻の指さす庭木の枝に喉の朱色がちらついている。例の口笛もきこえていた。

「珍しいな。逃げた野鳥が舞い戻るなんて。」

「やっぱり雌鳥が恋しいんだわ。なんとか誘《おび》き寄せましょうよ。」

二人は相談して、縁側のガラス戸を十センチほどの隙間だけ残してそろそろと閉め、その隙間の内側に雌鳥の籠を移して、彼は外で待機した。予想通り、庭の雄鳥は口笛を鳴らしながらすこしずつ雌鳥の籠に近寄ってきて、やがてガラス戸の隙間から縁側へ入った。彼は急いで庭へ回ってガラス戸を閉めた。

「啼かなくなるとかいってたけど、別々にしておくのは可哀相よ。やっぱり夫婦は一緒に暮らすべきだわ。」

妻はそういって、捕えた雄鳥を雌鳥の籠に入れた。

うそ鳥の啼き声はそれきり絶えたが、夫婦は何事もなかったように暮らした。

トランク

彼の書斎の片隅に、古ぼけた革のトランクが一つ置いてある。

旅行好きだった父親のお古だから、ところ構わず貼りつけてある思い出深いホテルのラベルも大部分は色褪せていて、彼が自分の持物になってから疵《きず》隠しに貼った数枚だけが、比較的新しい。なかでも、スイスの湖畔のホテルのものが貼りたてのように真新しい。

それもそのはずで、彼はおとといスイスの旅から帰ったばかりなのだ。

いつもなら、妻が中身を取り出したあと納戸《なんど》の戸棚に仕舞うのだが、このたびは、彼が自分で書斎へ運び込んだきり、蓋を開けて見るでもない。勿論、中身もいまだに詰まったままである。

帰国後すでに三日目になるというのに、最も身近な道連れだったトランクを持ち帰ったままにしておくなんて、これまでいちどもなかったことだ。

スイス旅行は十日間の日程で、所属している文化団体の国際大会に出席するのが目的であった。彼は、全国から参集した男女合わせて二十人ほどの会員を纏《まと》めて成田を発ち、アルプス南麓の湖畔の町に一週間滞在して、各国の代表と交歓したり、いくつかの専門部会に顔を出したりしたが、会期の後半には、それぞれ役目を終えて閉会式を待つばかりになった十数人の会員たちと一緒に、バスで近くの国境を越えてイタリアへ息抜きの小旅行を試みた。

一行は、まずベネチアを訪ねて一泊し、翌日はパドヴァの史跡を見物してからミラノまで足を伸ばして一泊した。そこまでは何事もなかったのだが、三日目の朝になって、彼はちょっとした珍事に出会《でくわ》した。大聖堂《ドゥオモ》のそばのアーケードの商店街で、どこからともなくあらわれた何者とも知れない女のために、立ち往生を余儀なくされたのである。

そのとき彼は、薄くなった頭にボルサリーノの店で買った散歩用の帽子をのせて、ぶらぶら集合場所の大聖堂広場の方へ歩いていた。大学の後輩に当る年下の会員と一緒だったが、異体の女が不意に目の前にあらわれたのは、その連れが通り掛かりのショーウインドーの方へ足早に離れていった直後であった。だぶだぶの、褪せた黒衣をまとった小柄な女で、おやと足を止めると、唄とも呪文ともつかない嗄《しわが》れ声を上げながらひらひらと踊るように周囲をめぐりはじめた。

踊るといっても、袖や裾をひるがえしながらただ身を浮き沈みさせるばかりで、大道芸にしてはお粗末にすぎる。それかといって、ただの物乞いのたぐいでもないらしい。

タイルを敷き詰めた道なのに、足音が全くきこえないのは裸足《はだし》のせいで、何国人とも知れなかった。鷲鼻《わしばな》の目立つちいさな顔は、渋紙色で、皺《しわ》だらけに見えたが、頭巾からはみ出ている髪は黒くて、ふところには赤子を一人抱いている。

女がなにを企《たくら》んでいるのか見当がつかなくて、油断なく、パスポートと財布を入れた手提げ鞄《かばん》を両手で胸に抱くようにして見守っていると、突然、右の腰に軽い衝撃がきた。彼は、不意を食らって、すこしよろけた。見ると、薄汚いなりをした五つ六つの男の子が自分の腰にまつわりついている。

「なにするんだ。駄目。あっちへいって。」

彼は急いで身を退《ひ》きながら、つい日本語でそう怒鳴った。男の子は弾《はじ》かれたように駈け出した。

すると、黒衣の女も、身をひるがえして男の子のあとを追っていった。それを、まるで箒《ほうき》に跨《また》がった魔女みたいだと見送っていると、連れがそばへ寄ってきた。

「どうしたんですか。」

「どうもこうもないよ。さっぱり訳がわからん。なんだい、ありゃあ。」

「ジプシーですよ。多分、親子でしょうね。なにか、ねだられたんですか。」

「それが、ねだりもしないんだ。親子でびっくりさせるだけ。いったい、どういうつもりなんだろう。」

彼は歩き出しながら、さっき男の子がまつわりついたあたりを、指の背の方で軽く払った。

「大きな声がするから、何事かと思いましたよ。でも、無事でよかった。」

と連れがいった。


ところが、それから二時間ほどして、彼は今朝の自分が全く無事ではなかったことに初めて気づいた。

そのとき、一行はスイスへ引き揚げる途中に立ち寄ったコモ湖の湖畔で少憩していたのだが、彼はふと、ズボンの右ポケットから懐中時計を引き出そうとして、いつもの鎖が指先に触れてこないのを訝しく思った。上着の裾をたくし上げてみると、そこのベルト通しに取りつけてある鎖がいつの間にかなくなっていた。

あ、やられた。一瞬、そう思ったが、ポケットの底を探ってみると、時計はあった。取り出してみると、時計だけである。彼は、ほっとすると同時に、不思議な気がした。時計だけがあって、鎖はきれいになくなっている。これはいったい、どういうことか。

彼は湖畔をぶらつきながら、今朝ホテルを出てからのことを思い出してみた。アーケード街の帽子屋を出たとき、ちょっと時計を覗いた記憶があるから、鎖がなくなったのはそのあとだが、懐中時計の鎖がひとりでに外れてポケットからこぼれ落ちるとは思えない。やはり掏《す》られたのだと思うほかはない。とすれば、あのジプシー少年の仕業に違いなかった。あの少年以外に、自分の軀に手を触れた他人がいないからである。

……そうだったのか、と彼は初めてあの親子の奇矯な行動を納得した。あの母親は、最初から相手の注意を惹《ひ》きつけておくだけの役だったのだろう。事実、彼は黒衣のひらひらに気を奪われていて、少年には全く気がつかなかった。その上、手提げ鞄を胸に抱えていたから、腰のあたりがすっかり無防備になっていた。そこへ、少年が軀ごと突き当るようにまつわりついてきたのだ。

イタリアへいったら気をつけろ。掏摸《すり》があの手この手で狙っている。発《た》ってくる前に友人にそういわれたが、なるほど油断も隙もない。時計だけでも助かったのは、稀有《けう》の幸運というべきであった。勿論、親子は時計を狙ったのだろうが、さいわい、どこかがポケットの縁に引っ掛かるかして、少年は引きちぎれた鎖だけを握って逃げたのである。

鎖は安物だったから、あまり惜しくもなかったが、それがないと困ることが一つだけあった。鎖には、時計のほかにトランクの鍵もつけてあったからである。スペアは一つ、あるにはあったが――こうなってみると自分の馬鹿さ加減が腹立たしくなるが――閉じたトランクの内ポケットに入れたままなのであった。

スイスのホテルに戻ると、間もなく預けてあったトランクが運ばれてきた。当然のことながら、出かける前に固く密閉したままである。彼は、あちこち叩いたり膝で押しつけたりしてみたが、古くても作りが堅牢《けんろう》だから、びくともしない。支配人に相談してみると、すぐに従業員が鍵束を持ってきて一つ一つ試してくれたが、あいにく合鍵は見つからなかった。町に鍵屋が三軒あるというので、タクシーにトランクを積んで回ってみたが、これも無駄骨に終った。

当分、蓋を開けることは諦めざるをえなかった。もはや旅も終りに近づいていて、それに、身のまわりの品々はひと通りボストンバッグに入れて小旅行に持って出たから、暮らしにほとんど不自由を感じないで済むのがありがたかった。彼は、下着を数枚と懐中時計の鎖を買っただけで、閉会式は同年輩の団員から借り着をして済ませた。時々、トランクのなかに閉じ込められている好物の梅干しが恋しくなったが、もうすこしの辛抱だと、何度もつばきを呑み込んで凌いだ。彼は、トランクを家まで持ち帰りさえすれば、どうにかなると楽観していた。妻がスペアの鍵を保管しているかもしれないし、息子たちと一緒に考えればなにかいい知恵が浮かばないとも限らない。

彼のトランクは、鍵なしで密閉されたまま帰国の飛行機に積み込まれた。

新しく買った時計の鎖は、もし成田の税関でトランクを開けるようにといわれたら、係官に見せて事情を説明するつもりで、買った店の袋に入れたまま持っていたが、案ずるほどのこともなかった。流れ解散ということで、彼は空港から一人でタクシーに乗った。

その日はちょうど祭日で、家には、勤め人の長男も大学生の次男もいた。彼の荷物は二人の手で居間へ運ばれた。

彼は着替えをしながら妻に尋ねた。

「おまえ、トランクの鍵を持ってないかね。」

「……トランクって、あの革の？　いいえ。」

「そいつはまずいな。鍵を、イタリアで、やられちゃったんだよ、ジプシーに。」

彼は、居間で妻や息子たちにミラノの出来事を話して聞かせた。三人は唖然と顔を見合わせた。

「じゃ、これはもう永久に開かないってわけ？」

と次男が指でトランクを弾いていった。

「合鍵が手に入らない限りはな。てっきり、お母さんが持ってると思ってたんだが……。」

「厭《いや》だわ、まるで私のせいみたいに。」と妻が面白くなさそうな顔つきでいった。「このトランクには、もともと鍵が二つしかなかったのよ。だから、私が一つ預かりましょうかといったら、いや、俺のほかには誰にも開けられない鞄が一つぐらいあってもいい、なんて……。」

彼は思い出して、黙った。不意に長男が膝を叩いた。

「そうだ、物置に鏨《たがね》があったでしょう。あれで毀《こわ》しちゃおうよ、お父さん。こんな古トランクの合鍵なんか、いまどき、どこを探しても見つかりっこないんだから。こいつはもう引退させることにしてさ。ひと思いにぶっ毀して、また新しいのを買えばいいじゃない。」

「おいおい、待てよ。」

と彼は思わず腰を浮かした。すると、これまでは記憶で確かめようともしなかったトランクの中身が、そのとき、急にはっきりと思い出されてきて、彼はちょっとうろたえた。酒場の女たちへの土産物、怪しげな写真や玩具のたぐい——おかしなことに、そんな気恥ずかしい品々のほかにもまだ、家族の目には金輪際さらしたくない、薄汚れたなにものかがぎっしりと詰まっていて、蓋が開いた途端に、芋蔓《いもづる》式にぞろぞろと出てくるのではないかという不安に彼は駆られたのである。

「もういい。あとは俺が考える。」

彼はいきなり立ち上ると、さっさとトランクを自分の書斎へ運び込んだ。

それ以来、トランクは彼の書斎の片隅に置かれたままになっている。

彼は、考えるといったが、帰りの機内で考え尽くしたことを蒸し返すばかりで、いっこうにいい知恵が浮かばない。それどころか、トランクには我ながら意外な赤面の種がぎっしり詰まっているという妄想だけが、日増しに募ってくるかのようだ……。

なわばり

その老人のことを、彼は勝手に、露草の好きな爺さん、と憶えていた。

毎年、夏から秋口にかけて、老人の古びた住まいの前庭に露草が踏み石を覆い隠すほどに生い茂り、粗末な半袖シャツに麦藁《むぎわら》帽子の御当人が、花鋏《はなばさみ》や移植鏝《ごて》を手にして咲き揃った青い小粒な花のなかにさも満足げに佇《たたず》んでいるのを、通りすがりに何度も見かけていたからである。

露草は、時折郊外の路傍に自生しているのを見ることがあるが、街なかで、小庭ながら一面の群落をなして咲いているのは珍しい。初めて老人の庭の花ざかりを見たとき、彼は思わず立ち止まりそうになった。露草は一年草だから、よほど好きで丹精しなければ、こうはいかない。

老人の住まいは、消防署の裏手へ登るだらだら坂の途中にあった。登り詰めて、消防署の裏門の手前を左へ折れれば、じきに広い通りの四つ辻に出られる。郵便局への近道でもある。彼は、たまにタクシーを拾って都心へ出るとき、その道を通って四つ辻に出た。急ぎの手紙や葉書を持って通ることもあった。

車がどうにかすれ違えるほどのアスファルト道路で、老人の住まいのある側にだけ、ガードレールで細い歩道が作ってある。それを登っていくと、なかほどに、太いコンクリートの電柱が細い歩道をなおさら狭めているところがあって、彼はそこを通り抜けるとき、息を詰めて軀をガードレールの方へ傾ける癖がついていた。狭いばかりではなく、日によってはそこがひどく小便臭かったからである。

その電柱は、老人の住まいの低い石垣のはずれに立っていた。石垣の上にはまばらな生垣があり、その生垣の切れ目に入口の石段があって、そこから、露草の群落のむこうに、窶《やつ》れのひどい古風な木造平屋建ての住まいが見える。前庭には、露草のほかに柿の若木が二本あって、いつか、枝に張り渡した紐に赤子のおむつらしいものが干してあるのを見かけたが、老人が孫を抱いているのは見たことがない。

どんな家族が暮らしているのか、いつ通ってみても住まいの方はひっそりしていて、老人だけが、露草の季節が過ぎても庭へ出てなにかしている。柿の木の下に蹲《うずくま》って、ちいさな焚火の煙にむせていることもあった。石段の日溜まりに腰を下ろして一服つけていることもあった。もう八十に近いと見える金壺《かなつぼ》まなこの小柄な老人だが、日焼けした肌が艶《つや》やかで咳払《せきばら》いにも力がある。気ままに好きな庭いじりをしながら、豊かではなくても平穏で健やかな余生を静かに楽しんでいるという風情《ふぜい》に見えた。

ある秋の夕暮に、彼は、飼犬を連れて消防署裏のだらだら坂を登っていった。

飼犬というのは、ブルドッグの雄で、まずは実直な番犬であったが、散歩に連れ出すと実直がすぎて、それが電柱であれ、門柱であれ、街路樹であれ、ただの棒杙《ぼうくい》であれ、道端に直立しているものにいちいち片肢《かたあし》を上げて挨拶しないことには前へ進めなくなるところが難点であった。それで、犬を連れての散歩道にはなるべく柱のたぐいのすくない路地を選んでいたが、その日は、日没前に投函したい手紙を持って出て、途中からいつものコースをそれたのだった。

飼犬は、等間隔に何本も並んでいるガードレールの支柱へ例の挨拶をするのに忙しかった。けれども、ブルドッグは水の好きな犬だが、いくら好きでも腹に無尽蔵のたくわえがあるわけではない。だらだら坂をまだいくらも登らないうちに、出るものはあらかた出尽くして、挨拶もただ恰好だけになっていた。

のろのろ歩きで、やっとなかほどの電柱を過ぎたとき、不意に生垣の内側から、

「これこれ、駄目だよ。」

という声がして、露草の老人がせかせかと低い石段を降りてきた。

「駄目じゃないか、そこへ小便ひっかけたりしたら。」

老人は、金壺まなこを光らせて、長い眉毛の蔭から彼と飼犬を交互ににらんだ。道で犬の小便に文句をいわれたのは初めてで、彼は面食らったが、犬の方も、太い電柱の根元へ片肢を上げたまま、きょとんと老人を見上げていた。

どういうものか、この犬には、時々上げた片肢をバレリーナのように水平に伸ばして、上目遣いに人の顔を見る癖がある。

「おい、よせといってるんだよ。」

老人は、苛立たしげに地団駄を踏んで脅かしたが、ビニールの草履がぱふぱふという音を立てながらわずかな土埃《つちぼこり》を舞い上げたにすぎなかった。綱をガードレールの方へ強く引くと、犬はやっと肢を下ろしたが、電柱にはどこにも濡れた跡が見当らなかった。

「随分図々しい犬だな。」

「……でも、小便はしてないんですがね。」

と彼は微笑していった。

「してない？　いままで肢を上げてたじゃないの。年寄りだと思って見縊《みくび》っちゃいけないよ。目だけはまだしっかりしてるんだ。」

「こいつは、ただ片肢を上げていただけですよ。嘘だと思ったら調べてごらんなさい。」

老人は痩せた肩を怒らせて腕組みすると、石垣に身を寄せて犬のそばを通り抜け、なにかぶつぶつ呟きながら電柱の根元を調べた。

「……どうですか。」

「おかしいね。」と老人はいった。「小便しないんだったら、なんであんな恰好してたんだろう。」

「それが厄介な性分でしてね。出るものがなくなっても、いちいちああしないでは道が歩けないんですよ、この犬は。」

「……変な犬だな。」

老人は舌うちして腕組みをほどくと、両手でズボンの前ボタンを外しはじめた。

「とにかく、勝手に汚されちゃ困るんだよ。ここは、こっちのなわばりなんだから。」

そういいながら、のろのろとむこう向きになると、ジャンパーの背中をまるくして、爪先立つようにかかとを浮かした。やがて、脚の間から、電柱の蔭の部分がほんのすこしだけ濡れるのが見えた。

犬は、人が電柱に向って自分と似たような挨拶をするのを珍しそうに見詰めていて、綱を引いても動こうとしない。

老人は、念入りに腰を振ってから、向き直った。

「庭へ出るたんびに、一応ここでやってみることにしてるんだよ。」と、ボタンをはめるのに手《て》子《こ》摺《ず》りながら、小声でいった。「ごらんの通りのボロ家だけどね、内便所がないわけじゃないんだ。古臭いやつだけど、死んだ女房が綺麗好きでね、せっせと磨き込んだから床なんかいまでも黒光りしてる。だけど、倅《せがれ》の嫁が口うるさくってね。お祖父《じい》ちゃんは外へこぼすからって、厭がるんだ。明るいうちはなるべく外でしてくれってさ。こっちだって、小便するときぐらいはびくびくなんかしたくないしね。外ったって、庭じゃ草花の根に毒だからな。……ここは、わりかし気に入ってるんだよ。こっちのなわばりだから、犬なんかに荒らされたくないんだ。」

老人は、また寒そうに腕組みをした。彼はそこを離れるきっかけを失って、なにもいわずに綱の端で犬の頭をたしなめるように軽く叩いた。

「この犬はいくつだい。」

と老人がいった。

「四歳半です。」

「どっか病気じゃないのかい。こっちはもう齢だから、小便が気持よく出なくったって仕方がないけどさ、たった四つやそこらで恰好だけってんだから……。」

「四つといっても、この種類は短命ですからね。こいつだって、そろそろ齢かもしれませんよ。」

「なんて種類だい。」

「ブルドッグです。」

「ブルか。そうそう、知ってるよ。のらくろの漫画に出てくる、あれだろう……連隊長。昔、よく子供に読んでやったよ。もう、五十年も前の話だ。上の倅が生きてれば今年五十六になるから。」

犬は肢を踏ん張って動こうとしない。

「名前は？」

「こいつのですか。カポネです。」

「カポ……随分バタ臭い名前をつけたもんだな。死んだ倅は一太郎だったよ。いま一緒にいる末の倅は竹四郎。」

犬の名の由来を説明するのも面倒だから、

「こいつはもともとイギリス産の犬ですからね。」

とだけ彼がいうと、

「じゃあ、餌は洋食かね。」

と老人は、洋食嫌いとみえてしかめ面《つら》になった。

「いや、なんでも食いますよ、米の飯だって味噌汁だって。トマトも、カボチャも、バナナも食います。」

「へえ、犬が水菓子を食うとは知らなかったな。」

「ただ食うというだけで、好きかどうかはわかりませんがね。こっちが食べさせるから、食ってみせるだけかもしれません。こいつにはそういうところがあるんですよ。」

「あれだ……サービス精神ってやつだろう。」

老人は、道に尻を落して坐り込んでしまった犬をしばらく黙って見下ろしていたが、やがてなにやら愚痴っぽい口調で、

「こんな御面相の犬ころにだって、それくらいの心遣いがあるんだよなあ。ところが、うちのママさんときたら……。」

といって、口を噤んだ。

犬に声をかけて立たせると、老人はちょっとうろたえて引き留めるように、

「柿はどう？　食うかい？」

と早口でいった。

「柿は、駄目なんです。」

「駄目か。トマトを食うなら、柿も食いそうなもんだけどねえ。どうしてだろう。」

「どうしてだか、柿と漬物だけは食わないんです。」

「惜しいねえ。食うんだったら、うちのを一つもいでやってもよかったんだが……。」

「いえ、結構です。じゃ、失礼。」

彼は犬を急《せ》き立てて逃げるように歩き出した。


翌年、飼犬のカポネがフィラリアに命を奪《と》られた初夏のころ、買物から帰った妻が彼にこういった。

「ほら、いつかカポネがおしっこして叱られた家。消防署の裏の坂道の。」

「ああ、あの爺さんの。そろそろ、露草が咲きはじめたろう。」

「あの家の誰か、亡くなったようよ。玄関に忌中のすだれが下ってる。」

何日かして、ひさしぶりに老人の住まいの前を通ってみると、やがて花時を迎えるはずの露草がきれいに取り払われていて、土一色のこざっぱりした庭に、柿の若葉だけが眩しかった。垣根の外の電柱の根元もすっかり乾いて、そこにタンポポが咲いていた。

すみか

夜ふけて、家族が寝静まると、家のどこかが微かに軋みはじめる。あるときは、貧乏ゆすりのように小刻みに。あるときは、胡弓《こきゅう》でも弾くように長く尾を引いて。地震で家が揺れるのではない。風のせいでもない。夜風が募ると、庭の白木蓮《はくもくれん》の伸びすぎた枝が出窓に当るので、すぐわかる。秋口までは、団扇《うちわ》のような葉っぱが窓ガラスに押しつけられてはためいていたが、いまは、こがらしの笛が軒端《のきば》をかすめるたびに、葉を落した枝先がノックでもするようにこつこつと叩く。

ああ、あの枝を切らなければ。大して太くもない枝だから、夜が明けたら花鋏を持ってきて切ってしまおう――すこし前まではよくそう思ったものだが、風が落ちると忘れてしまって、いまだに実行していない。それどころか、近頃は、伸びすぎた枝のノックを聞いても、ただちょっと眉を顰《ひそ》めるばかりで、もはや切ってしまおうなどとは思わない。

いまさら枝を切ったりしなくても、どうせこの樹はもうすぐ根こそぎ取り払われてしまうのだから。それと同時に、この家も、窓ばかりではなく土台からすっかり毀《こわ》してしまうことになるのだから。うるさい思いをするのも、いましばらくの辛抱だ。

それにしても、この家は、夜毎《よごと》にいったい、どこが、なんのせいで軋むのだろう。二階の小部屋でしばしば夜明しをする彼は、時折、窓際の机の前から肩越しに振り返るようにして、耳を澄ます。そうしていてもきこえるのだから、軋んでいるのは家の外側ではなくて、内部のどこかだ。初めのうちは、てっきり、家族の誰かが寝そびれて、なにかしているのだとばかり思っていた。けれども、それが幾夜もつづくから、気になって、様子を見に階下へ降りていってみると、案に相違して誰が起きているでもない。念のために、妻や娘たちの寝所も覗いてみたが、どの部屋でも、生暖かい暗がりから静かな寝息がきこえるばかりであった。

すると、戻ってきた鼠《ねずみ》の仕業だろうか。家の前に、川と呼ぶのも気恥ずかしいような水路があって、そこからやってくるらしい図体の大きな鼠が、年中、庭先ばかりではなく天井裏や台所にまで出没していたのだが、どういうものか、一と月ほど前からぱったり鳴りをひそめている。そうなると、これまで鼠の悪戯《わるさ》にはさんざん手を焼いてきた妻も、拍子抜けのていで、

「鼠って敏感ねえ。この家が間もなく毀されるってことを嗅ぎつけて、はやばやと退散したんでしょう、きっと。鼠って、そうなんですってね。うちの父がよくいってたわ、家に鼠がいなくなったら気をつけろって。」

などと浮かぬ顔だから、鼠が戻ってきたものなら、さぞかしほっとするだろうが、夜ふけの軋みに聴き入っていると、あいにく鼠がどこかを齧《かじ》り散らしている音とも思えない。

「はじまりましたねえ。あれが例の工事ですか。」

と、ひさしぶりに訪ねてきた年下の友人が椅子へ腰を下ろすなりいう。

川べりでは、朝から、機械の唸《うな》りや、トラックを誘導するらしい甲高いホイッスルや、スコップで地面を引っ掻く音や、呼び交わす男たちの野太い声の絶え間がない。地響きでガラス戸が顫えている。

例の、というのは、いつかその友人宛の手紙のなかで、川の工事に関わる愚痴をちょっとこぼしたことがあるからだ。

「まだ先のことだと思っていたら、二、三日前から急にやり出してね。立ち退きが済んだ区域から順に手を着けるんだそうだ。」

「川幅をひろげる工事ですって？　見たところ、そんなことをする必要もなさそうな川ですけどねえ。」

「ところが、年に一度や二度はきまって溢れる暴れ川でね。何度改修工事を繰り返しても上流の都市化に追いつけないんだ。地面がどんどんアスファルトになるから、雨水は全部この川へ流れ込む。大雨のたびに、それは凄い勢いで水嵩《みずかさ》を増すんだから、はらはらするよ。もう、思い切って川幅をいまの倍ぐらいにひろげるしか手がないんだな。」

それで彼の土地も、川沿いの道幅分だけ、四分の一ほど削られる。家も、主要な部分を毀すことになるから、残りだけでは住まいとしての用をなさない。

「でも、ここは動かないんでしょう？」

「動こうにも動けないんだよ、こう地価が高騰したんじゃ。まあ、手狭になるけど、残った土地で当分辛抱しようと思ってね。」

「それが賢明でしょうね。こんなときに、なにも無理してよそへ移ることはない。このお家《うち》にしても、改築すればまだまだ住めるんですから。」

「改築はかえって面倒だから、一旦毀して、建て直すことにした。」

「このお家を毀しちゃうんですか。勿体ないな。」

「そうでもないんだ。建ててからもう二十年だもの。そろそろがたがきてるんだよ。」

「ちっともそうは見えませんがねえ。でも……。」

といいかけて、友人は口を噤む。

川沿いの道に、どえらい騒音と地響きが高まってきて、塀の上を黄色い恐竜の鎌首がのろのろと通る。

「……でも、どうしたい。」

「でも、そういえば、さっきはちょっと意外な気がしたな。」

「さっき、というと？」

「バス道路の橋を渡って、川沿いに歩いてきたときです。お宅が見えて、おやと思った。なんだか前とは違った感じに見えたもんですから。」

「やっぱりね。随分窶《やつ》れたろう。」

「いや……このあたりの様子が前とは大分変ってるから、そのせいでしょうね。これまでは家が立て込んでいて、訪ねてくる僕等には、お宅はいつも一つのきまった角度でしか見られなかった。ところが、今度きてみたら、立ち退いた跡がずっと空地になっていて、お宅が遠くからでもまる見えなんですよ。こんなの、初めての眺めだから、へえと思ったんです。なんだか、よその家みたいな気がしてね。正直いうと、さっき玄関で奥さんの顔を見るまではいささか不安でした。」

「それは、こっちだって似たようなものさ。もうすぐ毀すと思うと、つい、手入れがおろそかになる。庭木の枝は伸び放題だし、塀もあちこち崩れかけている。雨樋《あまどい》の綻びや漆喰《しっくい》の汚れに気がついても、もうすこしの我慢だと思って、目をそらす。家って、住んでる者の気持がうわの空になると、途端にどんどん窶れるな。旅行から帰ってきたときなんか、つくづく眺めて、これが自分の家かと思うよ。」

「いつ毀すんです？」

「年が明けてしばらくしたら。だけど、人のすみかって妙なもんでね、こっちが毀す気でいることをちゃんと知っていやがる。」

「……家がですか？」

「どうやらね。それで、しきりにがたびしいうんだ。」

「がたびしいうのは、工事のせいでしょう。」

「いや。工事がはじまるずっと前から。この家を毀すことにきめたあたりからだよ。急に様子がおかしくなった。」

「どんなふうにです？」

「たとえば、それまでなんともなかった戸障子が急に滑りが悪くなって、がたびししたり、鳴ったことのない板廊下が一と足毎に厭な音を立てるようになったりね。勝手口のドアなんか、ある朝から、風圧で家鳴りがするほど強く閉めないと内鍵がかからなくなった。ほかにも、茶の間の天井板がひとりでに剝がれて端の方から反り返ってきたり、玄関脇の漆喰があちこちむくんだように膨れてきたり……。」

「どうしたんだろう。」

「だからさ、こっちの魂胆を見抜いてのことだよ。」

友人はおもしろそうに笑い出す。

「家にも感情ありですか。」

「そうとしか思えないようなことが、家のなかのあちこちで起こるからね。」

「そうすると、家を毀すことへの抵抗かな。」

「逆らってみたり、訴えてみたり、長々と愚痴をこぼして見せたり、哀願したり、嘆いたりね。要するに、しきりにこっちの気を引こうとするんだな。」

友人が声を上げて笑う。

「失われた愛を取り戻そうとして。」

「まあ、そんなところだ。」

「まるで捨てられかけた女みたいに。」

「まるで捨てられかけた女みたいに。」


年の瀬も迫ったある日の夕方、彼は出先から川沿いの道を帰ってきて、なるほど年下の友人が話していたように遠くからでもまる見えの我が家の玄関先で、なにやら赤いものがひるがえるのを見た。

あれは、なんだ。まさか炎ではあるまいがと、見守りながら近づいていくうちに、それが女の振袖の袂《たもと》だとわかった。振袖を着ているのは今年二十《はたち》になったばかりの末の娘で、どういうつもりか、玄関の軒下に立ったまま両袖の長い袂を風にひらひらさせている。

彼は、ぎくりとして、立ち止まりそうになった。それから、急ぎ足になり、小走りになった。彼の郷里の東北に、座敷ワラシの伝説がある。ワラシは童で、子供のなりをした妖怪だが、家の守り神ともいわれている。神だから普段は目に見えないが、これが家を見捨てて出ていくときだけ、誰も見知らぬ子供の姿であらわれる。赤い着物の袂や裾を風にひらひらさせながら出ていくのだという。座敷ワラシに見捨てられた家は、やがて没落して離散する。

振袖姿の末娘が、赤い袂をひらひらさせながらいまにも家を出そうにしているのを見たとき、彼は、咄嗟に、子供のころから馴染んできたその伝説を思い出したのだ。家には未練がないが、離散は困る。

あたふたと帰ってきた父親を見ると、娘はちょっとはにかみ笑いを浮かべて、お帰んなさい、といった。彼は娘の前に立ち塞がった。

「どうしたんだ、その恰好は。」

「さっき和裁の先生が届けてくれたから、お母さんに手伝って貰って、着てみたの。どう?」

娘は両手をひろげて見せた。

「どこへいくんだ。」

「どこへもいかない。ただちょっと歩いてみただけ。成人式のリハーサル。」

「じゃ、もういいだろう。家へ入んなさい。」

「どうして?」

「どうしてでも。外へ出ちゃいけない。」

彼は、人差指で振袖の肩を押した。娘は、履き馴れない分厚い草履でよろけながら、呆れたように、くすっと笑った。

なんのせいか知らないが、地震でもなく、無風の夜でも、あたりが寝静まると、家のどこかが微かに軋みはじめる。それが、時には、家の歯ぎしりのようにきこえる。時には、すすり泣きのようにもきこえる。

マヤ

誘ったのは、マヤの方であった。

「ねえ、一緒にどこか遠くへいこうよ、お兄ちゃん。」

葉桜の下のベンチで、両足をぶらぶらさせながらそういった。赤いズック靴の片方が脱げて飛んだ。

お兄ちゃん、と甘く呼ばれて、耕二は悪い気がしなかった。つい、本当の心優しい兄のように、前の花壇の方まで転げていった靴を拾ってきてやると、どこへいきたいのか、動物園か遊園地か、と笑って尋ねた。

相手は五つ六つの女の子だから、遠くへといってもせいぜいそんなところだろうと思ったのだが、違っていた。

「遊園地だなんて。」とマヤは軽くせせら笑った。「もっと、ずっと遠くへよ。誰も知らないような、ずっとずっとずっと遠いところへ。」

耕二は呆《あき》れてマヤを見詰めた。都会の子はませているとは聞いていたが、これほどだとは思わなかった。この齢で、ゆきずりにも等しい男を平気で誘惑しようとする。騙《だま》されまいぞ、と彼は思った。

二人は、もともと互いに顔も知らない赤の他人同士だったのだが、ほんの小半日前に、ふとしたことから口を利き合う仲になったのであった。昼前、耕二が駅の自動両替機の前に立っていたとき、マヤが彼の太腿を指で突っついたのがきっかけであった。

「悪いけど、あたしのも崩して。手が届かないの。」

マヤの紙幣は、真新しくて、きちんと四つに畳んであった。耕二は、替えた硬貨を手のひらに並べて見せてから、電車の切符を買うつもりかと訊いてみた。どうせ自動販売機にも手が届かないのだ。

「そうなの。ついでに買ってくれる?」

「どこまで?」

「どこでもいいの。」

耕二は面食らって、困るな、そんなの、といった。

「じゃ、一緒でいいわ。どこまでいくの?」

「俺な。俺は新宿。」

「そんなら、マヤも新宿。新宿まで買って。」

おかしな子だと思ったが、頼まれた通りにするほかはなかった。マヤは、おつりを、肩から斜めに下げている小熊の顔を象《かたど》ったポシェットに入れた。

二人は、一緒に改札口を通って、おなじ電車に乗った。車内は空《す》いていたが、耕二はいつものようにドアの脇に立って外を眺めた。二年暮らした東京の街とも明日の朝にはおさらばしなければならない。雇われていた工事が終って、出稼ぎ仲間がひとまず解散するのである。耕二は北の郷里へ帰ることになる。東京の街もおそらくこれが見納めになるだろう。マヤはおとなしく耕二のそばにいて、電車が揺れると両手で彼の脚に抱きついた。そのたびに、彼は我に返ってマヤのおかっぱ頭を見下ろした。じゃれかかってくる小犬にも似た幼い軀の感触が、彼には新鮮で、悪くなかった。

新宿という街の雑踏には、きてみるたびに驚かされる。駅ビルを出るとき、耕二ははらはらして、これからひとりでどこへいくつもりなのかとマヤに尋ねないではいられなかった。マヤは小首をかしげていたが、逆に耕二の行先を尋ねた。彼は、とりあえず昼飯に好きなラーメンを食おうと思っていた。

「じゃ、マヤもそうする。おなか空いちゃったの。」

子供が嫌いではない耕二には、マヤを拒む理由はなにもなかった。彼は人込みのなかを歩き出したが、いつの間にか、はぐれないように手を繋ぎ合っていた。

仲間と何度か入ったことのある裏通りのちいさな中華料理店で、マヤは、とても全部は食べ切れないから先に半分取ってくれるようにと耕二にいった。

「んだら、遠慮なしにな。ごっつおさん。」

といって、マヤのラーメンを自分の丼に移していると、マヤはくすっと笑って、

「お兄ちゃん、田舎の人ね。東北ね。」

といった。耕二はびっくりして、つまみ上げたそばを取り落しそうになった。

「よくわかったな。」

「だって、言葉が変なんだもの。うちにも東北の人たちがいるからわかるの。」

何年東京で暮らしていても、宿舎では田舎言葉まる出しだから、いつまでも訛りが消えないのだ。ラーメンをすすりながらぽつりぽつり訊いてみると、マヤの家はどうやら建設工事の下請けをしている工務店らしい。すると、言葉に訛りのある東北の人たちというのは、自分と同類の出稼ぎ労務者ではあるまいか。

「そのなかに、野市《のいち》という人、いなかったかな。そんな名前、聞いたことない？」

耕二は、ためしにそう訊いてみた。マヤはすこし考えて、かぶりを振った。

野市は耕二の兄である。兄は出稼ぎのベテランだったが、三年前から盆暮の休暇にも帰らなくなり、いまでは消息もすっかり絶えて行方知れずになっている。耕二が代わりに上京して工事現場を転々とするようになったのも、半分以上は兄を捜すのが目的だったのだが、無駄骨であった。ひとくちに東京というけれども、ひとりで人を捜すにはあまりにも広い。やはり兄のことは諦めるほかはないだろう。

空腹を満たしたあとは、予定通り映画を観た。マヤは黙ってついてきたが、あたりが暗くなると隣で寝息を立てはじめた。耕二は、厄介払いをするならいまのうちだと何度も思ったが、迷子になって泣いているマヤの姿が目にちらついて、逃げられなかった。彼は、誰へともなく舌うちしてマヤを揺り起こすと、また手を繋いで映画館を出た。

もう日暮が近くて、時折、葉桜の下を吹き抜ける風もめっきり冷たさを増している。耕二は早

くひとりになって最後の夜を楽しむ気だから、

「そろそろ家さ帰れや。俺が送ってってやっから。」

そういってベンチから腰を上げると、マヤは急に怯《おび》えたような顔つきになって叫んだ。

「厭《いや》。おうちへ帰るのは厭よ。」

「なして？　母ちゃんが心配して待ってるべによ。」

「お母ちゃんなんか大嫌いよ。おうちへ帰るのは厭。」

「家さ帰らねで、どうすんだ？」

「だから、遠くへいくのよ、一緒に。」

耕二は宥《なだ》めるつもりでおかっぱ頭に手のひらを置いた。まるで真綿みたいな髪の毛だ。

「無茶いうなて。遠くへいくには、おめえ、うんと金がかかるんだすけ。」

「お金なら、あるわよ、ここに。」

マヤはそういったかと思うと、ポシェットの口を開けて中身をベンチの上にこぼした。駅で両替してやった千円札と同様、きっちり四つに畳んだ紙幣がぞろぞろ出てきた。千円よりも五千円や一万円が多く、合計すれば十万をくだらない額になることが、一と目でわかった。耕二は、あわててその金を両手で抑えて、背中をまるめた。こんなところを人に見られたら、事だと思ったからである。

「マヤのお金よ。盗《と》っちゃ厭。」

「ばかたれ。盗るってな。早く仕舞れ。」

彼は、自分で紙幣を掻き集めてマヤのポシェットへ押し込むと、ほっとしてあたりへ目を走らせた。

「こったら金、どしたのせ。」

「マヤのお金よ。お年玉を大事に溜《た》めてたんだから。」

マヤは、それを残らず持って家を飛び出してきたのであった。どこか遠いところへいくためである。マヤは遠いところに憧れていた。去年の春、喘息《ぜんそく》持ちの母親が急に亡くなった当座は、時々うっかり、（お母ちゃんは？）と尋ねて、すると父親はそのたびに、（お母ちゃんはな、遠いところ。誰も知らない、ずっと遠いところ）と答えたものであった。それで、遠いところにこっそり思いを寄せるようになった。

まだ死んだ母親の一周忌も済まないうちに、新しい母親がきた。若くて、綺麗で、万事に派手な母親であった。マヤは気に入らなかった。死んだ母親とあまりにも違いすぎたからである。とりわけ、自分の目の前で父親に甘えかかるのと、ちっとも叱ってくれないのがおもしろくなかった。死んだ母親は、優しいときはひとりでに泣けてくるほど優しかったが、叱るときはこわかった。ところが、継母《ままはは》は、なにをしても叱ってくれない。叱られないと、見捨てられたようで、かえって寂しさが募ってくる。涼しげな顔に、なにやら憎しみに似たものまで湧いてくる。

今朝、父親が旅に出た。玄関で行先を訊くと、遠いところだよ、沖縄、といって出かけた。それで、ふと、こちらも遠いところへ、とマヤは思い立ったのである。嫌いな母親と二人で何日も暮らすのは御免であった。

「だから、おうちへ帰るのはぜったい厭。でも、迷子じゃないんだから、交番なんかへ連れていかないで。ね、お願いだから……。」

耕二は、涙ぐんで自分に手を合わせているマヤを見ているうちに、胸が熱くなってきた。それから、唐突に決意した。この子を連れて田舎へ帰ろう。

マヤは、その晩のうちに、上野駅から寝台列車で遠いところへ旅立った。耕二の郷里の村では、まだ桜がやっと綻びたばかりで、ワンピースだけでは肌寒かった。きこえるのは小鳥の声と谷川の水音だけで、望み通りに随分遠くまできたという気がした。

耕二の家には、胡麻塩頭の無口な父親と、継母とおなじ年恰好の嫂《あによめ》とがいて、その嫂がマヤをじろじろ見ながら、「これが汝の《うぬが》東京土産な。」と嘲《あざけ》るようにいった。すると、耕二は顔を真っ赤にして、「ああ、汝の亭主《ごて》の代わりよ。俺はこの子を自分で育てて俺の嫁にする。文句あっか。」といった。

その晩は、納屋の中二階に二人で寝て、翌朝は雄鶏《おんどり》の声で目醒めた。鶏小屋を見せて貰ったとき、耕二が産みたての赤い卵を持たせてくれたが、マヤはそれがとても温かいのに驚いて、取り落してしまった。ところが、てっきり潰れたと思った卵が元の形のままで地面を転げている。それで、二度びっくりした。

「田舎の鶏は、餌のほかに貝殻なんちょ食うすけにな、卵も都会もんみたいに柔《やわ》じゃねえのせ。」

と耕二が笑って教えてくれた。

朝食には、熱い御飯に生卵をかけて食べたが、あんまり旨《うま》くて、マヤは三杯もお代わりをした。

けれども、マヤの旅もそれまでであった。昼近くに野遊びから戻ってくると、納屋の蔭から四、五人の男たちが飛び出してきて、マヤは忽ち宙に抱き上げられた。何事が起こったのかわからなかった。耳許で、「東京のマヤちゃんだね?」という声がした。「冗談じゃねって。俺はそんな、誘拐なんちょ……。」という耕二の叫び声もきこえた。それから、急に空や野山がぐるぐる回転しはじめて、なにもわからなくなった。

帰りの旅は、味気なかった。北の町まで継母が迎えにきたからである。継母は、今度も叱ってくれずに、今夜は父親と三人で無事の祝いをしようといった。

「好きなものを御馳走《ごちそう》してあげる。なにがいい?」

マヤは即座に、

「生卵。」

と答えると、あとは黙りこくって、遠いところを懐かしむように窓の外に見入っていた。

くせもの

はじめは、またしても雹《ひょう》の仕業かと思われた。そいつがいきなり耳へ飛び込んできたとき、一瞬、小粒で固いものの軽い衝撃と同時に、ひんやりとした感触が耳穴の奥の方までひろがったからである。

空から落ちてきた雹の一と粒が、そばの枝に跳ね返って、事もあろうに耳のなかへ勢いよく飛び込んだのではあるまいか——咄嗟にはそうとしか思えなくて、彼は頭をぶるっと一と振りすると、小指で耳をほじくりながら林檎《りんご》の樹の下を離れた。

「また降ってきおったな。」

で、みんなは空を仰いだが、高曇りの空からは、雹はおろか霧雨さえも落ちてくる気配がなかった。

「まあ、村長様よ」と、かねがね不仲の村会議長が嘲るようにいった。「そう童《わらし》みたいにびくびくしなさんなて。こったら温《ぬく》い日に、なんで雹なんちょ降るってし。落ち着きなされ。」

もう五月も下旬だというのに昨日は肌寒い一日で、夕刻にはにわかに暗雲がひろがり、雷鳴とともに鶉《うずら》の卵ほどの雹が二度も激しく降って、村中が騒いだ。それで、今朝は早くから村会議員たちと同道で村内の果樹や農作物の被害状況を視察して回っているのだが、実際、議長のいう通り、今日は曇天ながら昨日とは打って変って、果樹の花時特有の軀がむず痒くなるような暖かさである。

とすると――さっき宙を飛んできて耳のなかへ飛び込んだ冷たいものは、なんだったのだろう。彼は、耳穴から小指を抜いてみた。指先にはなんの痕跡もなかった。濡れてもいない。けれども、さっきの軽い衝撃やひんやりとした感触が気のせいではなかった証拠に、耳のなかには確かになにやら異物が詰まっているような圧迫感があった。彼は口のなかの唾を集めて嚥《の》み込んでみた。それから、もういちど頭をぶるっと振ってみて、びっくりした。そのとき、不意に耳穴の奥でなにかがごそっと音を立てたからである。

耳掃除を怠っていると、なにかの拍子に、溜まった耳垢《みみあか》がひとりでに剝がれ落ちることがある。そのときの音に似ていたが、もしそれが耳垢なら、よほど厚みのある広い壁の剝落であったろう。そんなにも大きな音で、頭のなかに響き渡った。彼は、あわててまた耳穴に指で栓をした。こんな気恥ずかしい音が外へ洩れると困るのだ。

村長、と呼ぶ声が身近でして、彼は素早くなんともない方の耳をそっちへ向けた。議長派のひとりが怪訝《けげん》そうに彼を見ていた。

「耳がどうかしたんでやんすか。」

「いや、なに、ちょいと痒いだけでな。」

政敵に弱味を見せてはいけない。さりげなく微笑して、指栓を外すと、また、ごそっという音が頭に響いた。つづいて、がさごそと異物が身じろぎでもするような音――彼は、喚《わめ》き声を上げて駆け出したくなるのを堪《こら》えながら、両手を腰のうしろに回し、ゆっくり歩き出して一行から離れた。

その耳のなかの異様な音は、視察の間中、断続的につづいた。まるで乱暴に寝返りを打つかのような大袈裟《おおげさ》な音もあれば、静かに新聞でも読んでいるような控え目な音もある。そうかと思うと、鉄筆でせっせと謄写版《とうしゃばん》の原紙を切るような、かりかりという単調な微音がしばらくつづいたりする。それらの音は、概して軀の動揺に呼応して起こる傾向があったが、時には、軀が全く静止しても止むことがなかった。耳垢などとは違って、異物自体が勝手に動いているのである。異物は生きているのである。いまや彼は、自分の耳のなかに一匹の生きているくせものが潜んでいることを認めないわけにはいかなかった。

林檎の樹の下で、テロリストもどきに、視察中の村長の耳をねらって一直線に飛び込んでくるとは、いったい、どんなくせものか。頭に響く音量からすれば山鳩《やまばと》一羽ほどにも思えるのだが、実際は小指も通らぬ穴にもぐり込んでいるのだから、まず、宙を矢のように飛翔する向う見ずな羽虫のたぐいだと思っていいだろう。そういえば、がさごそという耳のなかの主調音は薄い翅《はね》が互いにすれ合う音に似ている。かりかりという微音は何本もの細い肢《あし》で耳穴の壁を引っ掻く音に違いない。

それにしても、いまのところむず痒いばかりで、全く痛くないのがせめてもの救いであった。ありがたいことに、くせものは耳穴の途中の、触れるとひどい痛みを感じるあたりの一歩手前で立ち止まっているらしい。下手《へた》に動かれてはとはらはらするが、いっこうに先へ進むでもなく、また引き返すでもないところを見ると、あるいはそこで、にっちもさっちもいかないような事態に陥っているのかもわからない。

　彼は日頃、軀の手入れには不熱心だが、いまこそ耳搔きが欲しいと何度も思った。耳搔きで一刻も早く無法なくせものを搔き出してやりたかった。けれども、たとえそれがどこかで調達できたところで、村長たる者、視察中に耳掃除をはじめるわけにはいかないのである。マッチ棒を代用するなら、道を歩きながらでもできるだろうが、あいにくマッチの持ち合わせがなかった。彼は愛煙家だが、村長になってからはマッチを捨ててもっぱらライターを使っている。でも、ライターでは耳掃除はできない。

　さいわい痛みはないのだから、辛抱して視察が済むのを待つほかはなかった。


　午後に役場へ引き揚げてきて、長《なが》っ尻《ちり》の客たちをやっと送り出したのは四時過ぎであった。耳搔きは、庶務課の女の子が私物を村長室まで届けてくれたが、いざそれを使う段になって、彼は急に怖気《おじけ》づいた。

　くせものは相変らずおなじところに居坐っていたが、よほど手際よく搔き出さないと、かえってなおさら奥の方へ押し込むことになるのである。それに、午前中と比べれば随分おとなしくなっている相手に余計な刺戟《しげき》を与えるのはどんなものだろう。やつが気を悪くして暴れ出したら、どうなるか。はずみで外へ飛び出してくれればいいのだが、逆に奥の方へ突進したら、どうなるか。やつは確実に鼓膜を食い破って頭へ侵入するだろう。

　彼は、耳搔きの先端を耳穴へ近づけたり、また遠ざけたりを何度も繰り返した末に、結局、いちどもそれを使わずに庶務課の持主へ返しにいって、ついでに坊主頭の小柄な戸籍係を連れて戻った。この戸籍係は、先年物故した幼馴染みの末弟で、貧相ながら役場では唯一の大学出である。若年のころには東京で物書き修業をしたこともあるという変り種だが、いまでは重宝な物知りとして村人たちに一目《いちもく》置かれている。

彼はその物知りを長椅子の隣に坐らせて、ためしに、心ならずも耳にくせものを宿すに至った顚末《てんまつ》を他人事《ひとごと》のように話してみた。

「そいつを、なるべく穏便に外へ連れ出したいんじゃが、なんか妙案はなかろうかね。」

すると、戸籍係は、どこかで似たような話を聞いたことがあると呟いて、しばらく沈黙していたが、やがて、そうじゃ、ベロムとっつあんのけだものじゃ、と訳のわからぬことを叫ぶようにいった。

「なんじゃい、それは。」

「モーパッサンちゅうフランス人が書いた小説でやんす。ベロムとっつあんのけだもの。話に聞いたと思ったっけが、学生時代に本で読んだんでやんした。」

戸籍係の記憶によると、それは、農夫のベロムとっつあんが耳のなかで暴れているけだものを追い出して貰おうと乗合馬車で町へ出かけていく話だという。

「で、町ではどうした？」

「ところが、町まではいかなかったんで。」

「なして？」

「途中で出てしもうたから、けだものが。」

おいたあ、と彼は思わず羨望の声を洩らした。

「自分から出てきたのな。」

「いや、とっつあんがあんまり痛がるもんで、馬車に乗り合わせた連中がみんな掛かりで荒療治を施したんでやんす。」

「……荒療治、ちゅうと？」

「とっつあんの耳へ水を垂らし込んだんで。」

　彼はびっくりした。

「けだものを溺れさせようちゅう魂胆でやんすが、それでも出てこねえんで、今度はブランデーと酢を混ぜたやつを……。」

　彼はぞっとして顔をしかめた。

「したら、やっとこさ出ました。」

「なにが出た。」

「蚤《のみ》が一匹。」

　彼は呆れたが、笑えなかった。自分の耳からだってなにが出てくるかわからないのだ。

「フランスは手荒いのう。もっとお手柔かに願いたいもんだな。」

「相手を羽虫のたぐいと想定すれば、痛くも痒くもねえ方法が一つありますけんどな。」

　戸籍係はそういって、真っ暗な寝部屋でくせものの潜んでいる耳だけを懐中電燈で照らしつけたまま一と晩眠ってみたらどうだろうと提案した。

「なるほど。誘蛾《ゆうが》燈《とう》だな。」

「羽虫のたぐいならきっと出てきます。生きてさえいれば。」

戸籍係は確信ありげにそういった。

その晩、彼は、村政についての重大な考え事があるという名目で家人を遠ざけた広い寝部屋で、緊急用のリュックからこっそり取り出してきた懐中電燈を誘蛾燈にして眠った。けれども、翌朝は、相変らず頭に響くかりかりという音で目醒めた。くせものはまだ耳のなかで生きているのだ。彼は、うんざりして、枕許に転げ落ちて弱々しく明滅している懐中電燈にビンタを食らわせ、法《ほ》螺《ら》吹きめ、おまえの耳に蚤を入れてやるぞ、と戸籍係を罵《ののし》った。

それでも、頭に響く音量で、やつが大分衰弱していることがわかった。もう身じろぎも翅をすり合わせたりもしなくなって、ただ時々思い出したように肢で耳穴の壁を緩慢に引っ掻くだけである。このままでは、遠からずやつは耳穴のなかで死ぬことになる。耳も頭も静かになるのはありがたいが、やつの死骸を自分でそっくり取り出せるかどうか。やり損なえば、死骸はやがて腐って鼓膜の方へ流れるだろう。もし、やつが毒虫だったら毒が軀に滲《し》み込むだろう——病気でもなく怪我《けが》でもなく、たかが羽虫一匹のために医者の手に掛かるのは沽券《こけん》にかかわるような気がしないでもなかったが、いまは仕方がないのだと彼は自分にいい聞かせた。

隣町へはバスの便もあるのだが、なにも自分で噂の種を蒔《ま》くこともないから、普段着のまま自転車で出かけた。三軒のうちいちばん暇そうな耳鼻科医院を訪ねると、若い医者がピンセットで難なく虫をつまみ出してくれた。思いのほかずんぐりした羽虫であった。

「あぶですね、これは。」と医者はいった。「もう死にかけてるけど、よほど勢いよく飛び込んだんですな、コルクの栓みたいに詰まってましたよ。」

彼は、選挙に出るようになってからの悪い癖で、気易《きやす》く医者の手を握りそうになった。すると、医者が笑ってピンセットのあぶを出した手のひらにのせたので、そうだった、証拠湮滅《いんめつ》は自分の手でと、そのまま握り潰して診療室を出た。

おさかり

　べつにどこかを病んでいるわけではない。頭も、手足も、内臓も、いまのところはまずまず順調にはたらいているといっていい。ただ、そろそろ五十の声を聞くころから、なにかにつけて、ふと躯の機能に多少の翳《かげり》を感じるようになっているにすぎない。けれども、それとて、気がつくたびにいささか心細い思いをするだけで、日常の暮らしにはほとんど支障も不自由もないのだが、その噂を客に聞かされたとき、菊寿司の菊造は、我ながらいとも呆気《あっけ》なく、これは近頃、耳寄りな、と思った。

　噂というのは、万病に効くという湧き水の話だ。

「へえ、ただの水がですかい。」

と、菊造は、出前用の桶に握った鮨《すし》を並べていた手をちょっと休めて、客の顔へ目をやった。客は、鮪《まぐろ》のぶつ切りで燗酒《かんざけ》をちびりちびりやっている。見馴れない顔だが、地味な三つ揃いをきちんと着た白髪の実直そうな老紳士で、人をからかいながら酒を飲む趣味の持主とも思えない。

「さよう。ただという言葉にはふた通りの意味があるがね、普通というのと無料というのと。この水は、一見どちらにも当てはまるんだ。なにしろ、山のなかに自然に湧き出ている泉の水なんだから。ところが、どっこい、飲んでみると決してただの水じゃない。ま、いってみれば一種の霊水だな。それに、これが無料なのももはや時間の問題でね。どこかの製薬会社が権利を買い取るために動きはじめたという噂もある。汲《く》んでくるなら、いまのうちだな。」

　そんな話になったのは、ついさっきまで店のテレビでやっていた昼のラグビー試合の再放送がきっかけであった。腹拵えの客もとだえて、あとは酒場帰りの酔客を待つばかりの暇な時間帯だったから、小口の出前を握ったりしながら独酌の客と一緒に眺めていると、グラウンドで怪我人が出るたびに、なによりもまず場違いとも見える薬罐《やかん》が急行する。その薬罐の中身を痛めた頭や足腰に注ぎかけると、不思議なことに、死んだように昏倒《こんとう》していた選手でも忽ち息を吹き返し、痛みなど忘れたふうにむくむくと起き上る。便利なもんですなあ、と菊造は笑って客に一つ酌をした。あの薬罐の中身はなんですかね。すると、魔法の水とかいってるがね、なに、ただの水だよ、水道の水、と客はいった。あれ、ただの水ですかい、こっちはまた、てっきりあの薬罐のなかになんか仕掛けがあるんだとばかり思ってた、ただの水にしてはよく効きますねえ、というと、客は、ただの水だからといって馬鹿にしてはいけない、たかが水道の水でも使い様ではあれだけの効き目を発揮するんだからな、一見なんでもなさそうな山のなかの湧き水だって——といって、近頃、近在で評判の泉の噂話を聞かせてくれたのである。

　この市から北西へ車で二時間あまりの山中に、透明度の高さで知られる大きな火口湖がある。泉は、その外輪山のなかの、とある谷間に湧いている。湖畔への下り口の手前から県道をそれて、山道伝いに十五分も歩くだろうか。十畳間にすっぽりおさまりそうな、ちょっと見にはただの溜池のような泉だが、そこの水を日に三度、猪口《ちょく》で一杯ずつ飲みつづけると、万病に著しい効験がある。現に、その水だけで初期の癌や糖尿病を治したと証言する者が何人もいる。その水のなにが病気に効くのかはわからない。無色無臭の、ほのかな酸味を持つとろりとした水だが、太古の火の山の地下水だから、なにか人智の及ばぬ霊妙な成分を含んでいるのではあるまいか――客はあらましそんなことを話した。

「よく御存じですねえ。」

「だって、愛用者のひとりだもの。」

「あれ、どこかお悪いんで。」

「べつに悪いところはないんだがね。ごらんの通り、びくびくせずに酒が飲める程度には健康なんだが、家内がうるさく勧めるもんだから。」

「へえ……すると、その水は健康にも効くんで。」

客は笑った。

「いかにも。健康にも効くんだな、これが。もともと軀にいい水なんだから、健康でいるうちにこそ飲むべきなんだよ。」

「どんな効き目があるんでしょう。」

「まず、万病の予防になる。それに、軀中の細胞を刺戟するそうだから、衰えていた機能が活性化する。つまり、若返るんだな。」

「旦那にも効き目があらわれましたか。」

「気のせいかもしれないけどね。まあ、ためしに汲んできて飲んでごらんよ。あんただって、ぼつぼつくたびれが出る齢《とし》だろう。」

実際、その晩、店を閉めてから、菊造は不覚にも女房の前で赤面せざるをえないような事態に陥った。

「あぁあ、あのお客から場所をちゃんと聞いておくんだったわ。」

などとぶつぶついうから、なんの話かと思うと、白髪の客が話していた不思議な泉のありかのことだ。

「聞いて、どうするんだ。」

「なんなら私が汲んできてあげてもいいと思ってさ。」

なにをいってやがる、と菊造は舌うちしたが、あくる朝、市場からの帰りにふと思い出して、おなじ町内で酒屋を継いでいる幼馴染みの奇作のところでちょっと油を売っていく気になった。奇作なら車持ちだし、倅もすでに一人前で、昼間から店を抜け出すのにいちいち女房の目を盗むこともない。

上り框《あがりがまち》で一服しながら、さりげなく泉の噂話を持ち出してみると、奇作もやはり初耳だったが、子供時分からの物好きに加えて、内心思い当るふしもあるらしく、忽ち乗り気になって、一緒に様子を見にいこうじゃないかといい出した。

「でも、場所がはっきりしないんじゃねえ。」

「なに、県道を湖の近くまでいってみればわかるさ。山道へ分れるところに車の一台や二台は置いてあるだろう、そんなに評判なら。」

菊造は一旦家に戻り、市場から運んできた生《なま》ものを冷蔵庫に仕舞い込んでから、また酒屋へ引き返した。こちらも、朝の仕込みを済ませたあとは夕方店を開けるまで用のない人間である。

下見だから、二人はライトバンに空《から》の一升瓶を二本だけ積んで出かけたが、湖を囲む外輪山の峠までいってみて、びっくりした。あたりには人家が一軒も見当らないのに、小型トラックや耕耘機《こううんき》もとり混ぜてざっと三十台あまりの白ナンバーが道の片側に長い列を作っていて、何事かと思うと、ほかでもない、それらはすべて万病に効く泉の水を求めて遠出してきた人々の車なのであった。二人は、驚きの声を上げながら列のはずれに車を停めた。

泉へ下る山道はすぐにわかった。見ていると、ハイキング姿の人々が汗を拭き拭きそこを登ってきて、水の詰まった一升瓶やポットや薬罐をそれぞれ自分の車に積み込んでは、また空の容器を携えて谷間へ引き返していく。二人も空瓶を抱えて人々の列に加わった。勾配はさほど急ではなかったが、両側から小高い崖に狭められている細々とした道で、下から水を運んでくる人とすれ違うときは、こちらがそばの崖肌に軀を押しつけなければならない。登ってくる人々はみんな顔を赤くして喘《あえ》いでいた。かなりな力仕事だが、男よりも世帯《しょたい》持ちだと思われる女の方が多かった。なかには、大きなポリタンクを赤ん坊のおんぶ紐で背中にくくりつけている者もいた。背負《しょい》籠《かご》に一升瓶を欲張りすぎて途中でへたり込んでいる者もいた。

谷間の泉は、ゆうべの客の言葉通りに歪《いびつ》な形の溜池のようで、そう深くもない底に沈んでいる賽銭《さいせん》らしい白い硬貨の何枚かが、時々ひらひらと踊るあたりが水の湧き口らしかった。人々は、泉の縁から容器をまるごと水に沈めて汲んでいた。それにならって、菊造も、なるべく湧き口に近い縁から一升瓶を沈めて半分ほど汲むと、最初だから頓服《とんぷく》のつもりで、ふたくちばかりラッパ飲みした。なるほど、とろりとした舌触りで、あとにうっすらと酸味が残る。薬効はともかく、二日酔いには悪くなさそうな水であった。

四、五日すると、土地の新聞に泉の賑わいを報ずる記事が出た。そのせいか、二度目にポリタンクを積んで出かけてみると、道端に停めてある車の数が五十台にも増えている上に、屋台のおでん屋、おにぎり屋、それにアイスクリームを売る店も出ていた。山道の入口では、一と目で香具師《やし》だとわかる風体の男たちが地面にポリタンクを並べて、

「さあ、買った。夜明けに東京から製薬会社のタンク車がきて汲んでったよ。泉もだんだん涸《か》れてきたよ。さあ、いまのうちだよ。買った買った。」

と野太い声で呼びかけていた。

二十リッター入りの空のタンクが二千円、泉の水を詰めたのが四千円だという。

山道は人でしばしば渋滞した。香具師の口上は嘘ではなく、泉の水位は前より大分低くなっていて、容器を沈めるためには履物を脱いで水に入らなければならなかった。

「まるで、おさかりだなあ。」

菊造は、先を争って水しぶきを上げる人々を眺めながら、溜息混じりにそういった。このあたりでは、神社の祭礼の押すな押すなの賑わいをおさかりといっている。

「おさかりなら、せいぜい三日だけどな。人って、みんな丈夫な上にも丈夫でいたいと願ってるんだなあ。お賽銭抜きのおさかりがこうつづくんじゃあ、神様も痩せる一方よ。」

と他人事《ひとごと》のように奇作がいった。

菊造は、初めのうち、汲んできた泉の水を冷蔵庫で冷やしておいて、聞いた通りに日に三度、ぐい呑みで一杯ずつ飲んでいた。けれども、ポリタンクでどっさり汲んできてからは、ぐい呑みをよして、コップにした。軀にいいものなら、多少分量を越しても害にはならないだろう。なに

もけちけちすることはない。コップに半分が、やがてなみなみと一杯になり、日に三度が六度にも七度にもなった。喉が渇けば躊躇《ちゅうちょ》なくポリタンクの水を飲むようになった。

ある朝、鏡の前で髭を剃ろうとして、瞼《まぶた》がいやに腫れぼったいのに気がついた。翌朝も同様であった。寝不足かと思ったが、そうではない。よく眠った朝も腫れがひかない。痛くも痒くもなくて、ただ日増しに水っぽく腫れてくるばかりである。なんのせいだかわからなかった。目醒めているのに瞼が持ち上らなくて、自分の指でこじ開けた朝、堪《たま》りかねたように女房が医者へいっておいでよといったが、余計なお節介で、万病に効く水をたっぷり吸い込んでいる軀に故障など生じるはずがなかった。

ちょうどそのころ、土地の新聞にまた泉の記事が出た。今度は県の保健所で進めていた水の分析結果の発表で、要するに、あの水は無害にして薬効なしという結論であった。

ただの水分のとりすぎだったと見えて、飲むのをやめると、瞼の腫れもすこしずつひいて、三日目には元通りになった。ポリタンクに余った分は、残らず店に撒いて床洗いをした、おさかりで近在の客が立て込んだあとにはいつもそうするように。

どうしたのだろう。毎朝、起きてみると、きまってダイニング・キッチンに大蒜《にんにく》のにおいが籠っているのだ。それも、時には思わずうっと息を詰まらせるほどに。

大蒜は好きな香辛料だが、それを夕食に使うのはせいぜい五日にいちどにすぎない。また、買い置きの大蒜の管理をぞんざいにしているわけでもない。にも拘《かかわ》らず、朝になってみると、いつの間にかダイニング・キッチンに大蒜のにおいが濃密に立ち籠めているのである。なぜだろう。

こちらににおいの因《もと》がない以上、よそから流れ込んでくるのだと思うほかはないが、ここはなにしろ密閉性の高い新築マンションの五階である。しかも、夜は窓という窓を閉め切って眠る。外のにおいが入り込む隙間などありはしない。とすると、おなじこのマンションに住む無類の大蒜好きの部屋からなにかを伝ってはるばる流れてくるのだろうか。

三月《みつき》ほど前、ここへ越してきたばかりのころは、ワニスと青畳のにおいがしていた。それが、半月もしないうちに、突然ダイニング・キッチンにだけ大蒜のにおいが籠るようになった。その最初の朝、大学生の三女の頓狂《とんきょう》な声で家のなかがすこし騒いだ。家族はみんな——パジャマでベランダに出ていた彼も、和室で夜具を畳んでいた妻も、洗面所で髪を洗っていた長女と次女も、キッチンで顔をしかめている三女のまわりに集まった。

「どう、このにおい……ゆうべ大蒜食べたっけ？」

「晩御飯はコロッケだったじゃない。大蒜なんか使わなかったわ。」

ところが、その使わなかった大蒜が、なぜだかキッチンに強くにおっているのだ。みんなは顔を見合わせたが、なにはともあれ一刻も早くそのにおいを追い出すために娘たちが急いで窓を開け放った。長女も次女も、毎朝電車で通勤している。こんなにおいが着ているものに染み込んだりしたら困るのだ。

それ以来、早起きした者はなによりもまずダイニング・キッチンの窓を開け放つのが、家族の朝の日課になった。眠っているうちにどこからともなく湧いてくるにおいは防ぎようがないから、せめて溜まったにおいをさっさと追い出すしか仕方がない。

「なんだか朝っぱらから焼肉屋にいるみたいね。」

ひときわ強いにおいが籠っていたある朝、食卓で次女がそういった。

「ほんと。」と長女が相槌《あいづち》を打った。「こんなに強くにおうんだから相当な量の大蒜よね。毎晩、焼肉屋みたいに大蒜を使う家庭って、あるかしら。」

すると、妻が、それで思い当ったというふうに、
といった。

「そういえば、このマンションのどこかに韓国人らしい家族がいるようよ。」

妻は時々、エレベーターで、三つぐらいの女の子を連れた韓国人らしい顔立ちの若い母親と一緒になるという。けれども、まだいちども口を利き合ったことがない。なにか話しかけても、相

手が応えてくれないからである。それでも妻は、顔を合わせるたびに、こんにちは、と笑顔で挨拶する。すると、母親は無言のまま、はにかむように頬笑んで会釈を返すが、子供の方はただきょとんとして妻の顔を見上げている。

「まだ国を出てきたばかりで言葉がよくわからないのね、きっと。私から離れると早口でなにか話すんだけど、それがまたこっちにはちんぷんかんぷんなの。」

但し、その家族は何階のどの部屋に住んでいるのかわからないし、毎朝の大蒜のにおいが必ずしもそこのキッチンから流れてくるものだとは限らない。

「……なんだか知らないけど、不思議ね、防音という点では完璧なマンションなのに。」

と呟《つぶや》くように長女がいった。

実際、天井も、床も、両隣との境の壁も、よほど分厚く出来ているとみえて、よその物音は全くきこえなかった。右隣には生後間もない赤ん坊がいるはずだったが、その夜泣きの声すらいちどもきこえたことがなかった。それなのに、においばかりは毎朝どこからともなく確実にやってくるのである。いったい、どんな構造になっているのだろう。

ダイニング・キッチンを挟んで、六畳の和室に、ほぼおなじ大きさの板敷きの部屋、それに四畳半ほどの洋間があって、そこに親子五人が暮らしている。和室には彼と妻とが寝起きし、隣の板敷きの部屋には勤め人同士の長女と次女がベッドを並べ、辞書を引きながら夜ふかしをする三女にはダイニング・キッチンのむこうの洋間が与えられている。

「狭くて不自由なのはお互いさまよ。我慢しようね。たった四ヵ月間だけだもの。」

妻は、娘たちが愚痴をこぼすのを聞くたびに、半分は自分にもいい聞かせるようにそう繰り返す。ここへ越してくるまでは、一家は近くの川のほとりの二階屋に住んでいたのだが、川の拡幅工事で土地と家を四分の一ほど削り取られることになり、残った土地に新しく家を建て直す間の仮住まいに、このマンションを借りることにしたのであった。大部分の家具は引っ越し業者の倉庫に預け、家族がそれぞれ四ヵ月間暮らすのに必要なものだけを携えてここへ移ってきたのは、三月の上旬であった。

彼も、使い馴れた仕事机は家具と一緒に倉庫に預けて、文房具や辞書のたぐいだけを段ボール箱に詰めて持ってきていた。マンションには、仕事部屋はおろか机を据える場所すらなかったからである。彼は、当分の間だけなら机がなくてもどうにかなると思っていたが、実際マンションで暮らしはじめて、自分が安心して寛《くつろ》げる場所がもはや机の前にしかなくなっていることに初めて気づいた。机のない住まいには、落ち着いていられる場所がどこにもないのだ。

彼は終日、自分の居場所を捜しながらうろうろしていた。晴れた日にはベランダへ出て遠くの高層ビルや富士山を眺め、脇の路地をゆき交う人々を見下ろし、壁際に積み上げた段ボール箱の谷間に寝そべったり起き上って膝小僧を抱いたりを繰り返し、食卓の椅子に浅く腰を下ろしてせわしなく煙草《たばこ》をふかす。なにやら他人の家に居候《いそうろう》でもしているような気持で、妻にお茶など出されたりすると、つい、どうぞお構いなく、といいそうになる。

ようやく朝のにおいに馴れてきたころ、彼は、引っ越し荷物のなかに今年はもう用済みの炬燵《こたつ》用具が紛れ込んでいるのを見つけた。いいものを見つけたと思った。やぐらを組み立てて炬燵板をのせてみると、案の定、仕事机とおなじくらいの高さになる。箪笥《たんす》の前のわずかばかりの空間に据えて、それに向ってあぐらをかいてみると、背中が三面鏡の引き出しに触れる。ちょっと乱暴に身じろぎすると、忽《たちま》ち頭のうしろで化粧品の瓶が一斉に騒ぐが、炬燵板に頬杖を突いている限り仕事部屋にいるような気分になれないこともない。彼は、やっと自分の居場所を見つけて、ほっとした。

夜ふけに、炬燵やぐらの机に猫背になって、妻の寝息を身近にききながら鉛筆を削ったりしていると、三十年前、場末のおんぼろアパートで妻と食うや食わずの暮らしをしていた駆け出しのころが思い出された。そのころの初心も一緒によみがえった。

ある晩遅く、彼は、誰かのささやき声がするのに気づいて、我に返った。すぐそばで誰かがなにかをささやいている。言葉はきき取れなかったが、それが人の声であることは確かであった。けれども、あたりを見回してみるまでもなく、そばに妻以外の誰かがいるわけがない。妻は、唇の間から舌の先を覗《のぞ》かせて静かな寝息を立てていた。

気のせいだったか、と彼は思った。そうでなければ、隣室で眠っている長女か次女の寝言だったろう。ところが、机の上に目を戻すと、またさっきとおなじささやき声がきこえた。今度は、はっきりきき取れた。まさか、という笑いを含んだ男の声であった。

彼は、肩越しに振り向いてみた。声がその方からきこえたような気がしたからである。けれども、背後には妻の三面鏡があるにすぎない。三面鏡の横には、路地に面した窓がある。窓の外は都会の夜の薄闇ばかり。彼は、まさか、と耳に入ったささやきを呟いてみてから、立っていってそっと窓を開けてみた。潮騒《しおさい》のような夜の音が流れ込んできたが、やはり五階の宙には何者も見当らなかった。

ついでに、あたりの窓に人の気配がないのを確かめてから、また机の前に戻ったが、ささやき声は、しばらくの間、とぎれがちにきこえていた。もう耳を澄ましていてもきき取れなかったが、宥《なだ》めるような、慰めるような男の声に、時々短い女の声が混じる。どうやら若い男女らしいが、声の主《ぬし》がどこにいるものやら、まるで見当がつかない。もしかしたら——と、天井に目を上げて彼は思った。このささやき声もまた、マンションのなかのどこかの部屋からなにかを伝ってはるばる流れてくるのではないか、朝の大蒜のにおいみたいに。

その後も、何度か、おなじ男女のささやき声が自分の居場所で夜ふかしをしている彼の耳に届いた。そのたびに、彼はさりげなく窓辺に立ってみたが、その声は、窓を開ければ忽ち夜の音に紛れてしまい、窓を閉めて元の居場所に戻ればまたひそひそときこえてくるのがならわしであった。やはり声の主は屋内にいるのだと思うほかはなかった。

ところが、梅雨入り前のある晩、彼は同業の友人宅からの帰りにマンション脇の路地を通って、建物の外壁にぴったり身を寄せて話し込んでいる若い男女を見かけた。男の方は鮨屋か蕎麦屋の店員らしく白い上っ張りを着ていて、そばに自転車を立てかけている。女の方はジーンズ姿で、一本に編んだ髪を長く背中に垂らしていた。

彼は、そのときはべつになんとも思わずに通り過ぎたが、すでに寝静まっている我が家に戻って、いつもの居場所でいつものささやき声を耳にしたとき、すぐにさっき見かけた壁際の男女を思い出し、このささやき声の主はあの二人に違いないと思った。二人は、彼が背にしている窓の真下に貼りついていた。信じ難いことだが、おそらく二人の語らいは外壁を伝ってここまで這い登ってくるのである。

「弱気になっちゃいけねって。もうすこしの辛抱じゃないか。元気を出しなよ。」

と、男の声が励ますようにいった。

ちょうど訪ねた友人の居心地のよさそうな書斎を思い出して、羨望の念にさいなまれていた彼は、思わず猫背を伸ばして頷《うなず》きそうになった。

そのまま耳を澄ましていたが、もう声はきこえなくて、代わりに自転車の軋みが微かにきこえた。彼は、机の上のスタンドを消してベランダへ出てみた。目の下に仄白《ほのじろ》く見える乾いた路地に、まず白い上っ張りが自転車を押しながらあらわれ、それにジーンズの女が小走りに寄り添った。二人は、ゆっくりT字路の突き当りまで歩いていって、いまにも消えそうに瞬《またた》いている防犯燈の下でちいさく手を振り合いながら左右に別れた。

オーリョ・デ・ボーイ

「オーリョ・デ・ボーイ。」

という呟きが洩れた。

正捕手の蔵《くら》と固い握手をしているうちに、ふと、その言葉がひとりでに口をついて出たのである。けれども、貸切バスのなかは勝利に酔った歌声の坩堝《るつぼ》で、その独り言はすぐ目の前にいる蔵の耳にさえ届かなかったろう。たとえ届いたにしても、蔵にはなんのことかわかりやしない。

「部長……杉野先生よ」と、蔵は握った手を揺さぶりながらすっかり掠《かす》れた声で叫ぶようにいった。「今日の決勝は断然守備力の勝利でした。先生の千本ノックのおかげですよ。ありがとうございました。甲子園では死に物狂いで頑張って必ず先生を男にします。誓います。」

昂奮のあまり彼の血走った金壺眼《かなつぼまなこ》が濡れた紅玉《ルビー》のように輝いていた。杉野は、笑って握られていた両手を抜き取ると、十本指をブラシにして蔵の埃《ほこり》っぽい坊主頭を無言で手荒く掻き撫でてやった。

「……オーリョ・デ・ボーイ。」

酩酊したような蔵からやっと解放されて、窓際の席にひとりになると、舌の根にさっきの呟きがよみがえってくる。いったい、どういう風の吹き回しで、こんな馴染みのない異国語が唐突に口からこぼれ出たのか。

杉野は、ほんのすこし考えて、その異国語の意味と、それをどこで憶えたかを同時に思い出した。彼は歴史好きの体育教師で、日頃暇潰しを兼ねた史書の乱読を唯一の趣味にしている男だが、その異国語は、確か一と月ほど前に読み終えた十六世紀の航海記に出ていた。印度《インド》のゴアとリスボンとの間を往復するポルトガル船の航海記だが、ある快晴無風の午後、喜望峰の手前の印度洋上を航行中の船の見張りが、突然真西の水平線の空を指さして、「オーリョ・デ・ボーイ！ オーリョ・デ・ボーイ！」と叫ぶのである。

この本の著者は日本人の小説家だから、異国語の読み方など眉唾物だが、このオーリョ・デ・ボーイについては船乗訛《なま》りのポルトガル語で〈牡牛《おうし》の目玉〉という意味だと書いてあった。

実際、見張りが指さす方を見ると、そこにはいつの間にか、なるほど牡牛の目玉を思わせるような拳大《こぶし》の黒雲が一つ、ぽつんと浮かび出ているのが見える。それが急な嵐の前触れなのだ。船内は騒然とする。すべての帆は下ろされる。船室へ逃げ戻って窓を閉めようとすると、さっきの黒雲はもはや人の頭ほどの大きさに膨らんでいる。寝台が走り回らぬように綱で繋《つな》ぎ合わせているうちに、早くも傾きかけていた陽が翳《かげ》る。嵐になった――そう書いてあった。

けれども、ここは大海原の只中《ただなか》ではなく、乗物も嵐に脆《もろ》かった十六世紀の木造船ではない。なめらかなアスファルトの県道を、開校以来初めて甲子園行きの切符を手にして狂喜するS高ナインを乗せた貸切バスが疾駆していて、沿道は相変らず穏やかな夏の暮れ方である。すると、さっき正捕手の蔵と手を握り合っているうちに、ふと怯えに似たものを感じて、つい、「オーリョ・

デ・ボーイ。」などと頭の隅にこびりついていたらしい見張りの言葉を呟いたりしたのは、なぜだったのだろう。なんとはなしに、遠く牡牛の目玉に似たものを見たような気がしたからだったろうか。

その謎が解けたのは、翌日の午後、シートノックも終りに近づいたときであった。

S高野球部の川辺監督は一昨年から軽いギックリ腰に悩まされている。ベンチで采配を振る分には差し支えないが、ノックバットを握るのは無理である。それで、ノック役は部長の杉野が引き受けていた。彼は体育大学を出ていたが、野球部の経験は高校だけで、しかも外野の補欠に終始した。けれども、守備はともかく、当てる打撃なら誰にも負けない自信があって、しばしばピンチヒッターに起用されて成功率が高かったから、ノック役には適任であった。実際、これまでは無難に務めて目立つ失策はいちどもなかった。

勿論、試合前のシートノックも彼の役である。

県大会で優勝した翌日は、気の弛《ゆる》みからくる怪我を怖《おそ》れて、柔軟体操と軽いシートノックだけで切り上げた。まず三塁手からはじめて、素直なゴロを内野手に三本ずつ配り、外野手にも滞空時間の長いフライを三つずつ上げてやって、四本目は一人ずつ捕った球をバックホームしては引き揚げてくる。引き揚げてきた連中は捕手の背後に一列横隊に並んでいる。いちばん最後に、キャッチャーフライが高々と上り、それを捕手がミットに納めてシートノックはおしまいになる。

グラウンドから野手の姿が残らず消えて、捕手の蔵が野太い声で気合いを入れるのを聞いたとき、杉野は改めて、ああ、これがあったのだ、捕手の頭上に、まっすぐ、高々とフライを打ち上げる仕事がな、俺には、と思い、同時に、これで昨日の帰りのバスのなかでの謎は解けたと思った。

昨日は、捕手の蔵と手を握り合っているうちに、おそらく無意識のうちにシートノックのキャッチャーフライに不安を感じはじめたのである。甲子園球場の大観衆のなかで、果して自分は冷静にまともなキャッチャーフライを打ち上げることができるだろうか。打てずに大恥を掻くことになりはしないか。予想もしなかった不安の種が自分に見張りの叫びを呟かせたのだ。

「先生、お願いします。」

蔵の待ちくたびれたような声で、杉野はぼんやり空を見上げていた自分に気がついた。彼はばつの悪さに口から出任せを喋《しゃべ》りはじめた。

「甲子園はここの県営球場より何倍も大きいぞ。」声が顫《ふる》えてきそうで、つい早口になった。「従って、観客の数も桁違いに多い。それに歓声もな。決して自分を見失うな。いいか。足の裏をしっかりと地面につけて、平常心を保て。スタンドはおそらく真っ白だからな、球を見失うなよ。いくぞ。」

仰向いてバットを一振したが、手応えがなかった。胸が早鐘を打っている。蔵が足許《あしもと》に落ちた球を拾うと、両手でこねるようにしながら、

「いいフォーク投げおるわ、うちのエース。」

と独り言を呟いた。

二度目は当然のことながら手応えがあった。けれども、蔵はほんの二、三歩追っただけで諦めた。球は多分夕凪に流されて二塁のベース上に落ちた。

杉野は、めっきり食欲を失った。夜もぐっすり眠れなくなった。よくキャッチャーフライを打ち損じる夢を見た。何度も空振りしたり、右に左にスタンド入りのファールフライを打ち上げたり、あろうことか無人の三遊間に痛烈なライナーを飛ばしたりして、満場の失笑を買う夢である。

杉野は汗を掻いて飛び起きた。どの夢も生々しくて、手のひらにはまだバットの痺れが残っていた。どう考えても、自信が持てなかった。やはり、自分のような代理のノッカーには、甲子園は荷が重すぎるのだと思わざるをえなかった。

ある日、杉野は思い余って監督にノッカーの返上を申し出た。

「これまではなんとか代理を務めさして貰いましたがね、今度はなにしろ檜《ひのき》舞台です、代役じゃとても務まりません。監督にとっても二十三年目の初甲子園でしょう。ここは痛み止めの注射を打ってでもノックバットを握られるべきですよ。」

「いやいや」と監督はかぶりを振った。「ここでわしみたいなぽんこつが出ていったら、かえって選手の士気を損なうだけですよ。やっぱりこれまで彼等をノックで鍛えてきた兄貴分のあなたでなくっちゃ。あなたは次期監督なんだから、一つ度胸だめしをしてらっしゃい。」

杉野は、仕方なく最後の手段で、試合前のシートノックからキャッチャーフライを割愛することを提案してみた。

「あれは、ノッカーには技術的に厄介ですし、捕手本人にはなんの足しにもなりませんからね。試合中のキャッチャーフライは、投手が投げた球の下側をバットが掠るから微妙な回転で上るんだけど、普通のノックじゃ、なんの変哲もない棒球のフライしか上りませんからね。かえって捕手の勘を狂わすんじゃないかな。」

杉野はそういったが、監督は言下に否定した。

「そんなことをいったら、ほかの野手だっておなじことじゃないですか。誰のとこにもノッカーの棒球しかこないんだから。要するに、球に目を馴らすだけですからね、シートノックは。だから、当然捕手にもフライが必要なんです。殊に甲子園はファールグラウンドが広いし、スタンドが白一色ですから、なおさらね。それに、捕手へのフライはシートノックの締め括《くく》りの役割もする。高々と上ったフライが捕手のミットに気持のいい音を立てると、選手たちはみな、よし、という気になる。そういう意味でも、シートノックのキャッチャーフライは是非必要なんです。割愛するなんて、とんでもない。」

杉野は、目ぼしい野球部ＯＢを歴訪して、なんとか栄光のノッカー役を譲ろうと試みたが、ことごとく失敗に終った。

「県大会ならともかく、甲子園じゃねえ。軀から力が抜けて、外野まで球が飛ばねえんじゃないかな。それに、あのキャッチャーフライね。考えただけで背筋が寒くなりますよ。やっぱり馴れてる先生にお任せして、こっちは無難にテレビ観戦といきたいですな。」

彼等は口を揃えてそういった。

杉野は、もはや観念するほかはなかった。寝不足に寄附集めの心労が重なって、彼は窶《やつ》れた。この上、甲子園へいけば大観衆の注視を浴びながら背筋の寒くなるキャッチャーフライを打ち上げなければならないのである。甲子園初出場に沸く校内で、彼だけが浮かぬ顔をしていた。こんなことなら県代表を望むんじゃなかったと思った。優勝なんかしてくれない方がよかった。甲子園では、相手がどんなに非力な高校でも、試合前のキャッチャーフライさえ無難に打ち上げられたら、勝つもよし、負けるもよし、あとは野となれ山となれと思うことにした。

組み合わせの抽籤会《ちゅうせん》では、主将の蔵が二日目の第二試合を引いた。相手は四国の強豪である。当日は朝から油照りの暑い日であった。到底勝ち目がなくて、ひそひそと沈みがちな選手たちに、監督が、せめてシートノックを威勢よくやって景気をつけてこいやと発破をかけた。途端に、杉野は、足許の地面が藁《わら》でも厚く敷いたように柔かくなったような気がした。軀が変にふわふわした。

試合前のシートノックは相手の方が先で、杉野は、ダッグアウトの隅からオペラグラスで相手方のノッカーの顔ばかり見詰めていた。四十年配の、顎のがっしりと逞《たくま》しいノッカーで、真っ黒に日焼けした顔には自信が溢《あふ》れ、時々白い歯が覗く。最後のキャッチャーフライも、難なく高々と打ち上げられ、捕手はほとんど定位置でそれを姿よく捕球した。まず非の打ちどころのないシートノックであった。サイレンが鳴った。

「オーリョ・デ・ボーイ。」

おどけて、船の見張りのようにマスコットバットを遠眼鏡にして呟いた。すでに牡牛の目玉は胸一杯に黒々と膨れ上っている。杉野は、蔵に促されて、ノックバットを引きずるようにしながらふらふらふらと眩しいグラウンドへ出ていった。

もしかしたら、どこか内臓をわずらっているのかもしれない。それとも、血圧の具合でも思わしくないのだろうか。なにしろ、さかんなころには、この地の花街の売れっ妓《こ》に子を産ましたほどの道楽者だから、いまでも相当な飲み手に違いなかろうと思われるのに、問い合わせてみると、案に相違して、会うなら白昼、しかも場所は街なかのフルーツ・パーラーがよろしかろうということである。いずれ昔馴染みの待合か、そうでなければ花街の路地の奥にある気の利いた小料理屋の二階あたりで落ち合って、宵の口からしんみりと御対面――というつもりでいたのが、すっかり当てが外れてしまった。

街のフルーツ・パーラーなら、もう二十年も前のことになる半玉《はんぎょく》のころに、朋輩《ほうばい》たちと誘い合わせて稽古帰りによく寄ってお喋りにふけったものだが、まさか四十近くになったいまごろ、あんな明るい賑《にぎ》やかな店に初対面の父親と向い合ってストローをくわえることになるとは思わなかった。

冬が間近だとは思えぬような小春日和《びより》で、踊りの稽古着にしている母親ゆずりの山繭紬《やままゆつむぎ》では歩いているうちに汗ばみそうだったが、母親によれば、この紬は先年あのひとが信州旅行で気に入って土産に買ってきてくれたものだから、いい目印になるはずだという。あのひと、とは、これからフルーツ・パーラーへ会いにいく実の父親のことである。

「着物にはうるさいひとだったからね。あのひとが惚《ぼ》けていなければの話だけどさ。」

母親は長火鉢のふちを人差指の腹で意味もなくこすりながら、そんなことをいう。もう七十なのに、頬骨のいただきにうっすら赤味がさしている。

なにをするにも和服ばかりで、ろくな洋服の持ち合わせがないし、軀《からだ》も和服に馴染んでしまって、もはや洋装にはすっかり自信を失っている。仕方なく、蛙《かえる》の子は蛙と諦めて、クリーム色の地に茶と紺の縞模様の山繭紬に薄茶の帯をきつ目に締めた。

台所の天窓からさし込む日ざしが強い。小桃は、冷蔵庫を開けて、

「小娘じゃあるまいしさ。フルーツ・パーラーへ死んだと思っていた父ちゃんに会いにいくなんて……。」

と小声で愚痴をこぼしながら、氷のかけらを一つ口のなかへ放り込んだ。隅の方で冷えている大吟醸の清酒がちょっとうらめしかった。

もう長いこと、父親の名は亀之助で、自分がまだほんの幼児のころに病死したのだと思い込んでいたのは、母親にそう教えられていたからである。実際、家の仏壇には、頭を角刈りにして黒っぽい和服を堅苦しく着た初老の男のちいさな写真が飾ってあって、母親はそれを死んだ父親の遺影だと教えた。寺にある墓石は、古い上に随分もろい石質だと見えて、側面に刻まれている小文字の大半は苔《こけ》と磨滅で判読もむつかしいが、亀之助という名だけははっきりと読める。

小桃は、仏壇の写真を覗き見ては、子供心にも、父親にしてはちと齢をとりすぎているような気がしたものだが、男というものは、時として相当な齢になってからでもまだ父親になれるものであるらしい。母親は、自分が小桃を産んだとき父親はちょうど還暦だったといっていた。

ところが、この秋口に、思わぬことから自分が長年母親に騙《だま》されていたのに小桃は気づいた。自分の実の父親は、亀之助ではなくて松蔵で、その松蔵という人物はおそらくいまでもこの世のどこかに生きているのである。

そんなことがどうしてわかったのかというと、旅券《パスポート》の取得に必要な戸籍抄本を市役所へ貰《もら》いにいって、帰りに中庭のベンチで隅々まで読んでしまったからである。急に旅券など用意することになったのは、時々大尽遊びをしにくる東京の不動産屋が地価の高騰に乗じて一儲《ひともう》けしたと見えて、小桃をはじめ馴染みの妓を三人、香港《ホンコン》へ連れてってやろうといい出したからだ。

小桃は海外旅行など初めてで、帰ると声を弾ませて母親に話した。さっそく旅券というものを用意せねばならぬことも話した。けれども、戸籍抄本のことは、それが旅券を取るために必要だとも知らなかったから、話さなかった。母親の方も知る由がない。

市役所へは、清元《きよもと》の稽古の帰りに茶々と二人でいった。見ていると、おかしなもので、戸籍係から謄本や抄本を受け取った人々は、ほとんど例外なく、担任の教師から通知表を貰った小学生のように、なんとなく不安そうな顔つきで背中をまるめ、細目に開けて中身をちらと覗き見てから、そそくさと立ち去っていく。

茶々の方が先に名を呼ばれた。内田友恵さん、と本名を呼ばれて、茶々は一瞬きょとんとしていたが、すぐに、あ、あたし、といって椅子から立っていった。抄本は便箋ぐらいの大きさの一枚の紙であった。茶々は、なにかの免状でも貰ったかのように浮き浮きと、受け取った抄本を親指と人差指の先でつまんでひらひらさせながら戻ってきたが、その抄本の片面には思いがけないほど多くの文字がぎっしりと書き込まれているのが、小桃にも見えた。茶々が生まれながらにして引きずっている目に見えない厄介事が文字に化けて列をなしているように見えた。

茶々もそれに気づいて、真顔になると、立ったまま背中をまるめてほんのすこしだけ読んだ。それから、抄本を握り潰すようにまるめると、眉間《みけん》に皺を拵《こしら》えて、

「悪いけど、今日はおらをひとりで帰らせてな。なにかしらん、急に気分が悪くなった。んだら、お先にな。」

といって、逃げるように小走りに帰っていった。

それを、なんとなく気の毒な思いで見送っていると、小桃もやはり本名で、酒井時子さん、と呼ばれた。小桃は、自分の戸籍抄本を見るのは初めてだったが、一と目で、父親の名を書き入れる欄が空白になっているのに、まず気がついた。隣の母という欄には、酒井きんとはっきり母親の名が書き入れてある。だから、父という欄には亀之助となければならないのだが、なにもない。空白のままである。

小桃は、中庭へ出て日蔭のベンチに腰を下ろした。罫《けい》の間に並んでいるこまごまとした毛筆の文字の数は、茶々のに比べて格段にすくなかったが、落ち着いて読んでみると、茶々を気の毒がってばかりもいられないことがわかった。

第一行目には、生年月日や出生地の所《ところ》番地を母親が届け出たという記述があり、次の行には、それから十日ほどして父小野松蔵が認知の届け出をしたという記述があった。父小野松蔵が突然

出てきたので小桃はびっくりして目を瞠《みは》り、その第二行目を何度も繰り返し読んだ。

その晩、小桃は母親に白状させた。手間は掛からなかった。

「お母ちゃん、いったい、どういう魂胆？」

と流し目に見て、前に戸籍抄本をひろげて見せるだけでよかった。

母親によれば、亀之助というのは母親自身の父親で、小桃を産ませたのは抄本に記載されている通り小野松蔵だが、その後、その松蔵と縁が切れたこともあり、ゆくゆくは置屋を継がすつもりの娘には男親などかえって邪魔になるばかりだと思って、死んだと教えていたのだということであった。

「じゃ、いまでも健在なのね、父ちゃん。」

「健在かどうかはともかく、死んだちゅう噂は聞かねすけにな。はや八十は越したろう。」

母親は、相手の居所や消息を知っているのだろうが、昔気質《かたぎ》にそんな素振りはすこしも見せなかった。

「会わせてな、いちど。」

「いまさら会《お》うて、どうするってな。」

「会うてどうするということもないけんど、父娘《おやこ》がお互いに生きとるのに顔も知らずにいるというのも気掛かりなこったえ。こっそり連絡とって、会わせてな。」

「癖になったりすれば、先様に迷惑じゃからのう。」

「癖になるような年頃、とうに過ぎたせ。」

「んだら、一遍こっきりよ。」

「約束する。これがおらの父ちゃんかとつくづく顔を見れば気が済むの。」
それでは街のフルーツ・パーラーで、短時間なら、と返事がきたのは、香港旅行から帰って間もなくであった。

母親は曖昧な思い出話をするばかりで、初めて落ち合う相手の特徴をいっこうに教えてくれなかった。確実なのは、相手が八十過ぎの老人で、中肉中背で、以前から街へ出るときは灰色のソフト帽で髪の薄い頭を隠すのがならわしだったということだけである。小桃は、せめてそのソフト帽を目印にすることにして、約束の時間より早目に着くように家を出た。相手が先に着いてソフト帽を脱いでしまえば唯一の目印がなくなってしまうのだ。

繁華街の角にある広いフルーツ・パーラーで、日和のせいか、ウィークデーの午後だというのに店内は予想以上に立て込んでいた。ほとんどが女の客だったが、なかに二人だけ男の老人が混じっていて、一人は連れ合いらしい老婦人と並んでアイスクリームを舐《な》めていた。もう一人は近在から出てきた人らしく、手編みの厚ぼったいジャケツの上に早くもチョッキを重ね着した態《なり》で、時々虫眼鏡を用いながらのんびり新聞を読んでいる。

小桃は運よく入口の近くに空席を見つけて、そこから一枚ガラスのドアを押して入ってくる人々を注視していた。いまはもはや灰色ではないかもしれぬが、ともかくもソフト帽をちょいと斜めに傾けて、首には渋い水玉模様かなんぞのアスコット・タイを形よく巻いた瀟洒《しょうしゃ》な老人だったら、どうだろう。小桃は、珍しく胸がときめいてきた。

――不意に、うしろから肩を軽く叩く者がいた。小桃は振り返った。思いがけないことに、奥で新聞を読んでいたジャケツの老人がいつの間にか背後に立っていて、眩《まぶ》しそうに目をしばたたきながらもっと思いがけないことを口にした。

「お前《め》さん。時子だえ？　その紬を着ているところはおふくろの若いころにそっくりだ。ま、あっちのテーブルさ来いちゃ。」

小桃はちょっとの間、呆気にとられて老人の赤い鼻を見詰めていた。それから、弾《はじ》かれたように椅子から立ち上って奥へ引き返す老人に従った。自分は確かに時子であり、自分を時子と呼ぶ老人は自分の父親しかいないのである。

「せば……」と小桃は、奥のテーブルに向い合ってからも老人の日焼けした皺深い顔から目を離せずにいった。「あんたさんは、小野松蔵さんで？」

「んだ。」と老人は頷いた。

「おいたあ」と小桃は驚き呆《あき》れる小声を洩らした。「ほんに、松蔵さんで？」

「んだ。ほんにせ。」

老人は人の好《よ》さそうな笑いを顔いっぱいに浮かべ、小桃も釣られて笑顔になった。畳んだ新聞の上に、形が崩れてリボンも色褪《いろあ》せた褐色のソフト帽がのっている。小桃は、父親が気取った老紳士でなくて、かえってほっとしていた。

「お前《め》は、なんにする？」

ウエイトレスに手を上げて父親がいった。

「父ちゃんは？」

小桃は思わずそういって、うろたえた。いい齢をして、忽ち涙ぐんだからである。

「我《わ》だらクリーム・ソーダせ。」

「んだら、おらもクリーム・ソーダ。」

と、四十女が椅子に軀を弾ませていった。

二人は緑色の甘いソーダ水をストローで飲んだ。父親が物柔かな口調でいった。

「怨《うら》みでもあらば、なんでも喋れや。」

小桃は急いでかぶりを振った。なにも怨みを訴えにきたのではない。けれども、それ以外の言葉もなに一つ口から出てこなかった。二人はただ、どちらも無言のまたっぷり時間をかけて一杯のクリーム・ソーダを飲んだだけであった。

別れるとき、父親はテーブルの下から、握りが太くて先細りになっている、ねじれたステッキのようなものを取り出した。全体が油紙に包まれていて、麻紐で螺旋《らせん》状にしばってある。

「これはな、じねんじょだけんど。」

と父親はいった。

「じねんじょ？」

「山の芋よ。今朝、おらが早起きして、自分で山から掘ってきた。これを土産に持って帰ってけれ。お前《め》のおふくろはこのじねんじょが好物でな。精がつくから、これで売れっ妓のころを凌《しの》いだものよ。ま、二人で麦とろにでもして食ってけれ。」

フルーツ・パーラーを出ると、二人は潔く右と左に別れたが、まだ何歩も歩かぬうちに、小桃は父親に呼び止められた。

「そうステッキみたいに持って歩いちゃ、なんね。じねんじょの命は根っこの先にあってな。途中で折らずに、根っこの先までそっくり掘り出すのが礼儀なのせ。ステッキみたいにして持ち歩いたら、いつかはうっかり根っこの先を傷つける。横抱きにしてやってけれ。」

父親は笑ってそういうと、形の崩れたソフト帽を鷲摑みにして、頭からちょっと持ち上げた。

さんろく

ハルリンドウ

今朝、起きぬけの散歩の折に、近くの水路のほとりの日溜まりでハルリンドウの群落を見つけた。

水路に沿った細道の、うっかりすれば踏み潰してしまいそうなすぐそばに、ひとかぶに十センチほどの茎を数本立てて、淡い紫色の花弁十枚の可憐な花を咲かせている。

ひとかぶだけかと思ったら、その隣にも、そのむこうにも……そのあたり一面の群落である。思わず、パジャマのまま枯れ草の上に腹這いになって、懐かしい花と土の匂いを嗅いだ。

信州八ヶ岳の山麓、といっても標高千六、七百メートルはあろうこの高原にも、この花が群落を作るようになればようやく春が巡ってきたということになるらしい。

東京の家は、そばを流れている暴れ川の拡幅工事で空には先端が雲に達するようなクレーンが幾本も立ち並び、ブルドーザーや見たこともない恰《あたか》も怪獣のごとき異形の工事車の起こす地震と騒音が朝から日暮まで絶えることがない。

それで、この山麓へ仕事を抱えて逃れてきているのだが、ここはまた極端に音の乏しいところで、なにかの拍子に小鳥のさえずりがとだえてしまうと、耳鳴りがして、なにか不安な気持になってくる。今朝も、起きぬけに、せめて八ヶ岳の雪解け水の音でも聞こうと思って、それを導く人工の水路まできたのであった。人工といっても両岸を固めている岩石は天然のものだから、イタチによく似たオコジョの巣などあるらしく、いつかの春先、この水路沿いの道端でまだ冬毛のままの白っぽいオコジョが日向《ひなた》ぼっこをしているのを見たことがある。それで足音を忍ばせていくと、今朝はオコジョではなくハルリンドウが陽を浴びていたのだ。

ところが、その日の夕刻近く、午後の散歩の帰りに水路沿いの細道を通ってみると、驚いたことに、ハルリンドウの花が一輪もなくなっていた。

茫然《ぼうぜん》とあたりを見回していると、近くで人の話し声がする。見ると、すこし道を下ったところに架かっている木橋の袂《たもと》に若い男女が佇んでいた。二人とも、登山者やハイカーにしては軽装すぎるいでたちで、男は手ぶら、女の方はビニールカバーのかかった紙袋を一つ提げている。紙袋はずっしり重そうに膨らんでいて、口のところから、移植鏝の柄らしきものが頭を覗かせているのを見たとき、あのハルリンドウの群落はこの二人連れの手で株ごと削り取られたのに相違ないと彼は思った。削り取った跡に枯れ草をまぶしていたとき、彼の足音がしたので、二人は急いで木橋の袂まで逃げたのだ。

野の花を取っても盗人《ぬすびと》とはいえないが、自然を害《そこな》う心ない仕業だというほかはない。つい、にらむような目になって道を下っていくと、男の方が、ちょっと伺いますが、といった。

「なんでしょう。」

「高原ホテルへはどの道をいけば？」

彼は咄嗟《とっさ》に遠道を教えた。

「この橋を渡って、ずっと右へいらっしゃい。それが近道だ。」

けれども、どうやら彼は誤解していたようだ。自分の小屋に帰って植物図鑑を見ると、ハルリンドウの項に、夕刻、陽が翳《かげ》ると、さっさと花を棍棒状に畳む習性があると書いてあったからである。彼はびっくりして、懐中電燈を片手に水路の細道へ駈けつけてみた。すると、てっきり削り取られたと思ったハルリンドウの群落は、案の定、薄紫の縞を斜めに走らせた花の棍棒をずらりと並べて、健在であった。

ひとり合点《がてん》で気の毒なことをしたが、あの二人連れは無事にホテルの夕食に間に合ったろうか。

カケスの踊り

ひきつづき信州八ヶ岳山麓での話だが、カラマツやシラカバやダケカンバの木立に埋もれている彼の山荘に、毎日、リスの一家が代わる代わるやってくる。

一家といっても、家族が大勢いるわけではなく、毛の色や軀つきからすればせいぜい三匹と思われるが、彼には残念ながら親子雌雄の区別がつかない。リスのような非力な小動物は、自分を外敵から保護するために季節によって毛の色を変えたり、軀を時には大きく見せたりちいさく見せたりするらしいから、彼は案外、たった一匹のリスを何匹かの家族だと勝手に思い込んでいるだけなのかもわからない。

リスは、大気がよく澄んで日ざしの明るい晴天の日よりも、風がすっかり落ちて霧でもうっすら流れているような曇天の日の方により寛いでいるように見える。あまり視野が明るいと身の危険を感じて神経質になるのだろうか、いつものコースもいだてんに走り過ぎてしまうが、大気が煙っている日は、スレート葺きの急な屋根を駆け降りてくるギャロップの足音も軽やかである。

リスは、暖炉の煙突の脇からそばのカラマツの枝に飛び移り、十畳敷きほどの木造のベランダに降りる。このベランダの手すりは太い丸太ん棒で、ところどころに、枝を払った跡が、リスのためのちいさな餌を置くにはちょうどいい窪みを作っている。

リスが太い尾を背中に揚げ、前肢《まえあし》で餌を持ち上げて食べる姿は愛らしい。その姿は、彼の机の横の窓からもよく見える。彼は、いまは禁煙中だからただ頬杖を突いて見とれるばかりだが、かつて愛煙家だったころは、すぐさま筆記用具を置いてここぞとばかりにゆっくり一服したものであった。あれは、まさに至福のひとときであった。

ところが、数年前から、そのひとときがめったに訪れることがなくなってしまった。彼が煙草をやめたからではない。リスの餌を片っ端から横取りしてしまう曲者《くせもの》があらわれたからである。

彼は、朝起きると、土砂降りの日でない限り、まずベランダへ出て、食べやすいように殻から出したクルミやピーナッツなどのリスの餌で手すりの窪みを埋めることにしているが、数年前の夏ごろから、その餌のなくなり方があまりにも早すぎるようになった。家に入ってしばらくして、ふと見ると、もうきれいになくなっている。たとえ家族三匹、こちらの気づかぬうちに総出で食べ漁《あさ》ったにしても、なくなり方が早すぎる。

間もなく、それがカケスの仕業だとわかった。貪欲なカケスがどこかで見ていて、彼が家に入ると忽ち音もなく滑走してきて手すりの窪みの餌をせっせと自分の巣へ運んでしまうのである。彼は初めてそれを見たとき、思わず、飛び去るカケスの背に、「おいおい、それはリスのだぜ。」といったが、そんな言葉がカケスに通じるはずがない。

それ以来、カケスにどれだけの餌を盗《と》られたことか。どんなに気をつけていても、どこからともなく音なしで矢のように滑空してくるカケスを防ぐことができないのである。彼は切歯扼腕《やくわん》した。そのあげく、ベランダに餌を一切出さないことにした。

リスの足は遠退いたが、それでもカケスは毎日ベランダへやってくる。雨の日も風の日も、そばのミズナラの枝から、手すりの窪みをつぶさに点検する。彼がガラス戸越しに笑っていようものなら、雨降りでもずぶ濡れになりながら餌をねだる奇妙な芸を披露しはじめる。ミズナラの枝の上で鳩ほどの軀を弾ませてステップを踏み、宙返りをし、翼をひろげたまま扇のようにひらひらと落下して見せたりするのである。

彼は近頃、そんなカケスの踊りを見ているうちに、これまでの憎しみがすこしずつ消えていくのを感じている。カケスだって、リス同様、おなじ山麓で暮らしている生きものの仲間ではないか。

昨日、彼は、霧雨のなかで芸を忘れたカケスに口笛を鳴らし、サンドイッチをひときれチリ紙に包んで、おひねりにした。

山霧

周知のように、八ヶ岳は八つの高峰が南北一直線に並んでいる横長の山で、彼の山荘は南八ヶ岳連峰の横岳登山口のすこし下のところにあるのだが、登山口といってもこのあたりはすでに海抜二千メートルに近く、四季を通じて曇り日や雨の日には濃い山霧にすっぽり包まれてしまうことが多い。

彼の郷里は東北もずっと北の方の太平洋岸だが、このあたりでは毎年六、七月になると海霧というのに悩まされる。土地の人たちはガスと呼んでいるが、なんでもガスは暖かい海域を吹き渡ってきた高温多湿の風が寒流に突き当って発生し、それがヤマセと呼ばれる東北風に吹き流されて海岸に押し寄せてくるのだという。

この冷たいガスは、いちど陸地深く侵入すれば居坐って容易に去らない。ヤマセが吹きつづけるからである。ために日ざしは遮られ、町は低温に覆われる。東北北部の太平洋岸が昔からしばしば飢饉《ききん》や凶作に見舞われてきたのは、この海霧のせいである。

彼は、いまから十五年ほど前にこの八ヶ岳山麓の小屋を手に入れたが、ここへきて籠《こも》るたびに、郷里の海霧とは別種の霧と親しむようになった。海霧のように意地悪く冷たくない霧である。彼は山の霧に濡れながら林の道を歩くのが好きになった。

この山麓で、彼は初めて〈動く霧〉を見たのではなかったろうか。それまでは何日も頑固に野山を覆って動かない陰気な霧しか知らなかったが、山麓は、時には通り雨のようにくっきり縦縞を作って濡れたり、時には風に飛ぶ真綿のように樹木の枝先に絡んだり、時には坂道の途中などで、目に見えない軍勢とすれちがったかのように、彼等の立てる砂塵《さじん》にも似た白い闇に呑み込まれてしばし立往生したりする。

ある晩、彼はふと窓を開けてみて、びっくりした。軒下に、霧が音もなくもうもうと渦を巻いているのである。彼は一瞬、子供のころに見た町家の昼火事を思い出した。渦をまいている霧が煙に見えたのだ。けれども、炎はどこにも見えなかった。半鐘の音も、ものの焼けるにおいもしなかった。ただ、霧だけが大火事の煙のように軒下で激しく渦を巻いていた。彼はそろそろと窓を閉めたが、胸が自分の耳にきこえるほどに鳴っていた。

山霧が、奇術のように思いがけないものを不意に出して見せるのも、楽しい。時々ここへきはじめたころは、霧のなかから跳び出してくる野ウサギに随分びっくりさせられたものだ。けれども、その野ウサギは近頃全く姿を見せなくなった。このあたりにキツネが増えたからである。

つい先日も、雨上りの霧の濃いたそがれに、一匹、彼の山荘の前のだらだら坂を山の方へゆっくり登っていくのを見た。

朝からうすら寒い日で、彼は暖炉の焚き口に膝小僧を抱いていたが、ガラス戸越しに、ふと見て、最初は犬かと思った。耳がぴんと立っているところといい、毛の色や体型といい、中型のシェパードに似ている。

けれども、首輪は見当らなかった。ここは町から遠い山麓である。野良犬がこんなところまで迷い込んでくるのは珍しいが、相手は別段、途方に暮れるふうもなく、なにやら確信ありげな足取りですたすたと道の端を登ってゆく——見送っていて、太く長い尾が地面と水平に伸びているのに気がついて、あ、と思った。犬ではなくて、キツネであった。

身支度をして外へ出たときは、もうキツネの姿は霧のなかに隠れていた。あとを追うともなく、ぶらぶら坂を登っていくと、行手からタータンチェックの半袖シャツにジーンズの娘さんが急にあらわれて、どこかの山荘の住人らしく、「今日は。」とすれちがっていった。振り向いて、尾の付け根を確かめたい誘惑を堪《こら》えていると、背後から、とてもキツネのものとは思えない可憐な嚔《くしゃみ》が一つきこえた。

ねぶくろ

毎年、師走《しわす》も半ばを過ぎたころから、おむら婆さんは、なにかにつけて嫁の顔色を窺《うかが》わないではいられなくなる。

今年もまた、いつもの年の暮と同様、だしぬけに猫撫で声であのことをいい出すつもりではないのかしらんと、気が気ではないからだ。

あのこと、とは、体《てい》よくいえば一種の里帰りの勧めである。

「おかあさん、今度の年末年始はどうなさる？　やっぱり村の御実家《おさと》へ帰られて何泊かしてきなすったら？　うちなんか、子供たちがますます当世風になって正月情緒も年々薄れる一方ですけど、あちらは相変らずお身内が大勢集まってお賑やかなんでしょう？　うちで味気ない思いをなさるよりは、みなさんとのんびりお正月気分を味わっていらっしゃいませな、おかあさん……。」

嫁がそんなことをいい出すときには、いつだって、とっくに婆さんのよそゆきの支度は勿論《もちろん》、実家へ持参する手土産のたぐいまで、用意がすっかり整っている。婆さんは否《いや》も応もない。

もともと仮病まで使って嫁に抗《あらが》うほどの臍曲《へそま》がりではないつもりだし、正月ぐらいは親子水入らずでという嫁の気持もわからぬではないから、このような勧めも年寄りへの思い遣りというものだろうと考えることにして、大晦日《おおみそか》の朝、休暇に入って軀を持て余している大学生の孫の車におとなしく乗り込み、市から凍《い》てついた道を小一時間ばかり揺られて村の実家へ運ばれるのが年中行事の一つになっているのだが、こんな傍目《はため》には羨まれるような里帰りも、近頃、当人にとってはなかなか楽なものではなくなっている。

実家は、昔は村の肝煎《きもいり》をしたこともある旧家で、いまでも指折りの裕福な農家だが、父親を継いだ長兄はすでに他界して、いまはおむら婆さんには甥《おい》に当る長兄の伜《せがれ》の代になっている。婆さんは五人きょうだいの末娘だったが、上の四人が齢の順に亡くなって、気がつくと婆さん一人きりになっていた。だから、たまになにかの用事で実家へ帰ることがあっても、昔話の相手も見当らなくて、迎えがくるまでぽつんとひとり、念仏を唱えるともなく仏壇の前にしばらく坐り込んでくるだけである。

家のなかがひっそり閑《かん》としている普段でもそうなのだから、うっかり盆や正月に帰ったりすると、自分の居場所をさえ見つけかねることになる。遠くの都会や他県の町へ働きに出ている幾人もの甥や姪《めい》たちが家族連れでぞろぞろ帰ってきて、さしもの広い家も客を欲張りすぎた民宿のような観を呈するからである。

正月には、いったい何家族が集まるのだろう。甥や姪の子供たちのうちには、すでに結婚しているのもいて、毎年どこかの家族に新しい子供が増えている。赤児《あかご》の泣き声と子供の駄々をこねる声を主にした喧噪が年毎に募るばかりである。

そんな実家の有様を、嫁も薄々知ってはいるのだろうが、それでも毎年、暮近くなると何食わぬ顔で、「あちらでみなさんとのんびりお正月気分を味わっていらっしゃいませな、おかあさん。」とくる。いくら嫁の好意だと思うことにしていても、このときばかりは小憎らしくなるが、おむら婆さんには、いっこうに嫁に抗う気持が起こらない。

もはや望みは自分の年齢だけで、何年か前の誕生日に、ささやかながら古稀の祝いをして貰ったときは、これでこの年末からは気鬱な里帰りなどしなくて済むだろうと思ったものだが、あっさり当てが外れてしまった。年の暮近くなると、嫁の顔色を窺いながらびくびくするようになったのは、それからである。嫁は、虫も殺さぬような顔をしていて、自分がいくつになっても正月には村の実家へ追い払うつもりでいるらしい。


おむら婆さんは、すでに七十五歳になっていた。もう齢が齢だし、去年あたりから、孫の運転する四輪駆動とやらのごつい振動が軀の芯に応えてきて、実家に着いても自力では車から降りられなくなった。孫に肩を貸して貰って、やっと上《あが》り框《がまち》まで辿《たど》りついても、履物を脱ぐ前に、まず気付けの梅酒をねだることになる。

このところの急な衰えようは我ながらうろたえるほどで、難儀な里帰りなどそろそろ御免蒙《こうむ》りたかった。嫁もまた、孫の報告を聞いて、もう遠出は無理だと判断しているかもしれない。もしも嫁から、当世風の味気ない正月でよろしければ家で一緒にと誘いがあったら、鷹揚《おうよう》に笑って、

「んだら、まんず、すさしぶりで仲間さ入れて貰いあんしょうかなし。」

と、おむら婆さんは答えるつもりでいたのだが——またしても当てが外れてしまった。

孫の車が走り出してから、婆さんはガーゼのハンカチで涙と目脂《めやに》を一緒に拭いた。どうでも帰れというのなら帰ってやるが、その代わり実家に泊るのはよそうと思った。去年までは、夜具か

らあぶれた連中と炬燵《こたつ》に雑魚寝《ざこね》をして正月を迎えたものだが、今年は、手土産を置き、仏壇を拝んだら、すぐさま軒下に積んである薪雑把《まきざっぽう》のなかから杖にする棒切れを見つけて、さっさとひとりで駐在所へ移ろうと思った。

といっても、別段、村の駐在さんに保護して貰おうというのではない。駐在巡査の岩蔵は、昔よく川で一緒に水浴びをした幼馴染みの一人息子で、いまは世話好きな女房と農協に勤める息子夫婦と四人暮らしをしているが、数年前から、おむら婆さんは、実家で年を越したあとこの岩蔵一家を訪ねて、一と晩、それこそ手足を充分伸ばしてのんびり正月の骨休めをさせて貰うならわしなのである。

数年前、岩蔵と再会したときは、雪のない暖かな正月で、元日の午後、おむら婆さんは所在ないままに実家の背戸《せど》から外へ出て、穏やかな陽を浴びている村道をすこし歩いてみた。小川のほとりまでくると、むこう岸から自転車を軋《きし》ませながら土橋を渡ってくる男がいて、袂のドロヤナギの木の下に佇んでいると、自転車の男は前を通り過ぎてから、

「おいたあ、おむら婆《ばば》っちゃじゃねすか。」

と驚きの声を上げてブレーキの音をあたりに響かせた。

それが駐在巡査の岩蔵で、かつて新婚の息子夫婦を墓参に連れて帰ったころは明るい笑い声が広い稲田によく響く闊達《かったつ》な青年だったが、いまは目の下に弛《たる》みが出来て、鼻の下に蓄えたチョビ髭《ひげ》にも白いものが混じっていた。

その年以来、実家の次には駐在所を訪ねて、岩蔵の母親をはじめ、いまは亡い幼馴染みたちの思い出話にふけって夜ふかしをしては、ついでに一泊させて貰うようになった。

今年の正月に訪ねてみると、岩蔵宅では家族が一人増えて四人家族になっていた。前の年の秋口に一人息子が嫁を貰ったのである。嫁は保育園の保母さんだそうで、正月早々の長《なが》っ尻《ちり》な客にも厭な顔一つ見せないばかりか、いまは誰も憶《おぼ》えていないような村の古い童歌《わらべうた》をいくつも歌って婆さんを涙ぐませた。

その晩、婆さんは頃合いを見計らって、もう正月気分を充分満喫できたから、これで実家へ帰ることにするといった。岩蔵宅には夜具が四組しかないのを知っていたからだが、そんな婆さんの配慮は忽ち岩蔵の女房に見破られた。

「なに、倅と嫁は一つ布団に寝かせます。若夫婦にはかえってその方がありがたがすべ。なんも遠慮は要りゃんせん。」

岩蔵の女房がせっかくそういってくれるので、婆さんは、これまでとは違って掛布団の襟に寝化粧の匂いがうっすら染みついている夜具に寝かせて貰った。

今年の大晦日は、朝から吹雪に見舞われて閉じ込められているせいか、実家の帰省客は例年よりも人数が一段と多いような気がした。

みちみち考えてきた通り、送ってきた孫を囲炉裏ばたに待たせておいて、当主に手土産を渡し、仏壇へよそで年を越す身勝手を深く詫《わ》びてから、奥の炬燵で世間話に熱中している甥や姪たちに、今年は駐在所で新年を迎えるつもりだと、おむら婆さんは宣言した。みんなは口を噤《つぐ》んで顔を見合わせたが、引き留める者はいなかった。

婆さんは、板の間の囲炉裏ばたへ戻ってくると、

「また、ちょっくら車さ乗せてけれや。」

と孫にいった。

孫は、薪のいぶりで赤くなった目をぱちくりさせた。

「もう帰っちゃうの？」

「なに、村の駐在所までな。ここが満員だすけ、宿替えせ。」

「駐在所へ宿替えねえ。まさか留置所に寝るつもりじゃないでしょうね、お祖母《ばあ》ちゃん。」

「村の駐在に留置所なんちょあるもんな。ぐずぐずいわねで、さっさと乗せて走ってけれ。」

たんまり駄賃を握らされている孫は、仕方なさそうに上り框から婆さんを背負うと、また車の助手席へ押し込むようにして乗せた。

実家のそばの土橋は避けて、すこし下流の木橋を渡り、そこからだらだら坂を登り詰めたところが駐在所であった。孫は、留置所らしい鉄格子の窓がどこにも見当らないのを確かめてから、車の向きを変えて窓からいった。

「じゃ、風邪をひかないようにね。今夜は冷えるよ。」

婆さんは、駐在所の赤い軒燈《けんとう》の下で市へ引き返していく孫に手を振った。

不意に、自分はしくじったのではなかろうかという不安に襲われたのは、入口のガラス戸を開けた瞬間であった。奥から、思いがけないものがきこえたのである。婆さんは聞き耳を立てた。やはり赤児の泣き声であった。すると岩蔵に孫が出来たのだ。

やっぱり、しくじった、と婆さんは改めて思った。今夜こそは、おそらく自分が寝かせて貰える夜具はないであろう。まさか、子供の出来た若夫婦を一つ布団へ追いやるわけにはいかないのである。婆さんは、進退きわまって外を振り返ってみたが、もう孫の車はどこにも見えなかった。岩蔵の孫は男の子であった。予定日は一月十五日だったのに、一と月も早く飛び出してきてしまったのだという。

「そんならそうと、知らせてくれればよかったたに。」

「それが、なにぶん、こっちゃも動顚《どってん》しとりましてなあ。」

「なんも知らんかったんで、いつもみたいに泊めて貰うつもりできたんだけんど……。」

「ああ、泊っていきなされ。なんも遠慮は要りゃんせん。」

岩蔵はそういうと、押入れから青いナイロン製の薄くて細長い布団のようなものを取り出してきた。

「こいつは倅が山登りに使っとった寝袋でやんすが、薄っぺらなくせに羽毛でも入っているのか、結構暖かいもんでやんす。これに、帯はほどいて、長襦袢《ながじゅばん》で入ってみなされ。」

岩蔵は、納戸《なんど》に使っているらしい三畳の板の間に座布団を敷き並べ、一枚は二つに折って枕にして、その上に寝袋を横たえてから、

「おらは板戸のむこうに寝ておりゃんすからにな、用があるときはいつでも声をかけてくださされ。」

といって、出入りの仕方を教えてくれた。

婆さんは、寝袋などに入るのは生まれて初めてだったが、観念して、大晦日の団欒《だんらん》がおひらきになってから、長襦袢になって入ってみた。胸のチャックを内側から喉のところまで引き上げて、じっとしていると、なるほど軀がぽかぽか暖かくなった。けれども、ふところからガーゼのハン

カチを出すことはできたが、手が外へ出せないので、涙と目脂を拭くことはできなかった。まるで、なにかの蛹《さなぎ》になったみたいだ、と婆さんは思った。それでも、誰に気兼ねもなく身動きできるだけ、実家の炬燵の雑魚寝よりどれほど増しなことか。

おむら婆さんは、安らかな気持で目をつむった。それから、除夜の鐘が聞きたくて耳を澄ました。

はらみおんな

　その土偶《どぐう》には、頭部がなかった。両脚も、太腿《ふともも》の付け根から切断されたように欠落していた。撫《な》で肩で、軟体動物を思わせるような細長い両腕が、ゆるやかに背中へ回されている。つまり、胴体と腕だけの土偶である。丈《たけ》は十五センチ余りもあろうか。

　それでも、その土偶が女体を模したものだということは、一と目でわかった。胴体の前面が胸のあたりから次第に厚みを増して、腹部に至っては臍《へそ》を頂点にして異様なまでの膨らみを見せているからである。乳房は見当らないが、それらが柔胸《やわむね》に埋没したかと思われるあたりに、乳首が欠落した跡のようなちいさな窪みが、二つある。

　いずれにしても、その土偶は、見れば見るほど、はらみおんな以外の何者でもないと思わずにはいられない。

　はらみおんなの土偶など、めったに出土するものではないが、この土偶は、十数年前、この村の周辺に散在する遺跡の一つから発掘されて以来、村営の郷土民俗資料館に展示されている出土品の目玉になっている。復元の罅《ひび》もあらわな大小の土器類に囲まれて、場違いな人間臭さを発散しているはらみおんなが、人目を惹《ひ》かないはずがない。

なかには、人伝《ひとづ》てに聞いて、わざわざ近くの市から車でこの土偶だけを見にくる物好きもいるが、なにも知らずにやってきた入館者たちも、この土偶の前で足を止めては驚きの目を瞠《みは》るのが常である。それで、この館の管理者で学芸員も兼ねている職員は、入館者がその土偶の前を通り過ぎるまで、質問に備えて展示室の戸口にさりげなく佇んでいる。

その日の昼近くに来館した二人連れは、このあたりではあまり見かけないタイプの男女であった。二人は、男の運転する自家用車でやってきて、玄関脇の駐車場で車から降りると、女の方からごく自然に男の腕をとり、男はその腕を女の手に委《ゆだ》ねたまま眩《まぶ》しそうに空を仰いだ。晩春の晴れた空はいくらか白く霞《かす》んでいて、産卵期を迎えた椋鳥《むくどり》の群れがちょうど忙しげに頭上を飛び過ぎるところであった。

二人は、楽しさを踏みしめるような足取りで入口の石段を一段々々ゆっくりと昇ってきた。男は五十がらみで、揉み上げが白く、薄茶のスーツに焦茶色のネクタイを品よく結んでいる。女の方は黒い薄手のゆったりとしたワンピース姿で、栗色の髪を背中に長く垂らしている。齢は二十五、六だろうか。唇の紅がわずかに目立つほかは、端正な顔に化粧の色がほとんど見当らない。

二人の話す言葉も、ここからは遠い都会のものであった。男は、入館料を払うとき、小銭がなくて、連れの女の名を呼び捨てにした。夫婦にしては齢が離れすぎているから、仲のいい父娘《おやこ》だろうか、と学芸員を兼ねている職員は思った。父親がこのあたりの出身で、娘を連れて法事か墓参に帰ったついでに、実家の車を借りて晩春の野景を楽しんでいるのではないか。

案の定、その二人も例の土偶の前で足を止めた。女の方が先に気づいて、通り過ぎようとする男の腕を軽く揺さぶったのである。男はちょっと見詰めて、嘆声を上げた。

「これは失敬。出来損ないの徳利《とっくり》のたぐいかと思ってたんだ。こんなユニークな土偶があるとは知らなかった。」

戸口に佇んでいた職員は、同意を求めるような男の視線に、仕方なく微笑して、

「無理もありません。みなさん、びっくりなさいます。」

といった。

「そうでしょうな。」と男はいった。「ところで、念のために伺いますが、これは妊婦でしょうね？」

「そうとしか思われません。」

「いつごろのものなんです？」

「縄文晩期と推定されます。」

「縄文晩期、というと……。」

「次の弥生時代が紀元前三世紀ごろからはじまりますから、そのすこし前ということになります。」

「土偶についてはまるで知識がないんだけど、縄文土偶って、思いのほか写実的なんですね。」

「縄文土偶はほとんどが女性像なんですが、部分的には極めてリアルに作られていて、驚かされます。」

二人連れは、しばらく口を噤んで、はらみおんなの土偶を眺めていた。

「……だけど、なんのためにこんな土偶を作ったんだろう。」と、男はやがて独り言のようにそ

う呟いて、戸口の学芸員へ目をやった。「土偶の目的は、なんだったんでしょうね。」

「それが、わからないんです。」と学芸員はいった。「昔から、さまざまな説があるのですが、いまだに決め手になる結論が出ていません。ですから、一つ一つの土偶について、見る人にとってはどんな想像も可能なわけです。たとえば、その妊婦の土偶ですが、見ているうちにいろんな想像が湧いてくるでしょう。そういうことも、土偶を見る楽しみの一つになさるといいと思います。」

「……これで安産を祈願したんでしょうか。」

「そうかもしれませんし、子宝に恵まれることを祈ったのかもしれません。」

「なるほど。」と男はいって土偶の腹に目を近寄せた。「それにしても、この腹には痘痕《あばた》みたいな小穴が随分ありますね。腹部にだけ集中しているから、土のなかで自然に生じたものではなさそうだけど。」

「おっしゃる通りです。その小穴は土偶の作り手が先の尖《とが》ったもので故意に突いたんですね。」

「なんのために？」

「さあ……それも御想像にお任せします。」と学芸員は微笑していった。「ほかに御質問は？　土偶は手に取ってごらんになって構いませんよ。私はむこうの事務室におります。どうぞごゆっくり。」

スリッパの音が遠退いていった。

棚の土偶を男が注意深く両手にのせると、丈十五センチの胴体に籠っている気の遠くなるような歳月が、手のひらにずっしりと応えた。

「これで、何ヵ月ぐらいかしら。」

女が土偶の腹にこわごわ人差指を滑らせながらいった。

「そうだな、八ヵ月……いや、もう臨月に入ってるかもしれない。臍のあたりが尖ってるもの。」

女は首をすくめて、くすっと笑った。

「大きなお臍。風穴みたい。」

実際、膨れた腹の頂きには、誇張された臍がパチンコ玉なら楽に入りそうな円い穴になっていた。

「覗いてみる?」と男は笑っていった。「この古代の妊婦の秘密が見えるかもしれないよ。でも、意気地なしだからな、おまえさんは。」

「あら、同性のお腹《なか》を覗くことぐらい、平気よ。むしろ興味があるわ。頂戴《ちょうだい》。」

女は、男の手から土偶を仰向けに受け取って、「あら厭《いや》だ。」と眉を顰《ひそ》めた。それまでは膨れた腹の下になっていて気がつかなかった性器が、目の前にいきなりむき出しになったからである。

女は困った顔で男を仰いだ。

「もういい。返すわ。」

「まあ、しばらくそのままでいろよ。」

「厭だわ。じっくり見る気ね。」

「これも考古学の勉強だよ。厭なら目をつむってて。」

けれども、女は目を閉じなかった。

性器は、膨れ切っていくらか垂れ気味になっている腹の、下面の裾のあたりから、欠落した両腿の間にかけて作られていた。陰唇も、陰阜《いんぷ》も、陰核も、膣もある、入念に作られた性器であった。

「驚いたな。」と男が吐息していった。「これが古代人の親しんだ女体なんだ。」

するると、女は両手にのせていた土偶を自分で棚に戻して、

「これを作ったのは、多分男の人ね。」

といった。

「わかるのか。」

「証拠はないけど、いま見ていた部分の作り方に、格別な愛着が感じられなかった？　あたしは、作り手のただならない愛情を感じたわ。」

男は棚へ目をやったが、土偶はもはや性器を隠してただのはらみおんなに戻っている。

「すると、この土偶は作り手の女房だというわけか。」

「いいえ。奥さんとは限らないわ。奥さんよりも、もっと深く愛着する女の人がいたかもしれないじゃない？」

男はしばらく黙っていたが、やがて、

「やっぱり、産むつもりなんだな、君は。」と女の顔を見ずにいった。「それで、僕にこんな土偶を作らせて安産祈願をさせたいんだろう。」

「あなた、本当にこの土偶で安産祈願をしたと思う？」

と女がいった。

「想像するだけだが、ありえないことではないだろう。」

「じゃ、この錐《きり》で突いたような無数の穴は？　安産を願うなら、なぜ赤ちゃんのいるお腹を錐みたいなものでめった突きにするの？」

「……安産とは逆に、死産か流産を願う呪いの土偶だというわけか。」

「あたしには、そうとしか思えないけど。」

「そうすると、この土偶の作り手は、自分の妻よりも深く愛着している女の不幸を願っていたことになる。」

「そうじゃないわ。不幸を願っていたのは、土偶のお腹を錐で突いた人よ。」

「土偶の作り手と、腹をめった突きにした者とは、別人なのか。」

「あたしはそうだと思う。」

「誰なんだ、土偶を傷つけたのは。」

「こっそり安産祈願の土偶を作った人の、奥さん。」と女はいった。「だから、あなたはあたしのために土偶なんか作って祈ることはないわ。せっかく作ってくれても、奥さんに蜂の巣みたいにされちゃうのが関の山よ。」

「まさか。うちのはそんな女じゃないよ。」

「どうだか。ただ、あなたがそう思い込んでいるだけよ。あなたの奥さんだって、いざとなればどんなことだってやりかねないわ。あたしだって、そう。お互いに女だもんね。あたしには、この土偶の哀《かな》しさがわかるのよ。」

　女は、ちょっと寒そうに肩をすぼめると、男の腕を取って自分の首に巻きつけ、小穴だらけの膨れた腹を見ないようにして、そそくさとはらみおんなの土偶を離れた。

二人連れが展示室から玄関ホールへ出てきたとき、学芸員を兼ねている職員は、ちょうど事務室の窓際で昼の弁当を食べていた。小走りに展示室へいって、目玉の土偶が無事であることを確かめてくると、もうホールに二人の姿はなく、玄関前の石段に軽やかな靴音が響いていた。

職員は、事務室の机に戻って、いちど閉じた弁当箱の蓋を改めて開けた。薄日のさし込む窓からは、さっきのように軽く腕を組み合った二人の後姿が見えていた。やはり、仲のいい父娘にしか見えなかった。まだ独り者の彼は、淡い羨望の念に囚《とら》われて、手にした箸を宙に止めたまま二人の車が村道へ出ていくのを見送っていた。

かきあげ

「ください。」

「はい、いらっしゃい。なんにしましょう。」

「かきあげ、一つ。」

「はい。かきあげは三種類あるんですけど。」

「桜えびと玉葱《たまねぎ》のを貰おうか。」

「はい、えびと玉葱のを。揚げたてですよ。」

「おいくら。」

「八十円。」

横町の、間口の狭いお惣菜《そうざい》屋だが、天ぷらならこの店に限ると、かねがね彼は思っている。ただ、おなじ天ぷらでも、えびや鱚《きす》は値が張るし、いかや牛蒡《ごぼう》では、年寄りにはちと歯応えがありすぎる。まず、かきあげのたぐいが最も無難なところだが、かきあげを一つだけ買って引き揚げる客はめったにないものと見えて、おかみは、経木《きょうぎ》代わりの蠟引《ろうび》きの紙に、かきあげ一個をやんわりと包み込むのにいつも手間取るのである。見ていて、なにか気の毒な気がしないでもないが、こちらは一人暮らしで、一個で足りるのだから仕方がない。

ショーケースふうの、背の低いガラス戸棚の上に、十円玉を八個並べて置いて、ありがとよ、と紙包みを鷲摑《わしづか》みにすると、なるほど揚げたてらしく中身が手のひらに熱い。かりっと揚がっていて、こう熱いところへ、生醬油《きじょうゆ》を垂らして、炊き立ての御飯にのせる。堪《こた》えられない。

年甲斐もなくと笑われそうだが、唾を呑み込んで、つい急ぎ足になる。けれども、こういうときに限って、踏切を渡ろうとすると、目の前に遮断機がするすると降りて容易に揚がらないのだ。世の中のことは、なんだってこうだ。

かきあげの包みが大分ぬるくなってしまったのに舌うちしながら、ようやく開いた踏切を渡り、相変らず破れ団扇《うちわ》のはためきがきこえている焼鳥屋の前を素通りする。以前、晩酌が欠かせなかったころには、よくこの店から何本か肴《さかな》に買って帰ったものだったが、古女房を亡くして、酒をよしてしまってからは、いちども足を踏み入れたことがない。

さっき渡ってきた踏切の警報機の音が遠くきこえるアパートまで戻ってくると、扉はとうに失われて両側の粗末な石の柱に錆《さ》びた蝶番《ちょうつがい》だけが残っている門のあたりに、まだ二十《はたち》前と見える若者たちが七、八人、それぞれのバイクをそばのブロック塀に立て掛けて屯《たむろ》していた。車座《くるまざ》にしゃがんで、なんの相談かと思うと、なにやら曰《いわ》くありげな煙草の回しのみをしているのだった。

近頃の若者たちは、足の裏をかかとまでべったり地面につけてしゃがむから、背中が老人のようにまるくなって、尻の先がいまにも地面に触れそうになる。しゃがんでいるというよりは蹲《うずくま》っているように見え、彼は昔、中国や東南アジアの港でよく見かけた若い労働者たちの姿を思い出す。

門は、蹲るのにくたびれたらしいひとりの長い脚に塞がれていた。相手がいかに年少者でも、彼には平気で跨いで通る気など毛頭ない。

「脚をどけてくれないか。」

若者はじろりと彼を見上げたきりで、脚を引っ込めようとはしなかった。彼は若者の顔に目を細めた。

「きこえないか。どけてくれといってるんだ。」

老人の錆びた声が相手を動かした。若者はのろのろと立ち上って道を空けた。

「……なんだよ、あの爺《じじい》。」

という呟きを背中で聞いた。

「昔の船乗りだよ。肩に横文字の入れ墨なんかあるんだ。」

声で、隣室の倅だとわかる。ビルの夜警をしている父親と二人暮らしだが、どういうつもりか、頭のところどころをトウモロコシの髭の色に染めて、ぶらぶらしている。

「なんだ、陸《おか》に上った河童《かっぱ》じゃねえか。」

「どうせ頭のお皿もからからに乾いた河童よ。」

違いない、と彼は、いまでは珍しくなった旧式のアパートの、昼から裸電球のともっている黒光りした板の廊下にスリッパを引きずりながら思った。かつては怕《こわ》いもの知らずだった船乗りも、生醤油を染み込ませたかきあげを熱い御飯にのっけて目尻を下げているようでは、もはや頭のお皿もからから、すっかり焼きが回ったと思うほかはない。彼はひさしぶりにうっすら自嘲の笑いを浮かべた。

いつもの宵のように、窓の外からきこえてくる街の音を聞くともなしに聞きながら晩飯を済ませ、近所の銭湯へ出かけてのんびり汗を流してから、時折、訳もなくよろけそうになる足を踏み締め踏み締めアパートへ戻ってきたときは、もう九時をとっくに過ぎていた。

テレビの音声が低く入り乱れている廊下を自室の前までくると、髪を御下げにした五つ六つの女の子が一人、廊下にぺったり尻を落して入口の戸に背中を凭《もた》せ掛けていた。両膝を立てているので、短いスカートが腹の方へ滑って、子供とも思えぬような太腿と白い下穿《したば》きがあらわになっている。頭はがっくりと胸の上に垂れていて、廊下の軋みにもぴくりともしない。

彼は最初、どこかの部屋の子が遊び疲れて眠り込んでいるのだと思った。それで、腰を屈《かが》めて横顔を覗き込んでみて、びっくりした。別居している孫の美保だったからである。

さまざまな言葉がいちどきに喉へ押し寄せてきて、お、おまえ、としか彼はいえなかった。肩を摑むと、会わずにいた間の発育ぶりが手のひらにはっきりと感じ取れた。美保は頭を二、三度ぐらぐらさせただけで、ぱっちりと目醒《めざ》めた。

「お祖父《じい》ちゃん、どこへいってた？」

「街の風呂だよ。まさか美保がくるとは思わないもの。おまえこそ、どうしたんだ。」

「美保は母ちゃんに追い出されちゃった。」

そばに赤いリュックが置いてある。彼は、言葉に詰まったまま、いつになく入口の鍵を外すのに手子摺《てこず》った。

美保は、彼の末の娘の一人っ子である。彼はかつて四人の子持ちだったが、勝手に父親と海に憧れた上の息子三人は、いずれも自分の家庭を持つ前に海難事故や潜水病で命を落してしまった。残った子供は娘だけだが、彼が連れ合いを亡くしてひとりになっても、娘は彼の面倒をみようとはしない。人は親子だからといって必ずしも反りが合うとは限らないのだ。娘は、子供のころから彼には妙によそよそしかった。育ちざかりに彼が仕事で家を留守にすることが多かったせいかもしれない。そのくせ、娘が乗り気だった結婚話に、相手の遊び人ふうなところがどうにも気に入らなくて頑固に反対したりしたことを、根に持っているのかもわからない。

案の定、娘は美保を産んで間もなく夫婦別れした。なにがいまさら性格の不一致で、要するに、互に身持ちが悪すぎたのだ。娘はいま、おなじ私鉄の沿線の、駅で三つばかり都心に寄った街で美保と暮らしている。近くのスーパーで働いているというが、身持ちの悪さは相変らずらしく、二年ほど前に美保がひょっこりアパートを訪ねてきてくれたとき、母親は夜な夜な自分を寝床へ追い込むと外から鍵をかけてどこかへ出かけるのだといっていた。

「追い出されたって、どうして?」と、銭湯へ出かける前に敷いておいた寝床に美保を坐らせてから、彼は尋ねた。「美保はなんかいけないことをしたのか。」

「いけないことなんか、してない。」と美保はいった。「なんにも。なのに、お母ちゃん、今夜はお祖父ちゃんとこへいって泊ってきなって。」

「今夜だけか。」

「そう。もっとたくさん、ずうっとの方がよかった?」

彼は苦笑して、美保の赤茶けた頭に手のひらをのせた。勿論、ずっと一緒に暮らしたいが、それは許されることではないだろう。娘は新しい男とゆっくり夜を楽しむために邪魔な子供を追い出しただけだ。あの尻軽女め、と彼は思った。

「お母ちゃん、どこまで送ってきてくれた？」

「玄関まで。」

「ここの？」

「違うよ。うちのアパートの。」

彼はひどく驚いた。すると、ことし小学一年生になったばかりのこの孫娘は、たった一人で夜の街に放り出され、駅まで歩き、自分で電車の切符を買い、よくも乗り越さずにこの町の駅に降り、それからまた夜の街をここまでとぼとぼと歩いてきたのである。

「おまえ……ひとりで、怕かったろう。」

「ううん、怕くなかった。」

「でも、寂しかったろう？」

「うん……ちょっぴり。」

美保は、一瞬、べそをかいた。そのとき、彼は、赤の他人にさえおぼえたことのない激しい憎しみを娘に抱いた。

「そうだ、お土産があるの。」

美保は、気を取り直したように赤いリュックを引き寄せると、なかから、四合罎《びん》の二級酒と、罎詰のいかの塩辛と、新聞紙に包んだ竹輪を二本取り出した。

彼は、美保を自分の寝床に寝かしつけてから、その酒を飲んだ。淫《みだ》らな娘の土産だと思えば流しへ捨ててしまいたくもなるが、祖父の好物だと思い込んで夜道を背負ってきてくれた孫娘のために飲むのである。枕許に胡坐《あぐら》をかき、冷やをコップになみなみと注いで飲んだ。酒を断ってすでにひさしい軀が、面食らっていた。眠りこけていた軀中の酒の虫が一斉に目醒め、きらきらと輝きながらざわめき立つのがわかった。

おそらく七、八台と思われるバイクの爆音がひと塊りになって窓の外をかすめ過ぎたのは、壜の酒が四分の一ほどに減ったころであった。眠っていた美保が、身顫《みぶる》いして泣き出した。彼は寝床へ移って、美保を抱き上げた。

「なんでもないよ。オートバイの音だ。大丈夫。お祖父ちゃんがいる。」

爆音は、すこしの間、門のあたりに停滞していたが、やがて急速に遠退いていった。すると、今度は廊下を重い足音が乱れながら近づいてくる。喚き声もする。隣室の倅だ、と彼にはわかった。酔いすぎて、仲間に送られてきたのだろう。隣室の倅は、彼の部屋の前に足を止めた。

「へえ、女の子が泣いてるぜ。このあたりには女の子なんていねえんだよな。どの部屋だ?」

彼の部屋の戸が激しく叩かれた。

「よお、爺さん。お皿の乾いた河童爺よ。」

「開いてるよ。」

と、彼は抱いた美保を揺さぶりつづけながら戸口へいった。戸が乱暴に開けられた。

「へっ、こいつぁ驚きだ。爺のくせに女の子を連れ込んで、泣かれて往生してやがら。」

倅はふらふらと入ってきた。

「どれ、貸してみな。俺が黙らせてやらあ。」

「よさないか。」

彼はただ、倅の手を払い除《の》けようとしただけであった。けれども、酔っていた彼の節くれ立った手の甲が、倅の顎をしたたかに打った。倅はゆっくりと尻餅をつき、それから両腕を横にひろげて、仰向けに倒れた。後頭部がささくれ立った畳のへりを打ち、腹に応えるような音が室内に響いた。

彼は、しゃくり上げる美保を抱き締めたまま、それきり動かなくなった隣室の倅をぼんやりと眺めていた。どうしてこんなことになったのか、考えようとしても彼の頭は動かなかった。彼はただ、倒れている倅の口から、どろりとしたものが頰の方へ流れ出るのを見たとき、ああ、あれは、かきあげの桜えびの色とそっくりだと思ったにすぎなかった。

てんのり

東北北部の農村地帯では、初夏の田植えを残らず済ませてしまったあと、集落ごとに、長老と若者頭とが暦と相談して日を選び、昔から天祈《てんの》りと呼ばれている集いを催すのがならわしである。天祈《てんの》りとは、文字通り天に祈りを捧《ささ》げること、農家の人々がこぞって今年も無事に田植えを終えられたことを天に感謝し、併せて豊作を祈願する年中行事の一つだが、べつに肩が凝るようなことをするわけではない。

もともと、天祈《てんの》りには、合同で天を仰ぎながらのんびり骨休めをするような趣があり、田植えがまだ相互扶助の手仕事だったころには、互いに労をねぎらい合い、親睦と団結を深めるためには欠かせない集いだったのだから、長老たちが鎮守さまにお神酒《みき》を供えてきたあとは、手頃な草原に集落の全員が車座《くるまざ》になっての酒盛りになる。

谷川で冷やしたビールと、吟醸酒。赤飯、煮染《にし》め、さまざまな山菜の酢味噌和《あ》えに天ぷら、岩魚《いわな》の塩焼き、木の芽田楽《でんがく》など、女房連中がせいぜい腕に縒《より》をかけた料理や酒の肴が配られる。携帯用のガスコンロでは、豚汁の鍋が暖められている。別のコンロからは、焼肉のたれのしたたる音と香ばしい匂いが流れはじめる。下戸《げこ》や子供たちには、ラムネと、草餅が用意されている。

陽が西に傾いて、御馳走を喉元まで詰め込んだ上に、はしゃぎすぎてくたびれた子供たちが、もう半分眠りかけている幼い弟や妹を、背中にくくりつけたり手を引いたりしながら一と足先にそれぞれの家へ引き揚げてしまうと、ちいさくなった車座のなかが、急に生臭くなる。待ち兼ねていた艶話《つやばなし》がはじまる。淫らな哄笑《こうしょう》が、ひっきりなしに草地に響く。

北上山地の山間にある泉村字桐畑《あざきりはた》では、田植えが済んでから三日後に天祈《てんの》りの招集があったが、当日は、北国の田植え時には珍しく朝からすっきり晴れ渡り、風もなく、暖かさもほどほどの穏やかな日和《ひより》に恵まれて、会場の羊ヶ原は、近隣から飛び入りの親戚や古馴染みも含めて七十人近い人々で賑わった。

桐畑という集落は、以前は木質の緻密な桐材の産地として知られ、材木商人のための旅籠《はたご》が一軒あったほどだが、その後、桐の需要が減少するにつれて集落の活気もすっかり衰えてしまった。いまは、戸数わずかに十五、住人の数も六十余りだが、そのうち十数人の男衆は年中都会へ出稼ぎしているから、普段、集落で暮らしているのは年寄りと女房子供を合わせても総勢五十人そこそこにすぎない。

ただ、田植え時にだけは、出稼ぎの男衆が一人残らず短い休暇を貰って帰ってくる。田植えといっても、近頃は、大概の仕事は機械がやってくれるから人手はあまり要らないのだが、それでも男衆は忘れずに戻ってくるのだ、まるで天祈《てんの》りの酒だけは飲まずにはいられないかのように。天祈《てんの》りの酒を飲むことで、失いかけていた農夫の顔を取り戻し、我に返ってほっと一と息つこうとでもするかのように。

鶴蔵と福の老夫婦が、赤飯と煮染めの折詰めを二人分土産に貰って家路についたのは、艶話にも飽いた連中が焚火《たきび》を囲んで喉の自慢をはじめてからであった。八十三の鶴蔵も、七十九になる福の方も、もはやどんな唄にもなんの興味も湧かないのである。

村道へ出てから振り返ると、羊ヶ原にはすでに濃い夕闇が降りていて、火の粉を散らしながらあかあかと燃えている焚火が、鶴蔵に二十年前の旅籠の火事を思い出させた。

子供のころ空荷の馬車に轢《ひ》かれた右足を、大人になってからもすこし引きずるようになっていた鶴蔵は、そのために兵役を免れて、旅籠で客の材木商人たちを桐畑へ案内する役を引き受けていた。そのころ、福は旅籠の女中をしていた。二人は、いつの間にか、別棟の湯殿の焚き口にしゃがんでひそひそ話をする仲になり、一緒になってからも、湯殿の隣の薪小屋を半分住めるように改造して、おなじ仕事をつづけていた。むしろ子供が出来なかったのはさいわいであった。

旅籠の客室から火が出たのは、二十年前の冬のさなかの、風の強い真夜中であった。旅籠は呆気なく丸焼けになり、別棟の湯殿と鶴蔵夫婦の薪小屋だけが残った。消防筋によれば、出火の原因はおそらく客の寝煙草だろうということであったが、それを確かめる術《すべ》がなかった。その客も一緒に焼け死んでしまったからである。

主《あるじ》には、旅籠を再建する意志は全くなかった。また、時勢の変化でそうする必要もなくなっていた。土地持ちの主は、死人の出た焼け跡なんぞには住みたくもないと、そこの管理を鶴蔵夫婦に任せてさっさと町へ降りてしまった。鶴蔵夫婦は当惑した。任されたところで、鶴蔵にも福にも土地を巧みに活用する才覚などありはしないのである。桐畑育ちは空地があれば桐の苗木を植えることしか知らない。で、二人もそうした。爾来《じらい》、焼け残った薪小屋をまずまず住居らしく改築し、桐を安売りしながら細々と暮らしを立てている。

鶴蔵と福とは、夕闇の道を、幼い兄と妹のように、そうでなければ互いに好き合っている若者たちのように、手をしっかりと繋いで歩いていた。けれども、二人は天祈《てんの》りの酒の勢いでそうしているのではなかった。夜道では素《もと》より、真っ昼間でも人目さえなければ、どちらからともなく手を繋ぐのである。傍目《はため》には、いい齢をして、と映るだろうが、大きなお世話、八十三歳と七十九歳の夫婦が手を繋いで道を歩くのがいけないという法はないだろう。

手を繋いで歩くといっても、二人は別段、互いに相手の身を案じて、相手のための杖になろうとしているのではなかった。折さえあれば、相手の躯のどこかに触れていたいからであった。いつも相手の躯の暖かみを感じていたいのだ。

もともと足許に弱みのある鶴蔵は、何度か轍《わだち》に足を取られそうになって、よろめいた。そのたびに、福の老婆にしては太り肉《じし》の躯がやんわりと寄り添ってくれる。

「ちと、酔ったえかのう、爺さま。」

「いんや、長居をしすぎただけせ。ずっと胡坐《あぐら》で、膝がすっかりくたびれてしもた。」

「出稼ぎ帰りの話に釣られて。」

「つい釣られて、長居した。だけんど、あの連中の話、年々えげつなくなるのう。」

二人は、さっきまでの艶話の賑わいを思い出して、くすくす笑った。

「おらも笑い疲れてしもた。今夜《こんにゃ》は帰ったらすぐ湯を沸かして、早寝をすべしな、爺さま。」

福はそういいながら、鶴蔵の腕をたぐって胸に抱いた。

鶴蔵宅では、いまでも旅籠時代の湯殿をそのまま使っていた。近頃の男衆は、出稼ぎにいっては現金を持ち帰るから、この集落でもタイル張りの浴室を持つ家が増えていて、かつての商人宿のモダン風呂もいまではすっかり見窄《みすぼ》らしくなってしまったが、それでも昔の職人が吟味して拵えた風呂だから、釜はいちど修理しただけ、タイルの割れ目が増えたことさえ気にしなければ、まだまだ老夫婦には贅沢《ぜいたく》すぎる湯殿であった。

　鶴蔵夫婦は、毎晩寝しなに、一緒に風呂へ入った。それが、二人にとって唯一の憂《う》さ晴らしであり、楽しみでもあった。鶴蔵は、自分で自分の軀をざっと洗ってしまうと、次には福を念入りに洗ってやった。子供を産まなかった福の軀は、娘のころとおなじくらいに肌理《きめ》こまやかな、斑《むら》のない白い肌に覆われていて、肩や、腰や、太腿などには、いまだに齢とは思えぬような弾力があった。鶴蔵は、福の背中を流していて、急に息苦しさに襲われることがあった。一緒になってから、長年の間、福と二人で飽くことなく繰り返してきた性愛の仕草のひとこまが、時として、唐突に、いつか旅籠の客に見せられた春画のようにまざまざと浮かび上るからである。そんなとき、鶴蔵はあわてて空咳《からせき》をしながら、福の背中に浮かんだ淫らな自分を石鹸《せっけん》の泡で素早く塗り潰した。

　その晩、二人は早寝をしたが、鶴蔵は眠る前に、今年の天祈《てんの》りはよい日和に恵まれて、よかったと思った。すると、夕暮に焚火のそばで聞かされた艶話の数々が、ひとりでにぞろぞろとよみがえってきた。すぐ眠るつもりが、眠れなくなった。

「……はあ、寝たかや？」

　しばらくしてから、鶴蔵は隣の福に声をかけた。

「まだ起きてらえ。」と福が答えた。「なんか用かし？」

そのとき、我ながら魔がさしたとしか思えぬような言葉が、鶴蔵の口を衝《つ》いて出た。

「お前《め》、これまで男はおら一人だったど？」

福は、ほんのすこし間を置いてから、ちいさく噴き出した。

「急になんの話かど思うたら……半可臭《はんかく》せ（ばからしい）。」

「それだけだら、答えにならねべ。」

「答えるまでもねえこった。おらはお前《め》さん一人の嫁だえ。」

「嫁にくる前は、どだったな。」

福は、また、ほんのすこし間を置いてから、笑った。

「五十年も前のこと訊《き》いて、どうするのし？」

「どうもしねすけ、答えてけれ。」

「そったら昔のこと、忘れたえ。」

「いや、忘れるはずはねっさ。」

「……ははあ、今日は天祈《てんの》りだすけ、おらにも艶話の一つも語らせたいっつうのな。」

鶴蔵は黙っていた。

「んだら……おらのは、うんと短い話。」

福の声は無邪気な笑いを含んでいた。

仙吉という、若くて目つきの鋭い箪笥《たんす》職人が、材木商に連れられて何度か旅籠にきたことがある。仙吉なら鶴蔵も面識があるが、福は、たったいちどだけ、その仙吉に鑿《のみ》で脅《おど》されて草叢《くさむら》に押し倒されたことがある。

「なに、あっという間だったえ。蚊に食われたようなもんじゃった。」

鶴蔵は、無言でむくりと起き上った。

「どしたの、爺さま。」

「しょんべん。」

鶴蔵は、ぽつんと答えて寝間を出ていったが、それきりなかなか戻らなかった。随分長い用足しであった。待ちくたびれて、福は寝入った。

翌朝、福が目醒めたときには、鶴蔵はもう寝床には勿論、家のなかにも、湯殿にも、桐畑にもいなかった。集落のなかを一軒々々訪ねてみたが、どこにもいなかった。よそゆきにしている一張羅の背広がなくなっていたが、福には夫の遠出の心当りがなかった。電話や有線放送で村内を隈《くま》なく捜して貰ったが、道で姿を見かけたという連絡すらなかった。

鶴蔵は、夜になっても帰ってこなかった。翌日も、その翌日も戻らなかった。福は、夫がめったなことをする人ではないと信じていたが、なにしろ齢が齢である。村役場の人たちに説得されて、三日目には警察へ捜索願というのを出した。

すると、その日の夕刻、鶴蔵は桐畑の集落から南西の方角へ百キロほど離れた県道の脇にへたり込んでいるところを、警察の車に保護された。鶴蔵は、自動販売機の清涼飲料だけで、ここまで歩き通しに歩いてきたのである。

いったい、どこへいくつもりだったのかと警官に訊かれて、自分はただ、過去へ向って歩いていただけだと鶴蔵は答えた。

「おらは、家出をしてきたんじゃありゃんせん。」と、鶴蔵は目をうるませて訴えるようにいった。「福から逃げてきたんでもありゃんせん。おらは、鎮守さまが教えてくだすった南西の方へ、昔の方へ、ただ歩いていただけでやんす。昔に戻って、憎い仙吉のやつの首根っこをへし折ってやろうと……おらはただそれだけを念じて、天祈《てんの》りしながら昔へ歩きに歩いていただけでやんす……。」

おさなご

その一

それは、真新しい風呂桶《おけ》に似ていた。鉋《かんな》の跡が光っていて、箍《たが》の青竹も色艶がいい。けれども、よく見ると、似ているだけで風呂桶などではないらしかった。風呂桶にしては随分薄手で、全体に節が多すぎる。それに、風呂桶なら、箍が青竹というのもおかしいだろう。それよりもなによりも、それが据えてある場所が風呂桶には相応《ふさわ》しくなかった。なにしろ、奥座敷のまんなかに敷いた薄縁《うすべり》の上に据えてあるのだ。

三歳の彼は、一と目見たときから、てっきり風呂桶だと思っていた。風呂桶のほかに、そんなにも大きな桶は見たことがなかったからである。彼は、縁側の柱の蔭にいて、つい先刻、揃いの印半纏《しるしばんてん》の男衆が三人掛かりでその桶を奥の祭壇のようなところから座敷の中央へ運び出すのを見た。桶には、すでに湯が張られているらしく、大層重そうで、男衆の額には太い青筋が浮かび出ていた。男衆は、なかの湯を揺らさぬように、慎重に運んできて、薄縁の上にそっと下ろした。

こんなところで誰が湯浴《ゆあ》みをするのだろう——そう思いながら、彼は目をまるくして座敷を覗き込んでいた。男衆のひとりが桶の蓋を取り、ひとりが線香の束に祭壇の燈明《とうみょう》を移した。どこかにあるらしい焚き口に新しい薪がくべられたかのように、桶はうっすらと青い煙に包まれた。

大勢の大人たちがどこからともなくあらわれて、無言で桶を遠巻きにしたが、身に着けている黒ずくめの衣服を脱ぎはじめる者は一人もいなかった。彼等は、本家の叔父を先頭に次々と桶に近寄り、なかを覗いて目をしばたたき、合掌してねんごろに一礼してから、桶を離れてくるだけであった。

「これでおしまいかな。遅れている者はおらんだろうな。」

最後の一人が遠巻きの輪に戻ると、本家の叔父が座敷のなかを見回していった。

そのとき、不意に、彼の両腋《りょうわき》が背後から誰かの手に支えられ、持ち上げられて、忽ち彼の両足は同時に縁側を離れた。彼の軀は、そのまま宙を素早く桶のそばまで運ばれた。彼の両手がひとりでに桶のふちを摑《つか》んだ。

桶のなかには、湯の代わりに、白い菊の花が、底から三分の二ほどのところまでぎっしりと詰まっていた。その花の表面のまんなかあたりに、血の気の失《う》せた彼の祖母の皺《しわ》だらけの顔が、仰向き加減にちいさく浮かんでいた。もともと小振りな祖母の顔は、白髪が花の色にすっかり紛れてなおさらちいさく、いまにも花のなかに埋もれてしまいそうに見えた。

祖母は、どうしたのか。どうしてこんなところで眠っているのか。それが解《げ》せなくて、彼は背後から自分を抱き上げている人を振り返った。彼の母の妹に当る叔母であった。

「大きな声で呼んであげなせ。随分《ずんぶ》可愛がって貰ったえ。」

と、その叔母が桶から顔をそむけたままいった。それで、

「おばっちゃ。」

と彼は花のなかの祖母へいつものように親しみを籠《こ》めて声をかけた。

すると、祖母は片目を開けて彼を見た。唇も、わずかに動いた。なにをいったのかわからなかったが、彼には祖母が頬笑んだように見えた。嬉《うれ》しいと、片目をつむって首をすくめてみせるのが、祖母の癖であった。彼も、お返しにくすくす笑った。途端に、

「なにがおかしいど。笑っちゃなんね。」

と、本家の叔父の怒鳴り声が雷のように座敷中に響いた。

祖母は、いつの間にか、開いた片目をまたつむって、素知らぬ顔をしている。彼は、また宙を縁側へ戻された。桶は、蓋を何本もの釘で密閉され、やがて男衆の手でどこかへ運び去られた。

その二

もう何十年も前のことになるが、彼がまだ若々しい父親だった時分に、自分の子供たちが、生まれて半年ばかりしたころの一時期、彼の目にはなにも見えないけれども子供たちだけには明瞭に存在するらしい何者かと、いかにも楽しげに談笑したり戯《たわむ》れ合ったりするのをしばしば目撃して、そのたびにしばらく神秘的な幻想に囚《とら》われたものであった。

たとえば、真夜中に、夜ふかしを切り上げて寝室へ入ってみると、母親の方はぐっすり寝入っているのに、隣の赤ん坊はなぜかぱっちりと目醒めていて、けれども、泣くでもなく、ぐずるで

もなく、むしろ上機嫌で、口許に微笑さえ浮かべていたりする。

おい、どうしたい、まだ夜中ですよ、と指で頬っぺたを突っついてやったりするが、相手にしない。ほかにいい相手がいるからだが、その相手が何者なのかは、わからない。彼にも、子供の母親にも、全く姿が見えないからである。おそらく、彼等ばかりではなく、大人たちには誰にも見えなかっただろう。

けれども、赤ん坊には多分はっきりと見えていて、それはひっそり目醒めているときの目の動きを見ているとわかる。赤ん坊は、澄んだ黒い目をきらきらさせながら天井の一角をじっと見詰めていることもあれば、相手の動きに合わせるようにあちらこちらと視線をゆっくり迷わせることもある。そうかと思えば、まるで流れ星でも追うかのように、ちいさな枕が音を立てるほどの勢いで頭をくるりと回すこともある。

そんな目の動きから判断すると、赤ん坊が人知れず交歓していた相手は、羽根でも持っていて常に宙を浮游《ふゆう》し、飛翔しているものであるらしかった。赤ん坊は、その宙の相手をただ眺めているだけではなく、誰にも通じない、アウ、アウ、という言葉で、ひとしきり何事かについて語り合うこともあった。もとより相手の声などきこえはしないが、赤ん坊は時としてけらけら笑い出したりした。なんの合図なのか、唇を尖らせて、ホー、ホー、という優しい声を繰り返すこともあった。横にひろげた両手を、雛鳥《ひなどり》の羽撃《はばたき》のように、じれったそうにぱたぱたと動かしていることもあった。

いったい、赤ん坊はなにを見ていたのだろう。成長した子供たちに尋ねても、なんの記憶もないという。けれども、人は誰でも、なんの汚《けが》れもない赤ん坊のころの一時期に、この世とは次元の違う世界をひそかに経験しているのではないかと彼は思っている。ただ、惜しいかな、誰もが成長するにつれてその異次元の世界の記憶をきれいに失ってしまうのだ。

彼自身の場合はどうかというと、御多分に洩れず、大概の記憶は失われていて、わずかに一つ、子守女の背中で見たおもしろくもおかしくもない記憶が、辛うじて残っているにすぎない。あれが果して異次元の世界の光景だったかどうかはわからないが、嫁入りを間近に控えた子守女の軀から立ち昇る陽炎《かげろう》のようなものが、首筋の後毛《おくれげ》をさかんに顫《ふる》わせていたのを憶えている。

これが思春期に生まれた妄想の一つでなければ、あの陽炎のようなものはなんだったのだろう。

その三

婚礼のときの雄蝶《おちょう》の役が、こんなに苦痛なものだとは知らなかった。知っていれば厭《いや》だと逃げ回るのだったのに、おまえはまだ五歳の雄蝶なのだからただ雄蝶のなりをして坐《すわ》っているだけでいい、用事はすべて雌蝶《めちょう》がするから、と本家の叔母がいうのを真に受けて、つい引き受ける気になった。

ついでに、雌蝶は誰がやるのか尋ねてみると、従姉《いとこ》のアヤだという返事であった。アヤは、彼より二つ年上で、大勢いる従姉妹たちのうちではいちばんの器量よしだといわれている。色白で、顔も軀つきもぽってりとしていて彼の好みに合っている。彼は、もはや雄蝶の役を他人に渡したくないという気持になっていた。五歳には過ぎた欲を出したのもいけなかった。

本家が男の子に恵まれなくて、やむなく長女に婿養子を迎える婚礼である。それで、迎える側の一族の子等から、雄蝶と雌蝶が選ばれることになった。雄蝶も雌蝶も、婚礼で固めの杯事《さかずきごと》をするとき、酌をする役を務める稚児《ちご》である。雄蝶は紋服に袴《はかま》をつけ、雌蝶は振袖を着て顔に化粧を施す。

婚礼の三日ほど前に、彼は、仕立て上ってきた紋服や袴を試着するために本家へ出向いた。アヤもきていた。アヤは、しばらく会わずにいるうちに軀がひとまわり大きくなったように見え、彼は気圧《けお》されて、よろしくな、と挨拶されても、ただどぎまぎするばかりであった。

帰りに本家の門を出ると、

「雄蝶雌蝶の用が済んだら、おらたちもゆっくり婿取りするべしな。」

アヤはそういって、彼の目の前に右手の小指を出した。彼は、アヤの言葉の意味もわからぬままに、その小指に自分の小指を絡ませた。胸が鎮守様の太鼓のように鳴っていた。

婚礼の日は、約束通り杯事の酌はすべて雌蝶のアヤがしてくれて、彼はただ坐っていればよかったのだが、これが思いのほかの苦痛を彼にもたらした。彼は、こんなに長時間、畳の上に正坐していたのは初めてで、脚がすっかり痺《しび》れて感覚がなくなってしまった。

杯事が無事に終って、アヤと一緒に退場するとき、彼は、予想もしなかった失態を演じた。立ち上ろうとすると、棒のようになっていた脚のかかとが袴の裾を踏んだのである。彼はどっと尻餅をついた。それればかりではない。尻餅をついた拍子に、心ならずも、一つ放屁《ほうひ》をしたのである。さいわい、膳を並べている人々の大笑いでその音は掻き消されたかに思えたが、彼は、情けなさでべそをかきそうになり、アヤに腕を取られてよろよろと式場の広間を出た。

裏二階の控室には誰もいなかった。二人は互いに手を貸し合って、着馴れない窮屈な礼服を脱ぎ捨てた。アヤは肌着とお腰になったが、彼の方は肌着だけだったので、腹をつぼめてしゃがみ込んだ。

「さあ、おらたちも婿取りするべ。」

アヤはそういって、畳の上にごろりと仰向けになった。お腰が割れて、白い太腿が付け根のところまでむき出しになった。彼は、初めて女の子のふっくらとした桃を見た。

「おらは厭《やん》だ。」

と彼は怕《こわ》くなっていった。

「厭だか。んだら、さっき広間で尻餅ついて妙《ひょんた》な音を出したこと、みんなに喋《しゃべ》るえ。」

と、アヤは寝たまま身じろぎもせずにいった。

「んだら、婿取りするべ。」と彼は仕方なく折れた。「おらはどうするのし？」

「おらの上に重なるのし。」

とアヤはいった。

彼は観念すると、アヤのひろげた脚の間に両膝を突いて、おずおずとアヤの上に軀を重ねた。アヤは、彼の背に両手を回して、やんわりと抱いてくれた。アヤの息が顔にかかった。虫歯のにおいがした。

アヤの顔が眩《まぶ》しくて、目をつむろうとすると、アヤが大人のような口調でいった。

「目をつぶったら、なんね。目をつぶれば、すぐ子が出来る。」

こいごころ

二十歳《はたち》の彼に、そんな子供染みた癖がついてしまったのは、いちど偶然に、薄桃色のパジャマの胸をわずかにはだけた、十六、七と見える少女の寝姿を目撃する機会に恵まれたからであった。けれども、彼は破廉恥な覗き見をしたのではない。外の新鮮な空気を吸おうと、病室の窓辺に立って、ふと、なにやら人声のする真下を見下ろすと、そこに思いがけなく少女の寝姿があったのである。

少女は、ちいさな車輪のついた担架に、あおのけに寝かされていた。そばに、いつの間にきたのか救急車が一台、後部の扉を開けたまま停まっていて、担架はそこからするすると離れている。そんなら、少女は、つい今し方、その救急車で運ばれてきた急病人だろうが、その顔には苦悶《くもん》の色が全く見えなかった。ほっそりした顔は斑《むら》なく透き通るような白さで、唇も色を失ってはいるが、睫毛《まつげ》の長い目は軽く閉じられているらしく、眉間には一本の皺も刻まれていない。一人っ子で、母親の弛《たる》んだ寝顔だけに馴染んで育った彼には、なにか神々《こうごう》しいような寝顔に見えた。

やがて、少女を乗せた担架は、赤い軒燈《けんとう》のほかにはなんの装飾もない出入口に吸い込まれていった。どうやら、そこは救急車が乗せてくる瀕死《ひんし》の病人たちの搬入口であるらしかった。

それがきっかけで、すっかり病みつきになってしまった。二十歳の大学生の彼が、物好きな子供みたいに、救急車がやってくるたびに中庭に面した窓を開けて下を見ないではいられないのだ。

彼がいるのは整形外科の病室で、灰色の陰気な建物がコの字型に囲んでいる花壇一つない殺風景な中庭に面した三階の六人部屋である。下手なスキーで脚を骨折した若者が彼を含めて三人、いずれも風呂場で転倒して足腰を痛めた老人が二人、それに交通事故に巻き込まれて鎖骨を折ったバイク好きの少年と、この六人が左右の壁に頭を向けて三つずつベッドを並べている。

奥の窓際のベッドの一つにいる彼は、下腿骨《かたいこつ》複雑骨折という病名で一週間ほど前から入院していた。下腿骨というのは、脛《すね》のことで、彼は春の休暇に仲間たちと新潟県のスキー場へ出かけ、不覚にも右脚の脛を折ったのだった。

まだ腕も未熟で経験も乏しいのに、高を括《くく》って、中級者用のスロープに挑んだのが禍《わざわい》のもとで、右手が雪の壁、左手が崖という細道を下っていたとき、不意にバランスを失って右膝を壁に深く突っ込んだ。あとは、どうなったのか、自分でもさっぱりわからない。躯が、もんどり打って一回転したような気がする。ぽきっ、と大きな音がきこえた。

気がついてみると、もう自力では立つことも歩くこともできなくなっていた。右脚の膝から下が、ぶらぶらして力が入らなかった。仲間たちに手伝って貰って、手拭いやタオルでストックを右脚の両脇に強く縛りつけて固定させた。そうしていると、痛みが薄いが、脛がねじれたり撓《たわ》んだりすると、思わず叫び声を上げずにはいられないほどに痛むのである。

けれども、自分の怪我で仲間たちの楽しみを台無しにするわけにはいかない。みんなと別れ、ひとりリフトで山を下った。なぜか、しきりに背中を悪寒《おかん》が走る。まさかこれしきのことで死にはすまいと思ったが、心細くて、つい涙ぐんでしまった。すると、白く霞んだ視野の奥から、女の笑顔が一つ見えてきた。母かと思った。そうではなかった。ママさんだ、と気がつくと、ようやく胸にぬくもりが宿った。時々、ひとりで夜を過ごしにいくプランタンというお気に入りのスナックの心優しい女主人である。彼は、自分のひそかな思慕の念が遂《つい》に通じたような気がして、助けてくれよ、ママ、と甘えるように独り言を呟いた。

リフトの乗り場からはスノーボートに乗せられ、道のあるところまで下ってからは救急車に移されて、近くの町の病院へ運ばれたが、その間《かん》、彼は縋《すが》りつくようにプランタンのママの笑顔を心に思い浮かべつづけていた。

その麓の町の病院は、スキー病院と呼んでもいいほど患者のほとんどがスキーによる怪我人で、無論、手術も入院も可能だったが、彼は、やはり費用の調達に都合のいい東京へ戻って治療することにし、とりあえずギプスで右脚を腿から足首まで一本に固定して貰って、翌日、迎えにきてくれた仲間のひとりと電車で東京へ引き返した。

ここは、この界隈《かいわい》では最も設備が整っているといわれる総合病院だから、日に何度となく救急車が急病人を運んでくる。最初、彼の病室の真下に急病人の搬入口があることに気がつかずにいたのは、救急車が中庭へ入る前にサイレンを止めてしまうからであった。救急車がサイレンを止めると、きまって裏門前の商店街で大型インコがぎいぎいと啼《な》いた。彼にはむしろその啼き声が合図で、飽きもせずにのろのろとベッドから降り、一本脚で窓辺に倚《よ》る。

救急車は、裏門から静かに中庭へ入ってくると、彼の目の下でちいさな輪を描いてうしろ向きに停車する。すぐ後部の扉が開けられて病人を乗せた担架が引き出され、赤い軒燈のある入口から運び込まれる。午前中に運ばれてくる病人は、ほとんどが白髪の老人であった。寝巻姿が多かったが、なかには普段着らしいシャツを着たままの人もいた。

救急車から搬入口までは、ほんのわずかな距離であったが、担架は地面をゆっくり動くから、真上からでは仰臥《ぎょうが》している病人の顔が薄気味悪いほどはっきりと見える。大概の人は、両目を閉じて死人のように身じろぎをしない。救急車から引き出された途端、たったいま息を引き取ったというふうに頭をぐらりと横向きにする人もいた。

患部が腫れているうちはできないという下腿骨複雑骨折の手術——手術といっても、まず脛を切開し、折れている骨を元の形に固定するためにボルトで留めて閉じるだけだが、それを何日も待たされた末にようやく済ませて、あとは傷口が塞がるのを待つばかりという、最も退屈な時期の、ある夕刻のことであった。彼は、ふと、裏門の方からインコの啼き声が微《かす》かにきこえたような気がして、読んでいた文庫本から目を挙げた。その日は朝から強い雨が降りしきっていて、そんな日は救急車もなるべく手近な病院で用を済ませるならわしなのか、それとも、激しい雨音でサイレンもインコの啼き声も三階の病室までは届かなかったせいか、彼がそばの窓辺に立つのはその日それが初めてであった。

こんな土砂降りのなかで、いったい、どんなふうにして担架を病院へ運び込むのか——ベッドを降りるときから、早くもそんな興味が彼に芽生えていた。

救急車から引き出された担架は、すでに雨除《よ》けのビニールシートにすっぽりと包み込まれていた。シートの色は鮮やかなマリンブルーで、顔のところだけ円く窓があけてあり、そこだけが素通しになっている。なるほど、と彼は思ったが、上から見下ろしていると、なにやら新式の洒落《しゃれ》た寝棺のように見えなくもなかった。

ところが、担架が目の真下まできたとき、素通しの円窓から丸見えの病人の顔を一瞥《いちべつ》して、彼は愕然《がくぜん》とした。それが、毎晩いちどは瞼《まぶた》に思い浮かべるプランタンのママに相違なかったからである。彼は驚きながらも、まさかと思った。あの元気なママが救急車で運ばれてくるなんて。とても信じられない。自分の目がどうかしているのではないか？ けれども、人違いであることを確かめるいとまもなく、担架は赤い軒燈の下へ引き込まれていった。

彼は、茫然として窓辺に佇《たたず》んでいた。

「風邪をひくよ、兄貴。」

隣のベッドのバイク少年にそういわれて、彼はあわてて雨のしぶきが吹き込む窓を閉めた。

「目をむいてたね。誰か知った人だったのかい？」

「ああ。ママなんだ。」

「ママ？ 兄貴のおふくろだったの？」

それには答えずに、こんなときはどうすればいいのだろうと考えた。自分の脚さえ不自由でなければ、すぐさま一階の救急室へ駈けつけるのだが。けれども、彼の行動範囲は、いまのところせいぜい廊下の斜向《はすむか》いの洗面所までである。彼は、思い余ってナースコールのボタンを押した。

「……どうしました？」

やがて、天井のスピーカーから看護婦の声が落ちてきた。

「急いで知りたいことがあるんです。すぐ、きてください。」

「……知りたいこと？」

という不機嫌そうな呟きが、こちらの希望通りにはいかないことを予告していた。

案の定、看護婦は待ちくたびれたころにやってきた。

「なにか知りたいことがあるんだって？」

「さっきね……さっきといっても、もう大分時間が経っちゃったけど。」と彼は怨《うら》めしさに顫える声でいった。「僕の知人が救急車でこの病院へ運ばれてきたんですよ。その人のことが知りたいんだ。病気なのか、怪我なのか。いずれにしても、どんな容態なのか。僕の代わりに救急室へ問い合わせて、知らせてくれませんか。お願いします。」

彼はそういって何度も頭を下げた。それを看護婦は呆《あき》れたような顔で眺めていたが、

「あんたねえ」と、やがていった。「そんな用件でナースコールを使っちゃいけないわ。自分の病気や軀に関わる用件だけにしてよ。私らだって、みんな忙しいんだから。使い走りじゃないんだから。私らを馬鹿にしないで。」

彼は素直にあやまった。

「わかればいいのよ。」と看護婦はいった。「じゃ、参考のために訊いておくけど、その人、男？女？」

「女の人です。」

「名前は？」

ママ、と口のなかで呟いたきり、彼は首をかしげた。

「名前も知らない人？」

「……ええ。」

「じゃ、齢《とし》は？」

「齢は……とにかく僕より上なんだ。」

看護婦は失笑した。

「あんたは名前も齢もわからない女のことで私を呼びつけたのね。恐れ入ったわ。もしかしたら、スキーで転んだとき頭も打ったんじゃない？　松葉杖で歩けるようになったら、念のためにそっちの方も診て貰った方がいいと思うな。」

手術のとき切開した傷がすっかり塞がってしまうと、右脚が再びギプスで固められ、ようやく松葉杖で歩けるようになる。彼は初めて廊下を自由に歩いたとき、なによりもまずプランタンに電話をしてママの消息を尋ねた。やはり、ママは体調を崩して休んでいるということであった。けれども、若い従業員相手ではそれ以上のことはわからなかった。

爾来、彼は、暇さえあれば松葉杖を突いて、病院中の入院室や休憩室や面会室をそれとなく覗いて回っている。プランタンのママは、間違いなくこの病院に入院しているのだ。

「でも、学生さんよ」と腰を痛めている老人がいう。「女ってやつはうまく化けるよ。殊に客商売の女はな。だけど、病人になれば、誰だって素顔だし、髪も染めたりはしないやね。つまり、まるきり別人になるわけよ。だから、あんたが知ってる顔は、どこを捜しても見つかりっこないんだがなあ。」

けれども、彼はそんな雑音には耳を貸さずに、朝となく昼となく晩となく、廊下に松葉杖の音を規則正しく響かせながら、ひたすらいとしい顔を捜しつづけている。

にきび

顔に、おかしなものが出来ている。それが鏡など見なくてもわかる。場所は、左眉の、まんなかあたりのすぐ上のところ。その眉を、額に横皺を作るつもりでちょっと持ち上げてみるだけでいい。眉のすぐ上のところに、なにやらちいさな異物がそこの筋肉に浅く根を張っているのがわかる。

いくらちいさくても、日頃馴染みのないものがあらぬところに根を下ろしているのだから、いくらか気にならぬこともない。若いころから、男は顔なんかに関心を持つべきではないと思い込んできたから、なるべく平気でいたいのだが、やはり、時折、なにかのついでに、さりげなく指先を軽く触れてみないではいられない。

異物は円錐形で、先が鋭く尖っている。彼は最初、子供のころに好んで食べた金米糖《こんぺいとう》が一と粒、そこに半分埋まっているかのような印象を受けた。けれども、それが金米糖などではない証拠に、指先でつまむようにしてみると、疣《いぼ》より固いが弾力があって、痒《かゆ》みの混じった痛みをおぼえる。

そいつが突然左眉のすぐ上にあらわれて根を下ろしてから、もう一週間ほどになるが、彼はまだ、そいつをいちども自分の目で見ていない。朝、髭《ひげ》を剃《そ》るとき、剃刀《かみそり》のたぐいを用いていたころはきまって鏡を覗いたものだが、もっぱら電気カミソリを使うようになってからは、鏡なしで、ただ空《あ》いた片手で剃り残しを探しながら剃るようになった。けれども、鏡に映して見なくても、彼にはそいつの様子が大体わかる。

色は、風邪で熱を出した幼児《おさなご》の頬っぺたみたいで、実際そいつは微熱を帯びている。先端だけがいくらか白っぽいが、これは化膿《かのう》の前触れだろうか。およそ一週間前、そいつは突然突出して、一夜のうちにいまの大きさに成長すると、もうそれ以上は、大きくも、ちいさくもならない。そっとしておく限り、痛くも痒くもないのだが、これはやはり、おできの一種だと思うほかはなさそうである。

そう思うに至ったとき、彼は右手の手のひらを縦にして、中央に浅い窪みを作り、そこに鼻をそっくり納めるようにして、顔の中心部を覆ってみた。彼は東北の田舎育ちだが、子供のころ、顔におできが出来た者が自分の右手の手のひらで顔の中心部を覆うようにして、そのおできがおそろしい面疔《めんちょう》ではないかどうかの見当をつけるのを、何度も見かけたものであった。

面疔というのは、悪化すると、黴菌《ばいきん》が血管を伝って脳にまで侵入するという質《たち》の悪いおできだが、彼の郷里では、鼻を中心に手のひらで顔を覆ってみて、もしそのおできが手のひらの内側に入れば面疔、外側であればその心配はないといわれていた。

彼の左眉の上の異物は、顔の中心部を覆った右手の小指の先の、すぐ外側であった。彼は、ひそかに二、三度確かめてから、ほっと安堵《あんど》の吐息を洩らした。

面疔でないらしいのはさいわいであったが、それではいったい、なんのおできか。

そのころの日曜日の朝、図らずも彼のその額の異物が珍しく家族が顔を揃えた食卓の話題になった。

家族といっても、長女はすでに嫁いでいて、半年ほど前に彼の妻がクモ膜下出血という考えもしなかった病気で急死してからは、父親の彼と、美術館勤めをしている次女と、高校生の三女だけになっているが、その朝、前々から夜ふかしの朝寝坊でめったに食事をともにしたことのない父親とちょうど向い合わせの席にいた末娘が、食後の紅茶のとき、しげしげと彼の顔を見て、

「お父さん、すこし太ったみたい。」

と呟き、それから急に笑いを含んだ声で、

「厭《いや》だあ。それ、ひょっとしたらにきびじゃない？」

と椅子から腰を浮かしたのである。

すると、その隣にいた姉の次女も、

「あら、ほんと。フォルムといい色調といい、典型的なにきびだわ。」

といった。

彼は、若いころから、どういうものか、燗酒《かんざけ》に限らず熱い飲みものを腹に入れると、鼻の頭や耳たぶや手の指先のような末端が忽ち充血する癖がある。眉の上のちっぽけな異物も、熱い紅茶のおかげで濃く色づいて末娘の目に留まったのだろう。

はっきりにきびと指摘されて、彼は内心どぎまぎした。彼は、五十八歳である。五十八歳のにきび面《づら》なんて、みっともないことおびただしい。それで彼は、異物が面疔とにきびでない限り甘んじて根を張ることを許すつもりでいたのだ。

「にきびだって？　なんの話だ。」

彼は、せいぜいとぼけて娘たちを真顔で見返したが、声がうわずって、紅茶と一緒に口のなかへ紛れ込んだレモンの種を嚥み込んでしまった。

「その左の眉の上に出来てるでしょう、ぽっちりと可愛いのが。」

と次女がいった。

彼は、指先を軽く触れて見せないわけにはいかなかった。

「ああ、これかい。こいつはにきびなんかじゃないよ。虫に刺された跡がちょっと腫れたんだ。」

「夏でもないのに？」

「夏が過ぎても、しぶといやつが一匹や二匹は生き延びてるさ。」

「どんな虫だった？」

「俺が見たわけじゃない。眠ってるうちにやられたからな。目が醒めてみたら、これだ。」

「じゃ、やっぱりにきびの可能性の方が大きいわ。」

「冗談いっちゃいけないよ。齢を考えてみろって。俺は満五十八歳だぜ。あと二年で還暦だよ。そんなやつの脂《あぶら》っ気のない顔ににきびなんか出来ますかって。」

「でも、にきびはそんなに齢とは関係ないと思うけどな。」

「だって、よくいうじゃないか、にきびは若さのシンボルだって。」

「だから、お父さんの軀が若返ったのよ、きっと。なにかの拍子に、軀中の細胞がこれまでより生き生きと躍動してきたのよ。にきび以外に、なにかそんな自覚がない？」

彼は無意識に頷《うなず》きながら口を噤んで次女を見ていた。次女のいう〈自覚〉がほかにも確かにあったからである。

「まさか、それが」と、おそるおそる彼はいった。「お母さんが急に死んだことと関係がある、なんて、いい出すつもりじゃないだろうね。」

「関係があるかもしれないわ、そのことがお父さんの生命力にいい意味での衝撃《ショック》を与えたのかもしれないし。でも、直接の原因は、やっぱり煙草をやめたことじゃないかしら。煙草をやめたことで、体質がすっかり変ってしまったんだわ。そうだとすれば、結局お母さんが死んだことと関係が大ありだということになるんだけど。」

実際、彼は、半年前、妻がこの世を去ると同時に、日に五十本は欠かしたことのなかった喫煙の習慣をすっぱりと捨ててしまった。これまでの三十年余り、頑固に自分の流儀を貫いて、妻の願望や愚痴のたぐいにはろくに耳を貸したことがなかった償いに、せめて意識を失う前に洩らした遺言めいた言葉だけは聞き入れてやろうと思ったからである。

妻は、夕食の炊事中に倒れ、救急車で運ばれた陰気な病室のよく軋む鉄のベッドで、正気な忠告なのか、譫言《うわごと》なのか、

「あなた、お願いだから煙草だけはやめてくださいね。煙草は、なんのたしにもならないの、あなたの軀にも仕事にも。ただ寿命を縮めるだけ。だから、約束して、あなた……煙草はきっぱりやめるって、私のために。」

そんなことをひとしきり呟くと、それきり意識がなくなって三日後に息を引き取ったのであった。

煙草をやめるのは容易ではないが、ともかくも辛《つら》い禁断症状を耐え抜いて、もう半年になる。

「おまえのいうように」と彼は、妻の生存中ならここらで一服するところだがと思いながら次女にいった。「軀が若返ったのであればありがたいような気もするけど、この齢でにきびは困るな。こんなもの、直ちに消してしまう特効薬はないもんかね。」

姉妹は顔を見合わせていたが、案に相違して、自分たちはあいにく吹き出物には縁のない肌だからという返事であった。そういえば、死んだ妻の顔に吹き出物を見た記憶も全くなかった。

「よくはわからないけどね」と三女がいった。「にきびって、べつに薬をつけたりしなくても、時期によってひとりでに出たり引っ込んだりするものみたいよ、お隣のドンを見ていると。」

彼はびっくりした。ドンというのは隣家の飼犬の名で、雄で二歳のブルドッグである。まさかブルドッグにもにきびが出来るとは知らなかった。ブルドッグの大きく裂けた口の上には、長い髭がまばらに生えた頬とも唇ともつかない薄くて柔かな肉が鼻の両脇から垂れ下っているが、三女によれば、その淡いピンク色をした頬のようなところに、時々ぽっちり、赤いにきびが出来ているという。

「ところが、そのにきびが一と晩のうちにぱっとなくなるのよ、不思議なことに。だから、お父さんのも、治療なんかしなくてもある朝きれいに消えているかもよ。」

三女はそういったが、ドンが時折、種雄《たねおす》として古巣の犬舎へ連れていかれることを彼は知っている。

「それじゃ、おまえさんの観察を信用して、このまま果報は寝て待てといくか。」

と彼は三女に笑いかけて食卓を離れた。

彼のところには、仏壇というものがない。妻が亡くなってもう半年になるのに、まだ買わずにいるのである。仏壇など不必要だと思っているのではない。勿論、費用を惜しんでいるのでもない。

妻の死があまりにも急だったせいか、妻が自分より先に死ぬなどとは考えたこともなかったせいか、自分の手で妻の骨を拾い、郷里の墓へ葬ったにも拘《かかわ》らず、彼にはいまだに妻が本当に死んだという気がしないのである。妻の死が信じられない。妻はいまでもどこかで生きている――そう思えてならないのである。

妻の遺影と位牌《いはい》は、茶の間の小箪笥《こだんす》の上に安置してある。ほかに、花瓶と、水を入れる湯呑みと、ボール箱に入った線香と、陶製の線香立てとが置いてある。娘たちは時々花を換え、湯呑みの水は毎朝換えて、線香を立てて拝んでいるが、彼は娘たちのように拝む気にはなれない。娘たちが勤めや学校へ出かけたあと、匂いで気を鎮めるために線香を二本一緒に焚くだけで、あとは位牌に手を合わせるでもなく、地味な和服で自然な感じの微笑を浮かべている妻の遺影を眺めながら、しばらくの間ありし日の些細《ささい》な出来事をあれこれと思い出しているだけである。

左眉の上の異物がにきびだと断定せざるをえなくなった日の夕方、彼はいつものように線香を焚いてから、上目で遺影に語りかけた。

「おい、見てくれよ。おでこににきびが出来ちゃった。にきびなんて、もう生涯縁がないと思っていたのにな。よく見てくれ。五十八歳のにきび面だ。」

すると、思いがけないことに、妻は死んだのだ、死んでもうこの世にはいないのだという実感が、初めて彼の胸底に落ちた。たった一と粒のにきびが招いた実感であった。彼は突然自分を包み込んできた厖大《ぼうだい》な悲しみと寂しさに圧《お》し潰されて、音を立ててそこに蹲《うずくま》った。

その晩、彼は、最初からいつもより多量に酒を飲むつもりで、私鉄の駅前の盛り場に出た。けれども、予想していた通り初めての店には入りかねて、結局、街裏に赤チョウチンを掲げている馴染みの屋台のおでん屋でコップ酒を飲むことになった。

「旦那、すこし太られたんじゃないすか。」

と、屋台のおやじが末娘とおなじことをいう。

「煙草のせいだろう。やめれば太るというじゃないか。」

「すると、禁煙はまだつづいてるんで。」

「勿論だよ。正直いうと、喉から手が出そうだがね。」

「だけど、偉いもんですなあ。わしなんか、なにをやっても三日坊主で。禁断症状も無事通過ですか。」

「そのつもりだったけど、いまごろになってこんなのが出てきた。」

ほかに客がいないから、彼は左の眉の上を初めて他人に見せてやった。

「赤いね。根太《ねぶと》の子供かな?」

「そんなに質の悪いやつじゃない。ただのにきびだから腐っちまうよ。」

「にきびねえ。これも禁煙のせいですか。」

「そうとしか考えられない。人間の軀って、おかしなもんだよ。」

彼は、おでんを肴に、コップ酒を五つ、受け皿に溢《あふ》れた分も丁寧に飲んだ。

「にきびっていえば」と、おやじがお釣銭《つり》を数えながらいった。「わしら子供時分は樹の葉っぱを揉んで貼っつけたもんですよ。ユキノシタって、御存じで。」

「毛の生えた厚ぼったい葉っぱだろう。」

「あれを火に焙《あぶ》ってから、揉んで貼る。根太なんか、いちころだったな。」

聞いているうちに、彼も子供のころ、アオキの葉っぱをよく揉んで、二枚に剝がし、葉裏の柔かい方を火傷《やけど》や腫れものに貼りつけたことを思い出した。

「おやじさん、このあたりにアオキはないかね。」

屋台を出るとき、そう訊くと、

「たくさんありますよ。そこの路地の片側はずっとアオキの生垣だ。」

と、おやじはいった。

彼は、下駄を鳴らしてその路地を歩きながら、生垣の葉っぱをちぎって葉裏を剝がし、それを額のにきびに貼りつけた。酒の火照《ほて》りも加わって怒ったように脈を打っている突起に快くひんやりとして、葉の汁の匂いが妙に新鮮である。

彼は二枚目の葉っぱを揉みながら、ふと思い出した郷里の古い砂金採りの唄を、歌詞もでたらめに、ひとふし口遊《くちずさ》んでみた。

ゆび

その薬は、確かに、検査室の隅の流しで嚥《の》んだ。

看護婦がこういって渡してくれた白い錠剤を二つ。

「バリウムを軀《からだ》の外へ流し出すための下剤ですからね。水を多目に飲んでください。」

彼は、流しのそばに立ったまま、妻の流儀でその下剤を嚥んだ。看護婦もかたわらでそれを見ていた。

彼の妻は、どういうものか錠剤を服用するときでも、大袈裟《おおげさ》に仰向いて水と一緒に喉へ流し込む。はじめのうち、彼は妻がそうして薬を嚥んでいるのを見かけるたびに、鶏が水を飲むときの恰好《かっこう》とそっくりだと笑ったものだが、いまでは、彼自身も、妻とおなじように錠剤でもわざわざ仰向いて嚥むようになっている。べつに、妻の流儀を真似る気などなかったのだが、いつの間にか、自然にそうするようになったのだ。

だから、おそらくそのときも、無意識のうちに妻の流儀で下剤を嚥んだのだろう。そのあとで、小ジョッキほどのコップで水を二杯も飲んだことは、はっきり憶えている。それで結構、というふうに、看護婦が頷いたことも憶えている。

自分ひとりの病室へ引き揚げてきて、ベッドに這《は》い上ると、胃袋のなかでごぼごぼと水音がした。夜遊びをして、ビールを飲みすぎたときのことが、懐かしく思い出された。もうすこしの辛抱だ、と彼はベッドに横たわって思った。彼は、胃腸をわずらっているのではなかった。入院のきっかけになった持病はすでに落ち着いていて、いまは、ついでに、休養を兼ねて、あちこち異常がないことを確かめるための検査をしている段階である。

退院の日もそう遠くはないだろう。さっきの嚥みにくかったバリウムあたりを最後に、もはやどんな苦痛も不快感も味わうことなく済むのではないかと彼は考えていた。

しばらくして、最初のせっかちな便意があった。病室の入口のすぐ右手に、狭いながらも大小兼用の便所があるから、助かる。白濁した水のようなものを、少量下した。けれども、腸は至って健全だから、なんの痛痒《つうよう》もない。彼は、ベッドに戻ると、ヘッドホンで好きな曲を聴きはじめた。

またしばらくすると、だしぬけに二度目がきた。曲は最終楽章が終りかけていたが、下剤の効力には抗し難く、彼は急《せ》き立てられて、ついスリッパの片方を履き損ねた。今度は白濁した水のなかに、溶けかかった石膏《せっこう》のかけらのようなものがいくつか混じっていた。

便意は、それきりであった。キャップに紺筋二本の看護婦がきた。

「いかがです？　便通ありました？」

「二度ありました。」

「二度だけ？　すくないわね。」

そういわれても、ないものは仕方がない。

「それで、白い便が出ました？」

「出ました。二度目にはちいさな塊も混じってたようだ。」

「固まりかけたバリウムですね。たくさん出ました？」

そのたくさんの分量が曖昧で、彼も曖昧に頷いた。随分たくさんだったような気もするし、そうたくさんではなかったような気もする。

「それがすっかり出てしまわないと、困るんですよね。」と看護婦は、わざと出し渋っている彼に苦情でもいうような口調でいった。「やっぱり二度だけじゃすくないかな。下剤が途中に引っかかってるといけないから、もすこし水を飲んでおいた方がいいかもね。」

彼は、紺筋二本が大股で出ていったあと、いわれた通りに、ポットの湯冷ましを湯呑み茶碗で二つ飲んだ。横になると、また胃袋で水音がした。彼は、今朝の検査に備えて、ゆうべからなにも食べていなかった。それで、バリウムを排出したあとの胃や腸には、水だけが充満しているはずであった。空腹感がすこしもないのは、そのためだろう。彼は、水だけで空腹感をごまかしてばかりいた敗戦直後の少年時代を思い出した。

途中で引っかかっていたかもしれない下剤の効力よりも、尿意の方が先にきたのは、当然といえば当然であった。なにしろ真夏の炎天下でもないのに、多量の水を立てつづけに飲んだのだから。ところが、いつの間にか排尿機能に異変が生じていた。めっきり、小水の出が悪くなっている。尿意は溢れんばかりなのに、実際にはたらたらとしたたるほどにしか出なかった。彼は、しばらくの間、狭いところに閉じ籠っていろいろ試してみたが、それ以上にはどうにもならなかった。

　仕方なく、満たされない思いのままベッドに戻ったが、下腹の不快感はすでに全身にひろがっていた。下剤の効力はいっこうにあらわれなかった。いまになってみると、あの二つの白い錠剤のどちらかがまだ体内に留まっているとは考えにくい。二つとも、すでに効力を出し尽くして体外へ排出されたのだと思うほかはない。

　それにしても、下剤が腸を洗ったあとで、なにゆえ排尿の機能に突然異変が生じたのだろう。尿意は募る一方であった。もはや、どんな寝方をしてもそれを宥《なだ》めることができなくて、彼は起き上ってしまった。それから、うっかり布団にちびるのをおそれて、ベッドから降りた。

　けれども、そうびくびくすることはなかった。便器の前でその気になっても、ただの一滴も出なかったからである。彼は、自分の腹部が満腹時のように膨れているのを見て、これは只事《ただごと》ではないと思った。これでは蛙《かえる》の腹ではないか。彼は、これまでいちども必要としなかった枕許のナースコールのボタンを、初めて押した。

「はい、どうしました?」

　天井から看護婦の声が降ってくる。彼はすこし口籠ってから、仰向いて、

「ちょっと、きてくれませんか。」

　と哀願するようにいった。

　間もなく、痩せて貧相な中年の看護婦が小走りにきた。

「どうなさいました。」

「なんだかね……変なんだよ。」

彼は、いい齢をしていまだに紺筋の一本もない純白のキャップを不恰好に頭にのせている看護婦を一瞥して、いらいらしながらそういった。

その看護婦は、時々病室に顔を見せたが、いつも誰かの助手や器具の運び役ばかりで、彼の軀には、これまでにたったいちどしか手を触れたことがなかった。そのいちども、まだ入院したばかりのころ、点滴注射をするために彼の左腕の内側を人差指の腹で軽く押すようにしながら、針を刺すのに適当な血管を探し回ったにすぎなかった。そのあげくに彼女はしくじった。見習い看護婦でも容易に見つけ出す静脈を、彼女は何度もやり損なった末にとうとう拾いかねたのである。

「ああいう人がいるから困るのよねえ。」と、代役を頼まれてきたうら若い看護婦が、さげすみの色を顔に露骨に浮かべていった。「先輩だけど、これまでなにやってきたんだか。齢食ってるだけで、たよりにならないの。痛かったでしょう。ごめんなさいね。」

彼の腕には、しばらくの間、彼女のやり損なった跡が点々と紫色の痣《あざ》になって残っていた。

「……変って、どこがです？　どう変なんです？」

と、駈けつけてきた彼女はいかにも老練な看護婦らしく、軀の芯まで見通すような目つきになって白キャップを傾ける。彼は最初から、こんな無能な看護婦に話してもわかるものかと諦めていた。

「ちょっと理解に苦しむ奇怪な症状なんだ。せめて婦長を呼んできてよ、婦長を。」

彼はいらいらしながらも、膨れた腹に応えぬように低い声でそういった。

中年の看護婦と交替に、キャップに三本筋の小柄な婦長がやってきた。彼は、重態患者のように枕許へ呼び寄せて、下剤を服用してからの排泄《はいせつ》機能の状態と不意の異変をちいさな声で訴えた。

婦長は、毛布の上から彼の膨れた腹に手のひらを当ててみて、目を瞠《みは》った。

「こんなに……これじゃお辛いでしょう。」

「辛いなんてもんじゃない。こんな苦しさは生まれて初めてですよ。」

婦長はしばらく考えていたが、やがて、これはどうやら、バリウムの大部分か何分の一かが、体外へ排出されずに腸の末端あたりに残留していて、それがすっかり固まってしまっている疑いが濃厚だといった。

「バリウムってとても固まりやすいんです。ですから、検査が済んだらすぐに下剤を嚥んで頂くんですけど……。」

「下剤は間違いなく嚥みましたよ、二錠。検査室の看護婦が証人です。」

彼は思わず大きな声を出した。

「水は充分飲まれましたか。」

「ええ、胃袋のなかで音を立てるくらいに。」

「便通は確か二度だけでしたね。」

「そうです。でも、二度とも白く濁った便でしたよ。」

「確かにバリウムの一部は出たでしょうが、全部は出なかったようです。」

「どうしてでしょう。僕は看護婦さんがくれた二錠の下剤をちゃんと嚥んだのに。」

「この病院では、バリウムの下剤はどんなお方でも二錠ときめています。それで、これまではなんのトラブルもなかったんですがねえ。」

「……そうすると、僕の腸が人並みではないということですか。」

婦長は、ちょっと首をかしげていたが、ともかくいちど、自分の指で腸の末端近くの様子を探ってみてほしいといった。驚いたことに、軽く押してみた指先に、ごつっとした感触があった。まるでそこにコンクリートの筒でも埋まっているかのような、すこぶる固い感触である。

「やはり、残留したバリウムが固まっているのです。なんのせいかわかりませんが、大変珍しいことです。」

この固体化したバリウムと膨張した膀胱《ぼうこう》とに尿道が圧迫されて、小水が出なくなっているのだと婦長はいう。それは、やがてレントゲン写真で証明された。

「まず、このバリウムをなんとかしてください。そうしないと膀胱が破裂してしまう。」

彼はそういったが、婦長は目を伏せたまま黙っていた。

「こいつを溶かす薬があったら嚥みますよ、どんなに苦くても。」

「ところが、あいにく」と、婦長は彼に哀れむような目を上げていった。「いちど固まったバリウムを溶かす薬はないのです。」

「ない？　じゃ、このバリウムはどうやって軀の外へ出すのですか。」

「いざとなれば、しかるべきところを切開して取り出すことになります、お気の毒ですが。」

婦長は、主治医と相談してくるといって、足音を忍ばせて出ていった。

（まさか、こんなところに、こんな苦痛が待ち伏せしているとは思わなかった）

彼は、いまにもはち切れそうな腹を抱え、脚を縮めて横向きに寝たまま、何度となくそう思った。主治医と婦長の相談は手間取っているらしい。午後も遅い時間になって、なんとなく尿毒症という言葉をぼんやり思い浮かべていると、あの貧相な中年の看護婦が、足音もさせずにひょっこり目の前に立って、お辞儀をした。彼はちょっと驚いて、目をしばたたいた。

「……呼ばないよ。」

「はい。自分から勝手にきたんです。」

「僕はいま具合が悪くってね。あまり話したくないんだけど……なにか用？」

「あの、私……」と、彼女は小娘のようにもじもじしながらいった。「御存じのように、この齢になって注射もろくにできない駄目な看護婦ですけど、子供のころから、指にだけは自信がありまして。」

「ゆび？」

「はい、この指です。」

彼女は、両手を彼の方へ向けてひらいて見せた。手のひらが厚く、せせこましい割りに、指は細身で、形よくすらりと伸びている。

「綺麗な指だね。」

と意外な思いで彼はいった。

「ありがとうございます。もしお厭《いや》じゃなかったら、この指で取って差し上げようと思うんですけど……。」

「取るって、なにを？」

「固まったバリウムをです。」

「バリウムを？　しかし……。」

「お厭なら無理は申しません。でも、メスを使わないで取り出す方法はこの手しかありませんから……。自分の口で繰り返すのもなんですが、私はなんにもできない代わり、この指にだけは自信があるんです。どんなに固く詰まった便でも、静かに、きれいに取り出します。ちっとも痛くはないはずです。消毒したごく薄いゴム手袋とグリセリンを使いますから、私の指から黴菌が移ったり患部を傷つけたりする心配はありません……。」

「でも、そこは、僕の軀のうちでいちばん汚いところだよ。」

「それは承知の上です。患者さんのいちばん汚いところをきれいにするお手伝いが、看護婦本来の仕事ですから。へいちゃらです。」

とっくに彼の気持は動いていた。彼は、照れかくしに、

「僕は前に痔《じ》をわずらったことがあるから、少々勝手が違うかもしれないぜ。」

と笑いながら、寝たままパジャマのズボンのうしろを下げた。

その下に、油紙や新聞紙が重ねて敷かれる気配があった。けれども、露出した肌にひんやりとした空気が触れたのは、ほんの一瞬であった。彼女は、彼の軀に掛けた毛布の下に両手だけ入れて、ほとんど手探りで仕事をするらしい。

「……冷たいでしょうか。」

「いや、ちっとも。」

「力を抜いてくださいますか。神経質なかたはどうしてもここに力が入ります。力が入ると、やりにくいのです。ここから気をそらして、なにか別のことを考えていてください。御家族のかたがたのこととか、美しい女のかたのこととか、楽しかった旅の思い出とか。」

けれども、彼はただ死んだ母親のありし日をふと思い出したにすぎなかった。実に優しくて、しなやかな指であった。異物が狼藉《ろうぜき》を働いているという不快感は、まるでなかった。それどころか、そんな趣味などとは無縁だったにも拘らず、軀の内側が、静かに、なめらかに抉《えぐ》られてゆくという、これまで味わったことのない不思議な快感があった。

「痛くはありませんか。」

「いや、ちっとも。」

「すこしずつ取れてます。すぐ楽になりますよ。もうしばらくの辛抱です。」

肩越しに振り向いて見ると、毛布の下に両手を入れたままの彼女の頬は赤らんで、額に汗が光っていた。至福の瞬間が刻一刻と近づいている。彼は、彼女に感謝とねぎらいの言葉を伝えたかったが、いまはなにをいっても涙声になりそうな気がして、全く別のことをいった。

「どうやら昔の痔は障害にならんようですな。」

「はい、全然障害になりません。」

「あなたの指はなんと呼べばいいのだろう。生きているメス？　しなやかなメス？」

「指……ただの指で結構です。」

それから彼女は、ひとりで満足そうにくすくすと笑った。

そいね

一

ゆうべは、真夜中に、二度目醒めた。

最初は、地震で。二度目は、耳許の鼾《いびき》が急に不吉な音色に変わったような気がして。

地震は、大揺れにならなくて、よかった。心支度をするともなく、布団から咄嗟に片脚を畳に落として、天井の暗がりに目を据えたまま家鳴りに耳を澄ましていると、ありがたいことに、わずか十秒ばかりで治まってしまった。ほっとした。

このあたりは、温泉場なのに、地面の揺れを感じることは滅多にないが、その代わり、何年かにいちどは、目が回りそうで立っていられないような大揺れがくる。ゆうべのような晩に、都会からきた逃げ足の早い客たちが我勝ちに外へ飛び出すような騒ぎになっていたら、さぞかし困惑したことだろう。

こちらにしても、天変地異にはいくじがないし、仕事先で惨めなことになりたくないから、さっさと逃げ出したいのは山々なのだが、まさか、添い寝している顧客を置き去りにするわけにはいかない。それかといって、あわてて宿の浴衣《ゆかた》を裏返しに着たりして、裸同然の老人を背に庭先をうろうろする勇気などありはしないのである。

大した揺れにならなくて、本当によかった。枕を並べている春蔵爺さんも、全く気がつかなかったとみえて、いつもの軽い鼾がいちども途絶えなかった。しばらくすると、離れの裏手の、田植えが済んだばかりの水田で、いっとき鳴りをひそめていた蛙《かえる》の群れが鳴き出した。それを、聞くともなしに聞いているうちに、こちらも、またうとうとと寝入ってしまった。

二度目は、夢うつつに、あ、いけないと、いささか狼狽《うろた》えるような気持で目醒めた。春蔵爺さんの鼾が、いつの間にか、これまで馴染みのない、妙な響きを帯びているのに気がついたからである。老人の鼾には、油断がならない。老人は、全く意識を失って、もはや二度と醒めることのない眠りを眠りながらも、さも磊落《らいらく》そうな鼾をかいてみせたりするのである。

そんなときは、なによりもまず、相手の体をまさぐって、最初に指先が触れたところを、そこがどこであれ強く抓《つね》ってみることだ。ゆうべは、肉の落ちた太腿の皮を抓ることになったが、二度で鼾がやんだので、やれやれと思った。すると老人は、普通の眠りを眠っていたのだ。ただ、ちいさな頭が枕からこちら側に落ちて、饐《す》えた臭いのする寝息がこちらの左頰を強く吹きつけていた。鼾が変にきこえたのは、そのせいだったろう。

「巴《ともえ》よ。」

爺さんは目醒めかけていた。

「あいよ。ここだえ。痛かった?」

巴は、ばつの悪い笑いを浮かべてそういったが、彼は抓られたことを憶えていなかった。

「いま、何時せ。」

外は月夜で、窓の障子に庭木の影が映っていた。裏では蛙がさかんに鳴いている。

「まだ、夜中し。起こして悪《わり》かったな。」

巴は、爺さんの背中をさすりながら、チリ紙で口から痰《たん》をぬぐい取ってやった。去年の秋口から、どういうものか夜中になにか言葉を口にすると、きまって喉を栖《すみか》にしている痰を少量吐く癖がついている。

爺さんは、口直しでもするように、ちょうど横向きになった巴の胸に軽く唇を滑らせただけで忽《たちま》ち乳首を口に含んだ。巴は、太って、乳房も反るように高く突き出ているから、まだ目の見えぬ赤子でも探しあぐねることはないだろうと自分でも思っている。けれども、巴は、子を孕《はら》んだことはあってもまだ産み落としたことはない。それで、量感に富んだ乳房のわりには、乳首は至って小粒なのだが、それがいいのだと春蔵爺さんはいっている。

「おらのおふくろだってもよ」と、爺さんは時々、巴の胸をしげしげと眺めながら懐かしそうにいう。「おらが赤子のころの乳首ときたら、まるでサクランボの種だったもんな。尤《もっと》も、弟や妹を産むたんびに膨らんできて、しまいには葡萄《ぶどう》の粒みたいになったっけがよ。」

春蔵爺さんは、巴の小粒な乳首を口に含むが、そのあと、なにをするということもない。ひとしきり、赤子のように吸ってみたり、ねぶってみたりしたあとは、満腹した子がよくそうするように、舌で乳首を押し退《の》けたまま静かな寝息を立てはじめるのだが、春蔵爺さんに限らず、この温泉場に憩いを求めてくる老人たちのほとんどは、添い寝をしてもらうなら太って胸の豊かな女に限るといっている。

巴は、客に齢を訊かれると、正直に答えることにしているが、

「三十五かあ……。わしはおふくろが三十のときの子供だからな、あんたがおふくろだとすれば、こっちは五つの腕白ざかりか。五つのころっていえば、よく親父《おやじ》の目を盗んで、おふくろの寝床へもぐり込んだもんよ。おふくろの寝床って、いつもいい匂いがしてたなあ……。」

そんな問わず語りをしたあとで、巴の胸の谷間に長いこと顔を埋《うず》めたままの客が、何人もいた。男たちには、老いるにつれて母親を恋慕する気持が抑えようもなく募るのだろうか。

「こうしてお乳にじゃれついてるとな、うっかり足の指があらぬところへ滑っていって、ぱちんと尻を叩かれたっけが……あのときの、えも言われない感触がまだ足の親指の腹に残っとるなあ。」

そんなことまでいって、目を潤ませる客もいた。

二

巴は、八十人近くいる朋輩《ほうばい》たちにも、仕事先の温泉旅館や料理屋にも、自分は七十歳以上の老人客の添い寝以外はお断わりだよと公言しているから、到底売れっ妓《こ》なんぞにはなれやしないが、だからといって、しょっちゅうお茶を挽《ひ》いているわけでもない。ただ、時折、老人専門であるばっかりに、約束をすっぽかされることがあって、それがいまのところ唯一の悩みになっている。すっぽかされるのは、あまり遊び馴れない老人が、つい長湯をした挙句に気が急《せ》いて、まだ宵

の口なのに忽ち酔い潰れてしまうからである。酔い潰れてしまっては、添い寝をするのも白々しい。気が進まない相手だと、そのまま帰ってきてしまうが、客の連れに頼まれて、ひと眠りが醒めるまで数時間ぶらぶらしながら待ってみることもある。巴は、もともと酒席が好きな方ではないから、そんなときは、さっさと座敷を抜け出して、近くの国道沿いにあるファミリー・レストランへ眠気醒ましの濃いコーヒーを飲みにいくことが多い。

梅雨入りの前の、ある土曜日の夕方、巴は、湯中《ゆあた》りした八十老人の、添い寝ならぬ付き添い看護を一時間ほど奉仕したのち、商売気もすっかり失せて、今夜は寝溜めでもするかと帰宅する途中、喉が渇いたのでその店に寄った。すると、奥の席で、別れた亭主の一家が賑やかに夕食をしていた。

巴は、いつもの窓際の席に就いて、コーヒーの代わりにアイスクリームを注文してから気づいたのである。もし入口で彼等を認めていたら、多分くるりと踵《きびす》を返して店を出ていただろう。けれども、巴は、すぐ自分の錯覚に気がついた。自分たちが夫婦別れをしたのは、もう十年も前のことである。しかも、この十年間に自分たちはいちども会っていない。人は七年で顔つきが変わるというが、こちらは顔つきばかりではなく体付きまでうんざりするほど崩れ加減になっているのだから、おそらく、むこうにしても、いきなり顔を合わせてもすぐに気がつかない程度には、老けるか、くたびれるかしているのに相違ない。ところが、巴は、自分の席から離れた奥の席をふと見やって、すぐに、おや、あの男、と思ったのである。つまり、別れた当時の亭主によく似た男がそこにいたのだ。

巴は、ほっとして煙草に火を点けた。顔見知りのウエイトレスがお待ち遠さまとアイスクリームを持ってきた。

「あちら、随分賑やかね。」

そういって奥の席へ目をやってみせると、ウエイトレスはうなずいて眉をひそめた。

「もうお皿を二枚も割ったの、子供たちが。家ではどんな躾《しつけ》をしてるのかしら。あんな家族がいちばん困るわ、お母さんはただ子供たちをぶつだけ、お父さんは見て見ぬふりでビールを飲んでいるだけなんだから。」

巴は、おとなしくアイスクリームを舐めながら、時々奥の賑やかな家族の席へ眺めるともなく目を向けていた。三十前後の夫婦に、まだ幼い男の子二人、女の子二人の、六人家族である。父親は、よく見ると別れた亭主にそう似ているわけでもなく、母親の方も、自分が難産で生死の境をさまよっている間に亭主を寝取った手の早い泥棒猫とは似ても似つかぬ、見るからに鈍重そうな女であった。

子供たちは、泣き、喚《わめ》き、叫び、フォークやスプーンを投げ合い、皿のものを手掴《てづか》みにしていた。父親の空咳と、母親が押し黙ったまま子供たちのおでこを平手でぶつ音の絶え間がなかった。

もしも自分が十年前あの亭主と別れずにいたら、と巴は思った。結局はあのような家族とあのような家庭とを作り、自分は日がな一日、子供たちのおでこを無言でぶつことに忙しかったかもしれない。そんな妻であり母親であり主婦である自分と、夜な夜な湯宿の離れで老人たちの添い寝にいそしんでいる天涯孤独の女であるいまの自分と、一体どちらが仕合わせなのだろうか。

巴には、どちらとも判断がつきかねた。その上、この先、生きている間に、その判断のつくときが必ず自分を訪れるだろうとも思えなかった。人生、先のことは誰にもわからないし、なにが仕合わせかなど、結局わからずじまいになるのではなかろうか。

　巴は、東北ももっと北の城下町の、勤勉な鉄道員の家庭で一人娘として育った。勉強が好きで、将来は歴史の教師になりたいと思っていた。ところが、中学一年の冬に、突然、最初の不幸がきた。ある晩、父親が鉄橋を歩いて渡っていて、あやまって凍った川に落ちて死んだのである。同僚たちとの忘年会の帰りで、父親は飲み馴れない酒にすこし酔っていた。短い鉄橋で、近道だったのだが、父親はわずかな風によろけて足を踏み外したのだ。

　父親の上司の世話で、母が運送会社で働くことになった。巴も学校を休んで働こうと思ったが、母が許さなかった。中学を卒業すると、母の強い勧めで前々からの望み通りに県下でも指折りの進学校に入学したが、毎朝、あまり丈夫でない体に鞭打《むちう》つようにして出勤する母を見ているうちに、巴の将来の展望がすこしずつ変わった。教師になるための大学進学など、いまの自分たちには贅沢で悠長すぎるように思われてきた。それよりも、高校を出たらすぐ上京して、どこか堅実な会社に就職しよう。そこで働きながら、なるべく早く自分にふさわしい伴侶を見付けて家庭を持ち、ゆくゆくはそこへ母を呼んで、三人で慎《つつ》ましく暮らそう。それが自分の最善の道だと巴は思うようになった。

　無理が祟《たた》って、時折狭心症の発作に見舞われるようになっていた母は、呆気《あっけ》なく巴の提案に賛意を示した。巴は、三年生になると、就職担当の教師へ熱心に働きかけて、秋には東京の中堅出版社から採用内定の通知をもらった。

　巴は、その出版社の経理課に、五年いた。身辺には、何事も起こらなかった。自分にふさわしい伴侶など、どこにいるものやら見当もつかない。自分はどうやら都会向きではないらしい――

そんなことを思いはじめた矢先に、郷里の母から、体がすっかり衰えて一人暮らしに耐えられなくなったという手紙がきた。巴はさっさと会社をやめた。都会にもすでになんの未練もなくなっていた。

郷里へ引き揚げてみて、巴は二つ、意外な思いを味わった。母の衰弱が案じていたほどではなかったことと、早くも自分のために新しい勤め口が用意されていたことである。母は、おそらく、娘が無愛想な都会に業《ごう》を煮やして、とんだ貧乏籤《くじ》を引きやしないかと気が気ではなかったのだろう。

郷里の新しい勤め口というのは、自動車会社の営業所の事務員であったが、ここに二番目の不幸が待ち受けていた。営業所の同僚が持ちかけてくるこじれた恋の相談にいやいや乗ってやっているうちに、巴自身が、ものの弾みで、同僚の相手とおかしなことになったのである。同僚は、なにもいわずに自分から身を退《ひ》き、勤めもやめていった。巴は、なにやらのっぴきならない気持にさせられて、相手から結婚話が出ると、すぐに承諾してしまった。

夫婦に母を加えた慎ましやかな三人暮らしが、思わぬところで実現したが、それも一年とはつづかなかった。産院で三日三晩苦しんだ挙句が、死産で、身も心も憔悴《しょうすい》し切って帰宅してみると、留守の間に、亭主は身の回りの目ぼしい品を携えて従妹《いとこ》と呼んでいた女と行方を晦《くら》ましていた。

三番目の、最後の不幸は、間違いなく自分の命が絶えることだと、巴は何日も寝たまま起き上がれない寝床のなかでそう思っていたが、不意に絶えたのは巴のではなくて母の命であった。もともと心臓を病んでいた上に、自分が巴を東京から呼び戻したのが衰運のもとだと気に病んでいた母は、ある朝、巴のための粥《かゆ》を炊いているうちに、突然へなへなと崩れ落ちるように倒れて、それきりになった。

北陸の温泉場で料理屋の仲居をしているという中学時代の仲良しが、郷里の親戚から聞いたといって悔みの手紙をくれたのは、母の死後しばらくしてからであった。身辺が落ち着いたら湯治をするつもりでこないかと書いてあった。巴は、湯治という言葉に強く惹《ひ》かれた。母の百箇日を済ませて、身軽になったら、是非その友達を訪ねてみようと思った。

友達は、料理屋の仲居でなくて、芸者をしていた。巴は一緒にやらないかと誘われて、その気になるまでに半日とはかからなかった。いちどは産院であの子と一緒に死んだ身だと思えば、どんなことでもできると巴は思った。

その北陸で添い寝の流儀を身につけて、この米どころに移ってきたのは三年前のことである。

——不意に奥の方で、グラスが床に落ちて砕けて、巴は我に返った。

三

巴は、目醒めると同時に、むくりと上半身を起こした。

右足の裏で、なにやらひんやりしたものを、軽く踏みつけたような気がしたからである。ひんやりしたものといっても、夜気に冷えた畳なんぞではない。もっと体の芯に応える、底冷えのするものだ。軽く踏んだと思ったのに、その底冷えの感触がまだ右の足の裏に残っている。

巴は、体の左側を下にして横向きに寝ていた。枕を並べている春蔵爺さんには背面を向けていたことになる。だから、足の裏が触れたのは、爺さんの脛《すね》か、ふくらはぎであったろう。

けれども、巴は、改めて爺さんの体に触れてみようとは思わなかった。巴はただ、起き上がったままの姿勢で、ようやく青味の薄れはじめた窓の障子を見詰めたまま、じっとしていた。中庭の池に落ちる細い水音のほかにはなにもきこえなかった。勿論、部屋のなかにも、物音はない。鼾もない。それに、寝息も。

巴には、もう、わかっていた。こういう朝が、いつかはくるのだ。それでも、今朝はやっと夜が明けはじめたばかりで、まだあちこちに夜の闇が立ち籠《こ》めているのを天の恵みだと思わなければいけない。

肉がつきすぎて、我ながら重たい腰が、なんのせいか、布団に片手を強く突いただけで軽々と浮いた。そのまま畳へ降りて、襖《ふすま》をそっと開け、隣室へ入って点灯する。そのとき初めて、自分の心臓の鼓動がきこえた。巴は拳《こぶし》で左の胸をなだめるように叩いた。あわてなさんな。

床の間のハンドバッグから、小型の赤い手帳を取り出し、二十人ほどの人名と数字がぎっしり書き込んである頁《ページ》を開ける。人名は土地の顧客の名、数字は危急の場合にのみ必要なそれぞれの自宅の電話番号である。ひょっとしたら添い寝のさなかに、と危ぶまれる客の名の下には赤線が引いてある。春蔵爺さんの名にも、去年の冬、夜中に喉を転がる痰の音が高まってから、太い赤線を引いておいたが――勘が当たった。

電話機の前に膝を落として、音がしないようにゆっくりダイヤルを回す。むこうのベルが二十回近くも鳴ってから、中年男の不機嫌なかすれ声が出た。息子の春松父《と》っちゃだとすぐわかる。

「こったら時間に済みゃんせんども、おらは巴でやんす。」

てくる。

囁《ささや》き声でそれだけいえば、大概の相手には用件の見当がつく。電話口で息を呑む気配が伝わってくる。

「おら方の爺さまがな？」

ひそひそ声で念を押す。

「あい。気の毒に。」

「たったいまかし？」

「いんや、すこし前だったふうで。はあ、冷やっこいすけに。」

けれども、そのことに気がつくしばらく前に、痰が喉を転がる音をうるさいと思った記憶があるから、事切れてからまだそんなに時間が経っていないのかもしれない。遺体が硬直してからだと厄介だから、なるべく早く家へ連れ帰らなければならない。

「んだら、すぐいく。いつもの宿だな？」

「離れだすけに、裏からきてけれ。裏門はおらが開けておく。」

「我だけじゃ足りねべ？」

「やっぱし、もう一人要るえなあ。ああなれば爺さまでも重てえもんだすけに。」

「んだら、嬶《かかあ》も連れていく。」

電話が切れた。

巴は宿の浴衣をきちんと着直し、座敷を暗くしてから縁側へ出た。ガラス戸をそろそろと開けると、そこから吹き込む青臭い夜明けの風がカーテンを大きく膨らませる。庭下駄は夜露を吸って重かった。中庭の木戸を出ていって、裏門の閂《かんぬき》を抜いてくると、巴は縁側を開けたまま暗い座敷で煙草を一本ゆっくりと喫《の》んだ。

しばらくすると、裏門の扉が低く軋んで、春松夫婦が昔の盗賊のように黒い姿で小走りにきた。遺体は、思いのほか硬直が進んでいなかったが、巴も手を貸して春松に背負わせるとき、どこかの関節がつづけざまに大きな音を立てた。春松の女房が、亭主の背中の遺体に黒いゴム合羽《がっぱ》をすっぽりとかぶせた。

「んだら、あと、よろしくな。」

「あい。」

二人は、また逃げる盗賊のように黒い塊りになって裏門へ急いだ。巴が遅れて門を差し込みにいくと、二人は首尾よく遺体をライトバンに積み終えたところで、

「世話になったな、巴よ。」

と春松が、ようやく声に安堵の色を滲《にじ》ませていった。あとは遺体を自宅の奥の間に寝かせて、藪《やぶ》医者を呼びにいくだけである。

「いい人だったに、惜しいことしたなし。」

巴はいったが、実際、これで惜しい顧客をまた一人失ったわけだ。

「お前《め》さんは、これから？」

「おらは、明るくなるまでもうひと眠り。」

けれども、それは口から出任せで、とてもあの布団にもういちど寝る気はないが、いずれ口止め料が分厚い封筒で届くまで、ゆっくり温泉にでも入って凝りをほぐしていようかと巴は思っていた。

にわか霊柩車は、ライトも点けずに、足音を忍ばせるようにのろのろと走り去った。

四

巴が初めて就職した東京の出版社の社員が二人、なんの前触れもなしにやってきて、名指しで座敷へ招《よ》んでくれたのは、そろそろ新米が出はじめる十月初旬のことであった。

名指しをするのだから、馴染みの客なのだろうが、相手によっては添い寝の心支度が必要だから、念のためにその客が泊っている宿に問い合わせてみると、ひとりは石黒、ひとりは由良という名で、いずれも四十年配の客だという。

巴には、どちらの客の名にも憶えがなくて、首をかしげるような気持で出かけていったが、座敷で相手の顔を見てすぐに思い出した。瘦せて眼鏡をかけた石黒は編集部員で、赤ら顔でがっしりした体付きの由良は写真部員であった。巴は経理課員だったから、どちらとも親しく話したことはなかったが、ともかく五年間、おなじ建物のなかで毎日のように顔を合わせていた仲である。

巴は、突然目の前にあらわれた二人を見て、びっくりすると同時に、懐かしかった。とりわけ石黒には、かつて密《ひそ》かに想いを寄せていた一時期があり、そのころの初心《うぶ》な自分も思い出されて、二重に懐かしかった。

二人は、巴が勤めていたころからその社で発行していた〈旅情〉という雑誌のために、東北の湖沼をいくつか探訪してきた帰りだということであった。

「それじゃ今夜が打ち上げですね。」

「そうなんだ。」と由良がいった。「社の車できてるもんだから、どうせなら遠回りになっても巴姐《ねえ》さんのいる温泉でと思ってね。」

「……どうして私がここにいるのを御存じなんです？」

巴にはそれが腑に落ちなかったが、由良は答えずに、

「あんたはほんとに逞《たくま》しくなったな。とてもうちの社にいた巴ちゃんとおなじ女性だとは思えないよ。堂々たるもんだ。まさに巴御前じゃないか。ねえ、黒さん。」

「うん、聞きしに勝る……。」

石黒がそういうので、巴は合点して膝を叩いた。

「そうか、誰かに聞いたんだ。誰なんです？」

「……大月がいちどここへきたろう。」

と石黒がいった。それで、わかった。大月というのは全国の温泉場をめぐり歩いて情報を売っている男だが、巴はいつか、その大月の座敷でつい調子に乗って東京のＯＬ時代の話をしたことがあった。それが、めぐりめぐって石黒や由良の耳にまで届いたのだろう。

「それに、大月の話だと」と由良はにやにやしながらいった。「あんた、七、八十の御老体たちに随分可愛がられてるんだって？　よっぽどサービスがいいとみえて、あんたを贔屓《ひいき》にしている老人たちはみんな遺言で土地や山林や大金をあんたに贈るそうじゃないの。それで、あんたは大判小判ざくざくで、忽ち家を一軒建てちゃったたって。」

巴は噴き出した。

「そんな……大袈裟ですよ、その話。」

「でも、七十歳以下はお断わりっていう営業方針は、本当らしいじゃない？」

「嘘ですよ。相手によりけりってこと。なんなら由良さん、朝まで私と付き合う勇気ある？」

由良は、ぶるるるっと唇を顫わせながら、顔の前で掌を振った。

「じゃ、石黒さんは、いかが？」

そういって石黒の顔を覗いたとき、巴は、思いがけなく彼の返事をまともに聞こうとしている自分に気づいた。石黒はちょっと間《ま》を置いてから、

「うちの社にいるころから、そんな冗談がいえるようだったら、あんたの人生も大分変わっていたろうにね。」

半分独り言のようにいった。

そのあと、三人は、しばらくの間、口を噤んでそれぞれあらぬ方へ目をやっていた。

——翌朝、頃合いを見て二人の部屋へ電話をしてみると、これから朝食をするところだと電話口の由良がいった。

「お給仕は？」

「誰もいないよ。」

すると、ゆうべ二人は、自分に気兼ねしたのか若い妓《こ》も招ばずに一人寝をしたのだ。

「じゃ、ちょっとお待ちになってて。私がいってお給仕してあげるわ。」

巴は、受話器を置くと、セーター姿のまま家を飛び出して二人の宿へ車を飛ばした。

二人は、もう洋服に着替えて帰り支度を済ませていた。朝食のあと、すぐに東京へ発つのだと

いう。

「じゃ、ここを出たら、ちょっと私の家に寄ってくださる？」

と巴はいった。由良は三杯目をお代わりした。

「大邸宅拝見か。」

「ここの御飯、美味《おい》しいでしょう？　だから、お土産にあげたいの。」

「ほう、千両箱を？」

「お米ですよ。ここでとれたコシヒカリの上等なのが、どっさりあるの。私一人じゃ食べ切れないから、東京へ持ってって食べてくださいな。」

巴は、宿を出ると、二人の車を先導して自分の家の門を入った。

「裏の倉庫の戸口まで、バックで入ってもらいたいんだけど。」

二人は、門を入ってから自由に車の方向転換ができる敷地の広さに、羨望の声を上げていた。

巴は、トランクを開けさせて、十キロ入りの米袋を独りで倉庫から運び出してきては、積み込んだ。ひと袋。ふた袋……。

「これ、玄米ですからね。玄米のほうが、持ちがいいから。すこしずつ、食べる分だけ精米すれば、いつまでも美味しい御飯が食べられますよ。」

三袋。四袋……。車体が沈む。

「ありがとう。もういいよ。」と、はらはらしながら石黒はいった。「こんなにもらっちゃ悪いよ。」

「ちっとも。こっちが持て余してるんですから。」

唐突に、もうこの人とも二度と会うことがないかもしれない、と巴は思い、倉庫の奥を向いて短く洟《はな》をすすった。

五袋。六袋——ひと袋積み込むたびに、車体が、ぐっ、ぐっ、と沈み込む。

都会の男たちは、顔見合わせて力弱く笑っていた。

はな・三しゅ

さんしょう

初めは、ただの雑草かと思われた。庭の飛び石と飛び石の間に、たった一本だけ、ひっそりと萌《も》え出ていたからである。家族は誰も気づかずにいて、たまたま里帰りしていた長女がそれを見つけた。

「お母さん、これ目障りだから引っこ抜くわよ。」

庭でそういう長女の声がするので、食堂にいた芙美は窓から首を出して娘が指差している地面を見た。ひょろりとした、見馴れない草である。

「待ってよ。珍種かもよ。」

草花好きの芙美は、縁側へ回って庭へ出た。

マッチ棒ほどの茎が五センチばかり伸びていて、先端が、卵形のちいさな葉を幾枚かつけた、糸みたいに細い三本の小枝に分かれている。芙美は、そばにしゃがんでしげしげと眺めてから、ちいさな葉を一枚ちぎり、匂いを嗅いでみて目をまるくした。

「あなた、これ、サンショウよ。」

娘も母親の指を嗅いでみて、それが確かにサンショウであることを認めた。

「大事に育ててよ、お母さん。若芽が出るようになったら摘ませて貰うわ。」

娘がちゃっかりそんなことをいう。ともかく踏み潰されないように、とりあえず底の抜けた茶筒をかぶせておいたが、数日後、出入りの年老いた庭師がきて、どうやらサンショウの種子は彼の衣服について運ばれてきたらしいことがわかった。彼が底の抜けた茶筒を覗いて、こういったからである。

「わしんとこではサンショウをたくさん育ててるんですよ。なんしろ、わしは木の芽田楽《でんがく》が大好物でしてな。」

そのとき、老庭師が山茶花《さざんか》の隣に移植してくれたサンショウが生長して、この春、初めて黄緑色の小花を咲かせている。芙美は、その花を見かけるたびに老庭師の日焼けした温和な顔を思い出す。ひと目、見て貰いたいのだが、彼はもう、この世にはいない。

ごぼう

東北も北のはずれに近いあたりの方言に、ゴンボ掘り、というのがある。ゴンボは牛蒡《ごぼう》で、普通は地中に深く根を下ろしている牛蒡を掘り出す農作業を意味する言葉だが、その作業がなかなか厄介で、掘り出すというよりもほじくり出すようなものだから、何事にもしつこく文句をいったり、よくくだを巻いたりする人のことを、あいつは〈ゴンボ掘り〉だというのである。

大工の喜三郎が腸捻転で病院へ担ぎ込まれたそうだと聞いたとき、由里家の女たちはお互いに顔を見合わせて、「あんまりくだを巻いてばかしいるすけ、腸までねじれてしもうたんだえせ。」とうなずきあった。

喜三郎は、父親の手助けで若いころから由里家に出入りしていた。大工の腕は父親をしのぐという評判だったが、酒が入ると〈ゴンボ掘り〉になるのが玉に瑕《きず》であった。その癖は、一本立ちになり、齢を重ねて棟梁《とうりょう》と呼ばれるようになっても直らなかった。

そのせいか、喜三郎の腸は手の施しようもなく頑固にねじれたとみえて、病院へ担ぎ込まれたときはすでに手遅れだったという。その晩のうちに、息を引き取ったという知らせが喜三郎の妻女から由里家にあった。

由里家で、生前の喜三郎に最もいじめられたのは、台所で水仕事をしているトキだったろう。仕事じまいのコップ酒を出すのがトキの役目だったからである。けれども、喜三郎の死を由里家でいちばん悲しんだのもトキであった。

トキが奥様のお供でお悔《くや》みにいったとき、白木の棺の蓋の上に、赤紫のアザミに似た小振りな花を束にしたのがぽつんと置いてあった。奥様は見たことない花だといったが、農家育ちのトキにはひと目でわかった。

「あれは牛蒡の花でやんす。」

奥様が目を瞠《みは》った。

「牛蒡にもあんなに綺麗な花が咲くの。」

「へえ。喜三郎さんは気持の優しい人でやんした。」

多分、花束を供えた主だろう老女が、棺に寄り添ってちいさく背中をまるめていた。

はなまめ

朝、食事の後片付けを済ませて、ひと息入れていると、病院の付添婦から電話で、

「お婆さん、今度は花豆を甘く煮たのが食べたいんですって。」

と呆《あき》れたようにいう。

お婆さんというのは、町の子供たちに琴を教えながら一人暮らしをしている英子の母親で、今年九十になるのだが、数年前から脳血栓をわずらって町の病院に入院している。

「花豆なんか、いまごろ手に入りますかしら。豆が出回るのは秋でございましょう？」

半身不随で口も不自由な病人と、まだるっこい一戦を交《まじ》えたあとなのだろう、付添婦の口調には苛立《いらだ》たしさが尾を引いていた。彼女のいう通りで、いまは夏、今年の収穫までもうしばらくの辛抱である。ところが、いくらそういい聞かせても、頑固な母親は、古豆でもいいから花豆をといって聞き入れないのだという。

昔風な母親は、子供のころからの習慣で肉や洋風の味には全く馴染みがないから、病院食はほとんど口に合わない。そのせいだろうと思うが、母親は昔食べて美味《おい》しかったものを次々と思いだして所望《しょもう》するようになっている。

つい今朝までつづいていた百合《ゆり》の根を甘く煮たのは、突然飽きてしまったらしい。

英子は、仕方なく人に頼んで花豆を売っている店を探して貰ったが、町には一軒も見つからなかった。琴を習いにくる子供たちにもそれとなく話してみると、さいわい、うちでは毎年花豆を作るという農家の子がいた。

英子はある日、案内して貰ってその子の家を訪ねた。あいにく、去年の豆もなかったが、今年の豆が出来たらイの一番に届けてくれると、その子の母親が約束してくれた。

英子は、帰りに、真っ赤な豆の花を十粒ばかりハンカチに包んで貰った。せめて、これらを小鉢の水に浮かべて病人の目を楽しませてやれたらと思ったのである。

あわたけ

その橋を、遠洋帰りの漁師たちは、ふざけて〈匂い橋〉と呼んでいる。古びて、ひびだらけになったコンクリートの浜街道に架かっている、なんの変哲もない石の橋だが、誰がいい出したのか、港の岸壁から馴染みのタクシーを飛ばしてきて、その橋にかかると、きまって窓から、ほのかに女が匂ってくるというのである。

そういわれれば、そんな気がしないでもない、というのが漁師仲間の評判だが、それかといって、匂いこぼれるような女が橋の欄干にもたれていたり、たもとに佇んだりしているわけではない。それどころか、そのあたりは沿道に間遠く点在している寂れた漁村と漁村の中間で、付近には人家も見当たらず、真昼でも徒歩の人影を見かけるのは甚だ稀《まれ》なのである。街道の片側には、せまい荒地の帯のむこうに黒くうねる北の海原が見え、岩浜に突き当たる波のとどろきが街道にまで響いてくる。もう一方の側は、大昔に隆起したといわれる台地の、樹木に覆われた勾配のきつい斜面である。

橋には、もともと境橋《さかいばし》という名がついている。その下を流れる川が、県境をなしているからだろう。岩を嚙《か》む谷川の下流だから、まず清流といっていいが、六、七年前、急に上流の方から時折おびただしい量の白い泡が流れくだってくるようになってからは、橋の上から見える川岸からも浅瀬からも、釣人の姿が消えてしまった。

川面《かわも》の泡は、絶えず光の微粒子を撒《ま》き散らしているかのように眩《まぶ》しく、夜目にも白い。橋を渡るタクシーの窓からその泡を見かけたりすると、遠洋帰りの漁師たちの大方は、一瞬、口を噤《つぐ》んで沈黙し、やがて、ごくりと音を立てて唾を嚥《の》み込むのだという。餓《かつ》えている者の嗅覚は鋭く研ぎ澄まされているというが、彼等が、女がほのかに匂ってくると感じるのは、そんなときであろうか。

橋を渡り終えると、もう隣県で、

「面舵《おもかーじ》。」

と膝を叩く客の声も急に弾む。運転手も心得ていて、

「ようそろお。」

ハンドルを切って街道を外れ、急勾配の山道を、二百米《メートル》ほど先の〈女の館《やかた》〉めざして登りはじめる。

要《かなめ》は、境橋にいちばん近い、県内では最南端の漁村の出である。漁師の子で、海が好きだったから、水産学校へ進んだのだが、卒業してみると、沿岸漁業が極度の不振に陥ったままで、乗る船がなかった。それで、いまは仕方なく、港町の北羊舎というクリーニング店に店員見習いとして住み込んでいる。

要は、小学校を出るまでは境橋の周囲を遊び場にしていた。川むこうの隣県の村に、気の合う

一つ違いの従兄《いとこ》がいたからである。それぞれ何人かの仲間を誘って、境橋のたもとで落ち合い、川で雑魚《ざこ》釣りを競い合ったり、ぼろ舟を修理して川くだりをしたり、水浴びをしたりした。だから、どこから湧いたとも知れない白い泡の帯が連綿と流れくだってくるのを初めて目撃したときの驚きと不気味さは、いまでもまざまざと思い出すことができる。

従兄の案内で、さまざまな種類の樹木が混在する隣県の台地でも、よく遊んだ。とりわけ、春先の山菜採り、秋の茸狩《きのこが》りには熱中した。ある日曜日の昼前に、従兄が、川に面した森のなかの小道を駈けくだる仲間たちを呼び止めて、樹間からこちら側の崖縁《がけっぷち》を指差してみせたことがあった。要とその仲間たちは目をまるくした。川から仰いで、人など住んでいるわけがないと思っていた台地の山道の途中の窪《くぼ》みに、地味な茶褐色のモルタル塗りらしい建物が幾棟か、保護色にも似た木の葉色の屋根をひっそりと寄せ集めていたからである。

窪みは、ブロック塀に囲まれていて、道端には簡素な門があり、そこから砂利道が、たっぷりとした広さの前庭を母屋《おもや》らしい建物の玄関までまっすぐ貫いている。砂利道の片側は駐車場になっているとみえ、まだ昼前だというのに乗用車はすでに六、七台も並んでいたが、そのうちの二台が車体の色から港町のタクシーだと、ひと目でわかった。遠方の客を乗せてきて、帰りを待っているのだろう。けれども、塀の内側には人影もなく、物音もなく静まり返っていて、とてもなにかで取り込み中の家だとも思えない。人の住居《すまい》でなければ、なんだろう。海産物の加工場かなにかだろうか。最も裏手の棟の屋根からは、まわりを煉瓦《れんが》で固められた太い煙突が突き出ていて、黒っぽい煙がうっすら空に立ち昇っている。だが、考えてみると、今日は日曜日なのだ。

どうにも見当をつけかねて、地元の従兄に尋ねると、あれな、あれだら風呂屋せ、という意外な返事であった。要は、二度びっくりすると同時に、ひどく不思議な気がした。風呂屋なら、なぜ町中ではなくて、こんな人もめったに入らぬような山中に店びらきをしたのか。

そのころはすでに中学生になっていた従兄が、要の耳に口臭のきつい息を吹きかけながら聞かせてくれたひそひそ話によると、あれは普通の風呂屋ではなく、客になれるのは男の好き者ばかり、若い女の三助が二十人もいて世話をするそうだが、どれもこれも男を誑《たぶら》かす性悪女だということであった。いまはもはや、土地の男であの風呂屋のある崖縁の道を通る者は一人もいない。山菜や茸の季節になっても、このあたりの山へ入る者は一人もいない。山から降りてきたところを土地の誰かに見られたりすると、ろくなことにはならないからである。

初めのうちは、会う人ごとに、男風呂の湯加減はいかがであったかとからかわれる。そのうちに、奴《やっこ》さん、男風呂の味を忘れかねて、せっかく出稼ぎで膨らませてきた財布をとうとうはたいたそうだと噂が立つ。

従兄は、最後に、あの風呂屋は崖から石鹸水をしたたらせて川を汚しているが、川に限らず、近くにあるもの、近寄ってくるものを、容赦なく汚染する魔力を持っているようだから、なるべく遠く離れているに越したことはないといい、樹間から見えている木の葉色の屋根にくるりと背を向けると、まじゃらぐ、まじゃらぐ、と口のなかで唱えながら、急ぎ足できた道を引き返しはじめた。

まじゃらぐとは、万歳楽《まんざいらく》の訛《なま》った言葉で、万歳楽はめでたい雅楽の曲名だが、このあたりでは、なにか兇事を免れたいときに唱える呪文にしていて、たとえば、くわばら、くわばら、に相当する。みんなもあわてて、まじゃらぐ、まじゃらぐ、と早口で唱えながら彼のあとに従った。

要が働いている北羊舎では、週に二度、得意先を回って、預かってきた品物を新品のように清潔にし、それをまた配達して回るのを主な仕事にしていた。要は、まだ見習いだから、仕事といっても、暇なとき主人からアイロン掛けの要領をおそわったり、先輩店員の繁三からシャツ類の畳み方をおそわったりすることのほかは、店の掃除や、みな出払っているときの店番ぐらいのもので、自分で汚物《よごれもの》を店まで届けてくれた客との応対も、仕事といえば仕事の一つであった。

店に住み込んでから五日ほどして、独りで店番をしていたとき、要はすこぶる奇妙な客と応対した。剃ったような坊主頭で、濃いサングラスをかけ、黒い襟なしの半袖シャツを裾長く着て、ゴム草履を履いた二十三、四の男である。

彼は、黒いライトバンでやってきた。店の前に停車して、素早く降りてくると、店の入口の引き戸を広く開けて、今日も五つだぜ、と声をかけ、そのまま車のうしろへ回ってドアを撥《は》ね上げた。要は、ただ呆気にとられてアイロン台のそばに突っ立っていた。

男は、荷台から四斗樽《しとだる》ほどに膨らんだ白い布袋を胸と両腕で抱えてきて、土間の隅にどさりと下ろした。それから、突っ立っている要にやっと気がつき、サングラスを外して、ちょっと斜視の目で怪訝《けげん》そうに見詰めた。

「……なんだ、おめえは。」

喉をひどく痛めているような声で、彼はいった。

「入ったばかりの見習いでやんす。」

「見習いだって店の者だろう。ぼおっと見てないで、手を貸せよ。」

要は、弾《はじ》かれたように、踵《かかと》を踏み潰したスニーカーを突っ掛けて表へ出た。車には、おなじような布袋がまだ四個残っていた。手ざわりで、いずれも中身は布だとわかったが、両腕で抱き上げてみると、妙に粘っこい重量感があった。要は、俄雨《にわかあめ》でずぶ濡れになった学生服の重たさを思い出した。袋に詰まっている布はよほど湿気を帯びているらしい。

大きな布袋が五個、土間の隅に積み上げられた。

「ほんじゃ、いつものようにな。」

男は、サングラスで斜視を隠しながらそれだけいうと、さっさと店を出て車に乗った。要は、相手の名を訊き忘れたことに気がついたが、いつも、のようにというからには顧客のひとりだろうと判断して、走り去る車に一礼した。

もともと広くもない店が、四斗樽のような布袋の堆積で急にせま苦しくなったような気がした。洗濯屋に持ち込まれたのだから、中身は汚物だと思うほかはない。けれども、どんな大家族からなる家庭でも、こんなに多量の汚物をいちどに出すことはないだろう。家庭でなければ、どんなところが出すのだろう——土間の隅を眺めながらそんなことをぼんやり考えているところへ、得意先回りに出ていた繁三が戻ってきた。彼は、要が口をひらく前に布袋の堆積に気づいて、

「ああ、三下《さんした》がきたんだな。」

と呟《つぶや》くようにいった。

要は、自分も手伝って布袋を運び入れたときの様子を話して聞かせた。

「結構重たいもんだったろう。」

「中身はなんでやんす？」

「汚物にきまってらえな。」

繁三は笑いながら、自分で袋の口の結び目をほどいて順々に中身を出して見せた。何十枚ものシーツ、枕カバー、バスタオル、それに、白のショートパンツ、藍色《あいいろ》のバレリーナ式水着、薔薇《ばら》色と白のロングドレス、男物のバスローブがそれぞれ二十着ほど、その上、面食らわざるをえなかったのは、高校生が着るぐらいのセーラー服が数着混じっていることであった。要は、眉をひそめて繁三を見た。

「なんでやんす、これは。」

「ごらんの通りのもんせ。」

「どこのもんでやんす？」

繁三はちょっと黙っていたが、やがて、ここから浜街道をしばらく南へくだったところに境橋という石橋があるのを知っているか、といった。勿論、知っている。境橋の手前の村が自分の在《ざい》所《しょ》だからと答えると、

「そうだったな。」と繁三は思い出して、「そんじゃ、その境橋を渡れば隣の県で、すぐ右手の山道を登ったところに特殊な湯屋があることも知っておろうな。」

といった。

「楽園とかいう、女ごの三助がいる風呂屋でやんすか。」

要は、その後疎遠になってしまった従兄の、きつい口臭とくすぐったい囁き声を思い出しながらいった。

「最初は楽園だったたっけが、その後、何度か警察の手入れがあったり、代替わりしたりして、い

「なにがでやんす？」
「日本で二つの県だけだと。」
要は、なにもいわずにちいさく舌うちした。
こっちで許されんことが、川一本渡れば許される。おかしなこったな。」
ったら商売はできんことになっとるからせ。県条例でそういうことになっとるんだと。だけんど、
「それはな」と、繁三は先輩らしくゆっくり一服する余裕をみせていった。「この県内では、あ
てくるそうじゃねえですか。なして、この町にでもこさえなかったんだろ。」
「なして、あったら辺鄙《へんぴ》なとこに店をひらいたりしたんだえ。あすこの客は、みんな境橋を渡っ
まったりするっけが、まず十日に一遍というとこだな。」
「そうよ。これでも洗濯屋はうちが一等近い店なのせ。むこうの繁昌《はんじょう》次第で間隔がひらいたり縮
すか。」
「あの三下とかいう人が、時々こうして洗濯物をわざわざ県境くんだりから運んでくるんでやん
要の胸に、訳のわからない怒気が込み上げてきた。
事だすけにな。」
んでも、どんなふうにして汚したもんでも、黙って汚れを洗い落して綺麗にするのがおれらの仕
「余計なことは考えねえこったな。」と、繁三は要の顔から目をそらしていった。「それが誰のも
と、再びこうして関わりを持つことになるとは夢にも思わなかったのである。
要は、啞然《あぜん》として、しばらく言葉を失っていた。子供のころに遊び場を奪った憎い〈泡の館〉
まは大奥し。この五つの袋は、その大奥からきたもんだ。中身は、どれもあすこの備品だな。」

「そんな条例を持っとる県が。この県と、関東近辺のある県と。ところがな、全国のその種の湯屋の従業員を調べてみると、その二つの県の出身者が圧倒的に多いんだと。」

繁三は笑い、要は笑いを堪《こら》えてまた舌うちした。

その後、繁三がひそかに三下と呼んでいる斜視の男は、梅雨に入ってからも三度ほど、いよいよじっとりと重みを増してくる布袋を大概五個ずつ運んできては、何日か後に受け取りにきた。本来なら、こちらから出向いて、品物を預かって帰り、また仕上がった品物を納めに出向くのが当然であったが、最初からそうしなかったのは、先方が内偵を強く警戒して、たとえ相手が洗濯屋でも勝手口からの訪問を決して許さなかったからである。

ところが、梅雨のさなかに、大奥の経営者だという初老の男から、電話で洗濯物を取りにきてくれないかといってきた。これまで布袋を運ぶ役をしていた男は、経営者の言葉を借りれば「よんどころない事情で当分旅に出ることになった」からである。いつもの用心深さからだろう、なるべくなら年少の店員をよこしてほしいということであった。要がその条件にぴったりであった。厭な仕事だったが、世話になっている北羊舎のために引き受けないわけにはいかなかった。

初めての仕事で大奥へ出向いたのは、梅雨の晴れ間の暑い日であった。繁三のいう特殊な湯屋は、白塗りの瀟洒《しょうしゃ》な洋館に建て替えられていたが、塀の内側は以前のように人影もなく静まり返っていた。電話で指示された通りに、裏門ではなく、表門から入り、建物の横を通って裏へ回った。例の大きく膨らんだ布袋は、通用口のようなところから運び出して、店のおかみさんの実家から借りてきたライトバンの荷台に積み込んだ。甚さんという老人と、ヒロと呼ばれるまだ十五、六のお手伝いらしい少女とが、手を貸してくれた。

その晩、寝部屋の明かりを消してから、枕を並べている繁三が大奥の女ごの三助たちを見てきたかといった。会ったのは老人とお手伝いの少女だけで、三助たちはどこにいるやら、声も聞かなかった、と要は答えた。繁三は、しばらく問わず語りに三助たちの噂をした。要には退屈な話であったが、一緒に客の相手をしている母娘《おやこ》がいるそうだと聞かされたときには、さすがに眠気が消し飛んだ。まさか、と思わず呟くと、

「だけんど、ありえないこってもなかえんちゃ。十八で産んだ娘だら、そいつが二十《はたち》になっても、母親の方はまだ三十八の女盛りだもんなあ。」

と繁三がいった。

梅雨が明けてから、暑いさかりを経て、残暑が衰える季節まで、要は頻繁に大奥を訪ねた。暑さがつづくと、布袋からの中身の汗の臭いがにじみ出た。甚さんが姿を見せなくなった。ヒロは、障害があるのではないかと思われるほど無口な少女で、老人の様子を尋ねても無言でかぶりを振るばかりであった。すると、一本に編み垂らした髪も揺れて、その先端がどちらかの肩に乗ることがあった。要は、いつの間にかヒロを綺麗な子だと思うようになっていた。

老人が何事もなかったようにあらわれて、ヒロが姿を見せない日もあった。

「夏バテかな?」

誰のこととともなく要がいうと、

「女ごは男に顔を見られたくない日があるのよ。あの子も近頃めっきり女ごになったからな。」

と、老人も誰のこととともなくいって宙に目を迷わせたりした。

ある日、車へ布袋を積み終えたところへ、ヒロが粉雪をまぶしたようなアイスクリームを持ってきてくれたことがあった。ヒロはなにもいわずに通用口へ駈け込んでいって、要が食べ終わっても出てこなかった。なんとなく愚図々々していると、ねえ、あんた、と声をかけられた。通用口には、ヒロではなくて三十半ばと見える女が立っていた。

「あんた、ヒロを待ってんだろ。ヒロはもうここへはこないよ。」

女はいった。要はどぎまぎしながら、

「御馳走《ごっつぉ》さんでやんした。」

と女にお辞儀をした。

「ヒロに会いたければ、お客でくるのね。」

女がからかうようにそういうのを、要は車へ乗ろうとして背中で聞いた。

それ以来、しばらくヒロに会えずにいたが、川から崖を伝って吹き上げてくる風が時には身に滲《し》みるようになったころ、要は集金にきて、塀の外をぶらつきながら用意ができたと呼ばれるのを待っていたとき、胸にタオルを巻いただけのヒロが二階の窓の一つに頰杖を突いているのを見た。三つ編みをほどいた髪が濡れて光っていたから、湯上がりの火照《ほて》った肌を風に曝《さら》していたのだろうか。やがて、ヒロの背後に、潮焼けした肩幅の広い上半身がぬっと立つのが見えた。

要は、潰れそうな胸を抱えて、小走りに道の片側に広がっている背の低い松林へ入っていった。すると、不意に地面を炎が走った。要は立ちすくんだ。炎ではなかった。栗茸《あわたけ》であった。オレンジ色の栗茸が、広い林のなか一面に、足の踏み場もないほどに生えそろって、樹間から射《さ》し込む西日を浴びているのであった。

子供のころから秋がめぐってくるたびに馴染んできた茸であったが、こんな見事な群生は見たことがなかった。茸狩りの季節になっても、このあたりの山にはいままでは人が入らぬのだろう。普段の要だったら、なにはともあれ、しゃがみ込んで、自分の胸の鼓動を聞きながらそっと茸へ手を伸ばしたろう。集金の仕事があるにしても、そうしないではいられなかったろう。

けれども、いまは要の胸になんの興味も湧かなかった。むしろ、見渡す限りの粟茸に激しい憎しみを感じていた。彼は足許の地面を蹴った。それから、両足で粟茸を踏み潰し、蹴散らしながら、放心したように林の奥の方へ、奥の方へと歩いた。

たきび

火が好きだということは、品の悪い、恥ずべき趣味であろうか。恥じねばならぬほどではないにしても、自分はどういうものかあの火というやつが大好きで、などと、大声で話しているのは聞いたことがないから、あまり口外しない方が身のためだというたぐいの嗜好《しこう》の一つなのかもしれない。

けれども、心底好きなものは仕方ない。なるほど火は危険なものだが、これを悪用したり、粗末に扱って他人に迷惑をかけたりするのでなければ、好きになったところで、別段罪にはならないだろう。

彼は、去年の秋、退職金の一部を割いて、自宅の居間に薪を焚く暖炉をこしらえた。できれば、煉瓦や石材を用いて本格的な洋風暖炉を作りたかったのだが、もともと和風の家なのだから無理な望みで、やむなく、居間の小庭に面した片隅に煉瓦を敷き詰めて土台とし、そこに、鉄製の、横腹に耐火ガラスをはめ込んだ小窓や観音びらきの扉がついているストーブ風の暖炉を据えるだけで、いまは我慢することにした。彼の家は、一部が二階建てになっているが、好都合なことに、居間の上は天井の代わりに梁《はり》がむき出しになっていて、梁の間から屋根裏が見えている。それで屋根を貫いて、煙突を立てた。

この齢になって、急に暖炉を新設しようと思い立ったのは、なにも、このところ冬の寒さが年々身に滲みるようになっているからではない。暖房器具なら、炬燵もあるし、石油ストーブもある。暖炉は、ちと贅沢かもしれないが、彼にとっては、好きな炎の色やその炎の揺らめく姿を心ゆくまで楽しめればそれでいいのだ。

去年の秋口に、彼は単身、信州の八ヶ岳山麓にある幼馴染みの洋画家の山荘を訪ねた。前々から、いちど泊まりがけで訪ねる約束をしていたのだが、初夏に勤め先を定年退職して、ようやく年来の約束を果たす機会に恵まれたのである。彼は、デパートの物産展で見つけた北の郷里の地酒を手土産に、出かけていった。

白樺と落葉松《からまつ》の木立に囲まれた、古びてはいるが洒落《しゃれ》た洋風の山荘であった。急勾配の屋根から太い煉瓦の煙突が突き出ていて、白い煙を吐き出していた。

「もうストーブを焚いているのか。」

「ああ、あの煙か。」

と、高原の駅からタクシーで登ってきた彼を出迎えてくれた幼馴染みが、煉瓦の煙突を見上げていった。

「あれは暖炉の煙だよ。山麓といっても、このあたりは海抜千五百米《メートル》ほどの高原だから、九月に入ると、もう朝晩は火が欲しくなる。でも、いまのうちはまだ暖炉で足りるんだ。ストーブを焚くのはもうすこし先だな。」

煉瓦作りの、どっしりとした、なかが真っ黒に煤《すす》けている貫禄充分の暖炉で、鉄の火皿の上では、何本かの太い薪が折り重なってばちばちと爆《は》ぜながら、いい色の炎を上げていた。会社勤めをしていた間、月遅れの盆にも正月にも帰郷したことがなかった彼は、薪が炎を上げて燃えるのを見るのは何十年ぶりのことかと思った。

懐かしかった。子供のころの嗜好がよみがえってきた。

その晩、二人の初老の男たちは、山荘の細君の手料理を肴に、郷里の地酒を酌み交わして旧交を温めた。食卓を離れてからは、暖炉に向かって揺り椅子を並べて、コニャックをちびりちびりやりながら昔の思い出話をしたが、都会からきた彼は暖炉の炎に見惚《みと》れて、黙りがちであった。

下火になると、彼は控え目にいった。

「薪をもう一本だけ足してもいいかい？」

「無論、いいさ。」

と、幼馴染みはマドロスパイプを口から抜いていった。

「何本でも好きなだけ足していいよ。……そういえば、おまえさんは子供のころからたきびが好きだったな。」

苦笑が、ひとりでに火の好きな少年だった彼の頬を歪《ゆが》めた。

「たきびばかりじゃなくて、なんの火でも好きだったな、おれは。」

と、彼は自分で暖炉に新しい薪をくべ足しながらいった。

「竈《かまど》の火。囲炉裏の火。仏壇の火。盆の迎え火。野焼きの火。それから、不謹慎な話だけど、正直いえば火の粉を空へ吹き上げて盛大に燃える火事まで好きだったよ、おれは。」

飲み馴れない洋酒のおかげで、すっかり口が軽くなっていた。

「僕だって、火は好きだったよ。」

と、幼馴染みの洋画家もいった。

「いや、過去の話じゃなくて、いまでも好きだよ。僕らばかりじゃなくて、人間は誰でも火が好きなんじゃないのかなあ。僕はね、火を見てると、まず、どんなときでも気持が落ち着く。次に、自分が謙虚に、素直になるのを感じる。なんだか自分を呼ぶ太古の人の声がきこえるような気がすることもある……。」

彼が、東京の自宅に暖炉を作ろうと決意したのは、その晩のことだ。


居間の工事が完了した晩、彼は、同居している長男夫婦を呼んで新しい暖炉に火入れをした。

「だけど、人ってわからないもんだなあ。」

と、長男は彼の顔と出来立ての暖炉とを交互に見ながら呆れたようにいった。

「定年になった途端に、暖炉に凝るとはねえ。僕は、お父さんの老後の楽しみにけちつけるつもりはありませんが、都会では薪代もばかにはならないんですよ。お母さんは倹《つま》しかったから、あの世でぶつくさいってるでしょう、きっと。」

大きなお世話だ、と彼は思い、

「こいつのことでは、おまえたちに迷惑はかけないよ。」

とだけいって、庭へ出てみた。

煙突からは順調に白い煙が流れていた。夜気に、燃える木の香ばしさがほんのりと匂ってきた。

それらをしばらくしんみり味わってから、居間に戻ると、長男夫婦はすでに二階へ引き揚げていて、暖炉のそばには誰もいなかった。

独りで新しい薪をくべ足し、それがぱちぱちと爆ぜるのを聞いていると、死んだ妻の里子の顔が目に浮かんできた。仕様のない人、とでもいいたげに、目をしょぼしょぼさせながら笑っている。

ちょっと見ただけでは、右目が義眼だとはわからない。

「よかったですね、あなた、御自分だけの楽しみが出来て。でも、わたしだって、火は好きよ。だから、これからは、わたしもあなたと一緒に暖炉の火を眺めるのを楽しみにするわ。だって、わたしたち、たきびが縁で結ばれた仲でしたものね。」

妻が耳許《みみもと》でそう囁くのがきこえた。

ちがいない。もし、あの日が雨降りで、たきびができなかったとしたら、自分と妻はお互いに別の道を生きることになったかもしれない――彼は暖炉の炎に見入ったまま、そう思った。

あの日、というのは、ずっと以前、十年がひと昔なら、それを四つ半も重ねた昔のことだ。そのころ、彼は中学三年生、里子はまだ小学校六年生で、町の暖簾《のれん》の古い染直という屋号の染物屋の次女であった。

彼の生家の文房具屋もおなじ町内にあって、二人は幼いころから顔見知りであり、町内の子供会の会員同士にすぎなかったのだが、その年の晩秋のある日曜日の朝、子供会の恒例で町内の小公園を清掃したのち、掃き集めた落葉でたきびをした際、彼が、いつもの銀杏《ぎんなん》の実のほかに、ポケットに忍ばせていった幾粒かの生栗《なまぐり》をそっと火のなかへ投げ入れたことが、二人を思わぬ仲に引きずり込むきっかけになったのであった。

あの朝に限って、どうしてそんなことをする気になったのか。全く魔がさしたとしか思えないが、ただ年下の子らを驚かしてやろうという悪戯心《いたずら》だけで、他に、たくらみなどあろうはずがなかった。ところが、銀杏の実が音を立てて爆ぜはじめ、たきびを囲んでいる子らが笑いさざめいているうちに、ぽんと、ひときわ高い破裂音がして、それと同時に、彼の隣にしゃがんでいた里子が、きゃっと悲鳴を上げて仰向けに倒れたのである。

彼は、笑った。ぽんという破裂音は、生栗が焼け爆ぜた音にちがいなかったが、それしきの音で、六年生の女の子が、まるで胸を強く突かれたようにひっくり返るはずがない。彼は、里子がみんなを笑わせようとして派手に倒れてみせたのだと思ったのである。けれども、彼の見当は外れていた。

里子は、倒れたまま右目を手のひらで覆って、痛いよう、痛いよう、と泣き出した。彼は驚いて抱き起こした。すると、右目を覆っている手のひらの、指の股から、ひとすじの鮮血が手の甲を走るように流れた。

彼は、最初、里子になにが起こったのかわからなかったが、そばにいた男の子のひとりが、あ、栗だ、と叫ぶのを聞いて、一瞬のうちにすべてを理解した。彼がそっとたきびへ投げ入れた生栗の一つが到底信じ難い勢いで爆ぜ飛んで、しゃがんでいた里子の右目を激しく直撃したのである。まさかと思ったが、起こりえないことではなかった。出血しているから、ただ激しく当たっただけではなくて、目のどこかを傷つけたのだ。

目玉ではないように。咄嗟《とっさ》に彼は祈るように思った。

「ど、どれ、見てあげる。手を退《ど》けて。」

彼は、目を覆っている里子の手を引き剝がそうとしたが、力が及ばなかった。里子は、痛みがますますひどくなるのか、泣きながらわなわなと顫《ふる》えたり、身悶《みもだ》えたりする。仕方なく、彼は染直の店まで里子を両腕で横たえるように抱いていった。

染直では、店にいた家族や使用人たちが総立ちになった。土間の奥から走り出てきた母親が、彼の腕から里子を引ったくるように抱き取った。染直の人々は、みな、うろたえていて、彼がそこに立っていることなど忘れていた。彼は、誰へともなくお辞儀して店を出た。

里子の右目は思いのほかの重症で、失明のおそれがあるという噂であった。たきびに生栗を入れたのは誰かが問題になっていると聞いたが、彼はおそろしくて名乗り出ることができなかった。まことに薄気味の悪いことだったが、なんのお咎《とが》めもないままに彼は知らぬふうを装っていた。

噂通りに、里子の右目が治療の甲斐もなく失明したのは、中学二年の夏であった。義眼になったが、彼女の表情の豊かさがまるで違和感を感じさせなかった。以前の明るさも活潑《かっぱつ》さも、すこしも失われた気配がなかった。中学校は難なく卒業し、土地の女子高校にもよい成績で入学した。彼が東京の大学に進学し、夏の休暇で帰省したとき、道で出会った里子は、彼には眩《まぶ》しくてたまらない笑顔で、お帰りなさい、と挨拶してくれた。

その休暇の間に、彼がかつての罪を里子に告白する気になったのは、もはや自責の念が自分の力では支え切れぬほど心に重くなっていたせいでもあるが、里子の何事もなかったような健気《けなげ》さに、強く心を打たれたからでもあった。

休暇も残りすくなくなったある日の夕方、彼は、心苦しい思い出のある小公園まで里子にきて貰って、ここの落葉を焚いたとき生栗を入れた犯人は自分だと告白し、里子の望むどんな償いで

もするつもりだといった。すると、里子は思いがけなく、

「ありがとう。嬉しいわ。あたしね、あなたがいつかはきっとこうして打ち明けてくれると思って、心待ちにしていたの。」

と笑っていった。

「……というと？」

「あたし、あのたきびに生栗を入れたのがあなただってことを知ってたの。あなたがそっと投げ込むのを見ちゃったから。」

彼はひどく驚いた。

「でも、あたしはそれを誰にもいわなかったわ。」と、里子はつづけた。「家では、誰の仕業なのかって随分騒いだけど、あたしが頼んで栗を入れた人を探すのをやめて貰ったの。あたしは運が悪かっただけなのに、誰もが栗を入れた人の罪にする。それが厭《いや》だったから。あなたを罪人にしたくなかったから。」

彼は、思わず里子の手を取った。

結婚は、大学を出て東京の商事会社に就職してから二年目に、彼の方から申し込んだ。

「あたしを片目にした責任とか、同情とかと無関係だったら、喜んでお受けするわ。」

と里子はいった。

結婚生活は平凡そのもので、里子は連れ合いとして可もなく不可もなく、子を三人産んで無事育て上げると、もはやこの世には未練がないとばかりに、ある冬の夜明けに急性心不全であっさりとあの世へ旅立ってしまった。

彼は、毎晩、家のなかが寝静まると、居間の暖炉の前で好きなだけ夜ふかしをする。あぐらの膝に頬杖を突いて、うっかり居眠りしたり、物思いに耽《ふけ》っていて暖炉が下火になったのに気づかずにいると、耳許で妻の囁き声がする。

「風邪をひきますよ。新しい薪をもう一本足したら?」

「わかってるさ。」

彼は、独り言を呟いて、暖炉の脇に積み上げてある薪の小山から、一本取りに立ち上がる。

さくらがい

正月休みの、ある日の午前、次女が、どこかへ出かけるらしく、居間のガラス越しに薄い冬日を浴びながら、手にマニキュアをしている。すでに磨かれた爪が、光っている。

ガラス戸の外のせまい庭では、何本か並んでいる山茶花《さざんか》が、どういう加減か、朝から降るように花を散らしていて、そのおびただしい花びらが下の地面をすっかり覆い隠している。

彼は、それを眺めに立ってきて、ついでに次女の化粧を見物した。

「いい色だな。」

と、彼は次女の爪の色に見惚《みと》れていった。

「その色は、なにピンクというんだ？」

「これはね、ペール・ピンク。」

と、次女は刷毛《はけ》を動かす手を止めずに答えた。

「銘柄によっていろんな名前がつけられてるけど、これはペール・ピンクって呼ばれてるの。」

「さくらがいに似た色だね。」

「そうかしら……そういえばそうね。」

次女は、まんざらでもなさそうに、指をひらいて左手をかざした。

ペール・ピンクか、と彼は二階の自室へ戻りながら思った。もしもあのころ本気でマニキュアをしようと思ったら、おそらく自分もあの色を選んだだろうな。

いまから三年半ほど前までの二十年間、彼は、自分の手の爪のことで人知れず心を痛めてきた。彼は自分の爪を恥じていて、人前に手を出すのを躊躇《ためら》う気持が強かった。なぜなら、自分の爪の色が、他人にはほとんど見かけることがないほど病的だったからである。

病的といっても、緑色や褐色だったわけではない。それでは、どんな色だったかというと、薄い紫色である。正常な爪の色は、濁りのない血液が透けて見えるような淡いピンク色だろうから、薄紫はかなり病的な色だといっていいだろう。

かつては、彼の爪も綺麗なピンク色をしていた。その記憶は確かにある。それが、いつから濁った薄い紫に変色したのかわからないが、気がついたのは三十代の後半であった。彼は、そのころからすでに文章を書いて暮らしを立てていた。毎日いちどは机の上に両手を載せて、右手には筆記用具を握っていたから、普通の人よりも自分の手の様子を間近に見ている時間が長かったのである。

最初、自分の爪が薄紫に変色しているのに気がついたとき、彼は全く驚きもしなければ不審にも思わなかった。というのは、彼は東北の田舎の呉服屋の子で、幼いころからよく久留米絣《くるめがすり》の着物を着せられて育ったからである。久留米絣を着ていると、藍《あい》が落ちて、手が薄青っぽく染まってくるのだ。終日机に向かって仕事をするようになってからも、彼は久留米絣を仕事着にしていたから、てっきり藍のせいだとばかり思っていた。

ところが、浴衣やポロシャツの季節になっても、爪の病的な色は、薄れも、消えもしなかった。いくら念入りに洗っても落ちなかった。もともと藍などのせいではなかったのだと思わざるをえない。血液そのものから赤みが失せて、濁り、よどんでいるのだと思うほかはなかった。

そうだとすれば、原因として思い当たることが、二つあった。睡眠不足と、過度の喫煙である。彼は年中仕事に追われていて気の休まるときがなかった。仕事の量が多かったのではなく、彼の仕事の仕方が遅かったからである。彼は、どんな筆記用具を用いても、鉄筆でガリ版の原紙を切るようにしか書けなかった。これでは能率が上がらない。仕方なく睡眠時間を削ることになった。眠気ざましの煙草《たばこ》を口から離せないことにもなった。彼は毎日五、六十本の煙草を灰にしていた。

ひどく書きあぐんで、眠れない夜がつづいたりすると、爪の紫色が一段と濃くなる。まるでインクを染み込ませたようであった。爪ばかりではなく、からだ全体に病的な変化の自覚があった。家に閉じ籠《こも》りがちなのに、顔は日焼けしたようにどす黒くなり、目は黄色く濁り、肌には艶がなくなっていた。からだは、いつも水を吸った丸太ん棒のように重かった。

血液には赤みを、肌には艶を、からだには軽快さを取り戻す手立ては、一つしかない。仕事をやめることである。仕事をやめれば煙草の量も自然に減るはずである。けれども、それはできない相談であった。

彼が半ば本気でマニキュアのことを考えるようになったのは、ある晩、酒場の女が彼の手を取ってみて、あら、奇妙なマニキュアねえ、と嘆声を発したのがきっかけであった。女は、彼がわざわざ紫色のマニキュアをしているのだと思ったのである。

彼はふと、本当にマニキュアというものをしようかと思った。淡いピンク色のマニキュアを。このままでは、酒場の女のような誤解をする人がほかにもいないとも限らない。せめて大勢の人の前に出てなにかをするときは、マニキュアをした方がいいのではないか。

それにしても、男性用マニキュア道具などあるものだろうか。彼は、デパートに立ち寄る機会があるたびに、さりげなく化粧品売場を行きつ戻りつしてみたが、見つけかねた。さりとて、店員に尋ねる勇気もなかった。マニキュアの試みは不発に終わった。

ちょうど三年半前に、彼は北の郷里へ帰省中、突然、大量の吐血に見舞われ、救急車で土地の総合病院へ運ばれた。胃袋に、いつの間にかストレス性の潰瘍が出来ていて、そこが昼食に食べた肉塊にえぐられたのであった。

彼は、そのまま入院させられた。煙草とライターはその日のうちに取り上げられた。医師たちは、切らずに時間をかけて治す方針だったが、途中、肺炎を起こしたりして、入院生活は予定より長引き、二ヵ月に及んだ。

退院が近くなったころのある日、うら若い看護婦が二人きて、手の爪を切らせてほしいといった。考えただけでも、くすぐったいことであった。

「手の爪ぐらい、自分で切るよ。」

「でも、これも私たち見習いの訓練の一つなんです。切らせてください。お願いします。」

彼は仕方なく片手を預けた。途端に、見習い看護婦のひとりが叫ぶようにいった。

「まあ、綺麗な爪。さくらがいみたい。」

彼は、びっくりして、もう一方の手の爪を見た。濁った血を大量に吐いてしまったせいか、爪はいつの間にか淡いピンク色を取り戻していた。彼は、世にも珍しいものを見る目で、自分の爪を見詰めた。


次女が、彼の部屋の襖《ふすま》を細目に開けた。

「じゃ、いってきます。」

「手を見せろよ。」

と彼はいった。襖の隙間から片手が出た。

「はい。さくらがいが五つ。」

と次女がいう。

「こっちは細工しないでも、さくらがい。」

彼はそういって、襖の隙間へ手の甲を向けた。

ブレックファースト

海猫が一羽、目の高さの宙に浮かんで、ゆらゆらしている。

目の高さ、といっても、ここは市内で最も背の高いホテルの最上階にあるレストランだから、地上からでは三十メートルほどの高さになろうか。

レストランは、南側と東側と北側の三方が広いガラス張りになっていて、それに沿って白布に覆われた食卓がいくつも並んでいる。彼は、入口から最も遠い、北東の隅の食卓にいた。二人用のちいさな食卓だったが、彼は、眺望を楽しむために、他の食卓には背を向ける位置に腰を下ろしていた。

時刻は、午前七時を過ぎたところ。レストランは店を開けたばかりで、広い店内の空気はひんやりとしている。客は、彼のほかには誰もいない。

海猫は、東側の窓からすこし離れたところに浮かんで、ゆらゆらしている。強靭そうな翼を左右に張って、もともと鋭い目をことさら炯々《けいけい》とさせているかに見えるが、別段なにか獲物をねらっているふうもない。第一、こんな市中のホテルの周辺に、海猫の好物など転がっているわけがない。

早春の穏やかな朝で、海から昇って間もない、まだ濡れているような陽が、海猫の胴体の白い羽毛を薄桃色に染めている。地上のあちこちに消え残っている薄汚れた雪も、輝いて見える。北側にひろがっている工場地帯の煙突からは、澄んだ青空へ煙がまっすぐに立ち昇っている。すると海猫は、海が時化《しけ》でもないのにわざわざ街まで飛んできて、ビル風とやらと戯れているのだろうか。

「お早うございます。」

と若い蝶《ちょう》ネクタイがきて、彼の前にメニューをひろげる。髭剃《ひげそ》りあとのローションが、うっすら匂う。

「和定食に、洋定食、それにおかゆ定食もございますが。」

「洋定食にしよう。」

と、彼は迷わずいう。

ジュースはトマト。オートミール。卵は目玉焼き、ベーコンを添えて。あとは、クロワッサンがあれば一つ、なければトースト に、濃いコーヒー。

彼は、血圧が少々高くて、家では、塩分や脂肪分やコレステロールを多く含んでいるといわれる食品を制限されている。卵も、ベーコンも、クロワッサンも、トーストに塗るバターも、濃厚なコーヒーも、かつてはどれも好物だったのだが、いまや彼の食卓に姿を見せることはめったにない。

けれども、ここは口うるさい妻から遠い旅先である。この地方の出で、もう三十年越し東京で暮らしている彼は、このたびこの市の市民大学に招かれて、ゆうべ、公民館でまずまず無難に二時間の講座を済ませた。そのあとに慰労の酒で、ひさしぶりに酩酊して熟睡したせいか、今朝はいつになく気分が晴々としている。

こういう朝の食事には、かつての好物たちと再会し、互いに久闊《きゅうかつ》を叙し、旧交を温めることが、一つの生き甲斐としてあらゆる病者に許されるべきではなかろうか。

彼は、ベーコンを切らずに頬張って、口のなかが脂《あぶら》だらけになるのを楽しんだ。トーストにはバターをたっぷりと塗った。嬉しいことに、目玉焼きは二個であった。それに食塩と胡椒《こしょう》を好きなだけ振りかけ、ナイフとフォークを手に取ったとき、背後で、

「あれ、鷗《かもめ》が。鷗があったらところに浮かんどる。ヘリコプタみたいに。」

と老いた婦人の声が起こり、

「ありゃあ、鷗じゃねえ、海猫よ。」

と訂正する枯れた男の声がそれにつづいた。

どうやら二人は、彼の背後の、東側のガラス張りのそばの食卓に就いたらしい。彼は、相変わらず東側のガラス張りのむこうに浮かんでいる物好きな海猫へちらと目をやってから、目玉焼きへナイフを入れた。

「おめさん、鷗と海猫はちがうのかし?」

背後で老女が訊いている。

「そりゃあ、ちがうのせ。ほれ、尾羽を扇子みたいにひろげて、せわしく右や左へ傾けておろう。ああして、風とうまく折り合いをつけて浮かんどるんじゃが、よう見ると、あの尾羽に黒い横帯があろうが。あれが海猫の特徴よ。鷗は海猫よりすこし小形で、よう似とるけんど、尾羽に黒帯

がねえ。」

「いまは山の男だども、若いころは漁師だったこともあるすけにな。」

「それもたった二年だえ。」

「たった二年でも、漁師は漁師せ。」

そんなやりとりを背中で聞きながら、彼は、二人が夫婦で、齢のころは七十前後と見当をつけた。二人の食卓には、和定食が運ばれた。

「……うめえ。」と、間もなく老妻が嘆声を洩らした。「世ん中に、米の飯よりうめえもんはあるめえよなし。」

「んだ。昨日の披露宴の西洋料理には、往生したな。これで、ようよう胃袋が落ち着いたで。」

二人の話す田舎言葉は、彼が子供のころに馴染んだ在所の言葉によく似ている。彼は、懐かしさのあまり、つい聞き耳を立てていた。

この老夫婦は、昨日、孫の結婚式と披露宴に招かれて山を降り、ゆうべは披露宴がおこなわれたこのホテルに宿泊したのであった。ショウの舞台を思わせるような披露宴の華やかさに度胆《どぎも》を抜かれた話がしばらくつづいて、夜の話になった。無論、街のホテルで一夜を過ごしたのは、二人にとって初めての経験であった。

「ゆうべの寝台の広さには、びっくらしたなあ、おめえさんよ。おらは、世ん中に、あったら広い寝台があるとは思わねかった。」

老妻がいった。

「んだ。あれは広かったのう。あんまり広くて、おらはしばらくの間、汝《うぬが》と二人で、どこにどう寝たものかと苦慮しておった。」

「苦慮だと。子供みたいにごろごろ転げ回っていたくせに。」

「なんぼ転げても落ちねかったな。」

「おらが止めてやったしの。寝台のいっとう端っこに固くなって寝てたら、おめさん、おらにぶつかって止まったろうし。」

「んだっけか。酔ってたすけに憶《おぼ》えておらん。」

「とぼけてら。若いもんの真似ばっかして。」

それから、お新香を嚙む音だけになったが、やがて、老妻が唐突にこう呟くのが耳に入って、彼は思わず背筋を伸ばした。

「……ゆうべは、すこしひりひりしたけんど、今朝は、はあ、なんともね。おめさんの方は？」

返事はなかった。背中合わせになっている老人の表情はガラス張りにも映っていない。

「この焼き魚は、なにえ？」

老妻が何事もなかったように訊いている。ところが、かつての漁師にもわからなかったとみえて、蝶ネクタイを呼んだ。

「この焼き魚は、なんだっけ？」

「銀鱈《ぎんだら》でございます。」

「そうそう、銀鱈。切り身にすればわからねもんよ。」

「うめえ魚だこと。」

「そりゃあ、うめえ魚だ。」

老人がわざとらしく舌鼓《したつづみ》を打つのがきこえた。

――ふと気がつくと、いつの間にか海猫の姿が消えている。赤みの薄れた陽射しが眩《まぶ》しい。

ふなうた

市兵衛は、八十歳になるまで、傘寿《さんじゅ》という言葉を知らなかった。おなじさんじゅでも、傘寿でなくて三寿というのは、弱年のころ祖父からおそわったのをいまでも憶えている。確か、中国最古の詩に出てくる言葉で、百歳を上寿、八十歳を中寿、六十歳を下寿といい、三寿というのは、この三種類の長寿の総称だということであった。

これに比べると、傘寿というのは、なにやら怪しげな言葉に思えるが、世間では、いつのころからか、八十歳の祝いという意味に用いているようである。といっても、傘と長寿の間にはどのような関わりが、などと考えてはいけない。理由は、ただ、傘の略字の仐を上下に分ければ八十と読める、というだけのことであるらしい。

市兵衛は、いまは味噌造りの家業を任せている総領息子から、初めて傘寿という言葉を聞かされた。今年はちょうど八十歳だから、ひさしぶりに一族が顔をそろえて傘寿の祝いをしたいと思うが、どうだろうかというのである。

年々、賑《にぎ》やか嫌いになっている市兵衛は、あまり気が進まなかった。傘寿という言葉も気に入らなかった。

「傘寿か。なんだかインチキ臭いのう。爺《じじい》に蛇《じゃ》の目は似合わんぞ。」

「そんなことをいったら、喜寿も米寿もインチキじゃないですか。喜寿のときは、あいにくお父さんの入院騒ぎでお祝いが流れてますからね。その分も一緒に祝うことにしてるんです。それに、ちかごろ、甥《おい》や姪《めい》たちのうちにお祖父《じい》ちゃんの顔を忘れたというのが増えてるらしい。やっぱり今度の傘寿を見送る手はないですよ、お父さん。」

総領息子はそういった。

三年前に入院騒ぎを起こしたのは、軽い脳梗塞で倒れたからである。それ以来、市兵衛は、それまで彼の性格のうち最も顕著な特色だった頑固さをすっかり失って、何事にも、老いては子に従えの流儀で臨むようになっている。

このたびも、結局、総領息子が持ち込んできた傘寿の祝いの件を承諾したが、一族というのは大袈裟だから、出席者は五人の息子や娘とその配偶者たち、それに合わせて十二人の孫たちだけにして貰った。それでも、祝って貰う当人を含めて総数二十三人になる。さいわい、物好きな先代が、木造ながら暖炉もシャンデリアもある和洋折衷のだだっぴろい応接間を遺《のこ》してくれたから、そこを会場に当てて、アップライト・ピアノのほかに不足な椅子やテーブルを運び入れた。但し、余興は、どんちゃん騒ぎとカラオケは遠慮して貰って、せいぜい大人たちは隠し芸、子供たちはお稽古事の成果の披露に留《とど》めることにした。

市兵衛の誕生日は、六月十一日である。その年の暦の上では梅雨入りの日であったが、この地方では、降らずに終日蒸す年が多い。浴衣で汗ばむ年もある。市兵衛は、いつものつもりで、単《ひとえ》で祝宴へ出るつもりでいたが、その年は、昼を過ぎてからしとしと雨になった。煙草のけむりを追い出すために、洋風の窓を左右に押し開けると、ひんやりとした大気に乗って細かな雨粒が会場へ舞い込んできた。シャンペンを抜く音も、心なしか湿り気を帯びてきこえた。市兵衛は、袷《あわせ》に着替えて会場にあらわれ、参会者一同から祝いの言葉を受けた。それから、乾杯を済ませて安楽椅子に腰を下ろすと、忽ち下半身を膝掛け毛布で包まれた。老人にとって風邪は最も厄介な難敵なのである。

ひとしきり、飲食のざわめきがつづいたあと、ぼつぼつ孫たちの余興がはじまった。司会は、土地の放送局でアナウンサーの見習いをしているという孫娘が務めた。珍しかったのは、小学一年坊主の太極拳の演技で、あとは独唱、二重唱、それに楽器の演奏が多かった。

市兵衛は、孫のひとりのバイオリンで浮き気味になった歯の根を落ち着かせようと、病後はめったに口にしないシャンペンを三口も飲んで、うとうとしたが、ロシアの、という司会者の声で、目を醒《さ》ました。

ピアノのそばに、まだ小学生だが、髪を三つ編みにして背のひょろりとした孫娘がすまし顔で立っていて、司会者はこれからその子が演奏する曲の解説をしているらしい。

「……チャイコフスキーもまた、ロシアの有名な作曲家のひとりで、バレエ組曲〈白鳥の湖〉はどなたでも御存じだと思います。チャイコフスキーには、このような大作ばかりではなく、可愛らしいピアノ曲もあります。たとえば〈四季〉のような。この〈四季〉というピアノ曲集は、まだ不遇だったころのチャイコフスキーが、ある音楽雑誌に毎月一曲ずつ一年間連作したもので、一曲一曲に、それが発表される月にふさわしい標題がつけられています。五月には〈白夜《びゃくや》〉、十一月には〈トロイカ〉というふうに。今日は、この〈四季〉十二曲のうちから、お祖父ちゃまの誕生日である六月の曲を、小学五年生の森崎加奈ちゃんに弾いて貰うことにします。ちなみに、六月の曲の標題は〈ふなうた〉です。」

可憐な演奏者は、両手で短いスカートの裾をつまみ、ちょっと膝を折り曲げると同時に首を一方へ傾けた。拍手が湧いた。みんなは安楽椅子の市兵衛を注目した。彼の拍手が、最も高くて、しかも長くつづいたからである。

「誰か歌わないか。ピアノの伴奏で歌えよ。」

市兵衛は息子たちへそういった。息子たちは、訝《いぶか》しそうに顔を見合わせている。これは歌曲ではないのである。

市兵衛は、安楽椅子の上でそっと身じろぎをしながら、最も楽な姿勢に坐り直した。見縊《みくび》ってはいけない、と彼は思った。わしがロシアの〈ふなうた〉を知らないとでも思ったら、大間違いだ。わしは、知っているどころではない。あれは、わしにとって忘れようにも忘れられない唄なのだ。わしの骨の髄まで沁《し》み込んでいる唄だ。まるで夢のようではないか、こうして八十歳まで生き延びて、傘寿とやらの祝いの席であの唄を聴くことになろうとは——。

ピアノはなかなか鳴り出さなかった。市兵衛は、弾き手が大人たちのざわめきに不安をおぼえたらしく、まだ両手を前に組んで立ったまま、おずおずとこちらを窺《うかが》っているのに気がついた。「さあ、安心してお弾き。」と、市兵衛は弾き手に優しく声をかけた。「こっちを気にすることはないんだよ。こっちはこっちで勝手にするんだから。」

弾き手は、ちょっとの間きょとんとしていたが、祖父の脳に古傷があるのを思い出したのか、わずかに首をすくめると、ようやく椅子に腰を下ろしてピアノに向かった。

「おい、あんまり大きな声で歌うなよ。小鳥はすぐに怯《おび》えるからな。」

市兵衛は、息子たちを振り向いてそう囁くと、胸の上に腕を組んで目をつむった。

演奏がはじまった。

市兵衛は、すぐに目を開けた。ピアノの調べが、すでに彼の頭のなかで鳴り響いていた旋律とはあまりにもちがいすぎたからである。けれども、弾き手が曲を間違えたのではなかった。孫は落ち着いて弾いていた。すると、これは前奏というものであろうか、と彼は思った。が、前奏にしてはいささか長すぎるような気がしないでもなかった。彼は、息子たちの様子を盗み見た。誰もが天井へ目を挙げたり、首をうなだれたりして、静かに聴き入っていた。勿論、ピアノに合わせて歌い出す者は一人もいなかった。曲がちがうのだから、歌おうにも歌えないのだ、と市兵衛は思った。

演奏は五分あまりで終わった。

「上手、上手。アンコールだな。」と、拍手が鳴り止んでから市兵衛はいった。「ねえ、お祖父ちゃんのために、もういちどだけ弾いてくれないかな、ロシアの〈ふなうた〉を。」

弾き手と司会者が、顔を見合わせてうなずき合った。再び拍手が起こった。

——市兵衛は落胆した。縺《もつ》れがちな舌を操って、ロシアの〈ふなうた〉を、と念を押したにも拘《かか》わらず、アンコールの演奏も前のと全く同じだったからである。これもまた〈ふなうた〉なら、ロシアにはすくなくとも二種類の〈ふなうた〉があるのだと思うほかはない。

市兵衛は、目をつむってじっとしていた。彼の頭のなかには、あの夜の〈ふなうた〉がよみがえりつつあって、もはや孫のピアノは耳に入らなくなっていた。

あの夜、というのは、忘れもしない、昭和二十年八月十五日の夜のことである。

そのころ、市兵衛は、軍に召集されて満州（いまの中国東北部）にいた。初め、十八年の十一月に黒竜江省の訥河《ノンジャン》駐屯独立守備隊に配属されたが、翌年の六月に、単身、ソ満国境の阿爾山《アルシャン》に赴任した。幹部候補生あがりの陸軍中尉で、中隊長であった。

二十年八月九日の未明、ソ連空軍が不意打ちに阿爾山を爆撃した。それ以来、市兵衛の中隊は、撤退する部隊の後衛としてソ連軍の追撃をかわしながら、大興安嶺の山中を転戦しながら彷徨《さまよ》うことになる。

この間《かん》、どの部隊も壊滅的な打撃を受けて兵隊もちりぢりになり、十三日の夜、五叉溝というところにあった師団本部に辿《たど》り着いたのは、大隊長以下四十八人にすぎなかった。師団本部は、もぬけの殻であった。夏だから、白夜のなごりで、午後の八時過ぎまで足許が見えるほど明るい。無人の師団本部には、撤退を急ぎすぎて見捨てたと思われる米や缶詰の貯《たくわ》えが、すくなからず残っていた。それらを近くの五叉溝山の陣地へ運んで、たらふく食った。煙草もふんだんに吸った。誰もが、もはや自分の命脈がいくばくもないと思い込んでいた。

山の上から見下ろすと、撤退する友軍を追って南下していくソ連軍の機甲部隊が川のように眺められる。まことにおびただしい物量の行進であった。兵士も道を埋めて長蛇の列をなしていた。生き残った大隊長以下四十八人は、このソ連軍の密集地帯をなんとか脱出して、南下を急ぐほかに助かる道はないのである。

その夜は山上で眠り、翌十四日の夜、遅くなってから全員で山をくだった。山の南斜面の白樺林に散開して、ひと足ずつ静かにくだり、バイカル湖へ注ぐハルハ川を越えて道端の草叢《くさむら》にひそんでいると、すぐ目の前をソ連軍が通っていく。もしも彼らの行軍が夜通しつづくとすれば、脱出の道は鎖《とざ》されてしまうことになる。

絶望的な気持と闘いながら見守っていると、奇蹟が起こった。午前零時になると、途端に行軍がぴたりと停止したのである。兵士たちは戦車をなかに円陣を組んで、夜営の準備をはじめるらしい。それを確認してから、またそっと山の斜面を登って、陣地へ戻った。

ひょっとすると、ソ連軍は、午前零時にはすべての行動を停止して、休息するのがならわしなのではなかろうか。そうだとすれば、脱出の道がわずかにひらけるわけである。明晩、もういちど山をくだってみて、ソ連軍の動きが予想通りだったら、思い切って脱出を決行しよう――大隊長を中心にそんな相談が纏《まと》まった。

翌日は、八月十五日であった。終戦の日だが、そんなことは誰も知らなかった。さいわい、星明かりもない暗夜になった。昨夜のようにして山をくだり、土手道の斜面に貼りついて息を殺していると、噎《む》せるような草の匂いのなかをソ連軍が通る。

それが遠くからきこえてきたとき、市兵衛は、狼の声かと思った。狼の遠吠えは何度も聞いたが、そいつに似ているような気がしたのである。ところが、それは土手道をソ連の兵士と一緒に近づいてくる。やがて、狼ではなく人の声だとわかった。歌声であった。

おそらく、喉自慢の、うら若い兵士だろう。張りも艶《つや》もたっぷりとして、伸びやかな、まことに美しい声であった。歌は、のどかな感じがするほど、おおらかな節回しで、市兵衛には、エイコーラ、という言葉しかわからなかった。

（エイコーラ、エイコーラ、ラン、ラン、ラララン、エイコーラ）

とつづき、エイコーラが何度も繰り返される。

姿は見えなくて、天に谺《こだま》を呼ぶような朗々とした声だけが、エイコーラと通っていく。市兵衛は、ここが戦場であることも、恐怖も忘れて、聞き惚《ほ》れていた。なんという美しい声だろうと思った。あんな美声の持主がこの世にいるとは思わなかった。

「あれは確か〈ふなうた〉だよ。なんとかの〈ふなうた〉ってんだ。」

歌う兵士が通り過ぎてから、そばで誰かがそう囁くのが耳に入った。

もし今夜の脱出が不成功に終われば、おそらくあのロシアの〈ふなうた〉が、自分にとって、生きているうちに聴くことができた最後の唄ということになるにちがいない。けれども、自分は生涯の終わりにあんな美しい唄が聴かれたことを、幸福だったと思わなければいけないだろう。市兵衛はそう思い、酔ったような気持で、遠ざかっていく歌声になおも耳を澄ませていた。

突然、ピアノの音が止んだ。曲が終わったのではなく、安楽椅子の方からきこえてくる呻《うめ》き声に弾き手が怯えたからである。

みんなは無言で不安そうに市兵衛を見詰めた。

けれども、市兵衛は苦しくて呻いているのではなかった。呻くように泣いているのでもなかった。彼は、歌っているのであった。土手道を遠ざかっていく若いロシア兵士の声を追いながら、我知らず、懐かしい〈ふなうた〉を口ずさんでいるのであった。

こえ

a

先に、あ、とちいさなこえを洩らしたのは、妻の方であった。つづいて、夫が低く、短く呻《うめ》いた。

あとは、どちらのものとも知れない、太くて長い吐息の気配が、いくつか、遠い笛のような音色を引きながらひそやかに流れただけである。ベッドが微《かす》かに軋《きし》みもしないところをみると、妻がこえを洩らし、夫が呻いた直後から、二人は途中でゼンマイがほどけてしまった人形のように、身じろぎもせずにいるらしい。

闇が、ひときわ濃密になった。

おい、と、やがて夫が妻にいくらか不安げなこえをかけた。妻はすぐに答えたが、いつの間にか、風邪でもひいたような鼻ごえになっているのが、訝《いぶか》しい。

おまえ、さっきなんかいったね。

さっきって？

夫は口籠《くちごも》った。どういえばいいのか。さっきだけでわかりそうなものだが。とぼけなさんな。

もう、照れる齢でもあるまいに。

さっきは、さっきだよ。なにをいったのかね。

なんにもいわないわ。

でも、きこえたがな。

あれは、ただのこえですよ。ひとりでに口を衝《つ》いて出たんだわ。

悲鳴かね。

え？……よくきこえなかった。

話が遠いな。

夫は独り言を呟いた。ベッドが軋んだ。すると、妻がちいさく叫ぶようにいった。

駄目よ、あなた、下手に動いちゃ。そのまま、じっとしてて。

夫婦は、お互いのベッドをぴったりとくっつけていて、これは結婚当初の思いつきを惰性でつづけているにすぎないのだが、十年ほど前から、たまさか睦《むつ》み合うときに、なるべく体力を消耗せぬようにと、どちらも横になったままからだを交叉させるだけで済ませるようになって、改めて寝床を広くしておいてよかったと思った。

ただ、二人のからだが、手鋏《てばさみ》をいっぱいにひらいたような形になるから、頭は枕から落ち、顔と顔との間に隔たりが出来る。自然、話が遠くなる。

さっきのこえは、悲鳴じゃなかったかと訊《き》いたんだよ。

夫がすこし間を置いてからいった。

あなたは私を痛い目に遭わせたつもり？　ところが、あれは悲鳴の反対だったの。

妻のこえは、笑いを含んでいた。

悲鳴の反対なら、愉悦のこえということになる。夫は、ちょっと驚いていた。妻のその種のこえは、ほとんど聞いたことがなかったからである。

妻のからだが、歓《よろこ》びを感じない質《たち》なのではなかった。夫婦は、ちょうど盛りのころにあいにく貧しく、隣室との境がベニヤ板だけで仕切られているような安アパートにしか住めなくて、妻は、夜ふけのこえを嚙み殺す癖がついたまま齢を重ねたのであった。

ようやく自分たちだけの家が持てたとき、夫は、もう叫ぶなり喚くなりして構わないのだよと妻に囁いたが、妻は容易にそれまでの癖から脱け出せなかった。

あんなこえを洩らしたの、初めてじゃないかしら、私。びっくりしたわ。

妻が恥ずかしそうにいった。

こっちだって、びっくりしたよ。どういう風の吹き回しだったんだ。

なんだか知らないけど、急に頭の芯がじいんと痺《しび》れて、ひとりでにこえが……。

妻のからだになにが起こったのか、夫には見当がつかなかった。結婚して三十五年にもなる、五十も半ばを過ぎた妻のからだの、内にも外にも、まだ自分が触れたことのない処女地などがあるわけもない。とすると、これまで全く気がつかずにいた一つの壺《つぼ》を、自分が偶然、ある角度と適度な力で刺激したとしか考えられない。

健康で、万事に淡泊でもない夫婦が、そんな壺のありかを三十五年間も知らずにいたなんて。で、あなたの方は？

それだけだったが、夫には妻がなにを尋ねたかがわかった。

危なかったよ。思わぬ声を聞いて、もうすこしでお陀仏《だぶつ》だったけど、堪《こら》えたさ。

じゃ、もういちど試してくださる？

夫は、黙って探りはじめる、さっきの角度と、力を思いだしながら。闇のなかからは、ゆっくりとしたベッドの軋みだけがきこえている。……

b

そのとき、彼はストックホルムのアーランダ空港にいた。

夏の早朝で、乗り継ぎの待合所のある建物の二階は、白夜のなごりなのか青みを帯びた仄暗《ほのぐら》さに包まれて、ひっそりとしていた。

彼は、コペンハーゲンからスウェーデン航空で着いたばかりであった。ここからは、フィンランド航空でヘルシンキまで飛び、そこでロバニエミ経由のラップランド行きに乗り換えることになる。彼は、ロバニエミまでいくところであった。

ロバニエミという町は、緯度でいえば北極圏の入口に当たっていて、サンタクロースのふるさととして名高い。けれども、彼は別段サンタクロースに関わる用でその町へいくのではなかった。そこをベースにして、北極圏内に散在するラップ族の集落を訪ね、そこで暮らしている人々と彼等が飼育しているトナカイの写真を撮るのが目的であった。この撮影旅行で、堪え性のない女に逃げられた鬱憤を紛らそうとも思っていた。彼は、僻地《へきち》に生きる人間と動物を辛抱強く撮りつづけている、まだ三十前の写真家であった。

すぐそばに駐機場の見えるガラス張りに向かって、おびただしい数の椅子が並んでいる待合所には、まだ客は一人もいなかった。彼は、ヘルシンキ行きの搭乗口を確かめてから椅子の一つにカメラバッグを下ろし、隅の方のスタンドから度数の低いビールの小壜《こびん》を買ってきて、立ったまま喉をうるおした。

ところで、尾籠《びろう》な話だが、彼は、母親ゆずりの体質で、子供のころから、朝、目を醒ますと、きまって強い便意を催すのがならわしであった。彼の母親は、寝巻を着替えるのももどかしげに、厠《かわや》へ駈け込んだものだが、彼はそれほどでなくても、なにかの都合で堪えねばならぬときは、額が冷たく汗ばむほどの苦痛を味わった。

その朝、目を醒ましたのは、成田を発ってきたスカンディナヴィア航空機のなかであったが、便意は場所を選ばずにやってくる。彼はさっそく席を立ってしかるべき場所をめざしたが、驚いたことに、そこにはすでに長い行列が出来ていて、とても着陸態勢に入るまでに順番が回ってきそうにもなかった。

仕方なく、彼は堪えた。コペンハーゲン空港のトイレは、折悪しく清掃中で使用できなかった。そのせいか、ここへくるために乗ったスウェーデン航空機内のトイレも、離陸直後から満員で、なおも数人のひとが空くのを待っている有様であった。

けれども、このストックホルムのアーランダ空港の二階は、人気がない上に待ち時間はたっぷりとある。彼は、薄いビールを飲み干すと、すぐまたバッグを持ち上げた。スウェーデン語が話せなくて、スタンドの売子に場所を尋ねられないのが情けなかった。とにかく廊下を歩いてみて、それらしい標示の出ているドアを片っ端から押してみるよりほかはない。

ところが、案ずるより産むが易《やす》かった。待合所を出て、すぐ右手にある、自分の背丈の倍もありそうなドアを開けてみると、そこが探そうとしていた場所だったのである。照明は消えたままで、人の気配はしなかった。彼はほっとしたが、気を弛《ゆる》めずにいちばん奥までいった。

彼は、びっくりした。さすがは大男の国で、ドアの内側はその気になれば歩き回れるほどの個室であった。おまけに、鏡を備えた立派な洗面台まである。彼は、部屋の清潔さに満足し、至福を感じながらゆっくりと用を足した。

しばらくすると、すぐ身近で人ごえがした。他人がいるとは思わなかったので、ぎくりとした。隣人の独り言が境の壁越しにきこえてくるのかと思ったが、そうではなかった。壁は天井まで届いていて、隣と共有する空間がない。彼は、中指の関節で軽く壁を叩いてみた。固くて、厚そうな感触であった。たとえ隣に誰かがいたとしても、その呟きが壁を通してきこえてくるとは思えなかった。

こえは、依然としてつづいていた。柔らかな囁きごえである。情の深そうな中年女のこえのように思われた。彼は、注意深くあたりを見回し、女の囁きを耳で辿って、遂に洗面台の真上の天井にちいさなスピーカーが埋め込まれているのを発見した。密閉された個室だから、そんなところから落ちてくるこえでも、まるで耳のそばで囁かれているかのように、息遣いまではっきりきこえるのだ。

女の囁きごえは、綿々とつづいた。彼には、一言も理解できなかったが、それはおそらく航空会社の案内かなにかであっただろう。けれども、彼には、相手が自分だけに話しかけているようにしかきこえなくて、それは愛の囁きのようにも、自分を引き留めるための口説きのようにもきこえるのだった。

彼は、とっくに用を済ませていたが、立ち上がる気にはなれなくて、頑丈な便器に坐り込んだまま、うなだれて心に沁《し》みるようなこえに聴き入っていた。

c

この春も、菊枝は、四国のぎんの幻聴電話に随分悩まされた。この春もというのは、それが十年ほど前から木の芽時のならわしになっているからである。

ぎんは、神経を病んでいる。気の毒だが、自分でもそういっているから、事実だと思うほかはない。病気が重くなると、自分でそれとわかるとみえて、進んでその筋の病院に入院する。楽になってくると、勝手に飛び出してくる。ぎんの実姉も同病だが、こちらは重症で、長年入院したきりだという。そういう血筋なのだろうか。

菊枝は、ぎんにまだいちども会ったことがない。ただ、先方からかかってくる電話で、こえを知っているだけである。そのこえも、話し方も、この十年間全く変わっていない。いま、初めて電話でぎんのこえを聞く人は誰しも、相手はおそらく甘えた物言いをする二十三、四の娘だろうと思うにちがいない。実は菊枝も最初はそんな見当をつけたのだが、二度目の電話で、ぎんの正確な年齢を知ることができた。ぎんは、そのとき、問わず語りに、自分は器量よしでもないし、もう三十も半ばだから、そろそろピンクサロンの勤めをよそうかと思うといって、菊枝の意見を訊いたのである。菊枝は面食らって、そうねえ、を繰り返すだけだったが、それから十年経っている。ぎんはもう四十半ばになっているはずだが、不思議なことに、こえの若さと甘えた物言いは十年前とそっくりである。これは神経を病んでいることとなにか関わりがあるのだろうか。

幻聴電話というのは、電話そのものが幻聴だというのではない。ぎんからの電話が、例外なく自分の耳を訪れる幻聴を訴えるものだという意味である。どんな幻聴かというと、すべて人間のこえである。どんな人間のこえかというと、それが菊枝の夫のこえである。

菊枝の夫は洋画家で、年に何度か独りで写生旅行に出かける。ぎんの住む四国へも二、三度いった。けれども、夫はぎんという名の女など全く知らないといっている。顔を合わせたことは勿論、電話で話したこともない。ピンクサロンという店に足を踏み入れたこともない。

それなら、なぜ、ぎんの耳に菊枝の夫のこえがきこえるのだろう。

十年ほど前、ぎんは、さる高名な精神科医の診断を受ける機会を得て上京した際、銀座の画廊で、偶然、菊枝の夫の近作展を観た。ぎんには初めての画家であったが、いちどで大層気に入ってしまった。ぎんの耳に、時々菊枝の夫のこえがきこえるようになったのはそれからだという。

ぎんからの最初の電話は、こうであった。夜の十時ごろであった。

先生の奥様でいらっしゃいますぅ?

さようですが。

先生、もうお戻りになりましたぁ?

いいえ、まだ戻っておりませんが。

変ねぇ。どこに引っ掛かっていらっしゃるのかしら。

クラブのホステスか、と菊枝は思った。

どんな御用でしょう。

ゆうべね、先生からお電話があったんですぅ、これからそっちへいくからって。ところが、とうとういらっしゃらなかったの。それで、もう東京へお戻りになったかと思ってぇ。

……東京へって、あなたはいまどこにいらっしゃるの？

四国ですぅ。

相手は瀬戸内海沿岸の小都市の名をいった。菊枝は、びっくりした。

主人はずっと東京におりますよ。

でも、ゆうべは四国におられました。

そんなことはありません。ちかごろ、旅行はしてないんです。

でも、さっき、まだ戻ってないとおっしゃったわぁ。

今夜は会合があって、都心へ出ているだけなの。

じゃ、お戻りになったら、お電話をくださるようにとお伝えくださいません？

あなた様は？

四国のぎんで、わかりますぅ。

菊枝は、夫に確かめるまでもなく、その電話の相手に異常なものを感じていた。案の定、帰宅した夫は、呆《あき》れて目をまるくした。

それは人違いだろう。

でも、相手は、あなたの姓名も、絵の名も二つ、三つ、正確にいったわ。

そんなら、おれの名を騙《かた》って四国のピンクサロンを荒らし回ってるやつがいるってわけか。

けれども、菊枝はその後、何度もぎんからの電話を受けているうちに、ぎんは思いのほか真剣に、きこえてくる夫のこえに耳を傾けていることに気がついた。ぎんには、電話がすべて夫のこえにきこえるばかりではなく、そのこえが、道を歩いているときでも、店で客待ちしているときでも、食事中でも、夜眠ろうとしているときでも、どこからともなくきこえてくることがわかった。ぎんがしばらく前から神経を病んでいることもわかった。

だけど、おれのこえがきこえるというけど、彼女はおれのこえをいちども聞いたことがないんだぜ。一体、どんなこえを聞いているのかね。

あるとき、夫がそういって首をかしげていた。そのことは、菊枝にも興味がないわけではなかったので、次の電話のときに尋ねてみると、ぎんはちょっと考えるように沈黙したあと、どんなこえって、先生のこえですぅ、と答えた。あとは、どんな尋ね方をしても、ぎんは、とにかく先生のこえですぅ、と繰り返すばかりであった。

ぎんの幻聴電話が、毎年、木の芽時に最も頻繁なのは、春の息吹《いぶき》で病気も躍動するせいだろうか。夫のこえが幻聴だということは、いまでは本人もうすうす知っているらしいのだが、それでも、耳許で優しく囁かれたりすると、つい、そのこえの主《ぬし》の所在を確かめないではいられなくなるのだろう。

この春は、例年よりずっと温暖だったせいか、夜、電話のベルを聞いただけでうんざりするほどであった。若葉が匂うころになって、そろそろ一段落だろうと思っていると、ある晩、例によって夫の所在を尋ねる電話があった。

あいにく旅行中なの。

ほんとですかぁ、と、ぎんは嬉《うれ》しそうなこえを上げたが、でも、あなたの方とは反対の北の郷里へね、というと、そうですかぁ、と声を落した。

じゃ、おやすみなさぁい。

病気が四十女にべそをかかせている。菊枝はそう思い、なんとなく躊躇《ためら》いながら受話器を置いて、歩き出そうとすると、もしもし、先生は、というぎんのこえがきこえた。菊枝は、足を止めて電話を振り返った。

受話器は正しく置かれている。電話は切れている。

空耳か、と歩き出すと、また、おやすみなさぁい、というぎんのこえがきこえた。あら厭《いや》だ、と立ち止まったが、菊枝は笑うのを忘れていた。まさかぎんの幻聴がうつったのではと、思わず小指で耳の穴を掻いてみた。

やぶいり

一夜のあらしが、満開の寒椿《かんつばき》を散らして去った。

あくる日は、朝からぬぐったように晴れ上がり、風もなく、日が高くなるにつれて、とても一月半ばとは思えぬ暖かさになった。

近頃では、珍しく穏やかな、やぶいりになった。

花鋏《はなばさみ》を手にして、庭へ降りてみると、てっきり、ゆうべの風に薙《な》ぎ倒されたとばかり思っていた日溜まりの水仙が、さいわいなことに、みな一方へひどく傾きながらも、蹲踞《つくばい》に頭を支えられて茎が折れずに済んでいる。大方の蕾《つぼみ》はまだ固かったが、なかにはそろそろ綻びかけている早咲きのがいくつかあって、そのあたりにうっすら春めいた芳香が漂っていた。

しゃがんで、覗き込んでいると、首のうしろが日に焼けそうだった。蕾が綻びかけているのや、まだ固いのを取り混ぜて、ちょうど十本、茎の根元から切り取った。すると、花鋏の音に誘われたように、末娘がお早うと濡《ぬ》れ縁《えん》に出てきた。末娘といっても、去年成人式を済ませた女子大生で、起きたばかりらしくネルのパジャマの上にカーディガンを着ている。この子は、どういうものか、成長するにつれて寝起きが悪くなってくる。

「なんだ……独り言だったのね。」

「なにか、きこえた?」

「ごめんね、ごめんねって。だから、近所の子供でもきているのかと思った。」

するとまだ蕾の固い水仙に詫《わ》びる言葉が、知らぬ間に口から洩れていたのだろう。

「あなた、学校は?」

「今日は休講。正月は気合が入らないのよね、教授が飲兵衛《のんべえ》ばかりだから。」

「じゃ、ちょっと手伝ってよ。」

と、よ志は、切り取ったばかりの水仙をそろえて、娘に手渡した。

よ志の両親の墓のある近県のちいさな町までは、浅草から私鉄の電車で一時間半はかかる。それに、浅草へいく途中で前から楽しみにしていた買物を一つするつもりだから、亡母の好きだった水仙には、このあと墓に手向《たむ》けるまでの四時間ばかりはあまり萎《しお》れないでいて貰いたい。

それで、厚く重ねたティッシュ・ペーパーに水をたっぷり含ませて、水仙の茎の切り口を包み、水がこぼれ落ちぬようにその部分だけをビニールの小袋に入れて、袋の口を輪ゴムできっちりと閉じてから、全体を厚手の包装紙で筒状に包み込むことにしている。

「そうか、今日はやぶいりなのね。」と、娘はやっと気づいたようにいった。「道理で、母さんの様子がどことなく生き生きしてると思ったわ。」

よ志は、黙って笑っていた。自分では、もはや、やぶいりなんぞに胸をときめかすような齢ではないつもりでも、はた目には、まだ小娘のようなところがどこかに残っているのが見えるのかもしれない。

「でも、いいお天気になってよかったね。」

「ほんと。ゆうべの吹き降りがおさまらなかったら、どうしようかと思ったわ。」

「あたしも今日は、やぶいりってことにしようかな。」

「なにいってんの。あんたなんか、毎日やぶいりしてるようなもんじゃないの。」

よ志は、そういいながら濡れ縁に上がると、両掌《りょうて》で娘の背中をとんとん押しながら家に入った。娘の肩越しに、水仙が匂った。


よ志は、夫をなくしてから独りで寝起きしている離れで、よそゆきの支度をした。ちかごろ最も気に入っている紬《つむぎ》に、亡母の形見の帯を締めた。防寒コートなど、かえってお荷物になりそうな暖かさだったが、両親の眠る町は晴れた日でも空っ風が強くて、底冷えがする。東京が汗ばむほどだからといって、油断がならない。

末娘に頼んだ水仙の包みは、母屋《おもや》の食堂の片付いた食卓の上に横たえてあった。手に取ってみるといわれた通りに処理してある。いくらか駄賃をやるつもりだったが、当人の姿が見えなかった。また眠気を催して二度寝をしに自室へ戻ったのか。それとも、自分だけのやぶいりをするつもりで、さっさと家を脱け出したのか。

内玄関を出て、通りに面した店を覗くと、息子はいなくて嫁が独りで店番をしていた。ちょうど新年会のシーズンで、息子は店に戻って一服してはまたすぐに配達に出かけていく。酒の小売りの商いも、息子でもう四代目ということになる。

「じゃ、いってきますよ。」

「はい、ごゆっくりね。お気をつけて。」

「悪いわね。忙しいときに私だけ勝手して。」

「なんの。年中無休の炊事仕事とちがって、私らには毎月定休日というものがあるんですもの。お母さんにも、せめて半年に一日ぐらいはお好きなように過ごして頂かないと、私らの気が済みませんわ。」

「でもね、やぶいりって、本当は私が留守番役で、あなた方が好きなように過ごす日なのよ。」

「あら、私は奉公人じゃありませんけど。」

「ところが、奉公人だけじゃなくて、お嫁さんやお婿さんたちも、子供を連れたり土産を持ったりして、里帰りしたもんなのよ、やぶいりには。」

「……じゃ、お母さんもお若いころには、そんなふうにして里帰りなさったんですか？」

「私が嫁にきてからは、主人の仕事の手伝いと子供たちの世話とで、手一杯よ。使用人もいなかったから、やぶいりどころじゃなかったわ。だから、この齢になっても、やぶいりに未練たっぷりなの。」

自分にも子供がいれば、いちどぐらいは里へ――と嫁が暗く呟くのを耳にして、よ志はそれっきり口を噤んだ。嫁にはまだ子供がいない。なにも産めないからだだときまったわけでもないのに、嫁はちかごろ、そのことで自責の念に駆られがちであるらしい。

前から楽しみにしていた買物というのは、上野の広小路にある帯締め専門の老舗《しにせ》を訪れて、気に入った色のを二本だけ選んで買うことであった。この店の品物は柔らかからず、固からず、どんな帯にもしっくりとして、締め心地がとてもいい。それに、色が豊富だから、目移りがするのを、最後には迷いを払って決断するのも一つの快感であった。

このたびも、いつもながらに迷った末に、薄い水色のと、小豆色のを選んだ。これで、この店から買った帯締めは、全部で何本になるだろう。けれども、よ志がいくら和服好きでも、帯締めの数だけ帯を持っているわけではないのは、いうまでもない。その上、和服のことなら大概の望みを叶えてくれた夫に死なれたからには、もはや新しい帯を締める機会はないと思わなくてはならない。だから、これから先は、手持ちの帯と帯締めをさまざまに組み合わせながら、印象の微妙な変化を楽しむだけである。

「毎度ありがとう存じます。」

いつも品選びの相手をしてくれる四十年配の男の人が、小型の漆盆にレシートと釣銭を載せて持ってきた。春らしい、明るい色の背広をきちんと着て、畳に膝をそろえている。よ志の方は、土間に並んでいる背もたれのない小振りな椅子に掛けていた。

「この前、お越しくだすったのは、確か昨年の七月の……。」

「半ばでしたわ。正確にいえば、やぶいりの日。」

「さようでした。」

彼は、額に手のひらを当てて微笑した。

「その前は、お正月の……。」

「ちょうど今日です。やっぱりやぶいりの日。」

「……でも、やっと今日、わかりました。」

「……なにがですか？」

「大変僭越《せんえつ》ですが、生け花の先生でいらっしゃいましょうか。」

「……どうしてです？」

「さっき、その紙包みから珍しい水仙のいいかおりがしたものですから。」

するると、これまでは、やぶいりのたびに財布をはたいていく、料亭の仲居かなにかと思われていたのだろうか。

よ志は、言葉を濁し、曖昧に笑って店を出た。


浅草のデパートの建物のなかにある私鉄の駅は、思いのほか混雑していた。ここにくるのは、せいぜい年に二、三度だから、いつもこんなに人出があるのか、それとも正月だからか、やぶいりだからか、よ志にはわからなかったが、この齢で一時間半も立ったまま揺られてゆくのは難儀なことだから、坐れる可能性のいちばん高い各駅停車に乗ることにした。

案の定、その電車は、駅の混雑ぶりからすれば不自然なほど、乗客がすくなかった。よ志は、容易に窓ぎわの席を取ることができた。やがて、向かいの座席に、まだ幼い子供を二人連れた小肥《こぶと》りの若い母親がきた。膨らんだ布製のバッグを手に提げて、角張った紙袋を小脇に抱えていた。よ志は、窓の上の網棚に横たえて置いた水仙と帯締めの包みが、重そうな布製のバッグに押し潰されそうで、頭上からすこし遠ざけたが、それは取り越し苦労であった。母親は、バッグを網棚に押し上げるにはいささか背が低すぎたのである。彼女は、窓ぎわに子供たちを坐らせ、自分は通路側の座席のはずれにバッグを置いて、それにもたれた。紙袋は、無言で会釈をして、よ志の隣の席に置いた。

よ志には、ひと目で、その親子がやぶいりで里帰りをするのだとわかった。母親も子供たちも取って置きと思われる衣服を着込んでいるのに、よそゆきの緊張感が乏しくて笑顔が絶えなかったからである。以前はこんな親子をよく見かけたものだが、年々すくなくなって、いまでは珍しい眺めになっている。

子供は、四つぐらいと二つぐらいで、どちらも女の子であった。電車に乗り馴れていないとみえて、動き出すと、驚いたように歓声を上げ、しばらくは窓ぎわを争うようにしながら走り去る風景に見入っていた。よ志は、どちらかが座席から転げ落ちそうな気がして、はらはらしながら両手を出した。

「一人、こっちへいらっしゃい。おばちゃんが抱っこしてあげる。」

「いいんですよ。」

と母親が、薄く笑いながら気怠《けだる》そうにいった。子供たちは、きょとんと、よ志の顔を見詰めていたが、やがて姉の方が母親を仰いで、

「おばちゃんだって。お婆《ばあ》ちゃんなのに。」

といって笑った。

母親は、微笑したまま、これ、といったきりだった。よ志は、憮然《ぶぜん》として手を引っ込めた。実際、よ志の頭にはちかごろ白髪《しらが》が増えている。夫に死なれてから、染める習慣を捨てたのである。よ志は、まだ還暦の一歩手前で、孫もいないが、よその子に婆さんだと思われても仕方がなかった。

電車のなかは春のように暖かかった。よ志は、何度かうとうとした。向かいの座席の子供たちはいつの間にか眠っていた。けれども、母親の方は目醒めていて、相変わらず膨らんだバッグにもたれたまま子供たちの寝顔を眺めていた。

よ志は、その若い母親の顔が、浅草で乗り込んできたときよりも大分変わっていることに気がついた。力みがすっかり消えていた。彼女は、もともと色白で、皮膚が薄そうである。ほんのりと血の色が透けている。そこに浮かんでいる表情も、さっきとは別人のように穏やかであった。子供のような、あどけない表情であった。

彼女は、主婦や、妻や、母親の役からさえ解き放たれて、至福のいっときに浸っているように見えた。ひさしぶりに親許へ帰る嬉しさに、ただ恍惚《こうこつ》としている大きな子供のようにも見えた。

よ志は、その若い母親に強い羨望を感じて目をつむった。

しばらくして、電車がどこかの駅から出た直後であった。

「あ、いまの駅は?」

という声で、よ志は目を開けた。

若い母親の、我に返った顔が目の前にあった。

「いま通り過ぎたのは、なんつう駅でした?」

よ志は尋ねられたが、あいにくずっと目をつむったままだった。さあ、と首をかしげていると、彼女は通路を隔てた隣の乗客におなじことを尋ねた。客は即座にある駅名をいった。彼女は狼狽《ろうばい》した。

「大変。ぼやっとしてて、乗り越しちゃったわ。どうしよう。」

それから、よ志に向かって、どうしたらいいかと尋ねた。

「次の駅で降りて、上り電車で戻ったら?」

「上り電車がすぐあるかしら。」

「それは、私にはわからないわ。車掌さんにお訊きなさいな。」

「車掌さんはどこ?」

さっきここを通ってむこうへいったよ、と誰かが教えた。子供たちが目を醒ました。

「じゃ、お願いしますね。」

若い母親は、よ志にそういうと、通路をよろけながら遠退いていった。座席に残された妹の方が泣き出した。仕方なく、抱き上げてやると、姉の方も泣き出した。けれども、よ志は、いつしか幼子をしっくりと抱けなくなっている自分に気がついた。泣く子のあやし方も忘れていた。

電車が大きく揺れるたびに取り落しそうになって、おろおろしていると、

「いい齢をして……。」

と、誰かが小声でいうのがきこえた。

若い母親の迂闊《うかつ》さに呆れた声かもしれなかったが、よ志は、自分の年甲斐もない不器用さを嗤《わら》われたような気がして、顔が火照《ほて》った。

でんせつ

——あるスカトロジー——

まことに唐突なこってすが、おおむね辺鄙《へんぴ》な地方を郷里に持つ者ほど、尾籠《びろう》な話を好む傾向がありゃんすようで。

（と、東北もずっと北の方の、これまた草深い谷間の村の出身で、そこを出てきてからそろそろ二十年にもなろうというのに、いまだに時として言葉尻に田舎訛《なまり》が顔を出したりするM君が、好物の、蕎麦湯《そばゆ》で割った焼酎をちびりちびりとやりながら、訥々《とつとつ》と語る）

もちろん、かくいう私とて、例外ではありません。私は、幼時からこの種の話に馴染んでいました。といいますのは、私の郷里に語り継がれている昔話には、どういうものか、おならや糞尿《ふんにょう》に関わるものがすくなくないからです。話好きの祖母に可愛がられた私は、いわばそんな尾籠な話にまみれて育ったようなもので、いつの間にやら、話に出てくる鬼や、妖怪や、山姥《やまんば》や、野放図な人間たちがしばしば排泄《はいせつ》するおびただしい汚物にも、それほどの不潔さは感じなくなっていました。

北の谷間では、大人も子供も糞尿譚《スカトロジー》が好きでした。それは、最も自然な哄笑《こうしょう》の種として、年中これといった話題もない単調な村の暮らしにはなくてはならないものだったのです。

こんな齢《とし》になってからは、さすがに関心は薄れましたが、いまでも嫌いではありゃんせん。もう口にはめったに出しませんが、正直いって糞尿譚には相変わらず祖母のふところのようなぬくもりと親近感を抱いております。何年か前、谷間の幼友達のひとりと偶然ひさしぶりに再会し、まずは一献傾けながら思い出話に耽《ふけ》っているうちに、いつしか尾籠卑猥《ひわい》の領域へ足を踏み入れていたことに気がつき、二人ともどぎまぎしながら、ほんに三つ子の魂百までとはよくいうたのう、と苦笑を洩らしたことでした。

ところで、糞尿譚といえば、どれもが他愛《たわい》のない笑いを誘うものばかりかというと、そうではなく、なかには陰気な怪談もどきの話もあるようです。私の在所の隣町は、かつて禄高二万石の城下町だったそうですが、ここに薄気味悪い糞尿譚が一つ語り伝えられています。〈赤手《あかて》コの話〉という、でんせつです。

赤手コのコには、特別な意味はありません。物の名の下に、しばしばほとんど意味のないコをつけるのが、このあたりのならわしなのです。要するに、〈赤い手の話〉というわけです。

それでは、赤い手とはなにか。誰の手のことか。

現在の隣町の中心部にある高等学校のグラウンドの隅に、樹齢百数十年といわれるサイカチの巨木があって、葉の乏しさが目立つようになった大枝小枝が柵の外の街道の空を広く覆っていたのですが、地面に接している幹の部分はもはや子供なら三人は同時に入れるくらいの空洞《うろ》になっていて、実は、赤手コはその空洞のなかに出没するのです。

でんせつによれば、そのサイカチを植えたのは、旧藩時代にここの領主に仕えていた家老のひとりだといいます。けれども、その家老は庭木としてそれを植えたのではありゃんせん。近習の若侍と御法度《ごはっと》の恋に陥ったたった一人の姫君を、主命によって自分の屋敷内に逆様にして生き埋めにし、そのあとへせめてもの墓標代わりにサイカチの苗木を植えたのでした。

いまの高等学校のグラウンドの一部が、確かにその家老の屋敷跡だそうですから、巨木になっているサイカチはかつての屋敷の主《あるじ》が植えたものであることは明白です。相手の近習がお手討になったのは、いうまでもありません。

サイカチの根方《ねかた》の空洞は、一体、樹齢何十年くらいのころから出来はじめたのでしょうか。それについては誰も知りませんし、どこにも記録が残っていませんが、赤手コが出没しはじめるのは、空洞の内部が、大人ひとり、楽に出入りできるほどの広さになってからです。

いつのころからか——と、でんせつは述べています。たそがれどきに、宿に向かう旅人や、使いの帰りを急ぐ商家の使用人や、屋台を引いた夜鷹《よたか》蕎麦らが、家老屋敷跡のサイカチの樹陰にさしかかると、なんとも奇妙なことに、誰もが突然便意を催すようになったということです。しかも、その突然たるや、いまにも粗相しそうに急激なもので、到底しかるべき場所を探し当てるまで我慢できそうにもありません。額に脂汗《あぶらあせ》を浮かべ、そっと足踏みしながらあたりを見回すと、道端のサイカチの根方に、なんとか急場を凌《しの》げそうな空洞が黒々と口を開けている。なにはともあれ、そこへ飛び込むほかはありゃんせん。

ところが、これまた奇妙なことに、その空洞で用を足した者は、その直後に、あいにく後始末をするものの用意がなかったことに気づくのです。やれやれと思いながら、懐中や袂《たもと》や帯の間を探すのですが、適当なものは見つからない。そこは厠《かわや》ではないのですから、あたりを見回してもなんの備えもありゃしません。困っていると、どこからか、

「これで、のごれえ。」

という声がして、同時になにやら尖《とが》ったものが尻っぺたを軽く突っ突きます。

のごれというのは、このあたりの方言で、ぬぐえという意味です。

驚いて、突っ突かれた尻っぺたの下を覗いて見て、またびっくり。地面から、真っ赤な手が、人差指を立ててにょっきり出ているのですから。いくら汚れた尻でも、そんなものでのごれるわけがありません。誰しも、きゃっと悲鳴を上げて飛び上がり、空洞の外へ転げ出るのが当然でしょう。

これは、昔そこへ生き埋めにされた姫君の怨霊の仕業だったにちがいない。それ以来、長年の間、日が暮れると、サイカチのある街道には全く人通りが絶えてしまうのが常であった、というところで〈赤手コの話〉のでんせつは終わっていました。

〈赤手コの話〉なら、私は、まだ小学校へ入る前から知っていました。祖母の十八番《おはこ》でしたから、知っていたというよりも聞き飽きていたというべきかもしれません。ただ、祖母の赤手コは、サイカチの空洞に関わりなく出没するのが特徴で、綺麗好きな上に、何事にも節度を重んじていた祖母は、ふしだらな排泄の戒めとして町のでんせつから赤手コだけを借用していたもののようでした。

祖母にいわせれば、人間は常に定められた場所できちんと排泄するべきなのです。それは大人

でも子供でもおなじことで、

「なんぼ我慢できそうにもねえからというて、あらぬところで用を足したりしたら、なんねよ。きっとお尻の下から赤手コがぬうっと出てくるけに、これでのごれえってな。」

祖母はよくそういいました。赤手コについてはなんの説明もなく、従ってその実体もわかりません。それだけに、そいつは子供にとって気味の悪い妖怪でした。

でんせつ〈赤手コの話〉の全貌を初めて知ったのは、隣町の高等学校にかようようになってからです。学校の図書室にあった郷土のでんせつ集という本で読んだのです。それで赤手コが出没するようになる前に、領主の一人娘と近習の侍との密通話や、その娘を生き埋めにしたあとに植えたサイカチが驚くべき生長ぶりを見せて大木になり、やがてその根方に空洞が出来たという話があることがわかりました。私の祖母は、前の話はすっかり省いて、ただ正体不明の妖怪にもひとしい赤手コだけで私をこわがらせていたのです。

私は、さっそく学校の帰りに、通学用の自転車で、別の高等学校のグラウンドの隅に現存するサイカチの木を見にいきました。もはや木膚《きはだ》も色艶《いろつや》を失った老衰の巨木で、樹皮には幾筋もの深い亀裂が刻まれ、幹の空洞化もかなり進んでいることを示していました。自転車から降りて、空洞を覗いて見ました。なるほど大人がラジオ体操ぐらいは楽にできそうな広さでしたが、赤手コが出没したといわれる底の地面は埃《ほこり》っぽく乾いていて、ただ蝙蝠《こうもり》の糞らしいものが少量ちらばっているにすぎませんでした。ちょうど、たそがれどきでしたが、無論、いささかの便意もおぼえませんせん。

私は、毎日、村から町の学校へ自転車で通学していました。行きも帰りも大概独りで、自然、考え事をしながらペダルを踏むことが多くなります。私は、〈赤手コの話〉を何度か思い出し、そのたびに、これはおかしなでんせつだと思いました。第一、もし赤手コが生き埋めにされた娘の怨霊のたくらみだとすれば、なぜ赤の他人の用便の後始末を手伝おうとするのでしょうか。全く滑稽《こっけい》な話ではありませんか。ただ人を驚かしたいのなら、もっと効果的な方法がほかにいくらでもあるでしょう。

それに、「これでのごれえ。」と地面から出る手が、なぜ赤いのでしょうか。血のせいでしょうか。血のせいだとしか思えませんが、生き埋めにされたはずの人間の手が、なぜ血まみれになるのでしょう。

通学の途中、自転車のペダルを踏みながら私のくだした結論は、こうでした。この〈赤手コの話〉は、二つの全く別な話がなにかの拍子にくっついて一つになったでんせつにちがいない。二つの別な話というのは、領主の娘と近習侍の密通から巨木になったサイカチの根方に空洞が生じたところまでが一つ、赤手コの出没が一つです。

先の話は、実際にあった出来事が語り伝えられたものかもしれません。そう考えても、あまり不自然さを感じさせない話です。ところが、後の方はあまりにも肌合いのちがう話です。若者たちの悲恋話が、突然糞尿のにおう怪談になる。いきなり地中からぬっと突き出て、見ず知らずの人間たちの用便の後始末を手伝おうとする、血まみれの手の行為を、一体どう解釈すればいいのでしょうか。

結局、私は、この二つの話が一つになったのはなにかの間違いだろう、これはつまらぬでんせつである、という結論を得たわけですが、それにしても赤手コとはなんなのか、どうして赤手コの話なんかが生まれたのか、という疑問は、その後も長く頭の隅に残っていました。

私は、高等学校を卒業すると、三年間通い馴れた町の役場に就職しました。それから二年後に、隣の課の小山峰子という一つ年上の職員とひそかに好意を寄せ合う仲になりました。峰子は、かつて養蚕《ようさん》を主にしていた農家の娘で、町はずれの古びた家からやはり自転車で通勤していました。私は、役場の裏手にある職員専用の自転車置場で、峰子に頼まれてパンクを修理したり、タイヤに空気を詰めてやったり、甘くなったブレーキを調節してやったりしているうちに、次第に彼女と親しむようになったのです。

その年のクリスマス・イブに、私たちは初めて二人きりで夕食をとりました。国道沿いのあまり流行《はや》らないドライブ・インで、汗ばんだ顔をキャンドルの色に染めながら怪しげなフランス料理を食べたのですが、初めての経験だった私にはまるで夢のような夕食でした。

私の郷里は、北国でも冬は雪がすくなくて、代わりに寒気の大層厳しい土地です。とりわけ、夜風はむき出しの柔肌《やわはだ》を凍らせずにはおかないほどで、私たちは毛糸の防寒帽を瞼《まぶた》の上まで引き下げ、峰子は鼻から下をマフラーでぐるぐる巻きにして、ドライブ・インを出ました。肩をぶつけ合い、凍《い》てついた道に足を滑らせては相手の腕にすがりつきながら歩いていると、峰子が顔を寄せてきて、

「うちへ寄っていかない?」

といいました。

私は、峰子の家族と対面するにはまだすこし時期が早すぎるという気がしたのですが、うちの

家族はもうみんなぐっすり寝入っていると峰子はいうのです。

「コニャックが一本あるの。香港《ホンコン》へいってきた友達の土産に貰ったのし。」

「コニャックって、なにせ。」

「フランス産のいい酒だと。」

私は、結局ほんのちょっとだけ寄っていくことにしました。さもしい話ですが、コニャックという耳新しい酒に心を惹《ひ》かれたからです。それに、正直いって、その酒の酔いが、とかく引っ込み思案な自分にフランス男の大胆さをもたらしてくれるかもしれないという期待がありました。冬場は徒歩通勤ですから、これから夜道を一時間半ほどかけて村の家へ帰ることになります。なにはともあれ、外国産の芳醇《ほうじゅん》な酒をひとくち腹に入れておくのも悪くありません。

なるほど峰子の家は暗く寝静まっていました。峰子は、鍵の掛かっていない背戸《せど》から入ると、小声で、うちは外便所なの、といい、馴れた正確さで柱のスイッチを入れました。すると、開けたままの背戸から、裏庭の一角がぽっと明るむのが見えました。ひと目でそこが外便所だとわかりました。小便所には戸がなくて、土に桶《おけ》が一つ埋めてあるだけで、隣はドア式の板戸で、履物を脱いで上がるようになっている。明るさの乏しい裸電球が境の天井に点《とも》っていて、左右をぼんやりと照らしている。そのころはまだ、町でもそんな外便所が珍しくなかったのです。

「おめさんは?」

と峰子がいいました。けれども、なにを訊かれたのかわからずに黙っていると、

「んだら、おらが……悪いけんど、ここでちょっと待っててけれな。」

峰子は早口でそういうと、背戸から小走りに裏庭へ出ていきました。仕方なく、独りで土間の

暗がりに佇んでいると、やがて外から板戸の蝶番《ちょうつがい》の軋むのがきこえてきました。

峰子の部屋は、以前養蚕室だった中二階のむこうはずれにある、小綺麗に改装した和室で、私は、峰子の趣味とも思えない濃い桃色の炬燵《こたつ》布団を目にした途端、なぜか下腹にはらわたのよじれるような痛みをおぼえ、次いで思わぬ便意が急速に高まってくるのを感じました。

峰子は、炬燵に座布団を並べながら、部屋の入口に突っ立っている私の顔を怪訝《けげん》そうに見ました。

「どうしたの？　炬燵さ入ったら？」

「その前に、ちょっと便所を貸して貰いてえけんど。」

私がもじもじしながらそういうと、峰子はにらむような目つきになりました。

「そんなこったろうと思うて、さっき声をかけてやったのに。独りでいってこれる？」

大丈夫、と私はいいました。

「んだら、さっさといってきなせ。もし、おしっこでなかったら、あんまり深くしゃがんじゃなんねよ。」

私がその謎のような言葉を思い出したのは、両手で闇を掻き分けながらようやく土間に降りて外便所に点燈し、背戸をそろそろと開けて外へ出てからです。あんまり深くしゃがむなだって？　なんのことだ、一体。私はそう胸に呟きながら板戸を開け、サンダルを脱いで床に上がりました。けれども、いざ旧式の金隠しと呼ばれる便器を跨《また》ぐと、やはりさっきの峰子の言葉が気になります。私は、ポケットからライターを出して、点《つ》けてみました。

ぎくりとしました。私はもはや子供ではありません。ですから、赤手コなんぞの実在は信じません。ところが、楕円形の便器の縁に切り取られた闇のなかに、なにやら赤く尖ったものが見えているのです。ちょうど指を一本立てた血まみれの手のようなものが。

もし、そこが、自分の思いを寄せる女の屋敷内でなかったら、私は板戸を蹴って飛び出したかもしれません。私は、「これで、のごれえ。」という声がきこえやしないかと耳を澄ましている自分に気がつき、そそくさと煙草を取り出して火を点けました。それから腰を屈《かが》めて、便器の闇の赤く尖ったものにライターの炎を近づけてみました。

すぐに正体がわかりました。それは、排泄された糞便の積み重なった塔でした。おびただしい量の糞便が、寒さのためにたちまち凍って、崩れることなく重なりつづけ、いまや絵葉書でいちど見たことのある、パリのエッフェル塔のごとくに聳《そび》え立っているのです。なるほど、これでは深くしゃがんだら尻っぺたを突っ突かれます。

その先の尖った部分を染めて、なおも凹凸の激しい斜面の襞《ひだ》を流れ落ちている赤いものは、たしかに血でした。私の前にここを使ったのは、峰子です。すると、この血は峰子のものにちがいありません。私はいささか気落ちしました。コニャックなる酒の酔い心地次第では、峰子とどんなことになってもいいと、ひそかに肚《はら》をきめかけていたのです。けれども、今夜はどうやら長居は無用のようです。

コニャックは、喉が焼けるばかりで、私には旨《うま》さがさっぱりわかりませんでした。ちいさなグラスで一つ、目をつむって呷《あお》ってから、

「おらは帰る。御馳走《ごっつぉ》さん。」

と私は立ち上がりました。

「厭《や》んだ。今夜は二人でゆっくり飲むべと思うてたのに。」

峰子は恨めしそうに私を見上げていいました。

「はあ、十一時だえ。村へ着くのは十二時半だ。」

「泊まっていったっていいのに……なして帰る？　おらが嫌い？」

いいや、としか、二十を過ぎたばかりの私にはいえません。いまなら、自分のからだに訊いてみれ、などと利いたふうな口をきくところですが。

再び毛糸の防寒帽を瞼の上まで引き下げ、急ぎ足で町を出て、谷間の雪煙のなかを歩きながら、私はこんな推理を試みました。昔、家老屋敷跡のサイカチの空洞が、道で急に便意を催して困惑している人々に、格好の用便所として珍重された一時期があったのではなかろうか。夏なら、星空の下で、風に吹かれながらというのも風流ですが、冬はそうもいきません。サイカチの空洞のなかでも、排泄された糞便はすぐ凍り、積み重なって小型の塔になり、その先端が新入りの尻っぺたを突っ突いたりすることもしばしばだったのでしょう。それがやがて、サイカチの由来と結びついて、〈赤手コの話〉が誕生したのではないでしょうか。

サイカチの空洞のなかの糞便の塔も、先端から血にまみれていたのは、そこで用便した人々のなかに痔疾《じしつ》の持主が多かったからだろうと私は確信しています。実際、北国の人々には痔持ちが驚くほど多いのです。ですから、赤手コが血にまみれているのは痔の出血によるものだと考えるのが妥当だと私は判断します。

あの晩、私が早々に峰子のところを引き揚げてきたのは、あるいはまたとない好機を逸した惜しむべき早合点だったかもしれません。

物の本によりますと、中国の古い時代には人間も神の生贄《いけにえ》にされたことがあり、その際は厳重に点検して、たとえば痔持ちは欠陥品として除外されたということです。実は、私も欠陥品で、なにか情けないような気がしないでもありませんが、ちかごろは、間違っても生贄なんぞにはされずに済むところが欠陥品の有り難さではないか、と思うことにしているんでやんす。

（M君は、焼酎のお代わりをし、うっかり高くげっぷをしたが、あわてずに大きな手のひらでゆっくり口を覆って、笑ってみせた）

ひばしら

（もしかしたら、自分はかつて人をひとり殺したことがあるかもしれない）

彼が、ふとそう思ったのは、テレビの画面で燃えさかっていた太いひばしらの映像が不意に消えて、別の場面に移ってしまってからであった。

いまのは、なんのひばしらだったのか。ニュースのひとこまにはちがいなかったが、テレビに目を向けたまま考えに耽《ふけ》っていた彼は、消えたひばしらの正体がわからなかった。アナウンサーが、押収した麻薬を、といったような気がするが、定かではない。麻薬はあんなに太いひばしらになって燃えるものかどうか。アナウンサーの声は、別の画面の説明だったのかもしれない。

なにを燃やしたのか知らないが、いまのは盛大なひばしらだったな、と彼は、考え事を中断して思った。彼は、なぜだか自分が、不意にテレビの画面にあらわれ、また不意に消えてしまった太いひばしらに惹《ひ》かれているのを感じていた。けれども、あのひばしらは、もうテレビの画面には二度と出てきはしないだろう。

彼は、テレビのスイッチを切った。それから、前にもいちど、さっきのとそっくりの太いひばしらを見たことがあったような気がして、両手を頭のうしろに組むと、揺り椅子を静かに動かしながら天井を仰いだ。

確かに、いちど見ている。それも、テレビや写真ではなしに、現実に音を立てて燃えさかる太いひばしらが目の前に立つのを。

しばらくしてから、彼は右手をちいさく振って、低く指を鳴らした。記憶をさかのぼっているうちに、色褪《あ》せたひばしらに突き当たったのだ。彼は、数時間前から自分独りでなにをするともなく夜ふかしをしている居間を、さりげなく見回した。見馴れないものなど、目につくはずがない。家のなかは寝静まって物音一つしない。

彼は、吐息をし、煙草に火を点けようとして、自分がいつになく動揺しているのに気がついた。マッチ棒をつまんだ指先が、微かに顫えている。わかっている。色褪せたひばしらに突き当たったとき、同時にそのかげから覗いている一人の少年の顔を見たからだ。

ああ、あいつだ、とその怯えたような顔をひと目見て、彼にはわかった。けれども、相手の姓名は忘れていた。いくら思い出そうとしても無駄であった。彼は、声を出さずに自分を嗤った。いい齢をして、なにをびくびくしているのか。あれは、五十年も前の、子供のころの出来事ではないか。

彼はせわしなく煙草をふかした。揺り椅子の軋みが、思いのほか高くあたりに響いた。

まだ、北の郷里で暮らしていた子供のころ、彼は、町の剣友会というのに入っていた。剣道愛好者の集まりである。彼の若い叔父が、学生時代に鳴らしたという高段の剣士で、からだを鍛えるなら剣道に限るし、当節の男の子はいずれ兵隊になって戦場へ赴くのだから、保身のためにも剣の腕を磨いておくに越したことはないと、しきりに彼の両親に勧めたからである。ちょうど中国との戦争のさなかで、やがて叔父も出征していったが、わずか半年を過ぎたころに戦死を遂げたという知らせが届いた。叔父に、軍刀を振るう機会がいちどでもあったどうかは、知るすべがなかった。

剣の腕は、どうやら戦争ではあまり役に立たぬものらしい。叔父の戦死でうすうすそう感じはしたが、べつに坊主頭を手拭いで包んで汗臭い面をかぶるのが嫌いではなかったから、彼はまじめに道場へかよって稽古に励んだ。けれども、筋はあまりよい方ではなかったとみえて、腕はなかなか上達しなかった。大概は竹刀《しない》を叩き落されて組み打ちになる。少年部で勝ち抜き戦をしても、何人も抜き疲れた相手をなんとか討ち取るのが精一杯で、二人つづけて抜けたためしがなかった。

そういえば、そのころから、彼には防具から外れたところを打つ癖があった。籠手《こて》を打とうとして無防備の二の腕を打つ。胴を打とうとして腋《わき》の下を打つ。面を打とうとして肩や後頭部を打つ。癖というよりも、腕がなまくらだから、ねらっても大抵打ち所が外れるのである。それで、彼は同年配の仲間から稽古相手になるのを厭がられていた。

彼は、昭和十八年の春に、町の裏山の裾にある県立の中学校に入学した。五年制の、昔から蛮カラな校風で知られている学校であった。入学式の翌日から、運動部の部員たちがそれぞれ試合に臨む装いをして、代わる代わる新入生の教室へ入部の勧誘にきた。運動部といっても、戦争中は洋風のスポーツはすべて禁止されていて、剣道、柔道、銃剣術のほかには、相撲部と水泳部があるきりであった。

彼は、当然のことながら剣道部へ入った。腕に自信がなくても、なにしろ子供のころから親しんできた武道である。防具のにおいを嗅ぎ馴れていることだけでも、心強かった。打ち合う前の掛け声も、年季が入って、二年生より貫禄があった。

部員たちは、竹刀だけは自前で、防具は学校の備品を使って稽古した。五年生や四年生の有段者は、漆黒の光る胴に、面を結びつける紐も黒、稽古着は濃紺の刺子《さしこ》で、袴《はかま》もおなじ濃紺であった。四年生と三年生には、袴なしで、白い木綿の稽古着に薄い褐色の革張りの胴の者が多く、二年生と一年生は、袴はもちろん稽古着もなくて、下着のシャツの上に竹で編んだ胴をじかに着けていた。

放課後、床板が黒光りしている講堂が剣道部の稽古場になった。稽古は二時間ほどで、竹刀の素振りではじまり、激しい掛かり稽古を経て、また素振りで終わる。土曜日には、学年ごとに二手に分かれて、練習試合をした。彼の鋭い掛け声や素足で床を踏み鳴らす音は、しばしば上級生たちを驚かせたが、一年間とうとういちども勝てなかった。

二年生になると、校内の様子が大分変わった。新五年生と新四年生は、学徒動員で関東地方の軍需工場へ働きに出かけた。新三年生も、近くの陸軍飛行場の草刈りや土木作業に狩り出されることが多くなった。剣道部はめっきり寂しくなった。稽古は、新二年生が主になって導く立場になった。導くといっても、素振りのとき順番に号令をかけることと、掛かり稽古のときに受け手になって何人もの一年生の相手になってやることぐらいのものである。

それでも、彼はいささか得意であった。これまでは、黒胴や茶胴にきりきり舞いをさせられてきたが、これからは、こちらが一年生を好きなようにあしらう番である。黒胴や茶胴がそうしたように、いい加減打ち込ませてから、首が胴体へめり込みそうなほどしたたかに面を打ったり、思わず竹刀を取り落してしまうほど籠手を強打することもできる。面を打たれて、ふらつく相手を、どうしたどうした、と嘲《わら》ってやろう。取り落した竹刀を遠くへ弾《はじ》いて、拾いに走ろうとするのを足払いで転がしてやろう。

彼は、毎日が楽しかった。朝から気持がはずんでいた。登校の途中、道で出会った一年生は、みな自分に挙手の礼をする。元気のない者、挙止《きょし》のにぶい者には、道ゆく人が振り返るほどの大声で気合を入れた。

昼の休憩時間になると、もうじっとしてはいられなくなって、なんの用もないのに講堂脇の部室を覗きにいった。部室の三方の板壁には、三段の簡易な棚が作りつけてあり、そこに部員各自が思い思いの目印をつけた防具がきちんと並べてある。窓を閉め切った部室のなかには、それらの防具が発散する濃い体臭に似たにおいが籠っていて、噎《む》せそうであった。彼は、棚に寄って、面の金具のいちばん下のところに白い毛糸の切れ端を目立たぬように結びつけてある自分の防具を軽く叩いてみたり、自分の竹刀で二、三度素振りをしたりした。腕が鳴る。午後の授業は気もそぞろであった。

あいつ――と、自分の物憶えの悪さを棚にあげて、名無しで通すのも気がひけるから、ここでは仮に、あの男の姓を片貝《かたかい》ということにしておこう。あの男が、自分の防具の目印として、面の左肩へ流れ落ちる厚い布地の裏側に、ちいさなシジミ貝の片割れを糸で縫いつけていたからである。

彼がそのシジミ貝の片割れを初めて見たのは、例によって組み打ちになって、相手の面を毟《むし》り取るように脱がせてしまったときであった。彼は初め、そこに穴があいているのかと思ったが、そうではなかった。

「なにせ、こいつは。」

と、彼は咎《とが》める口調で尋ねた。

「シジミ貝でやんす。」

相手は恥じ入るふうもなく答えた。

「シジミ貝？　なして、そったらものをつけてるのせ。」

「駄目すか。おやじが持たせてくれたお守りでやんすが。」

この町の七キロほど北を流れて海へ注いでいる、水量豊かな川があるが、その川口の集落には代々シジミ漁を家業にしている家が多くて、自分の生家もそのうちの一軒だと片貝はいった。面の裏側に縫いつけてある貝は、集落を発ってくる日の朝、父親が神棚から下ろしてくれた供物《くもつ》の貝の片割れだという。どうやら、その集落では、昔から、旅に出る者はそんなふうにして供物の貝の片割れをお守り代わりに貰って出かけるのがならわしであるらしかった。

けれども、そのシジミ貝のお守りは、結局、片貝のためには何の役にも立たなかったのである。

新入生の入部者は、ほとんど防具をまだ身に着けたことがないという初心者だが、片貝ときたら、それどころか、竹刀すらいちども見たことがない由であった。子供のころから町の道場にかよっていた彼とは、雲泥の差である。ところが、その差が急速に縮まって、一学期もまだ半ばだというのに、掛かり稽古のとき最もてこずる相手になったのだから、彼は正直いって狼狽した。こんなほかの一年生部員とちがって、片貝だけは好きなようにあしらうわけにはいかなかった。

はずはない、と焦れば焦るほど、彼の竹刀は空を斬り、片貝の鋭い逆襲を浴びる。片貝の竹刀は、長くてよく撓《しな》う太い鞭《むち》の先端のようであった。それが目にも留まらぬ動きで、正確に面を取る。籠手を打つ。胴を抜く。片貝の竹刀は、打っても跳ね返らずに、逆に巻きついてくるような気がする。そのせいか、おなじ防具の上から打たれるのでも、他の者とは痛さがまるでちがう。

彼は、だんだん片貝に憎しみをおぼえるようになった。シジミ貝などに舐《な》められて、たまるか。いつか痛い目に遭わせてやる。そう思って機会をねらっていた。

あれは、梅雨時ではなかったろうか。記憶のなかの講堂が昼とは思えぬほどに仄暗いのは、窓の外が雨だったからではないかと思う。けれども、あの日の稽古はいつもとおなじようにはじまった。素振り。次は、掛かり稽古。

受け手の二年生が、間隔をおいて横一列に並ぶ。その一人々々に、七、八人の打ち込み方が縦一列に並ぶ。彼は、稽古がはじまる前から、また片貝が自分の組に入っているのに気づいていた。受け手のあしらい方は、人それぞれで、荒っぽいのもいれば、おとなしいのもいる。新入生は意気地なしが多いから、好きに任せていると、おとなしい受け手へ片寄りがちになる。それで、毎日二人ずつ別な受け手を選ばせているのだが、片貝は、なぜか、ほとんど毎日のように、彼を二人のうちの一人に選んでいた。

彼は、初めのうちこそ、自分を敬愛しているからだろうと悪い気がしなかったが、いまでは、自分はおそらく隙だらけで、腕もなまくらだから、ちょうど手頃な稽古台のつもりでいるのではないかと思っている。だから、掛かり稽古のとき、自分の相手の列のなかに混じっている片貝を見ると、うんざりするが、逃げたと思われたくないから、おまえはよそへ回れともいえない。

片貝は三人目であった。前の二人がいい準備運動になって、彼は全身ほどよく汗ばんでいた。竹刀も普段より軽く感じられた。今日こそは、と彼は目を鋭くして片貝と竹刀を交えた。けれども、力みすぎて思うようにいかなかった。片貝は、相変わらず竹刀を鞭のように撓わせて正確に打ってくる。彼はさんざん打たれ、翻弄された。その上、籠手を打たれた腕が痺れて、不覚にも竹刀を取り落してしまった。

彼は、うろたえて床を転げる竹刀を追った。有り難いことに、隣の二年生仲間が、偶然のように踏み出した足で竹刀を彼の方へ蹴ってくれた。彼は、竹刀を拾うと、振り向きざまに片貝の胴を払った。片貝は調子に乗って、ちょうど身を起こしたばかりの彼の面を打ってきたところであった。両手が前に伸びていた。彼は期せずしてがら空きの胴が打てたのだ。やった、と思った。

片貝は、うっ、と大きく呻《うめ》いた。両腕で右の胸を固く抱きしめるようにして、その方の膝を床に落していた。面のなかからは、苦しげな呻き声がきこえている。その面がだんだん深くうつむくので、いまにも前のめりに倒れそうに見えた。彼は、竹刀を垂れたままそばに立って見下ろしていた。

「どうしたのせ。いい加減にして立てや。」

彼はそういいながら、うずくまっている片貝の腰を竹刀の先で軽く叩いた。すると、

「腋の下が……。」

と、片貝は喘《あえ》ぎながらいった。

「なして腋の下が？　おらは胴を打ったんに。」

「それが外れて、腋の下さ入ったのし。」

また、やってしまった、と彼は自分にちいさく舌うちをした。道理で、さっきは、竹の胴らしくもない、湿った厭な音を立てたと思ったのだ。どうして自分は肝腎なときに限って的を外してしまうのか。けれども、彼の口からは素直に詫びる言葉が出てこなかった。ただ、片貝に手を貸して、講堂の隅へ運んでやったにすぎなかった。

「面を脱いで、しばらく休んでおれ。」

彼はそういい残して、また竹刀と掛け声の喧噪のなかに戻ったが、ふと、なにかの拍子に講堂の隅へ目をやって、そこにへたり込んでいる片貝の顔があまりにも白いのに、ぎくりとした。

稽古が終わってから、様子を訊いてみると、彼の竹刀が当たったところが紫色に変色していて、指で押すと痛いということであった。

「ただの打撲せ。帰りに薬屋さ寄って、ヨードチンキでも買うんだな。」

と彼はいった。

その後、片貝はたびたび稽古を休むようになった。稽古を休んだ日は、学校も病欠していた。けれども、片貝のからだの様子は同級生の誰も知らなかった。

ところが、短い夏の休暇が終わって、二学期がはじまった最初の日、思いがけなく片貝が教室の彼を訪ねてきてくれた。片貝は、瘦せて目ばかり大きくなり、からだがどことなく歪んで見えた。

「実は、休学することになりゃんして。」と、片貝は栗鼠《りす》のような目をしばたたきながら、すこしかすれた声でそういった。「肋膜《ろくまく》に水が溜まってるんですと。医者は、急に過激な運動をしたせいだというんですが、おら方《ほ》にはもともと肺病のけがありゃんして……。」

竹刀で腋の下を強打されたことは黙っていたのだな、と彼は思った。不意に、彼は目頭が熱くなった。

「お世話になりゃんした。」

「んだら、大事にな。復学したら、また相手になってけれ。」

片貝は、一瞬怯えたような顔をしたが、すぐ微笑してうなずくと、右腕でなにか重いものでも抱え込んでいるかのように、右肩を下げ、からだ全体を右側へ傾けながら、そろそろ歩きで帰っていった。

それが、片貝の見納めになった。その翌年の春先に、片貝は林檎《りんご》畑で日向《ひなた》ぼっこをしているうちに、突然大量の吐血をして呆気なく世を去ったのである。


その夏、不意に戦争が終わった。町の近くの陸軍飛行場跡に、占領軍が進駐してきた。戦争中とは反対に、洋風スポーツは解禁され、武道は禁止された。

ある秋晴れの日の夕暮近く、ＭＰという腕章をつけた占領軍の兵士が数人、ジープでやってきて学校の職員玄関に乗りつけた。しばらくすると、職員のひとりが、武道の用具を残らず校庭の中央へ運び出すように、これは占領軍の命令である、と校内に触れ回った。

すでに放課後であったが、彼のほかに、まだ五十人ほどの生徒が居残っていた。武道の用具をどうするつもりかはわからなかったが、占領軍の命令とあらば素直に従うほかはない。剣道部の部室からは防具と竹刀、柔道部の部室からは柔道衣、銃剣術部の部室からは剣道に似た防具と木銃――それらを持てるだけ持ち、蟻《あり》のように列《つら》なって、運動場を兼ねている広い校庭の中央に運んだ。

彼は、何度目かに部室を覗いたとき、がらんとした棚の最上段の隅に、防具が一つだけ残っているのを見つけた。棚によじ登って、下ろしてみると、それは死んだ片貝が使っていた防具であった。面の裏を見て、すぐわかった。学校を休学するときの片貝には、すでにそこに縫いつけたシジミ貝を剝ぎ取る気力さえなかったのだろう。

彼は、片貝の防具を両腕で胸に抱いて校庭へ走り出た。急げ、と桃色の顔の兵士が叫んだ。校庭の中央には、武道用具の小山が出来ていた。その裾に、彼が抱いてきたものを下ろすと、桃色の兵士はまわりの人を遠ざけ、ちいさなドラム缶のようなものから無色の液体を小山へたっぷりと注ぐと、自分が吸っていた煙草をその方へ抛《ほう》った。

武道用具の小山は、轟然《ごうぜん》と燃え上がり、たちまちのうちに、立ち籠めはじめた夕闇を払うひばしらとなった。

自分は、やはり、あいつを殺したことになるのだろうか、と彼は思った。確かに自分はあいつを憎んではいたが、殺してやりたいとまでは思わなかった。けれども、結果的には自分があいつを死なせるきっかけを作ったかもしれない。あいつの場合に限らない。自分は、これまでに、何度うっかりして他人の不幸のきっかけを作ってきたかしれないのである。

彼は、動きを止めた揺り椅子に縛りつけられたかのように身を固くして、消してしまったテレビの暗黒の画面をしばらくじっと見詰めていた。

メダカ

最初から、飼うならメダカだと、きめていたわけではなかった。メダカが好きだったのでもなく、格別興味があったのでもない。メダカにこだわる理由はなにもなかった。なんであれ、無口で、時には活溌に動き回ってみせたりするような、ちいさな生きものでありさえすればよかったのである。

どんなにちっぽけでも、ここには自分のほかにも生命を持ったものがいる、自分と同居している生きものがいる、そう思えるような小動物なら、なんでもよかったのだ。

とはいっても、マンション住まいだから、犬や猫を飼うことは禁じられている。犬や猫でなくても、その気になれば、飼えるペットがいくらでもあるだろうが、こちらは一人暮らしの勤め人だから、世話の焼けるのは困るし、日中、おとなしく留守居のできるものでないといけない。

小鳥は単調なお喋りが難点で、近所迷惑にもなりかねない。金魚は無口だが、ひらひらが多すぎるし、厚化粧の山出し女を見ているようで、うっとうしい。

勤め先の同僚から、熱帯魚を飼っているという話を聞かされたときは、なんと贅沢《ぜいたく》な、と美智は思った。その同僚は、自分の親兄弟と一緒に暮らしている上に、時折、婚約者も訪ねてくるという家で、珍しい熱帯魚を何種類も飼っているのだ。

もし飼ってみる気があったら分けてあげる、とその同僚はいってくれたが、美智は、遠慮した。設備も世話も、とても自分の手には負えないし、第一、三十五にもなる独り者の寒々とした住まいに、華麗な熱帯魚など似合わない。

「熱帯魚って、色も形も優雅すぎて、なんだか生きものって感じがしないでしょう。もっと色も形も素朴で、すっきりしてて、生き生きしてる小魚でもいるといいんだけど。」

美智が好きな鮎《あゆ》の姿を頭に思い浮かべながらそういうと、同僚は即座に、

「じゃ、メダカはどう？」

といった。

美智はちょっと驚いた。メダカのことなど、この三十年近くの間すっかり忘れていたからである。そういえば、子供のころ、郷里の小川で、よく仲好《なかよ》しと両手で手拭いの両端を持ち、流れに浸して下流の方からそろそろと溯《さかのぼ》っては、メダカを掬《すく》い上げて遊んだものであった。川水に濡れた手拭いの上で、幾匹かのメダカがぴちぴちと陽光をはじいたことが思い出された。

「そう、メダカがあったわ。」と、美智は子供のころのように胸の鼓動が高まるのをおぼえながらいった。「でも、いまの東京に、メダカがいるような川がまだあるかしら。」

同僚は、呆れたような顔をした。

「あら、厭《いや》だ。自分でメダカを掬ってくる気？　いまどき、そんなことする人いないわ。」

同僚によれば、メダカは街の金魚屋で簡単に手に入るということであった。

美智は、朝夕乗り降りする私鉄の駅の近くの横町に、ちいさな金魚屋があることを知っていた。時折そこの前を素通りするが、多分店のなかのどこかにメダカの水槽が置いてあるのだろう。あの店に寄って、メダカを一匹だけ買って帰ろう。その日、帰りの電車に揺られながら、美智はそう思い、いや、一匹だけだと心細い、二匹買うことにしようと思い直した。メダカがどの程度丈夫な小魚だったか、もう子供のころの記憶は全くなくなっている。

いつもの私鉄の駅を出たときは、もう日が暮れていた。横町の金魚屋の前では、長い髪をうしろに束ねた黒シャツの若い男が裸電球の下にしゃがんで、両手で洗面器のなかの藻《も》のようなものをいじっていた。

「今晩は。メダカ、ありますか？」

美智は、若い男を見下ろしていった。自分の声が、いつになく若やいできこえた。男は大儀そうに目を上げると、にこりともせずに美智の膝の前を顎で示した。見ると、そこの棚に小型の水槽が一つ置いてあり、なかには飴色《あめいろ》の小魚が湧くように群れていて、そばに〈メダカ　十ぴき三百円〉と書いたボール紙の札が立っていた。自分が年甲斐もなく上気している。そう思われて、美智は照れ隠しに、ああ、いるいる、と笑った。頬が熱くなった。

「十匹で三百円ってことは、一匹が三十円ってことね？」

「計算ではそうなるけどね。」と、男は藻をいじるのをやめずにいった。「何匹欲しいの？」

「二匹。」

「二匹？」

男は、驚いたように手を休めて美智を仰いだ。

「本当は一匹でいいんだけど。もう一匹は予備。」

男は、きょとんとしていたが、やがて笑い出した。

「渋いお母ちゃんだなあ。男の子？　女の子？」

美智は、黙ってメダカの水槽を覗き込んでいた。相手は、子供への土産にメダカを買う母親だと思ったらしいが、独り身の美智には答えようがない。

「男の子だって女の子だって」と、男は洗面器から引き揚げた両手の水を切りながらいった。

「二匹ぽっちじゃ、がっくりくるよ。それに、うちじゃ、メダカは十匹単位で買って貰《もら》ってるから。」

仕方がなかった。美智は、十匹貰うことにして、千円札を出した。男は、水を入れたビニール袋に網杓子《あみじゃくし》で掬ったメダカを入れ、袋の口を赤いビニール紐で手に提げられるように縛ってくれた。

「餌はあるの？」

そう訊かれて、美智は、生きものを飼うには餌が必要なことに初めて気づいた。

「ついでだから餌も貰うわ。おいくら？」

「六百円。」

美智の手のひらに、百円玉が一つだけ残された。

そこの息子なのか店員なのかわからない長髪の若い男に、メダカの飼い方について二、三のことを尋ねてから、美智は店の裸電球の下を離れた。

メダカを長生きさせるには、餌を与えすぎないこと。それに、なるべく空気に触れる水面の広い容器で飼うこと。金魚屋はそういったが、家庭を持ったことのない一人暮らしの女のところに、大きな盥《たらい》や睡蓮《すいれん》鉢のようなものがあるはずがない。水面の広い容器といえば、土鍋か中華鍋かポリバケツぐらいのものかしら、と美智は、マンションのキッチンを頭に浮かべながら思った。まさか、土鍋や中華鍋でメダカを飼うわけにはいかないから、ポリバケツで我慢するほかはないだろう。

マンションは、駅から歩いて十五分ほどの距離である。美智は、街灯の下を通るとき、時折歩みを弛めて、手に提げているビニール袋を目の高さまで持ち上げてみた。すると、十匹のメダカがびっくりしたように水中で飛びちがうのが見えた。

そうか、ポリバケツで飼うと、メダカのこういう動きは見られないわけだ、と美智はまた足を速めながら思った。ポリバケツだと、せいぜい上からメダカの泳ぐ様子が眺められるにすぎない。底に沈んでしまえば、また浮き上がってくるまで待たねばならない。せっかく一緒に暮らすことになった生きものなのだから、相手の姿がいつも間近に見えているのでなければ、つまらない。やはり、そのうちに、透明なガラスの容器を手に入れなくっちゃ……。

交通量の多い、広い道路を渡って間もなくであった。メダカのビニール袋が不意に軽くなったかと思うと、足許で、ぐしゃっという音がした。美智は、あ、いけない、と立ち止まって、身を屈めた。うっかりメダカの袋を取り落したのだと思ったのである。

ところが、指には、さっき金魚屋が袋の口を縛った上に輪にしてくれた、赤いビニール紐が残っている。すると、袋だけが水の重みで抜け落ちたのだ。けれども、美智は、もっときつく縛ってくれなかったのは金魚屋の悪意だとも手抜かりだとも思わなかった。金魚屋は、客の住まいがもっと近くだと思ったのだろう。

あいにく街灯と街灯の中間で、明かりの届かぬところであったが、四角なコンクリートを敷き詰めてある乾いた歩道は、そう暗くもなかった。しゃがんで見ると、案の定、袋だけが抜け落ちて、そこからこぼれ出た水がコンクリートに黒いしみを作っていた。当然、メダカも何匹か水と一緒に飛び出して、黒いしみのなかでぴちぴちと跳ねているのが仄《ほの》かに見えていた。美智は、それ以上水が流れ出ないように、急いで袋の口をつまみ上げた。

そのとき、頭の上から、

「どうかしたんですか。落しもの？」

と、太くてよく響く男の声が降ってきた。え、ええ、と美智はどぎまぎしながら、膝のかげに濡れたビニール袋を隠した。いい齢をして、メダカなんかを持ち歩いていたことが恥ずかしかったからである。

「ちいさなものですか？　これでも、すこしは役に立つかな。」

美智が立ち上がりかねているうちに、相手はそういってライターを点してくれた。こぼれた水の上で、二匹だけ跳ねていた。

「ほう、メダカですね？」と、彼は即座にいい当てた。「一緒に暮らしてる甥《おい》が飼ってるもんでね。」

馴れた手つきで難なく一匹をつまみ上げ、

「入れものは？」

ライターの炎が揺れている相手の顔に見惚《みと》れていた美智は、あわてて、すみません、と膝のかげから袋を出して、口をひらいた。

「ああ、仲間がいる。坊やへのお土産ですね。」

彼は、独り言のようにそういいながら、もう一匹も素早くつまんで袋へ入れた。

「これだけかな?」

「もう結構です。ありがとうございました。」

「いや、なに。」

親切な男は、ライターを背広のポケットに入れると、紙袋を腋に挟んだまま、ハンカチで指先を拭きながら足早に美智から離れていった。

美智のなかで、早く、と嗾《けしか》けるものがあった。美智自身にも、いま急いでなにをしなければならないかが、わかっていた。男の背に声をかける。呼び止める。せめてお名前を。こちらの方にお住まいで? よろしかったら途中まで御一緒させてくださいません?――けれども、美智は無言で遠ざかる相手を見送った。言葉は喉元まできていたのだが、とうとう声にはならなかった、せっかくの好機を何度となく逃がしてしまったこれまでとおなじように。


マンションに帰って調べてみると、メダカは六匹だけになっていた。消えた四匹は、袋ごと歩道に落下した際、はずみで遠くへ飛ばされたか、敷石の間の細い溝にはまり込んだかしたのだろう。美智は、べつに惜しいとは思わなかったが、計百二十円の損害ね、と心に呟いた。

助かった六匹は、予定通り水を満たしたポリバケツに放したが、翌朝、二匹が死んで浮いていた。三日目にも、二匹死んだ。やはり固い歩道に落下した際の衝撃が応えたのだろうか。それから四日後に、一匹死んで、遂《つい》に一匹だけになってしまった。これで、やっと最初の希望通りになったわけだが、美智はいささか自信を失っていた。自分はメダカにさえも共同生活を拒否されているのではないかという気がしたからである。残った一匹も死んでしまったら、もはやメダカは諦めねばなるまいと思っていた。

ところが、この最後の一匹は、予想外に強靭な生命力の持主であった。この子は雄《おす》にちがいない。なんの根拠もないのに、美智はそう確信した。

ある日曜日の夜、美智は、キッチンの戸棚の奥から、以前、活花《いけばな》に凝ったとき花器の一つのつもりで買った特大のブランデーグラスを探し出して、それに一匹だけ生き残ったメダカを移した。ポリバケツのなかでは相変わらず元気よく直線的な泳ぎを繰り返していたが、やはり一匹だけでは広すぎて落ち着かないだろうと思われたからである。

メダカを入れたブランデーグラスは、食卓の中央に置いた。一人暮らしだから、よけいな家具などなくて、ベッドで眠ったり寛《くつろ》いだりするほかは、食卓の椅子で過ごすことが多い。美智は、満足であった。毎日、眠るまでの大部分の時間、目の前にメダカを眺めながら暮らせるからである。最初からこんなふうにしたかったのだ。こんなふうにして、自分は独りぼっちではないと思っていたかったのだ。

ブランデーグラスに移された当座、メダカは多少神経過敏になっていたが、これは急に環境が変わったのだから仕方がないにしても、心配なのは、空気に触れる水面がポリバケツよりも一層せまくなったことであった。メダカにとっては、ポリバケツの方がまだしも暮らし易い棲家《すみか》なのかもしれなかったが、美智はもはや元へ戻す気にはなれなかった。

その代わり、食べ残しの餌を底に溜めないように心掛け、汲《く》み置きの水をしょっちゅう取り替えてやった。さいわい、メダカには全く衰えの色が見えなかった。気分も次第に落ち着いてくるようで、グラスに顔を寄せても逃げなくなった。

水を替えてやるとき、メダカは美智の手のひらにおとなしく横たわっていた。シャボン玉のように軽い魚体のひんやりとした感触が、えもいわれなくて、美智は、そのままいつまでも手のひらの上に寝かせておきたいという誘惑に駆られることがしばしばであった。

美智は、暇さえあれば食卓に頬杖を突いてメダカを眺めているようになった。そのうちに、ただ眺めているばかりではなく、時々メダカに話しかける癖がついた。恰《あたか》もメダカが同居人ででもあるかのように、言葉を声に出して親しげに話しかけるのである。やがて、愚痴をこぼすようにもなった。一日の出来事を逐一話して聞かせるようにもなった。もしも隣人が好奇心を起こして、壁越しに美智の部屋の気配に耳を澄ましていたら、おそらくあの物寂しげな三十女もとうとう無口で寛容な伴侶を得たのだと思ったに相違ない。


そんな満ち足りた生活が三月《みつき》ほどつづいたが、ある日、予定通り破局の使者がきた。予定通りというのは、もともと美智の気ままな一人暮らしは期限つきのもので、美智自身、その期限がそろそろ切れることを知っていたからである。

美智は、勤めから帰ってきて、マンションの入口にある郵便受けから母の分厚い手紙を取り出したとき、ああ、やっぱり、と思い、郷里では自分のことなど忘れているかもしれないという望みの糸があっけなく切れるのを感じた。もう六十に近い母は、年々物忘れがひどくなってとこぼしているが、さすがに娘のことだけはしっかりと憶えていたのだ。

母の手紙は、予想通りの文面であった。美智は、メダカに帰宅の挨拶をしただけで、時々溜息を洩らしながら炊事をし、目を伏せて食事をした。けれども、黙っているのがだんだん苦しくなった。汚した食器を流しに下げ、濡れ布巾《ぶきん》で食卓をきれいに拭いてから、美智はメダカと向かい合った。

「あなたには黙ってたけど」と、美智はすこし躊躇《ためら》ってから小声でいった。「私、もうすぐここの暮らしを切り上げて、ずっと北の方の田舎へ帰らなけりゃならないの。郷里を出てくるとき、母と固く約束したのよ。三十五までは好きなようにさせて貰うけど、それを過ぎたら素直に田舎へ帰るって。実をいうとね、私、三十五までにいい人見つけて、ずっと東京で暮らすつもりだったの。でも、駄目だったわ。私、今月中に三十六になっちゃうのよ。」

メダカは、グラスの底に沈んで、じっとしていた。

「私、いさぎよく田舎へ帰ることにするわ。」と、美智はつづけた。「なんでも、お先へどうぞっていう質《たち》だから、都会の暮らしには向いてないのよ。ただ……心配なのはあなたのこと。あなたはどうする？」

けれども、メダカは自分の意志で行動することができないのだから、こちらでどうにかしてやらねばならない。

「私は、あなたと別れたくないわ。」と、美智はメダカに頰を寄せていった。「いつまでもこうして一緒にいたい。でも、あなたを田舎まで連れて帰れたにしても、むこうではこれまでみたいな楽しい日々が送れないと思うの。だって、田舎は大家族だもの。だからといって、あなたをここへ置き去りにするわけにはいかないし……。」

美智は、取り敢えず薄く濁っている水を替えてやるために、メダカを流しまで運んでいった。

メダカは、いつものようにひんやりと手のひらに横たわったが、気のせいか、そのちいさな魚体が別れの悲しみで微かにおののいているようだった。

美智は、涙ぐんで、魚体にそっと唇を触れた。堪《たま》らずに、唇で挟んだ。次いで、舌の上に載せた。ごくりと嚥《の》んだ。

メダカは、喉を通るとき、わずかに身をくねらせただけで、あとはなめらかに美智の胸のなかへ滑り落ちていった。

かお

道のむこうの、あらかた葉を落した白樺林の梢《こずえ》に、褪せた夕陽の色が絡んでいる。道はすでに夕闇が降りはじめて仄暗かった。

彼は、冷えた茶を窓の外へ捨てようと、椅子から腰を上げたとき、狐《きつね》が二匹、じゃれ合いながらゆっくり道を通るのを見た。尖った口や太い尾を確かめるまでもなく、それらが狐だとすぐわかった。馴れない人は誰でも犬だと思うらしいが、ここは高山の裾野に列なる高原の避暑地で、季節はずれのいまどき、人気《ひとけ》のないこんなところを野犬や放し飼いの犬がうろついているわけがないのである。

からだの大きさや、じゃれ方のちがいから、二匹は親子だと思われた。子狐は、前肢《まえあし》で宙を掻きながらしきりに親の喉のあたりを噛もうとし、親の方はうるさそうに顔をそむけたり、もたれてくる子を肩で軽く押し戻したりしている。彼は、よけいな音を立てて驚かすまいとして、冷えた茶の入った湯呑みを手にしたまま、窓越しに狐の親子を見守っていた。

すると、彼の視野から外れそうになったところで、親狐が不意に立ち止まった。あたりのにおいを嗅ぐように、前に突き出した鼻をゆっくりと回して、振り返り、彼のいる窓に目を留めた。

彼は、思わず首をすくめて頭をすこし低くした。自分の姿が狐に見えるとは思えなかったが、狐は彼の視線で人の気配を感じたのかもしれなかった。それとも、机の上を照らしているスタンドの、着色グラスの笠に目を奪われたのだろうか。

けれども、そのあと何事もなかった。親狐は鼻面を前に戻して歩き出し、子狐がそれに従って、やがて二匹の太い尾が視野から消えた。彼は、呪縛を解かれたかのように吐息を洩らすと、手早く外の笹藪《ささやぶ》へ冷えた茶をこぼした。細目に開けた窓から滑り込んでくる夕風が冷え冷えとして、白樺の幹の白さが目立っている。

落葉松《からまつ》と白樺の木立に囲まれた山荘であった。持主は彼の高校の先輩の野口という彫刻家で、彼の方は外国文学の翻訳を仕事にしているのだが、山荘が空いているときは遠慮なく使っていいという先輩の好意に甘えて、たびたび使わせて貰っている。

彼独りのときもあれば、家族連れのこともあるが、このたびは妻と二人で五日ほど前から滞在していた。彼は、四、五日なら自炊で一人暮らしができるのだが、分量の多い仕事を抱えて十日以上も籠るときは、やはり妻に炊事を担当して貰わなければならない。彼は、あと十日はここに籠って仕事に励むつもりであった。

彼は、窓々のカーテンを閉じると、空《から》の湯呑みだけを持ってアトリエを出た。アトリエの、前の道に面した窓ぎわに古風なライティング・デスクが据えてあり、彼はそれを借りて仕事机にしていた。アトリエは離れになっていて、短い廊下で母屋《おもや》と通じている。母屋には、居間と食堂を兼ねた広い板の間があり、食堂の奥には台所や浴室や洗面所がある。

彼は、火の消えかけている居間の暖炉に薪を二本ばかりくべ足すと、食卓のポットの湯で熱い茶を淹《い》れた。あたりには煮えた油のにおいが漂っていて、台所からは揚げものをする音がきこえていた。彼は、立ったまま茶をひとくち飲むと、さっき見かけた狐のことを思い出して、台所を覗きにいった。

妻が菜箸《さいばし》を手にして、鉄鍋を載せたガス台の前に立っていた。

「なにを揚げてるの？」

「とんかつよ。」

妻は鍋から目をそらさずにいった。台所の奥の横長の窓が半分開けたままになっているのが見えていた。

「……そうか。大方そんなことだろうと思った。」

「なんの話？」

「さっき、前の道を狐の親子が通ってね。」

「あら。」

妻は初めて彼に顔を向けた。彼は、そのとき親狐が急に立ち止まってあたりを嗅ぐような様子をしたことを話してやった。妻は、半分開けたままにしてある横長の窓を見た。

「……そう思うだろう。」

と彼はいった。

「ここから、煮え立った油のにおいが道の方まで流れていったのね。」

「多分ね。アトリエの窓から見かけたときは人間のにおいでもするのかと思ったけど、もう何時間も前の道へは出なかったからね、僕たちは。それで、ひょっとしたらと思ってこっちへきてみたら、案の定、きみがじゅうじゅうやっている。」

「狐は前を通り過ぎていっちゃったんでしょう?」

「と思うがね。もしかしたら、大好きなにおいに釣られて、こっそりその窓の下まできているかもしれないよ。」

「厭《いや》だわ。」

妻は、横長の窓をそろそろと閉めた。


不意に、母屋の奥の方から妻の鋭い悲鳴がきこえてきたのは、彼がアトリエに戻って翻訳のつづきにとりかかろうとしたときであった。彼は、思わず顔を上げたが、そのまま宙に目を放って耳を澄ましていた。これまで妻の悲鳴などいちども聞いたことがなかったから、いまのは空耳ではなかったかという気がしたのである。

妻の悲鳴のようなものは、ただのひと声であった。そのあとはなんの物音もしない。母屋はしんと静まり返っている。その静けさが、かえって彼を不安にした。彼は、椅子をがたんと鳴らして立ち上がると、急ぎ足でアトリエを出た。

母屋の食堂には、煮えた油のにおいが籠っていた。けれども、台所ではすでに揚げものをする音が絶えていて、洗面所の方から水音だけがきこえていた。洗面所の隣が浴室だから、妻は浴槽にお湯を入れているのかもしれないと思った。

念のために、台所を覗いてみたが、妻の姿はなかった。洗面所のドアを開けてみた。すると、妻は、洗面台の水を出しっ放しにしたまま、首をねじ曲げて、その水を直接口に受けて飲もうとするような格好をしていた。山道を歩いていて喉がからからのとき、したたり落ちている石清水《いわしみず》を見つけたりすると、よくそんな格好をして飲んだりするが、妻はいま山道を歩いているのでもなければ、洗面台の水が石清水でもない。

「おい、なにをしてるんだ？」

彼は、思いがけない妻の姿態に驚いて声をかけた。

「どうしても、うまくいかないのよう。」

妻は、泣き出しそうな声で訴えるようにいった。

彼には、なんのことかわからなかった。

「……うまくいかないって、なにが？」

「水がうまくここに当たらないのよ、どうしても。焦れば焦るほど、うまくいかない。」

「……ここって？」

「頰の、耳の近く。」

実際、妻は顔をほとんど横向きにして、右の頰に水を当てようとしているのであった。それが、手や腕ならすぐに思い当たっただろうが、場所が場所だっただけに、妻になにが起こったのか彼には見当がつかなかった。

「そこを、どうかしたのか？」

え、と妻は、呆れたようにちいさく叫ぶと、じれったそうにいった。

「わたしがなにをしてるか、わからないんですか。火傷《やけど》を冷やそうとしてるのよ。」

「火傷？」と、彼は驚いて目を瞠《みは》った。「どうしてそんなところに？」

「煮えた油がはねて飛んできたの。」

そんなことって、あるものだろうか。揚げものというのは、そんなに危険な仕事だったのか。するとさっきアトリエまできこえてきたのは、やはり妻の悲鳴だったのだ。

「手伝おうか。どうすればいい？」

「ここを水で冷やしたいんだけど、もういいわ。洗面台がちいさすぎて、どうしても蛇口の真下に顔が入らないの。ほかにいい方法がある？」

彼にもすぐには思いつかなかった。妻は顔を上げると、タオルを水でよく洗って、弛《ゆる》く絞った。

「どれ、見せてごらん。」

妻が指差すところに、ピーナッツほどの火脹《ひぶく》れが出来ていて、そのまわりがすこし赤くなっていた。妻は、畳んだタオルをそっとそこへ押し当てて、顔をしかめた。

「痛むの？」

「ひどくひりひりするわ。」

「……どうしたんだろうね。そんなところに火傷なんかしたことがなかったろう。」

「わたし、失敗したのよ。」と、妻はしょんぼりとしていった。「二枚目が揚がったとき、うっかり取り上げ損なったの。油が、ばしゃっとはねたわ。咄嗟に顔をそむけたけど、やっぱりここをやられちゃった。」

彼は、さっき台所を覗いて、揚げものをしている妻を見たとき、妻のからだがいつもよりすこしちいさく見えたことを思い出した。妻は、今年の暮れには還暦を迎えるが、早くもからだが凋《しぼ》みはじめているとは思いたくない。

「ここのガス台は、家のよりすこし高いだろう。」と彼は慰めるようにいった。「さっき、きみの背がすこし低く見えたもの。それに鉄鍋の形もちがうし。誤算はちょっとしたことから生じるからね。」

「でも、やっぱりわたしの不注意だったわ。網杓子《あみじゃくし》でしっかり掬《すく》い上げるべきだったわ。これまでは菜箸でなんの苦もなく取り上げてたんだけど、正直いうと、去年あたりから、とんかつなんか重みのあるものを揚げるとき、ちょっと不安を感じるようになってたの。箸の先から、ふっと力が抜けることがあるのよ。やっぱり、からだが全般に衰えてきたのね。もう、齢ね。」

妻はそういって笑ったが、彼はその笑顔を見ずにアトリエに戻った。


夕食のとき、妻はもう火傷を濡れタオルで冷やすのをやめて、そこには白い軟膏《なんこう》のようなものが円く塗りつけてあった。

「いちど失敗して気持が動顛《どうてん》すると、やることなすこと、しくじっちゃうのね。タオルで冷やしたのも、失敗だったわ。ひりひりして堪《たま》らなかったから、ついそうしたんだけど。」

妻は自嘲するようにいった。タオルで冷やしていると、ひとりでに擦《す》れて、火脹れが潰れてしまった。薄皮も剝けてしまった。

「ああ、もう駄目だと思ったわ。薄皮が剝けると、跡が残るのよ。あわてて薬を塗っちゃったけど、これも厳密にいえば間違いなの。火傷は水で冷やすだけで、薬なんか塗っちゃいけないの。でも、仕方がないわ、自業自得だから。」

その晩、彼が寝床のなかで本を読んでいると、隣でとっくに眠ってしまったと思っていた妻が、

「あなた、お願いがあるんですけど。」

と、醒めた声でいった。

「なんだ、まだ起きてたのか。なんだい、お願いって。」

「わたしを東京へ帰らせてくださらない？」

と妻はいった。

彼は面食らった。妻が突然そんなことをいい出すとは、つゆ思わなかったからである。

「どうしてまた、急に？」

「早くお医者へいきたいの。このままじゃ、やっぱり跡が残っちゃうから。」

妻は、東京の自宅からあまり遠くないところに、火傷の治療を得意にしている外科医院があるのだといった。自分はかかったことはないが、噂は以前から耳にしている。

「どんな火傷でも、跡を残さないできれいに治してくれるんですって。」

「……この土地の医者じゃ駄目なのか。」

「だって、ここは山のなかよ、あなた。」

「ここは山のなかだけど、麓にはいくつか町や村があるだろう。火傷の手当ができる医者の一人ぐらいはいると思うがね。」

妻は、目をつむったまま眉根を寄せ、枕の蕎麦殻を鳴らしてかぶりを振りながら、跡が残らないどころかケロイドになっちゃうわ、と呟いた。

「いまからでも間に合うのか。さっきはもう手遅れみたいな口振りだったけど。」

「でも、本当に駄目かどうか、試してみたいの。明日なら、もしかしたらまだ間に合うかもしれないわ。」

妻は、明朝の電車で帰京して、その足でお目当ての外科医院へ直行したいらしかった。彼には引き留める理由はなにもなかった。

「勿論、きみ独りで帰るわけだね？」

「心細いけど、仕方がないわ。だって、あなたにはまだお仕事が残ってるんでしょう？」

その通りで、残っているどころか、予定の半分も進んでいない。心細いのはお互い様だが、独り山荘に残って仕事をつづけるより仕方がない。

「どのぐらい、かかるんだろう。」

「治療費？」

それよりも、彼には治療に要する日数の方が問題であった。二人が滞在している山荘の付近には、食事のできる店が一軒もない。歩いて三十分もくだったところにホテルがあるが、晴れた日でも登り一方の帰りのことを考えると、気軽に出かける気にはなれない。だから、妻が戻ってくるまで、彼は不得手な自炊で凌ぐほかはないのだ。

「お医者へいってみなくちゃわからないけど、四、五日はかかるんじゃないかしら。」

と妻はいった。

彼は、あやうく、（それっぽっちの火傷に？　四、五日も？）と呟きそうになった。

「ごめんなさいね。」と妻が彼の胸のうちを見透かしたようにいった。「炊事係のつもりでお供してきたのに、こんなことになっちゃって。でも、顔だから……顔でさえなければ、こんなにあわてやしないんだけど。顔は、いまきちんと治療しておかないと、一生後悔することになると思うの。だから……。」

目覚時計をいつもより早い時刻にセットして、枕許の明かりを落してから、彼は、暗がりに目を見ひらいたまま、そうか、そんなものなのか、と、さっきの妻の言葉を頭によみがえらせながら思った。

自分なら、たとえ顔に火傷を負ったとしても、直ちに仕事を放棄し、伴侶を独り山中に残して、治療のために帰京しようなどとは思わないだろう。自分にできるだけの手当をしたあとは、与えられた仕事をつづけることだけを考えるだろう。ところが、妻は自分を置き去りにして先に帰るという。

妻は、贔屓目《ひいきめ》に見ても、美貌の持主とはいい難い。まず、十人並というところだろう。それに、顔を人目に晒《さら》す仕事に携わっているわけでもない。週に何人かの来客の接待をするほかは、洗濯と買物が主な仕事の、もうじき還暦を迎える極く普通の主婦なのである。そんな妻が、なにゆえに、自分のしくじりで顔のはずれにちっぽけな火傷を負ったからといって、かくも年甲斐もなく狼狽するのであろうか。跡が残るといっても、薄皮が剝けた部分だけがわずかに変色するだけである。それがなんだというのだろう。火傷などしなくても、顔のある部分がなにかの拍子に色変わりすることがある。そんな顔色の斑《むら》を隠すために化粧品というものがあるのではないか。……

妻は、隣で、安らかな寝息を立てていた。明朝帰京することが許されて、心から安堵《あんど》して眠っているのだ。彼は、妻の寝息を聞きながら、女はいくつになっても女だということか、と心に呟いて吐息した。それから、ふと、これまでなにをするにも一緒だった妻が、自分の顔を守るために伴侶の世話をあっさり捨てたように、これから先も、自分の女を守るためにはすべてをそっちのけにして思いのままの行動に走るのではないかという不安を感じた。

翌朝、妻は、麓の町から呼んだタクシーで、すこしも怪我人らしくないそいそと山荘を離れていった。麓の町まで、くだり坂を二十分、それから高原鉄道に四十分乗り、本線に乗り換えれば二時間ほどで新宿に着く。

彼は、昼は妻が作っておいていってくれたものを食べたが、夕食からは妻が書き残してくれた献立表を見ながら苦手の自炊をしなければならなかった。今夜は、ゆうべのとんかつの残りを用いたかつ丼である。玉葱《たまねぎ》を薄切りにし、小鉢に生卵を割り落してから、缶ビールを開けたとき、電話が鳴った。妻からであった。

「どうしていらっしゃる?」

「まあ、どうにか。」

と彼は答えた。

「噂通りの頼もしいお医者さん。跡が残らないように、腕によりをかけて治してくださるんですって。たった一週間の辛抱よ。」

彼は、その一週間に困惑しながら黙っていた。妻が呼んだのか、嫁いだ長女がきているらしく、彼が愛用している揺り椅子のあたりから孫たちの燥《はしゃ》ぎ声がきこえていた。

いねは、がたぴしの背戸を閉めようとして、ふと、力を弛めた。暗夜で、天と地の境もわからぬ深い闇のなかのどこからか、なにやら懐かしさをそそる生きものの声が微かにきこえたような気がしたからである。

年寄だけが残されている過疎の村の夜はふけやすく、先刻までちらほらしていた灯の色は、もうどこにも見えない。いねも、裏の厠《かわや》へ寝しなの用を足しにいってきたところであった。耳を澄まして、闇と向かい合っていると、月遅れの盆が過ぎてからめっきり冷えてきた夜風が、寝巻代わりの木綿の肌着とお腰だけの老軀には、いささか応える。

しばらく辛抱してみたが、先刻の懐かしさをそそる声は、もうきこえなかった。確かにきこえたような気がしたのだが、空耳だったろうか。それとも、夜鳥か野良猫の声だったろうか。

そうにちがいないと、いねは思って、吐息をした。考えてみるまでもなく、この村で、しかもこんな時間にあの声が耳にできると思うなんて、愚かなことだ。どだい、そんなことはありえないのだから。

ところが、もうひと息というところで動かなくなった背戸を、いつものように一つ蹴ろうとしたとき、今度ははっきりと、あの声がきこえた。先刻と同様、闇のなかのどこからか、微かにだが、確かにあの声がきこえているのだ。いねは、閉めかけた背戸をこじ開けると、そこから頭を外へ突き出した。

信じ難いことだが、それは間違いなくあの声であった。人間の、赤子の泣声であった。

信じ難いのは、この村に赤子がいるはずがないからである。この十数年来、一人もいない。子供が作れるような夫婦も、赤子が産める齢の女もいない。そんなさかりの連中は、とうに村を捨てて町へ降りてしまったのだ。

いねは、一応テレビかラジオの声ではないかと疑ってみた。けれども、テレビやラジオに赤子の泣声だけが長々とつづく番組があるものだろうか。それに、この村の住人は、家の灯と一緒にテレビやラジオも消すのがならわしなのだ。

それなら、あの赤子の泣声は、幻聴でなければ一体どこからきこえてくるのか。

いねは、急いで背戸を閉めると、寝間に戻った。すでに寝床は延べてあったが、もはや寝る気がなくなっていた。耳の奥には赤子の泣声が尾を引いている。寝床に入ったところで、これが消えないうちは到底眠れそうにもない。いねは、押入れを開けて、出かける身支度をした。身支度といっても、年寄ばかりの村で一人暮らしをしている農婦だから、とむらい用の紋も黄ばんだ安物の羽織、野良着、それにゲートボールのために買わされたトレーニング・ウエアしか持っていないが、赤子の声で気が若やいだのか、手がひとりでにトレーニング・ウエアへ伸びた。

懐中電燈など、めったに使うことがないから、靴を履き終えてからためしに点けてみると、捨てるつもりで古新聞に包んでおいた盆花《ぼんばな》が土間の隅に横たえてあるのを、薄ぼんやりと照らした。

もし爺様が生きていたら、なんたら物好きか、と呆れたろうが、かつて赤子を産んだことがある女の、ひさしぶりに泣声を聞いて思わず涙ぐみそうになる心情は、男にはわからぬだろう。いねは、これから赤子の怪を突き止めにいくのだと自分にいい聞かせていたが、本音は、もっと近くで赤子の泣声をじっくり聴きたい思いなのだ。

背戸は、いつもより頑固にがたぴしして、いねを手こずらせた。

さいわい、道に出てもまだ赤子の泣声がつづいていた。けれども、それは微かな上に、気紛《きまぐ》れな風のせいか、宙を彷徨《さまよ》っているかのようで方角の見当がつけにくかった。まさか送り盆の日に眠りこけていて、あの世へ戻り損ねた赤子の霊ではあるまいな。微かにきこえてくるものをのがさぬように、足音を忍ばせて歩きながら、いねは冗談半分にそう思ったりしたが、どうやら共同墓地とは方角が逆のようであった。ひとりでに念仏が出た。

治平宅の前を通った。家は暗くて、ひっそりしていた。治平方では、子供を産んだことのある婆様も健在なのだが、早寝の夫婦だから、赤子の声を聞かずに寝入ってしまったのだろう。

庚申塚《こうしんづか》のある道の分かれ目までくると、赤子の声は先刻より大分近くきこえた。方角は間違っていなかったらしい。いまは、赤子の声が現実のものだとはっきりわかる。いねは、赤子の所在を姫池のほとりと見当をつけた。そこには家が間隔をおいて二軒あるが、そのどちらかで赤子は泣いているようだ。

もうひと息だと、一本になった坂道をくだりはじめると、背後で追ってくるような足音がした。いねは、不意を打たれて、足許を照らしていた懐中電燈を消し忘れた。

「お晩でやんす。」

と、追ってきた足音の主がいった。

村びとは、夜道で会う人には相手が誰でもこのような挨拶をする。いねは、物好きを嗤《わら》われそうで、できれば誰とも会いたくはなかったのだが、見つかったのでは仕方がない。

「お晩でやんす。」

と、いねも振り向いて挨拶を返した。

声で、とっくに相手が高台に住んでいるひで婆さんだとわかっていた。

「あれ、おめさん、いねさでねっかし。」と、ひで婆さんがいった。「これから、どこさ。」

そう訊かれるのが困るのである。どこへいくことになるやら自分にもわかっていないのだから、答えようがない。それかといって、押し黙っているわけにもいかず、咄嗟に適切な行先も思いつかぬままに、

「なんやら、とんと聞き馴れねえもんが耳について、寝つかれねえもんだすけ。」

と、いねは的外れの返事をした。すると、

「赤《ビッキ》の泣声だえ?」

と相手は即座にいった。

いねは、ちょっと驚きながら、んだ、といった。

「おらも、おんなしせ。」

すると、物好きは自分だけではなかったわけだといねは思い、いくらか気が楽になった。

「……捨子だえか。」

ひで婆さんが声をひそめていった。

いねは、胸がどきりとした。捨子とは、全く考えもしなかったからである。二人はしばらく黙って歩いた。ふと気がつくと、赤子の声が途絶えていた。

「おらは捨子じゃねっと思うけんど。」と、やがて、いねが口をひらいた。「なしてって、捨子する人の気持の底には、誰かに拾って貰いたいっつう願いがあるはずだすけ。なんか訳があって、自分で育てられねっから、捨てるんだえ。誰かに拾って貰って、自分の代わりに育てて貰いたくて、捨てるんだと思うけんど。こったら山んなかへ捨てても、誰も拾ってくれなかえんちゃ。運よく拾ってくれる人がいても、年寄ばかしだしなあ。」

「年寄だって、子育てぐらいできるえ。」

と、ひで婆さんが遮るようにいった。語気が強かった。いねは、気圧《けお》されて、口を噤《つぐ》んだ。もしかしたら、ひで婆さんは、捨子だったら自分が拾うつもりで出かけてきたのかもしれない、と思った。

ひで婆さんも、赤子は姫池のほとりとにらんでいたとみえ、いねが村道から姫池の方へ道を折れると、なにもいわずについてきた。また、赤子が泣きはじめた。もう、すぐそこだ。

「この先は、孫七爺様がとこと、ゆら婆様がとこだな。」

ひで婆さんは独り言のようにそういい、いねに足音を忍ばせるようにといった。赤子は鳥や獣のように足音に驚いて逃げてしまうものでもないのに。

孫七宅は、暗く寝静まっていた。いねは、再び懐中電燈で二人の足許を照らした。いまにも電池が切れてしまいそうな、まことに貧弱な照明であったが、池に寄りすぎると、さざ波立った水面に光が砕けるので、転落防止燈ぐらいの役には立つ。

「昔の提灯《ちょうちん》を思い出すなし。」

ひで婆さんが妙にしんみりといった。若いころ、夜ふけに提灯を掲げてどこかへかよったことでもあるのだろうか。


赤子は、ゆら婆さん宅で泣いているのであった。捨子ではなくて、家のなかにいた。

「家のなかにいるからというて、捨子じゃねえときまったわけでもなかろう？」と、ひで婆さんはこだわった。「ゆら婆っちゃが拾ったのかもしれなかえん。拾ったはいいが、乳も出なければミルクもねえ。赤《ビッキ》は腹を空かして泣いてるのせ。」

土間の入口は暗かったが、その横の和紙を貼った格子窓がぼんやりと明るんでいた。二人は、赤子の泣声に引き寄せられるように、そろりそろりとその窓に寄っていった。いねのところにも、おなじような格子窓があり、毎年、盆前には和紙を新しいのと貼り替えているが、ゆら婆さんは不精して、何年間もほったらかしにしておいたとみえ、あちこちに穴があいたり、裂けた紙が垂れ下がったりしている。二人は、それぞれ穴を選んで覗《のぞ》き込んだ。

洗いざらしの、ネルだと思われる寝巻の上に袖なしを着た小柄なゆら婆さんが、囲炉裏ばたの茣蓙《ござ》の上にこちら向きに片膝を立て、煙ったげな顔で両手を炉にかざしているのが見えていた。炉には炎が見えず、くすぶっている煙ばかりが立ち昇って、赤味を帯びた裸電球が霞《かす》んで見える。

泣いている赤子の姿はどこにも見えない。

いねは、こんなふうに他人の住まいを覗き見したことがないから、気がひけて、すぐに窓を離れたが、何事にも執心深いひで婆さんは、左右の目で交互に覗き込んでいるうちに、うっかり板の間に籠《こも》っている囲炉裏の煙を吸い込んだとみえ、不意に噎《む》せて、額を窓の格子に打ちつけた。

あわてて袖を引いて窓から引き離し、よろけるからだを支えて、縺《もつ》れ合いながら道の方へ引き返そうとすると、背後で土間の入口のガラス戸が開いて、

「誰《でん》で。」

という主《あるじ》の声に呼び止められた。

二人は、立ちすくんだ。いまさら、うろちょろせぬ方がいい。逃げたところで、この暗さでは、せいぜい転んで脆《もろ》くなったどこかの骨を折るのが落ちである。観念して、のろくさと主の方を向くと、いねのものより十倍も明るい光に眩《まぶ》しく照らされた。おいたあ、と主は軽い驚きの声を上げた。

「ひでさと、いねさでねえしか。」

「まんず、お晩でやんす。」

二人は取り敢えず挨拶をした。

「こったら時間に、珍しこと。せば、太郎吉爺様から聞いてきたんで?」

と、主がおかしなことをいった。

二人は、顔を見合わせてかぶりを振った。

「せば、おくめ婆様から?」

いんや、と、ひで婆さんはむっとしたように遮って、自分たちは誰から聞いてきたのでもない、自発的に怪しげな声の出処《でどころ》を探しにきたのだといったが、ゆら婆さんの口振りから、すでに何人

かの訪問者があったことは明らかであった。

「赤《ビッキ》の泣声を、怪しげな声とは、ちといいすぎだえなあ、ひでさよ。」

と、主は穏やかにいった。

「だけんど、この村にはもう十何年も赤《ビッキ》が一人もいなかえん。いないもんの声が長々ときこえたら、誰だて怪しいと思うべし。おらはてっきり捨子だと思うたえ。」

主はくすくすと笑った。

「誰がわざわざこったら山んなかさ赤《ビッキ》を捨てにくるってし。あれは捨子なんちょじゃねえ、おら方《ほ》のもんだえ。」

そうはいっても、八十婆が赤子を産めるわけがない。主のひそひそ話を聞いてみると、赤子は今日の昼過ぎに、横浜に住んでいるいちばん末の孫夫婦に連れられてきたのであった。いうまでもなく赤子は孫夫婦の子で、ゆら婆さんには曾孫《ひまご》に当たる。けれども、婆さんはその末の孫がまだ中学生のころにいちど見たことがあるきりで、結婚したことも、子が出来たことも知らなかったので、彼の話を納得するまでには手間がかかった。初めは、あまりの思いがけなさに、てっきり、なにか悪事を働いて身を隠しにきたのではなかろうかと疑ったものだと、ゆら婆さんは首をすくめて打ち明けた。

「したら、なにしにきたのし?」

と、ひで婆さんが訊いた。

それが、どういう風の吹き回しか、盆休みを乗物が混雑する時期からすこしずらして取って、ひさしぶりの墓参りかたがた祖母に曾孫を見せにきたのだという。

「ちかごろ珍しく殊勝な孫さよのう。」と、ひで婆さんが感に耐えたようにいった。「おら共《ど》にも赤《ビッキ》の泣声を聞かせてけるしな。おらは、はあ、この世で赤《ビッキ》の泣声なんちょ聞くことはあるまいと思ってらったが……。」

ひで婆さんは、言葉を詰まらせて洟《はな》をすすった。ゆら婆さんが寝巻の襟を掻き合わせながら、囲炉裏の火で暖まっていくようにといってくれたが、もう遅い時間だったので遠慮することにした。途絶えていた赤子の泣声がまた奥の方からきこえていた。泣きすぎて声がかすれていた。

「だけんど、それにしてもよく泣きなさる赤ん坊でやんすなあ。どこか悪いんでなければいいけんど。」

いねがそういうと、別段よなきの癖があるわけではなさそうだが、まだ生後八ヵ月だから、初めての長旅で癇《かん》が立っているのだろうと、ゆら婆さんはいった。

「母《か》っちゃもなにかと気忙《きぜわ》しかろうな。」と、いねはいった。「赤ん坊はお乳を通して母親の気持を敏感に感じ取るもんだすけに。」

「なんだか知んねえが、珍しいのも眠れねえほどじゃ、困りものよ。だども、あさってには帰るっつうすけ、今夜と明日の晩だけの辛抱せ。」

ゆら婆さんはそういうと、両袖を胸の上に重ね合わせて土間へ入っていった。

いねと、ひで婆さんとは、また薄ぼんやりとした光を足許へ落して、きた道を引き返した。いねは、赤子の泣声を存分に聴いて、すっかり満ち足りた気持になっていた。

姫池のほとりを離れると、

「明日、明るいうちにあの家を訪ねてみるべし。」

ひで婆さんが独り言のようにそういった。いねは、誘われたとも思わなかったから、黙っていた。

「若夫婦ってやつも、はあ、見ることもねっかもしんねえすけな。」

そんなつもりなら、いねは誘われても断わろうと思った。

「頼めば、おらさ赤《ビッキ》を抱かせてくれるえか。」

「落っことさねばな。」

ひで婆さんは舌うちした。

「おらは、おふでとちがうわい。」

もう何十年も前のことだが、ふでという働き者の若い母親が、野良仕事に疲れ果て、夜遅く、しまい湯の浴槽のなかでつい居眠りが出て、抱いていた赤子を取り落してしまうというしくじりをした。溺れた赤子も、あとを追ったふでも、共同墓地のおなじ墓で眠っている。

そのあと、二人は、無言で歩いた。

ひで婆さんとは、出会ったときのように、庚申塚の前で別れた。いねは、二つに分かれたもう一方の坂道を、汗と足の脂と夜露を吸って重たくなった藁草履《わらぞうり》を引きずりながら、ゆっくり登っていく婆さんの足音がきこえなくなるまで、そこに佇んでいた。

赤子はようやく寝ついたらしく、闇の底の方から、谷川の水音だけがきこえていた。懐中電燈の電池が絶えた。

てざわり

まず、背面で総丈《そうたけ》を計る。総丈とは、ワイシャツの襟の付け根（ほぼ第三頸椎《けいつい》の位置に当たる）から踵《かかと》までの長さで、その長さのちょうど半分が上着の丈になる。尤《もっと》も、時の流行や、それを着る当人の胴の長さに合わせて、半分よりも多少長目にしたり、短目にしたりはするが。

それから、バスト、ウエスト、ヒップ、肩幅、袖丈、背幅、首回り、アームホール、という順で採寸《さいすん》を進めていく。肩や、腕の長さが、左右均等でない人がすくなくないから、気をつけねばならない。袖丈は、親指の先まで計って、そこから十センチ引いた長さがちょうどいい。

上着を済ませてから、ズボンに移る。ズボンの丈は、当然のことながら、外側と、内側の股下とを計ることになる。外側は、格別なんのこともないのだが、内側を採寸するときは、色めき立つというほどではないにしても、血行が速まり、顔がすこしばかり火照《ほて》ってくるのをおぼえる。相手に感づかれぬよう、すばやく金癖《きんぐせ》をとらねばならないからだ。

男は誰でも、股間の持ち物をズボンの右側か左側かにおさめているが、これは無意識のうちにいつしか身についてしまった癖によるもので、右癖の人は常に右側、左癖の人は左側におさめている。なにかの拍子に、いつもとは反対の側へ押し込まれたりすると、違和感で平常心が保てなくなる。相撲の世界では、得意な組手を持たずに、なりゆき任せで右四つになったり左四つになったりするのを、なまくら四つというそうだが、男の持ち物のおさめ方には、そんななまくらなどないのである。

ズボンの寸法をとるとき、それを穿《は》いている当人が右癖であるか、左癖であるかを確認することを、仕立屋仲間では、金癖をとる、といっている。なぜ金癖をとるかというと、持ち物がおさまる側を少々楽に作る必要があるからだ。普通、一センチ五ミリほど余裕を持たせる。

金癖をとるには要領がある。仕立屋は、採寸しながら手のひらで絶えずからだのあちこちを軽く抑えたり撫《な》でたりするが、あれはだてにそうしているのではない。骨格、骨の太さ、筋肉のつき方、からだの個性的な特徴などを、さりげなく探っているのだ。金癖もそれと似た方法でとるのだが、こちらは肩や腕とちがって露骨に触れてみるわけにはいかない。相手に不快を感じさせてもならない。

それで、手の甲を用いる。右か左かの甲で矢のように股間を掠《かす》めて、瞬時に金癖をとるのである。これができるようになれば、仕立屋も一人前だといっていい。

ところが、ちかごろの仕立屋には、このような金癖どりの修業を怠る傾向が見える。なにもわざわざ、股間に手の甲をひらめかせたりしなくても、金癖など、ただ見ただけでおよその見当がつくし、統計的にも九十九パーセントが左癖だとわかっているから、というのが彼等の言い分である。

けれども、独断に頼って金癖どりを軽視する仕立屋は、仕事に不誠実だという謗《そし》りを免れないだろう。なかには、一見して右とも左とも判断できかねる人たちが確かにいるし、極く少数だが、右側の人たちもいるのだ。やはり、仕立屋は、手を抜かずに金癖どりをおこなうべきなのである。

町の商店街の横町にあるテーラー岩田の主《あるじ》の友吉は、もともと陽気な質《たち》なのだが、このところ、珍しく浮かない顔で暮らしている。店に出ていても、仕事に身が入らなくて、煙草をふかしながらガラス戸越しに人の行き来をぼんやり眺めていることが多い。

べつに、からだ具合が悪いのでもなく、なにか心配事があるわけでもない。ただ、何日か前に、初めての客の採寸をしたとき思わぬ醜態を演じてしまった記憶が、彼の心を暗くしているのだ。

その客というのは、スーツの仕立てを頼みにきた四十年配の大柄な男で、これまでは、洋服はすべて吊《つる》しで辛抱してきたのだが、今度勤め先で課長に栄進することになったのを記念に、奮発して、自分のからだにぴったりの、りゅうとした背広を新調することにしたのだということであった。

友吉は、さっそく服地を選んで貰い、次いで採寸にとりかかった。上着は何事もなく済んだが、ズボンで躓《つまず》いてしまった。採寸はできたが、金癖はとれなかった。股間に一閃《いっせん》させた手の甲に、触れてくるものがなにもなかったのである。

浅すぎたか、と彼は思った。ここしばらく金癖をとる機会に恵まれなかったから、勘がすこしにぶっているらしい。もういちどやってみた。今度はさきほどよりも大胆に。けれども、やはり虚《むな》しかった。手の甲には、なにも触れない。

友吉は、かねがね金癖どりには自信があっただけに、強い衝撃を受けた。こんなことは初めての経験であった。五つ六つの子供の物でも、それなりのてざわりがあるのに、二度とも虚しかったのだから、この大柄な客の股間には男の持ち物がないのだと思うほかはない。

「……仕立屋さん」と、頭の上から客の声がした。「どうかしたんでやんすか？」

それで友吉は、客の股間に茫然《ぼうぜん》とうずくまっている自分にようやく気づいた。

「いや、なんでもありゃんせん。」

彼は、我に返って立ち上がると、上着の襟の感じを確かめるふうを装いながら、手のひらや甲で客の胸部のあちらこちらに軽くさわってみた。彼の頭の隅に、この客は、もしかしたら男ではないのではないか、男装をした女なのではないかという疑念が生じていたからである。けれども、客の胸部はただごつごつとして、乳房だと思われるてざわりはなかった。

すると、この客は男でもなければ女でもないということになる。友吉の頭は混乱して、さっき首回りを採寸したときの客の喉仏が尖っていたことも忘れていた。そのあと客にどう応対したのか記憶もおぼろげで、ただ、年甲斐もなく採寸する手の顫《ふる》えがいつまでも止まらなかったことを妙にはっきり憶《おぼ》えているだけである。年季を入れた仕立屋としては、醜態だったと思わざるをえない。

客が帰ったあと、友吉の手には男の名が印刷されている名刺が一枚残されていたが、翌日になると、きのうの金癖どりのしくじりがどうにも信じられなくて、客の勤め先へ電話をしてみないではいられなかった。

「きのう、参考のために伺うのを忘れたんでやんすが」と、電話口に出た客に友吉はいった。

「なにかスポーツをおやりで？」

ひょっとしたら、股間の持ち物がきついサポーターのなかに押し込まれて、潰れたような状態

になっていたのかもしれないと思ったのだが、

「こったら図体《ずうたい》でやんすから、よくそう訊かれますけんど、実は運動神経がまるっきり駄目でやんして。」

と、笑いながら客はいった。

「大病をなすったことは？」

たとえば、股間の持ち物を命と交換で切除しなければならなかったような。

「いや、ありゃんせん。いまも至って健康でやんす。」

と客は張りのある声でいった。


こんなときはどうすればいいのか、友吉には妙案が浮かばなかった。若いころから、納得のいかない仕事には身が入らない性分で、たとえ相手が上客であっても、金癖もとれずに女が穿くようなズボンを作る気になれるわけがないのである。

彼は、思案に尽きて、ある日、昔の親方を訪ねてみた。自分の店を持つ前に、十五年も住み込みで修業をさせて貰った仕立屋の主である。いまは店を畳んで隠居の身だが、長年の坐業で足腰が弱りはじめているものの、頭も呂律《ろれつ》もしっかりしていて、とても八十半ばとは思えない。

友吉は、しばらく世間話をしてから、こないだ初めての客の金癖をとり損ねてしもて、と打ち明けた。

「ほう、それは珍しいこって。おめは若いころから金癖をとるのが得意だったたっけがな。そろそろ齢か。」

親方はそういったが、どうやらその客の股間には持ち物がないらしいことを知ると、眉を寄せて口を噤んだ。

「金癖をとろうにも、肝腎なものがねえんでやんす。親方にもこったら経験がありゃんしたえか。」

「女ごの男装が流行《はや》ったころに、金癖をとらねで何着か仕立てたことはあったっけがな。」

親方は、それきり黙って煙草《たばこ》をふかしていたが、やがて、

「その客に持ち物がねえってことが、どやしてわかった？」

といって友吉の顔を見た。

それは、いうまでもなく、いつもの流儀で金癖をとろうとしてわかったのである。友吉は、思い出して貰おうと右手の甲を親方の方へ向けてみせた。その手で何度試みたかと訊くので、二度試みたが、二度ともなんのてざわりもなかったと答えた。すると、

「二遍ぽっちで、ねえものときめっちまうのは、どったらもんだえか。」

と親方がいった。

友吉は、自分の腕を侮《あなど》られたようで、面白くなかった。

「だけんど、いつもは一遍こっきりで済むんでやんすが。二遍は念を入れた方でして。」

「念は入れたろうが、なんのてざわりもねかったからというて、その客に持ち物がねえとは限るまいがな。」

友吉には、親方の言葉の意味がすぐにはわからなくて、すこし考えてから、

「ひょっとしたら、てざわりもねえほど小《ちゃっこ》い物があったかもしんねえ、といいなさるんで？」

といった。

「そうよ。」

「せば、子供の物よりちゃっこい物で。」

「多分な。飴玉《あめだま》か南京豆ぐれえの。」

友吉は噴き出した。

「ところが、その客は大柄のがっしりした男でやんして。」

「だけんど、大男が必ずしもでっけえ物を持っとるとは限るまいが。」

「それはまあ、そうでやんすが。」

「男だら誰でも持っとる物を、その客だけが持ってねえはずはなかえんちゃ。きっと、おめの金癖どりも及ばねえとこに、豆粒ほどにもちゃっこい物を持っとるのせ。だけんど、持ち物がちゃっこいからというて、見縊《みくび》ったらなんね。おめも独り者じゃねっから、釈迦に説法かもしんねえが、男の持ち物は、肝腎なときに手頃な大きさに固く膨れ上がってくれさえすればいいのでな、普通は南京豆で結構よ。なんでも、南京豆の方が、折れた天狗の鼻のよんたに、のべつのったりしてる物よりも、いざというとき、ずっと生きがいいんだと。」

親方の話が次第に横道へそれていきそうなので、友吉はもじもじと坐り直した。

「ところで、親方、今度の客のズボンはどったらふうに作ったもんでやんしょう。」

「どったらふうにって、普通に作ってやんなよ。」

と親方はいった。

「普通に、というと、持ち物をおさめる余裕を寸法に入れてで?」

「そうよ。」

「でも、客の金癖がわかりゃせんと……。」

「おめは相変わらず融通の利かんやっちゃな。齢をとったら腕ばかり頼るもんじゃねえ。腕でとれないものは口でとることを憶えなよ。」

友吉は面食らった。

「口で金癖をとるのは、ちと露骨でしょうが。」

「なにが露骨なもんか。口というても、唇や舌のこっちゃねえんだぜ。言葉だよ。言葉で探りを入れるのよ。」

「どう探りを入れるんで？」

「子供じゃあるまいし、それは自分で考えなよ。」

と親方はいった。


それから二日の間、友吉は、口で客から金癖をとることばかりを考えて過ごした。三日目に、髭を剃るとき、頬がすこしこけたような気がしたが、気付けに梅酒を飲んで、また客へ電話をした。実はズボンの寸法のことで一つ確かめたい点があるから、勤め帰りにでも店に立ち寄ってくれるよう頼んでみると、客はよほど課長のスーツが楽しみらしく、さっそく、その日の夕刻にきてくれた。

「お疲れのところを、恐縮でやんす。」

と友吉はいって、客に椅子を勧めた。

「寸法をとるんじゃなかったんで？」

と客がいった。

「その前に、一つ伺っておきたいことがありゃんして。」と友吉はいって、唾を一つ嚥《の》み込んだ。

「ズボンは、どなたのものにでも、右側か左側かに、一センチ五ミリほどの余裕を持たせることになっとるんでやんして。つまり、なんでやんす、閉じ籠められている物の、憩いの場所で。」

友吉は、いい齢をして、いつの間にか薄く血の色が浮き出した顔をうつむけていた。

「……なるほど。」

と、客は微かに笑いを含んだ明るい声でいった。友吉は、その声に励まされて顔を上げた。

「で、お客さんは、右側か左側か、どちらに余裕をもたせるのをお望みで。」

「それでは、左側にして貰いましょうか。」

客はきっぱりとそういった。友吉は、安堵のあまり、思わず、

「あ、ありゃんした。レフトサイド。」

と、ちいさく叫んだ。

寝台から降りると、膝が折れそうになり、足許《あしもと》もすこしおぼつかないが、その気になれば、歩けぬこともない。こう寝たきりでは、足腰が萎《な》えてしまうから、日に何度かは、おのれを励まして、廊下の壁を片手で撫ぜながら手洗いにも独りでかよっている。

それで回診のとき、

「どうだい、いまのうちにいちど家に帰ってみるかい。なにかと気掛かりだろう。」

と医者にいわれて、たけは即座に、是非そうさせて貰いたいといった。

「但し、ひと晩泊まりだよ。」

ひと晩はちょっと寂しいが、秋の農家に病身で長居をしても邪魔になるばかりだ。たけは承知して、穏やかな日を選んで帰宅することにした。

入院したころに比べると、朝夕めっきり冷え込むようになってはいるが、それでもまだ小春日和《びより》が二、三日つづくことがある。医者は、いずれ病勢が募り、寝台の上に起き上がることも叶《かな》わなくなるはずの老患者を哀れんで、痛み止めが効くいまのうちにと帰宅を許したのだが、たけの方は、医者の言葉を、雪や寒さの来ぬうちにというういたわりだと受け取って、いそいそと帰り支度をはじめている。

たけは、おのれの病について、くわしいことは知らないが、胃袋をかなり損じているらしいことだけはわかっている。胃袋は若いころから丈夫ではなくて、もっぱら年寄の勧める薬草を愛用してきたが、何年か前から食ったものを時々戻すようになり、それが年々ひどくなる一方なので、こっそり病院を訪ねて診て貰ったところ、即日入院させられた。医者たちにも、もっと早く診せるべきだったと叱られたが、たけの村では、少々の胃痛や胸焼けで医者にかかったりすると物笑いの種になるのである。

病院では、いちど、たけの胸を切り開いたが、すぐに閉じてしまった。もはや、なにをするにも手遅れだったからだが、たけは勝手に、手術が短時間で済んだのは摘出するべき病巣が予想外にちいさかったからだと思い込んでいた。けれども、それならば胃袋が復調に手間取っているのはなぜなのか。それは、たけ自身にもわからなかったし、医者に尋ねてもはかばかしい返事は得られなかった。

たけは、随分痩せてしまった。入院前から痩せはじめたのが、病院暮らしをしていてもさっぱり歯止めが掛からぬとみえて、ひさしぶりに顔を見せた倅《せがれ》が驚いていた。毎朝、洗面所の鏡で見馴れているから、それほどとは思わなかったが、倅は母親の顔がひと目でわからなくて、病室を間違えたかと思ったらしい。

倅は、いまはもう出稼ぎをして食いつなぐほかはなくなったことを告げにきたのであった。今年は春から異常気象とやらで、とりわけ東北のはずれのこのあたりでは、おてんとさまのお恵みも至ってすくなく、蚊が出る季節になっても炬燵が仕舞えぬ低温がつづき、村人たちは、寄ると触ると、作物の育ち具合が甚だ思わしくないのに眉をひそめながら、凶作の予感をひそひそと囁《ささや》き合っていたのだが、月遅れの盆が過ぎるころには、すべての望みを捨てて観念せねばならなくなった。

伜に訊くと、米はひと粒も穫《と》れぬ皆無作だという。稔《みの》らぬ稲は、青刈りにし、機械で空《から》の籾《もみ》を飛ばして藁《わら》にして、畜産農家に安売りするより仕方がない。

「昔であれば大飢饉《だいききん》ぞ。人を食ったつうのは、こったら年だったえなあ。」

伜が苦く笑っていった。このあたりには、江戸時代から何度となく見舞われた大飢饉の悲惨な話が、あちこちに数多く残されている。

伜は、やはり出稼ぎに活路を求めている近隣の村々の連中と一緒に東京へ出て、土木作業をすることになるらしい。五十半ばの身に勝手のちがう力仕事はさぞ難儀なことだろうが、ほかに暮らしを支える道がないのだから、ただ黙って見送るほかはない。

伜が出かけてしまうと、村の家には、連れ合いの鎌吉爺《じ》さまと、伜の嫁の房江だけが残される。伜夫婦には男の子が一人いるのだが、中学を卒業して間もなく、大阪へ板前の修業にいくと置き手紙をして飛び出していったきり、音沙汰がない。無事なら、そろそろ三十にもなろうか。

連れ合いの爺さまは、何事も機械まかせになった農作業に嫌気がさして、伜夫婦に田畑をゆずってしまうと、たけに手伝わせて、家の裏手の、さして広くもない林檎畑の世話をしていた。たけは、林檎の実一つ一つにかぶせてあった虫除《よ》けの紙袋を取り外す作業をする前に入院して、あとのことが気になっていたから、袋剝ぎのときは爺さまに手を貸してくれたろうなと伜に確かめてみると、手を貸すどころか、自分たち夫婦だけで全部済ませたと伜はいった。爺さまは袋一枚剝がなかったという。持病の神経痛が出たせいかと、たけは思ったが、そうではなかった。

倅によれば、連れ合いの爺さまは、ちかごろ齢のせいか、それとも、米の不作や、米ばかりではなく林檎も例年になく出来が悪かったことから受けた衝撃のせいか、めっきり生気を失って、ただぼんやりと日を送っている。囲炉裏ばたで、膝小僧を抱いて、何時間でも薪がちろちろ燃えるのを見詰めていたり、ゴム長を鳴らしながら刈田の畦《あぜ》や林檎畑のなかを当てもなくのろのろと歩き回ったりしている。

「房江は、急に婆《ば》っちゃがいねくなって、寂しいのではなかえんか、というとるけんど、歩けるようだら一遍顔を見せてきてけれや。」

倅はそういうと、暗い顔でしばらくなにもいわずに窓の外へ目を向けていた。


帰宅のゆるしが出たのは、倅が出稼ぎの話を種に、多分これをおふくろの見納めにするつもりでひょっこりやってきた日から、一週間ほどのちであった。回診の医者がたけの気掛かりを知っていたのは、倅が帰りに医局へ寄ってざっと事情を打ち明けていったからだろう。

たけは、よほどのことでもない限り家へは電話をするまいと思っていた。村の家には電話などめったにかかってこないから、不意にベルの音が鳴り響いたりすると、家族は何事かと動顚するのだ。けれども、帰宅のゆるしが出た日は、浮き浮きして、思わず受話器に手を掛けてしまった。

入院以来、これが二度目の電話ということになる。最初は、胸を切りひらかれる前日、つい心細さに負けて、明日は誰かにきて貰いたいと訴えたのだった。すると、連れ合いの爺さまか倅がきてくれるものだとばかり思っていたら、嫁の房江が独りできた。爺さまも倅も、落胆のあまり腰が抜けたようになっているということであった。

ベルが鳴っているのに、誰も出なかった。一時間ほど間を置いて、またかけてみたが、誰も出ない。両手を腰に回して、足に合わないゴム長をごぼごぼと鳴らしながら、稔らなかった田の畦道を茫然《ぼうぜん》と歩いている爺さまの姿が目に浮かんだ。房江はおそらく林檎畑だろう。五十女が、舅《しゅうと》や亭主の分も独りで樹果を収穫するのは、容易なことではない。

せっかくゆるしが出たものの、翌日からあいにく冷たい雨が降りつづき、十日もしてようやく霽《は》れると、朝、霜が降りるようになっていた。ぐずぐずしていると、雪になる。それよりも脚が衰え切って歩けなくなる。たけは、ともかく朝から晴れた日がきたら、霜が融《と》けるのを待って出かけることにした。

三度目の電話も無駄に終わった。長々とベルを鳴らしつづけたが、誰も出ない。どうしたのだろう。けれども、今度ばかりは諦めるわけにはいかなかった。誰かに迎えにきて貰わなければ、とても独りでは帰れない。

四度目も、村の家は留守であった。仕方なく、近所に住んでいる遠縁の芳子へかけてみた。芳子はまだ四十前で、子宝には恵まれなかったが、亭主を村役場に出して自分は趣味と実益を兼ねた花作りにいそしむという結構な暮らしをしている。ひさしぶりの電話がやっと通じて、たけは最初、ちょっと吃《ども》った。

「……芳子だど？」

「んだえ。」

たけは、ほっとした。なにしろ電話で芳子の声を聞くのは初めてなのだ。芳子は、相手が入院中のたけだと知ると、おいたあ、と悲鳴に似た驚きの声を上げた。

「おら方《ほ》の爺さまや房江に変わりがなかえんか。なんぼかけても出ねえのし。」

たけが不安な気持でそういうと、ややあって、

「どったら用があってしか。」

と芳子がいった。

それで、たけは一時帰宅のゆるしが出て明日にでも帰りたいから、昼過ぎに病院まで迎えにくるよう房江に伝えて貰いたい、と芳子に頼んだ。それから、なにかこちらから持参するものはないかと訊かれて、薄着で入院したから、風邪をひかぬよう毛糸のものでも持たせてくれれば助かるが、とたけはいった。

ところが、翌日の昼過ぎに病院へきたのは、嫁の房江ではなくて芳子自身であった。

「なして、おめさんが？　おらは、おめさんにきてくれと頼んだわけじゃねかったのに。」

たけが恐縮してそういうと、芳子は、なにやら言訳めいた言葉を口のなかでぶつぶつ呟《つぶや》いたきりで、抱えてきた風呂敷包みから、厚手の下着や、裾や手首のほどけかけたジャケツや、継《つ》ぎ接《は》ぎだらけの毛糸のももひきや、綿入れ半纏《ばんてん》などを取り出した。たけは、たちまち着《き》脹《ぶく》れて、いよいよ顔がちいさく見えた。

たけはタクシーを呼ぶつもりでいたが、芳子は自分の車できていた。かなり乗り古した軽自動車だったが、うしろの座席には畳んだ毛布とクッションが置いてあった。たけは、勧められて、そこへクッションを枕に横たわった。芳子が毛布でからだを包んでくれた。

房江はなぜ迎えにきてくれなかったのか。その疑問がたけの頭から消えなかったが、芳子に尋

ねる機会がなかった。芳子が故意にそんな機会を与えてくれないような気が、たけにはした。車が揺れ出すと、それきりたけは起き上がれなくなった。それに、車の騒音を押し退《の》けるような声も出なかった。たけは、目も口も閉じてじっとしていた。

半時間ほどすると、車は停まった。

「さあ、着いたえ、婆っちゃ。」

そういう芳子に助けられて、車から降りると、目の前に、何度も夢に見た懐かしい我が家があった。片脇を支えられて、せまい前庭を土間の方へそろそろ歩いていると、ちょうど裏の林檎畑から戻ってきた爺さまが、家の横手の小道からあらわれた。全体がひとまわりも、ふたまわりも凋《しぼ》んだように見えた。三人は、土間の入口で立ち止まった。

「爺さまよ、いま戻ったえ。」

たけは、口のなかに溜めておいたつばきをごくりと飲み込んで喉をうるおしてからいった。けれども、爺さまは無表情でたけを見詰めるばかりであった。驚き呆《あき》れているのかと思っていると、

「……汝《うぬが》は、誰《でん》で。」

と、やがて彼はいった。

たけは、おのれの耳を疑ったが、すぐに、病院にきた倅もひと目では自分がわからなかったことを思い出して、

「おらは痩せだえ。だども、痩せでもおらだえ。」

そういいながら爺さまが着ている犬の毛皮の胴着に手を触れようとした。すると、爺さまはのけぞるようにして、たけの手を払い除《の》けた。

「汝は、誰で。」

彼は繰り返した。

「爺さま、よく見てけれ。おらは、たけだえ。」

たけは、喉を絞るようにしていったが、爺さまの表情は動かなかった。

「汝は、誰で。」

彼は、おなじ問いを繰り返した。たけは土間へ崩れ落ちそうになった。

そのとき、子供のようにしゃくり上げたのは、足を踏ん張ってたけのからだを支えていた芳子の方であった。

「爺さまはな」と芳子は顫《ふる》える声で囁《ささや》いた。「誰の顔も忘れてしもうたのし。自分の家族の顔も、村の人たちの顔も。だすけ、誰を見ても、それが誰だかわからんの。」

「なして、そったらことに……。」

「確かなことはわからねけんど、うちの人らは、不作のショックで急に呆《ぼ》けがきたんじゃなかえんかって……。」

房江は、なにに怯《おび》えたのか、爺さまと二人きりの夜がこわくてならないといって、実家へ帰ってしまったという。それで、芳子が日にいちどはこの家にきて炊事の面倒をみてやっているらしい。女手のない家のなかは、埃っぽく、荒屋《あばらや》のようで、これが嫁いできてから六十年近くも住み馴れた家の成れの果かと思うと、胸に大きな穴があいたような気持であった。

芳子が引き揚げ、土間でなにかしていた爺さまがまたいずこへともなく出かけてしまうと、たけは、囲炉裏ばたの莫蓙《ござ》の上にぺたりと坐って、随分長いこと火の消えた薪を見詰めていた。無味乾燥だったとしかいいようのない、八十年近いこれまでの生涯を、ぼんやりと思い返していた。たとえこの先、生きてこの家に帰ってこられたにしても、前途に仄暗い灯一つない。おのれが誰だかわからなくなった爺さまと二人で暮らすのは、ごめん蒙《こうむ》りたいものだと思った。

やがて、ふと思い立ったように、隣座敷の古簞笥《だんす》から、寒くなると首に巻きつける安物の黒い絹布を取り出してきた。たけは、これまでに作物の不出来に絶望して縊《くび》れた農夫を何人も見てきている。これさえあれば、あのむごたらしい顔を人目に晒《さら》さずに済む、と思った。これで首から上をすっぽりと覆えばいい。

夕方、たけは納屋《なや》に入って、必要なものを二つ三つ探した。動いても、不思議にすこしも苦しくなかった。ただ、堪《こら》えがたいほど冷え冷えとしたものが、骨と皮ばかりになったからだを満たしているだけであった。


翌朝早く、鎌吉爺さまは、裏の林檎畑で見馴れぬ黒いものが枝から長く垂れているのを見つけた。爺さまは、霜柱を踏んでゆっくりそいつに近寄ると、しばらくの間しげしげと眺めてから、

「こりゃあ、また、がいにでっけえ、みのむしぞ。」

と呆れたように呟いた。

みのむしの下の地面には、小型の踏台が横倒しになっていて、そばで踵《かかと》の潰れたズック靴が一足、厚く霜をかぶっている。

爺さまは、珍しいみのむしに見飽きると、水っぽい嚔《くしゃみ》を一つして、なんの用があるのか、またゴム長をごぼごぼと鳴らしながら畑の奥の方へ入っていった。

とっくに忘れてしまったと思っていたその言葉が、唐突に思い出されたのは、脳血栓で町の病院に入院した夫の母の足許の方で、付き添っている義姉《あね》からしばらく愚痴を聞かされたのち、旅装を解きに町はずれの家へタクシーを走らせていたときであった。

佐久は、ゆうべ東京を発ってきた寝台特急を、今朝、町の駅で降りた足でまっすぐ病院を訪ねたから、朝の食事はまだで、ひさしぶりの列車に揺られる長旅だったせいか、気恥ずかしいほど空腹を感じていた。

その空腹感が、記憶の底からあの言葉を呼び返したのだろうか。そういえば、あのころも佐久は絶えずひもじさを堪《こら》えながら暮らしていたのだ。

「人を入院さすときは、はきものを持たすことを忘れんようにな。治って退院するときには、はきものが要るにきまってるんだから。かえりのはきものを忘れたりすると、ろくなことにはならないからね。」

あれは確か、佐久の母親が入院するとき、父方の伯母が口にした言葉であった。母親は乳癌で、もはや手の施しようがなくなっていた。医者は匙《さじ》を投げていた。それでも、父親は入院させるといい張って手続きを済ませ、知り合いの車を頼んできた。まるで、わざわざ病院へ死ににいくようなものであったが、父親としては、いくら貧しくとも、連れ合いを、一度も入院加療の機会を与えずに死なせてしまうのは忍びなかっただろうし、もしかしたらという一縷《いちる》の望みにすがる気持もあったろう。

そのとき、佐久はまだ二十《はたち》で、東京へ働きに出ていたが、母親の入院を手伝うために二日間だけ暇を貰って戻ってきていた。佐久は、母親に肩を貸して家の外へ出た。偶然、七夕の日の午後で、いつの間にか家の戸口にはひょろりとした葉竹が一本立ててあり、まだ中学生や小学生だった弟や妹たちがそれぞれの願いを書き入れた色とりどりの短冊が枝々に吊されていた。どの短冊を見ても、かあちゃんのびょうきがなおりますように、と書いてあった。佐久は、その一枚を母親に見せてやったが、母親にはもう、そんな短い文句さえしまいまで読み通す気力がなくなっていた。

母親は、敗戦の年に東京を焼け出されてから、十年間住み馴れた連れ合いの実家の荒屋《あばらや》を、いちども振り返ることなく車に乗ると、すぐ佐久の太腿《ふともも》を枕にして横になり、目をつむった。佐久は、ブラウスのポケットから大事にしているオーデコロンの小瓶を取り出して、あたりにそっと振り撒いた。母親の患部である右の乳房の腫瘍は、いまや鶏卵大に膨脹し、一部が腐肉を押し退《の》けて露出して、なににたとえようもない、胸が悪くなるばかりの悪臭を放っている。母親は、そこに白木綿の晒《さら》しを幾重にも巻きつけているのだが、悪臭はそれさえ通して漂ってくる。

男たちはなにに手間取っているのか、なかなか家から出てこない。佐久は、父親はともかく、車を運転してくれる人にはオーデコロンの匂いが薄れないうちにきて貰いたいと思って、じりじ

りしていると、父方の伯母が車の外から、

「かあちゃんのはきものは持ったろうね。」

といった。

「履いてるの。」

佐久が答えると、伯母は窓から覗き込んで、

「随分ちびたげただねえ。それしかないのかい。」

と、情けなさそうにいった。

佐久は、あやうく、上等なはきものでないと無事に退院できないの、と反問しそうになった。母親は、目をつむったまま無言で薄く笑っていたが、これで結構ですよ、もともと私にゃかえりのはきものなんか要らないんですから、と心に呟いているような気が、佐久にはした。

病院に着くと、佐久は、板のように磨《す》り減った母親のげたを新聞紙にきちんと包んで、寝台の下の踏台を兼ねた物入れ木箱に入れておいた。けれども、そのげたは、結局、役には立たなかった。母親はわずか三ヵ月間入院しただけで、やはり助からなかったからである。

そのころ、その町では、坐棺で土葬にするのがしきたりであった。佐久は、母親が入院するときに履いていったげたを、棺の足許の方へ入れてやった。母親は、取って置きの絹物を着せられていたから、ちびたげたは似合わなかったが、誰も文句はいわなかった。棺はそのまま土中に埋められた。

町はずれの、川を見下ろす崖縁の家の玄関は、義姉から預かってきた鍵を使うまでもなく開い

た。家のなかは、きれい好きな女世帯《じょたい》には珍しく雑然としていて、昨日の義姉の狼狽ぶりを伝えていた。裏口もわずかに開いたままで、戸締まりを確かめている余裕すらなかったとみえる。ゆうべ寝に就くときまではどこにも異常のなかった年寄が、朝になってみたら左半身不随になって口も縺《もつ》れていたのだから、動顚したのは無理もなかった。

手早く着替えをし、家のなかをざっと片付けてから、台所の戸棚や冷蔵庫を探して、有り合わせのもので義姉と二人分の食事を作った。佐久が先に食事を済ませて病院へ戻り、ゆうべから眠らずに付き添っていた義姉と交替することになっている。ところが、佐久が箸を手にしてしばらくすると、義姉がタクシーで帰ってきた。病人の容態になにか異変があったのかと驚いたが、そうではなかった。

「あんたの顔を見たら気が弛《ゆる》んだのか、おなかが鳴るやら、こっくりが出るやら、とても病院にじっとしていられなくてね。」

と、義姉は畳にぺたりと尻を落していった。

佐久は、一緒に食事を済ませると、すぐ病院へ出かける支度をした。病人は、どういうものか、利く方の右手でしきりに着ているものを毟《むし》り取ろうとするという。義姉は、ずたずたに裂かれた肌着を三枚も持ち帰っていた。けれども、それらを洗って繕うには時間がかかる。佐久は、新しい肌着を五枚ばかり出して貰って、風呂敷に包んだ。

「それから、お姑《かあ》さん、はきものはお持ちになったでしょうか。」

「はきもの？」

「ええ、ぞうりか、げたを。……お持ちにならなかったんですね。」

義姉は小首をかしげて佐久を見ていた。佐久がなぜ急にそんなことをいい出したのか、理解しかねているのだ。

「わからないわ。だって、母さんは家から病院まで救急車で運ばれたのよ。そんな病人に、はきものなんて要ると思う?」

「でも、退院なさるときには要りますでしょう。」

佐久がそういうと、義姉はすこし間を置いてから笑い出した。

「あんたって時々妙なことを考えるのね。そりゃ、確かに裸足《はだし》で退院するわけにはいかないけど、はきものなんて、そうときまってから用意したって間に合うでしょうが。でも、どうして急にそんなことが気になったのかしら。」

それで、実はさっき病院からここへくる途中、どういう風の吹き回しだったのか、まだ娘時分に父方の伯母から聞かされた言葉がひょっこり思い出されたからだと、佐久ははにかみ笑いを浮かべながら正直に答えて、その伯母の言葉を披露した。

「私の母が入院するとき、伯母が退院するときのはきもののことをいい出したんです。かえりのはきものを忘れたりすると、ろくなことにはならないからねって。私がちょうど二十のときでしたから、いまから三十年も前のことです。まさか、そんなことを憶えているとは思わなかったけど、ひょっこり頭に浮かんできたんです。それに釣られて、昔のことをいろいろ思い出したんですけど、細かいことまでよく憶えてるんでびっくりしました。記憶って、おかしなものですね。」

「でも、あんたのお母さん、亡くなったんでしょう、その病院で。」

「ええ、たった三ヵ月入院しただけで。もう手遅れでしたから。かえりのはきものは無駄になりましたけど、伯母としてはみんなの気を引き立てるつもりでそんなことをいい出したんですね。お呪《まじな》いみたいなもんだったんです。」

そんなお喋《しゃべ》りをしてから、出かけようとすると、

「下駄箱のいちばん上の段に、母さんの好きな津軽塗りのがあるからね。」

と義姉がいった。

二人は、ちょっとの間、お互いに顔を見合わせていた。

「じゃ、新聞紙だと紛らわしいから、油紙にでも包んで持ってきましょう。」

と、やがて佐久がうなずいていった。

「そうしてよ。退院はいつのことになるかわからないけど、いまから準備しておいたっておかしくはないわ。」

と義姉はいった。

病人は、軽い鼾《いびき》をかいて眠っていた。佐久は、油紙に包んで携えていった姑《しゅうとめ》のげたを寝台の下に置いて、付き添ってくれていた看護婦に、これは病人の持ち物だから病室を変わるときには一緒に移動させてくれるように、と頼んだ。

「中身はなんでしょう。」

「げたです、津軽塗りの。」

「げた？」

「退院するときの。かえりのげたです。」

看護婦はちょっと笑って、それは用意のいいことで、といった。

姑はその病院に五年いて、九十歳を過ぎてから亡くなった。かえりのげたは、またしても遺体と共に帰ってきた。佐久は病院から持ち帰った所持品の段ボール箱の底に、げたの包みを見つけたとき、

「すみませんでした、余計なことをして。」

と、思わず義姉に謝った。すると、

「なにもあんたが謝ることはないわよ。もともと、お呪いだったんだから。お棺の隅に入れてあげてあの世へお供させましょう。」

と義姉は笑っていった。

その町では、寝棺で、火葬にするのであった。義姉と佐久とで死に顔に薄化粧をし、葬儀屋が、生前気に入っていた和服を纏《まと》った遺体に白い死装束を着せた。棺のなかが、顔だけ残して白菊の花に覆い尽されてから、佐久はそっと足許の隅へげたの包みを入れようとした。

「あ、それは？」

葬儀屋は目敏《めざと》く見咎《みとが》めた。

「故人が好きだったげたですけど。」

佐久はおずおずといった。

「いけませんな。」と、葬儀屋は苦笑いしていった。「仏《ほとけ》さんは、げたはお履きになりません。草鞋《わらじ》で旅をなさるんです。ちゃんと草鞋の用意はしてあります。」

佐久は、顔を赤らめてげたの包みを引っ込めるほかはなかった。あとで、義姉にそのげたの処

理は任せるといわれたが、佐久にもいい考えがあるわけではなかった。

仏事をひと通り済ませると、まず娘たちが引き揚げ、次いで忙しい仕事を持つ夫が、独りになった義姉を案じる佐久を残してひと足先に帰京することになった。佐久は、早朝の列車に乗る夫を駅まで送っていった。

その帰りに、町裏の橋にさしかかると、濃く立ち籠《こ》めた川霧が流れと共にゆるゆると動いて、次第に川下の景観を呑み込んでいた。川下の橋も、岸の家々も、白く塗り込められていく。思わず橋の上に足を止めて見惚《みと》れていると、川の流れが川霧に導かれてすこしずつ宙に浮き上がり、色づきはじめた朝空を目指して斜めに昇っていくような錯覚に囚《とら》われた。

佐久は、小走りに家へ戻った。玄関の下駄箱に入れてあった油紙の包みを取り出して、裏の崖の小道を川岸の洗い場まで急いで降りた。濡れた杭《くい》の間から包みを流れに押しやると、いちど沈んだが、すぐ浮き上がって、揺れながら次第に川下へ薄れていって、やがて天へ昇ったのか川底へ沈んだのか、見えなくなった。佐久は、なにやら重荷を下ろした気持になって、しばらく川霧に包まれてそこに佇んでいた。

ぜにまくら

漢数字の八十三を圧縮すれば、金という一字になるのだという。

ぴったりおなじというわけにはいかないが、よく似た文字が出来るのは確かで、これが金の字だといわれれば、そうかと思うほかはない。

北のある地方には、昔から齢《よわい》八十三に達した者を金寿《きんじゅ》という名で祝うならわしがある。八十三歳といえば、喜寿と米寿のほぼ中間で、もともと金寿などという言葉は辞書にもありはしないのだが、その地方の苛酷な自然は衰えかけた生命に情け容赦もなく、米寿までは容易に手が届かないから、途中で、なにかに託《かこつ》けては小刻みに長寿を祝う習慣が生まれたのだと思われる。

金寿を迎える者は、その名にちなんで、八十二歳の最後の夜を、ぜにまくらで眠る。ぜにまくらといっても、有り金を残らず詰め込んだりした巾着《きんちゃく》もどきのまくらではない。ほんの、ひとにぎりか、ふたにぎりの小銭を、蕎麦殻入りのまくらの下に敷き並べただけのものである。

一夜明けて、まくらの主と共にめでたく金寿を迎えたそれらの小銭は、長寿のお守りとして、祝いにきてくれた近親者たちに分けられるのだが、喜寿や米寿にはなんの施しもないせいか、この金寿のお守りは案外人気があって欲しがる者がすくなくない。

ところで、金寿を間近に控えた連れ合いを抱えているトワ婆さんは、ほかでもない、その、ぜにまくらのことで、もう三日も思い悩んでいた。このような事態に立ち至っても、なお、しきたり通りに、ぜにまくらを用意せねばならぬものかどうかの判断がつかぬのである。

それが、どのような事態かというと、つい一週間ほど前に、これまで風邪ひとつひいたことのなかった連れ合いの爺様が、村でたった一人生き残っている幼馴染みのところへ暇潰しに出かけていて、あろうことか中風で倒れ、半身不随で寝たきりになってしまったのだ。金寿を控えているだけに、厄介なことになってしまった。

二人は、どうやら金寿の前祝いをしていたらしい。爺様を背負ってきてくれた幼馴染みの孫婿が、厠《かわや》でどうしたとかいっていたが、爺様は大きな鼾をかいている上に息が大層酒臭くて、トワ婆さんには、ただ泥酔して眠りこけているようにしか見えなかった。ところが、何度からだのあちこちを小突いてやっても、目を醒《さ》ますどころか、鼾もやまない。それで診療所の医者にきて貰ったが、やはり音を立てて喉を転げ回る痰《たん》の玉の処理にはてこずって、結局、爺様はその晩のうちに救急車で町の病院へ運ばれることになった。救急車がサイレンを鳴らすと、村中の犬が怯えて一斉に吠えた。

そのまま入院ということになり、翌朝、必要なものを取りに村へ戻ると、婆さんは会う人ごとに爺様の容態を訊《き》かれた。このあたりでは、中風で倒れることを、単に〈中《あた》る〉といっている。村には地獄耳が多いから、トワの連れ合いが中ったよんたという噂がとっくにひろまっていたのだ。

動顚して、すっかり忘れていた爺様の金寿のことを思い出したのは、病院の売店で千円札を崩して貰おうとしたときであった。

「百円玉にしか？　それとも十円玉に？」

売子にそう訊かれて、まず、ぜにまくらのことを思い出し、それから爺様の金寿が間近に迫っているのに気がついた。トワ婆さんは頭がくらくらとし、すこしの間、売子に答えるのを忘れていた。

「なあ、婆《ば》っちゃよ」と、やがて売子がじれったそうにいった。「千円ば崩して、なんさ使うのし？」

「なに、電話賃にしたくてな。」

と、我に返って婆さんはいった。すると、

「電話だら、テレフォンカードにしたら？」と売子がいった。「小銭がねくとも、かけられて、便利だえ。」

トワ婆さんは、頭のなかに居坐ったぜにまくらに気を取られたまま、勧められた五百円のカードを一枚買って、百円硬貨でおつりを貰い、カードの使い方をおそわってから、売店を離れた。

四階建ての病院で、連れ合いの病室は最上階の西のはずれである。四人部屋だが、空いている寝台の一つが物置台のようになっていて、他の三つの寝台には、それぞれ音色も響きも調子も異なる鼾のやまない、年老いた患者たちが横たわっている。

トワ婆さんは、のろのろと階段を昇った。エレベーターもあるのだが、婆さんには自分で数字のボタンを押す勇気がないのである。手すりにもたれて昇りながら、初めて買ったテレフォンカードなるものに見入る。ちかごろ、めっきり目が衰えて、何種類かの色が入り混じっているのは見えるが、それが花なのか風景なのか、絵なのか写真なのかわからない。五百円も払って、どうしてこんなものを買ってしまったのかと悔やまれる。

さっき千円札を崩そうと思ったのは、確かに電話をかける小銭が欲しかったからだ。孫たちの声を聞くのに必要な、わずかばかりの小銭が。孫たちは、ここから長い谷間を抜けたところにあるちいさな港町に住んでいる。孫たちが村を離れたのは、彼らの父親である倅のせいだ。倅は、田畑を作る意欲を失うと、今度は漁師になるといい出し、家族でその港町へ出てアパート暮らしをはじめたのである。けれども、山育ちにいきなり海で暮らしが立てられるわけもなく、近年はもっぱら陸《おか》の出稼ぎの由で、嫁が港近くの魚菜市場で働きながら、まだ小学生の二人の孫を育てている。

連れ合いが呼んでも答えてくれなくなって以来、トワ婆さんは、何日かにいちど、三人が食卓に顔をそろえたころを見計らって、港町のアパートへ電話をする。それが婆さんにとってはたった一つの気慰みなのだが、その日は、どういうものか、テレフォンカードを買った途端に電話をする気が失せてしまった。

病室では、相変わらず三者三様の鼾が鎬《しのぎ》を削っていた。連れ合いの自由な方の片腕がまた乱暴な動きをしたとみえて、毛布が片側へずり落ちそうになっていた。それを掛け直してやっていると、前掛けのポケットのなかでさっき売店で貰ったおつりの百円硬貨が触れ合う音がし、トワ婆さんの頭に、また、ぜにまくらが戻ってきた。

病室を出て、鼾が微かになるまで廊下を歩いてから、窓辺に寄った。連れ合いの金寿が迫っている。それを祝うのは、当人の意識が戻ってからでも構わないが、ぜにまくらの方はそうもいかぬだろう。その、ぜにまくらだが、こんな場合でも、やはり用意せねばならぬのだろうか。金寿を迎える当人が達者であれば、なんの問題もない。ところが、連れ合いは、間の悪いことに病院の寝台で鼾をかきながら昏睡《こんすい》している。こんな病人が、ぜにまくらをする資格があるだろうか。また、こんな病人のまくらの下で一夜を明かした小銭には、果して長寿のお守りの値打があるだろうか。

トワ婆さんは、独りでくよくよと三日も思い煩《わずら》った末に、まず婦長に会って、入院中に金寿を迎えた患者がこれまでにいたかどうかを尋ねてみた。

「金寿……というと、八十三だったよねえ。」

婦長はそういって、しばらく首をかしげたまま目をしばたたいていたが、やがて、自分にはそんな患者の記憶がないといった。

「でも、どうして？……そうか、お婆ちゃんの御亭主がそろそろ金寿なんだ。」

トワ婆さんは、そういって笑う婦長の勘のよさに驚きながらうなずいて、ついでに、ぜにまくらについての意見を訊いてみた。

「そうそう、金寿には、ぜにまくらが付き物だった。私も子供のころに、親戚の爺さんから貰ったことがあるわ。」と婦長は懐かしそうにいった。「おやんなさいよ。だって、昔からのしきたりだもの。こういうことは、こっちの都合で、勝手にやめたり変えたりするものじゃないと思うの、私。御亭主はいま病人だけど、ともかく八十三歳まで長寿を保ったんだから、誰に恥じることもないでしょう。やるべきだと思うな、私は。やってあげるべきよ、御亭主のためにも。御亭主は、ぜにまくらで眠るのを楽しみにしていたはずよ。」

「だけんど……」と、トワ婆さんは、親指の付け根のふくらみで目脂《めやに》をぬぐいながらいった。

「あったら病人のまくらにした小銭でも、お守りだと思うて、貰ってくれる人がおりゃんしょうか。」

「当然いると思うわ。よければ私も貰ってあげる。お祝いは後回しにするとしても、ぜにまくらはおやんなさいよ。」

と婦長はいった。

トワ婆さんは、力を得て、ぜにまくらだけは用意することにした。テレフォンカードの使い初《ぞ》めをして港町の嫁に知らせてやると、嫁は喜んで賛成してくれた。

「中った上に、ぜにまくらも取りやめでは、お父《ど》さがあんまり気の毒だもんし。」

嫁はそういって、蜻蛉《とんぼ》返りで祝いにきたいような口振りだったが、それは退院して村の家へ帰ってからにしてけれ、とトワ婆さんは頼んだ。孫たちの顔を見たいのは山々だが、いまなら二人共、祖父の鼾に驚いて病室を飛び出してしまうだろう。

それなら祝儀は郵送するから、ぜにまくらのおこぼれは、人数分、忘れずに取っておいてくれるように、と嫁はいった。婆さんは目頭が熱くなった。

「だけんど、中った爺様のぜにまくらだえ。」

「だすけ、よけいに欲しいのし。」

婆さんは訳がわからなかったが、

「おらは、宝くじ買ってるのし。だすけ、中った人のお守りが欲しいの。」

嫁は声をひそめてそういった。

連れ合いの金寿の前日、また売店で紙幣を硬貨と両替して貰った。奮発して、三千円を百円硬貨に崩して貰った。売子が、おいたあ、と驚いた。

「こねだのカード、はあ、使ってしもうたのしか？」

それで、トワ婆さんは硬貨が要る訳を話さなければならなかった。

「そのぜにまくらは、親戚の人にだけ分けるのしか？」

婆さんが話し終えると、売子がいった。

「いんや、そうとも限らねし。」

「おらにも分けて貰えるえんか。」

「あい、お安い御用で。なんぼ要る？」

「二つ」と、売子は目を輝かせていった。「おらと、おらの亭主《ごて》の分。おらの亭主は競輪競馬に凝っててし。だども、年中、損ばかし。だすけ、中った人のお守りを持たせたらすこしは運が向いてくるかと思うて。」

婆さんは、ついでに手拭いを一本買って病室へ戻った。

連れ合いの頭は、村の家の納屋にある最も重たい漬物石よりも重たかった。真新しい手拭いを二つに折って、三十個の百円硬貨をきちんと並べ、その上にまくらを置き、脇に下ろしておいた連れ合いの頭を両手で抱え上げてまくらに載せると、婆さんは息切れがして、長いこと木の丸椅子に腰を下ろしたまま動けずにいた。

金寿の日になると、有り難いことに村の親戚たちが朝から祝いにきてくれた。祝いといっても、祝儀を置いて、鼾をかいている爺様を気の毒そうに眺めるだけだが、ぜにまくらのお守りを貰い忘れる者は一人もいなかった。村で親しくしていた誰彼に頼まれてきたといって、一人で三個も四個も持ち帰る者もいる。トワ婆さんには、まことに意外ななりゆきであった。当世は、よほど〈中る〉のを願っている人が多いらしい。午後には、硬貨の残りがすくなくなった。奮発して三十個にして、よかったと思った。

夕方、病室の入口から、

「トワちゃ、トワちゃ。」

と呼ぶ者がいた。

見ると、こちらよりは十《とお》は若いと見える和服の女が、ドアのかげから色白の顔を覗かせている。すぐには誰だかわからなくて、トワ婆さんは立っていった。

「どなたさんで?」

「忘れられたか。悲しいね。おらは、ロクだえ。」

相手にそういわれて、やっと思い出した。ロクはおなじ村の出で、ひところは一緒に村芝居に興じた仲間である。その後、ロクは近くの市の花街に出るようになり、中年のころ占い師になったと風の噂に聞いていたが、もう三十年も会っていなかったから、ひと目でわからぬのは無理もなかった。

その遊び仲間が、今頃なんの用かと思うと、トワちゃの連れ合いが入院したまま金寿を迎えることを人伝《ひとづ》てに知って、見舞いと祝いを兼ねて訪ねてきたのだという。

「おらはいま、この町で占いの商売をしとるのよ。」

ロクはそういって、薄い祝儀袋を差し出した。それから、連れ合いの寝台のそばに立って、な

にゃらぶつぶつと唱えながら顔の前に組み合わせた両手を打ち振り、やがて、じろりとトワ婆さんを振り返ると、

「ぜにまくらは、したんだえな？」

と確かめるように訊いた。

「したえ。」

と答えると、ロクはうなずいて、婆さんを病室の前の廊下へ連れ出し、

「ちと、頼みがあるけんど。」

と、顔を寄せて囁いた。なにやら、占い師にはあるまじきいいにおいがした。

「なにせ。」

「ぜにまくらの、ぜに。おらにも一つ分けてけれ。」

婆さんは、前掛けのポッケから百円硬貨を一枚取り出して、ロクの手のひらに置いた。

「これが、いちばんしまいだえ。」

「ありがっと。残りものには福があるっていうすけな。」と、ロクは押し戴《いただ》いて、帯の間に硬貨を入れた。「おらも若いころは霊感が冴えて、占いもよく当たったもんだけんどな、齢《とし》をとったらさっぱりせ。だけんど、これでちっとは持ち直すべ。ありがっとな、トワちゃ。」

トワ婆さんは、いそいそと帰っていく昔の遊び仲間を階段の降り口まで送っていった。ロクは、村芝居の小娘役でも思い出しているのか、いかにも鬘《かつら》が重いというふうに頭をくらくらさせながら降りていく。花街に出ていたころの癖がまだ直らなくて、大きく抜いた襟のかげから、肩に貼った黒い膏薬《こうやく》が見えていた。

いれば

敦煌《とんこう》には、五日いた。はじめの四日は、もっぱら莫高窟《ばっこうくつ》へ壁画や彩色塑像を鑑賞しにかよい、あとの一日は、四台のジープに分乗して、ゴビ砂漠とタクラマカン砂漠の境のあたりに残っている玉門関《ぎょくもんかん》という名の古い関所跡を見にいった。

肩の凝りをほぐすつもりの、この日帰りのドライブが、かえって一行の老軀に応えたようだった。

当初の予定では、敦煌には三日滞在して、莫高窟でもとりわけ逸品とされている壁画や塑像のある石窟だけをゆっくり案内して貰うことになっていたのである。莫高窟というのは、敦煌の町から二十五キロほど離れた山麓のえんえんとつづく絶壁に、四世紀ごろからおよそ千年の間に彫られたという、五層のおびただしい石窟群である。一行は、毎日そこへかよって、夕方の閉門まで熱心に石窟を見て回ったが、残念なことに噂の名品傑作の多くは目下修理中とのことで見ることが叶わず、結局、三日間で案内して貰えたのはわずか三十五窟にすぎなかった。けれども、その三十五窟は、現存する五百窟のうちから選りすぐられた目ぼしいものばかりで、しかも、大部分は非公開のところを、日本の文化界を代表する長老一行に敬意を表して特別に供覧したのだとあっては、これ以上の贅沢は望めない。はるばる出かけてきた甲斐があったと思わなければいけない。

ところが、三日目の夕刻、町のホテルへ帰るマイクロバスに乗り込んでから、思いがけない吉報がもたらされた。代表的な数窟の修理が明日の午前中には終わりそうだから、御希望なら午後からでもお見せしてもいい、という管理者からの伝言である。

一行は、お互いに顔を見合わせた。文化各界の長老が八人、それに世話役二人と通訳を加えた、総勢十一人の一行である。長老たちの意見が割れると、面倒なことになるが、さいわい、せっかく取って置きを見せてくれるというのに見ねえで帰る手はねえよなあ、という団長の江戸っ子仏文学者の言葉に、全員があっさり賛同した。

世話役と通訳は、いっとき忙しい思いをした。敦煌の滞在が一日延びることになるし、明日の飛行機をキャンセルしたあとの手当もせねばならぬのである。ホテルの方はなんとか移動せずに済んだが、飛行機はあいにく明後日から数日間は満席の由であった。鉄道を当たってみると、二日後の蘭州《らんしゅう》行き特急列車だけに、団体客のキャンセルに恵まれて四人用のコンパートメントが並んで三つ空いていたので、取り敢えずそれをおさえた。

列車に乗るためには、滞在をもう一日延ばさねばならない。それに、まだ敦煌までは鉄道が敷設されていないので、最寄りの、といっても、百二十八キロも離れている柳園《りゅうえん》という駅まで出向かなくてはならない。そこから蘭州までは、特急でも二十五時間とすこしかかるのである。長老たちには容易ならぬ長旅にちがいないが、これしか帰る手立てがないのだから、致し方もなかった。

翌日、ホテルで昼食を済ませてから莫高窟へ赴いてみると、約束通り係の人が未見の石窟をいくつか案内してくれた。いずれも団員の誰もが憧れていた敦煌美術の粋といわれる見事な壁画や塑像の窟ばかりで、みな感嘆の声や溜息を洩らしながらゆっくり鑑賞させて貰った。

ホテルへ戻るバスのなかで、一日ぽっかりと空いてしまった明日の過ごし方を話し合ったとき、意外なことに、老人の一行らしくもなく、道なき砂漠にジープを駆って玉門関を訪ねようという案に人気が集まったのは、今日の見学を仕上げにして遂に宿願を達した満足感と歓《よろこ》びとで、長老たちの心が常になく浮き立っていたせいだと思うほかはない。

故国はちょうど梅雨のさなかの時分だが、この中国の奥地では連日好天に恵まれて、玉門関までドライブする日も朝から雲一つない上天気であった。強い陽射しに焙《あぶ》られた砂漠は眩《まぶ》しかった。タイヤが砂に埋もれるのをおそれてひたすら疾駆するジープは、揺れに揺れたが、長老たちは上機嫌で、なにやら調子はずれの唄をくちずさんだり、蜃気楼《しんきろう》に頓狂《とんきょう》な歓声を上げたりした。

けれども、ポットのジャスミン茶を口にするのもままならない半日の砂漠ドライブが、平坦なアスファルト道に馴れた老人たちの身に応えなかったはずがない。その上、気の毒なことに、翌日、柳園駅から特急列車に乗るためには、朝まだ暗いうちに敦煌を発たなければならなかった。

案の定、その朝のモーニングコールに答える声は、いずれも力弱く、舌が縺《もつ》れ気味であった。それでも、全員が、あわただしく洗面だけを済ませてロビーへ降りてきた。外はまだ、ひんやりとした暗闇であった。世話役のひとりが、懐中電灯でマイクロバスのタラップを照らした。

からだの節々の痛みを訴えるぼそぼそ声が絶えると、車内は低い鼾《いびき》だけになった。しばらくすると、東の空が明るみはじめ、やがて砂漠の地平から燃えるような日が昇りはじめた。みるみる車内は日の色に染まった。眠っている長老たちの顔も大酒を飲んだ人のように色づいた。砂漠の日の出など、めったに見られるものではない。世話役たちは、起こしてあげるのが親切かもしれないと囁き合ったが、眠っている人たちの翳《かげ》った方の横顔に疲労の色が濃くよどんでいるのを見て、よけいなお節介はよしにした。

二時間あまりで柳園に着き、駅舎で朝食の弁当が配られた。薄いボール紙の箱に大きな野菜の葉っぱを一枚敷いて、菓子パンや、ゆで卵や、油で揚げた肉などを詰めた弁当だったが、長老たちは食欲がないといって誰も食べなかった。けれども、腹になにも入れないのでは身が持たないから、世話役たちは、ゆで卵の殻をむいては一人々々の手のひらに載せてあげた。

列車の到着が遅れて、コンパートメントの寝台でひと眠りすると、もう夕食の時間であった。一行は、食堂車へ出かけてみたが、メニューに食欲をそそるものが見当たらず、ビールもぬるくて、さっぱり気勢が上がらなかった。ただもう、堪《こら》えて、眠りつづけるほかはなかった。

蘭州には、翌日の昼過ぎに着いた。車を雇って、敦煌から予約しておいたホテルへいくと、まだ準備中だからロビーでしばらくお待ち願いたいといわれた。世話役がフロントで部屋割りの相談をはじめたので、長老たちは、そばの長椅子に手荷物を置いて、萎えた脚馴らしに広いロビーをぶらぶらした。

ロビーの奥で、ひとりが扉にはめ込まれた〈酒吧《バー》〉という看板を見つけ、その扉を押してみた。なかは薄暗かったが、勝手に壁のスイッチを入れると、天井の一角が明るんで、その下に、まだなんの準備も整っていない、むき出しの円卓が浮かび上がった。彼は、その方へ歩み寄ると、椅子の一つに腰を下ろして、頬杖を突いた。

入口のドアは開けたままだったので、通りかかった長老たちが一人、また一人と入ってきて、明かりの下の円卓に椅子を引き寄せた。やがて、全員が円卓を囲むことになった。店の奥には、隣室へ通じているらしいドアがあったが、迎える者も咎《とが》める者も出てこなかった。

「ここはどうやら準備中にも程遠いようですな。」

そういったのは書家だが、誰も口をひらくどころか、うなずきもしなかった。長老たちは、めっきり口が重くなっていた。ここまでくれば、北京でも上海でも、空をひと飛びである。ほっとした途端に、溜まっていた疲れがどっと出たようだった。みな口を噤んで、椅子にぐったりと腰を下ろしていた。

不意に、詩人が身じろぎをした。上着のポケットから畳んだ白いハンカチを出し、それを円卓の上にひろげて置いた。畳んだまま使わずにおいたものらしく、しみも汚れもなくて、折り目が山になったり窪みになったりしているだけである。彼は、旅の仲間たちの訝《いぶか》る視線を浴びながら、両手で上顎のいればを外して、ゆっくりハンカチの上に置いた。かなり大きないればであった。

「……どうなさったんですか。」

と、しばらく間を置いてから中国文学者が尋ねた。

「なんだか、しっくりこなくなってね、こいつ。くたびれて歯茎が痩せたんですかね。それに、こいつと歯茎との隙間に砂漠の砂が四、五粒もぐり込んでるような気がしてね。」

詩人はそういって、舌で歯茎をぬぐっている。すると、

「そういえば……」と洋画家がいって、片手で下顎のいればを抜き取った。「僕のも砂漠の砂ですね、きっと。ちくちくして、気になって仕様がない。ここに、一緒に置かして貰っていいのか

な。」

「どうぞ、どうぞ。汗拭きとは別のハンカチですから。」

洋画家は、そういう詩人にちょっと会釈して、抜き取ったいればを隣に置いた。

それをきっかけに、他の長老たちも、誰からともなく無言のうちにいればを外しては、詩人のハンカチの上に置いた。大勢の読者を持つ小説の大家は、さすがに純金の総いればで、それが中央にどさりと置かれたときは、みなの口から、ほう、と感嘆の声が洩れた。最後に、温厚で遠慮深い日本画家が、「それでは、私も失礼して……。」と必要以上に恐縮しながら、ちいさなものばかり四個も出した。

団長の仏文学者は、腕組みをしたまま薄笑いを浮かべていた。彼の歯は、もはやぼろぼろなのだが、それでも彼は、いればの世話になんか金輪際なりたくないという性分なのである。

「なんだい、こりゃあ。いればの品評会とは呆れるじゃねえか。年寄りがくたびれると、ろくなことは考えねえ。くだらねえなあ。」

彼は嘲るようにそういったが、誰も笑う者がいなかった。団長も、珍しいことに、なにやら羨望に似た表情を顔に浮かべて、いっこうに椅子から腰を上げようとはしない。

みなは、それきり黙りこくって、ハンカチの上に輪を作っている、色も形もさまざまないればを、放心したように眺めていた。酒吧に、いっとき不思議な静寂が満ちた。

みそっかす

そのとき、彼は、手洗いから戻ってまだ眠れずにいた。夜半の十二時を過ぎたばかりであった。若いころから眠りが深くて、朝起こされるまで、ひとりでに目醒めることなど滅多になかったものだが、五十にさしかかるあたりから眠りがすこしずつ浅くなり、六十を越してからは、もはや朝まで通して眠りつづけることができなくなった。

一夜に、二度や三度は、きまって用足しに起きねばならない。誰もがいうように、それが齢のせいであるなら仕方がないが、それにしても、寝床を離れている束《つか》の間《ま》に眠気が去って、容易に戻ってこないのが忌々《いまいま》しい。時には、一時間も二時間も、とりとめのない妄想を追い払いながら寝返りばかり打っていることもある。

八月末の、蒸し暑い夜であった。窓の外からは近所の冷房のモーターが低く唸《うな》るのがきこえていた。不意に、隣に寝ている妻が身を起こす気配がした。スタンドの豆電球が、寝室の薄闇から、白っぽい無地の寝巻の背中をおぼろに浮かび上がらせていた。ゆうべは洗髪したまま寝たとみえ、染めるのをよしてひさしい白髪の裾が乱れて、うなじを覆い隠している。

「寝苦しいね。ちょっとクーラーをかけようか。」

無言で、身じろぎもせずにいる妻に、彼は寝たまま声をかけた。

「あら、起きてたんですか。また眠れなくなって?」と、妻は彼の方へ顔を向けていったが、声にいつもの生気がなかった。「クーラーは結構。私、なんだかお腹《なか》が痛いの。どこかが痛んで目が醒めたなんて、ひさしぶりだわ。」

よく見ると、妻は両腕で腹部を抱くようにして、背中をまるめているのであった。

「どうしたんだろう。冷やしたのかな。」

「子供みたいに?」

妻はちょっと笑いかけたが、すぐに頭を垂れて、しばらくしてから詰めていた息をいちどきに吐く音をさせた。

「そんなに痛むのか。」

「そうなの。だんだん痛みが強くなる。」

「胃か。それとも腹?」

「どっちかわからない。お臍《へそ》を中心にして、そこらじゅうがきりきり痛むの。」

妻は、急にベッドから滑り降りると、スリッパを履くのももどかしげに奥のドアから寝室を出ていった。そのドアは隣の彼の仕事部屋に通じていて、彼の部屋から廊下へ出ればすぐそばの突き当たりが手洗いである。それが寝室から手洗いへの近道で、そこを通れば朝早く勤めに出る次女と三女の部屋の前の廊下をたびたび軋《きし》ませることもない。妻は、なかなか戻ってこなかった。手洗いのドアはいちど開閉したきりであった。なかで予測もしなかったことが起こって、動けなくなっているのではないかと、気になった。まさかとは思うが、いちど様子を見にいった方がいいかもしれない。そう思いはじめたとき、ようやくスリッパを重そうに引きずりながら戻ってきた。顔が異様に白く見えた。

「下痢したのか。」

「ええ。」と、妻はさっきよりも一層猫背になった体をそっと横たえると、力なく呟いた。「これまで経験したことのない、ひどい下痢だったわ。それに、随分吐いた。」

彼は、起き上がると、隣のベッドの妻の額に掌《てのひら》を当ててみた。ひんやりとして、乱れた髪が汗で皮膚に貼りついていた。

「冷汗をかいてる。熱はないようだ。吐き気と腹痛と下痢だけなら、胃腸がどうかしたんだろうが、病気というほどのものではないような気がするがな。」

「私もそう思うわ。胃だって腸だって普段はなんともないんだから。だけど、どうしちゃったのかしら、急に。」

それは彼にもわからなかった。

「症状としては食中《しょくあた》りに似てるけど、家族がみんなでおなじものを食べているのに、おまえさんだけ中るというのは解《げ》せないしね。おまえさんが独りでこっそり別なものを食べたんなら、話は別だが。」

無論、冗談のつもりであったが、もはや妻には笑い飛ばしたり憤慨したりする余裕も気力も失われていた。妻は、目を閉じて眉を寄せたまま口を噤んでいた。

「腹はまだ痛むのか。」

「痛むどころじゃないんですよ。」

妻は、小声で、けれども腹立たしそうにいうと、歯を食い縛るようにして黙った。

「俺の薬を嚥《の》んでみろよ。」と、彼は両足をベッドから垂らしていった。「飲みすぎや二日酔の薬が、そんな症状に効くとは思えないけどね。まあ、気休めのようなもんだが、物は試しということもある。」

彼は、急ぎ足で寝室を出て、階下へ降りると、茶の間の茶箪笥《ちゃだんす》から酒好きの自分のための常備薬を何種類か取り出してパジャマのポケットに入れ、ちょっと考えてから、ポットの湯を水で割った即製の湯冷ましを妻の湯呑みに半分ほど注いだ。

寝室へ戻ってみると、妻の姿は見えなかった。開けたままの奥のドアのむこうから、妻が苦しげに吐くのがきこえていた。彼は、湯呑みを手にしたままベッドに腰を下ろすと、それを頬に押し当てて熱さ加減を測りながら、自分にはこんなことぐらいしかしてやれないのだ、と歯痒《はがゆ》く思った。

やがて、妻が戻ってきた。足の運びに力がなかった。

「どんな具合?」

「相変わらず。」と、妻は辛《つら》そうな吐息をしていった。「というよりも、だんだんひどくなるみたい、下痢も吐き気も。」

「これを嚥んでごらん。」

「なんです?」

「胃薬だよ。俺にはいちばん効く薬だけど。」

「すみません。でも、すぐまた吐くから、無駄になるかもしれないわ。」

「でも、いくらかは胃袋の底に残らないとも限らないよ。」

彼は、妻が身を起こすのに手を貸してやった。寝巻の背中が汗で湿っていた。妻は、薬のにがさに顔をしかめ、湯呑みを傾けすぎて喉をすこし濡らした。

「なんだか唇の感覚がおかしいの。あんまり吐いたせいかしら。」

妻は、タオルで口許を拭きながら心細げにそういった。いくら激しく嘔吐したところで唇が麻痺してしまうとも思えなかったが、それはともかく、嘔吐は実際容赦もなく妻を襲ってきた。

彼の薬の効き目はあらわれなかった。それどころか、その薬が却《かえ》って妻に新たな痛みをもたらしたのではないかと思われた。というのは、妻はベッドに寝ている間、両手で腹部をおさえ、くの字になってわずかに身悶《みもだ》えながら、絶えず呻《うめ》き声を洩らしているようになったからである。妻は、子供たちを産むときでさえ、分娩室へ入るまで、いちども呻き声など洩らしたことがなかった。彼は、初めて妻の呻き声を聞いて、驚いていた。これは只事《ただごと》ではないと思わないわけにはいかなかった。

けれども、彼には、どうすればいいのかわからなかった。彼は自分の無力を痛感した。

「すこしでも楽にしてやりたいけど」と彼はいった。「なにか俺にできることで、して欲しいことがあったら、遠慮なくいってごらんよ。」

「……あなたにはとても望めないことですけど」と、妻はすこし間を置いてから囁くようにいった。「亀田先生にきてもらって、痛み止めの注射を一つしてもらいたいわ。」

亀田先生というのは、彼の一家がもう二十年来かかりつけている医者で、歩いて二十分ほどの私鉄の駅のむこう側に開業している。なるほど、妻の症状は、いまや医者の力を借りねばならぬ段階にさしかかっているのだ。

「でも、まだ夜中でしょう?」と、妻はカーテンの隙間に滲《にじ》む外の明かりを探すように窓の方へ目を向けていった。「いま、何時かしら。」

「二時半だよ。」

「二時半……いくらなんでも、こんな時間に叩き起こすようなことをするのはお気の毒だわ。」

律義な医者だから頼めばきてくれるだろうが、田舎育ちで気弱な彼は、何事でも身勝手な振舞いはなるべくせずに済まそうと考えがちである。

「せめて夜が明けてからならね。あと、三、四時間。我慢できるかい。」

「三、四時間……長いなあ。でも、我慢するほかないでしょう。途中で限界がきたときは救急車をお願いしますね。」

妻は、喘《あえ》ぎ喘ぎそういって目をつむった。

この一、二時間のうちに、妻はまるで長患いをした人のように憔悴《しょうすい》していた。顔は、淡い緑色の混じった白さになっている。いまは無駄な我慢などよしにして、直ちに救急車を依頼すべきではないかという気がした。けれども、その場合、妻はどんな病院に運ばれて、どのような扱いを受けることになるか知れないのである。

彼は、思い迷いながら寝室を出ると、廊下を挟んで向かい合っている次女の部屋の戸を叩いた。すぐに醒めた声の返事があった。画廊で働いている次女は、疲れて帰って早寝をしたものの、今夜に限って頻繁な手洗いのドアの開閉が夢うつつに奇異で、夜半から眠りが浅くなっていたらしい。滅多に部屋を覗きにくることのない、パジャマ姿の父親を見て、次女は大層驚いていた。

「どうしたの？　お父さん。なにかあったの？」

「お母さんが急にどうかしちゃったんだよ。」

彼はそういって、妻の症状をざっと話して聞かせた。次女は、呆れたように彼の顔を見詰めていたが、彼が口を噤んでしまうと、

「ちょっと様子を見てくるわ。お父さんはここにいて。」

と早口にいって、するりと部屋を出ていった。

しばらくすると、寝室の入口とは逆の方向から廊下を軋ませてくる者があり、三女も起きてきたのかと思うと、さっき寝室を訪ねたはずの次女であった。

「吐きたいっていうから、お手洗いまで腕を抱えて送ってきたの。だって、お母さん、足許がふらふらなんだもの。」

次女は、敷物にあぐらをかいている彼の前に腰を下ろして、膝小僧を抱いた。

「お父さん、あれ、食中毒よ。」

「食中毒？」

「話に聞く食中毒の症状とそっくりじゃない。」

「俺も初めは食中りに似ていると思ったけどね。でも、みんなでおなじものを食ってるのに、お母さんだけが中るのはおかしいから。」

「ところが、お母さんは怪しいものを食べたのよ。」

「怪しいもの？」

「そう。あたしの目の前で食べたんだから。ぺろっと、二つも。」

「二つもって、なんだい、そいつは。」

「お鮨《すし》の海苔《のりま》巻き。」

と次女はいった。

彼は、口を開けたが、すぐには言葉が出てこなかった。

「もう、先おとといの晩になるけど、お鮨屋から握りをとって食べたでしょう。あのときの海苔巻き。」

「あの海苔巻きなら俺も食ったよ。」と彼はいった。「だけど、キュウリとかカンピョウを巻いた、食中りなんかとはいちばん縁遠いようなやつばかりだったがな。」

「そりゃあ、あの晩は生ものだって安全だったのよ。作ったばかりで、新鮮だったんだから。ところが、何個か残ったのね、いつもみたいに。それを、お母さんがお皿に移して、冷蔵庫へ入れたの。次の日、覗いてみたら、さすがに生ものはきれいになくなってて、カンピョウの海苔巻きが二つだけ残ってたわ。」

「それをお母さんが食ったのか。」

「そうなの。しかも、足掛け三日目の、昨日よ。」

「でも、ずっと冷蔵庫に入れておいたんだろう？」

「そうだけど、この夏の暑さはいつもの年とはちがうでしょうが、お父さん。冷蔵庫だって安心できないのよ。それなのに、お母さんたら、いそいそと艶のなくなった海苔巻きを出してくるから、びっくりしたわ。大丈夫かしら、と首をかしげると、海苔巻きだもの、御飯がすこし固くなってるだけよって。一つずつ食べようっていわれたけど、あたしは遠慮したの。というのはね、残ったお鮨をお皿に一つ盛りにしたとき、カンピョウ巻きにホタテを握ったのがもたれているのを見てたから。それが思い出されて、厭《いや》な予感がして手を出さなかったんだけど、お母さんは平気な顔で二つともぺろりと食べてしまったの。」

「わかったよ。」と、彼は腰を上げながらいった。「海苔巻きそのものは安全なんだが、それに付着した生もののぬめりのなかで食中毒を起こす細菌が育っていたというわけだな。」

「あたしにはそうとしか思えないんだけど。それが当たっているとすれば、手当はなるべく早い方がいいと思うわ。救急車にきてもらいましょうよ。」

次女はいった。無論、彼にも異存はなかった。

寝室に戻ってみると、妻はベッドにいなかった。手洗いへ回ってみると、ドアは大きく開いたままになっていて、知らぬ間に起きていた三女が、床にべったりと横坐りになって便器へ顔を突っ込むようにしている妻の背中をさすっていた。

彼は、三女と力を合わせて両側から妻の体を持ち上げた。妻の顔は、汗と涙と涎《よだれ》にまみれていて、湿った寝巻には手洗いの防臭剤の臭いが染み込んでいた。

「あなた」と、妻がかぼそい声でいった。「私、もう限界。救急車を呼んでくださる?」

「ああ、そうしよう。もうすこしの辛抱だ。」

そういって首の後ろに担いだ片腕を強く握ってやると、骨を抜かれたような妻の体に、不思議な力が稲妻のように走るのがわかった。

妻を寝室へ連れ戻って、せめて寝巻だけでもこざっぱりしたものに着替えさせてやらねばと思っていると、次女がドアから顔を覗かせて、

「救急車を呼んでいいのね？　お母さんも納得ね？」

といった。勿論《もちろん》、と答えると、

「連絡はあたしがします。事務的な電話は馴れてるから。」

三女も一緒に階段を駆け降りていったが、やがて独りで戻ってきて、熱い湯で絞ってきたタオルで妻の顔を拭いてやった。階段の下から、次女の声だけがきた。

「救急車はすぐくるんですって。お母さんを階下《した》へ降ろしてください。」

妻は、さっきまでよりいくらか足許がしっかりしていた。彼は、幼子のように尻で階段を降りる妻の体を、転げぬように両手でおさえているだけでよかった。妻は、玄関の上がり框《がまち》に浅く腰を下ろして、素足に履き馴れた和服用の草履を履いた。

次女は、いつの間にか髪を整え、動き易《やす》そうな街着に着替えていた。

「俺はなにを着ていけばいいかな。」

彼が独り言のようにそう呟くと、

「お父さんはどこへいらっしゃるの？」

と次女がいささか他人行儀にいった。

「どこへって、お母さんに付き添ってってやるんだよ。」

「その役は、あたしがやるわ。こういうときは、女同士の方がなにかと好都合だから。お父さんはどうぞ休んでてください。」

救急車は、途中からサイレンを止めて、家を探しながら川べりの道をゆっくりやってきた。隊員の一人が、茶の間の電話で診察に応じてくれる病院を探している間、玄関に佇《たたず》んでいた一人が妻に齢や症状を尋ねた。肩をすぼめてうつむいている妻を、上がり框に立って見下ろしていると、乱れた髪の間から薄桃色の地肌が見え、丸味を失った体の節々ばかりが目立って、彼には八十歳の妻を見ているような気がした。こんなに見すぼらしい妻は見たことがなかった。

救急車が妻を運び去って、しばらくしてから、次女から電話で報告があった。

「もう病院で診察が終わって、二階の病室に移ったとこ。やっぱり食中毒らしいわ。看護婦さんに、どうしてもっと早くに連れてこなかったのって、叱られましたよ。」

朝になってから、彼は嫁いでいる長女に電話で妻のことを知らせた。彼は、妻が運び込まれた病院の名しか知らなかったが、長女はこちらで病院の場所や道順を調べて訪ねてみるといった。

三女が作ってくれた遅い朝食を済ませたところへ、次女がタクシーで帰ってきた。妻は、点滴注射をしながらうつらうつらしているという。二時間ベッドに縛りつけられて居眠りできるくらいなら、もう吐き気も腹痛も下痢もおさまっているのだろう。彼は、ほっとして、冷蔵庫から缶ビールを一つ取り出したが、まだ栓を開けずにいるうちに、病院の長女から電話があった。

「お母さんねえ、入院する必要がないんですって。」

「そうか。それはよかった。」

「しかもね、いま二本目の点滴してるんだけど、これが済んだら帰宅していいんですって。」

それで、次女に車で迎えにきて欲しいというのであった。当然、その車にはアルバイトを休んだ三女も同乗していくだろうし、帰りには長女も一緒に乗ってくるだろう。

「どうやら俺の席がなくなったみたいだな。」

安堵に気落ちが重なって、彼はぼやいた。

「お父さんも、今回はとうとうオミソね。」

長女は、くすっと笑ってそういった。

「オミソって、なんだ。」

「ミソッカスのこと。ほら、子供たちが遊ぶとき、あんまり幼すぎて仲間に入れてもらえない子がいるでしょう。あれが、オミソ。」

電話を切って、縁側の籐《とう》椅子へ戻りながら、ミソッカスのことなら自分の田舎では甘茶っ子といってたな、と彼は思い出した。彼自身、何度となく甘茶っ子にされて、恵んでもらった飴玉《あめだま》をしゃぶりながら年上の子らの遊びを羨ましく眺めたことを憶えている。

そうすると、こいつは老いたミソッカスの飴玉か——彼は、遠くなった子供のころをぼんやり思い出しながら、もうあまり冷たくなくなって栓を開ける気がしなくなった缶ビールを、しばらく掌の上で下手なお手玉のように弾ませていた。

おぼしめし

牛乳配達の小型車は、毎朝七時にやってくる。エンジンの音が消え、ドアが閉まり、軽やかなゴム底の足音が小走りにきて、玄関脇の木箱のなかで瓶がひそやかに触れ合う音をさせる。梅は、牛乳屋の車が通り過ぎてから、そっと背戸《せど》から家の脇道伝いに玄関へ牛乳を取りにいく。木箱には、いつも二本入っている。一本は梅自身の分。もう一本は、むかいの家の、いせ婆さんの分。

梅は、猫背になってそそくさと二本の牛乳をふところに入れ、また脇道を通って背戸から入る。なぜ、そんなにこそこそするのかといえば、一人暮らしの年寄りが牛乳を二本もとっていることが知れると、隣近所の口がうるさいからである。

小鍋に適当な熱さの湯を入れ、それに紙蓋をとった牛乳の一本を半分ほど沈めて、温める。これは、いせ婆さんの分で、婆さんは冷たい牛乳を飲むときまって腹をくだすのだ。

やがて、当のいせ婆さんがどこからともなく背戸へきて、温まった牛乳の匂いに鼻をうごめかせながら入ってくる。むかいの家の住人が、どこからともなくやってくるというのもおかしいが、婆さんは、仮借のない嫁の目をごまかすために、かなりの道程《みちのり》を歩いて通学している孫たちを途中まで送るふりをして家を出ると、あとは足の向くままにあたりをひと回りしてきて、ひょっこり梅の家の背戸にあらわれるのである。

二人は、温暖な季節なら縁側で明るい陽射《ひざ》しを浴びながら、あいにくの空模様で肌寒い日には囲炉裏に粗朶《そだ》をくべながら、一緒に牛乳を飲む。ラッパ飲みで、けれども、なるべく長持ちするようにちびりちびりと。


いせ婆さんが、毎朝、梅のところへきて牛乳を飲むようになったのは、そう古いことではなく、つい去年の春先からである。そのころのある日の昼下がりに、婆さんが、近年このあたりでも珍しいものになった干し柿を手土産に一服しにきて、いつものようにひとしきり嫁の悪口をいい立ててから、ところで、ちと頼みたいことがあるのだが、といった。なにかと思うと、おたくでとっている牛乳を二本にして、一本は自分用にしてもらえぬだろうか、勿論その分の料金は間違いなくおたくに払う、というのであった。

それはお安い御用だが、なぜ自分用を自分の家に配達してもらわぬのかと尋ねてみると、自分はそうしてもらいたいのだが、嫁が頑として許さないのだと、婆さんはいった。

「育ちざかりの、先の長い子供たちなら、いざ知らず、八十婆《ばばあ》がいまさら牛乳飲んでなんになる、つうのせ。牛乳屋に払う金があったら、ストーブの灯油でも買っておいてけれ、だと。ひとの年金を半分も捲《ま》き上げておいてだえ。まるで底なし井戸のよんたに欲の深い女《おな》ごなのし。」

あの嫁のいる家で、うっかり長患いなどしたら、どんなに辛い思いをすることになるか知れない。いびり殺されるよりも、寿命が尽きておとなしく死んだ方がいい。死ぬときは誰の手を煩わすこともなくぽっくりと死にたい。それが、いせ婆さんの口癖であった。

梅は、若いころから胸焼けを持病のようにしてきたから、医者に勧められて無理なく牛乳と親しむようになったのだが、いせ婆さんの方は、生まれてすぐ母親に死なれて、山羊《やぎ》の乳で育てられはしたものの、その後、むしろ乳臭いのは嫌いだったのに、八十を過ぎてから突然それなしでは一日も過ごせなくなったのだから、人間の嗜好《しこう》なんて随分気紛れなものだと思うほかはない。

「なにか、きっかけのよんだものはなかったのかし？」

と尋ねても、いせ婆さんは困ったように首をかしげて、やがてこう答えるだけである。

「それには、おらも気がつかねかったなあ。きっかけなんちょ、なかったんかも知んね。きっと、これも神様のおぼしめしだえせ。何事も神様のおぼしめしだすけにな。」

けれども、いせ婆さんはなにもクリスチャンではない。まだほんの小娘のころに、町の耶蘇《やそ》教（そのころはキリスト教のことをそう呼んでいた）の牧師館に雇われて水仕事をしていたことがあるだけで、暇をもらうまでの四年間に、何事も神様のおぼしめしという言葉だけを憶えて村へ帰ったのであった。

いまでも、なにかの拍子にその言葉が御託宣のように歯のない口から洩れるから、村には、耶蘇婆様の一つ憶えと陰口を叩く者もいる。

梅が、いせ婆さんに関わる珍妙な噂を耳にしたのは、去年の秋口であった。婆さんに、男が出来たのではないかという噂である。まさかと思われるが、女は墓場まで女だというから、全くありえないことではないだろう。

婆さんが倅夫婦《せがれ》や孫たちと住んでいる家の裏手の物干し場に、時折、家族の洗濯物に混じって、誰のものとも知れない六尺が風にひるがえっていることがあり、どうやらそれが噂の種になったらしい。六尺というのは、いまや死語にも等しくなったが、下着が洋風になる前は一人前の男たちに愛用された下帯で、晒木綿《さらし》六尺を用いるところから、その名がある。ところが、婆さんの連れ合いはもうとっくにこの世の人ではなくなっているし、いまは家族に六尺を締めている者は一人もいない。すると、あの六尺は、一体、誰のものだということになる。

婆さんは、相変わらず毎朝牛乳を飲みにきていたが、梅は、耳にした噂のことは黙っていた。婆さんを間近に見ていると、このところめっきり肌の色艶がよく、どうかすると、ちょっとした目顔や身のこなしに昔の色香が匂い立つような気もして、これは牛乳のせいばかりでもなさそうだ、うっかりしたことはいえないという気持になっていたからだ。けれども、それは梅の思いすごしであった。

十月半ばのある朝、いせ婆さんはいつになく浮かぬ顔でやってきて、また嫁に一発食らってきたと愚痴をいった。聞いてみると、嫁は、これからはもう、うちの物干し場に恥ずべき噂の種になるようなものを干してはならぬ、そんなものをうちの洗濯機で洗うこともならぬ、川で洗って川原で干してこいやと、つばきを飛ばして宣告したのだという。

「噂は耳さ入ってるえ?」

と婆さんはいった。

口さがない連中の多い狭い村のことである。しらばっくれるわけにもいかないから、

「そういえば、六尺がどうしたとか聞いたけんど。」

とだけ、梅はいった。

「六尺なんちょを干してるすけに、定めし燕《つばめ》が出来たんだえだと。いまでも六尺締めてる燕だら、どこもかしこも刃毀《はこぼ》れしてて、なんの役にも立つめえよ。半可臭《くせ》。」

婆さんは吐き捨てるようにいった。半可臭いとは、このあたりの土地言葉で、あほらしいという意味である。

「したら、誰の六尺し？」

と、梅は婆さんの権幕にいささか怯えて、小声で訊いた。

「死んだおらの爺様のもんせ。」と、婆さんは誇らしげにいった。「厚手の木綿で、まだしっかりしてるすけに、腹巻きにして、冷え易い腹を爺様のぬくもりで守ってもらってるのし。六尺は六尺でも、いまはふんどしじゃねくて、腹巻きだえ。それを、なして洗濯機で洗っちゃなんねて。なして家の物干しに干しちゃなんねて。あんまりじゃねえかし、あの嫁の底意地の悪さは。」

婆さんの皺《しわ》に囲まれた目は、涙と目脂《めやに》で分厚いレンズを嵌《は》め込まれたように膨らんで見えた。

「んだら、毎朝牛乳飲みにくるよんたに、おら方で洗濯して、おら方の干し場で干したら？」

梅は、気の毒になってそういったが、婆さんは、

「おなじ寡婦《やもめ》同士でも、お前《め》さんの方が若いすけ、今度はどったらひどい噂が立つかしんねえ。」

といって首を縦に振らなかった。

梅は、慰めの言葉もなく、その朝、冷めてしまった婆さんの牛乳をもういちど温め直してやったにすぎなかった。

今年の春、雪が融《と》けると、いせ婆さんは村はずれを流れる川まで六尺を洗いに出かけるようになった。梅は、いちど町からの帰りに、崖道から、小石の川原にひろげた六尺のそばでのんびりと春の陽射しを浴びている婆さんを見かけたことがあった。声を上げて手を振ったが、情けないことに声量が乏しく喉が痛むばかりで、そうでなくても耳の遠い婆さんは気がつかなかった。

三月下旬の異様に暖かだった日の午後、いせ婆さんは、川原で六尺を洗濯していて、上流の山《やま》襞《ひだ》という山襞から流れ込んだ雪融け水で急速に水嵩《みずかさ》を増した川に押し流された。村の消防団員が総出で探したが、婆さんの姿は見付からなくて、こざっぱりした六尺だけが、すこし下流の古い木橋の橋脚に引っかかっているのが発見された。

梅が、急を聞いて川へ駈けつけたときは、もう大分出水が退《ひ》き、橋脚の思いのほか高いところに引っかかっている六尺もすっかり乾いて、風にひるがえっていた。

梅は、木橋を渡っていって、若い消防団員たちが小舟で漕ぎつけて登りはじめた橋脚を、真上の欄干から見下ろしてみた。風が強くて、主《あるじ》を失った六尺の高いはためきがきこえた。あたりの川面を丹念に見渡してから、耳を澄ましていると、そのはためきが、気のせいか、

「なんもかも、この世は神様のおぼしめしなのせ。」

と繰り返している、いせ婆さんの呟きにきこえた。

まばたき

旧友は、なにかにひどく驚いたようなまるい目を天井へ向けたまま、荒い呼吸を繰り返していた。けれども、病室の天井はただ薄汚れているだけで、寝ている病人を驚かすものなどあるはずもない。

見ていると、旧友の目は、嵌《は》め込まれたガラス玉のように全く動かなかった。じきに、その目がまるく見ひらかれているだけで実はなにも見ていないのだとわかった。顔を寄せても、なんの反応もなかった。

「どうしたんだろう。」

「中《あた》りゃんしてなす、テレビの相撲を観ているうちに。」

彼を呼びにきた旧友の細君がいった。彼の郷里であるこのあたりでは、中風のたぐいで倒れることをおしなべて〈中《あた》る〉といっている。そういえば、この男は高校のころ相撲部にいたな、と彼は思い出した。

「意識は戻ってないみたいですね。」

「いいえ。」と細君はかぶりを振った。「先生もそうおっしゃいますけんど、おらはなんぼか戻ってると思うておりゃんす。」

それから細君は、ためしに亭主へ声をかけてみてくれないかといった。彼は旧友の名を呼んでみた。すると、どういう刺激のせいなのか、旧友は、まばたきを一つした。たったいちどだけだったが、まるで音がするような強いまばたきであった。

細君は、胸の前で勢いよく両手を組み合わせ、狂喜の面持ちで彼を見た。

「ほれ。いま、まばたきしゃんしたえ。これは、あんたさんのお声がわかったという証拠でやんす。父ちゃんは、目で返事したんでやんすよ。」

彼は、もういちど旧友の名を呼んでみたい誘惑に駆られたが、細君を困惑させることになっては気の毒だと思って、よしにした。細君は、彼の声にわずかながら反応を示したこの機を逃がすまいとするように、亭主の耳に口を寄せて熱心に語りかけていた。

ここは泌尿器科の病棟で、入院が長引きそうなので空室の多いこの病棟へ移されたのだが、驚いたことに、偶然、隣室に高校時代の思い出話によく出てくる級友の一人が胃潰瘍をこじらせて入院していて、看護婦に確かめてから挨拶に伺ったついでに、こちらの様子を見にきて頂いた――そんなことを細君は亭主に話して聞かせてから、主人はあなたのお声を耳にしてさぞかし意外に思っていることでしょう、といった。

「意外なのは、こちらもおなじです。」

と彼はいった。

まさか、こんなところで、寝台の上に肥満した四肢を投げ出して仰臥《ぎょうが》したまま泥人形のように微動だにしない旧友と再会することになるとは思わなかったのだ。

「あんたさんも運の悪いこってしたなあ。」

細君は眉をひそめて気の毒そうに彼を見た。郷里を出て、もう三十年越し東京暮らしをしている彼が、たまたま休暇をとって帰省中に、しかも人里離れた鉱泉宿で持病が再発してあやうく手遅れになりかけた不運を、口の軽い看護婦からでも聞き出したのだろう。

「ひどい目に遭いました。いつ、なにが起こるか、わからんもんですな。」

彼がそういったとき、不意に細君が小娘のような声を挙げて彼のパジャマの袖口を掴《つか》んだ。

「いま、ごらんになりゃんした？　また、父ちゃん、まばたきしゃんした。きっと、おら共《ど》の話を聞いてたんでやんしょう。それで、あんたさんの言葉に共感の合図を送ったんでやんす。」

そのまばたきを見損なった彼は、返事に窮して、枕の上の随分大きく見える旧友の赤ら顔を、黙って眺めた。相変わらず、ガラス玉のような目が飛び出しそうに天井を仰いだまま動かない。細君が我に返って、掴んでいた彼のパジャマの袖口をどぎまぎと放したのをしおに、お大事に、と彼は頭を下げて旧友の病室を出た。


隣室には、見舞客の気配もなく、時折、細君のぼやくような独り言と、医師や看護婦になにか訴えるような声が壁越しに低くきこえるぐらいで、一日の大部分の時間は空部屋のようにひっそりとしていた。夜ふけには、いつもおなじような、単調な鼾《いびき》がきこえた。もはや旧友には昼夜の別がないのだから、鼾は夜眠る習慣を守りつづけている細君のものだと思われた。この病院は完全看護なのだが、隣室では細君が泊り込みで病人に付き添っているらしい。

東京で暮らすようになってから、郷里とはすっかり疎遠になって、いまは呼吸とまばたきしかしなくなっている旧友の近況についても全く知るところがなかったのだが、耳ざとい看護婦によれば、旧友は長年教職にあって、現在は郷里と浜つづきの小都市の教育委員会で主事を務めている由であった。

隣室の旧友を見舞ってから数日して、彼の主治医が退院の相談に病室まできてくれた。彼は、必要な話が済んでから、医師に旧友の容態について尋ねてみた。医師は、自分の担当ではないからと口籠《くちごも》りながら、手術さえ可能なら希望が持てるのだが、といった。

「患部がきわめて厄介なところにあるらしくてね。脳外科の連中も手を出したがらないのです。」

「すると、彼はずっとあのままですか。」

「心臓が堪えられる限りね。お気の毒なことですが。」

「時々、まばたきをしますね。」

医師は目を伏せてうなずいた。

「奥さんがそれに希望を託してたな、意識のある証拠だといって。」

医師はしばらく黙っていたが、やがて、

「でも、それでいいのじゃないでしょうか。そう信じられて、希望が持てるんだったら。私らはその希望をわざわざ打《ぶ》ち毀《こわ》すようなことはしないのです。」

と顔を上げていった。

退院の朝、彼は隣室へ別れをいいにいった。ところが、細君の姿は見えなくて、旧友だけが初めて見舞ったときとほとんどおなじ様子で病床に仰臥していた。彼は、戸口でちょっと躊躇《ためら》ったが、無人にも等しい病室の素っ気なさが彼を大胆にした。彼は、旧友の枕許までいくと、

「じゃ、お先にな。ねばれるだけ、ねばれよ、相撲の選手だったころみたいに。」

と盆のような顔を見下ろしていった。

すこし待ってみても、旧友はまばたきをしなかったが、気のせいか、その目がすこし潤んだように見えた。彼は、ちょっと手を上げてみせて病室を出た。

細君は、売店へ買物にでもいったのかと思っていたら、そうではなかった。本館の玄関近くの、幅広い木の階段の太い手すりに手ぶらでもたれて、会計の窓口に群れる人々をぼんやり眺めていたのであった。彼は、一階の外来診察室にいる主治医に挨拶してから、玄関へ出てきて、それを見付けた。

彼は、階段の下までいって、手すりの細君を仰ぐようにして退院の挨拶をした。細君は、エプロンを外してまるめただけで、急いで階段を降りてくるでもなかった。

「そんなところで、誰か探してらっしゃるんですか。」

と尋ねると、

「なんも。ただ退屈だったすけになし。」

細君は、先に退院していく彼などにはもはやなんの関心もないというふうに、無愛想にそういった。

彼は、土地の患者たちのように退院後の念押し通院ができないから、せめて三週間にいちどずつ帰郷して病院を訪れ、手術や治療のあとを点検してもらうことになっていた。その負担の大きい通院は、結局三度でお仕舞いにせざるを得なかったが、その三度とも、彼は病院で旧友の細君を見かけた。彼女は、依然として退屈を持て余しているらしく、いつも外来患者で混雑している待合ホールを見下ろす階段の手すりに両腕を重ねていたが、見かけるたびに、前より全身に窶《やつ》れが目立つように思われた。髪や顔の手入れの仕方、衣服の色や柄の選び方、それの着方も、どこか投げやりで、品位に欠けてくるように見えた。

通院はこれが最後という日、黙って別れてしまうわけにもいかないような気がして、

「御主人、いかがです？」

と下から声をかけると、

「だんだん、いいみたい。おらがそばにいてもいなくても。」

と細君はいって、居酒屋の女のようにびっくりするほどの大口で笑った。

「いまでも、時々まばたきをしますか？」

「する、する。ウインクみたいなやつを連発してる。」

彼は、そういってわざとらしく笑い崩れる細君から目をそらすと、急ぎ足で玄関へ歩いた。

チロリアン・ハット

すこし気の早い夏服の仮縫いを済ませて、売場の奥の小部屋から出てくると、やがて定年を迎えるというショップマスターが、応接用のソファの背に脱いでおいた彼の帽子の上に身を屈《かが》めて、興味深げに見入っていた。

「終わりました。」

背後から声をかけると、ショップマスターは急いで身を起こして振り向いた。

「お疲れさまでした。」

「帽子がどうかしましたか。」

「いいお帽子だと思って、つい見惚《みと》れてました。」

コーデュロイの、ベージュや緑や焦茶の端切れを、パッチワークのように縫い合わせただけの不細工な帽子で、ショップマスターの言葉は見当違いのお世辞だとしか思えなかった。

「なに、野暮な帽子ですよ。」と、彼は苦笑いしながらいった。「なにしろ田舎町のちっぽけな洋品店の棚の隅で埃《ほこり》をかぶってた代物ですからね。」

それは嘘《うそ》ではなくて、去年の秋、日に日に冷え込みが厳しさを増していたころ、彼は、暖炉の薪を割るときに用いる防寒具の耳掛けが欲しくて、仕事場のある信州の高い連峰の麓から高原鉄道の駅前まで降りてみたのだが、肝腎の耳掛けは探しあぐねて、結局、代わりにそのコーデュロイの風変わりな帽子を手に入れたのであった。

棚から下ろして、埃を払ってもらうと、不細工なところに思いのほかのぬくもりが感じられた。鍔《つば》がすこし広く作られているのも気に入った。かぶってみると、薄くなりはじめた頭にぴったりで、暖かい。彼は、買ったばかりの帽子をかぶって山麓の仕事場へ帰ってきた。

「掘り出し物をなさったわけですね。」と、ショップマスターはいった。「そんなふうにして、もう随分お集めになったでしょう。」

「いや、帽子は好きだけど、集める趣味はないから。たまに衝動買いするだけです。」

「でも、たくさんお持ちのようで。この前は確か黒のハンチング・ベレでいらっしゃいましたね。」

彼は、ショップマスターがよく憶えているのに驚いた。

「あなたこそ帽子に特別の関心をお持ちのようだな。」

「ええ、弟の影響で。」と、ショップマスターは目を伏せていった。「弟は、帽子とその蒐集《しゅうしゅう》をたった一つの趣味にしていたものですから。いまは蒐集した帽子だけが残ってますけど。」

「……というと？」

「持主が突然あの世へいっちゃったからです。」

ショップマスターは、彼に椅子を勧め、女店員に飲みものをいいつけた。

「御病気だったんですか。」

彼は、肘掛椅子に腰を下ろしてから尋ねた。

「いいえ、交通事故で。車にはねられましてね。でも、はねた相手を責めるわけにはいきません。弟の方に落度があったんです。いきなり道へ飛び出して、そのまま横切ろうとしたんですから。横断歩道でないところを。」

「酒でも飲んでたんですか。」

「いいえ。酒は飲めないたちでしたから。帽子のせいですよ。」

「帽子の？」

「帽子への愛着が、皮肉にも弟の命を奪うことになったんです。」

ショップマスターの話によると、彼の弟はもともと翻訳家だったが、数年前からは郊外にある私立女子大の講師もしていて、講義のある日だけ都内から電車を乗り継いで郊外の大学へ出講していた。その日も――というのは去年の春先のことだが、弟は朝、いつものようにお気に入りの帽子をかぶって家を出た。あいにく風の強い日で、弟は、帽子を吹き飛ばされないように絶えず右手の指先で鍔の前の方をきつくつまんでいなければならなかった。

住宅街を通り抜けるまでは、何事もなかった。酒屋の角を曲がって、駅前通りに出たとき、突然、歩道を掃くように吹きつけてきた一陣の風が、弟の足許から舞い上がって体の前面を駈け昇った。弟は、咄嗟《とっさ》に顔をそむけたが、右目に刺すような痛みをおぼえ、思わず右手を帽子から離して目を抑えた。

帽子は、容易に弟の頭から飛び去った。弟は、それが車道に落ちて転がるのを片目で見た。弟はなんの躊躇いもなくガードレールを跨《また》ぐと、腰を屈めて転げる帽子を追いかけていった。

職場にいた彼は、知らせを聞いて救急病院へ駈けつけた。弟は虫の息で、なにが起こったにせよ帽子の鍔から指を離したのが迂闊《うかつ》だったと、しきりに悔いた。それから、「帽子は？　帽子は？」と呟きながら息を引き取った。

「……お気の毒でしたね。」と、すこし間を置いてから彼はいった。「実は、僕もよくそんな夢を見るんですよ。風に吹き飛ばされた帽子をつんのめりそうになりながら追いかける夢を。でも、僕のは、いずれは醒める夢ですからね。」

「弟は追っかけたままあの世へいっちゃった。」と、ショップマスターは仕方なさそうに笑っていった。「だけど、弟にはある満足感があったんじゃないでしょうか、なにしろ好きな帽子と心中したようなもんですから。ただ、兄貴としましては、正直いって弟の遺《のこ》したすくなからぬ蒐集物には頭を抱えているんです。」

ショップマスターには、帽子に趣味の持ち合わせがない。たかが帽子だが、形見だと思えば置き場にも困るし、ましてや、ひと纏めにして古物商へ売り払ってしまう気にもなれない。

「未亡人の御意向はどうなんですか。」

「申し遅れましたが」と、ショップマスターがいった。「弟はずっと独身を通しましてね。家庭も持たずに、帽子にうつつを抜かしていたわけです。ですから、弟の遺品は私の一存でどのようにでもできるのですが……。」

ショップマスターは、ちょっとの間、口籠《くちごも》っていたが、やがて、

「唐突なお願いで驚かれるでしょうが、もしよろしかったら、弟の遺した帽子を一つもらって頂けませんでしょうかね。」

といった。

実際、彼は驚いた。まさか、そんな話になるとは思わなかったからである。

「あなたのような帽子に趣味をお持ちの方にもらって頂ければ、弟も喜ぶと思うんです。供養になります。」

彼が返事に戸惑っていると、ショップマスターが椅子から身を乗り出してそういった。

彼は、いかにも帽子に趣味を持っているが、当然のことながら彼なりの好みがあって、帽子ならどんなものでもいいというわけではない。ショップマスターの亡弟の遺品を一つ分けてもらうにしても、いちどそれらを残らず見せてもらう必要がある。

「勿論です。弟の持ち物は全部私が引き取ってありますから、いちど折をみて拙宅へ御案内します。」

ショップマスターはそういっていたが、それから十日ほどすると、思いのほか早く仕立て上がった洋服を自分で届けにきてくれて、いまひと息入れる余裕がおありなら先日お話しした件でほんのすこし時間を割いて頂けないだろうか、といった。訊くと、自分の車できていて、ここから自宅までは大した距離ではないという。断わる理由はなにもなかった。

仕方なく外出の身支度をしながら、彼はいささか気が重かった。蒐集された帽子のうちに、彼の気に入るようなものがあればいい。供養になるというのなら、それをもらってあげてもいい。けれども、蒐集者と自分の好みがちがいすぎて、これならと思えるものが一つもない場合も考えられる。そんなときは、お互いに気まずいことになるのではないか。

「今日は見せてもらうだけにしようかな。」

彼は、走る車のなかで、独り言にしては大きすぎる声でそんなことをいったりした。

遺された色も形もとりどりの帽子は、全部で三十個ほどもあっただろうか。それらを、ショップマスター夫婦が次々と二階から運び下ろしてきて、当世風建売住宅の居間を忽《たちま》ち帽子売場に変貌させた。

「さあ、どれでもお好きなものをお選びください。」

ショップマスターが両手を横に大きくひろげていった。

「弟さんが亡くなる直前に追いかけていたのは、どれでしょう。」

彼は、まずそう尋ねた。それだけは、どんなに好ましい帽子でも敬遠したかったのだ。

「あれはもう、ありません。柩《ひつぎ》に入れてやったんです。」

彼はほっとして、自分を囲んでいる帽子の群れを見渡した。家で身支度をしていたときに感じた危惧がよみがえってきた。遺品の帽子には、女子大の独身講師だった故人の生活や好みを反映して、色といい形といい、垢抜《あかぬ》けして、スマートで、都会的な華やかさを備えたものが多かったのである。

故人とはおよそ反対の趣味を持つ彼は、やっぱりそうかと失望したが、一つ一つ、つぶさに眺めているうちに、これは悪くないと思われるものを一つだけ見付けた。鶯色《うぐいすいろ》のチロリアン・ハットである。

彼は、ソファから立っていって、電話機にかぶせてあるその帽子を自分で取ってきた。

「それがお気に入りましたか。洒落《しゃれ》たチロリアンでしょう。」

ショップマスターがいった。

「僕にはちょっと上等すぎるけど、この種の帽子は一つも持ってませんのでね。」

鍔の付け根に金色とも見える濃い黄色の紐が巻いてあり、左側の紐のすこし上のところには、先が針になった純白の鳥の羽根が斜めに刺してある。全体に見て、どこにも汚れや崩れがない。

「まるで新品みたいですね。」

「弟はマンションの部屋や屋上でばかりかぶってましたから、新品だといっていいと思います。多少へアトニックの匂いが残ってるかもしれませんけど、汗はいちども染みてないはずです。弟は山に憧れてましたけど、やつには勇気と体力がなかった。気がくさくさすると、よくこのチロリアンをかぶって屋上へ昇るといってましたよ。屋上からは遠く秩父《ちちぶ》の山々が見えるんです。」

ショップマスターは目を潤ませていった。

彼は、そのチロリアン・ハットをもらうことにした。彼には山登りの趣味はないが、信州の山麓で散歩をするとき、こいつをかぶって、狐や狸をびっくりさせてやろうと思ったのである。

その夏、彼は三週間ほど籠るつもりで信州の仕事場へ出かけた。新しく自分の所有物となったチロリアン・ハットも、形を崩さぬように工夫して携行したのはいうまでもない。

山麓は、着いた日も入れて三日間雨で、四日目にようやく晴れ上がり、連峰が濃緑の山容をくっきりとあらわした。彼は、仕事場に滞在中は、午後陽が傾くころには仕事に一区切りをつけ、一時間ほどあたりを歩き回ってきて、一風呂浴びてから晩酌にとりかかるのがならわしである。その日も、彼は窓の外の風景の翳《かげ》り具合からすでに陽が傾きはじめたのを知ると、いそいそと散歩着に着替え、チロリアン・ハットをしっかりとかぶり、スニーカーを履いて仕事場を出た。

彼の馴染みの散歩道はすべて土の道で、三日ぐらいの雨なら難なく吸い込んで泥濘《ぬかる》みもしない。道は、スニーカーの靴底にしっとりとして、快かった。道端には大待宵草が咲き列《つら》なり、藪《やぶ》のなかではまだ鶯が啼《な》いていた。

しばらくして、彼はふと、自分が聞き馴れない足音を立てて歩いているのに気がついた。おかしなことに、彼は自分の散歩コースにはないアスファルト道路を歩いていたのだ。彼は、立ち止まってあたりを見回した。落葉松《からまつ》と白樺の木立は見馴れたものだが、その樹間からちらほらしている山荘風の建物には、見憶えがない。

けれども、道端には大待宵草が咲いているし、藪では鶯が啼いているのだから、ここもおなじ山麓のどこかには違いない。それにしても、どこからいつものコースを外れてしまったのか、彼には全く憶えがなかった。こんなことは彼には初めての経験であった。

でも、まあ、いいか、と彼は、呆気《あっけ》に取られている自分をとりなすように思った。気ままな散歩なのだから、初めての道を歩いてみるのも一興だろう。それに、いつものコースを外れているだけで、そう遠くまできているとは思えない。おなじ山麓なら、歩いているうちに見憶えのある道か風景に出会うはずである。

アスファルト道路は、かなりな勾配の登り坂になっていた。彼はそこをゆっくりと登りはじめた。

間もなく、坂をくだってくる二人連れの登山者に出会った。一人は、目に力があり、足取りもしっかりしていたが、もう一人には疲労の色が濃く、片手を連れの肩に置いて左足を軽く引きずっていた。

「こんにちは。」と、表情にも体力にも余裕のある方が彼に会釈しながら快活な声でいった。「ちょっと伺いますが、この先の高原ホテルまでは、距離にしてどのくらいでしょう。」

「そうですね……せいぜい二キロぐらいだと思います。」

彼は答えた。登山者の言葉で、このアスファルト道路が高原鉄道の駅から連峰の一つの登山口に通じている道だと理解できたのである。登山者たちは礼をいってすれ違っていった。

いまや彼の頭のなかには、この山麓一帯の地図がくっきりと浮かんでいた。なんのことはない、先刻いつの間にかアスファルト道路を歩いていることに気づいたあたりから、一本しかない土の脇道を五百メートルほど戻ると、いつものコースに出られるのである。

けれども、彼は引き返さなかった。そうとわかれば、なにもあわてることはない。この先に登山口がある。彼はまだそこまでいったことがなかったが、一年の半分は山麓で暮らしているのだから、いちどぐらいは登山口を見ておいた方がいい。

この連峰の登山は、もともと尾根伝いの縦走こそが醍醐味《だいごみ》だとされていて、途中にある登山口は、むしろ縦走の落伍者のための下山口のようなものだと聞いている。すると、先刻の登山者たちも、足を挫《くじ》いた落伍者と、それに付き添って下山してきた仲間の一人であったろう。そんなことを考えながら、彼はアスファルトの坂を登りつづけた。

気がつくと、目の前に登山口があった。道端に、あちこちペンキが剝げ落ちて辛うじて〈鷹岳登山口〉と読める角材の標識がぽつんと立っているきりで、そこから奥の方へ細い砂利道の坂が伸びている。あたりには茶屋も人気《ひとけ》もない。彼は、なにを期待してきたわけでもなかったが、すこしがっかりした。もう引き返そうと思った。

ところが、彼は動かなかった。せっかくここまできたのだから、百メートルだけ登ってみよう——そんな予期せぬ意欲が湧いてきて、戻ろうという気持とせめぎ合ったからである。結局、登ってみようという意欲が勝った。たとえ百メートルだけでも、自分は鷹岳へ登りかけたことになるのである。

彼は、砂利の細道を登りはじめながら、ちょっと首をかしげた。自分が、なぜ今日に限って意志通りに行動できぬのか。なぜ我ながら思わぬ行動にばかり走るのか、まるで別人になったかのように。

不意に、彼はかぶっていたチロリアン・ハットの鍔に手をかけた。もし、そのときハットを脱いでいたら、それに籠っていた前の持主の呪縛が解けて彼は忽ち元の自分に戻れただろう。けれども、ハットの鍔に手をかけたのは、それを脱ごうとしたのではなく、ただ額の汗をぬぐうためであった。彼は、ハンカチを畳み直してポケットに戻すと、すこしあみだになったハットをかぶり直した。

彼は、砂利に足を滑らせながら、山道を登った。百メートルを過ぎたことにも、夕闇が次第に濃くなることにも、気がつかなかった。もはや、引き返すことを彼は忘れていた。彼は、誰かに導かれてでもいるかのように、躊躇いもなく黙々と登りつづけた。

おのぼり

なぜ、こんなにもたびたび人とぶつかるのだろうか。

ぶつかる、というのは、人と異なる意見や考え方を持つがゆえに、議論になったり、ののしり合いになったりするという意味ではない。そうではなくて、実際に、こちらの肉体と相手の肉体とが、突き当たる、衝突する、強く触れ合う、また、一方が他方へ追突することを意味する。

なぜ、こうも頻繁に、人と突き当たったり、追突したりされたりするのか。場所はおそらく関係ないだろう。大勢の人々が往来し、動き回り、佇んでいさえすれば、どんな場所でも起こり得るのだ。街の歩道でも、デパートの売場でも、劇場のロビーでも、駅の階段でも、改札口でも、プラットホームでも、乗物のなかでさえ。

世の中で、掏摸《すり》でもなければ、好んで人とぶつかり合う者はいないにちがいない。掏摸でなくとも、ただ人の体に触れるのをなによりの歓びとする風変わりな趣味の持主がいるかもしれないが、これにしても、そっと、さりげなく触れるところに妙味がありそうなもので、なにも激しくぶつかり合うことはあるまいと思われる。

彼は、掏摸でもなければ、風変わりな趣味の持主でもない。地方のちいさな町に登窯《のぼりがま》を持つ、五十過ぎの実直な陶藝家にすぎない。要するに、いきなり人とぶつかったりするのは真っ平だと思っているたぐいの人間である。

その町は、彼の生まれ故郷で、彼はそこで少年時代を過ごし、隣町の県立高校を経て東京の私立大学に進学し、卒業後は人なみに都内の民間会社に就職して十年ほどは無難に勤めたのだが、あるとき、〈すまじきものは宮仕え〉を痛感させられる出来事に逢着し、あまりのむなしさに卒然として職を捨てて郷里へ舞い戻り、陶藝家の道を歩みはじめて今日に到っている。普通の勤め人がいきなり陶藝家を志すといえば、いかにも唐突にきこえようが、彼の郷里は昔からやきもののさかんな土地柄で、彼自身、高校を出るまでに何度か陶藝家を夢見たことがあるのだから、あながち畑違いの世界に飛び込んだともいえないのである。

それはともかく、彼は、東京での学生時代と十年ばかりの勤め人時代を除けば、通算してざっと四十年ほどをこの町で暮らしていることになるのだが、これまで家の内でも外でも、人とぶつかるという経験はいちどもしたことがなかった。追突したり、されたりしたこともなかった。四十前後のころに、焼き餅焼きの女房が泣きべそをかいて、片手を招き猫のように持ち上げたまま体当たりしてきたことが何度かあったが、これなどは論外だろう。

新幹線の車輛から、東京駅のプラットホームに降り立った直後に、彼は横合いから重い衝撃を受けて、よろよろとした。それが人との衝突の始まりであった。突き当たった相手は、登山用の物々しい装備のためにロボットのように見える若い髭面《ひげづら》の男で、何事もなかったかのように遠ざかっていく。

むっとして、見送っていると、今度は背後から衝撃がきた。大きな鞄《かばん》が膝の裏側を同時に突いたので、彼はあやうくプラットホームに跪《ひざまず》くところだった。振り向いて見ると、短大生ぐらいの若い女で、これまたなんの挨拶もなく、出迎えの母親らしい中年女の方へ駈け寄っていく。

彼は、あたりを見回してベンチの空席を見つけると、素早くそこに腰を滑り込ませて、ひと息ついた。あまり暑くはなかったが、額が汗を噴くのを感じて、畳んだ手拭いでぬぐった。

およそ二十年ぶりの上京であった。随分ひさしぶりなのは多少気掛かりではあったが、それにしても自分の若き日を過ごした都を再訪するのである。なにも怖気《おじけ》づくことはない。今朝、郷里の町を発ってくるときも、格別な緊張も興奮もなく、気持は至って平静であった。ところが、懐かしい都の駅のプラットホームに降り立った直後から、まだ何歩も歩かぬうちに、傍若無人な二人の人間と突き当たったいまは、もはや平静さを失って動揺しはじめている自分に気づかないではいられなかった。この二十年間に、東京は、街の様子ばかりではなく、そこに暮らしている人々の歩き方まで変わってしまったのではなかろうか、と彼は思った。

それかといって、いつまでもプラットホームのベンチにへたり込んでいても、仕方がない。彼は勇気を出して腰を上げた。駅の構内には大勢の人々が行き交ったり、佇んだりしていて、その人々との衝突を避けることにばかり気を取られていた彼は、タクシー乗場へ辿《たど》り着くまでに、なにはともあれ今回は二泊の予定を一泊だけで帰ることにしようと考えただけであった。

宿は、神田のビジネスホテルを予約してあった。二泊というのは、用件は最初の晩に済ませてしまい、翌日はせっかくの機会だから多少思い出のある場所を何個所か訪ねてみるつもりであった。三日前に窯出しを終えたばかりだったので、すこしは羽根を伸ばそうと思ったのである。

ホテルのロビーでも、男の子とぶつかった。子供でも、人は人である。これで、駅のタクシー乗場で肩を強く突き合わせた老人を加えて、一時間そこそこの間に四人の人間とぶつかったことになる。どちらに非があったにしろ、これは、なにがなし異常なことではあるまいか。

彼は、フロントで部屋のキーをもらうとき、二泊目のキャンセルを伝えて諒承を得た。


用件というのは、この秋に珍しく彼の個展を催したいと申し出てくれた、銀座裏の画廊の女主人と会って細かな打ち合わせをすることであった。女主人は、前にいちど彼の窯場をはるばる訪ねてきてくれたことがあり、個展についてはその折におよその相談を済ませてあるから、今度の上京は、個展の会場になる彼女の画廊をゆっくり見せてもらって、展示する作品の種類や点数の見当をつけるのが目的であった。

一服してから、画廊へ到着を知らせると、女主人は、店を見て頂いてから夕食を御一緒したいから、夕刻の五時にそちらのホテルのロビーでお待ちしている、といった。わざわざ迎えにきてくれるというのである。それは恐縮ですな、と彼はいったが、内心ほっとしていた。こちらから訪ねていくことにでもなったら、画廊へ辿り着くまでに一体何十人の人とぶつかり合うことになったかわからない。

約束の時刻にロビーへ降りていくと、女主人は先にきて待っていた。

「つかぬことを伺いますが、ここへくる途中、誰かとぶつかりませんでしたか。」

再会の挨拶が済むと、彼はすぐにそう尋ねた。女主人は、わずかに眉をひそめて彼を見詰めた。

「ごめんなさい。よく聞き取れなかったんですが……なんとおっしゃいました？」

彼はおなじ問いを繰り返した。相手は訝《いぶか》しそうな顔になった。

「ぶつかる、といいますと？」

「ごく普通の意味で。体と体が突き当たることです。」

女主人は、呆れ顔でかぶりを振った。

「いちども？」

「いちども。でも、どうしてです？」

彼は、すこしの間、話そうか話すまいかと迷っていたが、結局話さずにはいられなかった。

「実はですね、僕は新幹線を降りてからこのホテルの部屋に入るまでの間に、四人もの人とぶつかったんです。勿論、どちらも、ぶつかろうとしてぶつかったんじゃありません。互いに避けるいとまもなく、ぶつかってしまったんです。」

「まあ。どうしたのかしら。お怪我はなかったんですか。」

「なにも。怪我をするほど激しくぶつかるわけではないんです。」

「でも、物の弾みということもありますから、お気をつけなくっちゃ。御郷里でもそんなふうでしたの？」

「いや、田舎では人とぶつかり合ったことなど、いちどもありません。」

「結局、東京は人が多すぎるということでしょうか。」

なるほど、と彼は思い、高校を卒業する年に受験で初めて上京して人の多さにひどく驚かされたことや、盛り場の雑踏のなかをすいすいと前へ進めるようになるまでにはかなりな時間を要したことなどを思い出した。

「そうすると」と彼は苦笑いを浮かべていった。「僕はさしずめ二十年ぶりのおのぼりさんということですか。」

「近頃の東京は、五年ぶりでもおのぼりさん気分になるそうですからね。」

と女主人はいった。

タクシーを拾って画廊までいき、そこで小一時間ほどを過ごしてから、歩いて近くの街角のちいさなフランス料理の店に案内され、田舎に引き籠っていれば生涯お目に掛かることもないと思われる珍しい料理を数種御馳走になった。食事の途中で、女主人が、乾杯のために注がれたワインがすこしも減らない彼のグラスを見て、憐《あわ》れむようにいった。

「ワインが料理の味を引き立てるんですが、残念ねえ、一口も召しあがれないのは。」

全く彼は、その晩ほど酒類を一滴も受けつけない自分の体質を、しんから情けなく思ったことがなかった。

その店を出たところで、素面《しらふ》の彼が画廊の女主人に軽く追突した。おっと失礼、と両手で肩をそっと抑えると、

「大丈夫かしら。ホテルまでお送りしましょうか?」

と女主人が心配そうに振り向いていった。

「い、いや、結構。大丈夫、独りで帰れますよ。じゃ、おやすみ。」

彼はあわててそういうと、客を降ろしたばかりのタクシーの方へ手を上げながら小走りに急いだ。

翌朝、ホテルのグリルで食事をしているところに画廊の女主人から電話があった。

「今日お帰りなんでしょう？」

「午後の新幹線に乗るつもりです。」

「私、一つ心配なことがあるんですけど。」

「なんでしょう。」

「先生が、ちょっとした御病人でいらっしゃるんじゃないかしらと思って。」

彼は、声を上げて笑った。

「僕は健康ですよ。至って健康。田舎へ引き揚げてからは何度か風邪をひいただけですから。」

「時々、お医者に診てもらってます？」

「いいえ。だって、どこも悪くないんだもの。」

「そこが心配なのよね。」と、女主人は溜め息混じりにいった。「二十年ぶりのおのぼりさんにしても、人にぶつかりすぎるような気がするんですけど、いかが？」

そういわれればその通りで、彼は黙っていた。

女主人の電話の要旨は、せっかくの機会なのだから、いちど東京の医師に会って、意見を聞いて帰ったらどうかというものであった。自分には、長年昵懇《じっこん》にしている開業医がいる。親切で、信頼できる医師である。もし午前中が空いているなら、その医師を訪ねてみたらどうであろうか。そちらの当惑については自分から彼によく話しておく。だから、医院の受付で名を告げるだけでいい。女主人はそういって、このホテルからあまり遠くないところにあるその医院の所番地《ところ》と、念のために電話番号を教えてくれた。

電話で話している間は、大きなお世話だという気がしていたが、自分のテーブルに戻って温《ぬる》くなってしまった紅茶を啜《すす》りながら、まだ耳に残っている画廊の女主人の言葉を反芻《はんすう》しているうちに、物はためし、彼女の勧めに乗ってその医者に会ってみようかという気になった。このまま、よく人にぶつかるという不愉快な謎を土産に帰るのも味気ないではないかと思った。


画廊の女主人と昵懇だという口髭を生やした六十近いと見える小太りの医師は、彼をデスクのかたわらの椅子に坐らせると、あなたについてはさきほど銀座の画廊からくわしい電話があったといった。

「東京は人が多すぎます。」と、医師は穏やかな微笑を浮かべながら唐突にいった。「いまは地方の静かな町にお住まいだそうですが、そういう町に比べて、東京は、人が多すぎるばかりではなく暮らしのテンポがちがいすぎます。たとえば、歩き方も速度も随分ちがっているでしょう。ですから、地方から上京された方はあらゆる面で戸惑うはずです。健康な人でも、馴れるまではトラブルが絶えないでしょう。」

「僕は健康なつもりなんですがね。」

と彼も微笑していった。

「そうかもしれません。ですから、このまま東京に留まっておられれば、徐々に馴れて、しまいには暮らしになんの不自由も感じられなくなる公算は大です。ところが、健康を誇っておられる方の体内に思わぬ病気がひそかに芽を吹いていることがしばしばでしてね。こんな芽は早く見つけて摘み取ってしまわなければなりません。」

「でも、僕には、どんな病気の徴候も自覚症状もないんですが。」

「そうでしょうか……。」

医師は微笑を濃くして、確信に満ちた口調でそういう彼に目を細めた。

「でも、あなたは歩行中よく人とぶつかるんでしょう？　それがなにかの徴候かもしれないとは思われませんか？」

彼は口を噤《つぐ》んでしまった。

「私は医者ですから医者の立場でお話しします。」と医師は相変わらず穏やかな口調でいった。「もしもあなたのような方に悩みを打ち明けられますと、私たち医者は、まず平衡感覚になにか異常が生じたのではないかと考えます。医学の方では〈運動失調〉と呼んでいますが、それがあらわれる疾患として次の三つがすぐ頭に浮かびます。一つ目は小脳の血管障害。これは梗塞と出血です。二つ目はパーキンソン症候群。三つ目はアルコール性神経障害です。あなた、お酒は？」

「まるっきり駄目です。体が受けつけないのです。」

「じゃ、これは除外していいでしょう。遺伝性のものがあるので伺いますが、御家族や肉親にあなたと同様よく人とぶつかる方はおられませんか？」

「おりません。僕だけで、それもつい昨日からです。」

「医者は最近のものほど血管障害を疑うのです。朝、顔を洗うとき、よろけたり、体が揺れたりしませんか？」

「しませんね。」

彼は、椅子から立たされ、床を素足で何度か行きつ戻りつさせられた。

「結構です。」と医師はいった。「パーキンソン症候群の疑いが濃い人は、前屈みになって爪先を上げずに摺《す》り足で歩きます。」

次に、医師は指をひらいた両手を自分の胸許へ突き出させて、指先を見詰めた。次には、デスクの上のボールペンをいちど拾い上げてから、また戻し、いまの自分と同じ動作と速さとでボールペンを取り上げてみよと命じた。こんな児戯にも等しいことを、と彼は羞恥をおぼえたが、どうやらいつの間にか診察コースに引き込まれているらしいので、命じられた通りにおなじことを二、三度繰り返してみせた。

「はい、もう結構です。」と医師はいった。「指先がほとんど顫《ふる》えませんでしたね。もし目的物を掴もうとした瞬間、指がわなわなと顫えるようですと、小脳付近の異常が強く疑われます。」

医師は、なおも数種の簡単な反復動作を試みさせて、ようやく診察を終えた。

「やっぱり病気のせいじゃなさそうですね。」と、彼はポケットからあやうく煙草《たばこ》を取り出しそうになった手でハンカチを抜き取って、晴れ晴れといった。「仕事柄、あぐらで坐ってばかりいるもんですから、足にがたがきてるんですね。よく人とぶつかるのはそのせいでしょう。田舎へ帰ったら、せいぜい足を鍛えることにします。」

「それよりも、CTスキャンを備えた病院を探される方が先でしょうね。」

と医師はいった。

「CTスキャン……。」

「御存じでしょうが、コンピューターを使って内臓の断層エックス線写真を写し出す装置です。」

「その装置が、僕のどこに必要なんです?」

「小脳です。」

彼は笑い出した。

「いま小脳ではなくて足のせいだとわかったばかりじゃないですか。」

「あなたお一人がわかっただけですよ。」と医師はいった。「御郷里におられた間はほとんど障害にならなかった足の衰えが、上京された途端に顕著になったという理由が私には理解できません。やはり平衡感覚の異常、運動失調は疑ってみる必要があると思います。もう何日か滞在なさるなら、最新の医療機器を完備した病院を御紹介できるのですが……。でも、御郷里の近辺にもきっとありますよ、そんな病院が。どうぞ誤解なさらないでください。私はなにも、あなたの小脳に血管障害があるといっているのではありません。もしかしたら、あるのではないかと、心配しているのです。その心配を取り除くためにも、不幸にして病気が発見されたらそれを芽のうちに摘み取ってしまうためにも、早くあなたの力になってくれる病院を探し出して頂きたいのです。」

医院を辞去するとき、医師は親切にも新しい主治医の参考のためにといって、今日の診察所見を細々としたためた手紙を渡してくれた。

その医師の手紙が、気のせいか背広の内ポケットにじっとりと重い。これが二十年ぶりのおのぼりさんの東京土産かと思えば、憮然《ぶぜん》とせざるを得ない。あの医師には悪いが、この手紙を郷里へ持ち帰ったところで、おそらく役立てる機会がないにちがいない。せっかくだから捨てずに保存はするが、そのうちにどこかへ仕舞い忘れてしまうだろう。彼は、帰りの新幹線のなかで、無意識のうちに後頭部の小脳のあたりを指先で軽く叩きながらそんなことを考えたりした。

なみだつぼ

あの囲炉裏がなくなったら、おふくろのなみだつぼは、どうなるのだろう。

北の郷里の家で独り暮らしをしている姉から、近いうちにもはや無用になった囲炉裏を塞いでしまおうかと思っているが、異存はないか、といってきたとき、真っ先に私の脳裡をかすめたのはそのことであった。

郷里の家族が数十年も前から借りて住んでいる漆喰《しっくい》壁のくすんだ家は、もともと養蚕農家として建てられたもので、背戸《せど》から崖下を流れる川音がきこえる台所の板の間に、大きな囲炉裏が切ってある。先住者たちは、もっぱらこの囲炉裏に薪を焚《た》いて煮炊きをし、煖をとったものとみえ、頭上に交錯している大小の梁《はり》も、天井板も、真っ黒に煤《すす》けていて、どのようにして出来るものか知らないが、かなりの長さの煤の紐が天井からも梁からも何本となく垂れ下がっている。

郷里の家族も、その囲炉裏を大いに利用したが、薪ではなくてもっぱら木炭を使っていた。当時、郷里のあたりでは炭焼きがさかんで、木炭ならたやすく手に入ったからである。けれども、木炭の火力では大した煮炊きはできない。せいぜい自在鉤《かぎ》に鉄鍋の鉉《つる》を掛けてなかのものを温めるとか、金串に刺した魚を炭火のまわりに立て並べて焼くとかするぐらいである。

その家へ移ってくる前から軽い脳梗塞を患っていた父親は、自分の生家にもあったという囲炉裏を懐かしがって、一日の大半を炉端で過ごすことが多かった。なにをするともなく炉端にいて、医者に禁じられていた煙草を日に一本だけ目を細くして喫《の》んでいた。

おふくろに無心して、やっと許された一本である。おふくろは、いちどに一本喫んでしまうよりも、楽しみは多い方がよかろうと、一本のゴールデンバットを鋏《はさみ》で五等分して父親に渡していた。父親は、一つずつ鉈豆煙管《なたまめぎせる》に差し込み、うっかり落とさぬように細心の注意を払いながら炉の炭火を移して、煙管のなかで脂《やに》がじゅくじゅくと音を立てるまで喫んでいた。

父親の姿が炉端から消えるのは、外へ歩行練習に出かけるときと、川沿いに橋のたもとの銭湯へいくときだけであった。私も、学生時代、休暇で帰省すると、毎日父親のお供をして銭湯へいくのがならわしであった。父親は、道を歩くとき、両手を腰のうしろに組むのが癖であったが、病気のために片方の手がひとりでに動き、石鹸《せっけん》箱のなかの石鹸が絶えずことことと音を立てていた。

橋のたもとの銭湯では、前の川から水を引いているという噂があった。実際、口開けの客になったりすると、湯船に鮎《あゆ》の稚魚が浮いているのを見ることがあった。父親は、元気なころ、打ち釣りというのに熱中していた。細身の竿に、ちいさな擬餌鉤をつけ、川面を打つようにして雑魚《ざこ》を引っ掛ける釣りである。川沿いの道を帰ってくると、水際の手頃な石に腰を下ろし、両足を川に浸して打ち釣りをする人たちが、あちこちにいた。父親は、石鹸箱をかたかたと鳴らして歩きながら、目に入る釣人たちを、あれは餌の荏胡麻《えごま》の撒《ま》き方がまずい、あれは竿の操り方がなっていない、などと片っ端から批判した。その口吻には、老いぼれてもはや打ち釣りさえもできなくなった悔しさが籠《こも》っていた。

囲炉裏の管理は、おふくろに任されていた。おふくろは、どういうものか、私の子供時分から炉の掃除を好んでいたとみえて、手ぬぐいで姉《あね》さんかぶりをし、炉端に背中をまるくして、金網で拵《こしら》えた手軽な篩《ふるい》で丁寧に灰を篩っていた様子が、古い記憶に鮮明である。旧養蚕農家の囲炉裏は、私自身の生家の炉を二つ並べたほども大きかった。けれども、おふくろは却って掃除の遣り甲斐があると喜んでいて、晴れて穏やかな日の昼下がりに、しばしば、まず邪魔になる父親を散歩に追い立てた。確かに、脳の血管を病む人は、一日にいちどは戸外へ出て新鮮な空気を呼吸しながら歩き回ってきた方がいいのである。

「裏の橋までいってきなしゃんせ。」

と、おふくろは素足にゴムの短靴を履いている父親の背にいった。裏の橋というのは、ちょうど町の裏手に架かっている、橋脚の高い古びた木の橋である。

「橋の上から、釣人たちの悪口でもいいながら、しばらく見物してきてくんしゃんせ。」

父親は、両手を腰に組んでのろのろと出かけていく。おふくろは、六十を過ぎても不思議に白髪の出ない頭に相変わらず手ぬぐいで姉さんかぶりをし、襷《たすき》を掛け、裾が足の甲まで届く前掛けをして、いそいそと掃除に取り掛かる。まず、自在鉤の埃を払い、金網の篩で灰を篩い、それから水で絞った雑巾で炉縁を拭く。篩に残った煙草の吸殻や、ちびた鉛筆や、なにかの紐の燃え残りなどの異物は、火から最も遠い隅に置いてある蓋つきのつぼに捨てる。

このつぼは、私たちがその旧養蚕農家へ越してきたときから、そこにあった。先住者が忘れていったというよりも、捨てていったと思う方がふさわしいような、お粗末なつぼである。色は黒、厚手の焼きものだが、何焼きかはわからない。よほど粗雑に扱われてきたらしく、外側は疵《きず》だらけで、素材の壁土のようなものが露出している。大きさは、古陶器の種つぼより一回り大きいくらいだが、無論、名のある窯で焼かれたものであるはずがない。

おふくろは、掃除を済ませたあと、さっぱりとした炉端にぽつんと独りでいることがあった。そんなときは、横坐りになり、炉縁に左手を突いて上体を支え、右手の親指と人差指とで火箸の一本の頭をつまみ上げて、それをふらふらさせながら、自分がよく均《なら》したばかりの灰の上に、なにかを書いては消し、書いては消しするのである。

それは、子供のころから、おそらく何百回となく目にしてきた光景であった。はじめは習字の稽古でもしているのかと思った。けれども、それにしては火箸の先端の動きに秩序がなさすぎる。それとなく見ていると、文字のほかに、図形や模様のようなものも混じっている。それで、おそらく、物思いに耽《ふけ》りながら、心に浮かんでくる雑多なことを、とりとめもなく文字や形に描き出しているのではないかと思うようになった。

おふくろが火箸の一本を手にすると、炉端はなにやら近寄り難い静寂に包まれる。おふくろはなにかに没入しているようで、声を掛けるのも憚《はばか》られる。遊び疲れて外から帰ってきた子供の私も、休暇で帰省している学生の私も、座敷に寝そべってうたた寝を装いながら薄目で炉端のおふくろをただ眺めているほかはなかった。

うつむいたおふくろの尖《とが》った鼻の先に、不意に水玉が宿って、きらと光るのを初めて見たのは、いつだったか、もう思い出せない。ああ、おふくろが独りでひっそりと泣いている、そう思って物悲しくなった記憶だけが微《かす》かに残っている。

その後、炉端のおふくろの鼻の先に水玉が宿るのを、何度見たことだろう。最初に宿った水玉は、光り、顫《ふる》え、やがて堪《たま》りかねて、落下する。落ちたあとには、すでに次の水玉が光っている。そうなると、水玉は次から次へと鼻梁《びりょう》を滑り落ちてきて、しばらくは途絶えることがない。

おふくろが、いま、なにを思い出し、なにを悲しみ、なにを哀れみ、なにを悔んでいるかを、いい当てることはできなかったが、その人生が悲しみに満ちた日々の積み重ねだったことを私は知っていた。おふくろには、押せば水玉の噴き出る記憶しかないはずであった。どんな同情も、慰めも、おふくろの心を傷つけるだけだろう。私は、胸を痛めながら、炉端の人の鼻先からしたたり落ちる水玉のはかない輝きを、ただ黙って見守っているだけであった。

しばらくすると、我に返ったように火箸を灰に突き差し、襦袢《じゅばん》の袖口で目頭を抑え、自分が荒らした灰を灰均しでざっと均して立ち上がる。ふと、思いついたように、仏壇の鉦《かね》をちいさく叩いてくることもある。

私は、二十八の年に都落ちをして、一年、郷里の家で厄介になったが、その折に、おふくろが去ったあとの囲炉裏の灰のなかから、火箸で涙のかたまりを取り出す癖がついた。涙のしたたりを吸い込んだ灰は、大概、細長い円錐を逆様にした形に固まって、茶色に変色していた。巡礼の鈴のような形をしたものもあった。数珠《じゅず》の一部のように、おなじ大きさの玉がいくつか繋《つな》がっているのもあった。いずれも脆《もろ》いかたまりだから、すこし離れたところから注意深く掘り進めなければならない。

掘り出したものは、火箸ですばやく掌《てのひら》に取る。途中で崩れてしまうものもすくなくないが、崩れても涙のかたまりにはちがいないから、移植鏝《ごて》で残らず掬《すく》い取る。やがて、変色した灰のちいさなかたまりや、もっとちいさな粒々が、私の掌の窪みを埋める。

けれども、私は、自分のおふくろの涙を吸った灰だからといって、それを小綺麗な甖《びん》かなにかに入れて保存しておくほど物好きではない。私は、掌の灰を囲炉裏の片隅に置いてある何焼きとも知れない黒いつぼのなかにこぼして、蓋をする。おふくろは、十数年前に他界して、もう囲炉裏の灰にものを書く家族はいなくなったが、いまでもなみだつぼだけが元のままに残っている。

いまは、いくら田舎でも、茅葺《かやぶき》屋根を持つ農家でない限り、薪を焚いて煮炊きをしたり煖をとったりするための囲炉裏など、無用の長物といっていいだろう。姉もガスで煮炊きをし、石油ストーブで部屋を暖めている。もはやなんの役にも立たない囲炉裏を早く塞いでしまいたいのは無理もない。

どうぞ、あんたの都合のいいように、と私は答えて、ついでに例の黒いつぼのことを尋ねてみた。姉には、そのつぼが、おそらくただの囲炉裏のつぼにすぎないのである。

「まだいつものところにあるわえ。」と姉はいった。「塞ぐとき、自在鉤やなんかと一緒に捨てようと思ってたけんど、要るなら残しておく。」

べつに要るわけではないが、邪魔にならないようなら残しておいてくれるようにと、私は頼んだ。

春になって、川を覆っている氷が融けはじめたら、私はいちど様子を見に帰郷してくるつもりだが、その折に、あのなみだつぼを抱いて泥濘《ぬかる》んだ崖道をくだり、あまり釣人が寄りつかないような淵《ふち》へそっと沈めてくるのも悪くないと思っている。

かけおち

鐘寿司の鐘吉と、踊子のマノンが、どうやらかけおちしたらしいという噂が劇場支配人の周囲でささやかれ出した。

支配人の縄田によれば、昨夜は警察の手入れがあり、舞台はこれからというところで中断のやむなきに至ったが、出演者一同は馴れたもので、いちはやく四散し、全員ことなきを得た。ただ、マノンだけが、どこへ逃げ込んだものやら、夜が明けてからもあらわれない。無論、どじを踏んで留置場にいるという情報もない。

楽屋に残されている衣裳鞄を調べてみると、舞台衣裳から外出着やハンドバッグに至るまで、所持品はそっくり残っているかに見える。すると、マノンは、おそらく素裸の上にせいぜい薄物のケープを羽織ったぐらいで、しかも裸足で逃げたものと思われる。けれども、そんななりでは、とても遠くまでは逃げられない。

そこで、縄田は、ふと鐘寿司に思い当たった。ひょっとしたら、マノンは鐘寿司に逃げ込んでいるのではあるまいか。

昨夜は、この月の興行の楽日《らくび》であった。楽日には、最後の幕が下りたところで、出演者一同に報酬を支払い、手打ちを済ませてから、支配人が、特別出演の花形を近所の鐘寿司へ案内して夜食を共にするのが、この劇場が初めて幕を上げた二十数年前からのならわしになっている。以前は、真夜中の汽車で次の仕事場へ移らねばならぬ売れっ子に腹拵えをさせてやろうという配慮の夜食だったのだが、新幹線が通り、駅前の宿に一泊して翌朝出立しても間に合う時代になっても、夜食のならわしだけはつづいている。もはや時計を気にしながら飲食することもないから、相手がビール好きだとわかると、一本抜いてやったりする。東京っ子のマノンは、握り鮨が好きで、鐘寿司という店も好いていた。

鐘寿司は、当主の鐘吉で二代目だという古びた店で、劇場のある横町を抜けた広い通りの、こぢんまりした二階建の仕舞屋《しもたや》の階下だけを借りて営業している。自分の家は、歩けばかなりの距離の街はずれにあって、病身の女房と二人暮らしだが、鐘吉自身は大概街なかの店に寝泊まりしている。その方が魚市場へ仕入れにいくのに便利だったし、店のある町内には昔ながらの消防屯《とん》所《しょ》があって、彼もまた他の商店主たちと同様に消防夫を兼ねていたからである。

消防夫といえば、鐘吉の父親も命知らずの消防夫で、彼は鮨屋をはじめるとき、消防にちなんで自分の店に半鐘寿司と名付けていた。察するに、半鐘にはじゃんじゃん客がくるようにという願いが籠《こも》っていたのだろう。けれども、鐘吉の代になって火の見櫓《やぐら》がなくなり、それにつれて半鐘も姿を消してしまった。鐘吉は、店の名を鐘寿司と改めた。鐘寿司は年中無休で、どんな季節でも日暮れ時には暖簾《のれん》を出す。それをどこかで見ていたように、糖尿に悩まされている女房があらわれ、奥の調理場で汁物のだしを取ったり、ともすれば食堂と間違える客のために鰈《かれい》や鱈《たら》の煮付けを拵えて、十時には、お先にといって自宅へ帰っていく。

鐘吉は、まず景気づけに清酒をコップで一つ、冷やでやり、てっぺんが禿《は》げかけている胡麻塩頭にねじり鉢巻きをするが、腰を据えて飲み食いする上客は滅多にあらわれない。鐘吉は、つい調理台に頰杖を突いてうつらうつらしたり、テレビをぼんやり眺めていたりする。出前は人手がないから原則としてお断わりだが、店に気心の知れた客のいるときは留守を頼んで自分で届けにいくこともある。ところが、世の中には物好きがいて、なんの面白味もないようなこんな店にも、ちょくちょく顔を見せる常連がいる。踊子のマノンも、この店のどこが気に入ったのか、横町の劇場へ踊りにくるたびに、楽日の夜食が待ち切れなくて何度か顔を見せたりするから、これも常連の一人に数えていいだろう。

マノンは、鐘寿司へ鮨をつまみにいくだけではない。これまでに二度ばかり、警察の手入れの際に鐘寿司へ逃げ込み、騒ぎが一段落してから主人の鐘吉に付き添われて帰ってきたことがあった。実は、昨夜、劇場支配人の縄田は、手入れのさなかに、いちどだけ、鐘寿司のことをちらと頭に思い浮かべた。これでマノンとの夜食がふいになった、そう思って、思わず舌うちしたのである。今度も鐘寿司へ逃げ込んだろうとは、つゆ思わなかった。帰りが遅すぎるから、よほど遠くまで逃げたのだとばかり思っていたのだ。

そんなに遠くまでは逃げられないとなれば、やはり鐘寿司だと思わざるをえない。灯台下暗しとはこのことである。

縄田は、まず鐘寿司へ電話をかけてみた。ところが、電話口には誰も出ない。主人の鐘吉が毎晩店に寝泊まりしているはずである。それなのに、呼び出しのベルを二十数えても出る者がいない。まさか泥酔して眠りこけているわけでもあるまいから、鐘吉は店にいないのだ。

縄田は、納得がいきかねて、念のために鐘寿司の店まで出向いてみた。店内の明かりはことごとく消えて、入口の戸には鍵がかかっていた。戸にしばらく耳を押し当てていたが、なかに人のいる気配がなかった。鐘吉はどこかへ出かけたと思うほかはなかった。出かけた先がどこにしろ、よほど急いだものとみえ、入口の暖簾を仕舞い忘れていた。裏へ回ってみると、車庫から鐘吉が仕入れに使っている小型のライトバンがなくなっている。これで、遠出したことが確実になったが、朝になってから、二階に住んでいる家主の息子夫婦の証言があり、鐘吉とマノンとはかけおちしたのではないかという疑いが濃厚になった。家主の息子夫婦は、昨夜、警察が引き揚げたあとしばらくしてから、鐘寿司の主人が消防の半纏《はんてん》に包《くる》まった髪の赤い娘をライトバンに乗せて、いずこへともなく走り去るのを裏窓から目撃したと証言したのである。

劇場関係者が楽屋に集まって協議をした。一同の意見は二つに分かれた。一つは、病妻を抱えた六十近い男が二十を過ぎたばかりの踊子とかけおちなんぞをするわけがない、鐘寿司の主人はマノンをどこかへ送っていったにすぎないのだという意見。もう一つは、色恋沙汰に齢など関係がない、マノンは報酬も受け取らずに、しかも自分の商売道具や所持品をそっくり楽屋に残したまま出かけてしまったのだから、二人はやはり警察の手入れのどさくさに紛れてかけおちしたのにちがいないという意見。いずれにしても、いますこし様子を見てから、しかるべき手配をしようということになったが、もし鐘吉自身がその協議を傍聴していたら、どちらの意見にもすこしずつ真実がある、と呟くほかはなかっただろう。

劇場の楽日の晩、遅くなってから、時々立ち寄っては土産用の折詰を一つだけ注文する実直そうな勤め人風の客のために、海苔巻きを拵えていたときであった。客は、入口に近い椅子に腰を下ろして、鐘吉が淹《い》れたお茶を遠慮がちな音をさせながら啜っていた。病妻はすでに引き揚げたあとで、ほかに客はいなかった。

不意に、鮨種を並べておくガラスケースのむこうを、なにやら白っぽい風のようなものが、はためきながら一瞬のうちに通り過ぎたような気がして、鐘吉は顔を上げた。店のなかにはべつに異状がなく、ただ、どこからともなく香水に似たような匂いが微かに漂っていた。

すると、気のせいだったのだ。鐘吉はそう思い、仕事に戻ろうとして、ふと、客が椅子から腰を浮かして奥の方へ目を瞠《みは》っているのに気がついた。客はなにかを見たらしい。

「いま、なにかここを通りましたか？」

と鐘吉は尋ねた。

え、ええ、と客はようやくまばたきをした。

「女の人のようだったがね。」

「女？」

「戸が開いたのに気がつかなかったから、びっくりした。」

なるほど、入口の戸が狭く開いている。鐘吉も気がつかなかった。

「どんな女でした？」

「いきなり飛び込んできて、忽ち奥へ駈け込んじゃったからね。よくはわからないけど、髪が赤くて薄物を纏《まと》ってたな。」

「足音が全くきこえなかった。」

「裸足だったから。それに、宙を飛ぶように駈けてたもの。」

戸が開いたままの入口から、外のざわめきが流れ込んできた。男の怒号。女の悲鳴。さまざまな履物で走る足音。咎めるようなホイッスルの音。近くに停車しているパトロール・カーの回転灯の赤い色が、むかいの時計屋のショー・ウィンドーを規則正しく染めるのが見えていた。

「急に、なんだ。なんの騒ぎだ。」

客は独り言をいいながら出ていったが、鐘吉には、いま横町の劇場でなにが起こっているのか、それに、さっき裸足で飛び込んできたのが何処《どこ》の誰であったのかも、とっくにわかっていた。

「そこのちいさな劇場で小火《ぼや》があったって。大きくならなくて、よかった。」

戻ってきた客がいった。とぼけた野次馬が教えたのだろう。

客が閉めた戸がすぐまた開いて、制服制帽の警察官が店のなかを覗き込んだ。

「いま外から逃げ込んできた者はなかったかね？」

「いいえ、誰も。」と鐘吉はかぶりを振った。「このお客さんも見ていなすったこってすし。」

けれども、客に同意は求めなかった。あまり世間擦れのしていない客だから、なにをいい出すか不安だったのである。鐘吉は客の口を封じるつもりで、急いで折詰の中身を見せた。

「こんなところで、どうでしょう。」

「結構です。」

客が答えた。警察官は顔を引っ込めて戸を閉めた。

客が帰ると、鐘吉は入口の戸に内鍵をかけて裏へ出てみた。暗闇のなかに傾いている車庫の奥で、ちいさく嚔《くしゃみ》をする者がいた。その方へ歩いていくと、今度は猫の鳴き声を真似ている。鐘吉は、店へ戻ると、消防の刺子《さしこ》半纏を一枚持って裏の車庫へ引き返した。

季節は初夏だが、東北のこのあたりはまだ桜が散ったばかりで、朝晩は冷える。

「風邪ひきの野良猫よ、もう大丈夫だから出てこいや。」

奥の方へ声をかけると、やがて車の脇を白っぽい人影がゆらゆら近づいてきた。鐘吉は刺子半纏をひろげて渡してやった。歯をかちかち鳴らしているので、顫えていることがわかった。香水が匂った。

「マノンかい？」

「見てたの？」

「見てなくったって、わかるさ。大丈夫か？」

「足が痛いほど冷たいの。」

裸足で地べたを駈けてきたのだから、無理もない。鐘吉は、車を洗うときに使うポリバケツにポットの湯を空け、水で薄めて、履き古した自分のサンダルと一緒に持ってきてやった。マノンは、車に掴まって片足ずつバケツの湯で温めた。

「このライトバン、おじさんの？」

マノンがいった。

「そうさ。これで仕入れにいくんだよ。」

鐘吉は、仕事着のポケットからマッチを取り出して、擦ってみせた。車の横腹に〈鐘寿司〉という文字が浮かび上がる。

「すてき。」とマノンは両手を軽く打ち合わせた。「ヒーターもついてるわね。」

「勿論。」

「あたしを乗せて。お願い。」とマノンはいった。「走ろうよ、おじさん。走りながらあたしを暖めて。」

唐突な話で、鐘吉は躊躇《ためら》った。店はもう閉めても構わないが、マノンは劇場へ戻らなくてもいいのか。

「警察が引き揚げるまで匿《かく》まってあげるよ。」

「ありがと。でも、すぐは戻らないほうがいいの。」とマノンはいった。「近頃、刑事が一人ぐらい残って見張ってることがあるのよ。今度捕まれば娑婆《しゃば》とも当分お別れだから、こっちも必死なの。ね、おじさん、助けてよ。」

鐘吉は、断われなかった。せいぜい夜明け近くまで劇場から遠ざかっているだけで、常連の一人が臭い飯を免れるというのであれば、当てのない深夜のドライブでも引き受けないわけにはいかないだろう。

大急ぎで店を片付け、冷蔵庫に仕舞うものは仕舞い、仕事着をジャンパーに着替えた。途中でガソリンが切れたときのことを考えて財布をポケットに押し込み、明かりを消し、戸締まりをし、マノンを隣に乗せて裏木戸からそっと走り出たときは、もう午前二時を過ぎていた。街灯の乏しい道ばかりを選んで走っていると、いつしか市街地から出外れていた。人家が途切れて、道の両側にまだ緑の乏しい畑地や木立がつづいた。

「ヒーターはこんなところでどうだ？　寒かったら、もっと強くするけど。」

鐘吉はそういったが、返事がなかった。体が暖まったので眠ってしまったのかと思ったが、隣のマノンは目をきらきらさせながら前の方を見詰めている。やがて、

「おじさん、このまま、どっかへいっちゃわない？　あたしとかけおちしない？」

突然、そういった。鐘吉は、聞き違えたのかと思って繰り返させたが、そうではなかった。鐘吉は面食らった。

「そんな冗談いっちゃいけねえよ。ハンドルを切り損ねたらどうするんだ。」

「冗談なんかじゃないわ。あたしは本気よ。」

鐘吉は思わず車のスピードを緩めた。

「あんたは簡単にいうけどね、かけおちってどんなことだか知ってんのかい？」

「そりゃあ、知ってるよ。恋人同士が誰も知らないところへ逃げてって、新しい暮らしをはじめることだろう？」

「まあ、そんなところだが、どだい俺たちには関係ねえ話だよ。なにしろ俺はあんたの恋人なんかじゃねえんだから。」

「でも、あたしはおじさんのこと好きだったわ、ずっと前から。」

鐘吉は、嘘をつけ、という代わりに、俺はそろそろ六十だよ、といった。

「それが、どうしたのよ。齢なんか関係ないじゃん。」

「仮にそうだとしても、なにもかけおちまですること、ねえじゃねえか。」

「じゃ、伺いますけど、おじさんはこれまでの六十年なら六十年を、いい人生だったと思ってる？」

鐘吉には、即答できなかった。無難ではあったが、子に恵まれず、いまは病妻を抱えて細々と暮らしを立てている。この先、どんな老後が待ち構えているのかと思うと、心細く不安でならない。こんな痩せてくすんだ日々の積み重ねを、振り返って、いい人生だったといえるだろうか。

「できることなら生まれ変わって、一からやり直したいとは思わない？」

鐘吉は、それでも黙っていたが、内心、もしもやり直すことが可能であれば正直いってそう強く願わずにはいられないだろうと思っていた。

「あたしね」とマノンはつづけた。「まだ二十を過ぎたばかりだけど、これまでの自分が大嫌いでさ。いまの自分も大嫌い。もう薄汚い男たちの言い成りになった報酬で生きていくのは真っ平だし、あいつらの涎《よだれ》で穢《けが》されないところがこれっぽっちも残っていない自分の体なんか、もう捨てちゃいたいの。時々、自分で自分を殺したくなるのよ。」

「よしなって。自分で自分を殺しちゃいけねえよ。」

と鐘吉はようやく口をひらいた。

「だから、かけおちするのよ、自分を殺すかわりに。」とマノンはいった。「過ぎたことはみんな捨てて、生まれ変わったようになって、誰も知らない土地で綺麗な暮らしをはじめるのよ。」

「そんなことぐらい、あんた独りでもできるじゃないか。」

「独りでできるくらいなら、とっくに足を洗ってるわ。助けてよ。」

「そうしてやりたいけど、俺にはちと荷が重いな。人は、生きてると、じきに汚れるよ。」

「汚れるのは仕方がないけど、これから先は自分から汚さないようにするつもりよ。」

東の空が白みはじめていた。劇場のある横町もそろそろ寝静まるころである。

「おじさん、とりあえず、ここから一番近い温泉へ連れてってくれない？」

とマノンがいった。

「温泉か。谷間のちいさな温泉場だよ。」

「いいの、お湯にさえ入れれば。こんな体のままじゃ悪いからね。隅々までよく洗いたいの。」

鐘吉は、自分に対する気遣いかと思い、年甲斐もなく胸の鼓動が高まるのをおぼえた。

十数年前、気の合う同業者何人かと、このあたりに紅葉狩りにきて、帰りにひと風呂浴びた憶えのある谷間の温泉場を訪ねてみると、当時三軒だけだった湯宿が五軒に増えていて、さいわい、増えた一軒の入口にだけ当世風な軒灯が点っていた。

消防の刺子半纏だけのマノンを、痛めた脚が治ったばかりの娘だということにして、鐘吉が背負って入口の呼鈴を押すと、腰の曲がった老婆が出てきて戸を開けてくれ、べつに異形の客を怪しむふうもなく、奥の一室へ案内してくれた。

二人は、なによりもまず無人の広い浴場でゆっくり温泉に漬かった。丸裸に馴れているマノンは、タオルに石鹸をたっぷりなすりつけ、時には大胆な姿態を見せながら熱心に体を洗った。鐘吉は、ざっと汗を流してしまうと、浴槽の縁に腰を下ろして放心したり、ガラス張りの曇りをぬぐって明けてゆく谷間の新緑を眺めたりしていたが、冷えてきた体を温めようと浴槽へ滑り込んで、マノンに捉《つか》まった。鐘吉は、マノンに誘われるままにしばらく控え目に戯れていたが、不意にマノンが、

「あら、おじさんの体に焼印があるわ。」

と驚いたようにいった。

彼は一瞬ぎくりとしたが、なんのことはない、焼印というのは子供のころに二の腕に植えられた種痘の跡のことであった。

「びっくりさせるなあ。これは種痘の跡だよ。あんたにだってあるだろう。」

といって笑うと、マノンは意外そうな顔をして、自分の体にはそんな醜い跡なんかないといった。

そんなはずがない。彼はそう思い、マノンの上半身をあちこち探してみたが、二の腕には勿論、体のどこにも種痘の跡らしい引攣《ひきつり》はなかった。彼は不思議な気がした。

「それじゃ、あんた、種痘をしなかったのかい?」

「したわ、うんと子供のころに。」とマノンはいった。「でも、小学校の高学年のころには、もう何処にしたんだかわからなくなってたみたい。あたしとおなじ年頃で、そんな焼印みたいな跡のある子は一人もいないんじゃないかしら。」

そのとき、鐘吉は、自分の体のなかで心棒のようなものが音もなく折れるのを感じた。彼は、自分が急にひどい猫背になったような気がした。

「あんた、今回は独りで東京へ帰んなよ。」と、部屋へ戻ってから鐘吉はいった。「俺はやっぱりあんたとかけおちなんかする柄じゃねえんだ。あわてないで、体に焼印なんかねえ相手を探すんだな。」

「……怒ったの?」

「怒る理由がねえんだよ。焼印の一撃で、なにをする元気もなくなっただけさ。」

鐘吉は、身支度をしながら、街へ戻ったらすぐ衣裳鞄と出演料をこの宿宛に宅配便で送る約束をした。マノンは宿の浴衣で車まで送ってきた。

「元気でな。自棄《やけ》を起こすんじゃねえよ。またあの劇場に出るようなことがあったら、寄んなよね。」

彼は、窓からそういうと、いまにも歪《ゆが》みそうなマノンの口許から目をそらして、乱暴に車を出した。谷の斜面を滑り落ちてくる朝日がやけに眩しかった。

ほととぎす

この山麓では、六月になると、待っていたように、ほととぎすが啼《な》き出す。毎日、夜明け前の三時ごろから啼きはじめ、日がな一日、飽きもせずに啼いている。

菊は、今年、たまたま六月にこの山麓に居合わせて、実にひさしぶりに、ほととぎすの懐かしい啼き声を聴く機会に恵まれた。山麓には、夫が仕事場にしている木立に囲まれた小屋があり、五月の半ばからそこで一人暮らしをしていた夫が風邪で発熱したと知らせてきて、お互いに熱にはめっきり脆《もろ》さを露呈する齢になっているから、場合によっては一緒に連れ帰るつもりで出かけてきたのであった。

ところが、きてみると、夫の症状はさして重くもなく、二日ほどで平熱に戻ったので、ついでに食事の世話をしたり汚れものを洗ったりしながら滞在しているうちに、六月になり、計らずもほととぎすの声を耳にすることになったのである。

菊は、年中ほとんど東京の自宅で暮らしているから、野鳥の声などあまり聴くことがない。今度のほととぎすも、長女を産みに夫の北の郷里へ帰って、半年ほど独りで姑《しゅうとめ》の世話になったとき以来だから、ざっと三十何年かぶりということになる。

ちかごろは、夜半に、何者に呼び起こされたともなく、ふっと目醒《めざ》めて、それきり眠りから見放されてしまうことがしばしばなのだが、その夜は、目醒めてすぐ、眠りを破った者の正体がわかった。近くの谷川のあたりから、夜気を貫くような甲高い鳥の啼き声がきこえていたからである。

聴いているうちに、あの鳥の啼き声は、ずっと以前にどこかで聴いたことがある、と菊は思い出した。聴いたことがあるどころか、一時期、毎日のように聴き馴れた声だ。けれども、菊は、もはやその鳥の名を忘れていた。

あんどん風の常夜灯が、枕許をぼんやり明るませている。もし夫も目醒めていたら尋ねてみようと思ったが、隣からは平熱に戻った夫の穏やかな寝息だけがきこえていた。枕時計を見ると、まだ三時を過ぎたばかりであった。

その朝の食事中に、裏の落葉松《からまつ》林で、まだ夜が明ける前に寝床のなかで聞いた早起き鳥の声がした。菊は、いい齢をして思わず食卓の椅子から腰をすこし浮かした。

「あの鳥、なんていうんでしたっけ。」

「ほととぎす。」

夫は、ぶっきらぼうに答えて、あんな珍しくもない鳥の名を知らなかったのかと呆れたような顔をしている。菊は思い出した。確かに、ほととぎすだった。

「あれ、なんて啼いてるんでしたっけ?」

「なんてって、お聞きの通りに啼いてるんだよ。」

「そうじゃなくて、ほら、あれは人間の言葉に直せばこういってるんだとか、こんなふうにきこえるとか、いうじゃないですか。」

「テッペンカケタカ。」

と夫はいった。

菊は首をかしげた。

「ちがうなあ。」

「特許許可局。」

すこし舌がもつれた。

「……やっぱり、ちがうわ。」

「なにを規準にしてちがうんだ。」

「私が若いころに聞いた言葉ですよ。」

「誰から聞いた言葉なんだ。」

「あなたのお母さんから。」

夫は、ちょっと驚いたような顔をしたが、すぐに笑い出した。

「それじゃ、田舎の婆様《ばあさま》言葉だろう。そいつは、おふくろに直接当たってみないことにはわからないな。」

けれども、姑がこの世を去ってすでに久しい。

朝から、数え切れない種類の野鳥の声に包まれて暮らしているうちに、菊の黴《かび》臭い記憶がすこしずつよみがえってきた。ほととぎすの啼くのを初めて聴いたのが夫の郷里で、姑の世話になっていたときだったことも、はっきりと思い出した。

大きな腹を抱えて、はるばる北国で一人暮らしをしている姑の許へ身を寄せることになったのは、菊にはとっくに両親が亡く、弟や妹たちも他家へ住み込みで働きに出ていて、安んじて子が産めるような実家がなくなっていたからである。それに、菊の夫の仕事もいっこうに芽が出ず、貧窮の底に陥っていて、出産費さえ用意できそうにもなかった。そこへ、郷里の姑から、田舎町の助産婦の腕が不安でなかったら遠慮なく産みにくるようにという助け舟がきたのであった。

夫は、飯の種の内職仕事をつづけるためにすぐ東京へ引き返し、菊は独り取り残されたが、姑は心優しく、いたわり深く、週にいちどずつ様子を見にくる大女の助産婦は明るく親切で、菊はほとんど心細さを感じることがなかった。産衣《うぶぎ》を縫う姑のそばで、夫の肉親たちが着古した浴衣《ゆかた》をほどいてお襁褓《むつ》を縫う毎日であった。ちょうど六月で、木々は新緑、さまざまな小鳥が一日中啼き騒いでいる。東京の下町育ちの菊は、庭へくる小鳥の種類の多さに驚いた。腹の重苦しさを別にすれば、かつて経験したことのない静謐《せいひつ》な日々であった。

その腹の重苦しさのせいで、夜ふけに、ふっと目醒めることがあった。両手で、なだめるように撫《な》でさすっていると、きまって夜空に谺《こだま》を呼ぶような甲高い鳥の啼き声がきこえた。まだ夜明けも遠い真夜中なのに、自分とあの鳥だけが目醒めている、と菊は思った。菊は、その鳥に励まされているような気がした。

ある日、菊は、その真夜中に啼く鳥のことを姑に尋ねてみた。

「暗くなってから啼く鳥はなんぼもあるけんど」と姑はいった。「細い声で威勢よく啼くのな、それとも、太い声でぼそっと啼くのな。」

るんです。」

「威勢よく啼く鳥です。」と、菊は即座にいった。「よく通る声で、遠くで啼いててもよくきこえ

「したら、ほととぎすだえせ。」

と姑はいって、口で啼き方を真似てみせた。あまりうまくなかったが、似ていないこともなかった。

「そうです、そういう啼き方をする鳥です。」と菊はいった。「あれが、ほととぎすですか。名前だけは聞いたことがありますけど。ちょっと変わった啼き方をする鳥ですね。」

「なにかを喋《しゃべ》ってるふうにきこえるえ?」

「喋ってるというより、叫んでるようにきこえますね。」

「あれはな、こういうてるのし。」

姑は、ほととぎすの啼き声を解説してくれた。人間の言葉に直せば、

あっちゃ飛んでったか
こっちゃ飛んでったか
弟恋し　弟恋し

そう繰り返し叫んでいるのだという。

「それじゃ、自分の弟を探してるんですね?」

「んだえ。」

「弟と、はぐれちゃったんですか？」

「はぐれたんじゃねくて、弟を殺したら、ほととぎすになったのせ。」

姑の口から、殺すという言葉がすらりと出たので、菊は驚いて息を呑んだ。

「このあたりの昔話よ。」と姑はいった。「人間の兄弟がおってな、山さ芋掘りにいってきたど。で、気持の優しい弟は兄さ旨《うめ》えどごばかしを食わせる。ところが、意地穢《きたね》え兄は、ひとにこうも旨えどごばかしを食わせるくらいだら、自分はさぞかしもっと旨えどごばかし食うておるにちげえねえと疑って、弟を殺して、膨れた腹を裂いでみだど。」

え、と菊は、思わず驚きの声を洩らした。

「随分残酷なお話。」

「昔話には、むごい者がなんぼうも出てきよる。もっとむごたらしい話もあるがえ。」

菊は、もうたくさん、と顔の前で掌《て》を振った。すこし気分が悪くなっていた。

「したら、ほととぎすのつづきだけんど」と姑は言葉を継いだ。「膨れた腹を裂いてみたところ、なかには屑芋《くずいも》ばかし詰まっていたんだと。兄は、びっくりもし、後悔もしたせのう。そんで、死んだ弟が生まれ変わったほととぎすに、自分もなって、あっちゃ飛んでったか、こっちゃ飛んでったか、弟恋し、弟恋し、と啼きながら夜を日に継いで探し歩いているんだて。」

姑は、血の気を失った菊の顔を一瞥《いちべつ》して、口を噤《つぐ》んだ。

それ以来、菊は、ほととぎすの啼くのを耳にするたびに、姑が話してくれた昔話を思い出して、厭な予感に怯《おび》えるようになった。これまで万事に優しく行き届いた心遣いを見せてくれていた姑が、なぜ臨月の妊婦の自分に、たとえ昔話にしろ膨れた腹を切り裂くなどという話を聞かせたのか、菊には不可解でならなかった。菊は、昔話をし終えて自分を一瞥した姑の目のなかに、思いも寄らない悪意が仄《ほの》めくのを見たような気がしていた。すると、やはり自分の姑の胸底にも、手塩にかけた自分の息子を横取りした者への憎しみが澱《よど》んでいるのだろうか。菊はそう考えて、物悲しい気分に陥った。

それから何日かして、陣痛がきた。明け方にきて、絶えず渚《なぎさ》を洗う波のように、寄せては退《ひ》き、退いては寄せしながら、すこしずつ高まり、やがて堪え難いまでになった。これまでに経験したものとは全く異質の、我慢の限界さえ見当がつきかねる激痛であった。

姑は枕許に正坐して、菊が拳に握って枕の脇に上げている両手の手首をしっかりと敷布団に抑えつけていた。菊は、目をきつくつむっていた。それは痛みのためでもあり、姑の顔を見たくないからでもあった。菊の目には、頭の方から自分の顔を覗き込んでいる姑の顔がいつもとは逆様に見え、その逆様の顔が時として全く見知らぬ他人のようにも、また般若《はんにゃ》のようにも見えて、おそろしかったからである。

助産婦は、時々洩らす独り言の様子では、足許の方に蹲《うずくま》っているらしかった。痛みで、呼吸もままならなくなったとき、菊は姿の見えない助産婦へとぎれとぎれに声をかけた。

「……お産婆、さん。」

「あい、ここであんすよ。」

「まだ、でしょうか。もう、息がしにくいくらい、痛いのですが。」

「まだまだ。」という助産婦の声が、笑いを含んでいた。「障子の桟が見えますべ？」

菊は、霞《かす》みそうになる目に力を集めて障子を見た。桟はまだ見えている。

「見えます。」

「せば、まだでやんす。障子の桟が見えてるうちは、生まれゃんせんだ。」

するると、これからまだまだ痛みが増すのだろう。これ以上の痛みに、果たして自分は、自分の命は、堪えられるだろうか。菊は、姑の顔を見るために目を開けた。けれども、痛みのせいか、視線が定まらなくて、目鼻立ちがよくわからなかった。お義母《かあ》さん、と菊は呼んだが、声が出なかった。菊は呻《うめ》いて、身悶《みもだ》えた。声が出るなら、こういいたかったのだ。

「お義母さん、もう堪忍してください。楽になるものなら、お好きなように、いつかのほととぎすの兄さんのようにでも、してください。」


そのとき、さいわい、体に余計な傷を作らずに産むことができた長女は、嫁いでもう八年になる。夫は、額に入れた姑の写真を小屋の本棚の上にも飾っていて、毎朝、一輪ざしに野の花を摘んで手向けている。

そろそろ独りでここを引き揚げようかと思い立った朝、菊は、ヴェランダの籐《とう》椅子でパイプをくゆらしている夫にいった。

「若いころ、お義母さんから伺ったほととぎすのこと、思い出したわ。」

夫は、どんな話だったか、もう忘れていた。

「ほととぎすが、なんて啼いてるかってことですよ。」

「ああ、あの話か。つまらんことを考えつづけてたもんだな。」

「やっと思い出したの。いい？　あっちゃ飛んでったか、こっちゃ飛んでったか、弟恋し、弟恋し。」

「ふん。」と、夫はパイプを口から離した。「そういえば、子供のころにそんな話を大人たちから聞かされたな。兄弟がどうとかして、ほととぎすになる話だろう。」

「そうよ。」

「僕の田舎の、昔話だよ。」

「そう。昔々のお話よ。」

と菊はいった。

パピヨン

玄関へ入って、すぐに、微かな異臭を嗅いだ。嗅覚には自信を持っている彼は、靴を脱ぎながら、二、三度短くあたりの空気を嗅いでみた。確かに、全く馴染みのない臭いがする。けれども、それがなんの臭いなのかは見当がつかない。

「お母さんは？」

と彼は、ドアを開けてくれたついでに、下駄箱の上の花瓶からコンクリートの床にこぼれ落ちている菜の花の花粒を掌に拾い取っている娘に尋ねた。

「お勝手よ。」

と娘は答えた。

数年前から神経を病んでいる彼の妻は、ときおり発作的に、なんとも名付けようのない複雑きわまる味わいの料理を作る。すると、やはり台所から漂ってきた臭いであったかと彼は思い、

「今夜はどんな御馳走《ごちそう》かな？」

と娘に訊くと、

「お母さん、食事の支度をしてるんじゃないのよ。ただ食卓の椅子でうっとりしてるだけ。」

と娘はいった。

けれども、廊下の奥の台所の方へ進むにつれて異臭が濃くなってくる。彼は、首をかしげながら歩いていった。

食堂を兼ねた台所を覗いてみると、なるほど娘のいう通り焦茶色の縁取りのある黄色いエプロンを掛けた妻が、箍《たが》の弛《ゆる》んだような顔をして食卓の椅子にゆったりと腰を下ろしている。異臭はここが最も濃かったが、一見して、妻も台所もいつもとなんの変わりもなさそうであった。

「ただいま。気分はどうだい？」

普段通りにそう声をかけると、それには答えずに、

「あたし、カンガルーになったの。」

と妻はいった。

だが、彼はもはや妻の奇矯な言動には驚かなくなっている。

「ほう、カンガルーにか。珍しいものになったね。」

と彼は微笑していった。すると、ほら、と妻は椅子から腰を上げて、膨らんだ腹部を指差してみせた。彼はさすがにぎくりとしたが、エプロンの大きなポケットになにか入っているのだと、すぐに気づいた。

「なるほど、カンガルーだ。袋のなかには、なにが入っているのかな？」

「パピヨンよ。」

と妻はいった。

「パピヨン？　フランス語のつもりかい？」

「勿論《もちろん》。さすがだわ。」

彼は、大学でフランス語をほかの外国語よりは余計に学んだから、パピヨンぐらいならわかる。パピヨンといえば蝶のことだが、近所の誰かにもらった揚羽《あげは》でも円筒形の虫籠に入れてあるのだろうか。けれども、それにしてはエプロンのポケットを膨らませている丸味を帯びたものに、虫籠などとは異質の重みが感じられるのは解《げ》せなかった。

「珍しい蝶々は」と彼はいった。「そんなところに入れておかないで、明るいところへ出して眺めるものだよ。」

「だって、蝶々じゃないもの。」

と妻はいった。

「蝶々じゃない？　でも、自分でパピヨンといったろう？」

「でも、蝶々なんかじゃないの。見る？」

妻が大きなポケットの口をひろげたので、長身瘦軀の彼は腰を折るようにして覗き込んだ。いかにも、妻のパピヨンは蝶ではなかった。金茶色の毛のふさふさとした小動物で、それがポケットの底に四肢を伸ばして横たわっていた。

「こいつがパピヨンかい？」

と彼は驚きを隠さずにいった。

「そうよ。」

「パピヨンとは、君が名付けたの？」

「まさか。これはもともとパピヨンという種類の犬なのよ。」と妻はいって、エプロンのポケットの底から両手で大事そうに仔犬を抱き上げた。「ほら、この耳をごらんになって。体の割には大きな耳でしょう。大きな耳だけど、だらりと垂れたりはしないの。この耳の形、蝶々の翅《はね》によく似ているでしょう？　それで、この犬の種類はパピヨンと呼ばれるようになったんですって。」

「なるほど。じゃ、フランス産か。」

「当然よ。大学で習わなかった？　四年間もフランス文学やってて。」

彼は、喉許に群がる言葉をすべて呑み込んで、目をしばたたいた。実際のところ、学生時代に目を通したテキストにはパピヨンという犬のことなどいちども出てこなかったし、実物にもいま初めてお目にかかったばかりなのだ。妻は、尖らせた唇を、仔犬の大きな耳の片方へ軽く押し当てると、また両手でそっとエプロンのポケットの底へ戻した。

勤めを終えて帰宅しても、温かい飲みものが出なくなってからひさしくて、彼は食器戸棚からコップを取り出して流しへいき、立ったまま水をひと息に飲んだ。そうか、異臭を発していたのはあのパピヨンだったのだ。

「ところで、その犬の仔は」と、彼は流しの前の窓から隣家の泰山木《たいさんぼく》の大輪の花がそこだけ夕闇を明るませているのを眺めながらいった。「どういう訳で君のエプロンのポケットのなかにあるんだい？」

「どういう訳って、私の物だからよ。」

と妻は答えた。

「どうして、君の物になったんだろう。」

「あなた」と妻は彼を睨《にら》んだ。「まさか私がよその飼犬を勝手に連れてきたと思ってらっしゃるんじゃないでしょうね。」

「そうは思わないさ。誰かが持ってきてくれたの？」

「いいえ。私が買ってきたのよ。」

「買ってきた？　どこから？」

「勿論、ペットショップからよ。」

彼は驚いた。妻は、神経を病むようになってからはいちども街で買物などしたことがなかったのだ。

「びっくりしたでしょう？」と妻は面白そうにいった。「でも、御心配なく。あなたのふところに迷惑はかけないから。自分のお金で買ったんだから。」

「ペットショップへは独りでいったの？」

女子大三年生の娘の乃里子が休講つづきで早く帰宅したから、ついてきてもらったのだと妻はいった。


彼は、三年前に長年勤めた出版社を定年退職して、いまは学生時代の旧友が経営しているちいさな印刷会社を手伝っている。スーツを、好きな木綿のシャツとズボンに着替え、二階の書斎の窓ぎわに据えてある退職記念に購入した黒い革張りの安楽椅子に寛《くつろ》いで、オランダ帰りの知人から土産にもらった細身の葉巻をふかしていると、乃里子がドアから顔を覗かせて、

「お風呂の支度ができましたよ。」

といった。

彼は、返事をしてから娘をそばへ呼び寄せて小声でいった。

「お母さんのパピヨンを見たよ。」

「案外かわいい犬でしょう？」

「おまえも一緒に街へ出たんだって？」

「そうなの。一緒においでっていうから。でも、まさかペットショップへいくとは思わなかったわ。」

娘の話を聞いてみると、妻はなにか別の買物の途中にたまたまペットショップの店先でパピヨンを見かけて衝動的に買ったのではなく、病院の往《い》き還《かえ》りに車の窓から見憶《みおぼ》えていたらしいペットショップへ脇目も振らずに直行したということであった。

「おまえ、お母さんが犬好きだってこと、知ってたかい？」

「ちっとも知らなかったわ。」と乃里子は目を大きくしてかぶりを振った。「だから、お母さんの病気が急に悪くなったのかと思って、心配したの。でも、お母さんはべつにパピヨンにこだわったわけじゃなかったみたい。そこに偶然パピヨンがいて、珍しい耳の形が気に入ったから、それを買うことにしただけみたい。極端にいえば、犬でなくても、いつも自分のそばにいてくれて、自分を病人扱いしないで、自分の話すことを大人しく聴いてくれる小動物なら、なんでもよかったのよ、きっと。タクシーのなかで、独法師《ひとりぼっち》はもうたくさん、とても我慢がならないわって、独り言を呟いてたから。」

数年前、彼の郷里で両親と兄とが、事故や急病で一年のうちに次々と世を去るという不幸があり、彼は最初から遺産問題には不熱心だったが、気丈な妻は怯《ひる》むことなく欲の皮の張った親戚たちと渡り合っているうちに、揉みくたになり、やがて神経を病むようになったのだった。夫であわりながら、通院の際の付き添い役のほかにはなにもしてやれない彼は、娘の話を聞いて胸が痛んだ。

「お母さんがお店の人に、いきなり、このパピヨンというのを頂戴《ちょうだい》、といったのにもびっくりしたけど、値段を聞いてもっとびっくりしたわ。」

と娘がいった。

「いくらした?」

娘は無言でVサインのように指を二本立ててみせた。

「二万か。」

娘はうんざりしたような顔をした。

「桁が一つちがうのよ。」

彼は目をまるくした。

「それを即金で買ったのか。」

「そうよ。しかも折り目のない新札で。お店の人もびっくりしてたわ。お札を数えながら何度も上目でお母さんの顔を盗み見たりしてね。」

金銭には無欲な病人だとばかり思っていた妻が、いつの間にそんな大金を貯め込んでいたのかと、彼はいささか薄気味悪い思いがした。

浴室で湯に漬かっていると、古い記憶の底の方から、パピヨンという言葉とそれに纏《まつ》わるささやかな思い出が浮かんできた。大学を卒業する直前、卒業論文の指導教授を十数人の級友たちと囲んで、ブランデー入りのコーヒーを飲んだときの思い出だ。場所は、大学正門前の茶房で、忽《たちま》ち目のまわりを赤くした教授は、雑談の途中で、彼等の大先輩に当たる高名な詩人の、こんな内容の作品を紹介した。

それは、詩だったか随筆だったか、もう思い出せないが、初夏の明るい午前、郊外電車の座席に姿勢よく腰を下ろしていた瀟洒《しょうしゃ》な装いの老紳士が、突然、発音正しく、

「パピヨン。」

と呟くのである。けれども、まわりの乗客にははっきりときこえたのだから、ちいさく叫んだといった方が正しいかもしれない。乗客たちの視線が老紳士の顔に集まった。老紳士の目はむかい側の窓に向けられていた。彼は、電車の窓近くで、美しい蝶が風に煽《あお》られて思わず飛翔を乱したのを見たのだろうか——ただそれだけの作品であった。

「……君たちにも、いずれはそんな優雅な老人になってもらいたいものだな。」

短い沈黙ののち、教授はそういって別の話題に移った。

妻は、仔犬をパピヨンと呼びつづけた。これは、たとえばブルドッグを、よう、ブルドッグと呼ぶようなもので、甚だ芸のないことであったが、妻はパピヨンという言葉が気に入っていて、それ以外の呼び名が思いつかなかったのである。

妻は、パピヨンを片時もそばから離さず、暇さえあれば膝にのせて蚤《のみ》取りに熱中し、朝夕二度の食事も茹《ゆ》でた鶏《とり》の笹身《ささみ》を自分でむしり、ドッグフードとよく混ぜて与えていた。夜は自分のべ

ッドの下に寝かせていたが、寝つきの悪いときは乃里子が自分の部屋のソファを提供させられた。人に飼われる小動物というものは、特別なことをするわけではなく、ただその家で一緒に暮らしているだけで、いつしか家族を自然に和合させてしまうという不思議な力を持っている。パピヨンが家族に加わってから家のなかの雰囲気がすっかり明るくなったことは、彼も認めないわけにはいかなかった。

パピヨンは成長したが、骨格がしっかりして足腰にしなやかな肉がつくと、それ以上は大きくならなかった。外へ散歩に連れ出す必要が生じると、その役は当然のごとく彼に課せられた。けれども、彼はそのことを心ひそかに悦《よろこ》んでいた。犬の散歩は自分のための運動にもなるし、いまとなっては夫として、妻のためにしてやれる唯一の奉仕だったからである。

彼は、パピヨンの散歩時間を、週日は出勤前の七時半から三十分間、週末の土曜と日曜は午前中に一時間ずつときめ、雨降りでない限り、乃里子がペットショップから買ってきてくれた先の方が犬の頭を通す輪になっている赤い布製の引き綱をパピヨンにつけて、毎朝おなじコースを歩いた。

パピヨンはよくなついて、彼のいうことはなんでも聞いた。彼は、週末にだけ、途中で缶ビールを一つ手に入れて、それをいつもは通り抜けるだけの小公園のベンチでゆっくり飲むのがならわしだったが、彼が飲み干すまで、パピヨンは彼の足許にきちんとお坐りをして、潤んだ黒い目で彼の顔を見上げている。

「どうだい、旨《うま》そうだろう。おまえが人間だったら、ひとくち味をみせてやるんだがな。」

機嫌のいいとき、彼はパピヨンにそんなことをいったりした。また、住宅地で道に人影が絶えると、こんなふうに話しかけることもあった。

「パピヨンよ。おまえは大したやつだな。おまえがうちにきてから、お母さんの病気がすこしずつよくなるみたいなんだ。病院の医者も、ぼくも、どうにもできずにいる厄介な病気がだぜ。」


ある穏やかな日曜日の午前、彼が途中の小公園のベンチで缶ビールを飲んでいると、すぐ近くで、おじいちゃんと、呼ぶ女の子の声がした。おそらく、女の子は一緒にきた自分の祖父を呼んだのだろう。彼はそう思って、缶ビールに口をつけたまま声がした方へ目をやった。すると、ベンチから三メートルほど離れた花壇の縁に、いつの間にか学齢すれすれと見える赤いスカートの女の子が立っていて、こちらを見ている。


あたりには、女の子の祖父らしい老人の姿はない。ちょうど缶ビールは空になった。彼は、ベンチの後ろにある屑籠《くずかご》に空缶を投げ入れると、女の子を手招いた。

「その犬、こわくない？　嚙《か》みつかない？」

女の子はそういいながら、おずおずと近づいてきた。

「嚙みつきゃしないよ。ただ舐《な》めるだけだ。」

女の子は、ちょっとの間パピヨンを見下ろしていたが、やがてうずくまってそろそろと撫ではじめた。彼は思わず息を詰めた。なにしろ、パピヨンは家族以外の人間に触れられるのが初めてなのである。けれども、彼が想像していたより遥《はる》かに温厚なパピヨンは、おどおどと彼を見上げては舌の先で女の子の掌をちろりと舐める。彼は、安心して煙草に火を点けた。

「さっき、おじいちゃんって呼んだね。」

「うん。」

「おじいちゃんなんて、どこにもいないじゃない。」

「いるよ、ここに。」

女の子は指で彼の膝を突っ突いた。彼は笑い出した。

「やっぱり、そうか。驚いたね。おじいちゃんっていうけど、この人、いくつだと思う?」

そういって自分の鼻に人差指を立てると、

「九十歳。」

と女の子は躊躇《ためら》わずにいった。

彼は噴き出したが、途中で真顔になった。

「九十歳か。参ったなあ。」

「参ったって?」

「がっくりしたら、腰が抜けちゃって立てないよ。」

女の子はにやにやした。

「じゃ、おじいちゃんはそこでお休みしてて。わんちゃんは、あたしがお散歩させてあげるからね。」

女の子が引き綱を手繰ると、それはなんの抵抗もなく彼の手から抜けていった。

「公園のなかだけだよ。門の外へ出たらいけないよ。」

女の子は笑って振り向いたが、返事はきこえなかった。パピヨンはいちども振り返らずに、小走りに女の子と遠ざかっていった。

彼は、短くなった煙草を地面に落として、スニーカーで踏みにじった。いつになくほろ酔い気分で、そのままベンチの背にもたれれば忽ち眠ってしまいそうだった。よく晴れた空に見入りながら、九十歳とは参ったなあ、とまた思った。それからすぐに、いや、参ることはない、と考え直した。あの子は、白髪のある人はみんな九十歳だと思い込んでいるだけなのだ。

――しばらくすると、きゃん、というパピヨンの甘えた吠え声がきこえたような気がした。彼は、目をしばたたきながら公園のなかを見渡した。女の子もパピヨンも見当たらなかった。彼は、弾《はじ》かれたようにベンチから立ち上がった。すると、そのとき、門の方から女の子がこちらへ歩いてくるのが目に入った。彼はその方へ駈け出した。

近づいて、愕然《がくぜん》とした。パピヨンの姿がない。女の子は、引き綱だけを地面に引きずっている。

「パピヨンはどうしたの？」

声が顫《ふる》えた。

「パピヨンって？」

「さっきの犬だよ、耳の大きな。」

「あの耳、大きすぎるのよ。」と女の子はいった。「門のところでね、紐《ひも》の輪から自分で頭を抜こうとするんだけど、どうしても耳が閊《つか》えちゃうの。痛そうで、かわいそうだから、手伝って外してやった。」

「で、パピヨンは？」

「道を走っていった。」

「どっちへ？　道へ出て教えなさい。」

門を出て、女の子の指さす方へよろよろと駈けた。パピヨンが車に轢《ひ》かれたら、と思うと、背筋が寒くなった。ようやく薄日が差してきた我が家は、どうなるのか。快方に向かいつつある妻は、どうなるか。

車道にも、路地にも、パピヨンの姿は見えなかった。車道に犬の轢死体も見えないのが、なによりの救いであった。探しながらしばらくいくと、道端に広いキャベツ畑があり、その真ん中あたりから、十匹ばかりの紋白蝶が湧くように舞い上がるのが見えた。つづいて、それらを宙で捕えようとするかのように前肢《まえあし》を上げて飛び上がるパピヨンも見え、彼は思わず、あ、とちいさく叫んでキャベツ畑のなかへ踏み込んだ。けれども、もうパピヨンの姿はどこにも見えず、どこかを動き回っている気配もなかった。

すると、さっき紋白蝶を追って飛び上がったかに見えたのは、まぼろしだったのだろうか。いや、そんなはずはない。確かにパピヨンが見えたのだ。彼は、目のなかにあるパピヨンの残像を追ってキャベツの列を何本も跨ぎ、畝の間を小走りに急ぎながら、パピヨンよ、と何度も呼び掛けたが、それは、情けないことに、郊外電車の老紳士ほどの呟きにもならなかった。彼は、せめてパピヨンの好きな口笛を鳴らしてみようと思ったが、尖らせた唇からは、荒い吐息が野を渡る風のような音を立てて切れ切れに噴き出たにすぎなかった。

ゆめあそび

いつものように裏庭のむこうはずれで、夕空を仰ぎながら用を足した。家にも手洗いはあるのだが、八十を過ぎ、朝顔にねらいが定まらなくなってからは、夜ふけや雨降りでない限り、面倒でも裏庭のむこうはずれまで出かけて用を足している。

ところが、いま、母屋《おもや》へ戻ろうとして、ゆすらうめの樹下まできたとき、忠七は、不意に足許がたよりなくなって、ふらふらとした。けれども、べつに地面が泥濘《ぬかる》んで歩きにくかったわけではない。ちびた下駄で、落ちていたゆすらうめのまだ固い実を下手に踏んだせいでもない。ほんの一瞬のことだが、視野が突然ぐらりと揺れたような気がしたのである。

忠七は、咄嗟に片手でゆすらうめの幹に摑まっていた。そのままで目を瞠《みは》ってみたが、もう視野は微動だにしない。足を二、三度踏み鳴らしてみたが、なんの異常もない。

誰もいない母屋では、早くも充満した夕闇のなかで先刻まで観ていたテレビの青白い光だけが稲妻のように明滅している。忠七は、家の脇の路地に出る木戸の方へ歩きながら、いつになく気弱になっている自分に気がついた。いちど訳もなく体がふらついただけで、母屋に独りでいるのが心細いのだ。なにしろ齢だからな、と彼は、自分に言い訳するようにそう思った。

細い路地伝いに表へ回ると、娘が独りで切り盛りしているちいさな食堂の前に出る。自己流の腕を経験だけで磨いた素人の店だから、板壁に貼ってある献立表にも、中華そばとワンタンのほかにありきたりの丼ものが数種並んでいるにすぎない。

くたびれた横長の暖簾が、あるかなしかの夕風にも軽々とひるがえっている。煮干しでだしを取る匂いが籠っている店内では、中華そばの汁まできれいに平らげた若い客と、格子縞の割烹着《かっぽうぎ》を掛けた娘とが別々のテーブルの椅子に腰を下ろして、テレビを観ていた。娘は、珍しく店の入口から入ってきた忠七を見ると、驚いたように、

「あれ、祖父《じっ》ちゃ。どこさいってきたのし？」

といった。

忠七は父親なのだが、孫娘が生まれてからは、娘にも、市内の工務店に勤めている娘の亭主にも、祖父ちゃと呼ばれている。去年、嫁いだ孫娘が子を産んだら、娘を祖母《ばっ》ちゃ、と呼んでやろうか。

「裏から回ってきただけせ。冷《ひゃ》っこい水を一杯けれや。」

と忠七はいった。

客が椅子から腰を上げた娘を追うように立ってきて、大盛り中華の金を払うと、出ていった。

忠七は、さっきまで娘が坐っていた椅子をテーブルに寄せて腰を下ろした。娘がコップに水を持ってきて、テーブルに置いた。コップはびっしょり汗をかいていた。

「ただの水だえ。」と娘がいった。「冷酒の方がよかったえか。」

「いや、これでええ。」

彼は、コップを持ち上げて口へ傾けた。娘は笑い出した。

「なんの真似？　催促な。やっぱし冷酒の方がよかったんだえ。」

娘がなにをいっているのか、彼にはさっぱりわからなかった。彼は、気勢をそがれて、一旦口のそばまで運んだコップをテーブルに戻そうとした。ところが、テーブルにはすでにコップが戻っている。彼は、思わずコップを持っているはずの自分の手に目をやった。掌も指も、コップを持つ形をしているが、そこにはなにも見当たらなかった。

彼は、テーブルの上のコップの水がすこしも揺れていないのを、不思議な気持で見詰めていた。娘はまだ笑っている。

「いま、我ぁこの水を飲むべっとしたな。」

「そう。飲む真似だけよ、手だけで。」

と娘がいった。

すると、コップは最初から持たなかったのだ。道理で、冷たさも重たさも全く感じなかった。おそらくコップの汗で手が滑ったのだ。

彼は、注意深くもういちどコップを持ち上げようとした。けれども、今度も掌や指の腹がコップの外側を撫ぜるばかりで、コップは持ち上がらなかった。また、一層慎重に試みたが、結果はおなじことであった。

仕方なく、彼は口の方をコップに寄せて、ひとくち啜った。コップの縁に前歯が当たってかちかちと音を立てた。

「どしたの、祖父ちゃ。顫《ふる》えてるの？」

娘は、いつの間にか真顔になっている。

「なに、顫えるくらい冷っこい水でもねえ。」

彼はそういって笑おうとしたが、うまく笑えなかった。

「なんだか様子が変だえ。」と娘がいった。「水のコップが持ち上げられないの？」

「なしてか、手に力が入らねえ。」

「握力がなくなったんだえか。痺《しび》れは？」

そういえば、いくらか痺れてもいるようだ。

「軽く中《あた》ったんだえか。」と娘が顔を曇らせて呟《つぶや》いた。このあたりで中るといえば、中風にきまっている。「ふらふらしてねで、寝ててけれ。一応医者に診せるべし。齢だすけ、油断がなんね。父《と》っちゃが戻ったら相談するすけ、それまで大人しく寝ててけれ。」

忠七は、娘に肩を貸してもらって母屋の寝部屋へいった。食堂と母屋は土間で繋がっているのだから、移るのは訳ないと思っていたのだが、店の椅子から腰を上げると、ひどい立ち暗みがして、とても独り歩きができそうにもなかったのである。


その晩、忠七は、娘婿の運転するライトバンで市内の愛生会病院というところへ連れていかれた。あまり評判のいい病院ではなかったが、夜間診療をしている総合病院はそこしかなかったのである。娘夫婦にしても、救急車を霊柩車とおなじくらいに嫌悪している病人はここへ連れてくるほかなかったろう。

診察の結果は、ごく軽微な脳梗塞だが、念のために四、五日の入院が必要ということであった。

忠七は、六人部屋に入れられた。一旦郊外の家に戻って、入院中の日用品を用意してきてくれた娘婿の話によると、入院費は一日六百円、食費は七百二十円で、計千三百二十円掛かるという。五日も入院させられたとしたら、忽ち六千六百円がふっ飛んでしまう。この病院では、入院費を稼ぐためにどんな軽症患者にも様子を見るための入院を言い付けるそうだ、と娘婿はいった。

忠七は、最初から、自分は入院加療が必要なほどの病人ではないと思っていた。実際、二時間ほど眠ったあとは、立ち暗みが消え、右手の痺れもほとんど気にならなくなっていた。もはや入院の要はないと思われたが、病院では退院を許してくれない。その上、まるで患者を繋ぎ止める方便のように、日に二、三種類の検査を課し、あまり効果があるとは思えない点滴注射を強いるのである。

忠七は、二日暮らしただけで、病院というところがすっかり厭になった。なによりも、食事の不味《まず》さにはほとほと呆《あき》れた。塩気と油気の全くない食事なのである。つまり、味のない食事である。飢えを凌ぐためだけの食事だといってもいい。家ではいやいや口に運んでいたありきたりの惣菜が、いまでは山海の珍味だったように思い出された。

昼の間、うつらうつらしていることが多いから、夜、消燈後に目が冴えてしまうのも困りものであった。老人には、寝床のなかで想うことなど、なにもない。他人の鼾《いびき》に耳を塞ぎたい気持で、何時間も寝返りばかり打っているのは退屈きわまりないことである。

堪りかねて病室をそっと脱け出したのは、三日目の夜ふけであった。病院は五階建てで、彼は三階の病室にいる。退屈凌ぎの夜歩きだから、病院から貸与された空色の病衣だけで、足の向くまま当てもなく歩いた。もっぱら階段を利用して、上ったり下りたり、仄暗《ほのぐら》い、ひっそりとしたすべての階の廊下を、ナース・ステーションの明かりを避けながら歩き回った。

家にいれば、裏山歩きを欠かしたことがないから、脚力には自信がある。いい気持だった。ここ何日間かの溜飲が下がった。自分のベッドに戻ると間もなく、眠りに落ちて、翌朝の検温までいちども目醒めなかった。

味を占めて、四日目の夜ふけにも試みたが、今度はしくじった。四階から階段を下ってくる途中、三階の方から上ってきた婦長と鉢合わせをしたのである。いきなり懐中電燈で照らされては、逃げも隠れもできない。

「ベッドが空だから、トイレかと思ってたら。どこへいってきたの？」

忠七は詰問されて、咄嗟に寝惚《ねぼ》けたふりをした。なにを訊《き》かれても、口をもぐもぐさせて、肝腎なことはなにも話さなかった。

「仕様がないわねえ。もう遅いから、自分のベッドへいって大人しく寝なさい。」

婦長は諦めたようにそういうと、病衣の袖をつまんで六人部屋の方へ引いていった。

翌日の昼過ぎ、忠七はナース・ステーションに呼び出された。外来の診察を済ませてきた主治医が、ソファに脚を組んでかおりの高い西洋茶を啜っていた。

「あんたに、夢遊病の気があるようだという婦長からの報告があるんだがね。」

主治医はいったが、忠七はきょとんとしていた。

「本当は夢遊病という病名はないようだがね。」と主治医はつづけた。「普通、夢遊症とか夢中遊行症とかいうらしい。でも、世間では昔から夢遊病で通ってるんだな、婦長でもそういうんだから。」

「そいつは、どったら病気で？」

と忠七は尋ねた。

「僕はそっちが専門じゃないから、くわしい説明はできないけどね。まあ、わかり易くいえば、眠っている人間が途中で起き出して、なにかして、また眠ってしまう、ところが、その人間は、自分が途中で起きてなにかしたことについて、なにも憶えていない、自分がなにをしたのかわからない……そんな病気だよ。」

「妙《ひょんた》な病気でやんすなあ。」

と忠七はいった。

「全く。」と主治医はうなずいて、「そんな病気をする人間ってやつも、妙な生きものさ。」

そういってから、鋭い目つきで忠七を見た。

「ところで、あんたのことだが、ゆうべ婦長に捕まる前になにをしてたか、憶えてるかね？」

「……歩いてました、あちこち、病院のなかを。」

と、忠七は内心うろたえながらいった。

「歩いてた……なんのために？　目的はなんだったのかね？」

忠七には、答えられなかった。彼は、ただ歩きたくて歩いていたのだ。歩くことが唯一の目的だったのだ。けれども、彼は黙っていた。本当のことを答えても、医者には信じてもらえないような気がしたからである。

「記憶がないんだね。」と主治医はいった。「なんの目的もなしに、夜中に病院のあちこちを歩き回るということは、常識では考えられないからな。目的はあったさ。でも、それをあんたが憶えてないんだよ。典型的な夢遊症の症状だな。」
「せば、我ぁその夢遊症の病人で？」
「かどうか、しばらく様子を見たいんだがね。」と主治医はいった。「当初は明日が退院日だったけど、二週間延長だな。専門医の意見も聞いてみたいしね。なかなか厄介な病気だし、考えようによっては恐ろしい病気でもあるから、この際じっくり調べておいた方がいいと思うんだ。お家《うち》の方には、病院からくわしく事情をお話しして、了解を得ておくからね。あんたはなにも気を揉むことはない。」

忠七は、頭のなかで千三百二十掛ける十四と算盤《そろばん》をはじいて、うんざりした。

翌日、忠七はナース・ステーションの真向かいの個室に移された。夜になると、入口のドアを開閉するたびに、明かりが廊下に溢《あふ》れ出ているナース・ステーションのどこかで合図の低いベルが鳴る仕掛けになっている個室である。

そのベルの存在に気づいたとき、忠七は、窓口にいる若い看護婦に、自分のような老人は手洗いが近いのだから、うるさくて大変だろう、鳴らないようにしたらどうかと進言したのだが、聞き入れられなかった。

忠七は、わずかばかりの持ち物を整理しているうちに、ナイトテーブルの引き出しの奥から、手垢《てあか》が染み込んでいる上に脂で光っている胡桃《くるみ》を、二つ見つけた。二つ一緒に片手に握って、揉むように動かすと、こりこりと乾いた音を立てて掌を刺激する。これは、前にここで暮らしていた中風の病人が置き忘れていったものにちがいない、と彼は思ったが、すぐに、いや、これをここに置き去りにしたのはその病人が死んだからではないのか、と思い直した。それから、自分もこの先、次から次へと新しい病気を掘り起こされて、結局ここで生涯を終えることになるのではないかという気がした。

ある晩、忠七は唐突に、医者たちがそんなに熱心に仕立てるつもりなら、その夢遊症とやらになってやろうではないかと思い立った。それ以来、彼は夜ふけに手洗いに出かけると、容易に戻ってこない。病衣のポケットのなかでこりこりと胡桃を鳴らしては、〈自分はいま眠っているのだから、醒めている自分とは別人である。だから、たとえば若いころ自分の恋心を嘲笑った婆様《ばあさま》たちにどんな手痛い仕返しをしてやろうかとあれこれ考えて楽しんだとしても、なんの罪にもなりはしない〉などと考えを巡らしながら、病院中を彷徨《さまよ》っている。

無論、探しにきた当番の看護婦に、どこかで捕まる。けれども、観念して目をつむり、軽い寝息を立てながら、若い看護婦に手を引かれてそろそろとベッドへ帰っていくのもまんざら悪くない気持である。

医者たちの望み通りにこういう夜歩きを繰り返している限り、忠七はもはや夢遊症の患者以外の何者でもなかった。

あめあがり

夕立に洗われた並木の若葉が、点りはじめたネオンを宿して瞬いていた。
いちど人の流れが途絶えて鳴りをひそめていた歩道も、いつしかまた元の賑わいを取り戻している。

——びっくりさせやがって……。

運ばれてきた紅茶にレモンを滑り込ませながら、彼は唇の端をわずかにゆがめた。ついさっき、この店に足を踏み入れた途端、レジのそばに佇んでいた客とふと目が合って、彼は思わず棒立ちになったのだった。誰だって、こんなところで昔の女とばったり出くわすとは思わない。女はあのころよりすこし太っていたが、彼には一目でわかった。

いまになってみれば、滑稽なことだが、あのとき、咄嗟に身をひるがえして逃げ出したいと思ったのは、何故だったろう。女とは納得ずくできれいに別れたのだから、なんの借りも疚《やま》しいところもあるわけではなく、ここで待ち合わせている新しい女のことだって相手は知るはずがなかったのに……。結局、彼は、前へ進むことも後戻りすることもできなくて、そこに突っ立ったまま女がレジで用を済ませてくるのを待つことになった。

「おひさしぶり。雨宿りしてたの。お元気そうね。」

と女は眩《まぶ》しそうに彼を見上げていった。

「君も。」

と彼はいったが、すこし舌がもつれた。

「お鬚《ひげ》を伸ばしたのね。でも、すぐわかったわ。」

彼は、目をしばたたきながら、そうだ、この顎鬚は女と別れてから伸ばしたんだった、と思い出した。

「碌《ろく》に手入れもしないから……ただの無精鬚だよ。」

「でも、お似合いよ。」と女はいった。「それに、もう顎に傷をこさえるおそれがないから、安心じゃない。」

二人は、ほんのすこしの間、無言でまじまじと見詰め合った。女の目は、その意味がおそらく彼にしかわからない笑みを湛《たた》えていた。彼の口許もひとりでに綻んだ。

「ちょっとだけ、つまんでいい？」

女は、子供のように首をすくめていった。

「……他人《ひと》が変に思うよ。」

けれども、女は構わずに彼の顔へ手を伸ばすと、指先でゴミでも取るように顎鬚をそっとつまんで、ちいさな吐息を洩らした。それから、急に真顔になって、ごめんね、と呟くと、そそくさとドアを押して雨あがりの歩道へ出ていった。

——あいつ、いい齢《とし》をして、まだ茶目っ気が抜けてないんだ。

彼は、紅茶を啜りながら、さっきの束の間の再会を頭によみがえらせてそう思い、煙草《たばこ》をはさんだ指の先で女がつまんだあたりの顎鬚をなんの気なしに撫でてみた。すると、思いがけない懐かしさがそこから湧いてきて、忽ち彼の胸を満たした。女が、というよりも、女に会おうとして鬚を剃るたびに決まって顎を傷つけていたころの自分が、懐かしかった。彼は、それほど不器用ではなかったのだが、そのころ、どういうものか、女と会うときに限ってつい手許が狂ったのである。女は、彼の顎の傷を自分への愛のあかしだと思い込んで、嬉しがっていたものであった。

けれども、過ぎ去ったあのころは、女が歩道の人波に呑み込まれてどこかへ押し流されてしまったように、もはや戻ってくることはないのだ。

約束の時刻はとうに過ぎているのに、待ちびとはいっこうにあらわれない……。

わくらば

信州八ヶ岳の山麓では、八月の半ばを過ぎると急に大気が冷え冷えとして、まず白樺の梢《こずえ》から黄ばんだわくら葉が小止《おや》みなく降りはじめる。よく晴れた日の午後、ヴェランダの日溜まりに帆布を張った椅子を持ち出して寝そべっていると、その葉擦れの音がまるでまぼろしの谷川のせせらぎのようだ。

時折、読みさしの本を胸の上に伏せて、身を起こし、いつの間にか頭髪のなかにもぐり込んだり、下腹の窪みや組んだ両脚の間などに落ちて溜まっている冷たい葉っぱを、一枚一枚つまみ上げては、しげしげと眺める。白樺のわくら葉は、たいがい黄と緑の入り混じった地に褐色のしみや粟粒《あわつぶ》のような斑点が散っている模様で、どれもおなじように見えるのだが、比べてみると、配色も斑点の散り具合も一葉ずつ微妙にちがっている。もし気に入ったものが見付かれば、とりあえず本の間に挟み込む。病み衰えた葉だから、落ちてからも寝汗のようなものをかくのだろうか、あとで挟んだ頁《ページ》を開けてみると紙が湿り気で波打っている。そんなふうにして、わくら葉の栞《しおり》でいくらか厚ぼったくなった退屈凌《しの》ぎの書物が、この小屋の本棚には何冊もある。

木の葉っぱなど、以前はなんの関心もなく、降りかかってくるのをただ無造作に払い除《の》けるだけで、手に取って眺めたこともなかったのだが、おととし体をすこし悪くして以来、暇を見つけては養生かたがたこの山麓へ足を運んでいるうちに、どういうものか、これまで見向きもしなかったものになにかと心を惹《ひ》かれるようになっている。

白樺のわくら葉に初めて驚かされたのは、ある朝、寝間着の上に毛糸のカーディガンを羽織り、サンダル履きの素足にひさしぶりの冷たさをおぼえながら、小屋を一周する笹藪のなかの小道をゆっくり歩いていたときであった。裏の岳樺《だけかんば》の巨木の下に佇んで、根元に紅色の頭を覗かせている毒茸《どくきのこ》を爪先で軽く蹴ると、不意に、なにやらひんやりしたものが首筋に触れた。思わず首をすくめて手を上げかけたが、そいつはなおも襟首の奥の方へずり落ちていく。冷たさと薄気味悪さが背中にひろがって、身ぶるいが出た。

てっきり朝露の仕業だと思った。毒茸を蹴ったとき、爪先が岳樺の幹に当たって、枝先の葉に宿っていた朝露の玉がちょうど襟首のところに転げ落ちたのだ。近くの台所の窓が半分開いていたので、下までいって声をかけた。

「ちょっと背中を覗いてくれないか。」

「背中を?」

と妻の影が窓の曇りガラスに揺れる。味噌汁の匂いがしていた。

「襟首から変なものが入ったんだよ。」

「あら……虫かしら。」

「虫にしては動かない。ともかく覗いて見てくれないか。」

背中を動かさないようにしてヴェランダの方へと回っていったが、異物は朝露でも虫でもなかった。妻は寝間着の襟首から背中の方を覗いていたが、やがて片手をさし入れて黄ばんだちいさな葉っぱを一枚つまみ出した。

「なんだ、木の葉か。」

「白樺の、わくら葉だわ。」

「葉っぱにしてはしなやかで、冷たかったな。」

「きっと朝露に濡れてたのね。」

朝食のあとで、熱い焙《ほう》じ茶を啜りながら、食卓の端に載せてあったそのわくら葉を改めて手に取って眺めた。そこには、練達の図案家が丁寧に仕上げたようなきわめて巧緻な模様があらわれていた。たかが木の葉が、こんなにも美しく変相するとは知らなかった。驚いて目を瞠《みは》っているうちに、ずっと以前にこれとよく似た模様をどこかで見た記憶があるのに気がついた。あれは、いつ、どこで見た、なんの模様だったろう。そう思って古い記憶を探してみたが、見付からなかった。おなじ木の葉でなかったことだけは確かだが、ほかはなにも思い出せなかった。

もしも、あくる日の夕方、風呂場にいて、風に吹きちぎられた小枝や乾いた葉っぱが窓ガラスにばらばらと音を立てるのを聞くともなしに聞いているうちに、ふと、昨日のわくら葉のことを思い出さなかったら、あの図案に似た繊細な模様に関わる遠い記憶もよみがえることがなかったかもしれない。

風呂場を出て、食卓のまわりをうろうろしているところを、台所から皿小鉢を運んでいた妻に見咎《みとが》められた。

「……どうしたの？　探しもの？」

「大したものじゃないんだ。ほら、昨日背中にもぐり込んだ葉っぱ。昨日はここにあったけど、どうしたかね。」

「捨てちゃったわ。要るんだったの？」

「べつに、あれでなくてもいいんだが……。」

「似たものならヴェランダにたくさん落ちてるわ。」

あいにく風の強い日だったので、ヴェランダはきれいに吹き払われていたが、下の笹藪の小道には普段から土の地面が見えないほどに落葉が降り積もっている。そこから、白樺のわくら葉らしいのを何枚か拾って小屋に持ち帰ってみると、そのうちの一枚が、色合いといい茶色のしみや斑点の散り具合といい、昨日のものとそっくりであった。机の上のスタンドを点け、眼鏡をかけ直してまじまじと見て、ああ、やっぱり似ている、と思った。さっき風呂場でようやく思い出した晩年の父の素肌に似ている。よく郷里の町の銭湯で間近に見た老父の背中が、見入っているわくら葉に重なり、ひろがった。


父は、鉱泉の湧く村で生まれ育ったせいか湯を浴びるのが好きで、市《まち》で呉服屋を営むようになってからも裏庭にある別棟の湯殿で毎日湯桶《ゆおけ》の音を響かせていた。もともと郷士の末裔《まつえい》で、生来無口で不器用で商人にはまるで不向きだと思われる父が、どういう風の吹きまわしで畑違いの市の商家へ婿入りなどすることになったのかは、父を迎えた当の母自身にもよくわからなかった。古株の番頭や大勢の丁稚《でっち》たちに揉まれながら、商いの見習いに明け暮れるようになってからまだ間もないころ、父は寝物語に、実は東京へいきたいのだが、と呟いた。見物にかと思ったが、そうでもなさそうなので、なにしにいくのかと尋ねてみると、父は真顔で、

「東京へいって相撲取りになりたい。」

といった。

母はびっくりして二の句が継げなかった。愚かな母には、相撲取りになるとはどういうことなのかわからなくて、要するに普通の人間ではなくなることだとしか思えなかったのである。

父は、並外れた巨漢ではなかったが、当時としてはまず大男の部類で、身のたけ一八〇センチあまり、肩幅広く、骨太、堅肥《かたぶと》りの、がっしりした体付きをしていた。中学時代は柔道の選手、在所の村では草相撲で鳴らしたらしい。それにしても、本場の土俵に登るにはいささか心もとない体軀だが、本物の力士になることは年来のひそかな念願だったとみえて、それからしばらくすると、父は忽然と出奔した。

まだ分家する前だったから、同居していた母の実家は騒ぎになった。父の行方は誰にも見当がつかなかった。もし、それを占う手掛かりを持つ者がいるとすれば、母以外には考えられない。母は、問い詰められて、もしかしたらと先夜の寝物語を打ち明けた。なんと相撲取りにな、と実家の父親が呆れたような声を上げ、やがてべそを搔くように笑い出したが、一緒になって笑う者はいなかった。まさかとは思ったが、かねて昵懇《じっこん》の問屋にこっそり頼んで両国界隈を探してもらうと、思いのほか簡単に見付かった。父は、隅田川の川風が破れ障子を顫わせるちいさな相撲部屋で、蓬髪《ほうはつ》の若い衆と雑魚寝をしていた。草相撲の仲間で、いまは褌《ふんどし》かつぎになっている近在の男が、出奔の手引きをしたものらしい。迎えに出向いた母の実家の番頭が、部屋の親方に鄭重な

礼をして引き取ってきた。郷里の駅に降り立った父は、散髪した頭に真新しいぶかぶかの鳥打帽子をかぶっていて、はた目には番頭を連れて問屋巡りをしてきた若旦那のようにしか見えなかった。

母の実家から暖簾を分けてもらって、おなじ町内にちいさな店を構えたのは、それから間もなくである。母は、独立できるのはもとより嬉しかったが、実家を離れてしまうのが心細くもあった。父がまたぞろ気紛れな小舟のように、なにかの拍子に人知れず海原へ漂い出しそうな気がして頼りなかったのである。そんな父を繫ぎ留める錨《いかり》のようなものが欲しくて、この家になにか不足なものはないかと訊くと、父はしばらく考えてから、五右衛門風呂ではなくてもっと寛げる湯殿があれば、といった。無趣味で、酒も飲めなかった父は、せいぜい好きな湯にゆっくり漬かって憂《う》さを晴らすほかはなかったのだろう。

そんなことならお安い御用で、さっそく実家へ頼んで裏庭にちいさいながら別棟の湯殿を建ててもらった。さいわい父は気に入って、毎日夕方になると、在所から取り寄せた湯の花をたっぷり入れて長湯を楽しむようになった。おかげで家族も、居ながらにして温泉気分が味わえたのだが、父の在所の湯の花は、体を芯から暖めて気を鎮める効果が顕著なものの、湯あがりの肌から、うっかり放った尾籠なものによく似た臭いを発散させるところが、難点といえば難点であった。

その後、父は再び常軌を逸することもなく神妙に店を守りつづけて、二十年あまりの間に六人の子をもうけたが、子育てにはさんざん手子《てこ》摺《ず》った。というのは、そのうちの二人に先天性の障害があり、それが因《もと》で家族がある時期ひどい惑乱状態に陥ったからである。その結果、誰のせいでもなかったにしろむざむざ四人の命が失われることにもなった。父はいよいよ無口になり、無表情になった。

戦争が終わったとき、父はすでに五十半ばで、不得手な商売をなおもつづける気力も、忍耐力も失っていた。一家は、店を畳んで父の在所に引き籠り、そこで何年か暮らしてから、また隣県のこの町に移った。国道沿いに古びた家々が低い軒を連ねている細長い町のなかほどを、幅広い川が横切っていて、裏山の中腹の高い石段を登ったところに大きな禅寺があるだけの、なんの変哲もない田舎町にすぎなかったが、縁あって一家はここに住み着くことになり、前に住んでいた市から身内の墓をこの町の寺へ移した。


いまから四十年近くも前に、無謀にも職を持たずに文筆で暮らしを立てようと志し、忽ち貧窮に陥って体も損ね、ほうほうの体で落ち延びてきて転がり込んだのは、この町の家である。目の下に川と町裏の屋根の重なり合いを見下ろす崖の上のすこし傾いた借家で、父と母と姉とが倹《つま》しく暮らしていた。父は、数年前に患った軽い脳梗塞がまだ尾を引いていて、右半身がすこし不自由だったが、風呂好きは相変わらずで銭湯通いを唯一の楽しみにしていた。

その町の銭湯は、国道に架かっているコンクリート橋のたもとから河原へ降りる緩い坂道の途中にあった。低いトタン屋根から町工場のよりも細い煙突がひょろりと突き出ているだけの板壁の家で、よそ者は誰もそこが銭湯だとは気がつかなかったろう。洗い場に並んでいる曇りガラスの窓を開けると、道のむこうに川が見え、流れのなかに立って竿を抱えている釣人と橋の欄干にもたれてそれを見物している人たちが見えた。その銭湯では、川から汲《く》み上げた水を沸かしているのだという噂があったが、実際、口開けに当たると、湯づらに鮎の稚魚が浮かんでいるのを見かけることがあった。在所にいたころ、口のなかで噛《か》み潰した荏胡麻《えごま》を吹き散らしながら細身の竿で川面を打つようにして雑魚を引っ掛ける釣を得意にしていた父が、

「おい、鮎風呂だよ。」

と珍しくこぼれるような笑みを浮かべて、湯づらの稚魚を両手でそっと掬《すく》い上げたのを憶えている。

お互いに、心ならずも無為徒食の境遇に陥った者同士のせいか、父との間にはこれまでとは別の不思議な親近感が生まれていて、晴れた日の午後にはどちらが誘うともなく連れ立って銭湯通いをしたものだが、父は、自分から背中を流せと命じたことはいちどもなかった。ぎごちない洗い方を見兼ねて、

「どれ、タオルをよこして。」

というと、父は気弱く笑って、

「済まんな。」

と、それでも素直に広い背中をこちらへ向ける。

父の体は、顔色からすればもともと色白だったのだろうが、それにおそらく長年和服に角帯で通したせいもあって、裸になると隅々まで不自然なほど蒼白《あおじろ》かった。力士を志願したころの体付きなら人伝《ひとづ》てに聞いてはいるが、色艶までは知る由もない。七十近くなってすっかり張りを失ってしまった背中は、肩幅が広いばかりで、肉は落ち、あちこちに骨が浮き上がって見えていた。艶のない薄濁りした皮膚には、茶色いしみが濃淡のまだら模様を作っていて、湯をかけると、ところどころにほんの束の間、髪の毛ほどにも細い紫色の血管が葉脈のような線条を描いて走るの

が見える。洗う手にすこし力を加えただけで、たるんだ皮膚が乏しい肉の上を滑るように動くのがわかる。つい、溜め息が出た。

――白樺のわくら葉からよみがえってきたのは、そのころ目《ま》の辺りにした父の濡れた老軀の記憶である。

今年の夏、山麓の小屋の物置で、左脚をすこしいためてしまった。いちど自分にどれほどの体力が残されているかを確かめておこうと思って、蔵書をぎっしり詰め込んだ段ボール箱を独りでいくつか動かしたのである。このところすっかり萎えていた気力がやっと満ちてくる気配に気をよくして、冒険を試みたのがいけなかった。

その日は何事もなく過ぎたが、翌日から左脚の膝の裏側の窪んだところが痛みはじめた。静かにしていればなんともないが、歩き出すと、膝の裏側からふくらはぎの方まで縦に引き裂くような痛みが走る。無茶な力仕事で、普段あまり使うことのない筋肉か腱をいためたのだと思うほかはなかった。ものの本によれば、その膝の裏側の窪んだところは膕《ひかがみ》といって、古代ローマの戦争捕虜は逃亡できないようにそこを切断されたものだというが、こちらはどこへ逃げるでもないし、まさかその膕が千切れてしまったとも思えないから、とりあえず、消炎鎮痛剤の軟膏をすり込んでしばらく様子を見ることにした。

ズボンの裾を膝の上まで捲《まく》り上げたまま、ヴェランダに面したガラス戸のそばに立って妻の手当てが済むのを待っていると、不意に妻が、あら、と声を洩らして、軟膏をすり込む指先を止めた。それきり黙っているので、

「どうかしたか？」

と尋ねると、妻はうろたえたように、

「なんでもないの。錯覚。」

といって、手早くズボンの裾を引き下ろした。

「これでお仕舞い。どんな具合？」

「どんな具合って、いまはすうすうするだけだ。」

「この薬、即効性があるみたいよ。もうすこししたら外をちょっと歩いてみたら？」

妻はそういうと、軟膏に蓋をしながら小走りに薬箱が置いてある棚の方へいった。

しばらくしてから、ためしにヴェランダへ出て、端から端までゆっくり行きつ戻りつしているうちに、ふと、さっき妻は自分の膝の裏になにを見たのだろうと思った。たとえそれが錯覚だったにしても、なにを見たと思ったのだろう。自分の目をそこへ近づけてみたかったが、近頃めっきり柔軟さを失っている体でそんな姿勢がとれるとは思えない。そんなら鏡の前にうしろ向きに立って股眼鏡でも、と思い、我ながらばかばかしくなって、笑ってしまった。

そろそろあのころの父とおなじ齢になるのだから、体のどこかが白樺のわくら葉を貼りつけたように見えたとしても、なんの不思議もないのである。

膝の裏の痛みはまだ消えてなかったが、このまま歩けなくなってしまうのは真っ平だから、下の笹藪のなかの小道へ降りて、片脚を引きずるようにしながらしばらく歩いた。

めちろ

市《まち》の博物館へ出かけているエリザベスの帰りが遅い。昼には車で発つということだったが、もうとっくに三時を回っている。遅すぎる。車なら半時間とはかからぬ距離なのに、どうしたことか。なにか事故でもあったのか。それとも、この暑さに付き添いの方が参って、途中のどこか涼しいところで道草を食っているのだろうか。それならそれで気長に待つほかはないが、まさか、珍しいものならなんでも自分の物にしたがる博物館の連中が、例の欲を丸出しにしてエリザベスを手放しかねているのではあるまいな。

齢をとってからの悪い癖で、あれこれ取り越し苦労をしては気を揉んでいるところへ、市まで迎えに出向いた迫田から、やっと携帯電話で連絡があった。迫田は、村役場の職員で、隣に併設されている郷土民俗資料館の学芸員を兼ねている。

「まだ途中なんですよ。今日から学校が夏休みだし、夜は港の花火大会とうちのフェスティバルが重なってるせいだと思うけど、どの道も市を出る車でえらい混雑なの。エリザベス？　勿論、一緒ですよ。御心配なく。みんな似たような恰好《かっこう》してるからね、帽子も洋服も靴も。うっかり間違えられたら困ると思ってたんだけど……いや、こっちじゃなくて、むこうの博物館の連中がさ。

でも、へんな悶着《もんちゃく》が起こらなくて、よかったよ。」

うちのフェスティバルというのは、学生時代に自分のバンドでサキソホンを吹いていたという先々代の村長が、昔の仲間に声をかけて村おこしにはじめたジャズ・コンサートのことだが、ともすればひぐらしの合唱に圧倒されがちだった当初の演奏が、年々充実して催しの規模も大きくなり、いまでは会場の野外劇場の入口に屋台店が軒を列ねるほどの賑わいになっている。

市へ出たついでに、土用の丑《うし》の日にもありつけなかった鰻《うなぎ》を買ってきたから一緒に食おうと迫田がいうので、日暮れ前に資料館の事務室で落ち合うことにして仁作は電話を切った。

仏壇の扉を閉め、身支度をして背戸《せど》から裏の林檎《りんご》畑に出ると、むこうの森林公園の上にひろがっている茜色《あかねいろ》の空で客寄せののろしがつづけざまに弾《は》ぜた。仁作は、そのまま自転車で出かけるつもりだったが、のろしの音で思い直して、後戻りした。普段は戸締まりなど碌《ろく》にしたこともないのだが、よそ者が大勢流れ込んでくる晩は用心するに越したことはない。それに、鰻の蒲焼きがあるからにはコップ酒になるのは当然で、帰りが遅くもなるだろうから、今夜だけは長年乗り馴れている古自転車はよしにして、手ぶらで出かけるのが無難だろう。

そろそろ夕闇が澱《よど》みはじめた共同墓地の脇道を、ゴム草履を鳴らしながら歩いていたとき、仁作はふと、十日ぶりに市から戻ったエリザベスのためになにかちょっとした慰問の品を手土産にすることを思いついた。なにがいいだろう。万屋《よろずや》で買えるもので、手軽にひと息吐《つ》けるようなもの。たとえば飲み物などはどうだろう、と今朝も死んだ女房の好物だった麦茶を仏壇に手向けたことを思い出しながら、仁作は思った。この時節、木造で屋根の低い資料館は熱気が籠って夜でも蒸し暑いから、渇いた喉を潤すための冷たい飲み物はどうだろう。それがいい。今時は、ひとくちに冷たい飲み物といってもさまざまあるようだが、田舎者にはいまだにアメリカ生まれならコーラが似合うとしか思えないから、コーラを一本持ってってやろう――仁作は、そういうことにして広いアスファルトの街道に出ると、凄《すさ》まじい勢いで行き交う車の風圧に煽《あお》られてふらつきながら、昔馴染みの万屋まで歩いていった。

その店の主人は、若い時分からの鉄砲仲間で、よく連れ立って雉子《きじ》撃ちに出かけたものだが、十年ほど前に連れ合いと前後して呆気なく病没し、いまは息子の代になっている。覗いてみると、いつもレジに坐っている息子の嫁は見えなくて、代わりに、休暇で帰省している看護学校生の末娘が独りで店番をしていた。トウモロコシの髭を束ねたような黄色い頭をして、手鏡を覗き込みながらちいさな鋏で三日月眉の手入れをしている。

おや、エリザベスとそっくりな眉だ。そう思いながら入っていって、「今日は店番な。」と声をかけると、こっくりして、「といっても、ジャズにお客を取られて開店休業だけど。」と、いっぱしな口を利く。「んだら、おらが客になってやら。冷えたコーラを一本けれや。」というと、コーラならあすこで買えばと娘はいって、ガラス戸の外の軒下に並んでいる自動販売機の方を指さした。けれども、自動販売機とはどういうものか相性が悪くて、欲しいものがすんなり買えたためしがない。買おうと思った品物が出てこないばかりか、入れた硬貨も戻らずじまいになることが多いのだ。それで、「自動販売機は罐《かん》ばっかりだえせ。罐は飲みにくいすけ、壜《びん》のをけれや。」と仁作はいった。壜だと、栓抜きが要るわけだが、栓抜きぐらいは資料館にもあるだろう。娘は、大儀そうに店のなかの冷蔵庫から壜のを一本取り出してきた。ついでに、紙コップを一つもらおうと思ったが、今時は紙コップとて無料ではない。「はい、紙コップ。百五十八円。」というので、びっくりして見ると、思いのほか丈夫で立派な紙コップを十個きっちり重ねたのが、透明な紙に包んである。「一つあればいいんだけんどな……。」とぶつくさいうと、「これが一つで、ばらにはできないのよ。厭《いや》ならラッパ飲みするしかないね。」と娘は笑った。自分で飲むならそうするところだが、エリザベスにはラッパ飲みはできない。

仕方なく十個一袋を買って万屋を出て、また車の通らない脇道伝いに村役場の方へ歩いていると、コンサート会場のある森林公園の方から、そろそろ前座の演奏がはじまるらしくマイクでなにやら口上を述べる男の声が風に乗ってきこえてきた。

村に戻ってきたエリザベスは、資料館の事務室の机の上に寝かされて顔や手足から市の埃《ほこり》を拭き取ってもらっていた。服は着たままで目を閉じている。脱がされた帽子と靴は、そばの椅子の上に置いてあった。

「どこも傷んでないようだけど、念のために調べてみてくれません?」

女事務員にそういわれて、仁作は机の上のエリザベスに身を屈《かが》め、顔を寄せた。脱脂綿に含ませたらしいアルコールがうっすら匂っている。抱き起こすと、いつものように目をゆっくりと開ける。瞳が青い。両足を投げ出して坐らせたり、立たせたりしたあとで、また寝かせると、やれやれというふうに目を閉じる。以前は、どこからか赤子の甘え声に似た音を出したというが、いまはかすれ声も出なくなってただ眠たげに目を開けたり閉じたりするだけである。

「結構でやんしょう。妙《ひょんた》なところはありゃんせん。」

と顔を上げて仁作はいった。

「よかったねえ。どうも御苦労さんでした。」

女事務員は、エリザベスにそういって笑いかけ、ブロンドの頭に鍔《つば》の広い帽子をかぶせてリボンのような顎紐を結び、ブーツ風の靴を履かせた。それから、迫田が役場の仕事を片付けてくるのを待って、一緒に展示室へ運び、そこの壁に取りつけてある底の浅いガラス箱のなかに、元通りに立ち姿のままで納めた。

「……どうだろう。どこか前と感じがちがってるかな?」

すこし離れたところから壁のエリザベスを眺めて迫田がいった。仁作には、前と変わりがないように見えたが、そう口に出す前に、

「なんだか元気がないみたい。全体に、しゃきっとした感じがないと思いません? この子、すこしくたびれてるんじゃないかしら。なにしろ七十二年ぶりの同窓会に出てきたんだから。」

と女事務員がいい、迫田はくすっと鼻を鳴らして、

「苦労性だねえ。気のせいだよ。あんたこそ今日は残業でどうもお疲れさんでした。帰りはいつもより車が多いから気をつけてね。」

というと、目顔で仁作を促した。

二人は、一緒に展示室を出ると、婦人サークルが昔の郷土料理を試作したり村の作物を試食したりするときに使う調理場へいって、鰻弁当をひろげ、コップ酒を飲んだ。二つずつ飲んだあと、迫田は手洗いから戻ってくると、「月が出てるよ。風向きがいいから、耳を澄ますとジャズがきこえる。あとは家で寝酒にしようかな。」といった。仁作は、彼が弁当を一つ余計に買ってきているのに気づいていたから、「ごっつおさんでやんした。戸締まりはおらがやるすけ、お先にど

うぞ。」といった。

迫田が帰って独りになると、仁作はいっとき明かりを絞った展示室で過ごした。調理場で栓を抜いてきたコーラを紙コップに半分ほど注いで、エリザベスの足下の小机に置き、そばのひんやりした床板に尖った尻を落として、膝小僧を抱いていた。さっき窶《やつ》れて見えるといわれたエリザベスの顔が、うすぼんやりとしか見えないのはむしろさいわいであった。仁作は、迫田のいうように気のせいにしかすぎないのだと思いたかった。けれども、エリザベスが七十二年ぶりの同窓会に出席してきたというのは、嘘《うそ》ではなかった。

七十二年前といえば昭和二年だが、その年の初めに、エリザベスは大勢の青い目の仲間と一緒に親善の贈り物としてこの国へ送られてきたのであった。仲間の総数はおよそ一万二千、そのうち二百二十体がこの県に、三十七体が郡に分けられ、エリザベスとドロシーだけがこの村の二つの小学校に届けられた。それぞれの小学校では、歓迎会を催して生徒全員に遠来の友を代わる代わる抱かせたが、まるで生きているかのように目を開閉するばかりではなく時には赤子のような声を発したりするので、びっくりして取り落とす者がすくなくなかった。

それ以来、エリザベスはガラスケースで校長室の棚に飾られていたが、アメリカとの戦争が勃《ぼっ》発《ぱつ》して、青い目の人形はすべて処分せよという文部省の通達が出された直後から、所在不明になった。ドロシーの方は、村の青年団の手に渡り、竹槍《たけやり》でさんざんに突かれたあげく火焙《ひあぶ》りにされたことはわかっている。一緒に海を渡ってきた仲間の大部分はそのとき似たような処分を受けて消滅したものと思われるが、エリザベスの場合はまるで消息がわからなかった。

もし、戦後十数年経って、小学校の古校舎の一部が嵐で破損して修繕工事がおこなわれなかったら、エリザベスは永久に陽の目を見ることがなかっただろう。エリザベスは、その工事のさなかに、二階の裁縫室の天井裏に横たえられているのが発見された。エリザベスの運命を哀れむ者がそこに匿《かく》まったのだろうが、心当たりを探ってみても誰の仕業かはわからなかった。さいわい、ただ埃にまみれているだけで、体にはどこにも傷みがなかった。エリザベスは、服や帽子を新調するだけで容易に生き返ったが、初めて村にきたころとは世の中がすっかり変わっていて、もはや以前の人気を取り戻すことはできなかった。

それから十年ほどの間、不遇なエリザベスの身のまわりを最も親身に世話したのは、仁作の女房の茅《かや》だったろう。そのころの茅は、一人娘を三つで死なせたばかりで、いささか気弱になってはいたものの、体にはまだのちの死病の兆しもなくて、小学校の通いの用務員というあまり楽でもない勤めを無難にこなしていたのであった。

茅が初めてエリザベスを見たのは、まだ小学生のころで、ガラスケースのなかの愛くるしい顔が眩《まぶ》しくてならなかった。ところが、用務員になって再会してみると、男臭い宿直室の床の間の隅でむき出しのまま足を投げ出し、帽子をあみだにしてあらぬ方へうっすら頬笑みかけている。茅は、いじらしくなって、いきなり抱き上げて用務員室へ連れてきてしまった。けれども、どこからも咎《とが》めがこなかった。エリザベスの姿が見えなくなったことにすら誰も気づかずにいるようだった。

茅は、用務員室の戸棚のなかに坐らせておいて、折を見ては顔や手足を洗ったり、髪を梳《くしけず》ったり、身につけるものを繕ったり手縫いで新調したりした。こっそり家に連れ帰って一緒に湯を使うこともあり、「いい齢をしてママゴトな。」と亭主によく笑われたが、エリザベスの世話をやめる気にはなれなかった。

小学校が火事で丸焼けになったときは、茅はすでに死病に取りつかれて市の病院にいたが、もし村に留まっていたとしたら、仁作は茅の狂乱を抑え込むのにどんなに手子摺《てこず》ったことか。今度こそエリザベスは一緒に焼けて消滅したにちがいないと思われたが、何日かして、消火の水を吸った襤褸《ぼろ》の山の下敷きになっているのを、焼け跡の整理をしていた教師たちが見付けた。驚いたことに、エリザベスはまたしても無傷であった。早速そのことを市の病院へ報告すると、茅は一瞬、苦痛の呻《うめ》きを呑み込んで、

「見なせ。あれほど運の強い子はなかえん。」

と、目を細めて誇らしげに呟いた。

それから間もなく茅は昏睡状態に陥って、三日後に息を引き取った。だから、その後、役場に民俗資料館が併設されて、エリザベスはそこに引き取られて展示されていることも、亭主の仁作が自分の遺志を引き継いで、林檎作りのかたわら資料館の雑用係や夜回りをしながらエリザベスを見守りつづけていることも、茅は知らない。


最初は総勢一万二千だった青い目の人形たちのうち、現存が確認されているのは全国でも百九十五体にすぎないという。このたび、市の博物館の呼びかけに応じて参集した東北地方の生き残りは、合わせて三十八体であった。いずれも多難な七十年をしぶとく生き延びてきたつわものばかりだから、さぞかしなにかと気疲れのする同窓会であったろう。なにはともあれ、今夜は故国の音楽でも聴きながらゆっくり休むがいいのである。

仁作は、外の月明かりを映している窓を大きく開け放ってやった。すると、そのとき、エリザベスのまるく見ひらいた目のなかに、ぽっちりとちいさな光が宿るのが見えた。仁作は、それがなんの光かわからぬうちに、子供のころに使い馴れたこのあたりの古い方言で、あ、めちろだ、と呟いた。

めちろは、文字にすれば目露で、涙のことだ。

いまのは、確かにめちろだったと仁作は思い、鼻の頭に小皺《こじわ》を寄せてちょっと舌うちしそうになった。それから、うっかりしてめちろなどを見せてしまったエリザベスがどぎまぎしなくて済むように、しばらくの間そちらに背を向けたまま窓辺に立って、森林公園から風に運ばれてくる微《かす》かなトランペットの音色に耳を傾けていた。

つやめぐり

街灯に羽虫が渦を巻いていた。道端に、扉の代わりに車止めの鉄パイプを埋めただけの門があり、背の低い煉瓦《れんが》造りの門柱が青白い明かりを浴びている。彼は、そばまでいってプレートにある公園という文字を確かめてから、連れの次長を振り返った。

「やっぱり、ここで降りたのが正解でした。近所の公園っていうのは、これでしょう。この裏手が広い住宅地になっているはずです。」

彼は、電話で問い合わせた道順を頭に浮かべながらいった。

「じゃあ、車はもう要らないね。」

「歩きましょう。距離はいくらもありません。」

次長は、歩道に寄せて停まったままこちらの様子を窺《うかが》っているタクシーの方へ、もう用済みだと手を振った。

日が暮れるころから風も落ちて蒸し暑い宵になっていた。二人は脱いだ上着を腕に抱え持ち、裏へ通り抜けるつもりで公園の奥の方へ歩いていった。薄闇のなかに、ブランコや滑り台やジャングルジムがぼんやりと見えている遊園地まがいの小公園で、背の高い水銀灯に明るんだ円形の広場には、さっきまで子供らが鳴らしていたらしい花火の匂いがうっすら消え残っていた。

二人は、そこでちょっとした身支度を済ませることにして、広場を囲むように置いてあるベンチの一つに腰を下ろした。身支度といっても、ただネクタイを別に用意してきたものと取り替えるだけだから、ゆっくり歩きながらでもできないことはないのだが、腰を下ろせる場所があるならそれに越したことはない。彼は、次長のお伴にすぎなかったが、それでも念のために身なりだけでも整えておこうと思い、内ポケットに次長とそっくりのネクタイを用意してきていた。それを半袖ワイシャツの首に締め、脱いでいた上着を着て歩き出すと、まだ裏門まで辿《たど》り着かないうちに忽ち汗ばんだ背中に下着が貼りつくのがわかった。

「蒸しますね。」

と、彼はハンカチで額を抑えていった。

「暑い……おやじが死んだときのことを思い出すよ。」と次長がいった。「おやじは北の生まれで、暑がりでね。晩年には、夏なら涼しい風の吹く日に死にたいって口癖のようにいってたけど、実際に死んだのは土用の丑《うし》の日だった。」

「僕のおふくろも」と彼も思い出していった。「自分のことより、弔いにきてくれる人たちの迷惑にならないように、暑くもなく寒くもない季節に死にたがってましたが、やはり望みは叶《かな》いませんでした。寒中の雪降りの日に死にましたから。」

「誰でも望み通りの季節に死ねないもんらしいな。」

「そうかもしれませんね。森田さんだって……。」

と彼はいいかけて、口を噤《つぐ》んだ。

裏門の脇の電柱に、ひと目で手作りとわかる黒枠の道標《みちしるべ》が細い針金でくくりつけてあった。人差指を水平に伸ばした片手の図案の下に、『森田家』とある。彼は、ほっとして次長へ指差してみせた。

「この道に間違いありませんね。確か三つ目の角を左へ折れたところです。」

そういって歩き出しながら、いま出てきたばかりの公園の方を振り返って、

「……やっぱり、見えない。」

と独り言を呟いた。

「見えないって、なにが？」

「美術館です。」

「美術館？」

「いまの公園に、美術館がありましたかね。」

「さあね……気がつかなかったな。」

「区立だというから、それほど大きなものではないでしょうが、美術館は美術館ですからねえ。さっき通ってくるとき、それらしい建物を見かけませんでしたか。」

「気がつかなかったな。」と、次長はおなじ言葉を繰り返した。「でも、どうして？　あそこに美術館がないと困るのかい。」

「いや、僕は困りゃしませんがね。なんだか不思議な気がすることはします。というのは、前にいちどその美術館の話を聞いたことがありますから。それを、歩いているうちにふっと思い出しましてね。ところが、そんなものはどこにも見当たらない。」

「美術館の話は誰に聞いたのかね。」

「森田さんです。」

次長は、黙って彼の顔を見ていた。

「まだ病気がちになる前でしたけど、そんなに昔のことではありません。」と彼はつづけた。「多分、頼んだカットを届けにきてくれたときではなかったかと思うんですが、今度自宅の近くの公園に美術館が建つことになったって、お茶を飲みながらなんだか嬉しそうに話してくれたんです。区立の美術館だから、時々は区内在住の画家たちの展覧会もひらいてくれるようになるらしい、だから、長年こつこつと描き溜めてきた自分の作品も遠からず陽の目を見ることになるかもしれないって、森田さん、若者みたいに顔を紅潮させてましたが……。」

「その美術館は、本当に建ったのかね。建つという噂だけだったんじゃないの？」

と次長がいった。

「わかりません。森田さんが美術館のことを口にしたのはそのときだけでしたから。森田さんの口振りでは、ただの噂だけではないみたいでしたがね。」

「そんなら、途中で立ち消えになったんだよ、その話は。美術館は結局建たなかったんだ。だって、さっきの公園のなかのどこにも、そんな建物を建てようとしたり取り毀《こわ》したりした形跡がなかったじゃないか。」

「なかったですね。」

「……もしかしたら」と、ちょっと間を置いてから次長はいった。「話そのものも最初からなかったのかもしれないよ。」

「といいますと?」

「森田さんの作り話だったかも。美術館も個展のことも、無名画家の願望から生まれた架空の話だったかもしれない。もしかしたら森田さんは、そんな夢を描いて挫《くじ》けそうになる自分を鼓舞してたのかもしれないな。」

「……それならそれでいいんですがね。ただ、僕がちょっと心配だったのは、ふとした錯覚で、森田さんが馴染んだ公園とは別なところにきてしまったんじゃないかということだったんですが。」

「これがあるから大丈夫だよ。」

次長は遮るようにそういうと、道標の図案を真似て片手の人差指を水平に伸ばしてみせた。

「こんなものが出てるのは、森田家がそう遠くないという証拠だろう。まあ、大人しくついてってみるさ。」

古い住宅地の路地は、膨らんだり狭まったりしながら思いのほかに曲がりくねっていて、電話で聞いた道順など途中でわからなくなってしまったが、ところどころに出ている道標を頼りに歩いていって、とある角を折れると、行く手の道端に受付らしいテントが明るんでいるのが見えた。

「あれだな。」と足を弛めて次長がいった。「自宅で通夜をするとなると、あんなものまで要るわけだ。当世風に街なかの斎場を利用してくれた方が、足を運ぶ方も楽なんだがな。」

けれども、森田家のように、せめて通夜だけでも自分たちの手でと望む家族がいてもおかしくはない。それに、集まる客の人数がそう多くないのであれば、なにも高い費用をかけて広い会場を用意することもないのだ。

二人は、テントからすこし離れた路上に立ち止まった。テントの手前には古びた和風の門があり、黒白の幕を張り渡した生垣越しにまばらな庭木と瓦屋根が見えていた。すでに僧の読経がはじまっていて、次長はハンカチで顔の汗を拭きながらそっと舌うちした。

「いまさら愚痴をこぼしてもはじまらないけど、俺、こういう場所が大の苦手でな。お経を聞くと、途端に小便をちびりそうになる。子供のころ親戚の葬式でしくじった記憶が尾を引いてるんだ。部長に代理を頼まれなければ、きやしないんだが。」

次長は、預かってきた香奠《こうでん》の袋を内ポケットから抜き出して、湿ってやがる、と呟き、それから、なぜだか急に言動が捨て鉢になった。

「君は、こんな昔風の通夜に出たことがあるかね。」

「ありますよ、何度か。」

と彼は答えた。

「東京でか？」

「ええ。東京にだって、自宅で通夜をする家がまだありますからね。」

「だったら教えてくれよ、先輩。」と次長は真顔でそんなことをいうと、香奠袋を指先でつまんでひらひらさせた。「こいつを受付に出して、記帳する。そこから先はどうするかわからない。恥を掻きたくないから聞いておきたいんだよ。」

「……それは僕にもわかりませんね。」と彼は困惑して口籠《くちご》もりながらいった。「どこの家にもそれなりの流儀があるでしょうからね。ともかく、門から入ってみれば何事もひとりでにわかるんじゃないでしょうか。」

次長は、またちいさく舌うちすると、

「用が済んだらさっさと出てくるからな。君はその辺をぶらついててくれよ。」

といい残して、通夜の客らしくもなく肩を揺すりながら大股にテントの方へ歩いていった。彼は、次長がちびりやしないかと気になっていたが、呼び止めてそれを告げるいとまもなかった。


独りになると、急に喉がひどく渇いていることに気がついて、近所をしばらく歩き回ってみたが、飲み物の自動販売機は見付からなかった。蒸し暑い夏の宵だというのに、どの路地にも夕涼みの人影がなく、家々は妙にひっそりとして、冷房のモーター音だけが新種の地虫の鳴き声のようにあたりの暗がりを満たしていた。


また森田家の前に戻ってみると、テントは明るんだまま無人になっていて、もう読経の声も止《や》んでいた。待つほどもなく、次長が汗を拭きながら急ぎ足で門を出てきた。

「やれやれ、これで今夜の役目はお仕舞いだ。」

どうもお疲れさんでした、と彼は次長が歩きながら脱いだ上着を受け取った。

「全くお疲れさんだったよ。」と次長はいった。苦になっていた重荷を下ろしたせいか、すっかり機嫌を直している。「ずっと庭に立ってたもんだから、脚がかったるい。お通夜って、君、くたびれるもんだな。」


次長の話によると、祭壇は庭に面した座敷の奥に設《しつら》えられていて、縁側のガラス戸を大きく開け放ち、靴のまま庭からでも拝めるように縁先に焼香のための炉がいくつか並べてあった。次長は、遅参した上に家に上がり込むのが面倒だったので、そのままそっと庭の方へ回って、焼香の順番がくるまで植込みのなかに立っていたのだという。

「誰か知った顔を見かけなかったですか。」

と訊くと、いや、全然、と次長はかぶりを振った。

「弔問客が意外にすくないんだよ。田舎では、葬式よりも通夜の方が人で賑わうんだけど、東京はどうやら逆みたいだな。」

「森田さんは安らかに眠ってたでしょうね。」

「多分ね。和やかな雰囲気のお通夜だったから。」

「……そうか。お通夜には柩《ひつぎ》の窓を開けたりはしないんですね。」

「そんなことはなかったようだけど、もしあったとしても、俺は多分遠慮したな。だって、他人の死顔を見たって仕様がないもの。」

次長がそういって黙り込んだので、そうだ、柩といえば、と彼は話を逸《そ》らした。

「街の斎場が流行《はや》り出したきっかけは、柩だという説がありますね。近頃のマンションなんかには、どうしても柩が運び込めないところがあるんですって。あちこち造作の寸法がちいさすぎて。だからといって、遺体を入れた柩を縦にしたり横にしたりはできませんからね。遺体と柩を別々に運び入れたとしても、いずれ出棺のときは一緒にしなければならないでしょう。そうすると、今度は運び出せない……。」

「柩をちいさくするわけにもいかないだろうしね。」

二人はそんなことを話しながら歩いていたのだが、予《あらかじ》め行先の見当をつけていたわけではなかった。ただ、二人とも、なんとはなしに、さっきの道を引き返しているつもりになっていた。ところが、気がついてみると、いつの間にか全く見憶えのない初めての道を歩いているのであった。

最初は、確かにきた道を戻りはじめたのだが、どこで間違えたものやら、いまは自分たちのいる場所も方角さえもわからなくなっている。二人は、一つの岐《わか》れ道のところで立ち止まってしまった。

「……どうする？　さっきの道を捜してみるか？」と次長がいった。「あの道が見付かれば、無事に振り出しへ戻れるわけだよ。例の片手の道標を逆に辿ればいいんだから。だけど、またあの公園へ戻ったところで仕様がないじゃないか。僕はこのまま歩く方がいいな。歩いてるうちに、ひょっこり、明るい街と冷えた白ワインに出会う方がいい。」

彼は、一も二もなく次長に同調して、また一緒に歩きはじめた。けれども、今度は、まだいくらも歩かないうちに足を停めることになった。行く手に、明るい街ではなくて、またしても手作りの道標があらわれたからである。

それを先に見付けたのは彼の方で、あ、と思わず声を洩らしたあとはなにもいえずに、街灯の明かりに浮かび上がっている路傍の立木をただ黙って指さしていたのだった。黒枠の道標は、その立木の幹にくくりつけてあった。人差指を伸ばした片手の図案の下に『森田家』とあるのは、これまで見てきた何枚かとそっくりだったが、おなじものではなかった。よく見ると、左脇に春童とちいさく書き添えてあるのだ。

二人は、しばらくの間、顔を見合わせて目をしばたたいていた。

「……どうします？」

とやがて彼はいったが、声が喉にくっついた。

「……どうしますって？」

と次長もおぼつかない声でいった。

「……いってみますか？」

「……さっきの家に着くだけじゃないのか？」

「そうじゃないかもしれません。」

次長は黙って彼を見詰めた。

「森田さんちが、もう一軒あると思ってるのか、君は？」

「僕らが訪ねる森田さんちは一軒だけですが、森田という家はもう一軒あるような気がするんです。その道標には、春童と書き添えてありますね。春童というのは、亡くなった森田さんがはにかみながら愛用していた雅号ですよ。それを書き添えることで、もう一軒の森田家と区別してるんじゃないでしょうか。」

「……すると、さっきの家は森田さんちじゃなかったのか。」

「森田という家でも、僕らが訪ねる森田さんちではなかったかもしれません。」

彼は、そういい終わる前に道標の指が示している方向へ歩き出していた。次長が小走りについてきた。二人は、いちいち春童と書き添えてある道標に導かれながら路地伝いに無言で歩きつづけ、やがて玄関に忌中の簾《すだれ》を垂らしている物寂びた二階家に辿り着いた。さっきの家とはちがって受付のテントなどなく、軒に吊した提灯《ちょうちん》が玄関前を明るませているだけの初めて見るその家の前を二人はさりげなく素通りしたが、ちいさな門柱に森田さんの本名を刻んだ表札がそのまま残されているのを見逃さなかった。

「……しくじったな、俺たちは。」と、路地の角を一つ折れてから次長が溜め息混じりにいった。

「最初からあの家へいくんだったんだ。なんてこった。どうして、そうしなかったんだろう。」

「申し訳ありません、僕がどうかしてたんです。」と彼はハンカチで顔の汗を拭きながらいった。

「僕は森田さんのお宅へ問い合わせて道順を聞いておきながら、別の公園へいってしまって、そこを森田家の近所の公園だと思い込んだのがそもそもの失敗でした。どうしてそんな錯覚をしてしまったのか、自分でもさっぱりわかりません。きっと、調べた地図と電話で聞いた道順が頭のなかでごっちゃになったんでしょう。実はあの公園を通り抜けるとき、ちょっと厭な予感がしたんですよ。話に聞いてた美術館なんかなかったですから。でも、公園の外であの道標を見て、これでいいんだと安心してしまった。まさか、この地区に森田さんが二人いて、しかもその二人がほとんど一緒に亡くなって、おなじ日に通夜がおこなわれるなんて思いもしませんからね。もし、あの道標がなかったら、僕らは最初の森田家にも辿り着けなかったでしょう。だって、僕が聞いた道順があの道に当てはまるわけがありませんから。僕らは途中で立ち往生して、もっと早く間違いに気づくことになったでしょうね。いまになってみると、その方がよかったかもしれませんが。」

「滅多にない偶然がいくつも重なって、俺たちはとんでもない錯覚に陥ってたんだな。」と次長はいった。「俺だって、なんの関わりもない人のお通夜に出ていて全く違和感がなかったんだから、どうかしてたよ。むこうの森田家の人たちもべつに怪しまなかったしね。通夜って、そんなもんなんだな。」

「祭壇に遺影があったでしょうけど……。」

「ああ、写真ね。写真は確かにあったな。あれをよく見ればよかったんだ。だけど、俺は庭にいたし、ここが森田さんちだとすっかり思い込んでたから、縁側で焼香するときも写真なんか碌《ろく》に見もしなかったんだ。」

「あの家には、このまま黙ってていいんでしょうか。」

しばらく無言で歩いてから、彼がいった。

「勿論構わないさ。とんだ飛び入りだったけど、べつに迷惑をかけたわけじゃないんだから。その代わり、あげた香奠は取り返せない。」

と次長はいって、ちいさく舌うちした。

「こっちの森田家にはどうしましょう。せっかくですから、引き返しましょうか。

「いや。」と次長は、面倒なことはもう真っ平だというふうにいった。このままにするわけにはいかないだろうが、今夜はもう無理だろう。俺たちに香奠の予備なんてないじゃないか。お宅の方も、行事があらかた済んだとみえてひっそりしてたしな。」

「それじゃ、僕が明日の告別式に出ることにしますよ、今夜のどじの埋め合わせのつもりで。」

と彼はいって、次長の耳には届かぬように太い吐息を長々と洩らした。

――そのとき、二人は、森田さんちの近所の、区立美術館のある小公園の脇道を歩いていたのだが、どちらも肩を落とし、うつむいていて、そのことにはすこしも気がつかなかった。

おとしあな

しくじった。落とした入れ歯を拾うのは用をすっかり済ませてからにすればよかった。入れ歯は逃げやしないのだから、なにもあわてることはなかったのだ。

いま、独りで家のなかの北側の密閉された一隅にいるのだが、ひどく手狭で窮屈な場所ながら、こうして居坐っている限り誰に煩わされる気遣いもない。落とし物はそのままそこにあるのだから、ありかさえ見届けておけば、いつでも拾える。入れ歯も、はじめは床に弾む音だけがして、どこへ転げていったものやらわからなかったが、うずくまってみると、すぐ見付かった。壁に取り付けられている白い陶製の水槽のかげで暮れ方の蛍のように光っていた。小粒でも、純金だから、並の入れ歯とは光り方がちがう。

あれ、あんなところまで転げてる。さぞかし埃にまみれたろうが、見たところ、さしたる損傷もなさそうで、あれなら歯医者の手を煩わすこともないだろう。落とした場所が場所だから、拾ってもすぐ口に入れる気にはなれそうもないが、埃を洗い落とせばまだまだ使える——そう思って、胸を撫で下ろしたところまではよかったのだが、そのあと、せっかく床に膝を落としたのだから手も突いて、入れ歯の方へにじり寄ろうとしたのがいけなかった。

容易に拾えそうに見えた入れ歯は、腕をいっぱいに伸ばしても指先がわずかに届かなかった。何度試みても、もうすこしのところで届かない。そのうちに、肩と腰がくたびれてきておなじ姿勢を保つのが難しくなったが、情けないことに、もはや身を起こして立ち上がる力がなくなっていた。堪《たま》らずに、腹這《はらば》いになった。いくら痩せ枯れた年寄りでも、こんな場所で腹這いになるのは窮屈この上もない。体の片側は、壁面にぴったり押し付けられ、足の先は多分ドアだと思われるひんやりした物に支《つか》えるから、膝のところからお尻の方へ折り曲げねばならなかった。なんという恰好。まるで、ぐうたらな田舎の子みたいだ。田舎の子は、退屈凌ぎに、よく畳の上にこんなふうに寝そべって足をばたりばたりとさせながら読み飽きた漫画本をめくっている。

そのときが、やはり用を足すのを先にしようと思い直す最後の機会だったのだが、いまはもう鼻の先に転がっている入れ歯から片時も目を離せなくなっている。入れ歯はさっきより近くに見えた。このまま手を伸ばせば今度こそ届きそうだった。けれども、窮屈な腹這いの姿勢から手を伸ばすのは思いのほか困難であった。無理に体を動かそうとすると、あちこちの骨がこくっこくっといまにも崩れそうな音を立てる。やっと指先が届いたが、つまむことはできなかった。つまみ損ねて、却ってすこし遠くなった。苦労して、ほんのすこし這い進む。けれども、届いた指先はまたしても入れ歯を小突いたにすぎない。入れ歯はむこうへひと転がりする。待ちなされ。どこへいくのだ。またじりじりと這い進む……。おかしなことになってしまった。

用を足すより先に入れ歯を拾う気になったのは、幼馴染みのオムラの災難が、ちらと頭をかすめたせいかもしれない。いまは北の在所の村で寝たきりになっているオムラのことは、死んだ息子の嫁に引き取られて東京暮らしをするようになってからも時々思い出しては案じているが、十年ほど前、まだ中風で倒れる前のオムラに降りかかったちょっとした災難噺《ばなし》は、すっかり忘れて思い出すこともなかった。ところが、つい今し方、入れ歯を落としたことに気づいた途端にひょっこりよみがえったのである。

思えば、オムラも、厠《かわや》で居眠りしているうちに大事な入れ歯を失うという不運に見舞われたのであった。入れ歯は新調したばかりで、まだ口に馴染んでいなかったらしい。間が悪かった。居眠りといっても、ひとりでに抜け落ちた入れ歯が陶製の金隠しに当たって音を立てるまで知らずにいたというから、オムラはおそらく口を開けたまま思いのほかに深く寝入っていたのだろう。

はっとして目醒めたときには、もう入れ歯はどこにも見当たらなかった。在所の古い農家の厠は、いまだに昔ながらの汲《く》み取り式で、板の床の中央に金隠しが据えてあるほかは、片隅に落とし紙を入れる木箱が一つ置いてあるきりである。その木箱にも見当たらないとなれば、弾んだ拍子に金隠しのなかへ飛び込んだのだと思うほかはない。金隠しの楕円形の穴からは床下に広がる汚物の海が見えている。

以前、自分たちの手で汲み上げて畑の肥料にしていたころは、汚物といえどもある種の親しみを抱いていたものだが、必要に応じて役場へ頼めば隣町の業者がバキュームカーで汲み取りにきてくれる世の中になってからは、親しみなど跡形もなく消えて汚物は汚物としか思えなくなっている。汚物を渫《さら》えば落とし物は見付かるだろうが、もはやそれを洗い清めて再び口のなかへ戻す気持にはなれなかった。あれは一つの災難だった、あの入れ歯は自分の身代わりになって汚物の海へ落ちてくれたのだ——そう思うことにして、オムラは落とした入れ歯を諦め、もういちど新調したのだが、今度のはうまく口に馴染んでいるとみえて、いまだになんの愚痴もきこえてこない。

そんなオムラのことが頭をかすめたから、咄嗟《とっさ》に落ちた入れ歯のゆくえが気になったのだろう。けれども、ここは在所の農家の厠ではない。おなじ厠でも、汲み取り式ではないから、楕円形の大穴のあいた金隠しもないし、床下に広がる汚物の海もない。落とした物は、どんなに弾み、転がったところで、狭い床のどこかにあるにきまっている。オムラの場合とはまるで事情がちがうのである。

場所ばかりではなく、入れ歯を落とすに至った経緯もちがっている。オムラは居眠りしているうちに落としたが、こちらは醒めながらにして落としたのだった。ようやく馴れた洋式便器に腰を下ろして、うっかり欠伸《あくび》をしたのがまずかった。それが、我ながら呆《あき》れるほどの大欠伸になって、顎がいまにも外れそうに軋《きし》んだ。すると、前歯二本分をブリッジで繫《つな》いでいた入れ歯が、まことにあっけなく抜け落ちたのである。

年々、歯茎が痩せて、唾液も涸《か》れてくるせいか、口のなかが何かにつけてしっくりいかなくなっているのに気づいてはいたが、まさか入れ歯がこれほど外れ易《やす》くなっているとは思わなかった。まず太腿《ふともも》に当たって、それから床に落ちたのはわかっていたから、別段あわてることはなかったにしても、なにしろ死んだ息子が古稀の祝いに奮発して拵えてくれた金の入れ歯だから、急いであとを追わずにはいられなかったのだ。

……じりじりと這い進む、芋虫のように。進んでいるのかどうかはわからないが、ともかく緩慢に、辛抱強くもがきつづける。時々、肩の痛みを怺《こら》えて片腕を伸ばしてみる。何度か指先が入れ歯に触れたから、やはり、すこしは進んでいるのだ。けれども、辛うじて一本の指先が触れるだけで、つまみ取ることも掻き寄せることもできない。指一本だけではただいたずらに突っ突くばかりで、入れ歯はその都度すこしずつ遠ざかる。それを追って、またもがきはじめる、芋虫のように……。

それにしても、この都会の厠の窮屈さ、息苦しさはどうだろう。まんなかに白い陶製の蓋付き便器と、おなじ陶製で手洗いを兼ねた箱型の水槽。リモコンで洗滌のための温水や温風を便器へ送る装置を納めたプラスチックの箱。それらを繋いでいるさまざまな太さの真鍮《しんちゅう》パイプ、何本ものコード。ほかに、便器洗いの用具や洗剤が隅の方に寄せてある。男でも女でも、普通の体軀だったら床にうずくまることさえ不可能だろう。どうにか腹這いになって便器や水槽のかげに潜り込めたのは、自分のことながら不思議としか言い様がないが、気がついてみると、いつの間にか首にはコードが絡みつき、腕は何個所も真鍮パイプの隙間に挟まれて、窮屈どころか、もはや身動きさえもままならなくなっている。息苦しいこと、おびただしい。

こんな体勢ではこの先とても長保ちしそうにもないから、ここらでひとまず打ち切りにしよう。入れ歯がなければ物を食うのに困るから、夕飯までにもっと身軽ないでたちに替えてやり直せばいい。それとも、夕刻には病院の薬局で働いている嫁が帰ってくるから、頼んで拾ってもらおうか。厠で入れ歯を落としたといえば嫁は呆れて笑うだろうが、こんな難儀を繰り返すよりは多少恥ずかしい思いをする方がまだましである——そう思って、後戻りしようとしたのだが、時すでに遅しで、もはやそれも叶わなくなっていることがすぐにわかった。これまでとは逆に、腹這いのままじりじりとうしろへ進めばいいのだが、意外なことに、それすらできなくなっている。体は、洋式便器の根元を抱くような恰好に折れ曲がっている上に、もともと乏しい体力がもがきにもがくことですっかり使い果たされて、肘や膝で上体をほんのすこしだけ持ち上げることさえもできない。文字通り、二進《にっち》も三進《さっち》もいかなくなっているのである。

諦めて、無駄な身動きは一切よすことにした。けれども、体を動かす力は戻ってくるだろうか。くるとすれば、それは何時《いつ》のことだろうか。自分独りではどうにもできないのであれば、誰かの助けを借りねばならないが、あいにくこの家では嫁と二人暮らしで、嫁が勤めから戻るまでは自分独りきりである。たとえ、電話をよこしたり玄関にきてチャイムを鳴らしたりする人がいたとしても、誰も出なければ、相手は怪しむこともなく、ただ留守かと思うだけだろう。あとは、せいぜい悲鳴を上げるだけだが、いまは自分で窓も開けられないのだから、この密閉された家の片隅でいくら嗄《しわが》れた叫び声を上げたところで、近所の誰の耳にも届きやしない。

嫁には笑われそうだから話さずにいるが、正直いって、都会の厠は最初から虫が好かなかったのだ。見るからに物々しくて、よそよそしくて、とてもそこが真底安らいだ気持で用を足したり、考え事に耽《ふけ》ったり、他人に聞かれたくない愚痴をこぼしたり、思い切り溜め息をついたりできる場所だとは思えなかった。厠のくせに、それらしい臭いがしないところも気に入らなかった。在所の厠は屋外だったが、それにも拘《かかわ》らず目に滲《し》みるほどの濃い臭いが常に充満していたものであった。臭いばかりではなく、朝には朝の、夜には夜の鳥の啼《な》き声、雨風の音が手に取るようにきこえて、気持がなごんだ。満ち足りて、トタン屋根に栗の実が落ちて転げる音や、どこからか迷い込んだ虻《あぶ》が出口を探して飛び回る羽音に耳を澄ましているのも、悪くなかった。

ところが、都会の厠は、まるで水屋の一部であるかのように取り澄ましていて無臭、時には、道で若い女とすれちがったあとのような厠にはあるまじき芳香を漂わせていたりする。鳥といえば、がさつな鴉《からす》とヒヨドリだけ、雨は瓦に吸い込まれていつ降り出したやら止んだやらわからない。洋式便器の腰高なことにもなかなか馴れることができなくて、困った。できるだけ浅く腰掛けても、足の裏が床に届かないのである。体が宙に浮いたままでは、落ち着いて用は足せない。

いちど、突然どこかのパイプの継ぎ目が外れて、噴き出した水が水槽から溢れ、前の廊下まで水浸しになったことがあった。さいわい嫁が出かける前だったから、すぐ業者に連絡して大事には至らなかったが、もし独りのときだったら、どんなことになったか知れない。それ以来、都会の厠は油断がならないと思いつづけてきたが、こんな落とし穴まであるとは思わなかった。

すべては嫁が帰ってくるまでの辛抱だと思っていたが、よく考えてみると、そうではなかった。嫁一人の力ではどうにもならないことが、一つだけあった。この厠のドアを開けること。というのは、ドアにはしっかり内鍵がかけてあるからだ。

玄関のドアなら、合鍵で容易に開けられる。帰ってきた嫁は、家のなかが静まり返っているのを訝《いぶか》りながら入ってきて、あちこち探し回るだろう。当然ここへもきて、ドアをノックするだろう。そのとき返事ができればいいのだが、声が出ないようなら拳で床を叩くほかはない。たとえ、その音が耳に届かなくても、ちょっと把手《とって》を引いてみるだけでそこに人がひそんでいることがわかるはずである。内鍵がかかっているからである。

なぜ、独りきりなのに内鍵をかけたりしたのだろう。思い出して、そのことに気づいたとき、後悔の念で思わず目をきつくつむってしまったが、なぜなのかは自分でもわからなかった。思うに、子供のころから身についている習慣で無意識のうちにそうしたのではなかろうか。育った在所の厠は屋外だったから、なにはともあれ戸に内鍵をかけるのが娘たちの常識であった。それがこの齢になっても消えずにいて、手がひとりでに動いてしまうのである。

嫁は、ドアを揺さぶって、早く内鍵を外しなさいと叫ぶだろう。けれども、それができるくらいならとっくに自分で外へ出ているのだ。仕方なく呻《うめ》き声だけ上げていると、嫁はようやく異常事態に気がつき、あれこれ試みるが、とても自分一人の手には負えないと観念して、結局、警察に連絡して救出を依頼する。やがて、救助隊がサイレンを鳴らして駈けつけてくる。ドアは破壊するほかないだろう。隊員たちは、便器や水槽や真鍮パイプの間に嵌《は》まり込んで気を失いかけている自分の体をいためないよう苦心しながら引きずり出して、担架に乗せる。救急車がやってくる……なんたる騒ぎになることか。

——豆腐屋のラッパが絶え絶えにきこえる。もう大分陽が翳《かげ》ったとみえて、厠の床に澱《よど》んでいる暮れ方の気配もだんだん濃くなってくる。寝たまま抱くように体の前面を押し当てている陶製の便器が、いまは昼間のぬくもりを失って冷え冷えしている。あまり丈夫でないはらわたが、ごとごとと不安げな音を立てはじめている。

ちいさな嚔《くしゃみ》をつづけざまに二つして、また小水を、ほんのすこしだけ洩らした。先刻から、間遠く嚔をするたびに、ちびている。無理もないことで、もう小水は随分溜まっているのだ。もともと、小用を足すためにここへきたのであった。ところが、入れ歯を追うのに気を奪《と》られていて、肝腎の用はすっかり忘れていた。嚔でちびて、思い出したが、困ったことにいちど思い出した尿意はちびるたびに高まってくる。

ここから救い出されるまでには、どれほどの時間がかかるものやら見当もつかないが、この分では、もうそんなに長くは保ちそうもない。子供のころから、粗相などいちどもしたことがなかったのだが、いまは、こうして怺えながらも延々とちびりつづけるほかはなさそうである。

それにしても、厠にいながら粗相をすることになるなんて！

情けなさで、目も頭もぼんやり霞んでくる。おや、座敷童子《わらし》が洟《はな》をすすり上げている、と思った。洟をすする音が確かにきこえた。座敷童子というのは、在所の古い家に棲《す》むといわれている子供の姿をした妖怪で、これが時々、障子のかげで洟をすすり上げては独り居の老女をからかうのだという。子供のころに母親から聞かされたそんな話を思い出しながら、頭をわずかにもたげてみたが、怪しい者の気配はなかった。

こんな居心地の悪い都会の厠などに、座敷童子がいるわけがない。しきりに洟をすすりながらめそめそしているのは、ほかの誰でもない、自分であった。

カフェ・オーレ

七十を過ぎても歯だけは丈夫だから、口にする大概のものはあまり苦労せずに嚙み砕くことができる。それはありがたいのだが、皮肉なことに、どんなに丁寧に咀嚼《そしゃく》してもそれを嚥《の》み込むことができない。喉の奥で閊《つか》えてしまって、胃の方へ落ちていかないのだ。無理矢理嚥み込もうとすると、ひどく噎《む》せかえり、咀嚼したものが鼻孔を逆流してきて、息もたえだえになってしまう。

はじめに、てっきり、知らぬ間に喉の奥の食道の入り口あたりになにやら異物が出現して、そいつが唾液や咀嚼したものを堰《せ》き止めているのだと思っていた。ところが、病院で診て貰うと、喉の奥にはたとえば腫瘍のような異物は全く見当たらないという。それでは食道を塞いでいるのは何なのか。何が嚥下《えんげ》機能を阻害しているのか。

田舎だから精密検査には時間と手間がかかる。県内のめぼしい病院をいくつか盥《たらい》回しにされたあと、私立医大の附属病院のまさかと思われた脳外科の検査で、やっと原因が突き止められた。脳外科の話によると、左の後頭部の奥まったところに脳動脈瘤《りゅう》が一つあり、それが食道の嚥下運動を司《つかさど》っている神経を圧迫して機能障害を起こしているのだという。

嚥下運動というのは、咀嚼した食物が喉から食道を下って胃の噴門に至る働きをいうというのだが、まず食物が喉に触れると、反射的に嚥み込み運動が起こる。その際、食物が気管に入らぬように軟口蓋が自動的に上がり、鼻に通じる鼻咽頭が閉じられる。食物が鼻孔へ逆流するのを防ぐためで、このとき呼吸も反射的に停まって食物は無事に食道へ流れ込む。この反射の中枢は脳の最下部の延髄というところにあるのだが、それが動脈瘤の圧迫を受けてあちこちに麻痺《まひ》を起こしているのである。

そういえば、いつのころからか盆の窪のあたりが血圧でも上がったかのように重苦しくなることがあり、その都度おまじないの膏薬《こうやく》を貼ったりして凌《しの》いでいたのだが、まさか脳の血管に瘤なんぞが出来ているとは思わなかった。頭を重苦しくさせているばかりではなく、飲食の機能も阻害している元凶だから、できればすぐにでも切除してもらいたいところだったが、あいにく動脈瘤は手術の極めて困難な場所にあり、まかり間違えば意識を失ってしまうことにもなりかねないというので、当分の間入院して流動食に頼りながら投薬治療をつづけることにした。

食事は、他の入院患者たちとおなじく日に三度、係の看護婦が定量の流動食を入れた筒状のガラス容器を運んできて、セットしてくれる。ベッドの上に張り渡した鉄線に容器を吊るし、片方の鼻孔から胃袋まで入れたままにしてあるゴム管に接続して、くすんだ色の濃縮ジュースみたいな流動食の流れ落ちる速度を調節してくれるのである。自分の喉で味わうわけではなく、ただゴム管のなかを直接胃袋へ流れ落ちていくだけだから、遅速にはほとんど関心がない。やがて、胃袋にすこしずつ膨張感と重味が加わってくるのがわかる。それが流動食のささやかな満腹感なのだが、ある朝、いつもより濃厚で残らず落ちてしまうのに手間取った今朝の流動食の原料は何だったのだろう、どんな匂いと味がしたのだろうと、いささか胃にもたれるような不快感を持て余

しながらそんなことをぼんやり考えていると、看護婦が食事の後片付けをしながら、こちらの仏頂面が気になったのか、

「婆《ば》っちゃ、毎日代わり映えのしない食事でさぞかし味気ないこったろうね。病院食は不味《まず》いもんと相場がきまってるけんど、それにしてもいきなり胃に流し込まれるんじゃ身も蓋もないよ。お年寄りの入院患者には、誕生日に一品だけお好み料理がつくことになってるから、婆っちゃも憂《う》さ晴らしになにか豪勢な料理をリクエストしなよ。なにがいい？」

と、とりなし顔でいった。

けれども、急にそう訊かれてもすぐには答えられない。なにしろ、こちらは子供のころから空腹がどうにか凌げさえすれば仕合わせで、食べ物の好き嫌いなど考えもせずに暮らしてきたのだし、とりわけ物が喉を通らなくなってからは飲食そのものにも全く欲がなくなっている。いまは何であれ噎せずに嚥み込めさえしたらそれがなによりの御馳走である。

誕生日までにまだ間があるから、それまでに考えておくと答えたが、十日ほどしてふと口にした注文を、中年の看護婦は聞き取れなかった。

「なんどえ？　もう一遍言うてけれ。」

と寄せてきた耳へ、

「カフェ・オーレよ。どうだえなあ。」

と繰り返すと、看護婦はきょとんと目を見張ったまま、「カフェ・オーレ……。」とおぼつかなげに呟《つぶや》いた。

「なんのこったえ、カフェ・オーレって？」

「コーヒーと温めた牛乳を半々に合わせた飲み物せ。」

「せば、ミルクコーヒーとおんなじだえな。」

「んだ。似たようなもんせ。」

とうなずくと、看護婦はほっとしたように口を歪《ゆが》めて笑った。

「だったら初めからそういうてくれればすぐわかるのに。カフェ・オーレだなんて……それ何語?」

「多分フランスだと思うけんど。」

「へえ、婆っちゃがフランス語を知ってるとは思わなかった。」

と看護婦が薄気味悪そうにいうので、

「なに、カフェ・オーレ一つだけせ。それもとうに忘れてしまったと思うてたっけがね、今朝ひょっこり思い出して、自分でもびっくりしているのえ。」

と正直に打ち明けた。

実は、その朝、看護婦がときたま病室へ持ってきてくれる土地の新聞をなんの気なしに手に取ってみて、訃報欄に忘れかけていた菊名耕造の記事が出ているのを見付けたのだった。辛うじて残っていた名前の記憶に引き戻されて、記事を読み直し、ようやく鮮明に思い出した。仏文学者。翻訳家。某女子大名誉教授。肺炎で死去。九十一歳。思いがけなかったから、びっくりして、あ、あの先生もとうとう亡くなられたか、お気の毒に、と思って溜め息をつくと、憶《おぼ》えているはずがないと思われたカフェ・オ・レのことが、唐突に記憶の底の方からぽっかり浮かび上がってきたのである。

あれは、菊名家の主人がまだ現役の大学教授でちょうど還暦を迎えた年だったから、かれこれ三十年も昔のことになるが、そのころ、東京の世田谷太子堂にあった菊名家に住み込んで五年ほどの間病弱な夫人の世話と家事労働とに明け暮れていたことがある。娘のころから望まれて長年女中奉公をつづけていた同郷の従妹《いとこ》が、とっくに婚期を過ぎてからそう悪くない後妻の口に恵まれて暇を貰うことになり、その後釜にと頼み込まれたのだが、さんざん泣かされた酒乱の亭主と死に別れて身軽になった矢先であり、まだ若さがいくらか残っていて充分健康でもあったから、渡りに舟と馴れぬ都会の暮らしに飛び込んだのであった。

カフェ・オ・レの味をおぼえたのは、当主が時々フランスに留学したころの思い出話をしながら手ずから碾《ひ》いたコーヒーを沸かし、牛乳を温めて御馳走してくれたからである。そのかおりの高い飲み物は、いつも田舎者の口を痺《しび》れさせるほどに美味くて、たった一杯だけで日頃の憂さが吹き飛んだ。

いつしか、こんな家でならいつまでも働いていたいと思うようになった。とりわけ、夫人の代わりに主人の身のまわりの世話をすることが、ひそかな生き甲斐になっていた。けれども、この世は何事でもこちらの思うようには運んでくれない。五年経って、不意に大それた望みは捨てねばならぬ日がきた。衰弱した夫人が入院して加療することになり、かつて教授の教え子で愛弟子だった細君を先頭に次男の一家がどやどやと移ってきた。

居場所を失った田舎女は郷里へ引き揚げるほかはない。お別れのカフェ・オ・レが振る舞われた朝、食堂に籠《こ》もった碾き立てのコーヒーの強いかおりに風穴のあいた頭がくらくらとして、椅子の背にもたれたまましいい齢をしてつい涙ぐんでしまった。

誕生日が近づいてきたが、カフェ・オ・レの話はいっこうに出なかった。コーヒーは刺激物だから医師が難色を示しているのかもしれないと思って、それとなく看護婦にたずねてみると、べつに問題はないと思うという返事であった。

「刺激物ったって、牛乳で薄めるんだもの。でも、コーヒーはインスタントで我慢してな。」

それは仕方がない。ここは病院なのだから贅沢《ぜいたく》はいえない。

誕生日になったが、いつもの日のように何事もなく過ぎた。看護婦がうっかりしていたのだろうか。すぐ騒ぎ立てるのも大人気ないから、翌日になってから、

「昨日だったたな。」

と笑いかけると、看護婦もにっこりして、

「んだったな。おめでとうさん。で、どったらあんばいだった?」

といった。

「……なんのこった?」

「なんのって……婆っちゃのフランス語のなんとかオレのこったよ。」

「……せば、おらはカフェ・オーレを飲んだってな。」

「とぼけてら。目を細くしてたくせに。」

と看護婦は笑っていった。

訊くと、カフェ・オ・レもいつものように流動食の容器に入れて飲ませたのだという。だから、ゴム管から直接胃袋に流れ落ちたのだ。道理で味も匂いもしなかったわけだ。さすがに腹が立って、掌でベッドを二つ三つ叩いた。

「なして？　せめて匙《さじ》で一つぐらい口に入れてくれたらよかったに。味も匂いもわからなんだら、コーヒー飲んだ甲斐がなかえんちゃ。」

「でも、噎せねで飲める？　噎せて、みんな鼻から戻ってくるようじゃ、口から飲んでも辛《つら》い思いをするだけだえなあ。」

去っていく看護婦の足音をききながら、脳の動脈瘤を切除できなければ喉の神経が元通りになるのもいつのことになるやらわからない、もはや、この先、カフェ・オ・レを味わうことなどあるまいし、懐かしい菊名の先生のことを思い出すことも二度となかろうと思うと、一瞬胸が潰れたように息苦しくなり、東京の奉公先で最後のカフェ・オ・レを御馳走になった朝のように頭がくらくらとしてきて、目をつむった。

流年

夜来《やらい》の雨に打たれて、前庭に咲きそろっているあじさいの花色が一段と鮮やかさを増しているのが待合室の窓越しに眺められた。雨はもう小降りになっていて、雲間から陽ざしが洩れたりすると、葉や花に宿っている雨滴がいっせいにきらめく。

雨降りのせいでもあるまいが、どの科の診療も遅々としてはかどらず、待合室には椅子の列からあふれて窓ぎわに佇《たたず》んだり、意味もなくあたりを歩き回ったりする外来が増える一方である。

彼は、ざっと読み終えたスポーツ新聞を畳んで元のラックへ戻しにいくと、そのまま玄関ホールへ出て煙草の袋を取り出した。そしたら、待合室との境がガラス張りだからなかの様子はまる見えだし、内科の診察室からいつもの看護婦が出てきてバインダーを見ながら患者の名を診察する順に読み上げる声もかすかにきこえる。

玄関からは、濡れたレンガの道があじさいの株の間を縫うように門の方へ伸びていて、時折その道を外来の患者や見舞客を乗せたタクシーが入ってくる。ちょうど彼が白木のステッキの握りを腕に引っかけて煙草をくわえたときにも、黄色いタクシーが一台玄関に着いて女の客を一人降ろした。

彼は、煙草に火を点けながらもその女の客から目を離さずにいた。ちかごろ珍しくきちんとした和装の女だったからである。白地の単衣《ひとえ》に薄紫色の雨ゴートを着て、純白のおくるみに包んだ赤子を左胸にぴったり密着するように抱きかかえている。色白で頬のふっくらとした顔に薄化粧をしているが、下あごのくびれに六十近い齢が出ていた。すると、抱いている赤子は孫だろうか。赤子の顔はおくるみの襟にかくれて見えない。

おや、あれは次郎じゃないか、と彼はちょっと目を見張るようにしてそう思った。こんな場所でむかし馴染んだ藝妓《げいぎ》を見かけるとは思わなかったのだ。次郎とは随分久しく会っていなかった。彼は、ステッキを突くのも忘れて痛む足を引きずりながら通り過ぎようとする次郎を追って、「どうしたい、次郎ちゃんよ。」と声をかけた。「お孫さんかね。どうも危なっかしくて見ちゃいられないね。」

次郎は足を止めて振り向いた。いきなり源氏名を呼ばれて驚いていた。

「あら、高雅堂の社長さん。いやだわ、お孫さんだなんて。そんなもの私にいるわけないじゃありませんか。おあいにくさま。」

そういって右手も添えてゆすり上げてみせたのは、赤子ではなく、おくるみならぬ繃帯《ほうたい》で隙間なく巻き固めて肘のところから二つに折り曲げた腕そのものであった。

彼はこの市の目抜き通りに父親から受け継いだ古美術の店を経営していたが、いまは家督を息子に譲って楽隠居の身である。

「太いから赤ん坊に見えたんですね。なかにギプスをはめてるの。」

「どうしたんだい、一体。」

「まだ雪があるころに、道で足を滑らせて転んじゃったの。土地っ子らしくもないでしょう？　雪道で転んだりしたのは子供のころ以来だから、転び方もすっかり下手になってて、こんなざま。」

「左手で庇《かば》ったんだな。骨を傷めたのか。」

「そうなの、手首と肘と。両方いっぺんに。」

「そりゃ大変だ。若いうちとちがって骨を傷めたら厄介だ。でも、左腕だけで済んでよかったよ。足や腰だったら寝たきりだもの。」

「ですから、むしろ運がよかったと思うことにしてるんです。足腰なら、うまく治っても踊りがぎくしゃくしちゃうでしょう。」

　次郎は、この市の花柳界では踊りの名手で通っていた。彼は、次郎の踊りは半玉《はんぎょく》のころから数え切れないほど見ているが、ひどく転んでも足腰が無事だったのは長年踊りで鍛えられていたからかもしれない。

「それにしても、その腕じゃ踊りは当分無理だろう。」

「腕でも首でも、ギブスをはめてちゃ踊りになりませんからね。ちかごろは、こんな腕になる前からですけど、こまめに動く仕事は残らず若手に任せて、こちらはただでんとしてるだけなんです。」

「いまや大姐《おおねえ》さんだから。でんとして、もっぱら口で若い妓《こ》たちをいびってるんだ。」

「ところが、いまの妓は何をいっても応えないのよ。しゃあしゃあとしてて張り合いがないね。」

「おたくの養母《かあ》さんは随分口うるさい人だったけど……元気なのかな？」

と若いころさんざん厭味をいわれた置屋の女主人のことを尋ねると、三年前に脳梗塞で倒れて以来、半身不随になって家で養生しているということであった。

「介護は誰がしてるんだい？」

「おばちゃんと私。だって、内《うち》っ子はもう私だけですもの。」

と次郎はいった。おばちゃんというのは、亭主に死なれて戻ってきている養母の末の妹である。

「それじゃ、帰りに油を売ってなんかいられないってわけだ。」

「あら、そんなことないわ。折を見て一息入れないと酸欠になりそうなの。以前は、社長さんもよくそういって私たちを呼んでくださったじゃないですか。」

「そうだったかな。」と彼は苦笑した。「ところが、その一息を入れそこなっているうちにこうして病院通いをする破目になっちゃった。」

「どこがお悪いんです？」

「心臓がちょっとね。」

「あら。」

「なに、時々不整脈が出るだけだから。しかも、あんまり質《たち》の悪くない不整脈だそうだ。」

「ここへはよくいらっしゃるの？」

「月にいちどだけ。心電図をとって超音波の検査をする。病気ったって、それで済む程度のものなんだ。」

「そのステッキは？」

「ああ、これか。」と彼は笑って足許をこつこつと突いてみせた。「情けない話だけどね、ちかごろ、足の具合がどうもおかしい。歩いているうちにふくらはぎが痛み出して、そこを庇って歩いていると今度は反対側の足首が痛み出す。まるで挫《くじ》いたかのようなひどい痛みで、とても杖なしでは一歩も歩けない。途中ではじまると立ち往生しちゃうから、このステッキを手放せなくなったんだ。」

「じゃ、整形外科に？」

「いや、やっぱり内科。なにか原因があるんだろうけど、傷もないし、痛みも気まぐれで、整形外科で治るものとも思えないからね。要するに、いつの間にか杖なんか持ち歩いて時々助けを借りなきゃならないような齢になったってことだよ。」

「でも、社長さん、まだまだお若いわ。」

「そうかい、じゃあ、帰りに別棟の薬局《ファーマシー》を覗《のぞ》いてみる？」

「いいですよ。なにか企《たく》らみでもあるのかしら。」

「杖を突いた病院帰りの老人に大した企みがあるわけもないが、旨《うま》いおしるこぐらいは御馳走してやるさ。」

彼はそういって、玄関ホールの奥にある整形外科の診察室の方へ促すように顎を振りながら、すこしの間、以前に比べれば格段に丸味を帯びた次郎の後姿を見送っていた。左肩の上に白い手の先が三角に突き出ていて、やはりおくるみに包んだ赤子を大事そうに抱いている女に見えた。

山荘の埋蔵物

信州の高原避暑地にある小日向山荘の改築工事があらかた終わって、その日は、棟梁《とうりょう》をはじめ工事に携わっている職人や人夫たちが手分けしてすっかり荒らしてしまった山荘の周囲の後片付けをしていた。笹藪のなかに散乱している建材のきれはしを拾い集めたり、うっかり踏み潰していた排水溝を修繕したり、裏手の低い崖のふちで雪解け水に根を洗われて傾いてしまったシラカバの若木に添え木をしてやったり——梅雨のさなかだというのに、この高い山なみの裾にひろがる高原では珍しくおだやかな晴天がつづいている。

思わぬ騒ぎが持ち上がったのは、アイスボックスからウーロン茶を取り出して十時の休みにしようとしていた矢先であった。まず、裏の方から中年女の頓狂《とんきょう》な声がきこえた。

季節はずれの避暑地だから、建築工事の音がなくなってしまうとあたりは小鳥の声だけになる。なんでもない物音でも、クシャミのようなものでも、びっくりするほど大きく響く。女の声も、ちょっとした悲鳴のようにもきこえたが、一声だけで静かになったから、なにほどのこともなかったのだろう。声の主は電気屋の細君だとわかっていた。

やがて、居間の屋根でテレビのアンテナを調節していた亭主の電気屋が、地上の細君とひとこ

とふたこと言葉を交わしてから、足場をゆっくり降りてきた。棟梁は煙草を挟んだ手をアイスボックスの方へ振って、

「腰を下ろして一服してよ。母ちゃん、さっきはどうしたって？」

と笑顔で声をかけた。

「裏の崖下の土のなかからおかしなものが出てきたんで、びっくりしたんだと。」

と電気屋はいって、腰にくくりつけていた工具入れの布袋を下ろした。

「おかしなもの？　昔の山賊が埋めといた小判でも出たのかね。」

棟梁は冗談をいったが、電気屋はにこりともしなかった。

「うちの奴は欲の皮が突っ張ってっから、そいつを掘り当てた瞬間、ちらとそう思ったんだって。なにしろ、きちんとした蓋つきのツボだったから。」

「へえ、蓋つきのツボねえ。ところが、その蓋は金輪際《こんりんざい》開かないんだ。」

「いや、それがまことに呆気《あっけ》なく開いたんで……開いたというより、掘り出したときひとりでにずれたんだね。」

「それで、なかが見えた。」

「見えた。」

「びっくりした。小判じゃなくて……。」

「骨が入ってたから。」

と電気屋はすこし声を落としてそういった。

棟梁は無言で背筋を伸ばした。

「骨、というと、そいつは骨ツボだったたってわけだ」

ちょっと間を置いてから棟梁はいった。

「そういうこと。」

「だけど、なんの骨だった？」

「それはわからねえ。一緒にいってみるかい？」

と電気屋は山荘の裏手へ回る道を歩き出しながらいった。棟梁は、煙草を足元へ捨てて地下足袋のかかとで踏みにじると、小走りに電気屋のあとを追った。

裏の小高い崖下には、電気屋の細君をはじめ四、五人の職人や人夫がしゃがんだり立ったままスコップの柄に組んだ腕をのせたりして、花が終わったレンゲツツジの株のかげで濡れたように光っているねずみ色のツボを眺めていた。

「骨だって？」

と電気屋がいうと、

「そうよ。見る？」

と細君が中腰になってツボの方へ手を伸ばした。

「ちらっとな。蓋をちょいとずらすだけでいい。」

けれども、細君は蓋を両手で持ち上げたので、なかに半分ほど入っている白骨が陽を浴びた。

「もういいよ。なにもむき出しにすることはないんだ。」

と電気屋は急いでいったが、

「だって、よく見て貰わなくっちゃ。これ、なんの骨かねえ。」

と細君はツボの蓋を手に持ったまま亭主と棟梁の顔を見た。けれども、二人にも、それがなにかの骨だということはわかってもなんの骨なのかはわからなかった。

まさか人骨ではあるまいと思われたが、見ただけでは誰にも判定できない。それかといって、このあたりに棲息している野生の動物のものとも思えない。そんな獣の骨が蓋つきのツボに入れられてこんなところに埋葬されているはずがないのである。すると、やはり人骨だろうか。そうだとすると、この山荘の持ち主とどういう関わりを持つ人間の骨で、それがどういう経緯《いきさつ》で裏の崖下に埋められることになったのだろう。

「ここのオーナーはなにしてる人かね。」

と初老の大工が棟梁に訊いた。

「さあてね」と棟梁は眉を寄せて、かぶった手拭いの上から指先で頭を掻いた。

「俺もよくは知らんが、なんでも学者で、東京の大学の先生だとかいってたな、管理事務所の吉水さんが。」

「大学の先生か。そんなら、なんの骨にしても、やばいことには関わりがなさそうだがね。」

「あれ、こんなところになにか書いてあるよ。」

と、電気屋の細君が骨ツボの蓋の裏側を見ていった。なるほど、そこにはマジックで、〈ケルト・オブ・ゴールドコトブル　一九八〇・五〉と書き込んである。数字は骨の主が死んだ年と月かと推測されるが、カタカナの部分はかいもく見当がつかない。カタカナの戒名なんてあるだろうか。

「こいつはなんだか英語くさいなあ。」と、この春、定時制高校を出たばかりのタイル職人見習いがいった。「オブだのゴールドだの。でも、名前にオブなんて付くのかなあ。」

みんなは口をつぐんでしまった。

棟梁は、アイスボックスの方へ引き返しながら、携帯電話で管理事務所の吉水へ裏の崖下から掘り出したものの報告をした。

「なんの骨だかわからないけど、ちゃんとした焼きもののツボに入っててんだから、野垂れ死にした獣なんかじゃないんです。いずれにしてもここのオーナーが埋めたんじゃないかと思いますけどね。まさか自分の工事現場からこんなものが出てくるとは思わなかったし、このまま埋め戻していいものかどうかわからなくて、みんな陰気に沈み込んでるんですよ。これじゃ仕事にならねえ。忙しくなかったら、ちょっと様子を見にきてくれませんか。」

ついでに、骨ツボの蓋の裏に書いてあったカタカナや数字のことも棟梁は告げた。

管理事務所の吉水がジープでやってきたのは、それから一時間ほどしてからであった。彼は、東京のオーナーに電話をして骨ツボにまつわる事情を聞き出してきたのであった。それによると、山荘の裏に埋めてあったのは一家で可愛がっていたブルドッグの遺骨だということであった。短足で、肥満していて、暑さが大の苦手だったそのブルドッグを、夏のさかりに見かねてたびたび車に乗せてきてやっているうちに、この高原がすっかり気に入ったとみえて、東京へ戻るのをいやがるようになった。

それで、二十年ほど前にフィラリアを患って命を落としたとき、ねんごろに弔ってせめて遺骨を夏も涼しいこの地に埋めてやったのであった。骨ツボの蓋の裏のカタカナ文字は血統書に記載されているブルドッグの本名だという。

そんな吉水の話を聞いて、棟梁たちはうなずきながら互いに顔を見合わせた。みんなツボの中身が人骨でなかったことに、ほっとしていた。

崖の裾のゆるやかな斜面に、改めて深めの穴を掘って、骨ツボを納めた。最初に掘り当てた電気屋の細君がジュースの缶を開けて穴の縁に供え、吉水が、カッコーやウグイスやホトトギスの声が充分染み透《とお》るように、骨ツボの蓋をしばらくずらしたままにしておいた。

あとがき（『みちづれ　短篇集モザイクⅠ』より）

私は、学生時代に小説の習作をはじめたころから、長大な作品よりも隅々にまで目配りのできる短いものの方が自分の性に合っていると思っていた。それで、短篇作家を志し、たとえ一篇でも、二篇でも、よい短篇小説を世に遺したいという願いを持つようになった。その気持はいまも変らない。

ただ、一篇の長さについては、すこしずつ考えが変ってきている。最初は、三十枚できちんとしたものをというのが念願であった。それは、おそらく敬愛する先輩作家たちがふとそう洩らすのを、しばしば耳にしていたからだろう。けれども、自分で言葉を惜しみながらいくつも書いているうちに、私の短篇小説はだんだん短くなるばかりで、遂に二十枚前後が適量ではないかと思われるに至った。連作短篇集の『拳銃と十五の短篇』や『木馬の騎手』の諸篇もすべて二十枚前後の作品である。

ところが、近頃はその適量も少々怪しくなってきている。

『モザイク』という題で十枚そこそこの短篇小説を書きつづけるようになったのは、自分の自選全集の月報にそのような作品を連作したのがきっかけであった。私の自選全集（全十三巻）は、昭和六十二年九月から毎月一巻ずつ刊行されたが、私は各巻の月報に十二枚の短篇小説を書きつづけた。ここに収録した二十四篇のうち、巻頭の「みちづれ」から「ささやき」までの十三篇がそれである。
「ねぶくろ」から「こいごころ」までの六篇は、平成二年〈波〉に四月号から十月号まで連作発表した。その他の発表誌・紙は次の通りである。

「にきび」〈海燕〉平成二年一月号
「オーリョ・デ・ボーイ」〈文學界〉平成元年三月号
「さんろく」〈朝日新聞〉平成元年六月九日・十六日・二十三日
「ゆび」〈群像〉平成二年三月号
「じねんじょ」〈海燕〉平成元年五月号　第十七回川端康成文学賞受賞　平成二年〈新潮〉六月号に再掲載される

今後、どれほどの歳月を要するかわからないが、私はこの『モザイク』をいつの日か百篇を擁する短篇集にしたいと思っている。本書を、第一集とした所以である。

平成三年　新春

三浦哲郎

あとがき〈『ふなうた　短篇集モザイクⅡ』より〉

やっと第二集を刊行することができて、ほっとしている。第一集が出たのは平成三年の二月だったから、三年十ヵ月ぶりの第二集である。

この間には、集中力の衰えを懸念して、意識的に『モザイク』について考えることを避けていた期間が、二度ほどあった。いちどは、新聞に連載小説を書いていた一年間。もういちどは、師・井伏鱒二を喪ったのちの、悲しみと放心の半年間。

この第二集には十八篇をおさめてあるが、このうち文芸雑誌に発表したのは左の八篇である。

「ふなうた」　〈文學界・平成四年二月号〉
「こえ」　〈新潮・平成五年一月号〉
「あわたけ」　〈群像・平成三年七月号〉
「たきび」　〈早稲田文学・平成三年十二月　創刊百周年記念号〉
「やぶいり」　〈文藝・平成五年春季号〉
「よなき」　〈新潮・平成六年十一月号〉
「かえりのげた」　〈群像・平成六年一月号〉
「みのむし」　〈新潮・平成六年一月号〉

また、〈小説新潮〉誌が私の短篇小説のために特にページを割いてくれたので、次の四篇を書かせて貰った。
「でんせつ」（平成五年七月号）、「ひばしら」（平成五年十月号）、「てざわり」（平成六年一月号）、「ぜにまくら」（平成六年四月号）

以上のうち、「あわたけ」と「こえ」とは、それぞれ日本文藝家協会編の『文学１９９２』と『文学１９９４』に、「でんせつ」はおなじく日本文藝家協会編の『現代の小説１９９４』に収録された。

随筆を、という依頼に、こちらから、短篇をと頼み込んで、書かせて貰った作品もある。「さくらがい」〈東京新聞・平成四年一月四日〉「ブレックファースト」〈オール讀物・平成四年一月号〉「いれば」〈図書・平成六年五月号〉などがそれである。「はな・三しゅ」は〈ハイミセス〉に隔月に書いたもののうちから三つを選んだ。「メダカ」と「かお」は、いずれも〈クロワッサン〉誌で連載を試みた短篇である。

なお、「ふなうた」の一部は、秋山皐二《あきやまこうじ》郎《ろう》氏（前八戸市長）の回顧録『雨洗風磨』を参考にさせて頂いた。記して深謝の意を表したい。

平成六年　初冬

三浦哲郎

あとがき（『わくらば　短篇集モザイクⅢ』より）

第二集の『ふなうた』（平成六年刊）以後、平成七年から九年にかけて発表した十篇と、そのあと数年間の沈黙を経て再び書き継いだ五篇に、これまで収録しそこなっていた二篇を加えて、第三集とした。

合わせて十七篇の発表誌は次の通りである。

「みそっかす」	〈新潮〉	平成七年一月号
「おぼしめし」	〈群像〉	平成七年一月号
「まばたき」	〈文學界〉	平成七年七月号
「チロリアン・ハット」	〈小説新潮〉	平成七年八月号
「おのぼり」	〈文學界〉	平成七年十月号
「なみだつぼ」	〈新潮〉	平成八年一月号
「かけおち」	〈文藝春秋〉	平成八年一月号
「ほととぎす」	〈新潮〉	平成八年九月号
「パピヨン」	〈群像〉	平成八年十月号
「ゆめあそび」	〈新潮〉	平成九年一月号

「あめあがり」〈週刊新潮〉平成十一年六月十日号
「わくらば」〈新潮〉平成十二年一月号
「めちろ」〈群像〉平成十二年一月号
「つやめぐり」〈文學界〉平成十二年四月号
「おとしあな」〈新潮〉平成十二年六月号
「やどろく」（「早春」改題）〈三田文学〉昭和六十年五月号
「そいね」〈文藝春秋〉平成二年七月号

平成九年の五月、私は、異常な高血圧と心臓疾患のために入院加療を余儀なくされ、退院してからも長いこと後遺症だと思われる頑固なめまいに悩まされつづけて、ほとんどなにもできずに鬱々と日を送った。くる日もくる日も、陸地も島影も見えぬうねりの高い海原を、ひとり小舟でゆらゆらと漂い流れているような心細さで、どちらかへ進もうにも櫂がないのであった。十一年の暮近くになって、もはや失われたとばかり思っていた気力が急によみがえってきたのは、前年の秋から治療をはじめていた東洋医学の賜物としか思えないが、このあたりの経緯についてはいずれくわしく語る機会があるだろう。

なにはともあれ、いまはただ、諦めかけていた第三集の刊行を歓びたいと思う。

平成十二年　盛夏

三浦哲郎

解説

荒川洋治

本書、三浦哲郎『完本 短篇集モザイク』は、百篇を目標に書きつがれた連作《モザイク》の全作品を綜合したものだ。

《モザイク》は、『三浦哲郎自選全集』全十三巻（新潮社・昭和六十二年―同六十三年）の月報に連載された、十三篇からスタートした。最初の作品は「みちづれ」である。以後、「新潮」「群像」「波」など各誌紙に場所を移して発表。そのあと、『みちづれ』（平成三年）、『ふなうた』（平成六年）、『わくらば』（平成十二年）の順で、いずれも新潮社から単行本として刊行された。

三巻の作品は、合わせると、五十九篇。そこには川端康成文学賞受賞の二篇（第十七回受賞作「じねんじょ」、第二十二回受賞作「みのむし」）も含まれる。これに、未刊行の三篇「カフェ・オーレ」「流年」「山荘の埋蔵物」を合わせた六十二篇すべてを、発表順に並べかえたものが、本書『完本 短篇集モザイク』である。冒頭の「やどろく」は連作以前の作品だが、『わくらば』に収められて《モザイク》の一篇となったものだ。「やどろく」から未刊の三篇まで、年数にして十六年。三浦哲郎は旅をつづけるように、書きつづけた。

平成二十二年八月二十九日、著者は亡くなった。《モザイク》は中断したが、残された六十二篇は、著者の願いと思いをほぼ実現していると思われる。

三浦哲郎には『結婚の貌』（十二篇・昭和四十五年）、『真夜中のサーカス』（十四篇・昭和四十八年）、『拳銃と十五の短篇』（十六篇・昭和五十一年）、『木馬の騎手』（十二篇・昭和五十四年）などの短篇連作があるが、《モザイク》はそれらと比べて作品数も多く、はるかにおおがかりなもの。著者は病苦に耐えながら、力のすべてをそそぐようにして制作にあたった。「随筆を、という依頼に、こちらから、短篇をと頼み込んで、書かせて貰った作品もある」（『ふなうた』あとがき）と振り返る。

作家による短篇、掌篇連作の例はあるが、これほど密度の高い作品が連続して書かれた例はない。《モザイク》は、日本の小説の歴史に新しい一頁を加えた。

《モザイク》は、どんな世界なのだろう。ぼくの感想と印象を記しておきたい。以下、『みちづれ』、『ふなうた』、『わくらば』の新潮文庫版の解説を再録する。一部改稿した。文庫の題と刊行年は、各文のはじめに記した。先に述べたように、本書『完本 短篇集モザイク』の各篇は、単行本や文庫とは異なり、発表順に登場する。作品の順序や位置で多少のずれが生じるが、初稿のままとした。


【『みちづれ 短篇集モザイクⅠ』新潮文庫版（平成十一年一月刊）より】

連作短篇集《モザイク》の第一集となる、本書『みちづれ』には、二十四の短篇が収められている。昭和六十二年の「みちづれ」が最初の作品。「じねんじょ」は平成元年の発表である。多くは十枚そこそこのみじかい小説だが、ひとつとして同じ種類の話がないし、文章のようすも異なる。ぼくには一冊の世界をまとめて表現する力はないので、このうちの何篇かの、それも主に言葉について見ていくことにしよう。それというのも短篇は、言葉のひとつひとつの細胞が生きた働きを見せる。また言葉から新たな物語が生まれることもあるから。

冒頭の作「みちづれ」のなかに、「列車が発着するプラットホームの一本がやけに長く伸びていて、その果てが連絡船の桟橋になっているからである」という文章が見える。

そういえばプラットホームの一本が長く伸びて、その先に別の世界があらわれるのは、実際にある話。話といってはおかしい。光景でもおかしいが、とにかくそういう「ところ」がある。乗り換えは一番線だという。ここは二番線だから隣のホームだろう。まだ時間があると思い、のんびり歩いていくと、いつまでもあるはずのものが見えてこない。途中で気づき、あわてて走り出す。そんな経験はぼくにも何度かある。人はこういう「ところ」で生きているのだと合点するのはそんなときだが、心の面でも、ささいなことが発着点になる。

「うそ」は、家のなかでの話だ。鳥が鳥籠のどの隙間から逃げたのか。とても細かいことを若い夫婦はむきになって議論する。世の中には誰の目にも追えない真理があるのだから、これはどちらかが「うそ」をついているという問題ではないのだが、「うそ」を期待するという、いわば小説的な世界を人は無意識のうちに演じてしまうのかも。

「すみか」の言葉のやりとりも印象的だ。振袖姿の末娘が「赤い袂をひらひら」させているようすに、昔聞いた不吉ないい伝えを思い出した父親は、ぎくりとする。

〈「どこへいくんだ。」

「どこへもいかない。ただちょっと歩いてみただけ。成人式のリハーサル。」

「じゃ、もういいだろう。家へ入んなさい。」

「どうして？」

「どうしてでも。外へ出ちゃいけない。」

彼は、人差指で振袖の肩を押した。娘は、履き馴れない分厚い草履でよろけながら、呆れたように、くすっと笑った。〉

こころなしか不気味な、でも考えてみればなんでもない話なのだが、これを読んだぼくは、この父親同様にとりみだしてしまい、「早く家に入りなさい、早く、早く！」と、小説のなかの娘さんに呼びかけてしまうのである。「どこへもいかない」という、のんびりした答えや、はきなれない草履で「よろけながら」というのもリアリティーがあり、あとをひく。……というふうに短篇の言葉もあとをひくのである。

「ささやき」では妙な音がする。深夜に、どこからともなく男女のささやき声が聞こえてくるのだ。実は建物の外壁にへばりついて若い男女が話す路上の声が、壁をつたって五階にまではいのぼっていたのだ。声の正体がわかったあと、主人公がベランダから二人のようすを眺める。その場面の結びの文章。

〈目の下に仄白く見える乾いた路地に、まず白い上っ張りが自転車を押しながらあらわれ、それにジーンズの女が小走りに寄り添った。二人は、ゆっくりT字路の突き当りまで歩いていって、いまにも消えそうに瞬いている防犯燈の下でちいさく手を振り合いながら左右に別れた。〉

ぼくはこの場面もとても好きである。名前も知らない若い人というのは、普通は目の毒だが、遠目にカップルであらわれるとき、不思議に、いいものである。こういうさほどいわくのない深みのある情緒を、作者の言葉はいとも軽々ととらえる。また、耳の世界にとらわれた話が、最後で向きを変え、目に見える話に落ち着くところも短篇らしい。

「てんのり」では、おじいさんが家出。実はつれあいが、遠い昔の娘時代に、ある男に一度だけ体を許したことをいまになって知って腹を立て、その男をとっちめてやろうと、家を出てしまうのだ。見つかったおじいさんは、「自分はただ、過去へ向って歩いていただけだ」と答える。まるでトルストイの家出を思い起こさせるような光景だが、「過去へ向って」とは気のきいたセリフだ。このまるで小説家の言葉のような言葉をもつ実世界を、小説にとりいれるのも著者の短篇の技である。

「ゆび」は、バリウム液が凝固して、お尻の穴をふさぎ、出るものが出ない。医師もお手上げ。その病院につとめる中年看護婦は、注射もろくにできない人なのだが、彼女の「指」が窮地を救う。

〈「あなたの指はなんと呼べばいいのだろう。生きているメス？　しなやかなメス？」

「指……ただの指で結構です。」〉

「生きているメス」とか「しなやかなメス」とかの言葉を贈りたいのは人情。だが実は、それほどのものではなくて「ただの指」なのだという。普通、才能というのは自分の外側に特殊な目立つかたちをして突き出しているものだが、内側に昔からあるもの（普段はひっこんでいる）が才能だったりする。そういう内側にある力が、お尻の内側にあるものを引っ張り出すという関係も、みょうにしっくりする。

「じねんじょ」は、この数年だけでもぼくは一〇回以上は読んだ。それだけではおさまらず、仲間の前や、みんなが集まる場所で、あらすじを紹介し、その部分（さわりのところ）を朗読して語り伝えているのだ。ぼくは「じねんじょ」の語り部になってしまったのである。ただしこの語り部は、作品を正確に伝える術を十分には育てていない。ときどき語りながら、ちょこっとだが、字句をゆがめてしまうので、やはりここは原文に登場いただこう。

死んでいたはずの父親と、娘（小桃）がはじめて会う。二人はまた別れていく。そのラストシーン。

〈フルーツ・パーラーを出ると、二人は潔く右と左に別れたが、まだ何歩も歩かぬうちに、小桃は父親に呼び止められた。

「そうステッキみたいに持って歩いちゃ、なんね。じねんじょの命は根っこの先にあってな。途中で折らずに、根っこの先までそっくり掘り出すのが礼儀なのせ。ステッキみたいにして持ち歩いたら、いつかはうっかり根っこの先を傷つける。横抱きにしてやってけれ。」

父親は笑ってそういうと、形の崩れたソフト帽を鷲摑みにして、頭からちょっと持ち上げた。〉

何度読んでも、目で読んでも、その目で読む自分の耳でそれを聞いても、この場面の文章は胸を熱くさせる。「根っこの先までそっくり掘り出す」。それはまた三浦哲郎の文章そのものでもあるのだが、そこに行くまでの文章のさりげない片々、たとえば「二人は潔く別れたが」といった前の言葉に、目は伸びていく。いま心を動かした文章のその少し前を、さらに少し前をというふうに、自分が動いていき、感動を新たにするのだ。読者なのに、まるで作者のように前後を振り返る。ときに深いためいきをつく。いい作品には、読者を晴れて作者のようにしてしまう力があるのかもしれない。

それにしてもだいじなだいじな出会いの場所に、フルーツ・パーラーが選ばれたとは。普通はその場面に適したところが選ばれるもので、作者はそれを案出し、読者もそれに期待するものである。「じねんじょ」のような人情世界の舞台が、フルーツ・パーラーであるとは意外である。でもこれは著者の短篇の魅力にも大きくかかわっていることだと思う。ひとつの人情話を、それにふさわしい空間で、また言葉で語るのではない。この世界の新しいものにも加わってもらう。そうしていくつかのものが溶け合いながら、相談しながら小説をつくっていく。へたをすると文章を壊すことにもなるから普通は遠慮するのだが、「とんかつ」も振袖も「フルーツ・パーラー」も同じところに並ぶ。言葉を選ぶだけではない。言葉を並べるというところに著者の生き方が見える。短篇の書き手としての新しい姿勢が見える、というふうに見ていいかもしれない。

連作短篇《モザイク》は、この『みちづれ』がそうであるように、ひらがな（あるいはかたかな）の題名がつけられている。軽妙なものだけではなく、ずいぶん内容の重いものまで、ひらがなの題名。いろんな人の世界が同じ次元に集う。軒を並べて、ほほえみかける。

順序を戻すが、「おさなご」のなかに、こんな言葉がある。

〈赤ん坊は、澄んだ黒い目をきらきらさせながら天井の一角をじっと見詰めていることもあれば、相手の動きに合わせるようにあちらこちらと視線をゆっくり迷わせることもある。そうかと思えば、まるで流れ星でも追うかのように、ちいさな枕が音を立てるほどの勢いで頭をくるりと回すこともある。〉

でも惜しいことに、「誰もが成長するにつれてその異次元の世界の記憶をきれいに失ってしまうのだ」と、このくだりは結ばれる。

もし、そんな赤ん坊が、たとえばこの『みちづれ』で展開される物語を読むとしたらと考えると、理解できない？だろう。そのためにはそうだ、題名だけでも、ひらがなにしておかなくては。著者はそんなことを心のどこかで思っているのかもしれない。

著者の作品には、年季の入ったおとなが出てきても、なぜか子供のようなことをしたり、言ったりする。でも考えてみれば、人間はみんな自分たちが引き起こす物語のなかでは、子供なのかもしれない。少なくとも子供からはじまるしかないのである。物語という異次元に「帰る」ことは、子供になることだ。子供になってこの世界を見回すのだ。涙をためるのだ。

全篇を通して漂う、やわらかな夢のような笑いも、人々の真剣な思い過ごしも、いわくのある活劇の手も足も、とても愛らしいのはそのためだろう。そこには異次元の冷たさはない。すべてのものが同次元に置かれた光のなかを、読者はときおり振り返りながら歩いていくことになる。


【『ふなうた　短篇集モザイクⅡ』新潮文庫版（平成十一年一月刊）より】

連作短篇集《モザイク》の第二集となる、本書『ふなうた』には、十八の短篇が収録されている。平成三年から同六年の間に発表されたものだ。第一集『みちづれ』同様、『ふなうた』も秀れた作品や、胸を熱くさせる作品でひしめく。

ここではそれぞれの作の「内側」にも目を向けたい。作者はどのような気持ちで書き進めたかということである。著者のような短篇の巧手とされる人の作品は一篇一篇が見事に完結し、読者はそれぞれの作品世界を楽しむことになるのだが、短篇のおもしろさは、当然のことだが作者自身の「書くよろこび」というものと結びついている。つまり書くよろこびがどのようなかたちで作品にあらわれるのか。それを知ることはそれを受け取る側のよろこびにつながるはずである。「ふなうた」は、ちいさな孫娘のピアノが奏でる曲〈ふなうた〉と、それを聴くおじいちゃんが、かつて異国の戦場で耳にしたロシアの〈ふなうた〉が主役。二つの〈ふなうた〉がこだましてこの作品はクライマックスを迎える。

いまここにある唄と、ここにはない唄をどのように結びつけるか。作者の腐心はそこにあったろう。もとより現在と過去は、小説でも追えないほどに、いま人々の意識のなかではかけ離れたものになっているのだから。おじいちゃんを孤独の淵に落とすわけにはいかないし、かといって老人の回想として固めるだけでもさみしい。ただのかなしみでも単純なよろこびでもないものを語るとき、書くよろこびはいくらか控えめになるもの。軽妙ながらも抑えのきいた筆はこびが印象的である。

次は「やぶいり」。この作品は作者が言葉のひとつひとつに、特に注意を払ったものかと思われる。成人式もすませた、末娘の朝のようすを語るところ。

〈この子は、どういうものか、成長するにつれて寝起きが悪くなってくる。〉

作品がはじまってまもなく顔を出す文章だが、これを目にしたとき、ああ、おそろしいほどに注意が行き届いているなあとぼくは思ったものである。この「やぶいり」は「やぶいりなんぞに胸をときめかすような齢ではない」母親（よ志）が、郷里への旅支度をするところからスタート。よ志は、すでに子育てを済ませたのだが、それでも、「この子は、どういうものか……」と、ふともらさなくてはならない、いまだにそんな「余地」のある母親なのである。そのあたりがこの端的な表現に織り込まれているように思う。

さて、「やぶいり」のときの気持ちは男性と女性ではいくらかちがうものだと思うが、作者はまるで女性のやぶいりを体験したことがあるかのように、迷いを見せない。以下は、電車のなかで隣り合った、同じく、やぶいりで郷里へ向かう若い母親のようす。

〈よ志は、その若い母親の顔が、浅草で乗り込んできたときよりも大分変わっていることに気がついた。力みがすっかり消えていた。彼女は、もともと色白で、皮膚が薄そうである。ほんのりと血の色が透けている。そこに浮かんでいる表情も、さっきとは別人のように穏やかであった。子供のような、あどけない表情であった。〉

この若い母親は、里が近づくにつれて、表情がやわらぐ。その微妙な変化を、作者は書きとめる。まるで記録文学のような筆致で。性の彼岸にある女性たちの、日常ではなく特別な一日を見事に切り取った短篇だ。

「よなき」でも暮らしの一景が描かれる。「年寄ばかりの村」で一人暮らしをしている農婦いねが、深夜に赤子の泣声を耳にする。この村に赤子はいないはず。あれま、不思議なこと。捨子ではあるまいな。声の出どころを知るべく、泣声のする方へ夜道をとことこ歩く。そのくだり。

〈もし爺様が生きていたら、なんたら物好きか、と呆れたろうが、かつて赤子を産んだことがある女の、ひさしぶりに泣声を聞いて思わず涙ぐみそうになる心情は、男にはわからぬだろう。いねは、これから赤子の怪を突き止めにいくのだと自分にいい聞かせていたが、本音は、もっと近くで赤子の泣声をじっくり聴きたい思いなのだ。〉

このあとの、「さいわい、道に出てもまだ赤子の泣声がつづいていた」という一文もいい。「さいわい」は、いつもは影のうすい言葉だが、ここではまるでこれまでの不遇を「挽回」するように、老婦の気持ちをとてもよく伝えていると思う。

泣いていた赤子は、実は同じ村のゆら婆さんの家に来ていた曾孫だということがわかって、ひと安心。さて、いねが持っていた懐中電灯の照明は、貧弱。途中でいっしょになった、ひで婆さん（彼女も気になって夜道を歩いてきた）も、その照明を見つめる。

〈「昔の提灯を思い出すなし。」

ひで婆さんが妙にしんみりといった。若いころ、夜ふけに提灯を掲げてどこかへかよったことでもあるのだろうか。〉

おかしい。思わず口もとがゆるんでしまう。婆さんたちにも若き日があり、男たちがいた。でもいまそんなものはない。それでも赤子の泣声を聴きたい、いつまでも聴いていたいという二人の熱い気持ちが、読む人の心にも届く。とてもかわいらしい人たちがいる、短篇だと思う。作者は書きながら、さまざまな母たちを、かつての日本の村々をなつかしみ、筆のはずむばかりに楽しい気持ちになったのではなかろうか。

「ぜにまくら」のおばあさんにも、触れておこう。金寿（八十三歳の祝い。半端な数字だが自然が苛酷でみな長生きしないので小刻みに長寿を祝う習慣らしい）を迎えた人の枕に小銭を入れるのが、昔からのならわし。トワ婆さんは入院中の爺さんの枕にもなんとか小銭を入れ、爺さんの金寿を祝う。そのあと、小銭のおこぼれを親戚の連中にわけるのが、しきたり。それをもらうと、しあわせになるらしい。現にみんな、もらってよろこんだのだった。そこへ、もう三十年も会っていない老婆があらわれる。花街に出て、そのあとは占いをして暮らしている人。彼女もぜにまくらの銭を分けてくれという。婆さんは前掛けのポッケから百円硬貨を一枚取り出す。

〈「これが、いちばんしまいだえ。」

「ありがっと。残りものには福があるっていうすけな。」と、ロクは押し戴いて、帯の間に硬貨を入れた。「おらも若いころは霊感が冴えて、占いもよく当たったもんだけんどな、齢をとったらさっぱりせ。だけんど、これでちっとは持ち直すべ。ありがっとな、トワちゃ。」

　トワ婆さんは、いそいそと帰っていく昔の遊び仲間を階段の降り口まで送っていった。ロクは、村芝居の小娘役でも思い出しているのか、いかにも髷が重いというふうに頭をくらくらさせながら降りていく、花街に出ていたころの癖がまだ直らなくて、大きく抜いた襟のかげから、肩に貼った黒い膏薬が見えていた。〉

「昔の遊び仲間」の二人の、本日ただいまの情景である。当時の人たちは「遊び」といってもそれほど汚れたことをするわけではないのだが、おとなになっても人生の焦点さだまらずに「遊び」に明け暮れた人のことを、そうではない人は、思いの外きびしい目で見つめるものである。

「村芝居の小娘役でも……」などというくだりには、そういう視線が色濃くにじんでいるように思うけれど、子供のときに同じ地所の空気を吸ったものどうしが、このような文章のなかでそれこそ枕を並べる光景は胸が熱くなるほどに、ほほえましいものである（いいそびれてしまいそうなのでこの機会に書いておくが三浦哲郎の小説のなかの方言はとても楽しい。こちらの体がひっくり返ってしまうほどに楽しい）。

「たきび」にあらわれる、二人の男女は「火」にまつわる悲しい過去を共有するが、それを乗り越えて結びつく。彼らが「火」のいまわしさをどう感じているのか。特に、死んでしまった女性のほうが「火」をどのように見ているのか。それについては伏せられたままである。それはとしをとっても、人生を終えても、たしかめることはできないものかもしれないが、「たきび」の二人は「火」を通して出会った以上、いまも「火」を通して見えない対話を交わす。はじめて出会ったときの場所。そこがひとつしかない人生をあたためあう、終生の地所なのかもしれない。

それにしてもぼくは語りたい気分だ。短篇はそれを読むもののよろこびである前に作者のよろこびである、ということを。

「あわたけ」の最後では、オレンジ色の粟茸が一面に、ひろがる。「こえ」の四国の見知らぬ人の声は度重なるうちに、みょうな重みをましていく。「よなき」の二人の老婦は謎が解けたあとも、赤子への思いを残したままとぼとぼと、来た道を帰っていく。「ぜにまくら」のトワ婆さんは、人生にくたびれたロク婆さんを、丁重に見送る……。

短篇は、どこまでを書くかのとりきめはない。何かを書き添えることも、終結への一歩、半歩の歩幅も作者にゆだねられている。そのあとをそのように書く、そのさらにあとをこのように書くというときどきの舵取で筆は進み、作者はその作品の世界を苦しみながら、かちえていくのである。だが書いて、また書き加えることで、ふと身のうちにたしかめられるものがある。そうして人間のなかの新鮮な部分に、見たことのない境界にもひそかに触れているのだ。それが作者のよろこびである。そしてそれはそのまま、それを読む人のよろこびとなっていくのはいうまでもない。

「ふなうた」に返ろう。

もうあとがないという戦場で聴いたロシア兵の歌〈ふなうた〉は、おじいちゃんの耳に、次のようなものとして届いた。

〈もし今夜の脱出が不成功に終われば、おそらくあのロシアの《ふなうた》が、自分にとって、生きているうちに聴くことができた最後の唄ということになるにちがいない。けれども、自分は生涯の終わりにあんな美しい唄が聴かれたことを、幸福だったと思わなければいけないだろう。〉

どんな人生で終わるのか。どのような唄を聴いて閉じていくのか。人はみながみな、このおじいちゃんの〈ふなうた〉のような「美しい唄」を耳にすることも、幸福な気持ちになることもできないかもしれない。でもすぐれた短篇を読むと、作品の最初から最後までを歩いた作者の道筋を、そこにこめられた思いのなかを生きることができる。みじかいひとときではあるが、作者が見つめたものから見えてくる景色、聞こえる声はきれいであり、作者が思い計る以上に美しい反響をみせる。『ふなうた』はそのような〈うた〉にみたされている。


【『わくらば　短篇集モザイクⅢ』新潮文庫版（平成十五年九月刊）より】

連作短篇集《モザイク》の最初の作品「みちづれ」が書かれたのは、平成元年のこと。百篇をめざす著者の旅がはじまった。

まず『みちづれ』（二十四篇）が平成三年に、ついで平成六年に『ふなうた』（十八篇）がまとめられた。そのあとは本書の「あとがき」にもある事情で少しペースが落ちたものの、平成十二年に新たな作品集『わくらば』（十七篇）がまとまり、これで《モザイク》は合わせて五十九篇になった。旅は旅程の半ばをゆうに超えたことになる。

『みちづれ』『ふなうた』と同様、この『わくらば』も、魅力のある作品ばかりである。『わくらば』の冒頭に置かれる一篇は、「わくらば」である。山のなかを歩いているときに襟首に入った、わくら葉から、いまは亡き父親の肌を思い出すものだが、『わくらば』の中心となるものは、人間のからだであるとぼくは思った。人間のからだの全体に、その全区画に寄り添って書かれているように思われるのだ。

《モザイク》の出発から十五年近く経過したので当然のことに著者はその分だけ年齢をかさねた。その間に病気をしたり、ひどく体調をくずしたこともあるようだから、小説に出てくる人たちのからだだけではなく自分のからだのことが心配になることもあるだろうから（?）、作品のなかにからだの比重がふえるのは当然かもしれない。もとより人は心とからだで生きる生き物なので誰もがそうなのだ。からだのことは心配なのだ。でも「わくらば」を見ると、自分のからだのうえに亡き父親のからだと同じ模様が浮かんできて、ああ同じように年をとったと、ただそう思うだけではない。からだを通したつながりに、未知の感情を呼び起こされるのである。人間のからだは心配や不安の対象ではない。自分が人間であることをたしかめる、あるいはそれにめざめるためのものでもあるから著者の視線もまた注意ぶかくなるのだと思う。

人はからだのことが好きである。からだを見つめたり、感じていると、気持ちがなごむ。愉快にも思う。いや、もっとある。もっともっと、いろんなことがある。この『わくらば』のなかのからだを、少し追いかけてみることにしよう（ときにバウンドするが、ほぼ配列順に見ていくことにする）。

「そいね」は、温泉場の旅館で、七十を過ぎた老人と「添い寝」をして暮らしを立てる、三十五歳の女性の話。いっしょに寝ていた老人が死んでしまうところ、彼女が足の裏でそれを感じとるところ、そこから家族に連絡するまでの心細いひととき、遺体とそれを運ぶ息子夫婦の一団が「盗賊のように黒い塊りになって」裏門を出ていくようすなど、息をのむ描写がつづく。最後にトラックに米を積み込むとき、「三袋。四袋……」と、ひと袋ずつの重みで車体が沈む場面では（これは車のからだということになるが）そのひと袋、ひと袋の振動が鮮やかに伝わる。ここにもからだがある、と思った。

「ほととぎす」は、なかでもぼくが何度も読み返した作品だが（特に終わりの夫婦の会話がいい）、ここにもからだがあった。出産のとき、姑の顔がさかさに見える場面だ。読む人までが一回転してしまいそうな、奇妙な感覚になる。どの母親もこのようなさかさの顔を見ながら、子供をうんでいくのかもしれないが、この描写も鋭い。

「おとしあな」は、からだがトイレのなかで遭難する。「おのぼり」は久しぶりの都会で、人としょっちゅうぶつかる。「チロリアン・ハット」は、帽子に、前の持ち主の力が及んでくる。「まばたき」では意識が戻らない夫を看護する妻。彼女のからだの位置（「待合ホールを見下ろす階段の手すり」）がユニークだ。まるで名画がななめにされるような感じだ。

「めちろ」は戦前、あちらこちらの学校にアメリカから送られてきた人形の話だが、人形ではなく人間のからだのように扱う人々の姿がある。「あめあがり」では、女性に会おうとするたびに〈ヒゲソリのとき〉きまって顎を傷つけてしまう。

「おぼしめし」にも、からだがある。向かいの梅婆さんのところへ、自分の分の牛乳をとりに来る、いせ婆さん（家族に知られるとこまるので梅ばあさんに牛乳をとってもらっているのだ。代金は払って）。

〈やがて、当のいせ婆さんがどこからともなく背戸へきて、温まった牛乳の匂いに鼻をうごめかせながら入ってくる。むかいの家の住人が、どこからともなくやってくるというのもおかしいが、婆さんは、仮借のない嫁の目をごまかすために、かなりの道程を歩いて通学している孫たちを途中まで送るふりをして家を出ると、あとは足の向くままにあたりをひと回りしてきて、ひょっこり梅の家の背戸にあらわれるのである。〉

昔はからだにいいものというと、玉子か牛乳くらいだったので、こんなことになるのだろうが、それにしても「むかいの家の住人が、どこからともなくやってくる」光景は、ほんとにおかしい。これも、人間のからだのおもしろさである。いせ婆さんのことば以上に、いせ婆さんのからだの動きが、「道程」が、ものを語ってくれる。

「パピヨン」は、散歩中に愛犬を見失い、あわててそのからだを追いかける。「畝の間を小走りに急ぎながら、パピヨンよ、と何度も呼び掛けたが」見つからない。この「パピヨンよ」がいい。これはことばというより、からだの世界。生き物を追いかけていく同じ生き物のひよわな叫びである。地の文に埋めこまれた声ではあるが、主人公のからだが目に残る。

最後に置かれた「なみだつぼ」は、人を忘れない人の思いがにじむ。「やどろく」の家族の姿も心をあたためてくれる。そしてさらにその一つ前に置かれた「みそっかす」も心に残る作品だ。むしろこちらはからだが残る作品というべきかもしれない。

妻が急におなかが痛いという。どうも食あたりらしい。その食あたりとわかるまでの家族のやりとりがこまかく描写されているが、なんでまたこんなに懇切に、と人は思うところである。普通ならば、こんな場面でたちどまらずに、あれこれを省略してさっさと進むところだが、筆はまるでくっつきでもしたかのように、妻のからだからはなれない。ここがすばらしいとぼくは思った。

三人の娘たちが、次々に登場し（そこで少しずつ何のためにおなかがこんなに痛むのかわかるのだが）、娘たちの出入りのようす、母親と距離をちぢめていくもようなど、粗略にせずに、順序通りに、こまやかに（というか夫の目にうつるままに）すなおに描かれる。

〈「どうしたの？　お父さん。なにかあったの？」

「お母さんが急にどうかしちゃったんだよ。」

彼はそういって、妻の症状をざっと話して聞かせた。次女は、呆れたように彼の顔を見詰めていたが、彼が口を噤んでしまうと、

「ちょっと様子を見てくるわ。お父さんはここにいて。」

と早口にいって、するりと部屋を出ていった。〉

というように簡単なやりとりも、そのまま描かれる。どうしてこんなに筆が停留するのか。それは、からだであるからである。人間のからだは病気のときにはわかりにくいもので、ちょっとしたことも明らかにならない。そのため右往左往する。ところどころで、ことばも応援に入るし、

納得することもあるのだが、からだはそのうえをいき、なかなかいうことをきかないから簡単にはいかない。しかも妻のからだというものは、長年つきそった夫にとっても容易にはかりがたいところがある。

それにもうひとつ。妻は子供たちの母親だが、母親というのはめったなことで病気になってはならないことに（?）なっている。元気でいるのがあたりまえとみられているので、母親がからだの変調をうったえると家庭は真っ暗だ。夫の文章も、妻のからだにすがることになる。ひとすじの光を、求めるかのように。

家族のなかには温度差があり、母親と同じ女性である娘たちは、心配しつつもどこか落ち着いている。無力な夫は「みそっかす」の立場（幼なすぎて遊びに入れてもらえない子供）においやられてしまう。でもこの騒動のなかで「みそっかす」の立場に置かれることは、うっかりしていたら、そうなってしまったという程度のものであり、何も主人公に力が足りないのではない。愛情が足りないのではない。もし愛情を問題にするならば、妻が食あたりになったというそのことだけを記録するこの作品はほとんど意味をもたないことになる。だがここは心ではない。からだの世界だ。心にとってからだほど新鮮なものはない。人は人のからだのなかに入って、いま、もがいているのだ。からだのまわりを回った、からだのそこらじゅうを回った、家族のいっときを記すものなのである。だから、この作品を読みとおしてみると、いつも誰ものそばにあるものなのに、これまで見たことのない大きな世界を出入りしたかのような、長い旅をしたあとのような、みちたりた気持ちになる。真新しい気持ちになる。

無類に質の高い短篇を書きつづける著者の作品は、さまざまの人たちの心を描くためにことばを尽くして生まれている。からだだけを味わうものではない。いろんな味わい方ができる。だが「わくらば」からはじまるこの作品集には、からだがあるのだ。からだをもつ人間のかなしさとよろこびが、うたわれているのだ。それも身にせまるような近しさで、静けさで。

連作《モザイク》の旅は、いくつもの心とからだをみちづれに深められている。

本書、『完本　短篇集モザイク』が初収録となる「カフェ・オーレ」「流年」「山荘の埋蔵物」の三篇は、平成十三年に発表された。いずれも、これらの作品からまた次の作品が飛び立つような、やわらかな予感をひめる佳品だ。

《モザイク》の作品のタイトルは、このうちの二篇を除き、すべて仮名だが、単行本に収録する場合、たとえば「山荘の埋蔵物」なら「まいぞうぶつ」あたりになったかもしれない。雑誌掲載時には漢字まじりだったタイトルが、単行本へ収録されるときにひらがな表記に変えられた例は他にもある（たとえば、「はな・三しゅ」のなかの「さんしょう」は、初出時は「老庭師の置き土産」、「ごぼう」は「ゴンボ掘りの喪章」だった）。

著者はいつごろから、ひらがなの題をつかうようになったのか。『風の旅』（芥川賞作家シリーズ・学習研究社・昭和三十九年）の自筆年譜には、早い時期で作品数も少なく、それらしい作品は見当たらない。その後の履歴を反映した『三浦哲郎自選全集』第十三巻（新潮社・昭和六十三年）、図録『作家生活50年　三浦哲郎の世界』（デーリー東北新聞社・平成十七年）の自筆年譜を見ると、その兆候（へんな言い方だが）が現れるのは、「おりえんたる・ぱらだいす」（昭和四十五年—同四十六年）あたりのようで、通常漢字をまじえるところをひらがなにする例では「ひとさらい」（昭和四十八年）くらいしかない。《モザイク》になって、ひらがなが突然現れたと見ていいだろう。ひらがなにしたことで、作品がやわらかく親しみやすく感じられる面はあるが、「流年」を「りゅうねん」にしたら「留年」とぶつかることも予想される。かえってむずかしくなるから、単純な話ではなさそうだ。

「おらんだ帽子」（昭和五十一年）という作品がある。三浦哲郎の短篇のなかでもっとも知られたものの一つだ。オランダ旅行の話が出るので、「おらんだ」とはオランダのことだと思っていたが、「おらんだ」は土地の話ことばでもあることがわかる。「おらんだ」の二つの意味。それを少しずつ引き出し、作品は進む。ひらがなが生きた作品ということでは、《モザイク》につながるものである。

「めまい」「ののしり」「ねぶくろ」「てんのり」「そいね」「かえりのげた」「まばたき」などとつづくと、もしかしたら自分にも何かこれらについて、書けるかもしれないと読者は思う。「かけおち」は書けないにしても、他の人のことなら思い出すことがあるかもしれない、などというふんいきにさせてくれるのだ。読む側もめざめる。そんな予期せぬ情景が《モザイク》から生まれる。ひろがる。

長篇、中篇は、総合的にとてもこまかく書いてある。でも短篇は一日や一年や一生の、ほんのきれはしをすくいあげるので、長篇などの懇切な文章になれた人には苦手だ。だが短篇は、一日や一年や一生のどこを焦点にして生きていくかを暗示するものであり、人物の心理や動き、作者の手法は読む人にとって、とても現実的なもの、近しいものである。人はみな、きれはしを見て生きていくのだ。というわけで、短篇は小説ではない、とまではいえないが、ふだんイメージするところの小説よりも、人の心や生活に、じかにはたらきかける一面をもつ。いい短篇を書きたい、残したいという作家たちは、果てのない、おおきなものの影を感じているのだと思う。三浦哲郎の《モザイク》は、そうした短篇への無数の思いを通りぬけて、花開いた。それを、ひらがなたちが支えた。見まもった。

三浦哲郎の《モザイク》の旅は終わったが、読者の旅が終わるわけではない。「じねんじょ」を、「わくらば」をというふうにして、全篇を、ぼくはあらためて読んでみた。

日本語の散文の、極点の空気を感じた。でも冷たさはない。静かな光のような文章は、新しい世界にも、なつかしい時間にも通じているようだ。もっと、もっと、読みたい。三浦哲郎の目を通して、見たい。感じとりたい。かたりあいたい。それが《モザイク》に触れた人の、ゆめであり、ねがいである。

平成二十二年十一月

初出について

本書は、一九九一年二月刊『短篇集モザイクⅠ　みちづれ』、一九九四年十二月刊『短篇集モザイクⅡ　ふなうた』、二〇〇〇年九月刊『短篇集モザイクⅢ　わくらば』（いずれも新潮社）を底本とし、それぞれの作品を発表順に再編集しました。

「あとがき」に記載された作品以外の詳細は、次のとおりです。

「はな・三しゅ」
「さんしょう」――「ハイミセス」一九九一年三月号（初出時タイトルは「老庭師の置き土産」）
「ごぼう」――同五月号（初出時タイトルは「ゴンボ掘りの喪章」）
「はなまめ」――同七月号（初出時タイトルは「豆の花を小鉢に浮かべて」）
「カフェ・オーレ」――「翼の王国」二〇〇一年七月号
「流年」――同八月号
「山荘の埋蔵物」――同九月号

装画　Donald Evans: Tropides Islands. 1962. Fruits of the Tropides Islands. (1973) Selamat Makan. 1963. Native Fruits. (1977)

装幀　新潮社装幀室

完本《かんぽん》 短篇集《たんぺんしゅう》モザイク

二〇一〇年十二月二十日 発行
二〇一九年十一月二十五日 四刷

著者 三浦哲郎《みうらてつお》
発行者 佐藤隆信
発行所 株式会社 新潮社
郵便番号一六二―八七一一
東京都新宿区矢来町七一
電話 編集部〇三―三二六六―五四一一
読者係〇三―三二六六―五一一一
http://www.shinchosha.co.jp
印刷所 錦明印刷株式会社
製本所 加藤製本株式会社

ISBN978-4-10-320922-5 C0093